Türkisches Gambit

Mord auf der Leviathan

Boris Akunin

Fandorin ermittelt

Türkisches Gambit

Mord auf der Leviathan

Zwei Romane

Übersetzung aus dem Russischen
von Renate und Thomas Reschke

area

Boris Akunin, Türkisches Gambit
Titel der Originalausgabe: Турецкий Гамбит
Die Originalausgabe erschien 1998
bei Sacharow-AST, Moskau
Übersetzung aus dem Russischen
von Renate und Thomas Reschke

Boris Akunin, Mord auf der Leviathan
Titel der Originalausgabe: Левиафан
Die Originalausgabe erschien 2000
bei Sacharow-AST, Moskau
Übersetzung aus dem Russischen
von Renate und Thomas Reschke

Lizenzausgabe für area verlag gmbh, Erftstadt

Einbandgestaltung: agilmedien, Köln
Einbandabbildungen: akg, Berlin; agilmedien, Köln
Satz & Layout: Andreas Paqué, Ramstein
Druck & Bindung: Bercker, Kevelaer

Printed in Germany 2004

ISBN 3-89996-183-8

Inhalt

Boris Akunin

Türkisches Gambit

ERSTES KAPITEL,
in welchem eine fortschrittliche Frau in eine schlimme Klemme gerät

»Revue Parisienne« (Paris)
vom 14. (2.) Juli 1877

»Unser Korrespondent, der sich nun schon die zweite Woche bei der russischen Donauarmee aufhält, meldet, daß der Imperator Alexander in seinem gestrigen Befehl vom 1. Juli (13. Juli nach europäischem Stil) seinen siegreichen Truppen gedankt hat, welche erfolgreich die Donau forcierten und die Grenzen des Osmanischen Reiches überschritten. In dem Allerhöchsten Befehl heißt es, der Feind sei vollständig aufgerieben und in längstens zwei Wochen werde das rechtgläubige Kreuz auf der Hagia Sophia zu Konstantinopel errichtet. Die vorrükkende Armee stößt kaum auf Widerstand, es gibt nur Plänkeleien gegen die russischen Verbindungswege von seiten der berittenen Baschi-Bosuks (›Tollköpfe‹) – halb Räuber, halb Partisanen, die bekannt sind für ihre rauhen Sitten und ihre blutgierige Grausamkeit.«

Die Frau ist ein schwächliches, unzuverlässiges Geschöpf, sagt der Heilige Augustinus. Recht hat er, der Dunkelmann und Frauenhasser, tausendmal recht. Zumindest was eine Person namens Warja Suworowa betrifft.

Es begann wie ein lustiges Abenteuer, und nun nahm es solch ein Ende. Schadete der dummen Gans gar nichts. Die Mama hatte ihr immer wieder gesagt, sie werde früher oder später in der Patsche sitzen, und da saß sie nun. Ihr Vater, ein Mann von großer Weisheit und Engelsgeduld, hatte im Zuge einer stürmischen Auseinandersetzung den Lebensweg seiner Tochter in drei Perioden eingeteilt: Teufelchen im Rock, Strafe Gottes, verrückte Nihilistin. Bis dato war Warja auf diese Definition stolz gewesen und sagte, sie habe nicht vor, bei dem Erreichten stehenzubleiben, aber ihre Selbstgefälligkeit hatte ihr einen bösen Streich gespielt.

Warum nur hatte sie sich bereit gefunden, in der Kritschma zu rasten, dieser schäbigen Spelunke nebst Ausspann? Der Fuhrmann, ein gemeiner Dieb namens Mitko, hatte gejammert: »Wir müssen die Pferde tränken, die Pferde tränken.« Nun waren die Pferde getränkt. O Gott, was sollte sie jetzt tun?

Warja saß in einer Ecke des vollgespuckten dunklen Schuppens am ungehobelten Brettertisch und hatte Todesangst. Solch hoffnungsloses Entsetzen hatte sie erst einmal im Leben ausgestanden, als sie mit sechs Jahren die Lieblingstasse ihrer Großmutter zerscherbte und sich vor der unausweichlichen Strafe unter dem Sofa verkroch.

Beten hätte sie müssen, doch fortschrittliche Frauen beten nicht. Dabei war sie in einer vollkommen ausweglosen Lage.

Also folgendermaßen. Die Strecke Petersburg–Bukarest hatte Warja schnell und sogar komfortabel zurückgelegt, der Schnellzug (zwei Personenwagen und zehn Plattformen mit Geschützen) fuhr sie in drei Tagen in die Hauptstadt des rumänischen Fürstentums. Die braunen Augen der jungen Dame mit dem kurzgeschnittenen Haar, die Papirossy rauchte und sich prinzipiell nicht die Hand küssen ließ, brachten die Offiziere und Militärbeamten, die dem Kriegsschauplatz zueilten, beinahe um den Verstand. Bei jedem Halt schenkten sie ihr Blumen und Körbchen mit Erdbeeren. Die Blumen warf sie zum Fenster hinaus, denn sie hielt sie für abgeschmackt, und von den Erdbeeren mußte sie auch bald abstehen, denn die machten ihr einen roten Ausschlag. Die Reise verlief lustig und angenehm, obwohl die Kavaliere, was Geist und Bildung anging, natürlich Amöben waren. Nur ein Kornett las Lamartine und hatte sogar von Schopenhauer gehört, und er hofierte Warja subtiler als die anderen, aber sie erklärte ihm kameradschaftlich, sie reise zu ihrem Bräutigam, worauf sich der Kornett untadelig benahm. Dabei sah er sehr gut aus, hatte Ähnlichkeit mit Lermontow. Na schön.

Die zweite Etappe der Reise verlief ebenfalls reibungslos. Von Bukarest bis Turnu-Magurele fuhr eine Diligence. Warja wurde durchgerüttelt und schluckte

Staub, doch dafür war es bis ans Ziel nur noch ein Katzensprung, denn wie man hörte, befand sich das Hauptquartier der Donauarmee am anderen Ufer das Flusses in Zarewizy.

Es galt nunmehr, den letzten, verantwortungsvollsten Teil des Plans zu verwirklichen, der schon in Petersburg ausgetüftelt worden war. Gestern abend hatte sie im Schutz der Dunkelheit mit einem Boot die Donau überquert, etwas oberhalb von Zimnicea, wo die heldenhafte 14. Division des Generals Dragomirow vor zwei Wochen die unüberwindliche Wasserschranke forciert hatte. Hier begann das türkische Territorium, das Gebiet der Kampfhandlungen. Auf den Straßen patrouillierten Kosakenstreiftrupps, und wenn man nicht achtgab, wurde man aufgegriffen und im Handumdrehen nach Bukarest zurückgeschickt. Aber Warja, die ein findiges, vorausschauendes Mädchen war, traf Maßnahmen.

In einem bulgarischen Dorf am Südufer der Donau fand sie einen Ausspannhof. Zu ihrem Glück verstand der Wirt russisch und versprach ihr für fünf Rubel einen zuverlässigen Wodatsch, einen Fuhrmann. Sie kaufte eine weite Pluderhose, ein Hemd, Stiefel, eine Weste und eine närrische Tuchschapka und zog sich um. So wurde aus dem europäischen Fräulein ein magerer bulgarischer Halbwüchsiger, der bei keiner Streife Verdacht erregen würde. Sie ließ den Fuhrmann einen Bogen fahren, um die Marschkolonnen zu umgehen und Zarewizy nicht von Norden, sondern von Süden zu erreichen.

Dort, im Armeehauptquartier, wartete Petja Jablokow, Warjas ... ja was eigentlich? Bräutigam? Freund? Mann? Sagen wir so: ihr ehemaliger Mann und künftiger Bräutigam. Und Freund natürlich.

Noch bei Dunkelheit fuhren sie mit der knarrenden, rüttelnden Karuza los. Mitko, der schweigsame Wodatsch mit dem grauen Schnauzbart, kaute unentwegt Tabak und spuckte immer wieder einen langen braunen Strahl aus (Warja zuckte jedesmal zusammen); anfangs hatte er noch etwas exotisch Balkanisches vor sich hin gesungen, dann war er jedoch verstummt und ins Grübeln gekommen – jetzt wußte sie auch worüber.

Er hätte mich umbringen können, dachte sie schaudernd. Oder noch schlimmer. Wer sollte das hier untersuchen? Man würde es diesen, wie hießen sie gleich, Baschi-Bosuks in die Schuhe schieben.

Doch auch so war sie in einer abscheulichen Situation. Der Verräter Mitko hatte sie in diese Räuberspelunke gebracht, hatte sie an den Tisch gesetzt, ihr Käse und einen Krug Wein geben lassen, sich der Tür zugewandt und ihr bedeutet, er komme gleich wieder. Sie war ihm hinterher gestürzt, denn sie wollte nicht in dieser drekkigen, finsteren und stinkenden Verbrecherhöhle bleiben, aber Mitko sagte, er müsse mal weg, na ja, wegen eines physiologischen Bedürfnisses. Als sie das nicht verstand, erklärte er es mit einer Geste, da kehrte sie verlegen zu ihrem Platz zurück.

Das physiologische Bedürfnis zog sich über alle Maßen in die Länge. Warja aß ein wenig von dem salzigen Käse, der nicht schmeckte, und nippte von dem sauren Wein, doch dann konnte sie das wachsende Interesse der unheimlichen Besucher dieser Kaschemme an ihrer Person nicht mehr ertragen und trat hinaus in den Hof.

Trat hinaus und erstarrte.

Die Karuza war spurlos verschwunden. Darin hatte ihr Koffer mit den Sachen gelegen. Und mit der Reiseapotheke. Und in der Apotheke, zwischen Scharpie und Binden, lagen ihr Paß und alles Geld.

Warja wollte hinauslaufen auf die Straße, aber da kam aus der Schenke der Wirt – rotes Hemd, violette Nase und Warzen am Hals – herausgesprungen, schrie aufgebracht und zeigte: erst bezahlen, dann abhauen. Eingeschüchtert kehrte sie um; bezahlen konnte sie nicht. Sie setzte sich wieder in die Ecke und versuchte, das Geschehene als Abenteuer zu betrachten. Das ging nicht.

In der Gaststube war keine einzige Frau. Die schmuddligen Bauern benahmen sich ganz anders als die russischen Mushiks – die waren friedlich, solange sie nicht betrunken waren, und unterhielten sich halblaut, diese aber brüllten herum, soffen den Rotwein aus Krügen und brachen immer wieder in ein (wie es Warja vorkam) räuberisches Gelächter aus. An einem langen Tisch wurde gewürfelt, und jeden Wurf begleitete Geschrei. Einmal war das Geschimpfe lauter als sonst, und einem volltrunkenen kleinen Mann wurde ein irdener Krug über den Kopf geschlagen, er fiel unter den Tisch, niemand kümmerte sich um ihn.

Der Wirt nickte zu Warja hin und sagte speichelnd etwas, woraufhin sich am Nebentisch alle nach ihr umdrehten und bedrohlich wieherten. Warja duckte sich und zog die Schapka über die Augen. Außer ihr hatte hier niemand eine Mütze auf. Aber absetzen konnte sie sie nicht, dann hätte ihr Haar, obwohl kurzgeschnitten, wie es sich für eine moderne Frau gehörte, ihre Zugehörigkeit zum schwachen Geschlecht verraten. Diese widerliche Bezeichnung – »das schwache Geschlecht« – war von Männern erdacht worden. Leider traf sie zu.

Warja wurde jetzt von allen Seiten angeglotzt, die Blicke waren klebrig und verhießen nichts Gutes. Nur die Würfelspieler interessierten sich nicht für sie, und am Nebentisch, näher zur Theke, saß mit dem Rücken zu ihr ein Mann, melancholisch über den Weinkrug gebeugt. Sie sah nur sein kurzes schwarzes Haar und die angegrauten Schläfen.

Warja hatte nun große Angst. Mach dich nicht verrückt, redete sie sich zu. Du bist eine erwachsene starke Frau und keine spießige Zierpuppe. Du mußt ihnen sagen, daß du eine Russin bist und zur Armee reist, zu deinem Bräutigam. Wir Russen kommen als Befreier Bulgariens und sind hier willkommen. Außerdem ist das Bulgarische mit dem Russischen verwandt, und wir werden uns schon verstehen.

Sie drehte sich nach dem Fenster um – vielleicht kam Mitko zurück? Doch auf der staubigen Straße waren weder Mitko noch die Karuza zu sehen, dafür erblickte Warja etwas, was sie zuvor nicht beachtet hatte. Über den Häusern erhob sich ein Minarett mit abbröckelndem Putz. Oje! War sie etwa in einem muselmanischen Dorf? Aber die Bulgaren waren doch orthodoxe Christen, das war bekannt. Außerdem tranken sie hier Wein, was der Koran den Muselmanen verbot. Wiederum – wenn dies ein christliches Dorf war, wozu dann das Minarett? Und wenn ein muselmanisches, für wen waren dann die Leute hier, für uns Russen oder für die Türken? Für uns wohl kaum.

O Gott, was sollte sie tun?

Mit vierzehn war Warja im Religionsunterricht ein unwiderlegbarer Gedanke gekommen – wieso war bisher niemand darauf verfallen? Wenn Gott als erstes Adam geschaffen hat und erst danach Eva, so bedeutet das keineswegs, daß die Männer wichtiger, sondern daß die Frauen wertvoller sind. Der Mann ist ein Probemuster des Menschen, ein Entwurf, die Frau hingegen die endgültig bestätigte Variante, ergänzt und korrigiert. Aber das interessante, wirkliche Leben gehört sonderbarerweise den Männern, und die Frauen dürfen nur gebären und sticken, gebären und sticken. Woher diese Ungerechtigkeit? Weil die Männer stärker sind. Also muß man stark sein.

Und Warja beschloß, anders zu leben. In den Amerikanischen Staaten gab es schon die erste Ärztin, Mary Jacobi, und die erste Priesterin, Antoinette Blackwell, doch in Rußland herrschte geistige Trägheit. Aber gebt uns nur Zeit.

Nach dem Abschluß des Gymnasiums führte Warja, ähnlich den Amerikanischen Staaten, einen siegreichen Unabhängigkeitskrieg (ihr Herr Vater, der Advokat Suworow, konnte dem nichts entgegensetzen) und belegte Geburtshilfekurse, womit sie den Wandel von der »Strafe Gottes« zur »verrückten Nihilistin« vollzog.

Mit den Kursen ging es nicht gut. Den theoretischen Teil bewältigte Warja mühelos, obwohl vieles an dem Prozeß der Schaffung eines menschlichen Wesens sie erstaunlich und unglaublich dünkte, doch als es galt, einer wirklichen Geburt beizuwohnen, versagte sie schmählich. Sie konnte das gellende Geschrei der Kreißenden und den grauenhaften Anblick des plattgedrückten Säuglingsköpfchens, das aus blutigem Fleisch hervorkam, nicht aushalten und plumpste in Ohnmacht. Danach blieb ihr nur übrig, auf Telegraphiekurse umzusteigen. Eine der ersten russischen Telegraphistinnen zu werden, das schmeichelte ihr zunächst durchaus, zumal die »Petersburger Nachrichten« über sie schrieben (am 28. November 1875 unter dem Titel »Das war längst fällig«), doch die Arbeit erwies sich als unerträglich langweilig und bot keinerlei Aussichten für die Zukunft.

Warja, zur Erleichterung der Eltern, fuhr auf das Gut im Tambowschen, doch nicht zum Müßiggang, sondern um Bauernkinder zu unterrichten und zu erziehen. Dort, in der nagelneuen, nach Kiefernspänen duftenden Schule, lernte sie den Petersburger Studenten Petja Jablokow kennen. Er unterrichtete Arithmetik, Geographie und die Grundlagen der Naturwissenschaften, sie alle übrigen

Fächer. Recht bald aber ging den Bauern auf, daß der Schulbesuch weder Geld noch sonstige Vergnügungen zeitigen würde, und sie behielten die Kinder zu Hause (die sollten nicht faulenzen, sondern arbeiten). Warja und Petja hatten derweil schon einen Entwurf für ihr künftiges Leben fertig – frei, modern, fußend auf gegenseitiger Achtung und sinnvoller Verteilung der Pflichten.

Mit der demütigenden Abhängigkeit von den Almosen der Eltern sollte Schluß sein. Sie bezogen in Petersburg auf der Wyborger Seite eine Wohnung, darin gab es Mäuse, aber sie hatte immerhin drei Zimmer. Die brauchten sie, um so zu leben wie Vera Pawlowna und Lopuchin bei Tschernyschewski: Jeder hatte sein Revier, und das dritte Zimmer war für Gespräche und den Empfang von Gästen vorgesehen. Den Wirtsleuten erklärten sie sich für Mann und Frau, doch ihr Zusammenleben war rein kameradschaftlich: Abends lasen sie, tranken Tee und plauderten im Salon, dann wünschten sie einander eine gute Nacht und gingen jeder in sein Zimmer. So lebten sie fast ein Jahr, und es war ein gutes Jahr, ohne Schmutz und Abgeschmacktheit, sie waren ein Herz und eine Seele. Petja besuchte die Universität und gab Unterricht, Warja lernte Stenographie und verdiente bis zu hundert Rubel im Monat. Sie führte Protokoll bei Gericht, schrieb die Memoiren eines gedächtnisschwachen Generals auf, des Bezwingers von Warschau, und dann geriet sie auf Empfehlung von Freunden an einen Großen Schriftsteller (wir lassen den Namen weg, denn es endete unschön), um dessen Roman zu stenographieren. Sie hegte Ehrfurcht für ihn und weigerte sich entschieden, Bezahlung anzunehmen, allein, der Beherrscher der Gedanken verstand das falsch. Er war entsetzlich alt, in den Sechzigern, mit einer großen Familie behaftet und überdies stockhäßlich. Dafür sprach er wohlgesetzt und überzeugend: In der Tat sei die Unschuld ein lächerliches Vorurteil und die bürgerliche Moral widerwärtig, und der menschlichen Natur brauche man sich nicht zu schämen. Warja hörte zu, dann beriet sie sich stundenlang mit Petja, was zu tun sei. Petja fand auch, daß Keuschheit und Scheinheiligkeit Fesseln seien, die der Frau aufgezwungen würden, aber mit dem Großen Schriftsteller in physiologische Beziehungen zu treten, davon riet er ihr entschieden ab. Er ereiferte sich, argumentierte, daß der Schriftsteller gar nicht so groß sei, viele fortschrittliche Menschen hielten ihn sogar für einen Reaktionär. Es endete, wie schon gesagt, unschön. Eines Tages unterbrach der Große Schriftsteller das Diktat einer unglaublich starken Szene (Warja hatte Tränen in den Augen), atmete keuchend, schniefte, legte der dunkelblonden Stenographistin linkisch den Arm um die Schultern und zog sie zum Sofa. Ein Weilchen duldete sie sein wirres Gesäusel und die Berührungen seiner flatternden Finger, die sich in den Haken und Knöpfen verfingen, dann begriff sie auf einmal ganz deutlich, nein, sie begriff nicht, sondern sie fühlte: Das ist falsch und darf nicht stattfinden. Sie stieß den Großen Schriftsteller zurück, lief hinaus und ging nie wieder zu ihm.

Diese Geschichte brachte Petja auf dumme Gedanken. Es war März, der Frühling hatte zeitig begonnen, von der Newa her roch es nach Weite und nach Eisgang, und Petja stellte ein Ultimatum: So könne es nicht weitergehen, sie seien füreinander geschaffen, ihre Beziehung habe der Zeit standgehalten. Sie beide seien lebendige Menschen und dürften die Gesetze der Natur nicht mißachten. Er sei mit körperlicher Liebe auch ohne Brautkranz einverstanden, aber besser sei es, richtig zu heiraten, denn das enthebe vieler Komplikationen. Und dann lenkte er es geschickt so, daß nur noch darüber diskutiert wurde, wie sie sich trauen lassen würden, standesamtlich oder kirchlich. Die Streitgespräche dauerten bis in den April, im April begann der langerwartete Krieg zur Befreiung der slawischen Brüder, und Petja Jablokow als ordentlicher Mensch meldete sich freiwillig. Vor seiner Abreise versprach Warja ihm zweierlei: ihm bald eine endgültige Antwort zu geben und ihm unbedingt in den Krieg zu folgen, ihr werde da schon etwas einfallen.

Und ihr fiel etwas ein, wenn es auch etwas dauerte. Ihre Versuche, als Krankenschwester in einem provisorischen Militärhospital oder in einem Feldlazarett zu arbeiten, schlugen fehl, da ihre unbeendeten Geburtshilfekurse nicht anerkannt wurden. Telegraphistinnen durften nicht zur kämpfenden Armee. Warja wollte fast verzweifeln, da kam aus Rumänien ein Brief: Petja klagte, daß sie ihn wegen seiner Plattfüße nicht zur Infanterie genommen hätten. Statt dessen sei er dem

Stab des Oberbefehlshabers Großfürst Nikolai Nikolajewitsch überstellt worden, seiner mathematischen Kenntnisse halber, denn es wurden dringlichst Chiffrierer gebraucht.

Nun, beim Hauptquartier irgendeine Anstellung zu finden oder schlimmstenfalls im rückwärtigen Gewimmel unterzutauchen, das dürfte nicht schwer sein, befand Warja und schmiedete ungesäumt den Plan, der auch in den beiden ersten Etappen wunderbar funktioniert, in der dritten jedoch mit der Katastrophe geendet hatte.

Inzwischen rückte die Lösung näher. Der violettnasige Wirt knurrte etwas Drohendes, wischte die Hände an einem grauen Handtuch ab und kam watschelnd auf Warja zu, in seinem roten Hemd anzusehen wie ein Scharfrichter, der sich dem Richtblock nähert. Ihr wurde trocken im Mund und ein bißchen übel. Ob sie sich taubstumm stellte?

Der Melancholische, der mit dem Rücken zu ihr saß, stand gemächlich auf, trat zu Warjas Tisch und setzte sich wortlos ihr gegenüber. Sie sah ein blasses und trotz der angegrauten Schläfen sehr junges, fast knabenhaftes Gesicht mit kalten hellblauen Augen, einem schmalen Schnurrbärtchen und einem strengen Mund. Der Mann hatte keine Ähnlichkeit mit den übrigen Bauern, obwohl er wie sie gekleidet war, nur daß die Weste ein bißchen neuer und das Hemd ein bißchen sauberer war.

Den sich nähernden Wirt würdigte der Blauäugige keines Blicks, er machte nur eine geringschätzige Handbewegung, worauf der drohende Scharfrichter hinter die Theke retirierte. Warja wurde davon nicht leichter. Im Gegenteil, sie machte sich auf das Schlimmste gefaßt.

Sie krauste die Stirn, gewärtig, auf fremdländisch angesprochen zu werden. Lieber nicht reden, sondern nur nicken und den Kopf schütteln. Dabei durfte sie nicht vergessen, daß es bei den Bulgaren umgekehrt war: Nicken bedeutete »nein«, Kopfschütteln »ja«.

Aber der Blauäugige stellte keine Fragen. Er seufzte bedrückt und sagte, ein wenig stotternd, in reinem Russisch: »A-ach, M-mademoiselle, Sie hätten zu Hause auf Ihren Bräutigam warten sollen. Das hier ist kein R-roman von Maine Reid. Es hätte ü-übel ausgehen können.«

ZWEITES KAPITEL, *in welchem viele interessante Männer auftauchen*

»Der russische Invalide« (Sankt Petersburg)
vom 2. (14.) Juli 1877
»Nach dem Waffenstillstand zwischen der Pforte und Serbien sind viele Patrioten der slawischen Sache, ruhmreiche Recken der russischen Erde, die als Freiwillige unter dem Befehl des kühnen Generals Tschernjajew gedient hatten, dem Ruf des Befreierzaren gefolgt, sie kämpfen sich über wilde Berge und durch düstere Wälder vor ins bulgarische Land, um sich mit dem rechtgläubigen Heer zu vereinigen und ihre heilige Ruhmestat mit dem langersehnten Sieg zu krönen.«

Der Sinn des Gesagten erreichte Warja nicht sofort. Dem Trägheitsgesetz folgend, nickte sie zunächst, schüttelte dann den Kopf und sperrte erst danach verdattert den Mund auf.

»Wundern Sie sich nicht«, sagte der sonderbare Bauer mit matter Stimme. »Daß Sie eine F-frau sind, sieht man gleich – unter der Mütze guckt eine Strähne hervor. Erstens.« (Warja schob die verräterische Locke verstohlen zurück.) »Daß Sie Russin sind, ist auch offensichtlich: Stupsnase, russisch geformte Jochbögen, dunkelblondes Haar und vor a-allem kein bißchen Bräune. Zweitens. Das mit dem Bräutigam ist auch einfach: W-wer sich heimlich durchschleicht, muß private Interessen haben. Und was kann eine junge Frau in Ihrem Alter für private Interessen bei der kämpfenden Armee haben? Nur romantische. Drittens. Und jetzt v-viertens: Der Schnauzbart, der Sie hergebracht hat und dann verschwunden ist, war das Ihr Fuhrmann? Und das Geld hatten Sie natürlich in Ihren Sachen versteckt? D-dumm. Alles Notwendige muß man bei sich tragen. Wie heißen Sie?«

»Warja Suworowa, Warwara Andrejewna«, flüsterte sie erschrocken. »Und Sie? Wo kommen Sie her?«

»Ich bin Erast Petrowitsch Fandorin. Kriegsfreiwilliger aus Serbien. Und ich komme aus t-türkischer Gefangenschaft.«

Gott sei Dank! Warja hatte schon fast an eine Halluzination geglaubt. Ein Kriegsfreiwilliger aus Serbien! Aus türkischer Gefangenschaft! Sie warf einen respektvollen Blick auf seine angegrauten Schläfen, dann fragte sie – und zeigte taktlos mit dem Finger auf die Schläfen: »Man hat Sie dort gefoltert, ja? Ich habe von den Greueln der türkischen Gefangenschaft gelesen. Das Stottern kommt bestimmt auch davon.«

Fandorin runzelte die Stirn und antwortete unwillig:

»Niemand hat mich gefoltert. Man hat mich von früh bis spät mit Kaffee traktiert und ausschließlich französisch mit mir gesprochen. Ich war G-gast des Kaimakams von Widin.«

»Widin?«

»Ja, das ist eine Stadt an der rumänischen Grenze. Und Kaimakam bedeutet Gouverneur. Was das Sch-stottern betrifft, so ist es die Folge einer früheren Kontusion.«

»Sie sind geflohen, ja?« fragte sie neidisch. »Und wollen zur Armee, um zu kämpfen?«

»Nein. Ich habe genug gekämpft.«

Warja mußte wohl entgeistert geguckt haben. Fandorin hielt es jedenfalls für angezeigt hinzuzufügen: »Der Krieg, Warwara Andrejewna, ist eine entsetzliche Schweinerei. Da ist keiner im Recht oder Unrecht. Gute und Böse gibt es auf beiden Seiten. Nur daß die Guten gewöhnlich als erste draufgehen.«

»Warum sind Sie dann freiwillig nach Serbien gegangen?« fragte sie heftig. »Es hat Sie doch wohl niemand gezwungen?«

»Aus egoistischen Erwägungen. Ich war krank und mußte mich kurieren.«

»Kann man sich im Krieg kurieren?« fragte Warja verwundert.

»Ja. Der Anblick fremden L-leids macht das eigene erträglicher. Ich kam an die Front zwei Wochen nach der Zerschlagung der Tschernjajew-Armee. Danach bin ich noch durch die Berge gestreift und habe herumgeballert. Gottlob habe ich wohl n-niemanden getroffen.«

Er will sich interessant machen, oder er ist ein Zyniker, dachte Warja gereizt und sagte giftig: »Wären Sie doch bei Ihrem Kaimakam geblieben. Warum sind Sie geflohen?«

»Ich bin nicht geflohen. Jussuf Pascha hat mich gehen lassen.«

»Und was führt Sie nach Bulgarien?«

»Ich habe etwas zu erledigen«, antwortete er kurz. »Wo wollen Sie eigentlich hin?«

»Nach Zarewizy, zum Stab des Oberbefehlshabers. Und Sie?«

»Nach Bela. Dort soll das Hauptquartier Seiner M-majestät sein.« Der Freiwillige verstummte, bewegte mißmutig die dünnen Brauen, holte tief Luft. »Aber ich kann auch zum Oberbefehlshaber gehen.«

»Wirklich?« rief Warja erfreut. »Oh, lassen Sie uns zusammen gehen, ja? Ich weiß überhaupt nicht, was ich täte, wenn ich Sie nicht getroffen hätte.«

»W-was schon. Sie hätten sich vom Wirt zur nächsten russischen Truppe bringen lassen, und fertig.«

»Mich bringen lassen? Von dem Wirt hier?« fragte Warja furchtsam. »Aber das Dorf ist doch muselmanisch?«

»Ja.«

»Die würden mich an die Türken ausliefern.«

»Ich will Sie ja nicht beleidigen, Warwara Andrejewna, aber für die Türken sind Sie gänzlich uninteressant, und von ihrem B-bräutigam hätte der Wirt eine Belohnung bekommen.«

»Ich gehe lieber mit Ihnen«, flehte Warja, »bitte!«

»Ich habe nur eine alte Mähre, die schon halbtot ist. Auf der können keine zwei sitzen. An G-geld habe ich drei Kurus*. Für Wein und Käse reicht das, aber für mehr nicht. Wir brauchen noch ein Pferd oder wenigstens einen Esel. Das kostet mindestens hundert.«

Warjas neuer Bekannter verstummte, überlegte etwas, drehte sich nach den Würfelspielern um. Wieder holte er tief Luft.

»Warten Sie hier. Ich komme gleich wieder.«

Er ging langsam zu den Spielern, stand fünf Minuten am Tisch und sah zu. Dann sagte er etwas (Warja verstand es nicht), worauf alle das Würfeln einstellten und sich ihm zuwandten. Fandorin zeigte auf Warja, und sie rutschte auf der Bank hin und her unter den auf sie gerichteten Blicken. Plötzlich dröhnte Gelächter, es klang zotig und für Warja beleidigend, aber Fandorin dachte nicht daran, für die Ehre der Dame einzustehen. Statt dessen drückte er einem schnauzbärtigen Dickwanst die Hand und setzte sich auf die Bank. Die anderen rückten beiseite, und um den Tisch sammelte sich ein Häuflein Neugieriger.

Offenbar hatte sich der Freiwillige ein Spiel ausgedacht. Aber mit was für Geld? Mit seinen drei Kurus? Da würde er lange spielen müssen, um ein Pferd zu gewin-

* Kurus – türkisches Pfund.

nen. Warja war voller Unruhe, sie hatte sich einem Menschen anvertraut, den sie überhaupt nicht kannte. Er sah sonderbar aus, sprach sonderbar, handelte sonderbar. Andererseits, hatte sie eine Wahl?

Die Menge der Gaffer lärmte los – der Dicke hatte geworfen. Dann klapperte es noch einmal, und die Wände erbebten von dem allgemeinen Geheul.

»Z-zwölf«, sagte Fandorin ruhig und stand auf. »Wo ist der Esel?«

Der Dicke war auch aufgesprungen, er packte den Freiwilligen am Ärmel und redete, mit den Augen rollend, hastig auf ihn ein.

»Noch einmal, noch einmal!« rief er immer wieder.

Fandorin nickte entschlossen, aber seine Nachgiebigkeit stellte den Verlierer nicht zufrieden. Der brüllte immer lauter und fuchtelte mit den Armen. Fandorin nickte wieder, noch entschlossener, da entsann sich Warja der bulgarischen Paradoxie: Nicken bedeutete »nein«.

Nun wollte der Verlierer von Worten zu Tätlichkeiten übergehen – er holte weit aus, die Gaffer prallten auseinander, aber Fandorin rührte sich nicht, nur seine Rechte war wie von selbst in die Tasche geschlüpft. Das war ganz unauffällig geschehen, doch auf den Dicken hatte es eine magische Wirkung. Er sank in sich zusammen, schluchzte auf und brummelte kläglich. Diesmal schüttelte Fandorin den Kopf, warf dem Wirt ein paar Münzen zu und wandte sich zum Ausgang. Warja würdigte er keines Blicks, aber sie brauchte keine Einladung, sie sprang auf und war im Nu an der Seite ihres Retters.

»Der zweite von li-links«, sagte Fandorin mit konzentriertem Blick, er war auf der Vortreppe stehengeblieben.

Warja folgte seinem Blick und sah an der Anbindestange eine ganze Reihe Pferde, Esel und Maultiere, die friedlich Heu mampften.

»Da ist er, Ihr B-bukephalos.« Fandorin zeigte auf ein Eselchen mit dunklem Fell. »Schön ist er nicht, dafür fällt man nicht so tief.«

»Haben Sie den gewonnen?«

Fandorin nickte schweigend, während er seine magere graue Stute losband.

Er half seiner Begleiterin in den Holzsattel, schwang sich geschickt auf seine Schimmelstute, dann ritten sie hinaus auf die Dorfstraße, die im grellen Schein der Mittagssonne lag.

»Wie weit ist es bis Zarewizy ?« fragte Warja, die im Rhythmus der Trippelschritte ihres zottigen Transportmittels durchgerüttelt wurde.

»Wenn wir uns nicht v-verirren, sind wir zur Nacht dort«, antwortete der Reiter majestätisch von oben herab.

Die Gefangenschaft hat ihn ganz türkifiziert, dachte Warja ärgerlich. Er hätte das Pferd ja auch der Dame geben können. Typisch männlicher Narzißmus. Pfau! Enterich! Hauptsache, sich vor dem grauen Entlein dicketun. Ich sehe schon komisch genug aus, und nun soll ich auch noch den Sancho Pansa machen beim Ritter von der Traurigen Gestalt.

»Was haben Sie in der Tasche?« fragte sie in der Erinnerung an seine Handbewegung. »Eine Pistole?«

Fandorin wunderte sich.

»In welcher Tasche? Ach so, in der T-tasche. Leider gar nichts.«

»Und wenn er nicht weich geworden wäre?«

»Mit einem, der nicht weich wird, hätte ich nicht gespielt.«

»Aber wie konnten Sie den Esel mit einem einzigen Spiel gewinnen?« fragte Warja neugierig. »Der Mann wird den Esel ja nicht gegen Ihre drei Kurus gesetzt haben?«

»Natürlich nicht.«

»Um was haben Sie also gespielt?«

»Um Sie«, antwortete Fandorin kaltblütig. »Mädchen gegen Esel, das ist ein vorteilhafter Einsatz. Verzeihen Sie großmütig, Warwara Andrejewna, aber es gab keinen anderen Ausweg.«

»Verzeihen?« Warja wäre fast vom Esel gerutscht. »Und wenn Sie verloren hätten?«

»Wissen Sie, Warwara Andrejewna, ich habe eine sonderbare Eigenschaft. Ich kann Glücksspiele nicht ausstehen, aber wenn ich spielen muß, gewinne ich unweigerlich. Les caprices de la fortune!* Ich habe ja auch meine Freiheit dem Pascha von Widin im Nardy-Spiel abgewonnen.«

---

* (franz.) Die Launen des Glücks.

Sie wußte nicht, was sie zu diesem Leichtsinn sagen sollte, und beschloß, tödlich beleidigt zu sein. Darum ritten sie schweigend weiter.

Warjas Sattel war ein Folterinstrument, das ihr eine Masse Unbequemlichkeiten bereitete, aber sie hielt tapfer aus und wechselte nur von Zeit zu Zeit ihren Schwerpunkt.

»Hart?« fragte Fandorin. »Wollen Sie meine W-weste unterlegen?«

Warja gab keine Antwort, denn erstens dünkte dieses Angebot sie nicht recht schicklich, und zweitens aus Prinzip.

Der Weg schlängelte sich zwischen flachen bewaldeten Hügeln hindurch und senkte sich dann hinunter in eine Ebene. Die ganze Zeit war den beiden Reisenden niemand entgegengekommen, und das beunruhigte Warja allmählich. Sie warf ab und an Seitenblicke auf Fandorin, aber dieser Holzklotz blieb unerschütterlich und knüpfte kein Gespräch an.

Schön würde sie aussehen, wenn sie in dieser Aufmachung nach Zarewizy käme. Nun, Petja würde es wohl egal sein, von ihm aus könnte sie Sackleinwand tragen, er würde es gar nicht wahrnehmen, aber dort war der Stab. Und sie wie eine Vogelscheuche ... Warja nahm die Schapka ab, fuhr mit der Hand durchs Haar und war nun vollends verdrossen. Ihr Haar, ohnehin nicht besonders schön, matt und mausgrau, war von der Maskerade ganz zerstrobelt und zottelig. Gewaschen hatte sie es zum letztenmal vor drei Tagen in Bukarest. Nein, dann schon lieber mit der Schapka. Diese Kleidung eines bulgarischen Bauern war gar nicht schlecht, war praktisch und auf eigene Weise wirkungsvoll. Die Pluderhose erinnerte an die berühmten »Bloomers«, in denen seinerzeit die englischen Suffragetten herumgelaufen waren, aus Protest gegen die albernen und demütigenden langen Damenunterhosen und die Unterröcke. Wenn sie einen breiten roten Gürtel um die Taille schlänge wie in der »Entführung aus dem Serail« (sie hatte die Oper im letzten Herbst mit Petja im Marientheater gesehen), sähe es sogar malerisch aus.

Plötzlich wurden Warjas Betrachtungen aufs rücksichtsloseste unterbrochen. Fandorin beugte sich herab und packte den Esel am Zügel, und das dumme Tier blieb so ruckartig stehen, daß Warja beinahe über den langohrigen Kopf hinweggeflogen wäre.

»Was soll das, sind Sie von Sinnen?«

»Schweigen Sie jetzt, was auch geschieht«, sagte Fandorin halblaut und sehr ernst und blickte geradeaus.

Warja hob den Kopf und sah einen formlosen Reitertrupp, an die zwanzig Mann, in eine Staubwolke gehüllt, ihnen entgegensprengen. Sie sah zottige Schapkas, Sonnenfünkchen spielten auf den Patronenfutteralen an den Tscherkessenröcken, auf dem Zaumzeug und den Waffen. Einer ritt an der Spitze, um seine Pelzmütze war ein grünes Tuch geschlungen.

»Sind das Baschi-Bosuks?« fragte Warja, und ihre Stimme vibrierte. »Was wird jetzt? Sind wir verloren? Werden sie uns umbringen?«

»Wenn Sie still sind, nicht«, antwortete Fandorin nicht sehr überzeugt. »Ihre plötzliche Geschwätzigkeit ist völlig unangebracht.«

Sein Stottern war wie weggeblasen, und davon wurde ihr ganz unheimlich.

Fandorin nahm den Esel wieder beim Zügel, ritt zum Straßenrand, zog Warja die Schapka bis über die Augen und flüsterte:

»Sehen Sie nach unten, und keinen Ton.«

Trotzdem riskierte sie einen verstohlenen Blick auf die berühmten »Halsabschneider«, von denen seit zwei Jahren alle Zeitungen schrieben.

Der Mann an der Spitze (sicherlich der Bek) hatte einen rötlichen Bart und trug einen schmutzigen zerrissenen Beschmet, doch seine Waffe glänzte silbern. Er ritt vorbei, ohne die jämmerlichen Bauern eines Blicks zu würdigen. Anders seine Bande. Ein paar Berittene hielten bei Warja und Fandorin und schnatterten gaumig. Die Physiognomien dieser Baschi-Bosuks waren so beschaffen, daß Warja am liebsten die Augen zugekniffen hätte – sie hatte nicht geahnt, daß Menschen so aussehen können. Plötzlich entdeckte sie unter den alptraumhaften Visagen ein ganz gewöhnliches menschliches Gesicht. Es war bleich und hatte ein blutunterlaufenes Auge, und das andere Auge, braun und voller Todesangst, sah sie direkt an.

Inmitten der Räuber ritt, rücklings im Sattel sitzend, ein russischer Offizier in verstaubter, zerfetzter Montur. Seine Hände waren auf dem Rücken zusammengeschnürt, an seinem Hals hing eine leere Säbelscheide, in einem Mundwinkel war Blut angetrocknet. Warja biß sich auf die Lippe, um nicht aufzuschreien; sie hielt die Hoffnungslosigkeit im Blick des Gefangenen nicht aus und senkte die Augen. Aber ein Schrei, genauer, ein hysterisches Schluchzen entrang sich dennoch ihrem vor Angst ausgedörrten Hals, denn einer der Banditen hatte an seinem Sattelknauf einen hellblonden Menschenkopf mit langem Schnurrbart hängen. Fandorin preßte Warja den Ellbogen und sagte kurz etwas auf türkisch – sie verstand die Wörter »Jussuf Pascha« und »Kaimakam«, aber die hatten keine Wirkung auf die Räuber. Einer mit Spitzbart und riesiger krummer Nase zog Fandorins Stute die Oberlippe hoch, sah lange faulige Zähne, spuckte verächtlich aus und sagte etwas, und die anderen lachten. Dann schlug er der Mähre die Nagaika über die Kruppe, sie sprang erschrocken zur Seite und verfiel sogleich in einen ungleichmäßigen Trab. Warja stieß dem Esel die Absätze in die aufgeblähten Seiten, und er trippelte hinterher; sie wagte nicht zu glauben, daß die Gefahr vorüber sei. Um sie herum verschwamm alles, der entsetzliche Kopf mit den leidend geschlossenen Augen und dem blutverkrusteten Mund ließ ihr keine Ruhe. Hals abschneider sind Leute, die den Halsabschneiden – dieser alberne Satz schwirrte ihr durch den halb bewußtlosen Kopf.

»Bitte keine Ohnmacht«, sagte Fandorin leise. »Vielleicht kommen die zurück.«

Er hatte es beschrien. Gleich darauf hörten sie hinter sich näher kommendes Hufgetrappel.

Fandorin sah zurück und flüsterte: »Drehen Sie sich nicht um, vorwärts!«

Warja drehte sich trotzdem um, doch das hätte sie besser nicht getan. Die Baschi-Bosuks waren an die zweihundert Schritte weitergeritten, aber einer der Reiter, der mit dem abgeschnittenen Kopf am Sattel, war umgekehrt und folgte ihnen rasch, und die furchtbare Trophäe hüpfte lustig an der Kruppe seines Pferdes.

Warja warf ihrem Begleiter einen verzweifelten Blick zu. Der schien seine Kaltblütigkeit verloren zu haben, mit zurückgeworfenem Kopf trank er nervös Wasser aus einer großen kupfernen Feldflasche.

Der verdammte Esel trippelte melancholisch dahin, er hatte keine Lust, den Schritt zu beschleunigen. Gleich darauf war der schnelle Reiter auf gleicher Höhe mit den unbewaffneten Reisenden und riß seinen feurigen Braunen hoch. Dann beugte er sich vor, zerrte Warja die Schapka vom Kopf und lachte räuberisch, als ihr befreites Haar zum Vorschein kam.

»Hoho!« johlte er mit blitzenden weißen Zähnen.

Fandorin, finster und konzentriert, riß dem Räuber mit einer raschen Bewegung seiner Linken die zottige Pelzmütze herunter, holte aus und schmetterte ihm die schwere Feldflasche gegen den rasierten Hinterkopf. Es gab ein ekelhaft klatschendes Geräusch, in der Flasche gluckerte es, und der Baschi-Bosuk fiel in den Staub.

»Zum Teufel mit dem Esel! Geben Sie mir die Hand. In den Sattel! Und vollen Galopp! Und nicht umdrehen!« ratterte Fandorin, wieder ohne zu stottern.

Er half der benommenen Warja auf den Braunen, riß das Gewehr aus dessen Satteltasche, und sie sprengten davon.

Das Pferd des Räubers preschte sogleich voran. Warja zog den Kopf ein, aus Furcht, sich nicht halten zu können. In ihren Ohren pfiff es, ihr rechter Fuß rutschte sehr zur Unzeit aus dem zu lang geschnallten Steigbügel, von hinten krachten Schüsse, etwas Schweres schlug ihr schmerzhaft gegen den rechten Oberschenkel.

Warja blickte kurz nach unten, sah den tanzenden Kopf, stieß einen unterdrückten Schrei aus und ließ die Zügel los, was sie keineswegs hätte tun dürfen.

Im nächsten Moment flog sie aus dem Sattel, beschrieb einen Bogen in der Luft und plumpste in etwas Grünes, Weiches, Knisterndes – einen Busch am Wegrand.

Dies wäre der richtige Moment gewesen, in Ohnmacht zu fallen, aber dazu kam es nicht. Warja hockte im Gras, hielt sich die zerkratzte Wange, ringsum tanzten gebrochene Zweige.

Auf dem Weg spielte sich mittlerweile dies ab. Fandorin bearbeitete mit dem Kolben die unglückliche Mähre, die sich alle Mühe gab und die schwieligen Beine warf. Er hatte schon fast den Busch erreicht, unter dem die vom Sturz betäubte Warja saß, hinter ihm her jagte, vielleicht hundert Schritte zurück, unter krachenden Schüssen die Horde der Verfolger, gut und gern ein Dutzend. Plötzlich kam die graue Stute aus dem Tritt, schüttelte kläglich den Kopf und sank nieder, wobei sie ihrem Reiter ein Bein einquetschte. Warja schrie auf. Fandorin befreite sich mühsam von dem Gaul, der aufzustehen versuchte, und richtete sich hoch auf. Mit einem Blick auf Warja riß er das Gewehr an die Schulter und nahm die Baschi-Bosuks ins Visier.

Mit dem Schießen hatte er es nicht eilig, er zielte konzentriert, und seine Pose war so eindrucksvoll, daß keiner der Räuber sich der Kugel aussetzen wollte – der Trupp verließ den Weg und schwärmte aus auf die Wiese, wo er die Flüchtlinge im Halbkreis umschloß. Die Schüsse verstummten, und Warja erriet, daß man sie lebendig fassen wollte.

Fandorin wich zurück, richtete das Gewehr bald auf den einen, bald auf den anderen Reiter. Der Abstand zwischen ihnen verkürzte sich allmählich. Als Fandorin fast den Busch erreicht hatte, schrie Warja: »So schießen Sie doch, worauf warten Sie!«

Ohne sich umzudrehen, zischte Fandorin: »Das Gewehr ist nicht geladen.«

Warja blickte nach links (dort waren die Baschi-Bosuks), nach rechts (dort waren auch Reiter mit zottigen Pelzmützen) und schließlich nach hinten, da sah sie durch das schüttere Gezweig etwas Bemerkenswertes.

Über die Wiese galoppierten Reiter, vornweg sprengte, nein, flog auf einem mächtigen Rapphengst, die Ellbogen jockeyhaft abgespreizt, ein Mann mit einem breitkrempigen amerikanischen Stetson; hinter ihm ritt auf einem Paßgänger eine weiße Montur mit goldenen Schultern, dann folgte ein Dutzend Kubankosaken, und den Abschluß bildete, im Sattel hüpfend, ein ganz sonderbarer Herr mit Melone und langem Gehrock.

Warja betrachtete wie verzaubert die seltsame Kavalkade. Die Kosaken stießen Pfiffe und Hetzrufe aus. Die Baschi-Bosuks sammelten sich schreiend zum Häuflein, und da kam ihnen der rotbärtige Bek mit den übrigen Männern zu Hilfe. Die entsetzlichen Menschen hatten Warja und Fandorin vergessen, sie hatten jetzt andere Sorgen.

Es sah nach einem bevorstehenden Gemetzel aus. Warja wandte den Kopf bald dahin, bald dorthin und vergaß die Gefahr – das Schauspiel war schrecklich und schön.

Aber der Kampf brach ab, noch ehe er so recht begonnen hatte. Der Reiter mit dem Stetson (er war jetzt ganz nahe, und Warja sah sein gebräuntes Gesicht, seinen Spitzbart à la Louis Napoleon und den aufgezwirbelten weizenblonden Schnauzbart) zog die Zügel an, saß reglos und hatte plötzlich, woher auch immer, eine langläufige Pistole in der Hand. Die spuckte – deng! deng! – zwei ärgerliche Wölkchen aus, der Bek mit dem zerrissenen Beschmet wankte im Sattel wie betrunken und sank zur Seite. Einer der Baschi-Bosuks fing ihn auf, warf ihn über den Widerist seines Pferdes, und dann zog sich der Haufen kampflos zurück.

Vorbei an Warja und dem müde auf sein nutzloses Gewehr gestützten Fandorin ritten in einer Reihe der Kunstschütze, der Reiter in der weißen Montur mit der goldblitzenden Generalsepaulette und die Kosaken mit den hochragenden Lanzen.

»Die haben einen gefangenen Offizier!« rief ihnen Fandorin hinterher.

Derweil kam der letzte Mann der Kavalkade, der Herr in Zivil, gemächlich angeritten und hielt bei ihnen. Die Verfolgungsjagd schien ihn nicht zu interessieren.

Runde helle Augen blickten über die Brille hinweg teilnahmsvoll auf die Geretteten.

»Tschetniks?« fragte der Zivilist mit englischem Akzent.

»No, Sir«, antwortete Fandorin und fügte noch etwas in derselben Sprache hinzu, aber Warja verstand es nicht, sie hatte am Gymnasium nur Französisch und Deutsch gelernt.

Sie zupfte Fandorin ungeduldig am Ärmel, und der erläuterte schuldbewußt: »Ich s-sage, wir sind keine Tschetniks, sondern Russen, und wollen zu den Unseren.«

»Was sind Tschetniks?«

»Bulgarische Aufständische.«

»Oh, Sie Dame?« Das gutmütige fleischige Gesicht des Engländers zeigte Verwunderung. »Aber was für eine Maskerade! Ich wußte nicht, daß Russen Frauen für Espionage benutzen. Sie sind eine Heroine, Madam. Wie ist Ihr Name? Das wird sehr interesting für meine Leser.«

Er entnahm seiner Reisetasche ein Notizbuch, und Warja sah erst jetzt seine dreifarbige Armbinde mit der Zahl 48 und der Schrift »Presse«.

»Ich heiße Warwara Andrejewna Suworowa und beteilige mich an keiner ›Espionage‹. Mein Bräutigam ist beim Stab«, sagte sie würdevoll. »Und das ist mein Begleiter, der serbische Freiwillige Erast Petrowitsch Fandorin.«

Der Pressemann lüpfte verwirrt die Melone und sprach nun französisch.

»Bitte um Vergebung, Mademoiselle. James MacLaughlin, Mitarbeiter der Londoner Zeitung ›Daily Post‹.«

»Dann sind Sie der Engländer, der über die türkischen Greuel in Bulgarien geschrieben hat?« fragte Warja, nahm die Schapka ab und ordnete die Haare, so gut es ging.

»Ich bin Ire«, korrigierte MacLaughlin streng. »Das ist keineswegs dasselbe.«

»Und wer sind die?« Warja nickte in die Richtung, wo Staub wölkte und Schüsse knallten. »Der mit dem Hut, wer ist das?«

»Dieser unvergleichliche Cowboy ist Monsieur d'Hévrais, er schreibt eine brillante Feder, ist der Liebling der französischen Leser und das Trumpf-As der Zeitung ›Revue Parisienne‹.«

»›Revue Parisienne‹?«

»Ja, das ist eine Pariser Tageszeitung. Auflage hundertfünfzigtausend, das ist für Frankreich unwahrscheinlich viel«, erklärte der Journalist geringschätzig. »Meine ›Daily Post‹ dagegen verkauft täglich zweihundertvierzigtausend Exemplare, so ist das.«

Warja schüttelte den Kopf, damit das Haar lockerer fiel, und wischte mit dem Ärmel den Staub aus dem Gesicht.

»Ach, mein Herr, Sie sind gerade zur rechten Zeit gekommen. Die Vorsehung hat Sie geschickt.«

»Uns hat Sobolew hierher mitgenommen«, sagte der Engländer, genauer, der Ire achselzuckend. »Er langweilt sich beim Stab und ist von der Untätigkeit schon ganz zermürbt. Heute früh hatten die Baschi-Bosuks im russischen Hinterland ihr Unwesen getrieben, und Sobolew persönlich hat die Verfolgung aufgenommen. d'Hévrais und ich sind sozusagen seine Schoßhündchen und müssen überallhin mit. Erstens sind wir alte Freunde, schon von Turkestan her, und zweitens, wo Michel Sobolew ist, findet sich ganz sicher eine gute Story. Aber da kommen sie ja, und natürlich mit leeren Händen.«

»Wieso natürlich?« fragte Warja.

Der Pressemann lächelte nachsichtig und sagte nichts, für ihn antwortete Fandorin, der sich bisher kaum am Gespräch beteiligt hatte: »Sie haben doch gesehen, Mademoiselle, daß die Baschi-Bosuks f-frische Pferde hatten und die der Verfolger erschöpft waren.«

»Absolutely so.« MacLaughlin nickte.

Warja warf einen mürrischen Seitenblick auf die beiden: Siehe da, was für eine Übereinstimmung, um eine Frau als dumme Gans dastehen zu lassen. Aber Fandorin erwarb sich sogleich Vergebung – er holte ein erstaunlich sauberes Tuch aus der Tasche und legte es Warja an die Wange. Oh, den Kratzer hatte sie ganz vergessen!

Der Pressemann hatte sich geirrt, als er sagte, die Verfolger kehrten mit leeren Händen zurück – Warja sah zu ihrer Freude, daß sie den gefangenen Offizier befreit hatten: Zwei Kosaken trugen den erschlafften Körper in der schwarzen Montur an Armen und Beinen. Oder war er, Gott behüte, tot?

Vorneweg ritt diesmal der Geck, den der Brite Michel Sobolew genannt hatte, der junge General. Er hatte lustige blaue Augen und einen ungewöhnlichen Bart – gepflegt, buschig und zur Seite gekämmt wie zwei Flügel.

»Sie sind weg, die Schurken!« schrie er von weitem und fügte einen Ausdruck hinzu, den Warja nicht ganz verstand.

»There's a lady here«*, sagte MacLaughlin und drohte mit dem Finger. Er nahm die Melone ab und trocknete die rosige Glatze.

Der General nahm Haltung an, als er Warja erblickte, doch sein Blick glitt gelangweilt ab, begreiflich: ungewaschene Haare, ein Kratzer im Gesicht, unschöne Aufmachung.

»Generalmajor Sobolew Zwei von der Suite Seiner kaiserlichen Hoheit«, stellte er sich vor und sah Fandorin fragend an.

Aber Warja, über die Gleichgültigkeit des Generals erbost, fragte frech: »Zwei? Und wer ist Sobolew Eins?«

Der General war verwundert.

* (engl.) Hier ist eine Dame.

»Wer das ist? Na, mein Herr Vater, Generalleutnant Dmitri Iwanowitsch Sobolew, Kommandeur der Kaukasus-Kosakendivision. Haben Sie nie von ihm gehört?«

»Nein. Nicht von ihm und nicht von Ihnen«, log Warja; Sobolew Zwei, den Helden von Turkestan und Bezwinger von Chiwa und Machram, kannte ganz Rußland.

Über den General wurde ganz Unterschiedliches erzählt. Die einen priesen ihn als unvergleichlich tapfer, als Ritter ohne Furcht und Tadel und nannten ihn den künftigen Suworow oder gar Bonaparte, andere schmähten ihn als Poseur und Ehrgeizling. Die Zeitungen hatten berichtet, daß er sich ganz allein einer ganzen Horde Tekinzen erwehrt, sieben Wunden empfangen hatte und doch nicht zurückgewichen war, daß er mit einer kleinen Abteilung die tote Wüste durchquert und das zehnfach überlegene Heer des gefährlichen Abd ur Rachman Bek zerschlagen hatte, doch Bekannte von Warja hatten auch Gerüchte anderer Art erzählt – von Geiselerschießungen und dem Raub der Kokander Staatskasse.

Ein Blick in die hellen Augen des schönen Generals überzeugte Warja: Das mit den sieben Wunden und Abd ur Rachman Bek war die lautere Wahrheit, das mit den Geiselerschießungen und der Kasse des Chans war Unsinn und Verleumdung von Neidern. Zumal Sobolew Warja jetzt genauer ansah und nun wohl doch Interessantes an ihr fand.

»Aber was hat Sie, gnädige Frau, hierher verschlagen, wo Blut fließt? Und in dieser Kostümierung! Es macht mich neugierig.«

Warja stellte sich vor und erzählte kurz von ihren Abenteuern, denn ein untrüglicher Instinkt sagte ihr, daß Sobolew sie nicht verraten und sie nicht unter Bewachung nach Bukarest zurückschicken würde.

»Ich beneide Ihren Bräutigam, Warwara Andrejewna«, sagte der General und liebkoste Warja mit Blikken. »Sie sind eine außergewöhnliche junge Frau. Aber gestatten Sie, daß ich Ihnen meine Gefährten vorstelle. Mister MacLaughlin haben Sie wohl schon kennengelernt, und dies ist meine Ordonnanz, Serjosha Berestschagin, Bruder des Malers Berestschagin.« (Vor Warja verbeugte sich linkisch ein magerer hübscher Jüngling im Tscherkessenrock.) »Er zeichnet übrigens auch sehr gut. An der Donau hat er bei einem Erkundungsritt die türkischen Stellungen aufgemalt – die reinste Augenweide. Aber wo ist d'Hévrais? He, d'Hévrais, kommen Sie, ich will Sie einer interessanten Dame vorstellen.«

Warja musterte neugierig den Franzosen, der als letzter heranritt (er trug eine Armbinde »Presse 32«). Er war bildschön und stand darin General Sobolew nicht nach: schmale Hakennase, aufgezwirbelter blonder Schnauzer nebst rötlichem Spitzbärtchen, gescheite graue Augen. Die blickten im übrigen wütend.

»Diese Halunken sind eine Schande für die türkische Armee!« rief er auf französisch. »Friedliche Einwohner abschlachten, das können sie, aber wenn es zum Kampf kommt, schlagen sie sich seitlich in die Büsche. Wäre ich Kerim Pascha, würde ich sie alle entwaffnen und aufhängen lassen!«

»Gemach, wackerer Chevalier, hier ist eine Dame«, unterbrach MacLaughlin ihn spöttisch. »Sie haben Glück, denn Sie treten als romantischer Held vor sie hin, also Mut! Schauen Sie, wie sie Sie anguckt.«

Warja errötete und warf dem Iren einen erbosten Blick zu, aber MacLaughlin lachte gutmütig. Dafür benahm sich d'Hévrais so, wie es sich für einen wahren Franzosen geziemt – er saß ab und verbeugte sich.

»Charles d'Hévrais, Ihnen zu dienen, Mademoiselle.«

»Warwara Suworowa«, sagte sie freundlich. »Freut mich, Sie kennenzulernen. Und meinen Dank an Sie alle, meine Herren. Sie sind genau im richtigen Moment gekommen.«

»Gestatten Sie, nach Ihrem Namen zu fragen.« D'Hévrais' Blick ruhte neugierig auf Fandorin.

»Erast Fandorin«, antwortete der Freiwillige und sah dabei nicht den Franzosen, sondern den General an. »Ich habe in Serbien gekämpft, und j-jetzt muß ich zum Hauptstab, dem ich eine wichtige Meldung zu machen habe.«

Der General musterte Fandorin von Kopf bis Fuß. Dann fragte er mit respektvollem Interesse: »Da haben Sie wohl viel durchgemacht? Womit haben Sie sich vor Serbien beschäftigt?«

Nach einigem Zögern antwortete Fandorin: »Ich war im Ministerium des Auswärtigen angestellt. Als Titularrat.«

Das war überraschend. Ein Diplomat? Um die Wahrheit zu sagen, die neuen Eindrücke hatten den starken

Effekt (wozu es verschweigen), den ihr wortkarger Begleiter auf Warja gemacht hatte, ein wenig abgeschwächt, doch jetzt betrachtete sie ihn wieder mit Wohlgefallen. Ein Diplomat, der freiwillig in den Krieg geht, das gibt es, Sie werden es zugeben, nicht eben oft. Nein, ganz sicher, alle drei waren tolle Männer, jeder auf seine Art: Fandorin, Sobolew und d'Hévrais.

»Was für eine wichtige Meldung?« fragte Sobolew stirnrunzelnd.

Fandorin zögerte mit der Antwort.

»Hören Sie doch auf mit der Geheimniskrämerei«, herrschte der General ihn an. »Das ist zumindest unhöflich gegenüber Ihren Rettern.«

Der Freiwillige senkte gleichwohl die Stimme, und die beiden Journalisten spitzten die Ohren. »Ich komme von Widin, H-herr General. Osman Pascha ist vor drei Tagen mit einem A-armeekorps in Richtung Plewna aufgebrochen.«

»Wer ist Osman? Was ist Plewna?«

»Osman Nuri Pascha ist der beste Feldherr der türkischen Armee und der Besieger der Serben. Er ist erst fünfundvierzig und doch schon Müschir, also Feldmarschall. Seine Soldaten sind mit denen an der Donau nicht zu vergleichen. Und Plewna ist ein Städtchen dreißig Werst westlich von hier. Man muß dem Pascha zuvorkommen und diesen strategisch wichtigen P-punkt besetzen. Er beherrscht die Straße nach Sofia.«

Sobolew klatschte die Hand aufs Knie – sein Pferd wechselte unruhig das Standbein.

»Ach, wenn ich wenigstens ein Regiment hätte! Aber ich bin nicht im Dienst, Fandorin. Sie müssen in den Stab, zum Oberbefehlshaber. Ich muß die Rekognoszierung beenden. Sie bekommen von mir eine Begleitung bis Zarewizy. Am Abend bitte ich Sie, mein Gast zu sein, Warwara Andrejewna. Im Zelt der Herren Journalisten geht es lustig zu.«

»Mit Vergnügen«, sagte Warja und blickte furchtsam zur Seite, wo der aus der Gefangenschaft befreite Offizier ins Gras gelegt worden war. Zwei Kosaken hockten bei ihm und machten etwas mit ihm.

»Ist der Offizier tot?« fragte Warja flüsternd.

»Quicklebendig ist er«, antwortete der General. »Der Satansbraten hat Schwein gehabt, jetzt kann er hundert Jahre alt werden. Als wir den Baschi-Bosuks auf den Fersen waren, haben sie auf seinen Kopf geschossen und sind abgehauen. Aber eine Kugel ist bekanntlich dumm. Es war ein Streifschuß, sie hat ihm nur ein Fetzchen Haut abgerissen. Na, Männer, habt ihr den Hauptmann verbunden?« rief er den Kosaken zu.

Die halfen dem Offizier gerade auf die Beine. Er wankte, stand aber und stieß die Kosaken, die ihn am Ellbogen stützen wollten, von sich weg. Er machte ein paar ruckartige Schritte auf unsicheren Beinen, die ihm einzuknicken drohten, dann legte er die Hände an die Hosennähte und krächzte:

»Hauptmann Jeremej Perepjolkin vom Ge-generalstab, Euer Exzellenz. Ich war auf dem Weg von Zimnicea zu meinem Dienstort, zum Stab der Westgruppe, mit meiner Ernennung zur Operationsabteilung, zu Generalleutnant Krüdener. Wurde unterwegs von einer irregulären Kavallerietruppe attackiert und gefangengenommen. Um Vergebung ... Hatte ich nicht erwartet in unserm Hinterland ... Nicht mal eine Pistole hatte ich dabei, nur den Säbel.«

Jetzt sah Warja den Märtyrer genauer an. Er war sehnig, nicht groß, hatte zerrauftes kastanienbraunes Haar, einen schmalen, fast lippenlosen Mund und strenge braune Augen. Genauer, ein solches Auge, das andere war noch immer nicht zu sehen, dafür war der Blick des Hauptmanns nicht mehr voller Todesangst und Verzweiflung.

»Sie leben – wie schön«, sagte Sobolew unbekümmert. »Aber ohne Pistole darf ein Offizier niemals unterwegs sein, auch nicht ein Stabsoffizier. Das ist ja, als ob eine Dame ohne Hut auf die Straße ginge, man würde sie für ein leichtfertiges Frauenzimmer halten.« Er lachte laut auf, sah jedoch Warjas strafenden Blick und verschluckte sich. »Pardon, Mademoiselle.«

Zum General trat ein schneidiger Kosakenunteroffizier und zeigte mit dem Finger irgendwo zur Seite.

»Euer Exzellenz, ich glaube, es ist Semjonow!«

Warja drehte sich um, und ihr wurde schlecht: Beim Gebüsch stand plötzlich der Braune des Banditen, auf dem sie so erfolglos geflohen war, und rupfte Grashalme, als wäre nichts weiter, und an seiner Seite baumelte noch immer das ekelerregende Anhängsel.

Sobolew sprang aus dem Sattel, trat zu dem Braunen, kniff skeptisch die Augen ein, drehte die schreckliche Kugel hin und her.

»Das soll Semjonow sein?« sagte er zweifelnd. »Du spinnst, Netschitailo. Semjonows Gesicht sah ganz anders aus.«

»Aber doch, Michail Dmitrijewitsch«, sagte der Unteroffizier eifrig. »Da, das eingerissene Ohr, schauen Sie.« Er zog die violetten Lippen des toten Kopfes auseinander. »Und ein Vorderzahn fehlt. Er ist es.«

»Mag sein.« Der General nickte nachdenklich. »Mein Gott, ist der verunstaltet. Warwara Andrejewna, das ist ein Kosak aus der zweiten Hundertschaft, den die Mes'chetinzen des Daud Bek heute früh entführt haben.« Er drehte sich zu Warja um.

Aber Warja hörte nicht – vor ihren Augen tauschten Himmel und Erde die Plätze. D'Hévrais und Fandorin konnten das erschlaffte Fräulein gerade noch auffangen.

DRITTES KAPITEL,
welches fast vollständig morgenländischer Tücke gewidmet ist

»Revue Parisienne« (Paris)
vom 15.(3.) Juli 1877

»Das Wappen des Russischen Imperiums, der doppelköpfige Adler, spiegelt aufs trefflichste das Verwaltungssystem in diesem Land, wo jedwede auch nur im Ansatz wichtige Angelegenheit nicht einer, sondern mindestens zwei Instanzen übertragen wird, die sich gegenseitig behindern und für nichts verantwortlich sind. Das Gleiche geschieht in der kämpfenden Armee. Oberbefehlshaber ist formell Großfürst Nikolai Nikolajewitsch, welcher sich derzeit in dem Dorf Zarewizy aufhält, aber in unmittelbarer Nähe seines Stabs, in dem Städtchen Bela, ist das Hauptquartier von Imperator Alexander II., und dort befinden sich der Kanzler, der Kriegsminister, der Chef der Gendarmerie und weitere hohe Beamte. Erwägt man dann noch, daß die verbündete rumänische Armee einen eigenen Oberbefehlshaber hat, den Fürsten Karl von

Hohenzollern-Sigmaringen, so fällt einem nicht der doppelköpfige König der Gefiederten ein, sondern die witzige russische Fabel von Schwan, Krebs und Hecht, die unüberlegt vor dieselbe Kutsche gespannt wurden ...«

»Also, wie soll ich Sie anreden, ›Madame‹ oder ›Mademoiselle‹?« fragte der schwarzhaarige Gendarmerieoberstleutnant mit unangenehm verzogenem Mund. »Wir sind hier nicht auf einem Ball, sondern beim Armeestab, und ich mache Ihnen keine Komplimente, sondern führe ein Verhör durch, also lassen Sie gefälligst Ihre Faxen.«

Der Oberstleutnant hieß Iwan Charitonowitsch Kasansaki, er zeigte keinerlei Verständnis für Warjas Lage, und es sah schon so aus, als würde sie zwangsweise nach Rußland zurückgeschickt.

Am Vorabend waren sie erst sehr spät in Zarewizy eingetroffen. Fandorin begab sich sofort in den Stab, und Warja, die vor Müdigkeit fast umfiel, kümmerte sich gleichwohl noch um das Notwendigste. Krankenschwestern von der Sanitätsabteilung der Baronesse Wrejskaja gaben ihr Kleidung, machten Wasser warm, und Warja brachte sich erst einmal in Ordnung, dann ließ sie sich auf eine Pritsche fallen – zum Glück gab es fast keine Verwundeten im Lazarett. Die Begegnung mit Petja wurde auf den nächsten Tag verschoben, denn für die bevorstehende Aussprache mußte sie hellwach sein.

Aber am Morgen konnte sie nicht ausschlafen. Es erschienen zwei Gendarmen mit Helm und Karabiner und geleiteten »das angebliche Fräulein Suworowa« geradewegs in die Sonderabteilung der Westgruppe, und sie durfte sich nicht mal kämmen.

Und nun versuchte sie schon seit Stunden, dem glattrasierten Peiniger mit den dicken Augenbrauen, der die blaue Montur trug, zu erklären, welcher Art ihre Beziehung zu dem Chiffrierer Pjotr Jablokow war.

»Mein Gott, dann lassen Sie ihn doch herkommen, er wird es Ihnen bestätigen«, sagte sie zum wiederholten Male, worauf der Oberstleutnant nur antwortete: »Alles zu seiner Zeit.«

Besonders interessierten den Gendarmen die Einzelheiten ihrer Begegnung mit »der Person, die sich als Titularrat Fandorin« ausgab. Er notierte den Widiner Jussuf Pascha, den Kaffee, den Fandorin trinken mußte, die im Nardy-Spiel gewonnene Freilassung. Besonders lebhaft wurde der Oberstleutnant, als er erfuhr, daß der Freiwillige mit den Baschi-Bosuks türkisch gesprochen hatte, und er wollte unbedingt wissen, wie das geklungen hatte, gebrochen oder fließend. Allein für die Klärung dieses Blödsinns ging wohl eine halbe Stunde drauf.

Als Warja schon kurz vor einem tränenlosen hysterischen Anfall stand, wurde die Tür der Lehmhütte, in der die Sonderabteilung untergebracht war, jählings aufgerissen, und herein kam, nein stürmte ein hochmütiger General mit gebieterischen Augen und üppigem Schnauzbart.

»Generaladjutant Misinow«, rief er schallend von der Tür und maß den Oberstleutnant mit strengem Blick. »Kasansaki?«

Der Gendarm, wie vom Donner gerührt, nahm stramme Haltung an und bewegte die Lippen. Warja starrte mit großen Augen auf den obersten Satrapen und Henker der Freiheit – diesen Ruf hatte er bei der fortschrittlichen Jugend, der Chef der Dritten Abteilung und Chef des Gendarmeriekorps Lawrenti Arkadjewitsch Misinow.

»Jawohl, Hohe Exzellenz«, krächzte Warjas Beleidiger. »Oberstleutnant Kasansaki vom Gendarmeriekorps. Habe früher in der Kischinjower Verwaltung gedient und bin jetzt zum Chef der Sonderabteilung beim Stab der Westgruppe ernannt. Verhöre soeben eine Festgenommene.«

»Wer ist sie?« Der General zog eine Braue hoch und warf einen mißbilligenden Blick auf Warja.

»Warwara Suworowa. Sie behauptet, aus privatem Anlaß hergekommen zu sein, um ihren Bräutigam zu treffen, den Chiffrierer Jablokow von der Operationsabteilung.«

»Suworowa?« fragte General Misinow interessiert. »Sind wir womöglich verwandt? Mein Urgroßvater mütterlicherseits hieß Alexander Wassiljewitsch Suworow-Rymnikski.«

»Ich hoffe nicht«, sagte Warja frostig.

Der Satrap lachte verstehend auf und beachtete die Frau nicht mehr.

»Und Sie, Kasansaki, machen Sie mir nicht dauernd blauen Dunst vor. Wo ist Fandorin? In der Meldung heißt es, er sei bei Ihnen.«

»Jawohl, er steht unter Arrest«, meldete der Oberstleutnant schneidig und fügte mit gesenkter Stimme hinzu: »Ich habe Grund zu der Annahme, daß er unser langerwarteter Gast Anwar Effendi ist. Alles paßt zusammen, Hohe Exzellenz. Osman Pascha und Plewna, das ist eindeutig eine Desinformation. Raffiniert hat er sich eingeschlichen ...«

»Dummkopf!« bellte Misinow so drohend, daß der Oberstleutnant den Kopf einzog. »Schaffen Sie ihn sofort her! Auf der Stelle!«

Kasansaki stürzte davon. Warja drückte sich gegen die Stuhllehne, aber der aufgebrachte General hatte sie vergessen. Er schnaufte laut und trommelte nervös mit den Fingern auf die Tischplatte, bis der Oberstleutnant mit Fandorin zurückkehrte.

Der Freiwillige sah erschöpft aus, unter den Augen lagen dunkle Ringe, er hatte wohl die letzte Nacht nicht geschlafen.

»G-guten Tag, Lawrenti Arkadjewitsch«, sagte er lasch und machte Warja eine leichte Verbeugung.

»Mein Gott, Fandorin, sind Sie das wirklich?« rief der Satrap. »Sie sind ja nicht wiederzuerkennen. Zehn Jahre älter sehen Sie aus! Nehmen Sie Platz, mein Lieber, ich freue mich sehr, Sie zu sehen.«

Er nötigte Fandorin auf einen Stuhl und setzte sich selber so hin, daß Warja nun hinter ihm saß. Kasansaki war an der Tür in der Position »stillgestanden« erstarrt.

»In was für einer Verfassung sind Sie jetzt?« fragte General Misinow. »Ich möchte Ihnen meine tiefste ...«

»Lassen Sie nur, Hohe Exzellenz«, unterbrach ihn Fandorin höflich, doch entschlossen. »Ich bin ganz in O-ordnung. Sagen Sie mir lieber, hat Ihnen dieser H-herr« (er nickte geringschätzig zum Oberstleutnant hin) »das von Plewna ausgerichtet? Jetzt ist ja jede Stunde kostbar.«

»Ja. Ich habe hier eine Anordnung des Oberbefehlshabers, doch ich wollte mich vorher überzeugen, daß Sie es wirklich sind. Also hören Sie.« Er nahm ein Blatt aus der Tasche, setzte das Monokel ins Auge und las: »An den Chef der Westgruppe Generalleutnant Baron Krüdener. Ich befehle, Plewna zu nehmen und sich dort mit mindestens einer Division zu verschanzen. Nikolai.«

Fandorin nickte.

»Oberstleutnant, sofort chiffrieren und an Krüdener telegraphieren«, befahl Misinow.

Kasansaki nahm das Blatt ehrerbietig entgegen und eilte sporenklirrend zur Ausführung.

»Sie können also wieder Ihren Dienst antreten?« fragte der General.

Fandorin verzog das Gesicht.

»Lawrenti Arkadjewitsch, ich habe doch wohl meine P-flicht getan, indem ich das türkische Flankenmanöver meldete. Aber Krieg führen gegen die arme Türkei, die auch ohne unsere glanzvollen Bemühungen auseinanderfallen würde – entbinden Sie mich.«

»Das tue ich nicht, mein Herr, nein!« rief Misinow ärgerlich. »Wenn Patriotismus für Sie ein leeres Wort ist, erlaube ich mir, Sie zu erinnern, daß Sie, Herr Titularrat, nicht im Ruhestand sind, sondern nur in einem unbefristeten Urlaub, und obwohl Sie beim diplomatischen Dienst geführt werden, gehören Sie nach wie vor zu meiner Dritten Abteilung!«

Warja stöhnte. Fandorin, den sie für einen anständigen Menschen gehalten hatte, ein Polizeiagent? Und gerierte sich als ein Petschorin*! Interessante Blässe, Schmachteblick, edles Grauhaar. Da sollte man noch Vertrauen zu den Menschen haben!

»Euer Hohe E-exzellenz«, sagte Fandorin leise; er schien nicht zu ahnen, daß er für Warja ein für allemal erledigt war. »Ich diene nicht Ihnen, sondern Rußland. Und an einem Krieg, der für Rußland nutzlos, ja, verderblich ist, wünsche ich mich nicht zu beteiligen.«

»Über den Krieg entscheiden nicht Sie und nicht ich. Darüber entscheidet der Imperator«, sagte Misinow barsch.

Eine ungute Pause entstand. Als der Chef der Gendarmerie dann wieder das Wort nahm, klang seine Stimme gänzlich anders.

»Erast Petrowitsch, mein Bester«, begann er gefühlvoll, »Hunderttausende Russen riskieren ihr Leben, das Land stöhnt unter der Last des Krieges. Ich habe ein komisches Vorgefühl. Alles läuft gar zu glatt. Ich fürchte, das nimmt kein gutes Ende.«

Als er keine Antwort bekam, rieb er sich müde die Augen und gestand: »Ich hab's schwer, Fandorin, sehr

* Gestalt aus Lermontows »Held unserer Zeit«. D.Ü.

schwer. Überall Unordnung, der reinste Saustall. Es fehlt an Mitarbeitern, an tüchtigen zumal. Ich will Ihnen ja keinen Routineposten aufhalsen. Es gibt da eine hübsche Aufgabe, nicht leicht, genau das Richtige für Sie.«

Fandorin neigte fragend den Kopf, und der General sagte einschmeichelnd: »Sie erinnern sich an Anwar Effendi? Den Sekretär des Sultans Abd ul Hamid? Na, der im Falle ›Asasel‹ eine Rolle gespielt hat?«

Fandorin zuckte kaum merklich zusammen, sagte aber nichts.

Misinow brummte: »Und für den hat dieser Idiot Kasansaki Sie gehalten, nicht zu fassen. Wir haben Informationen, wonach dieser interessante Türke höchstpersönlich eine Geheimoperation gegen unsere Truppen leitet. Er ist ein verwegener Mann mit einem Hang zum Abenteurer. Gut möglich, daß er in eigener Person bei uns auftaucht, es ist ihm zuzutrauen. Na, interessiert?«

»Ich höre Ihnen zu, Lawrenti Arkadjewitsch«, sagte Fandorin mit einem Seitenblick auf Warja.

»Na großartig«, freute sich Misinow und schrie: »Nowgorodzew! Die Mappe!«

Auf leisen Sohlen kam ein älterer Major mit den Achselschnüren des Adjutanten herein, reichte dem General eine rote Kalikomappe und entfernte sich sogleich wieder. Warja sah in der Türöffnung die schweißige Visage des Oberstleutnants Kasansaki und schnitt ihm eine spöttisch-verächtliche Grimasse – schadet dir gar nichts, du Sadist, steh dir ruhig die Beine in den Bauch vor der Tür.

»Also, hier ist, was wir über Anwar haben«, sagte der General und raschelte mit den Papieren. »Möchten Sie Notizen machen?«

»Nein, ich merk's mir«, sagte Fandorin.

»Über die frühe Periode nur sparsamste Angaben. Geboren vor cirka fünfunddreißig Jahren. Nach etlichen Informationen in dem muselmanischen bosnischen Städtchen Hévrais. Eltern unbekannt. Erzogen irgendwo in Europa, in einer der berühmten Lehranstalten der Lady Aster, an die Sie sich natürlich von dem Fall ›Asasel‹ erinnern.«

Schon zum zweitenmal hörte Warja diesen seltsamen Namen, und zum zweitenmal reagierte Fandorin seltsam – er ruckte mit dem Kinn, als sei ihm der Kragen plötzlich zu eng geworden.

»Ins Blickfeld gelangte Anwar Effendi vor zehn Jahren, als in Europa erstmalig über den großen türkischen Reformer Midhat Pascha gesprochen wurde. Unser Anwar, damals noch kein Effendi, diente ihm als Sekretär. Und nun hören Sie sich den Werdegang Midhats an.« Misinow nahm ein einzelnes Blatt heraus und räusperte sich. »Dazumal war er Generalgouverneur der Donau-Provinz. Unter seiner Protektion eröffnete Anwar in dieser Region eine Diligence-Verbindung, baute Eisenbahnstrecken und schuf auch ein Netz von wohltätigen Lehranstalten für Waisenkinder muselmanischen wie auch christlichen Glaubens.«

»W-wirklich?« fragte Fandorin interessiert.

»Ja. Eine löbliche Initiative, nicht wahr? Überhaupt entfalteten Midhat Pascha und Anwar hier eine Tätigkeit, die allen Ernstes die Gefahr heraufbeschwor, Bulgarien aus der russischen Einflußsphäre zu verlieren. Unser Botschafter in Konstantinopel, Nikolai Pawlowitsch Gnatjew, mußte all seinen Einfluß auf den Sultan Abd ul Asis geltend machen, um zu erreichen, daß der übereifrige Gouverneur abberufen wurde. Midhat wurde Vorsitzender des Staatsrats und erließ ein Gesetz über die allgemeine Volksbildung, ein hervorragendes Gesetz, wie wir es übrigens in Rußland bis heute nicht haben. Können Sie sich denken, wer das Gesetz ausarbeitete? Richtig – Anwar Effendi. Das alles wäre ja sehr rührend, aber unser Gegenspieler leistete nicht nur Aufklärungsarbeit, sondern beteiligte sich schon damals intensiv an den Hofintrigen, zumal sein Gönner mehr als genug Feinde hatte. Man schickte ihm Mörder, schüttete ihm Gift in den Kaffee, schob ihm sogar eine an Lepra erkrankte Beischläferin unter, und Anwar fiel die Aufgabe zu, den großen Mann gegen all diese netten Streiche abzuschirmen. Die russische Partei bei Hofe erstarkte, und 1869 wurde der Pascha als Generalgouverneur in die schlimmste Einöde gesandt, ins wilde und bettelarme Mesopotamien. Als Midhat versuchte, dort Reformen durchzuführen, flammte in Bagdad ein Aufstand auf. Wissen Sie, was er tat? Er rief die Ältesten und die Geistlichkeit der Stadt zusammen und hielt ihnen eine kurze Rede folgenden Inhalts. Ich lese sie Ihnen wörtlich vor, denn ich bin aufrichtig begeistert von der Energie und dem Stil: ›Verehrte Mullas und Älteste, wenn die Unruhen nicht binnen zwei Stunden aufhören, lasse ich Sie alle aufhängen und die ruhmreiche Stadt Bagdad von allen vier Seiten anzünden, und dann mag der Großherr, Allah beschütze ihn, auch mich für die Untat aufhängen lassen.‹ Natürlich herrschte nach zwei Stunden Frieden.« Misinow brummte und schüttelte den Kopf. »Jetzt konnte er seine Reformen in Angriff nehmen. In weniger als drei Jahren gelang es Anwar Effendi unter Midhats Regentschaft, den Telegraph einzuführen, in Bagdad eine Pferdebahn zu eröffnen, Dampfer auf den Euphrat zu schicken, die erste irakische Zeitung zu gründen und Schüler für seine Handelsschule zu werben. Wie finden Sie das? Ich rede schon gar nicht von einer Lappalie wie der Schaffung der ›Osmano-Osmanischen Schiffahrtsgesellschaft‹, deren Schiffe durch den Suezkanal bis London fahren. Später glückte es Anwar mit einer sehr pfiffigen Intrige, den Großwesir Mahmud Nedim zu stürzen, der so sehr von dem russischen Gesandten abhängig war, daß die Türken ihn ›Nedimow‹ nannten. Midhat stand der Regierung des Sultans vor, hielt sich aber nur zweieinhalb Monate auf dem hohen Posten – unser Gnatjew hatte ihn wieder ausgetrickst. Midhats größter und vom Standpunkt der anderen Paschas unverzeihlichster Fehler war seine Unbestechlichkeit. Er nahm den Kampf gegen das Schmiergeldunwesen auf und sprach vor europäischen Diplomaten den Satz, der ihm zum Verhängnis wurde: ›Es ist an der Zeit, Europa zu zeigen, daß nicht alle Türken jämmerliche Prostituierte sind.‹ Dafür wurde er aus Stambul gefeuert und mußte als Gouverneur nach Saloniki gehen. Dieses griechische Städtchen blühte alsbald auf, und der Hof des Sultans sank wieder in Schlaf, Wohlleben und Durchstecherei.«

»Sie sind ja richtig v-verliebt in diesen Mann«, unterbrach Fandorin den General.

»In Midhat? Gewiß.« Misinow zuckte die Achseln. »Und ich wäre froh, ihn als Oberhaupt der russischen Regierung zu sehen. Aber er ist ein Türke. Noch dazu ein Türke, der sich an England orientiert. Unsere Bestrebungen sind gegensätzlicher Art, darum ist Midhat unser Feind. Unser gefährlichster Feind. Europa ist uns nicht gewogen und fürchtet uns, dafür trägt es Midhat auf Händen, besonders seit er der Türkei die Verfassung geschenkt hat. Und jetzt, Erast Petrowitsch, schikken Sie sich in Geduld. Ich lese Ihnen einen ausführlichen Brief vor, den mir Nikolai Gnatjew schon voriges Jahr geschickt hat. Er wird Ihnen eine klare Vorstellung von dem Gegner vermitteln, mit dem wir es zu tun haben werden.«

Der Chef der Gendarmerie entnahm seiner Mappe mehrere Blätter, die eng mit gleichmäßiger Kopistenhandschrift beschrieben waren, und begann vorzulesen.

»Lieber Lawrenti, die Ereignisse in unserm von Allah behüteten Stambul entwickeln sich so rasend schnell, daß selbst ich nicht hinterherkomme, dabei hat Dein gehorsamer Diener, ohne falsche Bescheidenheit, die

Hand schon mehr als ein Jahr am Puls des Kranken Mannes vom Bosporus. Dieser Puls war, nicht ohne mein Zutun, schon am Erlöschen und versprach, in Bälde ganz stehenzubleiben, aber seit dem Mai ...«

»Die Rede ist vom vorigen Jahr, 1876«, hielt es Misinow einzuwerfen für angezeigt.

»... aber seit dem Mai schüttelt den kranken Mann das Fieber dermaßen, daß der Bosporus über seine Ufer tritt und die Mauern von Zargrad* einzustürzen drohen, und dann ist nichts mehr da, wo Du Dein Schild aufhängen könntest.

Die Sache ist die, daß im Mai in die Hauptstadt des großen und unvergleichlichen Sultans Abd ul Asis, Schattens des Allmächtigen und Behüters des Glaubens, Midhat Pascha triumphal aus der Verbannung zurückkehrte und seine ›graue Eminenz‹ mitbrachte, den listigen Anwar Effendi.

Diesmal ging der klug gewordene Anwar auf Nummer sicher – er handelte sowohl europäisch wie orientalisch. Der Anfang war europäisch: Seine Agenten kreuzten immer öfter in den Werften, dem Arsenal, dem Münzhof auf – und die Arbeiter, die schon seit langem keinen Lohn bekamen, strömten auf die Straße. Dann folgte ein rein orientalischer Schachzug. Am 25. Mai verkündete Midhat Pascha den Rechtgläubigen, ihm sei im Traum der Prophet erschienen (das prüfe mal einer nach) und habe seinem Sklaven befohlen, die sterbende Türkei zu retten.

* Alte russische Bezeichnung für Konstantinopel. D.Ü.

Derweil saß mein guter Freund Abd ul Asis wie gewöhnlich in seinem Harem und genoß die Gesellschaft seiner Lieblingsfrau, der schönen Mihri Chanum, die war guter Hoffnung, hatte ihre Launen und verlangte, der Gebieter solle ständig bei ihr sein. Diese goldhaarige, blauäugige Tscherkessin war außer für ihre überirdische Schönheit auch dafür berühmt, daß sie die Kasse des Sultans bis auf den Grund leerte. Allein im letzten Jahr verausgabte sie in den französischen Geschäften von Pera* mehr als zehn Millionen Rubel, und so ist verständlich, daß die Konstantinopolitaner sie, wie die zum understatement neigenden Engländer sagen würden, nicht besonders mochten.

Glaube mir, Lawrenti, ich konnte daran nichts ändern. Ich beschwor, drohte, intrigierte wie ein Eunuch im Harem, aber Abd ul Asis war taub und stumm. Am 29. Mai tobte rund um den Palast Dolma Bahce (ein scheußliches Gebäude im europäisch-orientalischen Stil) eine vieltausendköpfige Menschenmenge, aber der Padischah versuchte nicht einmal, seine Untertanen zu beruhigen – er schloß sich in der Frauenhälfte seiner Residenz ein, wo ich keinen Zutritt habe, und lauschte dem Klavierspiel von Mihri Chanum, die ihm Wiener Walzer zu Gehör brachte.

Derweil saß Anwar unentwegt beim Kriegsminister, um den vorsichtigen und vorausschauenden Herrn zu einer Änderung seiner politischen Orientierung zu

* Stadtteil von Konstantinopel. D.Ü.

bewegen. Nach einem Bericht meines Agenten, der dem Minister als Koch diente (daher die spezifische Färbung des Berichts), verliefen die schicksalträchtigen Verhandlungen folgendermaßen. Anwar kam genau zur Mittagsstunde zum Minister, und es wurde befohlen, Kaffee mit Tschureks aufzutragen. Eine Viertelstunde später scholl aus dem Kabinett des Ministers das empörte Gebrüll seiner Exzellenz, und die Adjutanten führten Anwar auf die Hauptwache. Dann wanderte der Minister eine halbe Stunde lang einsam durchs Zimmer und verzehrte zwei Teller Halwa, das er sehr gern aß. Danach wollte er den Verräter persönlich einvernehmen und begab sich auf die Hauptwache. Um halb drei erging Befehl, Obst und Süßigkeiten zu servieren. Um dreiviertel vier wurden Kognak und Champagner verlangt. In der fünften Stunde, nach dem Kaffeetrinken, fuhren der Minister und Anwar zu Midhat. Wie man hört, wurden dem Minister für seine Teilnahme an der Verschwörung der Posten des Großwesirs und eine Million Pfund von den englischen Gönnern versprochen.

Gegen Abend waren sich die beiden Hauptverschwörer vollkommen einig, und schon in derselben Nacht kam es zu dem Staatsstreich. Die Flotte blockierte den Palast von der See her, der Chef der hauptstädtischen Garnison besetzte die Wachen mit seinen Leuten, und der Sultan wurde mitsamt seiner Mutter und der schwangeren Mihri Chanum per Boot in den Feriye-Palast überführt.

Vier Tage später stutzte sich der Sultan mit einer Nagelschere den Bart, doch so ungeschickt, daß er sich die Venen beider Handgelenke durchschnitt und sogleich verstarb. Die Ärzte der europäischen Gesandtschaften, hinzugebeten, den Leichnam zu begutachten, erkannten einstimmig auf Selbstmord, da keinerlei Spuren eines Kampfes an dem Körper gefunden wurden. Kurz und gut, alles wurde einfach und elegant durchgespielt wie bei einer guten Schachpartie – so wollte es der Stil von Anwar Effendi.

Aber das war nur die Eröffnung, es folgte das Mittelspiel.

Der Kriegsminister hatte sein Werk getan und wurde nun zu einem ernsthaften Störfaktor, denn für Reformen und für die Verfassung besaß er keinerlei Neigung, er interessierte sich vornehmlich dafür, wann ihm die von Anwar versprochene Million ausgefolgt würde. Überhaupt benahm sich der Kriegsminister so, als wäre er die Hauptperson der Regierung, und wurde nicht müde, daran zu erinnern, daß keineswegs Midhat, sondern er selbst den Sultan Abd ul Asis gestürzt habe.

Eben davon überzeugte Anwar Effendi einen wackeren Offizier, der zuvor dem verblichenen Sultan als Adjutant gedient hatte. Dieser hieß Hassan Bei, war der Bruder der entzückenden Mihri Chanum und genoß bei den Schönen des Hofes eine unwahrscheinliche Popularität, denn er sah sehr gut aus, war tapfer und sang vorzüglich italienische Arien. Alle nannten ihn einfach den Tscherkessen.

Ein paar Tage, nachdem Abd ul Asis sich so ungeschickt den Bart gestutzt hatte, gebar die untröstliche

Mihri Chanum ein totes Kind und verstarb unter schrecklichen Qualen. Just zu dieser Zeit wurden Anwar und der Tscherkesse Busenfreunde. Eines Tages kam Hassan Bei in die Residenz Midhat Paschas, um seinen Freund zu besuchen. Anwar war nicht in seinem Zimmer, doch genau zu diesem Zeitpunkt kamen die Minister zu einer Beratung zusammen. An den Tscherkessen waren sie hier gewöhnt, sahen in ihm einen der Ihren. Er trank Kaffee mit den Adjutanten, rauchte, schwatzte über alles mögliche. Dann schlenderte er durch die Korridore, doch plötzlich stürmte er in den Saal, wo die Sitzung stattfand. Midhat und die übrigen Würdenträger rührte er nicht an, aber dem Kriegsminister schoß er mit seinem Revolver zwei Kugeln in die Brust und gab dem alten Mann mit dem Jatagan den Rest. Diejenigen Minister, die bei klugem Verstand waren, stürzten fluchtartig davon, doch zwei gedachten den Helden zu spielen. Gänzlich sinnlos. Den einen erschoß der rasende Tscherkesse aus nächster Nähe, den anderen verwundete er schwer. Da kehrte der kühne Midhat Pascha mit seinen beiden Adjutanten zurück. Hassan Bei tötete sie beide, doch Midhat rührte er wieder nicht an. Der Mörder wurde schließlich in Fesseln geschlagen, doch zuvor hatte er noch einen Polizeioffizier umgebracht und sieben Soldaten verwundet. Unser Anwar betete derweil fromm in der Moschee, und dafür gab es eine Menge Zeugen.

Die Nacht verbrachte Hassan Bei hinter Schloß und Riegel in einem Wachraum und sang mit lauter Stimme

Arien aus ›Lucia di Lammermoor‹. Wie es heißt, war Anwar Effendi davon so entzückt, daß er versuchte, den heldenmütigen Übeltäter zu begnadigen, aber die erbitterten Minister waren unbeugsam, und der Mörder wurde am Morgen darauf an einem Baum aufgeknüpft. Die Haremsdamen, die ihren Tscherkessen so heiß geliebt hatten, kamen nun, um seiner Hinrichtung beizuwohnen, sie weinten bitterlich und warfen ihm Kußhändchen zu.

Jetzt gab es niemanden mehr, der Midhat störte, mit Ausnahme des Schicksals, das ihm einen Schlag von gänzlich unerwarteter Seite zufügte. Den großen Politiker legte seine Marionette herein, der neue Sultan Murad.

Schon am Morgen des 31. Mai, gleich nach dem Umsturz, stattete Midhat Pascha dem Neffen des gestürzten Sultans, dem Prinzen Murad, eine Visite ab, welche diesen höchlich erschreckte. An dieser Stelle ist eine kleine Abschweifung angebracht, um zu erklären, wie jämmerlich es im Osmanischen Reich um die Figur des Thronfolgers bestellt ist.

Der Prophet Mohammed nämlich hatte trotz seiner fünfzehn Ehefrauen keinen einzigen Sohn gezeugt, und er hatte keine Instruktionen zur Frage der Thronfolge hinterlassen. Darum hat in all den Jahrhunderten jede der zahlreichen Sultaninnen davon geträumt, ihren Sohn zu inthronisieren, und mit allen Mitteln versucht, die Söhne ihrer Rivalinnen zu beseitigen. Es gibt beim Hof einen speziellen Friedhof für die getöteten Prinzen, und wir Russen mit unseren Boris und Gleb sowie dem Zarewitsch Dmitri nehmen uns nach türkischen Maßstäben einfach lächerlich aus.

Der Thron des Osmanischen Reiches wird nicht vom Vater auf den Sohn vererbt, sondern vom älteren auf den jüngeren Bruder. Wenn der Vorrat an Brüdern zur Neige geht, tritt die nächste Generation in ihre Rechte ein, und wieder folgt auf den älteren der jüngere Bruder. Jeder Sultan hat tödliche Angst vor seinem jüngeren Bruder oder seinem ältesten Neffen, und die Chancen des Thronfolgers, seine Inthronisierung zu erleben, sind äußerst gering. So ein Erbprinz wird in völliger Isolation gehalten, man läßt niemanden zu ihm und sucht für ihn nach Möglichkeit Beischläferinnen aus, die keine Kinder gebären können. Nach alter Tradition bedienen den künftigen Padischah Sklaven mit abgeschnittener Zunge und durchstochenem Trommelfell. Du kannst Dir vorstellen, wie es bei solcher Erziehung um die seelische Gesundheit seiner Hoheit bestellt ist. Suleiman II. zum Beispiel verbrachte neununddreißig Jahre in Gefangenschaft, wo er den Koran abschrieb und mit Bildern schmückte. Als er dann endlich Sultan wurde, wollte er schon bald wieder zurück und entsagte dem Thron. Ich kann ihn verstehen – Bilderchen malen macht ja auch mehr Spaß.

Aber zurück zu Murad. Er war ein schöner, nicht dummer und sogar recht belesener junger Mann, doch mit einer Neigung zu übermäßigen Trankopfern und einem durchaus berechtigten Verfolgungswahn. Mit

Vergnügen überließ er dem weisen Midhat die Zügel der Regierung, so daß bei unseren Schlauköpfen alles nach Plan lief. Aber sein plötzlicher Aufstieg und der sonderbare Tod seines Oheims wirkten dermaßen auf den armen Murad, daß er wirr redete und in Tobsucht verfiel. Die europäischen Psychiater, die ihn heimlich besuchten, gelangten zu dem Schluß, daß er unheilbar sei und sein Zustand sich nur noch verschlimmern könne.

Beachte die unwahrscheinliche Voraussicht von Anwar Effendi. Schon am ersten Tag der Regentschaft Murads, als alles noch glänzend aussah, bewarb sich our mutual friend* plötzlich um den Posten des Sekretärs beim Prinzen Abd ul Hamid, Bruder des Sultans und Thronfolger. Als ich das erfuhr, war mir klar, daß Midhat Pascha nicht an Murad V. glaubte. Anwar machte sich mit dem neuen Thronfolger vertraut, den er wohl für annehmbar hielt, und Midhat stellte Abd ul Hamid die Bedingung: Versprich, dem Land eine Verfassung zu geben, und du wirst Padischah. Der Prinz willigte natürlich ein.

Das Weitere ist Dir bekannt. Am 31. August bestieg Abd ul Hamid II. an Stelle des geisteskranken Murad V. den Thron, Midhat wurde Großwesir, und Anwar blieb bei dem neuen Sultan der Drahtzieher hinter den Kulissen und faktisch Chef der Geheimpolizei, das heißt (haha), Dein Kollege, Lawrenti.

---

* (engl.) Unser gemeinsamer Freund.

Es ist typisch, daß in der Türkei fast niemand von Anwar Effendi weiß. Er drängt sich nicht in den Vordergrund, zeigt sich nicht in der Öffentlichkeit. Ich zum Beispiel habe ihn nur ein einziges Mal gesehen, als ich dem neuen Padischah meine Aufwartung machte. Anwar saß seitlich des Throns, im Schatten, mit einem riesigen schwarzen Vollbart (den ich für falsch halte), und mit einer dunklen Brille, was ein unerhörter Verstoß gegen die höfische Etikette ist. Während der Audienz blickte Abd ul Hamid mehrmals zu ihm hin, wie um Rat oder Unterstützung zu finden.

Nun weißt Du, mit wem Du von heute an zu tun hast. Wenn mich mein Gespür nicht täuscht, werden Midhat und Anwar den Sultan auch weiterhin manipulieren, wie es sie gut dünkt, und in ein-zwei Jährchen …«

»Nun, das Weitere ist uninteressant.« Misinow wischte sich mit dem Taschentuch die schweißige Stirn. »Zumal das Gespür den obergescheiten Nikolai Gnatjew doch noch getäuscht hat. Midhat Pascha hat sich nicht an der Macht gehalten, er wurde ins Exil geschickt.«

Erast Fandorin, der aufmerksam zugehört und sich kein einziges Mal gerührt hatte (im Gegensatz zu Warja, die auf dem harten Stuhl hin und her rutschte), fragte kurz: »Die Eröffnung ist k-klar, das Mittelspiel auch. Aber wo ist das Endspiel?«

Der General nickte beifällig.

»Da liegt der Hund begraben. Das Endspiel geriet dermaßen verwirrend, daß es selbst den vielerfahrenen

Gnatjew verblüffte. Am 7. Februar dieses Jahres wurde Midhat Pascha zum Sultan zitiert, unter Bewachung gestellt und auf einen Dampfer gesetzt, der den in Ungnade gefallenen Premierminister nach Europa brachte. Unser Anwar, der seinen Wohltäter verraten hatte, wurde nun ›graue Eminenz‹ beim Sultan persönlich. Er tat alles nur Mögliche, um die Beziehungen zwischen der Pforte und Rußland zu zerreißen. Vor einiger Zeit, als das Schicksal der Türkei am seidenen Faden hing, hat sich Anwar Effendi laut Agentenberichten an den Kriegsschauplatz begeben, um den Gang der Ereignisse mittels geheimer Operationen umzulenken, über deren Inhalt wir auf Mutmaßungen angewiesen sind.«

Da sprach Fandorin sonderbare Worte: »Keinerlei Verpflichtungen. Erstens. Völlige Ha-handlungsfreiheit. Zweitens. Rechenschaft nur Ihnen gegenüber. Drittens.«

Warja verstand den Sinn dieser Worte nicht, aber der Chef der Gendarmerie war hocherfreut und sagte rasch: »Na wunderbar! Fandorin ist wieder der alte! Sie sind mir schon ganz erloschen vorgekommen, mein Lieber. Seien Sie mir nicht böse, ich meine es nicht dienstlich, ich spreche als der Ältere, rein väterlich. Man darf sich nicht selber lebendig begraben. Überlassen Sie das Grab den Toten. In Ihrem Alter, ich bitte Sie! Sie haben doch, wie es in der Arie heißt, toute la vie devant soi*!«

* (franz.) Das ganze Leben noch vor sich.

»Lawrenti Arkadjewitsch!« Die blassen Wangen des Freiwilligen und Diplomaten und Spions liefen dunkelrot an, in der Stimme knirschte Eisen. »Ich habe doch wohl nicht um p-private Ergüsse gebeten.«

Warja fand diese Bemerkung unzulässig grob und zog den Kopf ein: Gleich würde der in seinen besten Gefühlen gekränkte Misinow losbrüllen.

Aber der Satrap seufzte nur und sagte kühl: »Ihre Bedingungen sind akzeptiert. Sie haben Handlungsfreiheit. Das hatte ich sowieso vorgesehen. Gucken Sie, horchen Sie, und wenn Sie etwas Auffälliges bemerken ... Aber ich brauche Sie ja nicht zu belehren.«

»Hat-schi!« nieste Warja und duckte sich erschrocken.

Aber der General erschrak noch heftiger. Er zuckte zusammen, fuhr herum und starrte entgeistert auf die unfreiwillige Zeugin des vertraulichen Gesprächs.

»Gnädige Frau, Sie hier? Sie sind nicht mit dem Oberstleutnant hinausgegangen? Wie konnten Sie es wagen!«

»Ein Blick hätte genügt«, antwortete Warja würdevoll. »Ich bin keine Mücke oder Fliege, die man übersehen könnte. Im übrigen stehe ich unter Arrest, niemand hat mich freigelassen.«

Sie glaubte zu sehen, daß Fandorins Lippen leicht zuckten. Doch nein, dieses Subjekt konnte wohl nicht lächeln.

»Na schön.« In Misinows Stimme schwang eine leichte Drohung. »Sie haben Dinge erfahren, die Sie keineswegs wissen dürfen. Zur Gewährleistung der

Staatssicherheit nehme ich Sie in zeitweiligen Administrativarrest. Man wird Sie nach Kischinjow in Garnisonsquarantäne bringen und Sie dort unter Bewachung bis zum Ende des Feldzugs festhalten. Daran sind Sie selber schuld.«

Warja erbleichte.

»Aber ich habe ja meinen Bräutigam noch gar nicht gesehen ...«

»Nach dem Krieg werden Sie ihn sehen«, fiel ihr der Chefgendarm ins Wort und wandte sich zur Tür, um seine Gendarmen zu rufen, aber da mischte sich Fandorin ins Gespräch.

»Lawrenti Arkadjewitsch, ich glaube, es wird g-genügen, wenn Sie Frau Suworowa das Ehrenwort abnehmen.«

»Ich gebe mein Ehrenwort!« rief Warja sogleich, ermuntert von dieser überraschenden Fürsprache.

»Entschuldigen Sie, mein Lieber, aber das kann ich nicht riskieren.« Der General würdigte sie keines Blicks. »Da ist auch noch dieser Bräutigam. Und darf man überhaupt einem Mädchen trauen? Sie wissen ja – lange Haare, kurzer Verstand.«

»Ich habe keine langen Haare! Und das mit dem Verstand ist gemein!« Warjas Stimme zitterte verräterisch. »Was gehen mich Ihre Anwars und Midhats an!«

»Auf meine Verantwortung, E-exzellenz. Ich bürge für Warwara Andrejewna.«

Misinow runzelte mißmutig die Stirn und sagte nichts, Warja aber dachte: Es scheint auch Polizeiagenten zu geben, die nicht gänzlich verkommen sind. Dieser ist immerhin serbischer Kriegsfreiwilliger.

»Dumme Situation«, knurrte der General. Er wandte sich Warja zu und fragte feindselig: »Können Sie wenigstens irgendwas? Haben Sie eine schöne Schrift?«

»Ich habe Stenographie gelernt! Ich habe als Telegraphistin gearbeitet! Und als Hebamme!« log Warja hinzu.

»Stenographin und Telegraphistin?« fragte Misinow verwundert. »Wenn das so ist. Erast Petrowitsch, ich lasse das Fräulein unter einer Bedingung hier: Sie wird Ihre Sekretärin sein. Sie werden ja mal einen Boten oder Melder brauchen, der keinen Verdacht erregt. Aber bedenken Sie – Sie haben für sie gebürgt.«

»Das geht nicht!« riefen Warja und Fandorin im Chor. Und fuhren verschieden fort:

Fandorin: »Ich brauche keine Sekretärin!«

Warja: »Ich arbeite nicht für die Geheimpolizei!«

»Wie Sie wollen«, sagte der General achselzuckend und stand auf. »Nowgorodzew, die Eskorte!«

»Ich bin einverstanden!« schrie Warja.

Fandorin schwieg.

VIERTES KAPITEL,
in welchem der Feind den ersten Schlag führt

»Daily Post« (London)
vom 15. (3.) Juli 1877
»Die Vorausabteilung des schnell vorrückenden Generals Gurko hat die alte Hauptstadt des bulgarischen Reiches Tirnowo eingenommen und eilt zum Schipkapaß, hinter dem die ungeschützten Ebenen liegen, die sich bis nach Konstantinopel erstrecken. Der Kriegswesir Redif Pascha und der Oberbefehlshaber Abd ul Kerim Pascha wurden ihrer Posten enthoben und vor Gericht gestellt. Jetzt kann nur noch ein Wunder die Türkei retten.«

Bei der Vortreppe blieben sie stehen. Eine Erklärung war fällig.

Fandorin räusperte sich und sagte: »Ich bedaure sehr, daß es so gekommen ist, Warwara Andrejewna. Sie sind selbstverständlich völlig frei, und ich habe nicht vor, Sie zu irgendeiner Zusammenarbeit zu zwingen.«

»Ich danke Ihnen«, antwortete sie schnippisch. »Das ist sehr großmütig von Ihnen. Offen gestanden, ich dachte schon, Sie hätten das Ganze absichtlich arrangiert. Sie haben mich ja sitzen sehen und konnten sich denken, wie das ausgeht. Was ist, brauchen Sie sehr nötig eine Sekretärin?«

In Fandorins Augen blitzte ein Fünkchen, das man bei einem normalen Menschen für ein Zeichen von Belustigung gehalten hätte.

»Sie sind sch-scharfsinnig. Aber ungerecht. Ich habe in der Tat absichtlich geschwiegen, doch ausschließlich in Ihrem Interesse. Misinow würde Sie ganz ohne Zweifel in Begleitung eines Gendarmen zurückgeschickt haben. Jetzt können Sie völlig legal hierbleiben.«

Darauf wußte Warja nichts zu erwidern, aber einem schäbigen Spion danken mochte sie auch nicht.

»Ich sehe, Sie haben wirklich Geschick für Ihren wenig ehrenwerten Beruf«, sagte sie bissig. »Sie haben sogar den obersten Menschenfresser überlistet.«

»Menschenfresser? Sie meinen Misinow?« fragte Fandorin verwundert. »D-das ist er nicht. Und was soll unehrenhaft daran sein, die Interessen des Staates zu schützen?«

Was sollte man mit so einem reden?

Warja wandte sich demonstrativ ab und ließ den Blick über das Lager schweifen: weiße Häuschen, gleichmäßige Zeltreihen, nagelneue Telegraphenmasten. Über die Straße kam ein Soldat gelaufen, der die viel zu langen Arme auf wohlbekannte Weise schwenkte.

»Warja, Warenka!« rief er von weitem, riß die Mütze mit dem langen Schirm vom Kopf und winkte damit. »Du bist gekommen!«

»Petja!« hauchte sie, vergaß Fandorin schlagartig und lief dem Mann entgegen, für den sie anderthalbtausend Werst zurückgelegt hatte.

Sie umarmten und küßten sich ganz natürlich, ohne Verschämtheit, wie noch nie. Warja sah voller Freude Petjas unschönes, aber liebes, glückstrahlendes Gesicht. Er war schmal geworden, braungebrannt, ging gebückter als zuvor. Der schwarze Monturrock mit den roten Achselklappen umschlotterte ihn, doch das Lächeln war das alte – voller Anbetung.

»Du bist also einverstanden?« fragte er.

»Ja«, sagte Warja einfach, obwohl sie nicht sogleich hatte einwilligen wollen, sondern erst nach einem langen und ernsthaften Gespräch, in dem sie ein paar prinzipielle Bedingungen vorgebracht hätte.

Petja lachte und wollte sie wieder umarmen, doch sie war zur Besinnung gekommen.

»Wir müssen alles ausführlich besprechen. Erstens ...«

»Das machen wir, ganz bestimmt. Nur nicht jetzt, heute abend. Wir treffen uns im Zelt der Presseleute, einverstanden? Die haben da eine Art Klub. Du kennst doch den Franzosen d'Hévrais? Ein feiner Kerl. Von ihm weiß ich ja, daß du da bist. Ich habe jetzt furchtbar viel zu tun, bin nur für einen Moment gekommen. Wenn sie mich vermissen, geht's mir an den Kragen. Heute abend, heute abend!«

Er rannte zurück, mit den schweren Stiefeln Staub aufwirbelnd, und drehte sich immer wieder um.

Aber am Abend konnten sie sich nicht sehen. Eine Ordonnanz brachte ihr aus dem Stab einen Zettel: »Habe die ganze Nacht Dienst. Morgen. Ich liebe Dich. P.«

Nun ja, Dienst ist Dienst. Warja richtete sich häuslich ein. Die Krankenschwestern hatten sie bei sich aufgenommen, großartige, verständnisvolle Frauen, aber alt, Mitte dreißig, und ein bißchen langweilig. Sie sammelten für Warja das Notwendigste als Ersatz für das Gepäck, das sich der findige Mitko angeeignet hatte – Kleidung, Schuhe, einen Flakon Kölnischwasser (sie hatte herrliches Pariser Parfüm gehabt), Strümpfe, Wäsche, einen Kamm, Haarnadeln, duftende Seife, Puder, Sonnenkrem, Cold Cream, Gesichtsmilch, Kamillenessenz zum Haarewaschen und sonstige nützliche Dinge. Die Kleider waren natürlich scheußlich mit Ausnahme eines einzigen, das war hellblau und hatte einen weißen Spitzenkragen. Warja entfernte die aus der Mode gekommenen Manschetten, und nun sah es ganz nett aus.

Aber am Morgen wurde es ihr langweilig. Die Krankenschwestern waren ins Lazarett gegangen, denn aus der Gegend von Lowetsch waren zwei Verwundete gebracht worden. Warja trank allein Kaffee, dann gab sie ein Telegramm an ihre Eltern auf: erstens, damit die nicht verrückt wurden, und zweitens, damit sie Geld schickten (nur leihweise, die sollten sich ja nicht einbilden, sie, Warja, werde in den Käfig zurückkehren). Sie spazierte durchs Lager, beäugte einen sonderbaren Zug ohne Schienen. Dampfspeiende eiserne Lokomobile mit gewaltigen Rädern schleppten schwere Geschütze und Lastfuhren mit Munition. Das Schauspiel war beeindruckend, ein wahrer Triumph des Fortschritts.

Da sie nichts zu tun hatte, ging sie Fandorin besuchen, der im Stabssektor ein Zelt für sich hatte. Er lag auf seinem Feldbett und schrieb aus einem türkischen Buch irgendwelche Wörter heraus.

»Sind Sie dabei, die Interessen des Staates zu schützen, Herr Polizist?« fragte sie, denn es schien ihr am besten, in spöttisch-lässigem Ton mit dem Agenten zu sprechen.

Fandorin erhob sich und warf einen Militärrock ohne Achselklappen über. In dem offenen Hemdkragen sah Warja ein silbernes Kettchen. Ein Kreuz? Nein, eher ein Medaillon. Da hätte sie gern hineingeschaut. Der Herr Polizeispitzel neigte doch nicht etwa zur Romantik?

Der Titularrat schloß den Kragen und antwortete ernsthaft: »Wenn man in einem Sch-staat lebt, muß man ihn schützen oder man muß ausreisen, sonst kommt es zu Schmarotzertum und Lakaientratsch.«

»Es gibt noch eine dritte Möglichkeit«, parierte Warja, die von dem »Lakaientratsch« unangenehm berührt war. »Einen ungerechten Staat kann man zerstören und statt dessen einen anderen aufbauen.«

»L-leider ist ein Staat kein Haus, sondern eher ein Baum. Den baut man nicht auf, er wächst, dem Naturgesetz folgend, von selbst, und das dauert lange. Dazu braucht es keinen Maurer, sondern einen G-gärtner.«

Warja vergaß den spöttisch-lässigen Ton und rief hitzig: »Wir leben in einer so schweren, komplizierten Zeit! Die ehrlichen Menschen ächzen unter der Last von Stumpfsinn und Willkür, und Sie reden von einem Gärtner wie ein alter Mann!«

Fandorin zuckte die Achseln.

»Liebe Warwara Andrejewna, ich k-kann das Gejammer über ›unsere schwere Zeit‹ nicht mehr hören. Die Zeit unter Zar Nikolaus war viel schwerer als die heutige, und damals sind Ihre ›ehrlichen Menschen‹ in Habtacht-Stellung herumgelaufen und haben ihr glückliches Leben gepriesen. Wenn es jetzt möglich ist, über Stumpfsinn und Willkür zu klagen, hat sich die Z-zeit doch sehr gebessert.«

»Sie sind ja … Sie sind einfach ein Throndiener!« zischte Warja, es war die schlimmste Beleidigung, die sie zu vergeben hatte, und als Fandorin nicht mal zuckte, erklärte sie es in für ihn verständlicher Sprache: »Ein treu ergebener Sklave ohne Verstand und Gewissen!«

Sie schoß es heraus – und erschrak über ihre Grobheit, aber Fandorin war kein bißchen verärgert, er holte tief Luft und sagte: »Sie wissen nicht, wie Sie sich zu mir v-verhalten sollen, erstens. Dankbar sein möchten Sie nicht, darum sind Sie böse, zweitens. Vergessen Sie die Dankbarkeit einfach, dann k-kommen wir prima miteinander aus, drittens.«

Diese Herablassung machte Warja noch wütender, zumal der Agent, dieses Fischblut, völlig recht hatte.

Das Zelt, in dem sich die beim Hauptquartier akkreditierten Presseleute zu treffen pflegten, war schon von weitem zu erkennen. Vor dem Eingang hingen an einer langen Schnur Fahnen verschiedener Länder, Wimpel der Zeitungen und Zeitschriften und aus irgendwelchen Gründen rote Hosenträger mit weißen Sternchen.

»Gestern haben sie wohl den Erfolg der Affäre bei Lowetsch gefeiert«, mutmaßte Petja. »Und einer muß so viel gefeiert haben, daß er die Hosenträger verlor.«

Er zog den Vorhang beiseite, und Warja blickte hinein.

Der Klub war schmuddelig, aber gemütlich: Holztische, mit Leinwand bespannte Stühle, eine Theke mit einer Batterie von Flaschen. Es roch nach Tabakrauch, Kerzenwachs und Herrenparfüm. Auf einem einzeln stehenden langen Tisch lagen Stöße von ausländischen Zeitungen. Sie waren ungewöhnlich – aus Morsestreifen zusammengeklebt. Warja sah die »Daily Post« und staunte: die heutige Morgenausgabe. Wahrscheinlich von der Redaktion hertelegraphiert. Toll!

Mit besonderer Genugtuung vermerkte Warja, daß außer ihr nur noch zwei Frauen da waren, beide mit Kneifer und jenseits der ersten Jugendfrische. Dafür gab es viele Männer, darunter auch Bekannte.

Da war vor allem Fandorin, wieder mit Buch. Blöd, so was, lesen konnte er doch in seinem Zelt.

In der gegenüberliegenden Ecke war eine Simultanschachpartie im Gange. Auf der einen Seite des Tischs ging, eine Zigarre schmauchend, herablassend und wohlmeinend MacLaughlin auf und ab, auf der anderen Seite saßen konzentriert Sobolew, d'Hévrais und noch zwei andere.

»Ach, unser kleiner Bulgare!« rief General Sobolew und stand erleichtert vom Brett auf. »Sie sind ja nicht wiederzuerkennen! James, sagen wir Remis.«

D'Hévrais lächelte den Neuankömmlingen freundlich zu und verweilte (was angenehm war) mit dem Blick auf Warja, setzte aber das Spiel fort. Dafür eilte ein etwas dunkelhäutiger Offizier in einer niegesehen prachtvollen Montur zu Sobolew, berührte den übermäßig gewichsten Schnauzbart und rief auf französisch:

»General, ich flehe Sie an, stellen Sie mich Ihrer zauberhaften Bekannten vor! Meine Herren, die Kerzen aus! Sie werden nicht mehr gebraucht – die Sonne ist aufgegangen!«

Die beiden betagten Damen blickten äußerst mißbilligend auf Warja, und sie selbst war leicht benommen von diesem Ansturm.

»Das ist Oberst Lucan, der persönliche Vertreter unseres wertvollen Verbündeten, seiner Hoheit Fürst Karl von Rumänien«, sagte Sobolew auflachend. »Ich warne Sie, Warwara Andrejewna, der Oberst wirkt auf Damenherzen tödlicher als der giftige Baum Antschar.«

Seinem Ton entnahm Warja, daß sie den Rumänen nicht zu begrüßen brauchte. Sie nahm Petjas Arm und antwortete steif: »Sehr erfreut. Mein Bräutigam, der Einjährigfreiwillige Pjotr Jablokow.«

Lucan ergriff mit zwei Fingern galant Warjas Handgelenk (ein Ring mit einem gewichtigen Brillianten schoß einen Blitz) und wollte einen Handkuß anbringen, erhielt aber eine gehörige Abfuhr: »In Petersburg küßt man fortschrittlichen Frauen nicht die Hand.«

Ansonsten war das Publikum interessant, und es gefiel Warja in dem Presseklub. Ärgerlich war nur, daß d'Hévrais sein dämliches Schachspiel fortsetzte. Aber ein Ende war absehbar – alle übrigen Gegner MacLaughlins hatten kapituliert, und der Franzose lag in den letzten Zügen. Das schien ihn indes nicht zu betrüben, er blickte oft zu Warja herüber, lächelte unbekümmert und pfiff melodisch ein modernes Chanson.

Sobolew blickte auf das Brett, griff zerstreut den Refrain auf: »Folichon-folichonner … Nun ergeben Sie sich, d'Hévrais, das ist ja ein richtiges Waterloo.«

»Die Garde stirbt, doch sie ergibt sich nicht.« Der Franzose zupfte an seinem Spitzbärtchen und machte einen Zug. Der Ire krauste die Stirn und schnaufte.

Warja verließ das Zelt, genoß den Sonnenaufgang und die kühle Luft, und als sie wieder hineinging, war das Schachbrett weggeräumt, und das Gespräch drehte sich um nicht mehr und nicht weniger als die Beziehungen zwischen Mensch und Gott.

»Hier kann es keine wechselseitige Achtung geben«, eiferte MacLaughlin, wohl als Antwort auf eine Bemerkung von d'Hévrais. »Die Beziehungen des Menschen zum Allerhöchsten gründen auf der Anerkenntnis der Ungleichheit. Es kommt doch auch einem Kind nicht in den Sinn, Gleichheit mit den Eltern einzufordern! Widerspruchslos anerkennt es die Überlegenheit seines Vaters, seine Abhängigkeit von ihm, empfindet Ehrfurcht für ihn und gehorcht ihm daher – zu seinem Wohl.«

»Ich erlaube mir, Ihre Metapher aufzugreifen«, sagte der Franzose lächelnd und nahm einen Zug aus seinem Tschibuk. »All das gilt nur für kleine Kinder. Wenn das Kind jedoch heranwächst, zieht es unweigerlich die Autorität des Vaters in Zweifel, obwohl der immer noch unvergleichlich klüger und mächtiger ist. Das ist gesund und natürlich, sonst bliebe der Mensch stets ein Kind. In der gleichen Periode befindet sich derzeit die herangewachsene Menschheit. Später, wenn sie noch erwachsener geworden ist, werden sich zwischen ihr und Gott mit Sicherheit neue Beziehungen herausbilden, gegründet auf Gleichheit und wechselseitiger Achtung. Und irgendwann ist das Kind so sehr erwachsen, daß es den Vater gar nicht mehr braucht.«

»Bravo, d'Hévrais, Sie reden so glatt, wie Sie schreiben«, rief Petja. »Nur leider gibt es keinen Gott, es gibt Materie und elementare Prinzipien des Anstands. Ich rate Ihnen, aus Ihrer Konzeption ein Feuilleton für die ›Revue Parisienne‹ zu machen – ein ausgezeichnetes Thema.«

»Um ein gutes Feuilleton zu schreiben, muß man kein Thema haben«, erklärte der Franzose. »Man muß nur gut schreiben können.«

»Nun übertreiben Sie aber«, sagte MacLaughlin entrüstet. »Ohne Thema würde selbst ein Künstler des Wortes wie Sie nichts Gescheites zustande bringen.«

»Nennen Sie mir irgendeinen Gegenstand, und sei er noch so trivial, und ich schreibe darüber einen Artikel, den meine Zeitung mit Vergnügen druckt.« D'Hévrais streckte die Hand aus. »Wetten wir? Meinen spanischen Sattel gegen Ihr Zeissglas.«

Alle wurden lebhaft.

»Ich setze zweihundert Rubel auf d'Hévrais!« verkündete Sobolew.

»Über ein beliebiges Thema?« fragte der Ire bedächtig. »Irgendeins?«

»Absolut. Und sei es über die Fliege, die auf dem Schnauzbart von Oberst Lucan sitzt.«

Der Rumäne fuhr sich hastig über den Schnauzbart und sagte: »Ich setze dreihundert auf Monsieur MacLaughlin. Aber was für einen Gegenstand nehmen wir?«

»Na, zum Beispiel Ihre alten Stiefel.« MacLaughlin zeigte mit dem Finger auf die staubigen Juchtenstiefel des Franzosen. »Versuchen Sie, so darüber zu schreiben, daß das Pariser Publikum es mit Genuß liest.«

Sobolew hob die Hände.

»Noch wurde nicht eingeschlagen. Ich passe. Alte Stiefel, das geht zu weit.«

Schließlich wurden tausend auf den Iren gesetzt, auf den Franzosen mochte niemand setzen. Warja tat der arme d'Hévrais leid, aber sie hatte kein Geld, Petja auch nicht. Sie trat zu Fandorin, der noch immer in dem Buch mit den türkischen Krakeln blätterte, und flüsterte verärgert: »Warum sagen Sie nichts? Setzen Sie auf ihn. Was macht es Ihnen aus! Sie haben doch bestimmt von Ihrem Satrapen ein paar Silberlinge bekommen! Ich gebe es Ihnen später zurück.«

Fandorin verzog das Gesicht und sagte gelangweilt: »Hundert Rubel auf Monsieur d'Hévrais.« Und er vertiefte sich wieder in seine Lektüre.

»Also zehn zu eins«, resümierte Lucan. »Meine Herren, der Gewinn ist nicht groß, aber sicher.«

In diesem Moment kam Warjas Bekannter Hauptmann Perepjolkin ins Zelt gestürmt. Er war nicht wiederzuerkennen: nagelneue Montur, Stiefel auf Hochglanz, imposante schwarze Augenbinde (der Bluterguß war wohl noch nicht vergangen), weißer Kopfverband.

»Euer Exzellenz, meine Herren, ich komme eben von Baron Krüdener!« verkündete er würdevoll. »Eine wichtige Mitteilung für die Presse. Notieren Sie – Hauptmann Perepjolkin vom Generalstab, Operationsabteilung. Pe-re-pjol-kin. Nikopol wurde im Sturm erobert. Wir haben zwei Paschas und sechstausend Soldaten gefangengenommen! Unsere Verluste sind minimal. Sieg, meine Herren!«

»Verdammt, schon wieder ohne mich!« stöhnte Sobolew und stürmte ohne Abschied davon.

Der Hauptmann blickte dem General etwas verwirrt hinterher, aber schon hatten ihn die Journalisten in die Mitte genommen. Perepjolkin beantwortete ihre Fragen mit sichtlichem Vergnügen und kokettierte dabei mit seiner Kenntnis des Englischen, Französischen und Deutschen.

Warja wunderte sich über das Verhalten Fandorins.

Er warf das Buch auf den Tisch, stieß die Presseleute entschlossen auseinander und fragte halblaut: »E-erlauben Sie, Hauptmann, ist das kein Irrtum? Krüdener hatte doch Befehl, Plewna zu nehmen. Nikopol liegt aber in der entgegengesetzten R-richtung.«

In seiner Stimme war etwas, das den Hauptmann aufhorchen und die Journalisten vergessen ließ.

»Keineswegs, mein Herr. Ich habe das Telegramm vom Stab des Oberbefehlshabers persönlich entgegengenommen, war bei der Dechiffrierung zugegen und habe es dem Herrn Baron persönlich überbracht. Ich erinnere mich genau an den Text: ›An den Chef der Westgruppe Generalleutnant Baron Krüdener. Ich befehle, Nikopol zu nehmen und sich dort mit mindestens einer Division zu verschanzen. Nikolai.‹«

Fandorin erbleichte.

»Nikopol?« fragte er noch leiser. »Und was ist mit Plewna?«

Der Hauptmann zuckte die Achseln.

»Keine Ahnung.«

Vor dem Eingang ertönten Schritte und Waffenklirren. Der Vorhang wurde aufgerissen, und herein sah Oberstleutnant Kasansaki. Hinter ihm blinkten die Bajonnette einer Begleitmannschaft. Der Gendarm ließ den Blick für einen Moment auf Fandorin ruhen, guckte durch Warja hindurch und lächelte freudig Petja zu.

»Ah, da sind Sie ja, mein Lieber! Hab ich's mir doch gedacht. Einjährigfreiwilliger Jablokow, Sie sind verhaftet. Festnehmen!« befahl er den Begleitsoldaten. Zwei Blauuniformierte kamen eilig herein und faßten den von Entsetzen gelähmten Petja bei den Ellbogen.

»Sind Sie denn wahnsinnig!« schrie Warja. »Lassen Sie ihn sofort los!«

Kasansaki würdigte sie keiner Antwort. Er schnippte mit den Fingern, und der Verhaftete wurde schnell nach draußen gezerrt. Der Oberstleutnant blieb und blickte mit ungewissem Lächeln in die Runde.

»Erast Petrowitsch, was soll denn das!« rief Warja schrill. »Sagen Sie was!«

»Begründung?« fragte Fandorin mürrisch und sah dem Gendarmen auf den Kragen.

»In Jablokows Chiffrierung ist ein Wort ausgewechselt. Plewna wurde durch Nikopol ersetzt, das ist alles. Derweil hat Osman Paschas Avantgarde vor drei Stunden Plewna eingenommen und bedroht nun unsere Flanke. So ist das, Herr Beobachter.«

»Da ist es, Ihr Wunder, das die Türkei retten kann, MacLaughlin«, hörte Warja d'Hévrais sagen – in recht reinem Russisch, doch mit hübschem Kehlkopf-R.

»Kein Wunder, Herr Korrespondent, sondern gewöhnlicher Verrat«, antwortete der Oberstleutnant auflachend, blickte aber dabei Fandorin an. »Ich kann mir nicht vorstellen, Herr Freiwilliger, wie Sie das Seiner Hohen Exzellenz erklären wollen.«

»Sie sch-schwatzen zuviel, Oberstleutnant.« Fandorins Blick glitt abwärts zum obersten Knopf der Gendarmenmontur. »Ehrgeiz darf der Sache nicht schaden.«

»Wie meinen?« Kasansakis dunkles Gesicht zuckte. »Sie wollen mir Vorhaltungen machen? Ein starkes Stück! Ich habe über Sie, Herr Wunderkind, ein paar Auskünfte eingeholt. Dienstlich. Da ergibt sich kein schönes Bild. Sie sind geschäftstüchtig über Ihre Jahre hinaus. Geruhten Sie nicht, vorteilhaft zu ehelichen? Und mit doppeltem Vorteil – fette Mitgift eingesackt und die Freiheit behalten. Gratu...«

Er konnte nicht weitersprechen, denn Fandorin hatte ihm geschickt, wie ein Kater mit der Pfote, die Hand über die dicken Lippen gewischt. Warja ächzte auf, einer der Offiziere packte Fandorins Hand, ließ sie jedoch gleich wieder los, denn dieser zeigte keinerlei Tobsucht.

»Wir schießen uns«, sagte Fandorin mit Alltagsstimme und sah dem Oberstleutnant diesmal direkt in die Augen. »Von mir aus jetzt gleich, ehe sich die Führung einmischt.«

Kasansaki war puterrot. Die pflaumenschwarzen Augen waren blutunterlaufen. Nach einer Pause schluckte er und sagte: »Mit Befehl Seiner kaiserlichen Hoheit sind Duelle während des Krieges strengstens verboten. Und Sie, Fandorin, wissen das genau.«

Der Oberstleutnant ging hinaus, der Türvorhang wippte. Warja fragte: »Erast Petrowitsch, was ist zu tun?«

FÜNFTES KAPITEL,
in welchem beschrieben wird, wie ein Harem funktioniert

»Revue Parisienne« (Paris)
vom 18. (6.) Juli 1877
von Charles d'Hévrais
DIE ALTEN STIEFEL
Skizze von der Front

»Das Oberleder ist rissig und mittlerweile weicher als ein Pferdemaul. In vornehmer Gesellschaft kann man sich in solchen Stiefeln nicht zeigen. Das tue ich auch nicht, die Stiefel sind für anderes bestimmt.

Genäht hat sie mir ein alter Jude aus Sofia vor zehn Jahren. Er knöpfte mir zehn Lire ab und sagte: ›Mein Herr, wenn längst Kletten aus mir wachsen, wirst du diese Stiefel noch immer tragen und mit einem freundlichen Wort Isaaks gedenken.‹

Noch war kein Jahr vergangen, da ging bei Ausgrabungen einer assyrischen Stadt im Zweistromland der linke Absatz ab. Ich mußte allein ins Lager zurückkehren.

Durch den glühendheißen Sand humpelnd, schmähte ich den alten Sofioter Spitzbuben mit den schlimmsten Ausdrücken und schwor, die Stiefel zu verbrennen.

Meine Kollegen, britische Archäologen, hatten mit den Ausgrabungen noch gar nicht richtig angefangen, da wurden sie überfallen von Reitern des Rifat Bek, der die Giaurs für Kinder des Schaitans hält, und bis auf den letzten Mann niedergemetzelt. Ich verbrannte die Stiefel nicht, sondern ließ den Absatz erneuern und silberne Schuheisen drunter nageln.

Im Mai 1873 war ich auf dem Weg nach Chiwa, da wollte mein Fremdenführer sich meine Uhr, mein Gewehr und meinen achaltekinischen Rappen Jatagan zu eigen machen. In der Nacht, als ich im Zelt schlief, warf er in meinen linken Stiefel eine Sandrasselotter, deren Biß tödlich ist. Aber der Stiefel hatte ein Loch, und die Schlange kroch hinaus in die Wüste. Am Morgen hat Assaf mir das selber erzählt, weil er in dem Vorfall ein Zeichen Allahs wähnte.

Ein halbes Jahr später lief der Dampfer ›Adrianopel‹ im Thermäischen Meerbusen auf ein Riff. Ich mußte zweieinhalb Lieues zum Ufer schwimmen. Die Stiefel zogen mich hinunter, aber ich warf sie nicht ab. Ich wußte, das wäre der Kapitulation gleichgekommen, und dann hätte ich es nicht geschafft. Ich erreichte das Ufer als einziger, die anderen waren alle ertrunken.

Jetzt bin ich da, wo getötet wird. Täglich schwebt der Tod über uns. Aber ich bin ruhig. Ich ziehe meine Stiefel an, deren Schwarz sich in den zehn Jahren rötlich verfärbt hat, und fühle mich im Kugelhagel wie in Ballschuhen auf spiegelblankem Parkett.

Und nie erlaube ich meinem Pferd, eine Klettenpflanze zu zertreten – am Ende wächst sie aus dem alten Isaak?«

Warja arbeitete seit drei Tagen mit Fandorin zusammen. Sie wollten Petja herausholen, aber dorthin führte nach Meinung des Titularrats nur ein Weg: Sie mußten den wahren Schuldigen finden.

Warja selbst hatte Fandorin dringlich gebeten, sie als Gehilfin zu nehmen.

Petjas Aussichten waren schlecht. Warja durfte ihn nicht besuchen, aber sie wußte von Fandorin, daß alle Indizien gegen den Chiffrierer Jablokow sprachen. Er hatte von Oberstleutnant Kasansaki den Befehl des Oberbefehlshabers erhalten, ihn sogleich chiffriert und die Depesche dann entsprechend der Instruktion persönlich zur Telegraphenstation gebracht. Warja hegte den Verdacht, der zerstreute Petja könnte die beiden Städte verwechselt haben, zumal alle Welt die Festung Nikopol kannte, während von dem Städtchen Plewna noch kaum jemand gehört hatte. Aber Kasansaki glaubte nicht an Zerstreutheit, und Petja selbst behauptete steif und fest, sich genau zu erinnern, wie er Plewna verschlüsselte, diesen komischen Namen. Am schlimmsten war, daß er, wie Fandorin, der einem der Verhöre beigewohnt hatte, ihr erzählte, eindeutig etwas verbarg, noch dazu äußerst ungeschickt. Lügen konnte Petja überhaupt nicht, das wußte Warja. Alles lief auf ein Tribunal hinaus.

Nach dem wahren Schuldigen suchte Fandorin auf sonderbare Weise. Morgens bekleidete er sich mit einem albernen gestreiften Trikot und machte eine ausgiebige englische Gymnastik. Tagelang lag er auf dem Feldbett, schaute gelegentlich bei der Operationsabteilung des Stabs vorbei und verbrachte die Abende unweigerlich im Klub bei den Presseleuten. Er rauchte Zigarren, las in seinem Buch, trank Wein, ohne berauscht zu werden, und mischte sich ungern in die Gespräche. Aufträge gab er ihr nicht. Bevor er ihr gute Nacht wünschte, sagte er nur: »M-morgen abend sehen wir uns im Klub.«

Warja war wütend über ihre Hilflosigkeit. Tagsüber ging sie durchs Lager und spähte nach Verdächtigem aus. Doch Verdächtiges sah sie nicht, und wenn sie müde war, besuchte sie Fandorin in seinem Zelt, um ihn aufzurütteln und seine Aktivität zu wecken. In der Höhle des Titularrats herrschte eine grauenvolle Unordnung: Überall lagen Bücher, Generalstabskarten, umflochtene bulgarische Weinflaschen, Kleidungsstücke, Kanonenkugeln, die wohl als Hanteln dienten. Einmal setzte sich Warja in einen Teller mit kaltem Plow, der auf einem Stuhl stand, und wurde bitterböse, sie bekam den Fettfleck aus ihrem einzigen anständigen Kleid durch kein Waschen mehr heraus.

Am Abend des 7. Juli feierte Oberst Lucan im Presseklub (so wurde das Zelt der Journalisten nach englischer Gepflogenheit genannt) seinen Geburtstag. Aus diesem Anlaß wurden aus Bukarest drei Kisten Champagner herangeschafft, und das Geburtstagskind versicherte, pro Flasche dreißig Francs bezahlt zu haben. Das Geld war in den Sand gesetzt, denn der Urheber der Festlichkeit war schnell vergessen – Held des Tages war d'Hévrais.

Am Morgen hatte sich der Franzose mit dem Zeissglas, das er dem blamierten MacLaughlin abgewonnen hatte (Fandorin bekam für seinen Hunderter ganze Tausend – dank Warja), auf eine riskante Expedition begeben: Er ritt ganz allein nach Plewna, kam unter dem Schutz der Pressearmbinde bis an die vorderste Linie des Gegners heran und brachte es sogar fertig, einen türkischen Oberst zu interviewen.

»Monsieur Perepjolkin hat mir liebenswürdigerweise erklärt, wie ich die Stadt erreiche, ohne eine Kugel einzufangen«, erzählte d'Hévrais einem begeisterten Zuhörerkreis. »Es war tatsächlich nicht weiter schwierig, denn die Türken hatten nicht einmal Spähposten aufgestellt. Den ersten Asker traf ich am Stadtrand. ›Was glotzt du so?‹ schreie ich ihn an. ›Bring mich sofort zum obersten Chef.‹ Im Orient, meine Herren, kommt es darauf an, sich wie der Padischah zu benehmen. Wenn du brüllst und fluchst, mußt du ja wohl das Recht haben. Man bringt mich zu einem Oberst namens Ali Bei – roter Fes, schwarzer Vollbart, auf der Brust das Abzeichen von Saint-Cyr. Prima, denk ich, das schöne Frankreich wird mir helfen. So und so, sag ich. Pariser Presse. Ins russische Lager verschlagen, tödliche Langeweile, kein bißchen Exotik, nur Suff. Vielleicht ist der geehrte Ali Bei geneigt, ein Interview für die Pariser Leser zu geben? Er ist geneigt. Wir sitzen, trinken kühlen Sorbet. Mein Ali Bei fragt: ›Gibt es noch das hübsche Café am Boulevard Raspail Ecke Rue de Sèvres?‹ Offen gestanden, ich habe keinen Schimmer, ob es das noch gibt, ich war lange nicht in Paris, aber ich sage: ›Gewiß doch, es blüht und gedeiht.‹ Wir unterhalten uns über die Boulevards, über Cancan und Kokotten. Der Oberst ist ganz gerührt, sein sehenswerter Bart bauscht sich, und er seufzt: ›Nein, wenn dieser verdammte Krieg erst mal zu Ende ist, dann gleich nach Paris, nach Paris.‹ – ›Wird er denn bald zu Ende sein, Effendi?‹ – ›Ja, bald‹, sagt Ali Bei. ›Sehr bald. Die Russen schmeißen mich mitsamt meinen drei armseligen Bataillonen aus Plewna raus, dann ist Schluß. Dann ist der Weg frei bis Sofia.‹ – ›Eijei‹, sag ich mitleidig. ›Sie sind ein mutiger Mann, Ali Bei. Mit drei Bataillonen gegen die ganze russische Armee! Ich werde darüber in meiner Zeitung berichten. Aber wo ist der ruhmreiche Osman Nuri Pascha mit seinem Korps?‹ Der Oberst nahm den Fes ab und machte eine wegwerfende Handbewegung. ›Er wollte morgen hier sein. Aber das schafft er nicht, die Straßen sind zu schlecht. Frühestens übermorgen abend.‹ Wir haben prächtig zusammengesessen, haben über Konstantinopel gesprochen und über Alexandria. Ich mußte mich mit Gewalt losreißen – der Oberst ließ schon einen Hammel schlachten. Auf den Rat von Monsieur Perepjolkin gab ich das Interview dem Stab des Großfürsten zur Kenntnis. Dort stieß mein Gespräch mit Ali Bei auf Interesse«, schloß der Journalist bescheiden. »Ich glaube, den türkischen Oberst erwartet morgen eine kleine Überraschung.«

»Oh, d'Hévrais, du Draufgänger!« Sobolew eilte mit ausgebreiteten Generalsarmen auf den Franzosen zu. »Ein echter Gallier! Laß dir einen Kuß geben!«

D'Hévrais' Gesicht verschwand hinter dem üppigen Bart, und MacLaughlin, der mit Perepjolkin Schach spielte (der Hauptmann trug keine Binde mehr und blickte mit beiden Augen konzentriert aufs Brett), bemerkte mürrisch: »Der Hauptmann hätte Sie nicht als Spion benutzen dürfen. Ich bin mir nicht sicher, lieber Charles, ob Ihr Ausflug vom Standpunkt des journalistischen Ethos untadelig ist. Der Korrespondent eines neutralen Staates hat nicht das Recht, in einem Konflikt Partei zu ergreifen und schon gar nicht die Rolle des Spions zu übernehmen, denn …«

Aber alle, auch Warja, fielen einmütig über den langweiligen Kelten her, so daß er notgedrungen verstummte.

»Oho, hier geht's ja lustig zu!« tönte plötzlich eine schallende, selbstsichere Stimme.

Warja drehte sich um und erblickte am Eingang einen stattlichen Husarenoffizier mit schwarzem Haar, einem verwegenen Schnauzbart, übermütigen Augen, die ein wenig hervorstanden, und einem nagelneuen Georgskreuz am Uniformrock. Die allgemeine Aufmerksamkeit machte den Ankömmling keineswegs verlegen, im Gegenteil, der Husar nahm sie als etwas Selbstverständliches.

»Rittmeister Graf Surow vom Grodnoer Husarenregiment«, stellte er sich vor und salutierte vor Sobolew. »Erinnern Sie sich, Euer Exzellenz? Wir sind zusammen gegen Kokand gezogen, ich war im Stab von Konstantin Petrowitsch.«

»Gewiß, erinnere mich.« Der General nickte. »Wurden Sie nicht vor Gericht gestellt wegen Kartenspiel während des Feldzugs und Duell mit einem Intendanten?«

»Gott war gnädig, der Kelch ging vorüber«, antwortete der Husar leichthin. »Man hat mir gesagt, daß mein alter Freund hier ist, Erasmus Fandorin. Das stimmt hoffentlich?«

Warja warf einen raschen Blick auf den in der hintersten Ecke sitzenden Erast Fandorin. Der stand auf, seufzte leidend und sagte verzagt: »Ippolit? Wie kommst du denn hierher?«

»Da ist er, so wahr ich hier stehe!« Der Husar stürzte zu Fandorin und rüttelte ihn dermaßen an den Schultern, daß dessen Kopf vor und zurück flog. »Ich hab gehört, die Türken hätten dich in Serbien auf einen Pfahl gespießt! Du siehst aber schlecht aus, mein Lieber, bist nicht wiederzuerkennen. Färbst du dir jetzt die Schläfen, um imposanter zu wirken?«

Der Titularrat hatte wirklich einen interessanten Bekanntenkreis: der Pascha von Widin, der Chef der Gendarmerie und jetzt noch dieser bildschöne Mensch mit den Raufboldallüren. Warja trat wie zufällig näher, um kein Wort zu verpassen.

»Das Schicksal hat uns beiden mitgespielt.« Surow hörte auf zu rütteln und klopfte Fandorin statt dessen auf den Rücken. »Von meinen Abenteuern erzähle ich dir gesondert, tête-à-tête, das ist nichts für Damenohren.« Er warf einen neckischen Seitenblick auf Warja. »Das Finale ist das Übliche: kein Pfennig Geld, mutterseelenallein und mit gebrochenem Herzen.« (Wieder ein Blick zu Warja hin.)

»Wer hätte das g-gedacht«, kommentierte Fandorin und wich zurück.

»Du stotterst? Kontusion? Lappalie, das geht vorüber. Mich hat bei Kokand eine Druckwelle gegen eine Moschee geschleudert, da hab ich vier Wochen mit den Zähnen geklappert, und glaub mir, ich hab das Glas nicht an den Mund gebracht. Aber das hat sich wieder gelegt.«

»Und wo k-kommst du jetzt her?«

»Das, lieber Erasmus, ist eine lange Geschichte.«

Der Husar ließ den Blick über die Klubbesucher gleiten, die ihn neugierig ansahen, und sagte: »Treten Sie ruhig näher, meine Herren, ich erzähle Erasmus nur meine Scheherazade.«

»Odyssee«, korrigerte Fandorin halblaut und retirierte hinter den Rücken von Oberst Lucan.

»Eine Odyssee, das ist in Griechenland, bei mir war es eben eine Scheherazade.« Surow machte eine Spannungspause, dann begann er mit seiner Erzählung. »Also, meine Herren, infolge etlicher Umstände, die nur mir und Fandorin bekannt sind, saß ich in Neapel gänzlich auf dem trockenen. Ich pumpte mir vom russischen Konsul fünfhundert Rubel, mehr rückte der Geizkragen nicht heraus, und fuhr übers Meer nach Odessa. Unterwegs ritt mich der Teufel, ein Kartenspiel mit dem Kapitän und dem Steuermann anzuregen. Die Spitzbuben haben mich bis auf die letzte Kopeke ausgeplündert. Ich protestierte natürlich, fügte dem Schiffsinventar einigen Schaden zu und wurde in Konstantinopel rausgeschmissen, will sagen, an Land gesetzt, ohne Geld, ohne Gepäck und sogar ohne Hut. Und das im Winter, meine Herren. Ein türkischer Winter und doch bitterkalt. Ich begab mich zu unserer Botschaft. Dort überwand ich alle Hindernisse und drang bis zum Gesandten persönlich vor, Nikolai Pawlowitsch Gnatjew. Ein herzensguter Mensch. Geld, sagt er, kann ich nicht leihen, ich bin prinzipiell gegen jedes Leihen, aber wenn Sie wollen, Graf, nehme ich Sie als Adjutanten zu mir, ich kann tapfere Offiziere gebrauchen. In diesem Fall bekämen Sie Reisegeld und alles andere. So bin ich Adjutant geworden.«

»Bei Gnatjew persönlich?« Sobolew schüttelte den Kopf. »Der schlaue Fuchs muß an Ihnen einen Narren gefressen haben.«

Surow breitete bescheiden die Arme aus und fuhr fort: »Gleich am ersten Tag meines neuen Dienstes verursachte ich einen internationalen Konflikt und einen Austausch diplomatischer Noten. Gnatjew schickte mich mit einer Anfrage zu dem bekannten Russenhasser und Scheinheiligen, dem Scheich ul Islam – das ist der oberste türkische Pope, so was wie der Papst in Rom.«

»Der Scheich ul Islam«, präzisierte MacLaughlin, der in seinem Notizbuch mitschrieb. »Er ist eher so was wie Ihr Oberprokuror des Synods.«

»Eben, sag ich ja«, nickte Surow. »Dieser Scheich und ich, wir konnten uns von Anfang an nicht ausstehen. Ich sag ihm aufs höflichste über den Dolmetscher: ›Euer Eminenz, ein dringendes Schreiben vom Generaladjutanten Gnatjew.‹ Der Hund aber blitzt mich an und antwortet auf französisch – absichtlich, damit der Dolmetscher es nicht abmildert: ›Jetzt ist die Zeit des Gebets, warte.‹ Er hockt sich hin, das Gesicht nach Mekka, und legt los: ›O großer und allmächtiger Allah, sei Deinem treuen Sklaven gnädig und lasse ihn noch zu Lebzeiten sehen, wie in der Hölle die Giaurs schmoren, die unwürdig sind, über Deine geheiligte Erde zu gehen.‹ Gut, aber seit wann betet man auf französisch zu Allah? Na schön, denk ich, jetzt werd ich auch eine Neuerung in den orthodoxen Kanon einführen. Der Scheich dreht sich zu mir um und grient zufrieden – Kunststück, er hat ja einen Giaur zurechtgewiesen. ›Gib mir den Brief deines Generals‹, sagt er. – ›Pardonnez-moi, éminence‹, antworte ich. ›Wir Russen haben jetzt das Mittagsgebet. Gedulden Sie sich ein Minütchen.‹ Ich krach auf die Knie und bete in der Sprache Corneilles und Rocamboles: ›Allgütiger Gott, erfreue Deinen sündigen Sklaven, den Chevalier Ippolit, und lasse ihn sehen, wie die muselmanischen Hunde in der Pfanne geröstet werden.‹ Ich hab also die ohnehin nicht einfachen russisch-türkischen Beziehungen noch mehr kompliziert. Der Scheich nahm mir den Brief nicht ab, er fluchte lautstark in seiner Sprache und setzte mich und den Dolmetscher vor die Tür. Na, Gnatjew hat mich zum Schein gerügt, war aber wohl ganz zufrieden. Er hat ja gewußt, wen er zu wem schickt und wozu.«

»Toll, wie in Turkestan«, sagte Sobolew beifällig.

»Aber nicht sehr diplomatisch«, warf Hauptmann Perepjolkin ein und musterte den hemdsärmeligen Husaren mißbilligend.

»Ich bin nicht lange Diplomat geblieben«, sagte Surow seufzend und fügte nachdenklich hinzu: »Ist wohl nicht meine Strecke.«

Fandorin ließ ein recht lautes »Hm« hören.

»Einmal bin ich auf der Galata-Brücke spazierengeritten, hab die russische Montur ausgeführt und die schönen Frauen beguckt. Die trugen zwar den Tschador, aber die Teufelinnen nahmen dafür das allerdurchsichtigste Gewebe, so daß es noch verführerischer wirkte. Plötzlich seh ich – in einer Kutsche sitzt ein göttliches Wesen, und die samtenen Riesenaugen blitzen nur so über den Schleier hinweg. Neben ihr ein fetter abessinischer Eunuch, ein Klotz von Kerl, dahinter noch eine Kutsche mit Dienerinnen. Ich steige ab und mach meine Verbeugung, würdevoll, wie es sich für einen Diplomaten gehört, da zieht sie den Handschuh aus und schickt mir mit ihrem weißen Händchen« (Surow spitzte den Mund) »eine Kußhand.«

»Sie hat den Handschuh ausgezogen?« fragte d'Hévrais mit Kennermiene. »Das ist was Ernstes, meine Herren. Der Prophet hat hübsche Händchen für den verführerischsten Teil des weiblichen Körpers gehalten und den vornehmen Muselmaninnen aufs strengste verboten, ohne Handschuhe zu gehen, um die Männerherzen nicht in Versuchung zu führen. Wenn also eine Muselmanin den Handschuh auszieht, c'est une grande signe*, so als entblöße eine europäische Frau … Aber lassen wir die Parallelen«, sagte er mit einem Seitenblick auf Warja.

»Da sehen Sie's«, griff der Husar auf. »Durfte ich die Dame danach durch Nichtbeachtung beleidigen? Ich nehme mein Pferd beim Zaum, verbeuge mich und will mich vorstellen. Da schlägt mir doch der Eunuch, dieser Stinkstiefel, die Peitsche ins Gesicht. Was tun? Ich zieh den Säbel blank und durchbohr den Flegel, dann wisch ich die Klinge an seinem seidenen Kaftan ab und reite traurig nach Hause. Mir stand der Sinn nicht mehr nach schönen Frauen. Ich fühlte, das nimmt kein gutes Ende. Und richtig, es wurde ganz scheußlich.«

»Nämlich?« fragte Lucan neugierig. »War sie die Frau eines Paschas?«

»Schlimmer.« Surow holte tief Luft. »Die Frau des mohammedanischen Herrschers Abd ul Hamid II. Und der Eunuch hatte natürlich auch dem Sultan gehört. Gnatjew verteidigte mich, wie er nur konnte. Er sagte dem Padischah persönlich: ›Wenn mein Adjutant den Peitschenhieb des Sklaven hingenommen hätte, würde

* (franz.) Das ist ein großes Zeichen.

ich ihm eigenhändig die Schulterklappen abgerissen haben wegen Beleidigung des russischen Offiziersstandes.‹ Aber was wissen die schon, was eine Offiziersmontur bedeutet? Ausweisung, binnen vierundzwanzig Stunden. Auf cin Frachtboot, und ab nach Odessa. Zum Glück fing bald der Krieg an. Gnatjew sagte mir zum Abschied: ›Du kannst Gott danken, Surow, daß es nicht die Hauptfrau war, sondern nur die kleine Herrin, Kütschüm Kadin.‹«

»Nicht K-kütschüm, sondern Kütschük«, korrigierte Fandorin und errötete plötzlich, was Warja sonderbar fand.

Surow stieß einen Pfiff aus.

»Oho! Woher weißt du das?«

Fandorin schwieg und sah höchst verdrossen aus.

»Herr Fandorin hat als Gast bei einem türkischen Pascha gelebt«, teilte Warja einschmeichelnd mit.

»Und dich hat der ganze Harem betreut?« fragte der Graf lebhaft. »Erzähl schon, hab dich nicht so.«

»Nicht der ganze, nur die Kütschük Chanum«, knurrte der Titularrat, der sichtlich keine Lust hatte, auf Einzelheiten einzugehen. »Ein sehr liebes, teilnahmsvolles M-mädchen. Und ganz modern. Sie spricht französisch und englisch, liebt Byron. Interessiert sich für Medizin.«

Der Agent zeigte sich hier von einer neuen, überraschenden Seite, die Warja nicht so recht gefallen wollte.

»Eine moderne Frau würde nicht als fünfzehnte Ehefrau in einem Harem leben«, fauchte sie. »Das ist erniedrigend und barbarisch.«

»Bitte um Vergebung, Mademoiselle, aber das ist ein bißchen ungerecht«, warf d'Hévrais auf russisch ein, ging aber gleich zum Französischen über. »Schauen Sie, während meiner jahrelangen Wanderungen durch den Orient habe ich den moslemischen Alltag ganz gut studiert.«

»Ja, Charles, erzählen Sie«, bat MacLaughlin. »Ich erinnere mich an Ihre Artikelserie über das Haremsleben. Sie war ausgezeichnet.« Der Ire war gerührt über seine eigene Großmut.

»Jede gesellschaftliche Einrichtung, auch die Vielweiberei, muß in ihrem historischen Kontext gesehen werden«, begann d'Hévrais in professoralem Ton, aber Surow schnitt eine solche Grimasse, daß der Franzose zur Vernunft kam und normal weitersprach. »Unter den Bedingungen des Orients ist der Harem für die Frau die einzige Möglichkeit zu überleben. Urteilen Sie selbst: Die Muselmanen waren von Anfang an ein Volk der Krieger und Propheten. Die Männer lebten für den Krieg und fielen im Kampf, und zahllose Frauen blieben als Witwen zurück oder konnten gar nicht erst einen Ehemann finden. Wer sollte sie und ihre Kinder ernähren? Mohammed hatte fünfzehn Frauen, aber keineswegs aus übermäßiger Lüsternheit, sondern aus Menschlichkeit. Er sorgte für die Witwen seiner gefallenen Mitstreiter, und im westlichen Sinne konnten sich diese Frauen nicht einmal seine Gattinnen nennen. Was ist also ein Harem, meine Herren? Sie stellen sich ihn doch so vor: ein murmelnder Springbrunnen, halbnackte Odalisken, die träge Rachat Lokum kauen, das Klirren der Münzketten und der würzige Duft von Parfüm, und das Ganze eingehüllt in einen von Ausschweifung übersättigten Dunst.«

»Und mittendrin der Gebieter des ganzen Hühnerhofs im Kaftan, mit Wasserpfeife, ein seliges Lächeln auf den roten Lippen«, warf der Husar träumerisch ein.

»Ich muß Sie betrüben, Monsieur Rittmeister. Zum Harem gehören außer den Ehefrauen viele arme Verwandte, ein Haufen Kinder, auch fremde, außerdem zahlreiche Dienerinnen, alte Sklavinnen, die dort ihren Lebensabend fristen, und Gott weiß wer noch alles. Sie alle ernährt und unterhält der Mann. Je reicher und mächtiger er ist, desto mehr Kostgängerinnen hat er, und um so schwerer wiegt die Last seiner Verantwortung. Das Haremsystem ist nicht nur human, sondern auch das einzig mögliche unter den Bedingungen des Orients – sonst würden viele Frauen einfach verhungern.«

»Sie beschreiben den türkischen Ehemann als eine Art Charles Fourier«, mischte Warja sich ein. »Wär's nicht besser, der Frau die Möglichkeit zu geben, ihren Lebensunterhalt selber zu verdienen, als sie wie eine Sklavin zu halten?«

»Die orientalische Gesellschaft ist schwerfällig und nicht zu Veränderungen geneigt, Mademoiselle Barbara«, antwortete der Franzose ehrerbietig, und er sprach ihren Namen so nett aus, daß sie ihm unmöglich böse sein konnte. »Sie hat wenig Arbeitsplätze, um jeden muß gekämpft werden, und gegen die Männer können die Frauen nicht konkurrieren. Überdies ist eine Ehefrau keineswegs eine Sklavin. Wenn der Mann ihr nicht mehr gefällt, kann sie sich immer die Freiheit zurückholen. Dazu genügt es, ihrem Ehegespons das Leben so zur Hölle zu machen, daß er ihr vor Zeugen wütend zuruft: ›Du bist nicht mehr meine Frau!‹ Sie werden zugeben, daß es nicht schwierig ist, einen Mann in solchen Zustand zu versetzen. Danach kann sie ihre Sachen pakken und ihrer Wege gehen. Eine Scheidung ist im Orient einfacher als im Westen. Hinzu kommt, daß der Mann allein ist, die Frauen hingegen ein Kollektiv bilden. Ist es da erstaunlich, daß die wirkliche Macht dem Harem gehört und nicht dessen Besitzer? Die wichtigsten Personen im Osmanischen Reich sind nicht der Sultan und der Großwesir, sondern die Mutter und die Lieblingsfrau des Padischah. Und natürlich der Obereunuch des Harems.«

»Trotzdem, wieviel Frauen darf der Sultan haben?« fragte Perepjolkin und blickte schuldbewußt zu Sobolew. »Ich frag nur so, aus Neugier.«

»Vier, wie jeder Rechtgläubige. Aber außer den vollberechtigten Ehefrauen hat der Padischah noch Iqbal, so was wie Favoritinnen, und ganz junge Gedikli, ›Mädchen, die dem Auge wohltun‹, Anwärterinnen auf die Rolle der Iqbal.«

»Na, das ist schon besser.« Lucan nickte zufrieden und zwirbelte den Schnauzbart. Warja warf ihm einen verächtlichen Blick zu.

Sobolew fragte lüstern: »Aber außer den Ehefrauen und Beischläferinnen gibt es doch auch noch Sklavinnen?«

»Alle Frauen des Sultans sind Sklavinnen, aber nur so lange, bis ein Kind geboren wird. Dann erhält die Mutter sofort den Titel einer Prinzessin und kommt in den Genuß aller ihr zustehenden Privilegien. Als Beispiel: Die allmächtige Besma, die Mutter des verstorbenen Abd ul Asis, war seinerzeit eine einfache Badegehilfin, aber sie hat Mahmud II. so erfolgreich eingeseift, daß er sie erst als Beischläferin nahm und sie später zu seiner Lieblingsfrau erhob. Die Frauen haben in der Türkei wahrhaft unbegrenzte Karrieremöglichkeiten.«

»Aber es muß doch verdammt anstrengend sein, solch eine Last am Hals zu haben«, sagte einer der Journalisten nachdenklich.

»Einige Sultane sind auch schon zu diesem Schluß gelangt«, sagte d'Hévrais schmunzelnd. »Ibrahim I. zum Beispiel hatte alle seine Frauen gründlich satt. Für Iwan den Schrecklichen und Heinrich VIII. war die Situation einfacher – die alte Frau auf den Richtblock oder ins Kloster, und schon konnten sie eine neue nehmen. Aber was macht man, wenn man einen ganzen Harem hat?«

»Ja, was?« fragten die Zuhörer.

»Meine Herren, die Türken kapitulieren nicht vor solchen Schwierigkeiten. Der Padischah ließ alle Frauen in Säcke stopfen und im Bosporus ersäufen. Am nächsten Morgen waren Seine Majestät Junggeselle und konnten sich einen neuen Harem zulegen.«

Die Männer wieherten, doch Warja rief: »Schämen Sie sich, meine Herren, das ist doch entsetzlich!«

»Mademoiselle Warja, schon seit fast hundert Jahren sind die Sitten am Hof des Sultans gemäßigter«, sagte d'Hévrais tröstend. »Und das dank einer außergewöhnlichen Frau, übrigens einer Landsmännin von mir.«

»Erzählen Sie«, bat Warja.

»Das war so. Auf dem Mittelmeer kreuzte ein französisches Schiff, und unter den Passagieren war ein siebzehnjähriges Mädchen von ungewöhnlicher Schönheit. Sie hieß Aimée Dubuc de Rivery und stammte von der zauberhaften Insel Martinique, die der Welt schon mehrere legendäre Schönheiten geschenkt hatte, darunter Madame de Maintenon und Josephine Beauharnais. Mit der letzteren, die damals noch schlicht Josephine Tascher de la Pagerie hieß, war unsere junge Aimée gut bekannt, ja, befreundet. Die Geschichte verschweigt, warum die reizende Kreolin die Schiffsfahrt unternehmen mußte, und das auf Meeren, die von Piraten wimmelten. Wir wissen nur, daß das Schiff vor der Küste von Sardinien von Korsaren gekapert und die Französin nach Algier gebracht wurde, auf den Sklavenmarkt, wo sie der algerische Dei persönlich kaufte. Der Dei war alt, und weibliche Schönheit interessierte ihn nicht mehr, dafür interessierten ihn gute Beziehungen zur Hohen Pforte, und so wurde die arme Aimée nach Stambul verfrachtet, als lebendiges Geschenk für den Sultan Abd ul Hamid I., den Großvater des jetztigen Abd ul Hamid II. Der Padischah behandelte seine Gefangene sorgsam wie einen kostbaren Schatz, er zwang sie zu nichts, sie mußte nicht einmal zum Islam konvertieren. Der weise Herrscher zeigte Geduld, und Aimée lohnte es ihm mit Liebe. Sie gebar ihm den Prinzen Mahmud, der später Monarch wurde und als großer Reformer in die Geschichte einging. Die Mutter lehrte ihn die französische Sprache, weckte seine Vorliebe für die französische Literatur und das französische Freidenkertum. Seitdem wendet die Türkei das Gesicht dem Westen zu.«

»Sie erzählen ja Märchen«, sagte MacLaughlin zänkisch. »Bestimmt haben Sie wieder geflunkert und übertrieben.«

Der Franzose lächelte verschmitzt und schwieg, Surow aber, der schon einige Zeit Ungeduld spüren ließ, rief plötzlich: »Übrigens, meine Herren, wollen wir nicht ein Spielchen machen? Wir reden nur immerzu. Das ist irgendwie ungesellig.«

Warja hörte Fandorin dumpf aufstöhnen.

»Erasmus, dich bitte ich nicht darum«, sagte der Graf eilig. »Du stehst ja mit dem Teufel im Bunde.«

»Euer Exzellenz«, sagte Perepjolkin empört, »Sie werden doch nicht dulden, daß in Ihrer Anwesenheit Glücksspiele stattfinden?«

Aber Sobolew wedelte ihn weg wie eine zudringliche Fliege.

»Hören Sie auf, Hauptmann. Seien Sie nicht so fade. Sie haben's gut, Sie können in Ihrer Operationsabteilung irgendwelche Arbeiten machen, aber ich bin schon ganz eingerostet vom Nichtstun. Graf, ich spiele nicht, meine Natur ist zu unbändig, aber zuschauen will ich gern.«

Perepjolkin sah den schönen General mit den Augen eines geprügelten Hundes an.

»Vielleicht ein kleines Spiel?« sagte Lucan unsicher. »Um das Kampfbündnis zu festigen.«

»Klar doch, zur Festigung und nur ein kleines.« Surow nickte und schüttete aus seiner ledernen Umhängetasche versiegelte Kartenspiele auf den Tisch. »Einsatz je ein Hunderter. Wer geht mit, meine Herren?«

Die Bank war schnell aufgelegt, und alsbald schallten im Zelt die Zaubersprüche: »Die Karozicke.«

»Nehmen wir mit dem König, meine Herren!«

»L'as de carreau.«

»Ha-ha, gestochen.«

Warja trat zu Fandorin und fragte: »Warum nennt er Sie Erasmus?«

»Das hat sich so e-ergeben«, sagte Fandorin ausweichend.

Sobolew holte geräuschvoll Luft. »Krüdener zieht bestimmt schon gegen Plewna, und ich sitze hier wie eine gestochene Lusche.«

Perepjolkin saß neben seinem Abgott und tat so, als interessiere ihn das Spiel.

Der verdrossene MacLaughlin stand mit seinem Schachbrett unterm Arm einsam da, knurrte etwas auf englisch und übersetzte es ins Russische: »Aus dem Presseklub ist eine Spelunke geworden.«

»He, Wirt, hast du Schustowschen? Bring her!« rief der Husar dem Büfettier zu. »Wenn schon amüsieren, dann richtig.«

Es wurde in der Tat ein amüsanter Abend.

Dafür war der Presseklub tags darauf nicht wiederzuerkennen: Die Russen waren finster und niedergedrückt, die Presseleute hingegen aufgedreht, sie unterhielten sich halblaut, und von Zeit zu Zeit lief der eine oder andere, der neue Einzelheiten erfahren hatte, zur Telegraphenstelle – es hatte eine Riesensensation gegeben.

Schon um die Mittagszeit waren häßliche Gerüchte durchs Lager gekrochen, und in der sechsten Stunde, als Warja und Fandorin vom Schießstand kamen (der Titularrat unterwies seine Gehilfin im Gebrauch des Revolvers), lief ihnen Sobolew entgegen, düster und aufgeregt.

»Eine schöne Geschichte«, sagte er und rieb sich nervös die Hände. »Schon gehört?«

»Plewna?« fragte Fandorin hoffnungslos.

»Totale Niederlage. General Schilder hat ohne Aufklärung angegriffen, um Osman Pascha zuvorzukommen. Wir hatten siebentausend Mann, die Türken waren in der Übermacht. Unsere Marschkolonnen attackierten frontal und gerieten unter Kreuzfeuer. Der Kommandeur des Archangelsker Regiments Rosenbom ist gefallen, der Kommandeur des Kostromaer Regiments Kleinhaus tödlich verwundet, Generalmajor Knorring wurde auf einer Trage zurückgebracht. Ein Drittel unserer Männer ist hin. Das reinste Gemetzel. Von wegen drei Bataillone! Die Türken sind auch anders als früher. Sie haben gefochten wie die Teufel.«

»Und d'Hévrais?« fragte Fandorin rasch.

»Nichts weiter. Er sieht grün aus und stammelt Rechtfertigungen. Kasansaki hat ihn abgeführt, um ihn zu vernehmen. Na, jetzt geht es los. Vielleicht krieg ich endlich meine Ernennung. Perepjolkin hat schon angedeutet, daß es eine Chance gibt.« Und der General ging federnden Schritts in Richtung Stab.

Bis zum Abend hatte Warja im Hospital zu tun, sie half, chirurgische Instrumente zu sterilisieren. Es waren so viele Verwundete gebracht worden, daß zwei weitere Zelte aufgestellt werden mußten. Die Krankenschwestern rannten sich die Hacken ab. Es roch nach Blut und Leid. Die Verwundeten schrien und beteten.

Erst gegen Mitternacht konnte Warja sich losreißen und das Pressezelt aufsuchen, wo sich die Atmosphäre, wie schon gesagt, grundlegend von der gestrigen unterschied.

Das Leben brodelte nur am Spieltisch, wo schon die zweite Nacht ohne Unterbrechung das Spiel lief. Der bleiche Surow qualmte eine Zigarre und gab schnell Karten. Er aß nichts, trank aber unentwegt, ohne betrunken zu werden. An seinem Platz türmten sich Banknoten, Goldmünzen und Schuldscheine. Ihm gegenüber saß mit zerrauftem Haar der entnervte Oberst Lucan. Daneben schlief ein Offizier, den hellblonden Kopf auf den gekreuzten Armen. Um den Tisch herum flatterte wie ein fetter Falter der Büfettier, um die Wünsche des erfolgreichen Glücksspielers im Fluge zu erhaschen.

Fandorin war nicht im Klub, d'Hévrais auch nicht, MacLaughlin spielte Schach, Sobolew, von Offizieren umringt, war mit der Generalstabskarte beschäftigt und würdigte Warja keines Blicks.

Sie bereute schon, gekommen zu sein, und sagte: »Graf, schämen Sie sich nicht? Wo doch so viele gefallen sind.«

»Aber wir leben, Mademoiselle«, sagte Surow zerstreut und klopfte auf das Kartenspiel. »Sollen wir uns vor der Zeit in den Sarg legen? Oh, das ist Bluff, Lucan. Ich verdoppele.«

Lucan riß den Brillantring vom Finger.

»Ich will sehen.« Langsam, ganz langsam griff er mit zitternder Hand nach Surows Karten, die mit der Rückseite nach oben auf dem Tisch lagen.

In diesem Moment sah Warja den Oberstleutnant Kasansaki geräuschlos hereinschweben, einem Raben erschreckend ähnlich, der süßlichen Leichengeruch gewittert hat. Sie erinnerte sich, womit das Erscheinen des Gendarmen beim letzten Mal geendet hatte, und zuckte zusammen.

»Herr Käsansaki, wo ist d'Hévrais?« sprach MacLaughlin ihn an.

Der Oberstleutnant schwieg vielsagend, wartete, bis im Klub Stille herrschte. Dann antwortete er kurz: »Bei mir. Er schreibt eine Erklärung.« Er räusperte sich und fügte drohend hinzu: »Dann entscheiden wir.«

Die lastende Pause wurde von Surows dreistem Baß unterbrochen: »Das ist der berühmte Gendarm Kosinaki? Ich grüße Sie, Herr Maulschelle.« Mit blitzenden frechen Augen starrte er den rot anlaufenden Oberstleutnant erwartungsvoll an.

»Ich habe viel von Ihnen gehört, Herr Raufbold«, versetzte Kasansaki gemächlich und sah den Husaren durchdringend an. »Man kennt Sie. Beißen Sie sich lieber auf die Zunge, sonst rufe ich den Posten und schicke Sie auf die Hauptwache wegen Glücksspiel im Feldlager. Und die Bank wird beschlagnahmt.«

»Da sieht man gleich – ein ernsthafter Mensch.« Surow griente. »Er begreift alles und schweigt wie das Grab.«

Lucan hatte endlich Surows Karten aufgedeckt und griff sich stöhnend an den Kopf. Surow beäugte skeptisch den gewonnenen Ring.

»Nein, Major, wo soll da Verrat sein!« hörte Warja die gereizte Stimme Sobolews. »Perepjolkin, dieser Stabskopf, hat recht: Osman ist beschleunigt marschiert, und unsere Großmäuler haben solches Tempo von den Türken nicht erwartet. Jetzt ist mit den Scherzen Schluß. Wir haben einen gefährlichen Gegner, und der Krieg wird ernst.«

SECHSTES KAPITEL,
in welchem Plewna und Warja einer Belagerung standhalten

»Wiener Zeitung« (Wien)
vom 30. (18.) Juli 1877
»Unser Korrespondent berichtet aus Schumen, wo sich das Stabsquartier der türkischen Balkanarmee befindet.

Nach der Blamage von Plewna sind die Russen in eine dumme Lage geraten. Ihre Kolonnen ziehen sich Dutzende, ja, Hunderte Kilometer von Süden nach Norden, ihre Verbindungswege sind ungeschützt, ihr rückwärtiger Raum steht offen. Durch das geniale Flankenmanöver von Osman Pascha haben die Türken Zeit gewonnen für die Umgruppierung ihrer Kräfte, und die kleine bulgarische Stadt ist für den russischen Bären zu einem Splitter in seiner zottigen Flanke geworden. In Kreisen, die dem Hof von Konstantinopel nahestehen, herrscht zurückhaltender Optimismus.«

Einerseits standen die Dinge so scheußlich, wie es scheußlicher nicht ging. Der arme Petja schmachtete hinter Schloß und Riegel – nach dem Blutbad von Plewna hatte der bösartige Kasansaki keine Zeit für den Chiffrierer, aber das Tribunal drohte Petja noch immer.

Andererseits (Warja gestand es sich ungern ein) war ihr Leben noch nie so ... interessant gewesen. Ja: interessant, das Wort traf es genau.

Der Grund, wenn sie ehrlich sein wollte, war unanständig einfach. Zum erstenmal im Leben hatte sie so viele Verehrer auf einmal, und was für Verehrer! Kein Vergleich mit den Reisegefährten von neulich und mit den pickligen Petersburger Studenten. Die banale Weibsnatur, mochte Warja sie noch so sehr unterdrükken, wuchs wie ein Unkraut aus dem dummen, eitlen Herzen. Das war nicht gut.

Am Morgen des 18. Juli, einem wichtigen und beachtenswerten Tag (darüber später), erwachte Warja mit einem Lächeln. Sie war noch nicht richtig wach, da spürte sie schon durch die geschlossenen Lider das Sonnenlicht, sie streckte sich wohlig, und ein freudiges und festliches Gefühl beherrschte sie. Erst als nach dem Körper auch der Verstand erwacht war, erinnerte sie sich an Petja und den Krieg. Mit Willenskraft zwang sie sich, die Stirn zu krausen und an etwas Trauriges zu denken, aber in ihren schlaftrunken ungehorsamen Kopf schlüpfte etwas ganz anderes: Wenn sie sich zu Petjas Ergebenheit Sobolews Ruhm hinzudachte, Surows Verwegenheit, d'Hévrais' Talente, Fandorins strengen Blick ... Doch nein, Fandorin paßte nicht hierher, denn zu ihren Verehrern konnte sie ihn beim besten Willen nicht zählen.

Mit dem Titularrat war alles irgendwie in der Schwebe. Seine Gehilfin war sie nach wie vor nur nominell. In seine Geheimnisse weihte er sie nicht ein, dabei war er durchaus aktiv. Manchmal verschwand er für eine Weile, dann wieder saß er in seinem Zelt und empfing bulgarische Bauern mit übelriechenden Hammelfellmützen. Bestimmt aus Plewna, dachte Warja, war aber zu stolz, um zu fragen. Was sollte die Geheimnistuerei – Plewnaer Einwohner kamen nicht eben selten ins russische Lager. Selbst der Journalist MacLaughlin hatte einen eigenen Informanten, der ihm höchst wertvolle Nachrichten über das Leben der türkischen Garnison brachte. Dieses Wissen gab der Ire freilich nicht an die russische Führung weiter, wobei er sich auf das »journalistische Ethos« berief, dafür kannten die Leser der »Daily Post« durch ihn den Tagesablauf Osman Paschas ebenso wie die mächtigen Festungswerke, die nicht in Tagen, sondern in Stunden rund um die belagerte Stadt wuchsen.

Aber auch in der Westgruppe der russischen Armee bereitete man sich diesmal gründlich auf die Schlacht vor. Der Sturmangriff war für heute festgesetzt, und alle sagten, das »Mißverständnis von Plewna« werde jetzt gewiß bereinigt. Gestern hatte Fandorin für Warja mit einer Gerte die türkischen Befestigungen auf die Erde gezeichnet und ihr erklärt, nach seinen Informationen verfüge Osman Pascha über 20000 Asker und 58 Geschütze, Generalleutnant Krüdener habe jedoch 32000 Soldaten und 176 Geschütze um die Stadt zusammengezogen, außerdem stießen noch Rumänen dazu. Es sei eine listige, streng geheime Disposition erarbeitet worden, mit einem verdeckten Umgehungsmanöver und einer Scheinattacke. Fandorin erklärte es so gut, daß Warja sofort an den Sieg der russischen Waffen glaubte und nicht mal genau zuhörte, sondern mehr den Titularrat beguckte und rätselte, wer die Blondine aus dem Medaillon sein mochte. Kasansaki hatte etwas Seltsames von einer Heirat gesagt. Ob sie seine Frau war? Dafür war sie viel zu jung, fast noch ein kleines Mädchen.

Das war so gekommen. Vor drei Tagen war Warja nach dem Frühstück zu Fandorin gegangen und hatte gesehen, daß er angezogen und mit dreckigen Stiefeln auf dem Bett lag. Er war offenbar erst gegen Morgen zurückgekehrt und schlief tief und fest. Schon wollte sie sich leise zurückziehen, da sah sie plötzlich im offenen Hemdkragen auf der Brust des Schläfers das silberne Medaillon. Die Versuchung war gar zu groß. Auf Zehenspitzen schlich Warja zum Bett und ließ dabei kein Auge von Fandorins Gesicht. Der atmete gleichmäßig mit etwas offenem Mund und erinnerte jetzt an einen kleinen Jungen, der sich aus Übermut die Schläfen gepudert hat.

Überaus behutsam, mit zwei Fingern, nahm Warja das Medaillon, klappte das Deckelchen auf und erblickte ein winziges Porträt. Ein Püppchen, ein Gretchen: goldene Locken, Äuglein, Mündchen, Wänglein. Nichts Besonderes. Warja warf einen mißbilligenden Seitenblick auf den Schläfer und lief dunkelrot an, denn unter langen Wimpern hervor sahen ernste hellblaue Augen mit sehr schwarzen Pupillen sie an.

Etwas zu erklären wäre dumm gewesen, und Warja ergriff einfach die Flucht, was auch nicht sehr klug war, ihr aber eine unangenehme Szene ersparte. Seltsamerweise verhielt sich Fandorin später so, als hätte diese Episode nie stattgefunden.

Er war ein kalter, unangenehmer Mensch, der sich selten in ein Gespräch einmischte, und wenn doch, dann sagte er mit Sicherheit etwas, daß Warja die Wut packte. Wenn sie nur an den Streit über Parlament und Volksmacht dachte, der sich während eines Picknicks entzündete (eine große Gesellschaft war in die Hügel gefahren, und Fandorin war mitgeschleppt worden, obwohl er lieber in seiner Höhle geblieben wäre).

D'Hévrais erzählte von der Verfassung, die der ehemalige Großwesir Midhat Pascha vor Jahresfrist in der Türkei eingeführt hatte. Es war interessant. Sieh mal an, ein wildes asiatisches Land und hat ein Parlament, anders als Rußland!

Dann kam es zum Streit, welches Parlamentssystem das beste sei. MacLaughlin war für das britische, d'Hévrais, obwohl Franzose, für das amerikanische. Sobolew setzte auf ein besonderes, althergebracht russisches System der Adligen und Bauern.

Als Warja das Wahlrecht für die Frauen verlangte, wurde sie einmütig ausgelacht. Der Kommißknochen Sobolew spottete:

»Oh, Warwara Andrejewna, wenn ihr Frauen das bekommt, wählt ihr ja doch nur Stutzer und Galane ins Parlament. Sollte eine wie Sie die Wahl haben zwischen

Fjodor Dostojewski und unserm Rittmeister Surow – wen würden Sie vorziehen? Na bitte.«

»Meine Herren, kann man gegen seinen Willen ins Parlament gewählt werden?« fragte Surow besorgt, was die Heiterkeit noch vergrößerte.

Vergeblich sprach Warja über gleiche Rechte und den amerikanischen Staat Wyoming, wo die Frauen das Stimmrecht besaßen und dies keine entsetzlichen Folgen hatte. Niemand nahm ihre Worte ernst.

»Warum sagen Sie denn nichts?« appellierte Warja an Fandorin, und da äußerte er etwas, was er besser für sich behalten hätte:

»Warwara Andrejewna, ich bin überhaupt gegen D-demokratie.« (Sprach's und errötete.) »Die Menschen sind von Natur aus nicht gleich, dagegen ist nichts zu machen. Das demokratische Prinzip beschneidet die Rechte derer, die klüger, b-begabter, fleißiger sind und macht diese abhängig von dem dumpfen Willen der Dummen, Unbegabten und Faulen, weil die in der Gesellschaft immer die Mehrheit sind. Unsere Landsleute sollen erst mal die Unordnung abschaffen und sich das Recht verdienen, sich B-bürger zu nennen, danach kann man auch über ein Parlament nachdenken.«

Diese unerhörte Bekundung brachte Warja ganz durcheinander, aber d'Hévrais kam ihr zu Hilfe.

»Und trotzdem, wenn in einem Land das Wahlrecht schon eingeführt ist«, sagte er sanft (das Gespräch wurde natürlich französisch geführt), »ist es ungerecht, die

Hälfte der Menschheit zu beleidigen, noch dazu die bessere Hälfte.«

In Erinnerung an diese wundervollen Worte lächelte Warja, drehte sich auf die Seite und dachte über d'Hévrais nach.

Gottlob ließ Kasansaki den Mann endlich in Ruhe. Als ob General Krüdener auf Grund eines Interviews strategische Entschlüsse fassen würde! Der arme d'Hévrais war ganz von Kräften gekommen, er nervte alle und jeden mit Erklärungen und Rechtfertigungen. So schuldbewußt und unglücklich gefiel er Warja noch besser. Vorher war er ihr ein wenig selbstverliebt vorgekommen, gar zu sehr gewöhnt an die allgemeine Anerkennung, und sie hatte zu ihm Distanz gehalten, doch jetzt war das nicht mehr nötig, und sie ging freundlich und ungezwungen mit ihm um. Er war ein unterhaltsamer Mensch, anders als Fandorin, und wußte furchtbar viel – von der Türkei, vom alten Orient, von der französischen Geschichte. Wo hatte ihn seine Abenteuerlust nicht schon alles hingeführt! Und wie nett er seine récits droles* erzählte – witzig, lebendig, ohne Angeberei. Warja mochte es sehr, wenn der Franzose als Antwort auf eine Frage erst eine besondere Pause machte, verschmitzt lächelte und hintergründig sagte: »Oh, c'est toute une histoire, mademoiselle**.« Und im Gegensatz zu dem Geheimniskrämer Fandorin erzählte er sie auch gleich.

---

* (franz.) Anekdoten.

** (franz.) Das ist eine ganze Geschichte.

Es waren meist komische, manchmal auch schreckliche Geschichten. Eine davon war Warja besonders im Gedächtnis geblieben.

»Mademoiselle Warja, Sie beschimpfen die Asiaten, weil sie das Menschenleben geringschätzen, und Sie haben recht« (es ging um die Bestialitäten der Baschi-Bosuks). »Aber es sind ja Wilde, Barbaren, in ihrer Entwicklung nicht weit weg von Tigern und Krokodilen. Ich beschreibe Ihnen mal eine Szene, die ich im zivilisiertesten aller Länder, in England, mit angesehen habe. Oh, das ist eine ganze Geschichte! Die Briten schätzen ein Menschenleben so hoch, daß für sie die schlimmste Sünde der Selbstmord ist – und der Versuch, Hand an sich zu legen, wird mit der Todesstrafe geahndet. So weit ist man im Orient noch nicht. Als ich vor ein paar Jahren in London war, sollte im dortigen Gefängnis ein Sträfling gehängt werden. Er hatte ein furchtbares Verbrechen begangen – hatte sich irgendwie ein Rasiermesser verschafft und versucht, sich die Kehle durchzuschneiden; das war ihm auch teilweise gelungen, aber der Gefängnisarzt konnte ihn retten. Ich war erschüttert von der Logik des Richters und beschloß, mir die Exekution mit eigenen Augen anzusehen. Ich ließ meine Verbindungen spielen, bekam einen Passierschein und wurde nicht enttäuscht.

Der Verurteilte hatte sich die Stimmbänder beschädigt und konnte nur noch krächzen, darum fiel das letzte Wort weg. Es gab ein langes Gezänk mit dem Arzt, der erklärte, dieser Mann könne nicht gehängt werden, denn die Schnittwunde werde sich öffnen und der Gehängte direkt durch die Luftröhre atmen. Der Staatsanwalt und der Gefängnisdirektor ratschlagten und befahlen dem Henker, ans Werk zu gehen. Der Arzt behielt jedoch recht: Unter dem Druck der Schlinge platzte die Wunde sofort auf, und der am Strick baumelnde Delinquent schnappte mit schrecklichem Pfeifen nach Luft. Er hing fünf, zehn, fünfzehn Minuten und starb nicht, nur sein Gesicht lief blau an.

Man beschloß, den Richter zu holen, der das Urteil gesprochen hatte. Da die Exekution in aller Frühe stattgefunden hatte, dauerte es eine Weile, den Richter wachzukriegen. Nach einer Stunde kam er und fällte eine salomonische Entscheidung: den Gehängten herunterzunehmen und nochmals zu hängen, diesmal aber die Schlinge nicht oberhalb, sondern unterhalb des Schnitts zuzuziehen. So geschah es. Die Hinrichtung verlief erfolgreich. Da haben Sie die Früchte der Zivilisation.«

Der Gehängte mit der lachenden Kehle erschien Warja nachts im Traum. »Es gibt keinen Tod«, sagte die blutende Kehle mit der Stimme von d'Hévrais. »Es gibt nur die Rückkehr an den Start.«

Aber die Rückkehr an den Start stammte von Sobolew.

»Ach, Warwara Andrejewna, mein ganzes Leben ist ein Hindernisrennen«, hatte ihr der junge General gesagt und bitter das kurzgeschorene Haupt geschüttelt. »Nur nimmt mich der Richter immer wieder aus der Distanz und schickt mich zurück an den Start. Urteilen Sie selbst. Angefangen als Gardekavallerist, im Krieg gegen Polen ausgezeichnet, aber dann eine dumme Geschichte mit einer jungen Polin – und zurück an den Start. Die Akademie des Generalstabs absolviert, Ernennung nach Turkestan, aber dann ein idiotisches Duell mit tödlichem Ausgang – und wieder an den Start. Eine Fürstin geheiratet, auf Glück gehofft – von wegen! Wieder allein. Wieder freiwillig in die Wüste gemeldet, mich selbst und die Leute nicht geschont, wie durch ein Wunder am Leben geblieben – und wieder nichts. Ich vegetiere als Kostgänger und warte auf einen neuen Start. Ob ich ihn erlebe?«

Sobolew, anders als d'Hévrais, tat Warja nicht leid. Erstens kokettierte er mit seinem »Start« – immerhin war er mit dreiunddreißig General der Suite, hatte zwei Georgskreuze und einen goldenen Degen. Zweitens versuchte er gar zu offen Mitleid zu schinden. Wahrscheinlich hatten ihm schon auf der Offiziersschule die älteren Kameraden gesagt, ein Sieg in der Liebe sei auf zwei Wegen erreichbar: entweder durch eine Kavallerieattacke oder durch das Schaufeln von Laufgräben zum mitleidigen Frauenherzen.

An den Laufgräben schaufelte Sobolew ziemlich ungeschickt, dennoch schmeichelten Warja seine Bemühungen, immerhin war er ein richtiger Held, wenngleich mit dem blöden Besen im Gesicht. Auf ihre taktvollen Ratschläge, die Form des Bartes zu ändern, verlegte sich der General aufs Feilschen: Er sei bereit, dieses Opfer zu bringen, aber nur gegen gewisse Garantien. Solche zu gewähren lag freilich nicht in Warjas Absicht.

Vor fünf Tagen hatte Sobolew ihr glücklich mitgeteilt – endlich habe er eine eigene Abteilung bekommen, zwei Kosakenregimenter, er werde am Sturm auf Plewna teilnehmen und die Südflanke des Korps decken. Warja wünschte ihm einen erfolgreichen Start. Als Stabschef hatte er Perepjolkin zu sich geholt, über den er sich folgendermaßen äußerte:

»Er kam immer wieder und bettelte und guckte mir in die Augen, da hab ich ihn eben genommen. Und was meinen Sie, Warwara Andrejewna? Jeremej Ionowitsch ist zwar ein Langweiler, aber gescheit. Kommt immerhin vom Generalstab. In der Operationsabteilung kennen sie ihn, versorgen ihn mit nützlichen Informationen. Außerdem ist er mir persönlich ergeben – hat nicht vergessen, daß ich ihn aus den Klauen der Baschi-Bosuks gerettet habe. Und ich bin sündig genug, die Ergebenheit meiner Untergebenen sehr zu schätzen.«

Sobolew hatte jetzt genug um die Ohren, aber vorgestern hatte seine Ordonnanz Serjosha Berestschagin ihr von Seiner Exzellenz einen üppigen Strauß rote Rosen gebracht. Die Rosen standen wie die Recken von Borodino, und die Blüten fielen nicht ab. Das ganze Zelt war voll von dem schweren öligen Duft.

In die Bresche, die nach dem Rückzug des Generals geblieben war, sprang Rittmeister Surow, ein überzeugter Anhänger der Kavallerieattacke. Warja prustete, als sie daran dachte, wie kühn er die einleitende Rekognoszierung durchgeführt hatte.

»Welch eine Aussicht, Mademoiselle! Was für eine Natur!« sagte er eines Abends, als er nach Warja aus dem verräucherten Presseklub trat; sie wollte den Anblick des Sonnenuntergangs genießen. Und um kein Tempo zu verlieren, wechselte er das Thema. »Erasmus ist ein feiner Kerl, nicht wahr? Sein Herz ist rein wie ein frisches Bettlaken. Und ein prima Kamerad, wenn auch ein Griesgram.«

Der Rittmeister ließ eine Pause folgen und sah das Fräulein erwartungsvoll mit schönen, frechen Augen an. Dann fuhr er fort:

»Sieht gut aus, ist ja auch brünett. Eine Husarenmontur würde ihm ganz prächtig stehen.« Surow verfolgte seine Linie mit Entschlossenheit. »Jetzt läuft er rum wie ein nasses Huhn. Sie hätten ihn früher mal sehn sollen! Eine Flamme! Ein arabischer Sandsturm!«

Warja sah den Schwätzer mißtrauisch an, denn den Titularrat sich als »arabischen Sandsturm« vorzustellen war völlig unmöglich.

»Woher diese Veränderung?« fragte sie in der Hoffnung, wenigstens etwas über die geheimnisvolle Vergangenheit Fandorins zu erfahren.

Aber Surow zuckte nur die Achseln.

»Weiß der Teufel. Wir haben uns ein Jahr nicht gesehen. Wahrscheinlich eine verhängnisvolle Liebe. Sie halten uns Männer ja für herzlose Holzköpfe, aber unsere Seelen sind heiß und leicht verletzlich.« Er blickte zu Boden. »Mit gebrochenem Herzen kann man schon mit zwanzig ein alter Mann sein.«

Warja fauchte: »Von wegen zwanzig. Machen Sie sich nicht jünger, als Sie sind.«

»Ich spreche nicht von mir, sondern von Fandorin«, erklärte der Rittmeister. »Er ist ja erst einundzwanzig.«

»Wer, Fandorin?« staunte Warja. »Was reden Sie da, ich bin ja schon zweiundzwanzig.«

»Das meine ich ja«, rief Surow lebhaft. »Sie brauchen einen solideren Mann, so um die Dreißig.«

Aber sie hörte nicht mehr zu, die Mitteilung hatte sie verblüfft. Fandorin erst einundzwanzig? Einundzwanzig? Unglaublich! Deswegen hatte Kasansaki ihn »Wunderkind« genannt. Der Titularrat hatte ja in der Tat ein jungenhaftes Gesicht, aber sein Gehaben, sein Blick, seine grauen Schläfen! Was hat Ihnen so zugesetzt, Erast Petrowitsch?

Der Rittmeister deutete ihre Verwirrung auf seine Weise, er nahm Haltung an und erklärte:

»Was ich Ihnen sagen möchte. Wenn Erasmus, dieser Spitzbube, mir zuvorgekommen ist, ziehe ich mich sofort zurück. Was die Übelwoller auch von mir sagen mögen, Mademoiselle – Surow ist ein Mann mit Prinzipien. Er würde nie die Hand ausstrecken nach etwas, das einem Freund gehört.«

»Meinen Sie mich?« Warja hatte begriffen. »Wenn ich etwas bin, ›das einem Freund gehört‹, nämlich Fandorin, dann strecken Sie nicht die Hand nach mir aus, andernfalls aber tun Sie es? Habe ich das richtig verstanden?«

Surow ließ diplomatisch die Brauen spielen und war kein bißchen verlegen.

»Ich gehöre ausschließlich mir selbst, und das wird immer so sein, aber ich habe einen Bräutigam«, sagte Warja streng.

»Hab's gehört. Aber der Herr Arrestant gehört nicht zu meinen Freunden«, antwortete der Rittmeister fröhlich, und damit war die Rekognoszierung beendet.

Nun folgte die eigentliche Attacke.

»Wie wär's mit einer Wette, Mademoiselle? Wenn ich errate, wer als erster aus dem Zelt kommt, schenken Sie mir einen Kuß. Wenn ich's nicht errate, rasiere ich mir den Kopf so kahl wie ein Baschi-Bosuk. Entscheiden Sie! Ihr Risiko ist minimal, im Zelt sind an die zwanzig Menschen.«

Warjas Lippen verzogen sich gegen ihren Willen zu einem Lächeln. »Wer kommt raus?«

Surow tat, als ob er überlegte, und schüttelte verzweifelt den Kopf.

»Ach, leb wohl, meine Lockenpracht. Oberst Sablin. Nein. MacLaughlin. Nein… Semjon, der Büfettier, der!«

Er räusperte sich laut, und in der nächsten Sekunde kam, die Hände am Saum des Seidenkittels abwischend, der Büfettier aus dem Zelt gewatschelt. Er blickte besorgt in den klaren Himmel, murmelte: »Wenn's nur nicht regnet«, und kehrte zurück, ohne Surow zu beachten.

»Ein Wunder, ein Zeichen von oben!« rief Surow, berührte den Schnurrbart und beugte sich zu der lachenden Warja.

Sie dachte, er würde sie auf die Wange küssen, wie Petja das immer machte, aber Surow zielte auf ihre Lippen, und es wurde ein langer, ungewöhnlicher, schwindelerregender Kuß.

Endlich, als Warja schon zu ersticken glaubte, stieß sie den Rittmeister zurück und griff sich ans Herz.

»Oi, gleich bekommen Sie eine Ohrfeige«, drohte sie mit schwacher Stimme. »Gute Menschen hatten mich gewarnt, daß Sie mit unsauberen Mitteln spielen.«

»Für die Ohrfeige fordere ich Sie zum Duell. Und da werde ich zweifellos besiegt«, gurrte Surow mit rollenden Augen.

Ihm böse zu sein war einfach unmöglich …

Ihre Gedanken wurden unterbrochen – das runde Gesicht der einfältigen Luschka, die bei den Krankenschwestern die Pflichten eines Hausmädchens, einer Köchin und, wenn es viele Verwundete gab, auch einer Pflegerin versah, sah zum Zelt herein.

»Fräulein, ein Offizier erwarten Sie«, stieß sie hervor. »Schwarz, mit Schnurrbart und Blumenstrauß. Was soll ich ihm ausrichten?«

Er kommt ja aufs Stichwort, der Satan, dachte Warja und lächelte wieder. Surows Belagerungsmethoden hatten sie nachhaltig erheitert.

»Soll warten. Ich komme gleich«, sagte sie und schlug den Vorhang zurück.

Aber bei den Lazarettzelten, wo alles für die Aufnahme neuer Verwundeter bereit war, wartete keineswegs der Rittmeister, sondern der nach Parfüm duftende Oberst Lucan, ein weiterer Bewerber.

Warja seufzte tief, aber zum Rückzug war es zu spät.

»Ravissante comme l'Aurore!«* Der Oberst wollte sich über ihre Hand beugen, prallte aber zurück, da er an die fortschrittlichen Frauen dachte.

Warja wies kopfschüttelnd sein Bukett zurück, musterte die von Goldstickereien funkelnde Montur des Verbündeten und fragte unfreundlich: »Schon frühmorgens in Gala?«

»Ich reise nach Bukarest, zum Kriegsrat bei Seiner Hoheit«, teilte der Oberst gewichtig mit. »Jetzt möchte ich mich verabschieden und Sie zum Frühstück einladen.«

Er klatschte in die Hände, da kam eine elegante Kutsche um die Ecke gefahren. Auf dem Bock saß sein Bursche in verwaschener Montur, doch mit weißen Handschuhen.

»Darf ich bitten«, sagte der Oberst mit einer Verbeugung, und Warja, neugierig geworden, nahm auf der federnden Sitzbank Platz.

»Wo soll's denn hingehen?« fragte sie. »In die Offizierskantine?«

Der Rumäne schmunzelte geheimnisvoll, als wollte er Warja zumindest hinter die sieben Berge entführen.

Der Oberst benahm sich in letzter Zeit überhaupt recht rätselhaft. Nach wie vor saß er nächtelang beim Kartenspiel, aber hatte er in den ersten Tagen seiner unheilvollen Bekanntschaft mit Surow einen gehetzten und unglücklichen Eindruck gemacht, so war er jetzt

* (franz.) Bezaubernd wie die Morgenröte.

wieder obenauf, obwohl er immer noch erhebliche Beträge verspielte.

»Wie war das Spiel gestern?« fragte Warja mit einem Blick auf Lucans braune Augenringe.

»Fortuna ist endlich zu mir zurückgekehrt«, sagte der Oberst strahlend. »Surows Glückssträhne ist zu Ende. Kennen Sie das Gesetz der großen Zahlen? Wenn man Tag für Tag große Summen setzt, gewinnt man sie früher oder später mit Sicherheit zurück.«

Soweit Warja sich erinnerte, hatte Petja ihr diese Theorie ein wenig anders erklärt, aber sie mochte nicht streiten.

»Der Graf hat auf seiner Seite den blinden Erfolg, ich die mathematische Berechnung und ein gewaltiges Vermögen. Da, schauen Sie.« Er spreizte den kleinen Finger ab. »Ich habe meinen Familienring zurückgewonnen. Ein indischer Diamant, elf Karat. Den hat einer meiner Vorfahren von einem Kreuzzug mitgebracht.«

»Haben denn Rumänen an Kreuzzügen teilgenommen?« fragte Warja verwundert und bekam nun eine Lektion über den Stammbaum des Obersts zu hören, der bis auf den römischen Legaten Lucan Mauricius Tullus zurückginge.

Die Kutsche war mittlerweile aus dem Lager gerollt und hielt jetzt in einem schattigen Hain. Unter einer alten Eiche stand ein Tisch, mit einem gestärkten weißen Tuch bedeckt, und darauf erblickte Warja so viele Leckerbissen, daß sie sogleich Hunger bekam. Da gab es französischen Käse und Obst und Räucherlachs und rosigen Schinken und rote Krebse, und aus einem silbernen Eimerchen blickte eine Flasche Lafite.

Somit waren auch Lucan gewisse Vorzüge nicht abzusprechen.

Als sie das erste Glas hoben, grummelte es in der Ferne, und Warjas Herz krampfte sich zusammen. Wie konnte sie sich nur so ablenken lassen! Der Sturmangriff hatte begonnen. Dort stürzten jetzt Gefallene, stöhnten Verwundete, und sie …

Schuldbewußt schob sie die Schale mit den smaragdgrünen Trauben zurück und sagte: »Mein Gott, wenn dort nur alles nach Plan läuft.«

Der Oberst kippte sein Glas und schenkte sich sofort nach. Kauend bemerkte er: »Der Plan ist natürlich gut. Als persönlicher Vertreter Seiner Hoheit kenne ich ihn und habe sogar teilweise daran mitgearbeitet. Besonders geistreich ist das Umgehungsmanöver in der Deckung einer Hügelkette. Die Kolonnen von Schachowskoi und Weljaminow rücken von Osten gegen Plewna. Die kleine Abteilung von Sobolew zieht im Süden die Aufmerksamkeit von Osman Pascha auf sich. Auf dem Papier sieht das sehr schön aus.« Lucan leerte sein Glas. »Aber der Krieg, Mademoiselle Warwara, findet nicht auf dem Papier statt. Ihre Landsleute werden rein gar nichts erreichen.«

»Aber warum nicht?« fragte Warja.

Der Oberst tippte sich auflachend gegen die Schläfe.

»Ich bin Stratege, Mademoiselle, und blicke weiter als Ihre Generalstäbler. Hier« (er zeigte auf seine Kartentasche) »habe ich die Kopie meines Rapports, den ich gestern an Fürst Karl schickte. Darin prophezeie ich den Russen ein vollständiges Fiasko, und ich bin sicher, Seine Hoheit wird meinen Scharfblick zu würdigen wissen. Ihre Heerführer sind zu hochmütig und selbstsicher, sie überschätzen ihre Soldaten und unterschätzen die Türken. Und auch uns, die rumänischen Verbündeten. Macht nichts, nach der heutigen Lektion wird der Zar persönlich uns um Hilfe bitten, Sie werden sehen.«

Der Oberst brach sich ein ansehnliches Stück Roquefort ab. Warjas Stimmung war nun endgültig verdorben.

Lucans finstere Vorhersagen trafen ein.

Am Abend standen Warja und Fandorin an der Chaussee nach Plewna. An ihnen vorbei zog eine nicht enden wollende Kette von Fuhrwerken mit Verwundeten. Die Berechnung der Verluste war noch nicht abgeschlossen, aber im Lazarett hieß es, mindestens siebentausend Mann seien ausgefallen. Es wurde erzählt, Sobolew habe sich ausgezeichnet, indem er die türkische Gegenattacke auf sich zog – ohne seine Kosaken wäre die Niederlage noch hundertmal bitterer geworden. Staunen herrschte über die türkischen Artilleristen, die eine teuflische Treffsicherheit demonstriert und mit ihrem Feuer die Kolonnen schon während des Anmarschs dezimiert hatten, noch ehe sich die Bataillone zur Attacke entfalten konnten.

Warja hatte Fandorin das alles wiedergegeben, aber der sagte nichts – entweder wußte er schon alles, oder er war erschüttert, das war nicht zu ergründen.

Die Wagenkolonne stockte – eines der Fuhrwerke hatte ein Rad verloren. Warja, die sich Mühe gab, den Anblick der Verkrüppelten zu meiden, guckte den kaputten Wagen genauer an und schrie auf, denn das Gesicht des verwundeten Offiziers, das in der hellen Sommerdämmerung matt schimmerte, kam ihr bekannt vor. Sie trat näher – richtig, es war Oberst Sablin, einer der ständigen Klubbesucher. Er war bewußtlos, mit einem blutigen Uniformmantel zugedeckt. Sein Körper wirkte sonderbar kurz.

»Ein Bekannter?« fragte der Feldscher, der den Oberst begleitete. »Eine Granate hat ihm beide Beine abgerissen. Kein Glück gehabt.«

Warja wich zurück zu Fandorin und brach in krampfhaftes Schluchzen aus. Sie weinte lange, dann versiegten ihre Tränen, dann wurde es kalt, und noch immer wurden Verwundete vorbeigefahren.

»Lucan wird im Klub für einen Dummkopf gehalten, aber er ist klüger als Krüdener«, sagte Warja, denn sie konnte das Schweigen nicht mehr ertragen.

Fandorin sah sie fragend an, und sie erläuterte: »Er hat mir schon am Morgen gesagt, daß der Sturmangriff mißlingt. Die Disposition sei gut, aber die Feldherren taugten nichts. Die Soldaten auch nicht.«

»Das hat er gesagt?« fragte Fandorin zurück. »So ist das also. Das ändert ...«

Er sprach nicht weiter, zog die Brauen zusammen.

»Was ändert es?«

Schweigen.

»Was ändert es? He?«

Warja wurde zornig. »Eine blöde Manier! Einen Satz anfangen und dann nicht weitersprechen! Was soll das?« Sie hätte den Titularrat am liebsten bei den Schultern gepackt und tüchtig durchgeschüttelt. Dieser aufgeblasene, schlecht erzogene Milchbart! Spielt hier den Indianerhäuptling Chingachgook!

»Warwara Andrejewna, das ist Verrat!« sagte Fandorin plötzlich.

»Verrat? Wieso Verrat?«

»Das müssen wir klären. Also.« Fandorin rieb sich die Stirn. »Oberst Lucan, nicht eben eine Geistesgröße, sagt als einziger die Niederlage der russischen Armee voraus. Erstens. Mit der Disposition war er vertraut, er hatte sogar als Vertreter des Fürsten Karl eine Kopie erhalten, zweitens. Der Erfolg der Operation hing von dem verdeckten Manöver hinter den Hügeln ab, drittens. Unsere Kolonnen wurden von der türkischen Artillerie ohne direkte Sicht nach Planquadraten beschossen, viertens. Was folgt daraus?«

»Die Türken haben vorher gewußt, wann sie wohin schießen müssen«, flüsterte Warja.

»Und Lucan hat vorher gewußt, daß der Angriff scheitern würde. Übrigens, fünftens: Dieser Mann hat in den letzten Tagen von irgendwoher viel Geld bekommen.«

»Er ist reich. Hat irgendwelche Familienschätze, Besitzungen. Das hat er mir erzählt, aber ich habe nicht richtig hingehört.«

»Warwara Andrejewna, der Oberst wollte sich noch vor kurzem dreihundert Rubel von mir borgen, und dann hat er, wenn man Surow glauben kann, in wenigen Tagen an die fünfzehntausend verpulvert. Na ja, Surow kann auch geschwindelt haben.«

»Und ob er das kann«, pflichtete Warja ihm bei. »Aber Lucan hat tatsächlich sehr viel verspielt. Das hat er mir heute erzählt, bevor er nach Bukarest abgereist ist.«

»Abgereist?«

Fandorin wandte sich ab und überlegte, dabei schüttelte er ab und zu den Kopf. Warja trat seitlich zu ihm, um sein Gesicht zu sehen, konnte aber nichts Besonderes bemerken. Fandorin blickte mit eingekniffenen Augen zum Planeten Mars.

»Hören Sie, l-liebe Warwara Andrejewna«, sagte er langsam, und Warja wurde warm ums Herz, erstens weil er »liebe« gesagt, und zweitens, weil er wieder gestottert hatte. »Ich muß Sie nun doch um H-hilfe bitten, obwohl ich versprochen hatte ...«

»Was Sie wollen!« rief sie etwas zu eilig und fügte hinzu: »Um Petja zu retten.«

»Na ausgezeichnet.« Fandorin sah ihr prüfend in die Augen. »Aber die A-aufgabe ist sehr schwer und nicht angenehm. Ich möchte, daß Sie auch nach Bukarest fahren, Lucan ausfindig machen und v-versuchen, aus ihm schlau zu werden. Vielleicht kriegen Sie heraus, ob er wirklich so reich ist. Setzen Sie auf seine Eitelkeit, seine Prahlsucht, seine D-dummheit. Er hat Ihnen ja schon einmal etwas ausgeplaudert. Vor Ihnen wird er bestimmt sein Gefieder spreizen.« Fandorin druckste. »Schließlich sind Sie eine attraktive junge Frau.«

Er hustete und kam durcheinander, denn Warja hatte vor Überraschung einen Pfiff ausgestoßen. Nun war also doch noch ein Kompliment von dieser Komturstatue gekommen. Natürlich war es ein kümmerliches Kompliment – »attraktive junge Frau« –, aber immerhin …

Doch gleich verdarb er alles wieder.

»Natürlich können Sie nicht allein reisen, d-das sähe ja sonderbar aus. Ich weiß, daß d'Hévrais nach Bukarest will. Er wird sich nicht weigern, Sie mitzunehmen.«

Nein, das ist wirklich kein Mensch, das ist ein Stück Eis, dachte Warja. Den aufzutauen ist unmöglich. Sieht er denn nicht, daß der Franzose mir den Hof macht? Doch, er sieht alles, aber darauf, so würde Luschka sagen, pfeift er.

Fandorin schien ihre unzufriedene Miene auf seine Weise zu deuten.

»Um Geld machen Sie sich keine Sorgen. Ihnen steht ja ein G-gehalt zu, Reisespesen und so. Das kriegen Sie von mir. Kaufen Sie sich dort was, amüsieren Sie sich.«

»Mit Charles werde ich mich schon nicht langweilen«, sagte Warja rachsüchtig.

SIEBTES KAPITEL,
in welchem Warja des Rufs einer anständigen Frau verlustig geht

»Moskauer Gouvernementsnachrichten«
vom 22. Juli (3. August) 1877
Sonntagsfeuilleton

»Als meine Wenigkeit erfuhr, daß diese Stadt, die in den vergangenen Monaten so erfolgreich von unseren Etappenhengsten in Besitz genommen wurde, seinerzeit gegründet worden ist von einem Fürsten Vlad mit dem Spitznamen Pfähler, auch bekannt unter dem Namen Dracula, wurde mir vieles klar. Jetzt begreife ich, warum man in Bukarest für einen Rubel bestenfalls drei Francs bekommt, warum ein erbärmliches Mittagessen in einer Schenke soviel kostet wie ein Bankett im ›Slawischen Basar‹ und warum man für ein Hotelzimmer soviel bezahlen muß wie für die Miete des Buckingham-Palastes. Die verdammten Vampire saugen, saugen das Blut der Russen, lecken sich genießerisch den Mund und spucken auch noch aus. Am unangenehmsten ist, daß seit der

Wahl eines drittklassigen deutschen Prinzen zum rumänischen Herrscher diese Donauprovinz, die ihre Autonomie ausschließlich Rußland verdankt, nach Wurst und Sülze riecht. Die Bojaren schauen verliebt auf Herrn Bismarck, und wir Russen sind für sie wie eine entfernt verwandte Ziege: Sie ziehen sie am Euter und rümpfen die Nase. Für wen vergießen die Russen denn ihr heiliges Blut auf den Schlachtfeldern von Plewna, wenn nicht für die rumänische Freiheit?«

Geirrt hatte sich Warja, sehr geirrt. Die Reise nach Bukarest geriet stocklangweilig.

Außer dem Franzosen reisten noch ein paar Presseleute zum Zeitvertreib in die Hauptstadt des rumänischen Fürstentums. Sie alle wußten, daß in den nächsten Tagen, vielleicht auch Wochen nichts Interessantes auf dem Kriegsschauplatz passieren würde – die Russen würden sich nicht so bald von dem Aderlaß von Plewna erholen, darum zog es die Bruderschaft der Journalisten zu den Verlockungen des Hinterlands.

Die Reisevorbereitungen dauerten lange, und erst am dritten Tag wurde aufgebrochen. Warja als Dame durfte mit MacLaughlin in der Kutsche fahren, die anderen ritten. Den Franzosen auf seinem schnellen Jatagan sah sie nur von weitem, unterhalten mußte sie sich mit dem Iren. Der erklärte ihr eingehend die klimatischen Bedingungen auf dem Balkan, in London und Mittelasien, plauderte über die Konstruktion der Federung seiner Kutsche und schilderte ausführlich etliche geistvolle Schachaufgaben. All das verdarb Warja die Laune, und wenn gerastet wurde, blickte sie sehnsüchtig auf die lebhaften Reisegefährten, darunter den von der Bewegung im Freien leicht geröteten d'Hévrais.

Am zweiten Reisetag – man hatte Alexandria hinter sich gelassen – wurde es besser, denn Surow hatte die Kavalkade eingeholt. Er hatte sich im Gefecht ausgezeichnet, General Sobolew hatte ihn als Adjutanten zu sich geholt und wollte ihn angeblich sogar für den Annenorden eingeben, doch der Rittmeister hatte sich statt dessen eine Woche Urlaub ausgebeten, um, wie er sagte, seine Knochen zu lockern.

Anfangs zerstreute Surow Warja mit Reiterkunststükken – pflückte im Galopp blaue Glockenblumen, jonglierte mit goldenen Zehnrubelmünzen und stellte sich auf den Sattel. Später unternahm er einen Versuch, mit MacLaughlin den Platz zu tauschen, und nachdem er eine phlegmatische, doch entschiedene Abfuhr erhalten hatte, ließ er den gehorsamen Kutscher auf seine rötliche Stute hinübersteigen und setzte sich selber auf den Bock; jede Minute den Kopf drehend, erheiterte er Warja mit Lügengeschichten über seinen Heldenmut und über die Ränke des eifersüchtigen Perepjolkin, mit dem der frischgebackene Adjutant im Hader lag. So gelangten sie ans Ziel.

Lucan zu finden war, wie Fandorin vorausgesagt hatte, nicht weiter schwierig. Der Instruktion folgend, stieg Warja im teuersten Hotel, dem »Royal«, ab, fragte den Portier nach dem Oberst und erfuhr, daß son excellence hier wohlbekannt sei und gestern wie vorgestern im Restaurant getafelt habe. Gewiß werde er auch heute kommen.

Bis zum Abend war noch viel Zeit, und Warja machte einen Spaziergang durch die fashionable Calea Victoriei, die sie nach dem Leben im Zelt wie der Newski-Prospekt anmutete: elegante Equipagen, gestreifte Markisen über den Schaufenstern, südländische Frauen von blendender Schönheit, gut aussehende brünette Männer in hellblauen, weißen und sogar rosa Gehröcken, außerdem Monturen, Monturen, Monturen. Es wurde mehr russisch und französisch als rumänisch gesprochen. Warja nahm in einem richtigen Café zwei Täßchen Kakao und vier Stück Kuchen zu sich und zerfloß vor Behagen, aber als ihr Blick zufällig in die Spiegel eines Hutladens fiel, stieß sie einen Wehlaut aus. Deswegen also guckten die Männer durch sie hindurch!

Das Aschenbrödel im verschossenen hellblauen Fähnchen und brüchigen Strohhütchen war blamabel für eine russische Frau. Hier flanierten auf den Gehsteigen Messalinen, die nach der letzten Pariser Mode herausgeputzt waren!

Ins Restaurant kam Warja mit großer Verspätung. Sie war mit MacLaughlin um sieben verabredet, erschien aber erst gegen neun. Der Korrespondent der »Daily Post«, ein wahrer Gentleman, hatte ohne Murren dem

Rendezvous zugestimmt (sie konnte ja nicht allein ins Restaurant gehen – man hielt sie womöglich für eine Kokotte), und er erwähnte auch die Verspätung mit keinem Wort, sah aber zutiefst unglücklich aus. Macht nichts, Schulden werden schön durchs Bezahlen. Er hatte sie während der ganzen Fahrt mit seinen meteorologischen Kenntnissen gemartert, mochte er jetzt Nutzen bringen.

Lucan war noch nicht im Saal, und aus Menschenfreundlichkeit bat Warja den Journalisten, ihr noch einmal die altpersische Verteidigung zu erklären. Der Ire, der die mit Warja vorgegangenen Veränderungen gar nicht wahrnahm (sie hatte dafür sechs Stunden gebraucht und fast den ganzen Spesenbetrag ausgegeben – sechshundertfünfundachtzig Francs), bemerkte mürrisch, eine solche Verteidigung kenne er nicht. Blieb nur die Frage, ob es in diesen Breiten Ende Juli immer so heiß sei. Er bejahte, fügte aber hinzu, das sei gar nichts im Vergleich zur feuchten Gluthitze von Bangalore.

Als um halb elf die vergoldete Tür aufging und der Nachfahr des römischen Legaten angetrunken hereinkam, freute sich Warja, als wäre er ein Angehöriger, sprang auf und winkte mit ungespielter Herzlichkeit.

Es gab freilich eine unvorhergesehene Komplikation in Gestalt eines pummeligen braunhaarigen Mädchens, das am Ellbogen des Obersts hing. Die Komplikation blickte Warja mit offener Feindseligkeit an, und Warja wurde verlegen, weil ihr gar nicht in den Sinn gekommen war, daß Lucan verheiratet sein könne.

Aber der Oberst löste das Problem mit wahrhaft kriegerischer Entschlossenheit – er gab seiner Begleiterin mit flacher Hand einen Klaps auf ihr üppigens Hinterteil, worauf sie etwas Giftiges zischte und sich entrüstet zurückzog. Scheint nicht seine Frau zu sein, dachte Warja und wurde noch verlegener.

»Unser Feldblümchen hat seine Blütenblätter entfaltet und sich als wunderschöne Rose entpuppt!« schmetterte Lucan und stürmte quer durch den Saal auf Warja zu. »Dieses Kleid! Dieser Hut! Mein Gott, bin ich hier auf den Champs Elysées?«

Natürlich war er ein Geck und Plattkopf, und doch war es Warja angenehm. Sie gestattete ihm sogar einen Handkuß, entsagte ihren Prinzipien zum Nutzen der Sache. Dem Iren nickte der Oberst mit lässiger Wohlgeneigtheit zu (der war kein Rivale), dann setzte er sich ungebeten an den Tisch. Warja hatte den Eindruck, daß MacLaughlin sich auch über den Rumänen freute. Ob er es müde war, übers Wetter zu sprechen? Nein, wohl kaum.

Die Kellner trugen die Kaffeekanne und den Kuchen weg, den der sparsame Journalist bestellt hatte, und brachten Wein, Zuckerzeug, Obst und Käse.

»Sie werden Bukarest nie vergessen!« verhieß Lucan. »In dieser Stadt gehört alles mir!«

»Wie meinen Sie das?« fragte der Ire. »Besitzen Sie in der Stadt bedeutende Immobilien?«

Der Rumäne würdigte ihn keiner Antwort.

»Sie können mir gratulieren, Mademoiselle. Mein Rapport ist nach Verdienst gewürdigt worden, und ich darf in nächster Zeit mit Beförderung rechnen.«

»Was für ein Rapport?« fragte der Ire wieder neugierig. »Was für eine Beförderung?«

»Auf eine Beförderung wartet ganz Rumänien«, erklärte der Oberst mit wichtiger Miene. »Jetzt steht fest, daß der russische Imperator die Kräfte seiner Armee überschätzt hat. Ich weiß aus sicherer Quelle«, er senkte vielsagend die Stimme und kitzelte Warja mit seinem gezwirbelten Schnauz die Wange, »daß General Krüdener die Führung der Westgruppe abgeben muß und daß an die Spitze der Truppen, die Plewna belagern, unser Fürst Karl tritt.«

MacLaughlin zückte sein Notizbuch und begann zu schreiben.

»Wie wär's mit einer Spritztour durch das nächtliche Bukarest, Mademoiselle Warwara?« flüsterte ihr Lucan ins Ohr. »Ich zeige Ihnen Sachen, die Sie in Ihrer langweiligen nördlichen Hauptstadt nie gesehen haben. Ich schwöre, Sie werden etwas zum Erinnern haben.«

»Ist das ein Entschluß des russischen Imperators oder nur der Wunsch des Fürsten Karl?« fragte der pedantische Journalist.

»Der Wunsch Seiner Hoheit reicht völlig aus«, antwortete der Oberst scharf. »Ohne Rumänien und seine ruhmreiche Fünfzigtausend-Mann-Armee sind die Russen hilflos. Herr Korrespondent, mein Land hat eine große Zukunft vor sich. Bald, sehr bald wird Fürst Karl König sein. Und meine Wenigkeit«, fügte er, an Warja gewandt, hinzu, »wird eine höchst einflußreiche Person. Vielleicht sogar Senator. Mein erwiesener Scharfblick ist nach Verdienst gewürdigt worden. Also, wie ist es mit der romantischen Spritztour? Ich bestehe darauf.«

»Ich überleg's mir«, versprach sie ausweichend und dachte darüber nach, wie sie das Gespräch in die nötige Richtung lenken könnte.

In diesem Moment erschienen Surow und d'Hévrais, sehr zur Unzeit, was Warjas Auftrag betraf, aber sie freute sich trotzdem: In deren Gegenwart würde Lucan sein Tempo mäßigen müssen.

Der Oberst folgte ihrer Blickrichtung und murmelte mißmutig: »Das ›Royal‹ wird ja zur Absteige! Wir hätten ein Séparée nehmen sollen.«

»Guten Abend, die Herren«, begrüßte Warja ihre Bekannten fröhlich. »Bukarest ist eine kleine Stadt, nicht wahr? Der Oberst hat gerade mit seiner Weitsicht geprahlt. Er hat vorausgesagt, daß der Sturmangriff auf Plewna mit einer Niederlage endet.«

»Wirklich?« fragte d'Hévrais und blickte den Oberst aufmerksam an.

»Sie sehen großartig aus, Warwara Andrejewna«, sagte Surow. »Was haben Sie da, Martell? Kellner, Gläser!«

Der Rumäne trank Kognak und maß die beiden mit finsterem Blick.

»Wem haben Sie das vorausgesagt? Und wann?« fragte MacLaughlin gespannt.

»Im Rapport an seinen Monarchen«, erläuterte Warja. »Und jetzt ist der Scharfsinn des Obersts nach Verdienst gewürdigt worden.«

»Bedienen Sie sich, meine Herren, trinken Sie«, lud Lucan mit großer Geste ein und stand ruckartig auf. »Alles geht auf meine Rechnung. Madame Suworowa und ich unternehmen eine Spazierfahrt. Sie hat es mir versprochen.«

D'Hévrais zog verwundert die Augenbrauen hoch, und Surow rief ungläubig: »Was höre ich da, Warwara Andrejewna? Sie machen mit Lucan eine Spazierfahrt?«

Warja war dicht davor, in Panik zu geraten. Mit Lucan wegfahren bedeutete, ihren Ruf für immer zu ruinieren, und es war auch ungewiß, wie das enden würde. Eine Weigerung aber würde ihren Auftrag gefährden.

»Ich komme gleich wieder, meine Herren«, sagte sie mit dumpfer Stimme und eilte dem Ausgang zu. Sie mußte ihre Gedanken sammeln.

Im Foyer blieb sie vor dem hohen Spiegel mit dem verschnörkelten Bronzerahmen stehen und legte die Hand auf die glühende Stirn. Was tun? Hinaufgehen ins Zimmer, die Tür verschließen und auf Klopfen nicht reagieren. Verzeih mir, Petja, üben Sie Nachsicht, Herr Titularrat, Warja Suworowa taugt nicht zur Spionin.

Die Tür knarrte warnend, und im Spiegel, direkt hinter ihr, zeigte sich die verärgerte rote Visage des Obersts.

»Verzeihung, Mademoiselle, aber mit Mihai Lucan geht man so nicht um. Sie haben mir in gewisser Weise

Avancen gemacht, und jetzt wollen Sie mich öffentlich bloßstellen? Da sind Sie an den Falschen geraten. Hier ist nicht der Presseklub, hier bin ich zu Hause!«

Von der Galanterie des künftigen Senators war keine Spur übriggeblieben. Seine braungelben Augen schleuderten Blitze.

»Kommen Sie, Mademoiselle, die Equipage wartet.« Und auf Warjas Schulter legte sich eine haarige bräunliche Hand mit überraschend starken, wie aus Eisen geschmiedeten Fingern.

»Sie sind von Sinnen, Oberst! Ich bin doch keine Kurtisane!« schrie Warja und sah sich nach allen Seiten um.

Im Foyer waren ziemlich viele Leute, zumeist Herren in leichten Sommerjacketts und rumänische Offiziere. Sie beobachteten neugierig die pikante Szene, aber für die Dame (war es eine Dame?) einzutreten hatten sie wohl nicht vor.

Lucan sagte etwas auf rumänisch, die Zuschauer lachten verständnisvoll.

»Zuviel getrunken, Marussja?« fragte einer auf russisch, und alle lachten noch lauter.

Der Oberst faßte Warja unter und führte sie zum Ausgang, so geschickt, daß Widerstand unmöglich war.

»Unverschämter Kerl!« schrie sie und wollte ihn ins Gesicht schlagen, aber er ergriff ihr Handgelenk. Das näher kommende Gesicht stank nach Schnaps und Eau de Cologne. Gleich muß ich mich übergeben, dachte Warja.

Aber im nächsten Moment lösten sich die Hände des Obersts von selbst. Zuerst klatschte es schallend, dann folgte ein saftiges Knirschen, und Warjas Beleidiger flog gegen die Wand. Seine eine Wange war puterrot von der Ohrfeige, die andere weiß von dem schweren Faustschlag. Zwei Schritte vor ihm standen Schulter an Schulter d'Hévrais und Surow. Der Franzose schüttelte die Finger der rechten Hand, der Rittmeister rieb sich die linke Faust.

»Zwischen den Verbündeten ist eine schwarze Katze hindurchgelaufen«, konstatierte Surow. »Und das ist erst der Anfang. Mit einem Hieb in die Schnauze kommst du nicht davon, Lucan. Für solch einen Umgang mit einer Dame wird einem das Fell durchlöchert.«

D'Hévrais sagte nichts, er zog den weißen Handschuh aus und schleuderte ihn dem Oberst ins Gesicht.

Mit einer ruckenden Kopfbewegung richtete Lucan sich auf, rieb sich den Backenknochen. Er sah den einen, dann den anderen an. Warja nahm verblüfft wahr, daß alle drei ihre Existenz vergessen zu haben schienen.

»Ich werde zum Duell gefordert?« Der Rumäne zischte die französischen Worte mühsam heraus. »Von zweien auf einmal? Oder doch einzeln?«

»Sie können wählen, wer Ihnen besser zusagt«, bemerkte d'Hévrais unfreundlich. »Und wenn Sie mit dem Ersten Glück haben, bekommen Sie es mit dem Zweiten zu tun.«

»Nein, so geht das nicht«, rief Surow entrüstet. »Ich habe das vom durchlöcherten Fell gesagt. Mit mir muß er sich schießen.«

»Schießen?« Lucan lachte höhnisch. »Nein, Herr Falschspieler, die Wahl der Waffen habe ich. Ich weiß sehr wohl, daß Sie und der Herr Schreiberling vorzügliche Schützen sind. Aber hier ist Rumänien, hier schlagen wir uns auf unsere walachische Art.«

Er schrie den Zuschauern kurz etwas zu, mehrere rumänische Offiziere zogen bereitwillig ihre Säbel aus der Scheide und reichten sie mit dem Griff voran her.

»Ich wähle den Herrn Journalisten.« Der Oberst ließ die Finger knacken und legte die Hand auf seinen Säbelgriff. Er wurde zusehends nüchtern und fröhlich. »Nehmen Sie eine dieser Klingen und folgen Sie mir auf den Hof. Ich werde zuerst Sie durchbohren und dann diesem Herrn Raufbold die Ohren abschneiden.«

Ein beifälliges Murmeln ging durch die Menge, jemand rief sogar »bravo!«.

D'Hévrais zuckte die Achseln und nahm den Säbel, der ihm am nächsten war.

Da stieß MacLaughlin die Gaffer auseinander.

»Halten Sie ein! Charles, gebrauchen Sie Ihren Verstand! Das ist doch barbarisch! Er bringt Sie um! Sich mit dem Säbel schlagen, das ist ein Sport auf dem Balkan, den beherrschen Sie nicht!«

»Man hat mir das Fechten mit Degen beigebracht, aber das ist ja fast das gleiche«, antwortete der Franzose unbekümmert und wog die Klinge in der Hand.

»Aber meine Herren, nicht doch!« Warja hatte ihre Stimme wiedergefunden. »Alles meinetwegen. Der Oberst hat ein wenig getrunken, aber er wollte mich nicht beleidigen, das weiß ich. So hören Sie doch auf, das ist ja töricht! In was für eine Lage bringen Sie mich?« Ihre Stimme zitterte kläglich, doch ihr Flehen blieb ungehört.

Ohne einen Blick auf die Dame zu werfen, um deren Ehre es doch eigentlich bei der ganzen Geschichte ging, strebte die Männerschar unter lebhaftem Geplauder durch den Korridor zu einem kleinen Innenhof. Bei Warja blieb nur MacLaughlin.

»Zu dumm«, sagte er verärgert. »Degen? Ich habe gesehen, wie Rumänen mit dem Säbel umgehen. Sie stellen sich nicht in die dritte Position und sagen nicht ›gardez‹. Sie hacken einen in Scheiben wie eine Blutwurst. Ach, was für ein Schreibkünstler geht da zugrunde, noch dazu so idiotisch! Dieser französische Hochmut! Lucan, diesem Puter, wird es auch kein Glück bringen. Sie werden ihn einsperren, da kann er sitzen, bis anläßlich des Sieges eine Amnestie erlassen wird. Bei uns in Britannien ...«

»Mein Gott, mein Gott, was mach ich bloß«, murmelte Warja, ohne zuzuhören. »Ich allein bin an allem schuld.«

»Koketterie ist eine große Sünde, gnädige Frau«, pflichtete ihr der Ire überraschend bei. »Schon während des Trojanischen Krieges ...«

Vom Hof drang ein Geheul aus vielen Männerkehlen.

»Was ist passiert? Etwa schon Schluß?« Warja griff sich ans Herz. »So schnell! Gehen Sie nachsehen, James, ich flehe Sie an!«

MacLaughlin schwieg und lauschte. Sein gutmütiges Gesicht zeigte Unruhe. Er hatte sichtlich keine Lust, in den Hof zu gehen.

»Was zaudern Sie«, drängte Warja. »Vielleicht braucht er ärztliche Hilfe. Das hätte ich nicht von Ihnen gedacht!«

Sie stürzte in den Korridor, doch da kam ihr sporenklirrend Surow entgegen.

»Welch ein Jammer, Warwara Andrejewna!« rief er schon von weitem. »Welch unwiederbringlicher Verlust!«

Sie lehnte sich verzweifelt mit der Schulter an die Wand, ihr Kinn zitterte.

»Wie konnten wir Russen nur die Tradition des Säbelduells verlorengehen lassen!« fuhr Surow fort zu klagen. »Ein schönes, effektvolles Schauspiel! Nicht piffpaff und fertig! Statt dessen ein Ballett, ein Poem!«

»Reden Sie keinen Unsinn, Surow!« rief Warja schluchzend. »Reden Sie vernünftig – was ist geschehen?«

»Oh, das hätten Sie sehen sollen.« Der Rittmeister sah sie und MacLaughlin erregt an. »Es hat nur zehn Sekunden gedauert. Also. Ein kleiner, schattiger Hof. Steinplatten, Laternenschein. Wir Zuschauer auf der Galerie, unten im Hof nur die beiden: d'Hévrais und Lucan. Der Oberst voltigiert – fuchtelt mit dem Säbel, zeichnet Achten in die Luft, wirft ein Eichenblatt hoch und hackt es in der Mitte durch. Das Publikum klatscht begeistert. Der Franzose steht einfach da, wartet, bis unser Pfau mit seiner Schau fertig ist. Dann macht Lucan einen Sprung vorwärts und zeichnet mit der Klinge eine Art Violinschlüssel in die Atmosphäre, und d'Hévrais, ohne sich von der Stelle zu rühren, beugt nur den Oberkörper zurück, um dem Schlag auszuweichen, dann stößt er blitzartig, ich konnte gar nicht so schnell gucken, dem Rumänen die Schneide in die Kehle. Es gluckert, der Oberst fällt hin, zuckt mit den Beinen, und aus, Ruhestand ohne Pension. Ende des Duells.«

»Haben Sie nachgesehen? Ist er tot?« fragte der Ire schnell.

»Toter geht's gar nicht«, versicherte Surow. »Ein Ladoga-See von Blut. Warwara Andrejewna, Sie sind ja ganz verstört! Bleich sehen Sie aus! Stützen Sie sich auf mich!« Mit Vergnügen legte er ihr die Hand um die Taille, was in dieser Situation ganz angebracht war.

»Und d'Hévrais?« lispelte sie.

Surow griff wie versehentlich etwas höher und meldete sorglos:

»Was soll sein? Er ist zur Kommandantur, um sich selbst anzuzeigen. Dort werden sie ihm nicht den Kopf streicheln. Er hat ja keinen Offiziersschüler erlegt, sondern einen Oberst. Bestenfalls werden sie ihn nach Frankreich zurückschicken. Ich mach mal hier den Knopf auf, dann bekommen Sie besser Luft.«

Warja sah und hörte nichts. Ich bin blamiert, dachte sie. Den Ruf der anständigen Frau bin ich für immer los. Aus das Spiel mit dem Feuer, aus das Spionieren. Ich bin eine leichtsinnige dumme Gans, und die Männer sind

Tiere. Ihretwegen war ein Mensch getötet worden. Und sie würde d'Hévrais nie wiedersehen. Und das Schlimmste – der Faden, der zum feindlichen Spinnengewebe führte, war gerissen.

Was würde Fandorin sagen?

ACHTES KAPITEL,
in welchem Warja des Todesengels ansichtig wird

»Regierungsbote« (Sankt Petersburg)
vom 30. Juli (11. August) 1877
»Ungeachtet quälender Anfälle von Katarrh und blutiger Diarrhöe hat der Imperator in den letzten Tagen Spitäler besucht, die überfüllt sind mit Typhuskranken und Verwundeten. Seine Kaiserliche Majestät bekunden eine solche Herzlichkeit für die Leidenden, daß einem bei diesen Szenen unwillkürlich warm ums Herz wird. Die jungen Soldaten stürzen sich wie Kinder auf die Geschenke und zeigen eine ganz naive Freude.

Der Autor dieser Zeilen hat mehr als einmal gesehen, wie die schönen blauen Augen des Imperators von Tränen feucht wurden. Es ist unmöglich, diese Szenen ohne ein besonderes Gefühl der andächtigen Rührung zu beobachten.«

Fandorin sagte dies: »Sie waren lange u-unterwegs, Warwara Andrejewna, haben viel Interessantes versäumt. Gleich nach Ihrem T-telegramm habe ich verfügt, das Zelt und die persönlichen Sachen des Getöteten sorgfältig zu durchsuchen. Es wurde nichts Aufschlußreiches gefunden. Aber vorgestern wurden aus Bukarest die Papiere gebracht, die Lucan bei sich hatte. Und was meinen Sie?«

Warja hob furchtsam den Blick und sah dem Titularrat zum erstenmal ins Gesicht. Mitleid oder gar Verachtung las sie nicht in dessen Augen, nur Konzentration und vielleicht Jagdeifer. Doch die Erleichterung wich sogleich der Scham: Sie hatte getrödelt aus Furcht vor der Rückkehr ins Lager, hatte sich um ihren kostbaren Ruf gesorgt und alles andere darüber vergessen, Egoistin.

»Reden Sie schon!« drängte sie Fandorin, der mit Interesse zusah, wie ein Tränchen über Warjas Wange rollte.

»Bitte v-verzeihen Sie großmütig, daß ich Sie in diese Geschichte hineingezogen habe«, sagte Fandorin schuldbewußt. »Alles hätte ich erwartet, nur d-das ...«

»Was haben Sie in Lucans Papieren gefunden?« fiel Warja ihm ärgerlich ins Wort, denn sie fühlte, wenn das Gespräch nicht sofort eine sachliche Wende nahm, würde sie losheulen.

Ob nun ihr Gesprächspartner diese Möglichkeit erahnte oder ob er das Thema für ausgeschöpft hielt, jedenfalls ging er nicht weiter auf die Bukarester Episode ein.

»Hochinteressante Eintragungen in einem Notizbuch. Da, sehen Sie.«

Er zog ein elegantes Büchlein im Brokateinband aus der Jackentasche und schlug es beim Lesezeichen auf. Warja überflog eine Zahlen- und Buchstabenkolonne:

19=S -1500

20=S -3400-i

21=J +5000 S-800

22=S -2900

23=J +5000 S-700

24=S -1100

25=J +5000 S-1000

26=S -300

27=J +5000 S-2200

28=S -1900

29=J +15000 S+i

Sie las noch einmal langsamer, dann noch einmal. Gar zu gern hätte sie Scharfsinn gezeigt.

»Eine Chiffre? Nein, die Numerierung geht fortlaufend. Eine Liste? Die Nummern von Regimentern? Die Anzahl von Soldaten? Vielleicht Verluste und Verstärkungen?« Warja zog die Stirn kraus. »Also war Lucan doch ein Spion? Aber was bedeuten die Buchstaben S, J, i? Vielleicht Formeln oder Gleichungen?«

»Sie tun dem Toten zuviel Ehre an, Warwara Andrejewna. Es ist viel einfacher. Wenn das Gleichungen sind, dann sehr anspruchslose. Freilich mit einer Unbekannten.«

»Nur mit einer?« sagte Warja verdutzt.

»Schauen Sie genauer hin. Die erste K-kolonne besteht nur aus Zahlen. Lucan macht dahinter ein Gleichheitszeichen. Neunzehnter bis neunundzwanzigster Juli nach westlichem Stil. Was hat der Oberst an diesen Tagen gemacht?«

»Woher soll ich das wissen? Ich habe ihn nicht beschattet.« Warja überlegte. »Na, im Stab wird er gewesen sein, ist zu den Stellungen geritten.«

»Ich habe den O-oberst kein einziges Mal zu den Stellungen reiten sehen. Eigentlich habe ich ihn immer nur an einem Ort gesehen.«

»Im Klub?«

»Genau. Und was hat er da gemacht?«

»Nichts. Karten gespielt.«

»B-bravo, Warwara Andrejewna.«

Sie blickte noch einmal auf das Blatt.

»Also hat er die Spielergebnisse notiert! Nach dem S ein Minus, nach dem J immer ein Plus. Mit dem S bezeichnet er Verluste, mit dem J Gewinne. Das soll alles sein?« Warja zuckte enttäuscht die Achseln. »Wo ist da die Spionage?«

»Es gab keine. Spionage ist eine hohe Kunst, doch hier haben wir es mit primitiver B-bestechung und Verrat zu tun. Am 19. Juli, dem Tag vor dem ersten Angriff auf Plewna, erschien im Klub der Raufbold Surow, und Lucan vertiefte sich ins Spiel.«

»Also ist S gleich Surow?« rief Warja. »Warten Sie …« Sie blickte auf die Ziffern und flüsterte: »Neunundvierzig … sieben im Sinn … Hundertvier …« Sie addierte. »Insgesamt hat er 15800 an Surow verloren. Das scheint zu stimmen, Surow hat auch von fünfzehntausend gesprochen. Aber was bedeutet das i?«

»Ich v-vermute, das ist der berüchtigte Ring, auf rumänisch inel. Am 20. Juli hat Lucan ihn verspielt, am 29. zurückgewonnen.«

»Aber wer ist J?« Warja rieb sich die Stirn. »Unter den Spielern war doch wohl keiner, der mit J anfängt. Von dem hat Lucan gewonnen ... hm ... Oho! Fünfunddreißigtausend! An so große Gewinne kann ich mich nicht erinnern. Damit hätte er auch bestimmt geprahlt.«

»Es gab nichts zum Prahlen. Das ist kein Gewinn, sondern das Honorar für Verrat. Zum erstenmal hat der geheimnisvolle J dem Oberst am 21. Juli Geld gegeben, nachdem der gegen Surow mit Pauken und Trompeten verloren hatte. Des weiteren bekam der Verstorbene von seinem unbekannten Gönner je f-fünftausend am 23., am 25. und am 27., das heißt, jeden zweiten Tag. Dadurch konnte er weiter gegen Surow spielen. Am 29. erhielt Lucan mit einem Schlag fünfzehntausend. Fragt sich, warum so v-viel und warum gerade am 29.?«

»Er hat die Disposition vom zweiten Angriff auf Plewna verraten!« flüsterte Warja. »Der verhängnisvolle Sturmangriff war am 30. Juli, am nächsten Tag!«

»Nochmals bravo. Da haben Sie das Geheimnis von Lucans Scharfsicht und von der Treffgenauigkeit der türkischen Artilleristen, die unsre Kolonnen schon auf dem Anmarsch zusammenschossen.«

»Aber wer ist J? Haben Sie denn niemanden im Verdacht?«

»Doch doch«, brummte Fandorin kaum verständlich. »Aber noch fügt sich nicht alles zusammen.«

»Also müssen wir nur noch diesen J finden, dann kommt Petja frei, Plewna wird genommen, und der Krieg ist zu Ende?«

Fandorin überlegte, zog die glatte Stirn in Falten und antwortete ernsthaft: »Ihre logische Kette ist nicht ganz k-korrekt, aber im Prinzip richtig.«

In den Presseklub traute sich Warja an diesem Abend nicht. Sicherlich würden ihr alle die Schuld an Lucans Tod geben (sie wußten ja nichts von dem Verrat) und an der Ausweisung des allgemein beliebten d'Hévrais. Der Franzose war nicht aus Bukarest ins Lager zurückgekehrt. Fandorin wußte zu erzählen, daß der Duellant in Arrest genommen und aufgefordert worden war, das Gebiet des rumänischen Fürstentums binnen vierundzwanzig Stunden zu verlassen.

In der Hoffnung, Surow oder wenigstens MacLaughlin zu treffen und von ihnen zu erfahren, wie streng die öffentliche Meinung mit ihr, der Verbrecherin, ins Gericht ging, spazierte die arme Warja in hundert Schritten Abstand um das Zelt herum, das mit bunten Fähnchen geschmückt war. In ihr Zelt zurückzukehren hatte sie absolut keine Lust. Die Krankenschwestern, herzensgute, doch unbedarfte Geschöpfe, würden doch nur wieder erörtern, wer von den Ärzten ein feiner Kerl und wer ein Schuft sei und ob der einarmige Oberleutnant Strumpf aus Zelt sechzehn es ernst gemeint habe, als er Nastja Prjanischnikowa einen Heiratsantrag machte.

Der Zeltvorhang bewegte sich, Warja erblickte eine stämmige Gestalt in blauer Gendarmenmontur, wandte sich eilig ab und tat, als wäre sie in den Anblick des Dörfchens Bohot versunken, in dem der Stab des Oberbefehlshabers Quartier genommen hatte. Wo, dachte sie, ist da die Gerechtigkeit? Der schäbige Intrigant und Geheimschnüffler Kasansaki geht einfach in den Klub, während sie, eigentlich doch das unschuldige Opfer von widrigen Umständen, sich auf der staubigen Straße herumdrücken muß wie ein Hofhund! Warja schüttelte entrüstet den Kopf und war fest entschlossen, in ihr Zelt zu gehen, doch da ertönte von hinten die einschmeichelnde Stimme des verhaßten Griechen: »Frau Suworowa, welch angenehme Begegnung!«

Warja drehte sich um und schnitt eine Grimasse, überzeugt, auf die ungewohnte Liebenswürdigkeit des Oberstleutnants werde alsbald ein Schlangenbiß folgen.

Kasansaki sah sie an, die dicken Lippen zu einem Lächeln verzogen, und sein Blick war fast schmeichlerisch.

»Alle im Klub reden nur von Ihnen und warten ungeduldig auf Sie. Wissen Sie, nicht jeden Tag werden wegen einer schönen Dame die Klingen gekreuzt, noch dazu mit letalem Ausgang.«

Warja wartete argwöhnisch auf den Pferdefuß, aber der Gendarm lächelte noch süßer.

»Graf Surow hat schon die ganze Eskapade in den saftigsten Farben ausgemalt, und dann dieser Artikel ...«

»Welcher Artikel?« fragte Warja ernstlich erschrokken.

»Nun, unser in Ungnade gefallener d'Hévrais hat in der ›Revue Parisienne‹ eine ganze Kolumne veröffentlicht, in der er den Zweikampf beschreibt. Romantisch. Sie nennt er nur ›la belle m-lle S.‹.«

»Und«, Warjas Stimme zitterte ein wenig, »gibt man mir die Schuld?«

Kasansaki zog die dichten Augenbrauen hoch.

»Allenfalls MacLaughlin und Perepjolkin. Aber der erste ist ein bekannter Nörgler, und der zweite kommt nur selten mal angeritten, höchstens mit Sobolew. Apropos, Perepjolkin hat für den letzten Kampf das Georgskreuz gekriegt. Für welche Verdienste wohl? Da sieht man's – zur rechten Zeit am rechten Ort sein ist alles.«

Der Oberstleutnant schmatzte neidisch und kam nun vorsichtig auf das Wichtigste zu sprechen.

»Alle rätseln, wo unsere Heldin geblieben ist, und was stellt sich heraus? Unsere Heldin ist mit wichtigen Staatsangelegenheiten beschäftigt. Na, was geht dem schlauen Herrn Fandorin durch den Sinn? Was für Hypothesen gibt es über die geheimnisvollen Notizen von Lucan? Wundern Sie sich nicht, Warwara Andrejewna, ich bin auf dem laufenden. Schließlich leite ich die Sonderabteilung.«

Sieh mal an, dachte Warja und runzelte die Stirn. Hab ich's doch gewußt. Wie flink der sich ins gemachte Bett legt.

»Erast Petrowitsch hat mir was erklärt, aber ich hab's nicht ganz verstanden«, sagte sie mit naivem Wimpernschlag. »Irgendwas mit ›S‹ oder ›J‹. Fragen Sie am besten den Herrn Titularrat selbst. Jedenfalls ist mein Pjotr Jablokow gänzlich unschuldig, soviel steht fest.«

»Verrat hat er sich möglicherweise nicht zuschulden kommen lassen, aber verbrecherische Fahrlässigkeit bestimmt.« Die Stimme des Gendarmen hatte wieder das stählerne Klirren. »Mag Ihr Bräutigam einstweilen sitzen, es geschieht ihm nichts.« Aber Kasansaki änderte sogleich wieder den Ton, er hatte sich wohl erinnert, daß er heute in einer anderen Rolle auftrat. »Es findet sich alles, Warwara Andrejewna. Ich bin nicht hochnäsig und stehe nicht an, einen Irrtum zu bekennen. Nehmen wir zum Beispiel den unvergleichlichen Monsieur d'Hévrais. Ja, ich gebe zu: Ich habe ihn verdächtigt und verhört und hatte Grund dazu. Wegen seines verhängnisvollen Interviews mit dem türkischen Oberst hat unsere Führung einen Fehler gemacht, der Menschenleben kostete. Ich hatte die Hypothese, daß Oberst Ali Bei eine mythische Person ist, die sich der Franzose ausgedacht hat, aus journalistischer Eitelkeit oder aus anderen, weniger unschuldigen Erwägungen. Jetzt sehe ich, daß ich ungerecht war.« Er senkte vertraulich die Stimme. »Wir haben Agentenmeldungen aus Plewna bekommen. Osman Pascha hat tatsächlich einen Berater Ali Bei. Der zeigt sich fast nie in der Öffentlichkeit. Unser Mann hat ihn von weitem gesehen, er konnte nur einen schwarzen Vollbart und eine dunkle Brille ausmachen. Dévrais hat übrigens auch den Bart erwähnt.«

»Bart, Brille?« Warja senkte auch die Stimme. »Ist das nicht der, wie heißt er gleich, Anwar Effendi?«

»Psst!« Kasansaki sah sich nervös um und sprach noch leiser. »Ich bin sicher, daß er es ist. Ein sehr geschickter Herr. Er hat unseren d'Hévrais schön um den Finger gewickelt. Nur drei Bataillone, hat er gesagt, die Hauptkräfte kämen nicht so bald heran. Nicht besonders einfallsreich, aber elegant. Und wir Holzköpfe haben den Köder geschluckt.«

»Aber wenn am Mißerfolg des ersten Sturmangriffs d'Hévrais nicht schuld ist, sondern der von ihm getötete Lucan, der Verräter, dann ist doch der Journalist zu Unrecht ausgewiesen worden?« fragte Warja.

»So ist es. Der Ärmste hat einfach Pech gehabt.« Der Oberstleutnant machte eine wegwerfende Handbewegung und trat näher. »Sie sehen, wie offen ich zu Ihnen bin, Warwara Andrejewna. Ich habe Ihnen eine geheime Information mitgeteilt. Und Sie wollen mir eine Lappalie vorenthalten. Ich habe mir die Liste aus dem Notizbuch abgeschrieben und plage mich schon den dritten Tag damit herum, vergeblich. Zuerst dachte ich, eine Chiffre. Sieht nicht so aus. Ein Verzeichnis der Truppenteile oder ihrer Bewegungen? Verluste und Verstärkungen? Nun sagen Sie doch, was meint Fandorin?«

»Ich sage nur eines: Es ist viel einfacher«, bemerkte Warja herablassend, rückte an ihrem Hut und ging leichtfüßig zum Presseklub.

Die Vorbereitungen auf den dritten und endgültigen Sturmangriff gegen die Festung Plewna zogen sich über den ganzen glutheißen August hin. Obwohl die Zurüstungen strenger Geheimhaltung unterlagen, wurde im Lager offen darüber gesprochen, daß die Schlacht am 30. sein würde, dem Allerhöchsten Namenstag. Von früh bis spät fanden in den umliegenden Tälern und Hügeln gemeinsame Manöver von Infanterie und Reiterei statt, über die Straßen zogen Tag und Nacht Feld- und Belagerungsgeschütze. Die abgekämpften jungen Soldaten waren traurig anzusehen: durchgeschwitzte Feldblusen und staubgraue Mützen mit Sonnenschutztüchern, aber die allgemeine Stimmung war freudig und rachedurstig: Jetzt ist Schluß, unsere Geduld ist am Ende, wir Russen spannen langsam an, kommen aber schnell in Fahrt, wir klatschen die lästige Plewna-Fliege mit der ganzen Kraft unserer Bärentatze tot.

Im Klub und im Offizierskasino, wo Warja zu speisen pflegte, hatten sich alle in Strategen verwandelt – sie zeichneten Skizzen, warfen mit den Namen türkischer Paschas um sich, rätselten, von wo der Hauptschlag geführt würde. Ein paarmal kam Sobolew geritten, gab sich aber wichtig und geheimnisvoll, spielte auch nicht mehr Schach, sah Warja würdevoll an und klagte nicht mehr über das böse Schicksal. Ein Stabsmitarbeiter, den sie kannte, flüsterte ihr zu, der General werde bei dem bevorstehenden Angriff wenn nicht die Schlüssel-, so doch eine eminent wichtige Rolle spielen, und er befehlige nunmehr zwei Brigaden und ein Regiment. Also wurden seine Verdienste endlich anerkannt.

Ringsum herrschte lebhaftes Treiben, und Warja bemühte sich nach Kräften, sich von der allgemeinen

Hochstimmung anstecken zu lassen, aber es gelang ihr nicht. Um die Wahrheit zu sagen, sie hatte die ewigen Gespräche über Reserven, Dislozierungen und Verbindungswege gründlich satt. Zu Petja durfte sie noch immer nicht, Fandorin lief finster wie die Nacht herum und beantwortete Fragen mit unartikuliertem Gebrumm, Surow zeigte sich nur als Begleiter seines Patrons, er warf Warja Blicke zu wie ein gefangener Wolf und schnitt dem Büfettier Semjon klägliche Grimassen, aber er spielte nicht und bestellte keinen Wein – bei Sobolew herrschte eiserne Disziplin. Flüsternd klagte er, daß Perepjolkin »die ganze Wirtschaft« an sich gerissen habe und keinen mehr atmen lasse. Und Sobolew stärke diesem Kerl auch noch den Rücken und dulde nicht, daß ihm mal eine anständige Abreibung verpaßt wurde. Wenn nur bald der Sturmangriff begänne!

In all den letzten Tagen war das einzige freudige Ereignis die Rückkehr von d'Hévrais, der, wie sich herausstellte, das Unwetter in Kischinjow abgewartet hatte und, nachdem er von seiner vollständigen Rehabilitierung erfahren hatte, an den Kriegsschauplatz zurückgeeilt war. Aber auch er war wie ausgewechselt. Er unterhielt sie nicht mehr mit spannenden Geschichten, vermied es, über das Bukarester Ereignis zu sprechen, sauste dauernd durch das Lager, um den versäumten Monat nachzuholen, und kritzelte Artikelchen für seine »Revue«. Warja fühlte sich ungefähr so wie im Restaurant des »Royal«, als die Männer, nachdem sie Blut gerochen hatten, wie von der Kette gelassen losstürmten und völlig vergaßen, daß sie existierte. Das war eine weitere Bestätigung dafür, daß sich im Mann das tierische Prinzip deutlicher ausprägte als in der Frau, daß die Frau die höher entwickelte Spielart des homo sapiens war, das feinere, kompliziertere Wesen. Es war nur schade, daß sie ihre Gedanken niemandem mitteilen konnte. Wenn die Krankenschwestern so etwas hörten, prusteten sie nur in die Hand, während Fandorin zerstreut nickte und an etwas ganz anderes dachte.

Kurz und gut, Stagnation und Langeweile.

Am 30. August wurde Warja in aller Frühe von einem ungeheuren Dröhnen geweckt. Die erste Kanonade hatte begonnen. Am Vorabend hatte Fandorin ihr erklärt, außer der üblichen Artillerievorbereitung werde diesmal eine psychologische Methode angewendet – ein neues Wort in der Kriegskunst. Mit dem ersten Sonnenstrahl, als es für die Gläubigen Zeit war, ihr Namas-Gebet zu verrichten, eröffneten dreihundert russische und rumänische Geschütze ein orkanartiges Feuer auf die türkischen Befestigungen. Punkt neun wurde die Kanonade eingestellt. Osman Pascha schickte in Erwartung der Attacke frische Truppen nach vorn, aber nichts geschah: Die Verbündeten rührten sich nicht vom Fleck, und über den Weiten um Plewna herrschte Stille. Punkt elf Uhr brach ein neuer Feuerschlag über die staunenden Türken herein, er dauerte bis eins. Wieder Stille. Der Gegner barg die Verwundeten und Gefallenen, flickte eilig die Zerstörungen, rollte neue Geschütze heran, doch der Angriff ließ noch immer auf sich warten. Bei den Türken, die sich nicht durch Nervenstärke auszeichneten und bekanntlich zu kurzzeitigen Energieleistungen fähig waren, nicht aber zu längeren Anstrengungen, machte sich Verwirrung, vielleicht gar Panik breit. In der vordersten Linie war sicherlich die gesamte moslemische Führung versammelt, guckte durch Feldstecher und begriff nichts. Und da, um vierzehn Uhr dreißig, rollte die dritte Welle der Kanonade los, und nach einer weiteren halben Stunde sahen die vom Warten zermürbten Türken die Sturmkolonnen auf sich zu kommen.

Warja versetzte sich in die Lage der unglücklichen Verteidiger von Plewna und bekam eine Gänsehaut. Das war ja furchtbar – eine, zwei, drei Stunden auf die entscheidenden Ereignisse zu warten, und ganz umsonst. Sie würde es gewiß nicht ausgehalten haben. Pfiffig ausgedacht, das war den Stabsgenies nicht abzusprechen.

Wumm-wumm! Wumm-wumm! machten die schweren Belagerungsgeschütze. Wum-wum, wum! echoten etwas schwächer die Feldgeschütze. Das dauert noch, dachte Warja, man müßte was frühstücken.

Die Journalisten, nicht eingeweiht in den listigen Plan der Artillerievorbereitung, waren noch bei Dunkelheit zu den Stellungen gefahren. Der Standort der Beobachtungsstelle für die Korrespondenten war vorher mit der militärischen Führung abgesprochen worden. Nach langen Diskussionen hatten die Journalisten beschlossen, die Genehmigung für eine Anhöhe zu erbitten, die zwischen Griwiza, dem Zentrum der Stellung, und der

Chaussee nach Lowetsch lag, hinter der sich die linke Flanke hinzog. Anfangs hatten die meisten Journalisten näher zur rechten Flanke gewollt, weil der Hauptschlag offenbar von hier aus geführt werden sollte, aber MacLaughlin und d'Hévrais hatten ihre Kollegen umgestimmt. Ihr stärkstes Argument: Die linke Flanke mochte durchaus zweitrangig sein, aber dort hielt sich Sobolew auf, also waren Sensationen zu erwarten.

Nachdem Warja mit den blassen, bei jedem Schuß zusammenzuckenden Krankenschwestern gefrühstückt hatte, machte sie sich auf die Suche nach Fandorin. Im Stab war der Titularrat nicht, auch nicht in der Sonderabteilung. Für alle Fälle warf Warja einen Blick in sein Zelt, da saß er seelenruhig in seinem Klappsessel, mit dem Saffianpantoffel wippend, ein Buch in der Hand, und trank Kaffee.

»Wann fahren Sie zur Stellung?« fragte Warja und setzte sich auf das Bett, denn eine andere Sitzgelegenheit gab es nicht.

Fandorin zuckte die Achseln. Sein Gesicht zeigte frische Röte. Das Lagerleben schien ihm gut zu bekommen.

»Wollen Sie etwa den ganzen Tag hier sitzen? D'Hévrais hat gesagt, die heutige Schlacht sei der größte Sturmangriff auf eine befestigte Stellung in der ganzen Weltgeschichte. Grandioser als die Einnahme von Malachow Kurgan, dem Hauptfort von Sewastopol.«

»Ihr d'Hévrais l-lügt immer was dazu«, antwortete der Titularrat. »Waterloo und Borodino waren gewaltiger, ganz zu schweigen von der Völkerschlacht bei Leipzig.«

»Sie sind ein Ungeheuer! Das Schicksal Rußlands entscheidet sich, Tausende Menschen sterben, und er sitzt da und liest ein Buch! Das ist ja geradezu unsittlich!«

»Aus sicherer Entfernung zusehen, wie Menschen einander u-umbringen, das ist sittlich, was?« In Fandorins Stimme klang – o Wunder – ein menschliches Gefühl: Gereiztheit. »Ergebensten D-dank, das Schauspiel habe ich schon beobachtet und sogar daran teilgenommen. Es hat mir nicht g-gefallen. Da bleibe ich lieber bei meinem Tacitus.« Er steckte die Nase demonstrativ in das Buch.

Warja sprang auf, stampfte mit dem Fuß und wandte sich dem Ausgang zu, da sagte Fandorin: »Seien Sie dort vorsichtig, ja? Rühren Sie sich nicht von der Beobachtungsstelle. Sonst passiert noch was.«

Sie blieb stehen und sah Fandorin verwundert an.

»Sie machen sich Sorgen?«

»W-wirklich, Warwara Andrejewna, was wollen Sie da? Zuerst wird lange mit Kanonen geschossen, dann stürmen die Soldaten los, Rauchwolken steigen auf, Sie sehen nichts, hören nur, wie die einen ›hurra‹ und die anderen vor Schmerz schreien. Sehr interessant. Ihre und meine Arbeit ist nicht dort, sondern hier, im H-hinterland.«

»Etappenhocker.« Dieses passende Wort fiel ihr im richtigen Moment ein, und sie ließ den Misanthropen mit seinem Tacitus allein.

Die Anhöhe, auf der sich die Presseleute und die Militärbeobachter aus den neutralen Ländern niedergelassen hatten, war leicht zu finden, Warja sah schon von der mit

Munitionswagen verstopften Straße aus das weiße Tuch, das vom Wind schwach bewegt wurde. Dort hatten sich an die hundert Personen versammelt, wenn nicht mehr. Der Straßenordner, ein vom Schreien heiserer Hauptmann mit roter Armbinde, sorgte dafür, daß die Geschosse an die richtige Stelle der vordersten Linie gelangten. Er lächelte dem hübschen Fräulein mit dem Spitzenhütchen zu und winkte.

»Dort lang, Mademoiselle. Aber biegen Sie nirgends ab. Auf die weiße Fahne schießt die feindliche Artillerie nicht, doch überall sonst kann schon mal ein Granätchen einschlagen. Wo willst du denn hin, du Dorftrottel? Ich hab doch gesagt, die Vierpfünder zur Sechsten!«

Warja trieb ihren friedlichen Goldfuchs an, den sie aus dem Pferdestall des Lazaretts entliehen hatte, und ritt auf die weiße Fahne zu, wobei sie neugierig Umschau hielt.

Das ganze Tal vor der flachen Hügelkette, hinter der das Vorfeld von Plewna begann, war von seltsamen Inselchen gesprenkelt – Infanteriekompanien, die sich im Gras niedergelassen hatten und auf den Angriffsbefehl warteten. Die Soldaten unterhielten sich halblaut, von Zeit zu Zeit erschallte bald da, bald dort ein unnatürlich lautes Gelächter. Die Offiziere standen in kleinen Grüppchen beisammen und rauchten Papirossy. Die heranreitende Amazone Warja wurde von ihnen verwundert und ungläubig beäugt wie ein Wesen aus einer anderen, unwirklichen Welt. Der Anblick des wimmelnden, summenden Tals stimmte Warja ängstlich. Sie sah deutlich über dem staubigen Gras den Todesengel kreisen, der Ausschau hielt und Gesichtern sein unsichtbares Siegel aufdrückte.

Warja stieß dem Pferd die Ferse in die Flanke, um schneller an diesem grausligen Wartesaal vorbeizukommen.

Dafür waren an der Beobachtungsstelle alle voll lebhafter Vorfreude. Es herrschte Picknickatmosphäre, auf der Erde waren weiße Tischtücher ausgebreitet, und man speiste mit Appetit.

»Ich dachte schon, Sie kommen nicht!« begrüßte d'Hévrais sie, der ebenso aufgedreht war wie die anderen. Warja vermerkte, daß er seine berühmten verfärbten Uraltstiefel angezogen hatte.

»Wir stehen hier seit dem Morgengrauen herum wie die Idioten, und die russischen Offiziere kommen erst gegen Mittag. Herr Kasansaki hat sich vor einer Viertelstunde herbemüht, und von ihm haben wir erfahren, daß der Sturmangriff erst um drei losgeht«, schnatterte der Journalist vergnügt. »Ich sehe, Sie haben die Disposition auch schon vorher gekannt. Das ist nicht schön, Mademoiselle Barbara, Sie hätten mir ja auch einen freundschaftlichen Tip geben können. Ich bin schon um vier aufgestanden, und das ist für mich schlimmer als der Tod.«

Der Franzose half dem Fräulein aus dem Sattel, bot ihr einen Klappstuhl an und erklärte:

»Da drüben auf den gegenüberliegenden Höhen sind die befestigten Stellungen der Türken. Sehen Sie die

Explosionswolken? Das ist das Zentrum ihrer Stellung. Parallel dazu verläuft die fünfzehn Kilometer lange Linie der russisch-rumänischen Armee, wir können von hier aus nur einen Teil dieses gewaltigen Raums überschauen. Beachten Sie den runden Hügel, nein, nicht den, da wo das weiße Zelt ist. Das ist das zeitweilige Hauptquartier. Dort sind der Befehlshaber der Westgruppe Fürst Karl von Rumänien, der Oberbefehlshaber Großfürst Nikolai und Imperator Alexander persönlich. Oh, die Leuchtkugeln! Ein malerisches Schauspiel, nicht wahr?«

Über dem menschenleeren Feld, das die feindlichen Seiten trennte, zeichneten Rauchstreifen steile Bögen – als hätte jemand das Himmelsgewölbe in Scheiben geschnitten wie eine Melone oder einen Brotlaib. Warja legte den Kopf in den Nacken und sah hoch droben drei bunte Bälle, den einen nahe, den zweiten weiter weg, über dem Hauptquartier, und den dritten über dem Horizont.

»Das sind Luftballons, Warwara Andrejewna«, sagte der herzugetretene Kasansaki. »Mit ihnen und mit Signalfähnchen wird das Artilleriefeuer korrigiert.«

Der Gendarm war noch unangenehmer anzusehen als sonst. Er ließ erregt die Finger knacken, seine Nüstern blähten sich nervös. Der Vampir hatte Menschenblut gewittert. Warja trug ihren Stuhl demonstrativ ein Stück weiter, doch der Oberstleutnant übersah ihr Manöver. Er trat wieder zu ihr und zeigte dahin, wo es hinter den flachen Hügeln besonders heftig krachte.

»Unser gemeinsamer Bekannter Sobolew leistet sich wieder mal ein tolles Stück. Laut Disposition besteht seine Rolle darin, gegen die Krischin-Redoute einen Scheinangriff zu führen, während die Hauptkräfte den Schlag im Zentrum führen. Aber unser Ehrgeizling konnte sich nicht zügeln. Entgegen dem Plan hat er sich schon am Morgen auf einen Frontalangriff eingelassen. Nicht genug, daß er sich von den Hauptkräften gelöst hat und durch die türkische Reiterei abgeschnitten wurde, gefährdet er die ganze Operation! Na, der wird was auf die Nase kriegen!«

Kasansaki zog eine goldene Uhr aus der Tasche, nahm die Mütze ab und bekreuzigte sich.

»Drei Uhr! Jetzt geht's los!«

Warja drehte sich um und sah, wie das ganze Tal in Bewegung geriet: Die Inselchen der weißen Feldblusen wogten, bewegten sich rasch zur vordersten Linie. An der Anhöhe vorbei liefen blasse Männer, vorneweg, humpelnd, ein älterer Offizier mit langem Schnauzbart.

»Nicht zurückbleiben, das Bajonett höher!« schrie er durchdringend und blickte zurück. »Semenzow, paß mir auf! Ich reiß dir die Rübe ab!«

Schon gingen andere Kompanien vorbei, doch Warjas Blick folgte noch immer jener ersten mit dem älteren Kommandeur und dem unbekannten Semenzow.

Die Kompanie entfaltete sich zur Linie und lief langsam auf die ferne Redoute zu, wo immer dichter Erdfontänen aufsprangen.

»Na, jetzt gibt er's ihnen«, sagte jemand neben Warja.

Fern auf dem Feld krepierten schon Granaten, der über die Erde kriechende Rauch versperrte die Sicht, aber Warjas Kompanie lief immer weiter, sie wurde offenbar nicht beschossen.

»Los, Semenzow, los«, flüsterte Warja und ballte die Fäuste.

Bald war »ihre« Kompanie nicht mehr auszumachen. Als der freie Raum vor der Redoute bis zur Mitte mit weißen Feldblusen gefüllt war, fetzten Detonationen mitten in die Menschenmasse hinein, wieder und immer wieder.

»Die harken gründlich«, hörte Warja. »Die Artillerievorbereitung hat nichts gebracht! Statt sich mit der blöden Psychologie dickezutun, hätte man lieber pausenlos draufhämmern sollen.«

»Sie laufen! Sie fliehen!« Kasansaki packte Warja an der Schulter und preßte sie heftig.

Sie warf ihm von unten einen bösen Blick zu, begriff aber, daß der Mann außer sich war. Sie riß sich los und sah aufs Feld. Es war in einen Rauchschleier gehüllt, in dem weiße Feldblusen schimmerten und schwarze Erdklumpen hochflogen.

Auf dem Hügel war es still geworden. Aus dem graublauen Dunst kam schweigend die Menge gelaufen, umfloß die Beobachtungsstelle auf beiden Seiten. Warja sah rote Flecke auf den Feldblusen und zog den Kopf zwischen die Schultern.

Der Qualm wurde etwas dünner. Jetzt war das Tal wieder zu sehen, übersät mit schwarzen Granattrichtern und weißen Punkten, Feldblusen. Warja blickte genauer hin und bemerkte, daß die hellen Punkte sich bewegten, und sie hörte ein dumpfes Heulen, das aus der Erde selbst zu kommen schien – das Geschützfeuer war eingestellt worden.

»Die erste Kraftprobe ist beendet«, sagte der Major, den der Hauptstab den Presseleuten beigegeben hatte. »Osman hat sich verschanzt, er wird uns noch zu schaffen machen. Gleich gibt es eine neue Artillerievorbereitung und dann wieder ›hurra-hurra‹.«

Warja wurde schlecht.

NEUNTES KAPITEL,
in welchem Fandorin von seinem Vorgesetzten einen Rüffel bekommt

»Russkije Wedomosti« (Sankt Petersburg)
vom 31. August (12. September) 1877
»Der tapfere Jüngling, eingedenk der väterlichen Lehren seines heißgeliebten Kommandeurs, rief: ›Ich werde sterben, Michail Dmitrijewitsch, aber die Meldung bring ich hin!‹ Der neunzehnjährige Held schwang sich auf seinen Don-Renner und sprengte durch das von bleiernen Winden durchtoste Tal, wo sich die Baschi-Bosuks versteckt hielten. Er mußte die Hauptkräfte der Armee erreichen. Die Kugeln umpfiffen den Kopf des Reiters, doch er gab seinem feurigen Pferd die Sporen und flüsterte: ›Schneller! Schneller! Von mir hängt der Ausgang der Schlacht ab!‹

Aber das böse Verhängnis war stärker als die Tapferkeit. Aus einem Hinterhalt knallten Schüsse, und der mutige Kurier stürzte zu Boden. Blutüberströmt sprang er auf und ging mit der blanken Klinge auf einen Muselman los, aber schon fielen wie schwarze Raubvögel die grimmen Feinde über ihn her, warfen ihn nieder und hackten mit ihren Säbeln noch lange auf den leblosen Körper ein.

So starb Sergej Berestschagin, der Bruder des berühmten Malers.

So verwelkte ein vielversprechendes Talent, dem nicht beschieden war, zu voller Kraft zu erblühen.

So fiel der dritte Kurier, den Sobolew zum Imperator schickte.«

In der achten Abendstunde war sie wieder an der bekannten Weggabelung, aber statt des heiseren Hauptmanns kommandierte dort ein ebenso heiserer Oberleutnant, der es noch schwerer hatte als sein Vorgänger, weil er jetzt zwei gegenläufige Ströme lenken mußte: Zur vordersten Linie strebten noch immer Munitionswagen, und vom Feld wurden Verwundete gebracht.

Nach der ersten Attacke war Warja kleinmütig geworden, sie hatte begriffen, ein zweites Mal würde sie ein solches Schauspiel nicht ertragen. Sie ritt nach hinten und weinte unterwegs, zumal kein Bekannter in der Nähe war. Aber ins Lager wollte sie nicht, denn sie schämte sich.

Mimose, Nervenbündel, schwaches Geschlecht, schalt sie sich. Du hast doch gewußt, daß du in den Krieg fährst und nicht nach Pawlowskoje zum Tanzen. Außerdem wollte sie unbedingt vermeiden, dem Titularrat das Vergnügen zu machen, daß er schon wieder recht gehabt hatte.

Sie kehrte um.

Sie ritt im Schritt, und ihr Herz krampfte sich wehmütig zusammen bei dem näher kommenden Gefechtslärm. Im Zentrum war das Gewehrfeuer fast verstummt, dort wummerten nur Geschütze, dafür drangen von der Lowetscher Chaussee her, wo die abgeschnittene Abteilung Sobolews focht, unaufhörlich Salven herüber wie auch das Gebrüll vieler Stimmen, gedämpft durch die große Entfernung. Um den General schien es nicht gut zu stehen.

Warja fuhr zusammen – aus den Büschen kam, schlammbespritzt, MacLaughlin geritten. Der Hut war ihm zur Seite gerutscht, sein Gesicht war rot, von der Stirn rann Schweiß.

»Wie sieht's dort aus? Wie stehen die Dinge?« fragte Warja und griff nach dem Zügel seines Pferdes.

»Ich glaube, gut«, antwortete der Ire und wischte sich mit dem Taschentuch das Gesicht. »Uff, ich bin ins Gestrüpp geraten und nur mühsam wieder rausgekommen.«

»Gut steht's? Sind die Redouten genommen?«

»Nein, im Zentrum halten sich die Türken, aber vor zwanzig Minuten kam Graf Surow an unserer Beobachtungsstelle vorbeigaloppiert. Er hatte es sehr eilig zum Hauptquartier und rief nur: ›Sieg! Wir sind in Plewna! Keine Zeit, meine Herren, eine Eilmeldung!‹ Monsieur Kasansaki ist ihm gleich hinterhergeritten. Er ist ja sehr ehrgeizig und will dabei sein, wenn die gute Nachricht überbracht wird, vielleicht fällt auch für ihn was ab.« MacLaughlin schüttelte mißbilligend den Kopf. »Na, und die Herren Journalisten stoben sofort auseinander, für solche Fälle hat ja jeder einen guten Freund unter den Telegraphisten. Ich versichere Ihnen, in diesem Moment fliegen schon die ersten Telegramme über die Einnahme von Plewna in die Redaktionen.«

»Und Sie?«

Der Korrespondent antwortete würdevoll: »Ich habe es nie so eilig, Mademoiselle Suworowa. Zuerst muß ich alle Einzelheiten herausfinden. Statt einer kurzen Meldung schicke ich einen ganzen Artikel, und der kommt in die Morgenausgabe, genau wie die Telegramme der anderen.«

»Ich kann also ins Lager zurückkehren?« fragte Warja erleichtert.

»Ich glaube schon. Im Stab erfahren wir mehr als hier in der Savanne. Außerdem wird es gleich dunkel.«

Aber im Stab wußte man nichts Genaues, denn vom Hauptquartier war keine Meldung über die Einnahme von Plewna gekommen, im Gegenteil, wie sich herausstellte, war der Angriff in allen wichtigen Punkten gescheitert, und die Verluste waren astronomisch hoch, mindestens zwanzigtausend Mann. Der Imperator war ganz niedergeschlagen, erzählte man, und auf die Frage nach Sobolews Erfolg wurde nur abgewinkt: Wie hätte der mit seinen zwei Brigaden Plewna nehmen sollen, wenn sechzig Bataillone im Zentrum und auf der rechten Flanke nicht einmal die erste Linie der Redouten hatten besetzen können?

Eine dumme Situation. MacLaughlin triumphierte, zufrieden mit seiner Umsicht, und Warja war wütend auf Surow: dieser Prahlhans und Lügenbold, er hatte sonst was erzählt und alle in die Irre geführt.

Die Nacht brach an, die Generäle kehrten mürrisch in den Stab zurück. Warja sah den Oberbefehlshaber Nikolai Nikolajewitsch, umgeben von Adjutanten, das Häuschen der Operationsabteilung betreten. Sein vom dichten Backenbart umrahmtes Pferdegesicht zuckte.

Alle tuschelten über die riesigen Verluste, es war wohl ein Viertel der Armee gefallen, aber laut sprach man nur vom Heldenmut der Soldaten und Offiziere. Heldenmut hatten viele gezeigt, namentlich die Offiziere.

In der ersten Stunde kam Fandorin zu Warja.

»Kommen Sie, Warwara Andrejewna. Wir sind zur Führung bestellt.«

»Wir?« fragte sie verwundert.

»Ja. Die ganze Sonderabteilung, auch Sie und ich.«

Schnellen Schritts gingen sie zu der Lehmhütte, in der die Dienststelle von Oberstleutnant Kasansaki untergebracht war.

In dem bekannten Zimmer waren die Offiziere und Mitarbeiter der Sonderabteilung der Westgruppe versammelt, nur der Vorgesetzte fehlte.

Am Tisch saß mit drohender Miene General Lawrenti Misinow.

»Ah, der Herr Titularrat und sein Fäulein Sekretärin geben uns die Ehre«, sagte er giftig. »Na wunderbar, jetzt müssen wir nur noch auf den Herrn Oberst warten, dann können wir anfangen. Wo ist Kasansaki?« blaffte der General.

»Es hat ihn am Abend noch niemand gesehen«, antwortete zaghaft der ranghöchste Offizier.

»Großartig. Schöne Geheimnishüter.«

Misinow sprang auf und stampfte durchs Zimmer.

»Das ist keine Armee, sondern ein Wanderzirkus! Wen man auch sucht, er ist nicht da. Verschwunden! Spurlos!«

»Hohe Exzellenz sprechen in R-rätseln. Worum geht es?« fragte Fandorin halblaut.

»Ich weiß es nicht, Erast Petrowitsch, ich weiß es nicht!« schrie Misinow. »Ich hatte gehofft, Sie und Herr Kasansaki würden es mir erklären.« Er verstummte, bezwang sich mühsam und fuhr ruhiger fort: »Nun gut. Wir warten nicht länger. Ich komme eben vom Imperator. Habe einer höchst interessanten Szene beigewohnt: Der General Sobolew vom Gefolge Seiner Kaiserlichen Majestät brüllte sowohl Seine Kaiserliche Majestät als auch Seine Kaiserliche Hoheit an, und der Imperator und der Oberbefehlshaber rechtfertigten sich vor ihm.«

»Ausgeschlossen!« ächzte einer der Gendarmen.

»Still!« schnauzte der General. »Zuhören! Es hat sich herausgestellt, daß gegen vier Uhr nachmittags Sobolews Abteilung mit einem frontalen Stoß die Krischin-Redoute einnahm, zum südlichen Stadtrand von Plewna durchbrach und in den Rücken der türkischen Hauptkräfte gelangte, aber haltmachen mußte, weil sie zu wenig Bajonnette und Artillerie hatte. Sobolew schickte mehrere Kuriere los mit der Forderung nach Verstärkung, doch die wurden von den Baschi-Bosuks abgefangen. Um sechs konnte sich endlich Adjutant Surow mit fünfzig Kosaken zur Zentralgruppe durchschlagen. Die Kosaken kehrten zu Sobolew zurück, weil dort jeder Mann gebraucht wurde, und Surow ritt allein zum Hauptquartier. Sobolew wartete dringlich auf die Verstärkung, doch vergebens. Und das ist nicht erstaunlich, denn Surow kam nicht im Hauptquartier an, und vom Erfolg der linken Flanke wußten wir nichts. Am Abend verlegten die Türken ihre Truppen und warfen sich mit aller Macht auf Sobolew, er verlor einen Großteil seiner Männer und mußte sich vor Mitternacht auf seine Ausgangspositionen zurückziehen. Wir hatten Plewna schon in der Tasche! Frage an die Anwesenden: Wo kann Adjutant Surow abgeblieben sein – am hellichten Tag, mitten in unserer Stellung? Wer kann antworten?«

»Wahrscheinlich Oberstleutnant Kasansaki«, sagte Warja, und alle drehten sich zu ihr um.

Aufgeregt erzählte sie, was sie von MacLaughlin gehört hatte.

Nach einer längeren Pause wandte sich der Chef der Gendarmerie an Fandorin: »Ihre Schlußfolgerungen, Erast Petrowitsch?«

»Die Schlacht ist v-verloren, zum Haareraufen ist es zu spät, das sind Emotionen, die die Untersuchung behindern«, antwortete der Titularrat sachlich. »Zu tun ist folgendes. Das Territorium zwischen der Beobachtungsstelle der Presseleute und dem Hauptquartier wird in Quadrate eingeteilt. Erstens. Mit dem ersten S-sonnenstrahl wird jedes Quadrat durchkämmt. Zweitens. Falls die Leiche von Surow oder Kasansaki entdeckt wird, nichts berühren und die Erde rundum nicht zertrampeln – drittens. Für alle Fälle nach dem einen wie dem anderen in den Lazaretten unter den Schwerverwundeten suchen – viertens. Einstweilen ist nicht mehr zu t-tun, Lawrenti Arkadjewitsch.«

»Was für Mutmaßungen? Was soll dem Imperator gemeldet werden? Verrat?«

Fandorin seufzte. »Eher Diversion. Aber morgen wissen wir mehr.«

In der Nacht kamen sie nicht zum Schlafen. Es gab viel Arbeit: Die Mitarbeiter der Sonderabteilung teilten das Gebiet auf der Karte in Halbwerstquadrate ein und stellten die Suchtrupps zusammen. Warja klapperte die sechs Hospitäler und Lazarette ab und überprüfte die Offiziere, die in bewußtlosem Zustand eingeliefert worden waren. Sie bekam so Schreckliches zu sehen, daß sie gegen Morgen in eine sonderbare fühllose Benommenheit verfiel, aber sie fand weder Surow noch Kasansaki. Dafür sah sie unter den Verwundeten etliche Bekannte, auch Perepjolkin. Der Hauptmann hatte ebenfalls versucht, durchzubrechen und Hilfe zu holen, aber ein Baschi-Bosuk hatte ihm den Krummsäbel quer übers

Schlüsselbein gezogen. Nun lag er im Bett, bleich, unglücklich, und seine braunen Augen blickten fast genauso wehmütig wie am unvergeßlichen Tag ihrer ersten Begegnung. Warja stürzte zu ihm, doch er wandte sich ab und sagte nichts. Weshalb diese Abneigung?

Der erste Sonnenstrahl traf Warja auf der Bank vor der Sonderabteilung. Fandorin hatte sie fast mit Gewalt dorthin gesetzt und ihr befohlen, sich auszuruhen; sie lehnte sich an die Wand und sank in einen trüben, lastenden Halbschlaf. Alle Glieder schmerzten, ihr war schlecht – die Nerven, die schlaflose Nacht, kein Wunder.

Die Suchtrupps waren noch bei Dunkelheit zu ihren Quadraten aufgebrochen. Um viertel acht kam ein Kurier vom 14. Abschnitt angesprengt und lief ins Haus, und sofort kam, im Gehen den Rock zuknöpfend, Fandorin heraus.

»Kommen Sie, Warwara Andrejewna, Surow ist gefunden«, warf er kurz hin.

»Tot?« fragte sie aufschluchzend.

Fandorin gab keine Antwort.

Der Rittmeister lag mit dem Gesicht nach unten, den Kopf zur Seite gedreht. Schon von weitem sah Warja das Silberheft eines kaukasischen Dolchs, der in Surows linkem Schulterblatt steckte. Sie saß ab und erblickte sein Profil: Das verwundert geöffnete Auge schimmerte in schönem Glanz, die von einem Schuß aufgerissene Schläfe zeigte eine schwarze Schmauchspur.

Warja schluchzte wieder tränenlos auf und wandte sich ab.

»Wir haben nichts angerührt, Herr Fandorin, wie befohlen«, meldete der Gendarm, der den Trupp führte. »Er hatte nur noch eine Werst bis zur Befehlsstelle. Hier ist eine Senke, darum hat ihn keiner gesehen. Und der Schuß – es war ja solch ein Geballer … Das Bild ist klar: unerwarteter Dolchstoß in den Rükken. Dann mit der Kugel den Rest gegeben – Schuß aus nächster Nähe.«

»Na ja«, antwortete Fandorin vage und beugte sich über den Leichnam.

Der Offizier senkte die Stimme: »Der Dolch gehört Kasansaki, ich habe ihn gleich erkannt. Er hat ihn mir gezeigt und gesagt, es sei das Geschenk eines georgischen Fürsten.«

Darauf sagte Fandorin: »Großartig.«

Warja wurde noch schlechter, sie kniff die Augen zu, um die Übelkeit zu verscheuchen.

»Was ist mit H-hufspuren?« fragte Fandorin und hockte sich hin.

»Nichts. Sie sehen ja, den Bach entlang lauter Geröll und weiter oben alles zertrampelt – hier müssen gestern die Schwadronen durchgekommen sein.«

Der Titularrat richtete sich auf, stand einen Moment neben dem hingestreckten Körper. Sein Gesicht war ohne Regung und grau – passend zu den Schläfen. Dabei ist er gerade erst zwanzig, dachte Warja und zuckte zusammen.

»Gut, Oberleutnant. B-bringen Sie den Toten ins Lager. Kommen Sie, Warwara Andrejewna.«

Unterwegs fragte sie: »Ist Kasansaki wirklich ein türkischer Agent? Unglaublich! Natürlich ist er widerlich, aber trotzdem ...«

»Nicht in solchem Grad?« brummte Fandorin unfroh.

Kurz vor Mittag wurde auch Kasansaki gefunden, nachdem Fandorin angeordnet hatte, nochmals das Wäldchen und das Gestrüpp rund um die Stelle abzusuchen, wo der arme Surow getötet worden war.

Wie Warja später hörte (sie selbst war nicht mitgegangen), saß Kasansaki halb liegend hinter einem dichten Busch, mit dem Rücken an einen Feldstein gelehnt. In der Rechten hielt er einen Revolver, in der Stirn war ein Loch.

Die Beratung über die Untersuchungsergebnisse leitete Misinow persönlich.

»Ich muß vor allem sagen, daß ich mit den Arbeitsergebnissen des Titularrats Fandorin sehr unzufrieden bin«, begann der General mit einer Stimme, die nichts Gutes verhieß. »Erast Petrowitsch, direkt vor Ihrer Nase hat ein gefährlicher, raffinierter Feind agiert, der unserer Sache schwersten Schaden zufügte, und Sie haben ihn nicht enttarnt. Das war natürlich keine leichte Aufgabe, aber Sie sind ja wohl kein Neuling. Was soll man da von den einfachen Mitarbeitern der Sonderabteilung erwarten? Sie kommen aus irgendwelchen Gouvernementsverwaltungen und haben nur einfache Ermittlungsarbeit gemacht, doch bei Ihnen mit Ihren Fähigkeiten ist es unverzeihlich.«

Warja, die Hand gegen die schmerzende Schläfe gepreßt, warf einen Seitenblick auf Fandorin. Der wirkte gänzlich unerschütterlich, doch seine Wangen (außer Warja würde das niemand bemerkt haben) färbten sich schwach rosa – die Worte des Chefs hatten ihn wohl tief getroffen.

»Also, meine Herren, was haben wir? Wir haben eine in der Weltgeschichte einmalige Konfusion. Den Geheimdienst der Westgruppe, der wichtigsten Einheit der ganzen Donau-Armee, hat ein Verräter geleitet.«

»Kann das als gesichert gelten, Hohe Exzellenz?« fragte der ranghöchste Gendarmerieoffizier zaghaft.

»Urteilen Sie selbst, Major. Nun, daß Kasansaki griechischer Herkunft ist und unter den Griechen viele türkische Agenten sind, das ist natürlich noch kein Beweis. Aber erinnern Sie sich bitte, daß in Lucans Notizen ein geheimnisvoller J. vorkommt. Jetzt ist klar, daß dieser J ›Gendarm‹ bedeutet.«

»Aber ›Gendarm‹ schreibt sich doch mit G«, beharrte der Major mit dem grauen Schnauzbart.

»Französisch ›gendarme‹, ja, aber rumänisch ›jandarm‹«, erklärte der hohe Vorgesetzte gönnerhaft. »Kasansaki war es, der den rumänischen Oberst an Fäden tanzen ließ. Weiter. Wer stürzte hinter Surow her, als der die Nachricht überbringen wollte, von der der Ausgang der Schlacht und womöglich des ganzen Krieges abhing? Kasansaki. Weiter. Mit wessen Dolch wurde Surow getötet? Mit Kasansakis. Weiter. Ja, was weiter? Als der Mörder den Dolch nicht aus dem Schulterblatt seines Opfers herausziehen konnte, begriff er, daß er den Verdacht gegen sich nicht würde entkräften können, und erschoß sich. Übrigens fehlen in der Trommel seines Revolvers genau zwei Patronen.«

»Aber ein feindlicher Spion würde sich doch nicht umbringen, sondern versuchen zu entkommen«, warf der Major wieder zaghaft ein.

»Wohin denn bitte? Die Feuerlinie konnte er nicht überqueren, und in unserm Hinterland wäre er schon heute zur Fahndung ausgeschrieben worden. Bei den Bulgaren konnte er sich nicht verstecken, zu den Türken sich nicht durchschlagen. Besser die Kugel als der Galgen, da hatte er recht. Außerdem war Kasansaki kein Spion, sondern ein Verräter. Nowgorodzew«, rief der General seinen Adjutanten. »Wo ist der Brief?«

Der Adjutant nahm ein zweimal gefaltetes schneeweißes Blatt Papier aus einem Aktendeckel.

»In der Jackentasche des Selbstmörders gefunden«, erklärte Misinow. »Lesen Sie vor, Nowgorodzew.«

Der Adjutant warf einen zweifelnden Blick auf Warja.

»Lesen Sie, lesen Sie«, drängte der General. »Wir sind hier kein Mädchenstift, und Frau Suworowa ist Mitglied der Untersuchungsgruppe.«

Nowgorodzew räusperte sich, lief rot an und begann vorzulesen.

»›Lieber Wantschik-Charitontschik, mein Herzblatt …‹ Das ist so falsch geschrieben, meine Herren«, warf der Adjutant ein, »ich lese, wie es da steht. Hm. ›… mein Herzblatt. Ein Leben ohne dich ist so daß Hand an mir legen besser ist wie so ein Leben. Du hast mir geküßt und gekost und ich dir aber das gemeine Schicksal hat neidisch zugesehn und das Messer in Hand gehalten. Ohne dich bin ich Staub und Dreck. Bitte komm bald zurück. Aber wenn du in dein lausiges Kischinjow statt Besso einen anderen findest, komm ich hin, und bei meiner Mutter, ich schlitz ihm den Bauch auf. Tausend Jahre Dein Wildkatz.‹«

»Dein oder deine?« fragte der Major.

»Nicht deine, eben dein.« Misinow lächelte schief. »Das ist es ja eben. Bevor Kasansaki an die Gendarmerieverwaltung Kischinjow versetzt wurde, diente er in Tiflis. Wir haben sofort eine Anfrage hingeschickt, und die Antwort ist schon da. Lesen Sie das Telegramm vor, Nowgorodzew.«

Der Adjutant las das neue Papier mit sichtlich größerem Vergnügen vor als den Liebeserguß.

»An Seine Hohe Exzellenz Generaladjutant L.A. Misinow als Antwort auf die Anfrage vom 31. August, eingegangen um 1.52 Uhr mittags. Höchst dringend. Höchst geheim.

Ich melde, daß der Oberstleutnant Iwan Kasansaki sich während seines Dienstes in der Tifliser Gendarmerieverwaltung von Januar 1872 bis September 1876 als tüchtiger, energischer Mitarbeiter bewährt und keine offiziellen Rügen erhalten hat. Im Gegenteil, er bekam für untadeligen Dienst den St.-Stanislaw-Orden dritter Klasse und zwei Dankurkunden vom Kaukasus-Statthalter S.K. Hoheit. Allerdings hatte er nach einer im Sommer 1876 eingegangenen Agentenmeldung absonderliche Vorlieben und stand wohl sogar in einer widernatürlichen Beziehung zu dem bekannten Tifliser Päderasten Fürst Wissarion Schalikow, genannt Wildkatz Besso. Ich hätte solch unbewiesenem Tratsch keine Bedeutung beigemessen, aber in Erwägung, daß Oberstleutnant Kasansaki ungeachtet seines reifen Alters Junggeselle ist und bei ihm nie Kontakte mit Frauen wahrgenommen wurden, habe ich eine verdeckte interne Ermittlung anstellen lassen. Es wurde festgestellt, daß Oberstleutnant Kasansaki in der Tat mit Wildkatz bekannt ist, doch intime Beziehungen wurden nicht bestätigt. Gleichwohl habe ich es für gut befunden, Oberstleutnant Kasansaki in eine andere Verwaltung versetzen zu lassen, ohne Folgen für seine Dienstliste.

Chef der Tifliser Gendarmerieverwaltung Oberst Pantschulidsew.«

»So ist das«, resümierte Misinow bitter. »Er entledigt sich eines zweifelhaften Mitarbeiters und verschweigt seinen Vorgesetzten den Grund. Unter dem Resultat hat nun die ganze Armee zu leiden. Wegen des Verrats von Kasansaki lungern wir zwei Monate vor diesem verdammten Plewna und haben keine Ahnung, wie lange es noch dauert! Der allerhöchste Namenstag ist verdorben! Der Imperator hat heute von Rücktritt gesprochen, können

Sie sich das vorstellen?« Er schluckte krampfhaft. »Drei mißglückte Sturmangriffe, meine Herren! Drei! Erinnern Sie sich, Erast Petrowitsch, wie Kasansaki den ersten Befehl über die Einnahme Plewnas in die Chiffrierabteilung brachte? Ich kann mir nicht vorstellen, wie er es fertigkriegte, ›Plewna‹ durch ›Nikopol‹ zu ersetzen, aber der Judas hat eindeutig dabei die Hand im Spiel gehabt.«

Warja zuckte zusammen und dachte, daß sich für Petja nun ein Lichtschein auftat. Der General aber fuhr mümmelnd fort: »Den Oberst Pantschulidsew lasse ich zur Lehre für andere Schweiger natürlich vor Gericht stellen, und ich werde seine vollständige Degradierung durchsetzen, aber sein Telegramm ermöglicht es uns, die ganze Kette deduktiv wiederherzustellen. Hier ist alles ziemlich einfach. Die türkischen Agenten, von denen es im Kaukasus wimmelt, haben sicherlich von Kasansakis geheimem Laster erfahren, und der Oberstleutnant wurde mittels Erpressung angeworben. Immer wieder dieselbe Geschichte, so alt wie die Welt. ›Wantschik-Charitontschik‹! Pfui Deiwel! Wenn er's wenigstens für Geld gemacht hätte!«

Warja wollte eben den Mund öffnen, um für die Anhänger der gleichgeschlechtlichen Liebe ein Wort einzulegen, die letzten Endes nichts dafür konnten, daß die Natur sie anders als die anderen geschaffen hatte, aber da stand Fandorin auf.

»Erlauben Sie mir einen Blick auf den Brief«, bat er, drehte den Brief in den Händen, fuhr mit dem Finger über den Knick und fragte: »Wo ist das K-kuvert?«

»Erast Petrowitsch, ich muß mich über Sie wundern.« Der General breitete die Arme aus. »Kuvert? Solche Briefe werden doch nicht mit der Post geschickt.«

»Der hat in seiner Innentasche gesteckt? Na ja.« Fandorin setzte sich wieder.

Misinow zuckte die Achseln.

»Sie machen besser folgendes, Erast Petrowitsch. Ich kann nicht ausschließen, daß der Verräter außer Oberst Lucan noch jemanden angeworben hat. Ihre Aufgabe ist es, herauszufinden, ob es im Stab oder drumherum noch weitere Drachenzähne gibt. Major«, sagte er zu dem ranghöchsten Offizier, der sprang auf und nahm Haltung an. »Ich ernenne Sie zum vorläufigen Chef der Sonderabteilung. Die Aufgabe ist die gleiche. Dem Titularrat wird jegliche Unterstützung gegeben.«

»Zu Befehl!«

Es klopfte.

»Erlauben Euer Hohe Exzellenz?« Ein Kopf mit blauer Brille schob sich durch den Türspalt.

Warja wußte, daß es der Sekretär Misinows war, ein stiller kleiner Beamter mit einem Namen, den man nicht behalten konnte, er war nicht beliebt und wurde gefürchtet.

»Was gibt's?« fragte der Chef der Gendarmerie aufhorchend.

»Ein außergewöhnliches Ereignis auf der Hauptwache. Der Kommandant hat gemeldet, bei ihm hätte sich ein Arrestant aufgehängt.«

»Sie sind ja verrückt, Pschebyschewski! Ich habe eine wichtige Beratung, und Sie kommen mir mit solchem Unsinn!«

Warja griff sich ans Herz, und im nächsten Moment sagte der Sekretär die Worte, die zu hören sie am meisten gefürchtet hatte: »Es ist der Chiffrierer Jablokow, der sich aufgehängt hat. Er hat einen Brief hinterlassen, in dem ein direkter Bezug ... Darum habe ich mich erkühnt ... Aber wenn ich unpassend komme, bitte ich um Entschuldigung und gehe wieder.« Der Beamte zog beleidigt die Nase hoch und machte Miene, hinter der Tür zu verschwinden.

»Her den Brief!« brüllte der General. »Auch der Kommandant soll kommen.«

Warja verschwamm alles vor den Augen. Sie versuchte aufzustehen, doch es gelang nicht, eine merkwürdige Erstarrung hielt sie fest. Sie sah den über sie gebeugten Fandorin und wollte ihm etwas sagen, doch sie bewegte nur kläglich die Lippen.

»Jetzt ist klar, wie Kasansaki den Befehl manipuliert hat!« rief Misinow, während er den Brief überflog. Hören Sie. ›Wieder Tausende von Toten, und alles durch meine Unachtsamkeit. Ja, ich bin schuldig und will nicht mehr leugnen. Ich habe einen nicht wiedergutzumachenden Fehler begangen – ich habe auf dem Schreibtisch den chiffrierten Befehl über die Einnahme von Plewna liegenlassen und mich in einer persönlichen Angelegenheit entfernt. In meiner Abwesenheit hat jemand in der Depesche das eine Wort geändert, und ich habe sie dann weggebracht, ohne sie nochmals angesehen zu haben. Ha-ha, der wahre Retter der Türkei ist nicht Osman Pascha, sondern ich bin es, Pjotr Jablokow. Bemühen Sie sich nicht um meinen Fall, meine Herren Richter, ich habe mir selbst das Urteil gesprochen.‹ Wie einfach! Während der Junge seiner Angelegenheit nachging, hat Kasansaki rasch die Depesche verändert, eine Sache von einer Minute!«

Der General zerknüllte den Brief und schleuderte ihn zu Boden, zu Füßen des strammstehenden Kommandanten der Hauptwache.

»Er ... Erast Pe ... trowitsch, was ist ...?« stammelte Warja mühsam. »Petja!«

»Hauptmann, was ist mit Jablokow? Ist er tot?« fragte Fandorin den Kommandanten.

»Von wegen, die können doch keine Schlinge zuziehen«, knurrte der. »Man hat ihn runtergeholt und beatmet ihn!«

Warja stieß Fandorin weg und stürzte zur Tür, prallte gegen den Rahmen, lief hinaus auf die Vortreppe und war geblendet von der grellen Sonne. Sie mußte stehenbleiben. Neben ihr war schon wieder Fandorin.

»Warwara Andrejewna, beruhigen Sie sich, es ist ja gutgegangen. Gleich gehen wir zusammen hin, aber beruhigen Sie sich erst mal, Sie sind ja ganz blaß.«

Er nahm sie behutsam am Ellbogen, aber diese taktvolle Berührung löste bei ihr einen Anfall unerträglichen Abscheus aus. Sie beugte sich tief hinunter und übergab sich direkt auf Fandorins Stiefel. Danach setzte sie sich auf eine Stufe und versuchte zu begreifen, warum die Erde schräg war und doch niemand herunterrutschte.

Auf ihre Stirn legte sich etwas Angenehmes, Eiskaltes, und sie stöhnte sogar vor Vergnügen.

»Eine schöne Geschichte«, sagte Fandorin dumpf. »Das ist ja Typhus.«

ZEHNTES KAPITEL,
in welchem dem Imperator ein goldener Säbel überreicht wird

»Daily Post« (London)
vom 9. Dezember (27. November) 1877

»Seit zwei Monaten wird die Belagerung von Plewna faktisch von dem alten und erfahrenen General Totleben geleitet, den die Briten vom Sewastopoler Feldzug her in guter Erinnerung haben. Totleben, nicht so sehr Heerführer wie Ingenieur, verzichtete auf die Taktik der Frontalangriffe und unterwarf die Armee von Osman Pascha einer regelrechten Blockade. Die Russen verloren wertvolle Zeit, wofür Totleben scharf kritisiert wurde, aber heute muß eingeräumt werden, daß der vorsichtige Ingenieur recht hatte. Seit die Türken vor einem Monat endgültig von Sofia abgeschnitten wurden, kam es in Plewna zu Hunger und Munitionsknappheit. Totleben wird immer öfter ein zweiter Kutusow genannt (der russische Feldmarschall erschöpfte die Kräfte Napoleons 1812 durch endlosen Rückzug – Anm. d. Redaktion). Die Kapitulation

Osmans und seines Fünfzigtausend-Mann-Heers wird täglich erwartet.«

An einem scheußlich kalten Tag (grauer Himmel, eisiger Nieselregen, schmatzender Schlamm) kehrte Warja mit einem Mietkutscher ins Militärlager zurück. Einen ganzen Monat hatte sie im Seuchenspital zu Tirnowo gelegen, und sie hätte durchaus sterben können, denn am Typhus starben viele, aber sie überstand die Krankheit. Danach verging sie weitere zwei Monate vor Langeweile, während sie wartete, daß ihre Haare nachwuchsen – sie konnte ja nicht wie ein geschorener Tatare zurückfahren. Die verdammten Haare wuchsen langsam, und sie lagen auch jetzt noch nicht, sondern standen borstig hoch. Das sah gräßlich aus, aber sie war mit ihrer Geduld am Ende – noch eine Woche Untätigkeit, und sie wäre verrückt geworden beim Anblick der buckligen Sträßchen in dem zuwider gewordenen Kaff.

Einmal hatte sie sich aufgerafft, Petja zu besuchen. Er galt noch immer als Untersuchungshäftling, saß aber nicht mehr in der Hauptwache, sondern ging zum Dienst – die Armee war angewachsen, und es fehlte an Chiffrierern. Er sah sehr verändert aus: hatte sich ein dünnes Bärtchen wachsen lassen, das überhaupt nicht zu ihm paßte, war abgemagert, und jedes zweite Wort bei ihm war Gott oder der Dienst am Volk. Am meisten erschütterte sie, daß ihr Bräutigam sie beim Wiedersehen auf die Stirn küßte. Wirkte sie auf ihn wie eine Tote im Sarg? War sie dermaßen häßlich geworden?

Die Tirnowoer Chaussee war von Fuhrwerken verstopft, und die Kutsche kam kaum voran, darum befahl Warja als Kennerin dieser Gegend dem Kutscher, in einen Feldweg einzubiegen, der nach Süden führte, und das Lager zu umfahren. Das war zwar weiter, dafür ging es schneller.

Auf dem leeren Weg trabte das Pferd flotter, und der Regen hatte fast aufgehört. Noch ein, zwei Stündchen, und sie war zu Hause. Warja prustete. Von wegen »zu Hause«! Ein feuchtes Zelt, durch das der Wind pfiff!

Hinter Lowetsch kamen ihr vereinzelt Reiter entgegen, meist Furiere und geschäftige Ordonnanzen, und dann sah sie den ersten Bekannten.

Eine schlaksige Gestalt mit Melone und langem Gehrock saß ungeschickt auf einer mißmutigen rötlichen Stute – kein Zweifel, MacLaughlin! Es war ein Déjà-vu-Erlebnis: Als sie während des dritten Sturmangriffs auf Plewna ins Militärlager zurückkehrte, war ihr unterwegs auch der Ire begegnet. Nur war es damals heiß gewesen, und jetzt war es kalt, und sie hatte damals wahrscheinlich besser ausgesehen.

Es war sehr günstig, daß sie gerade MacLaughlin als ersten traf. Er war ein geradliniger Mensch ohne Hintergedanken, an seiner Reaktion würde sie gleich erkennen, ob sie sich mit diesen Haaren in Gesellschaft zeigen konnte oder lieber gleich umkehrte. Auch würde sie Neuigkeiten erfahren.

Warja nahm tapfer den Hut ab und entblößte die schmählichen Borsten. Nun würde sie sehen.

»Mister MacLaughlin!« schrie sie und erhob sich vom Sitz, als die Kutsche mit ihm auf gleicher Höhe war. »Ich bin's! Wo reiten Sie hin?«

Der Ire wandte sich um und lüpfte die Melone.

»Oh, Mademoiselle Warja, ich freue mich sehr, Sie bei guter Gesundheit zu sehen. Hat man Sie aus hygienischen Gründen so kurz geschoren? Sie sind ja nicht wiederzuerkennen.«

Warja spürte innerlich einen Stich.

»Was, so schlimm?« fragte sie mit erloschener Stimme.

»Keineswegs«, beteuerte MacLaughlin eilig. »Aber Sie sehen noch jungenhafter aus als bei unserer ersten Begegnung.«

»Haben wir den gleichen Weg?« fragte sie. »Dann steigen Sie bei mir ein, wir können ein bißchen plaudern. Ihr Pferd macht keinen besonders guten Eindruck.«

»Gräßliche Mähre. Meine Bessy hat sich mit einem Dragonerhengst eingelassen und ist trächtig, sieht aus wie eine Tonne. Der Pferdewärter Frolka mag mich nicht, weil ich ihm prinzipiell kein Trinkgeld gebe, und dreht mir solche Gäule an. Wo er die nur herkriegt! Dabei habe ich's eilig in einer sehr wichtigen geheimen Angelegenheit.«

MacLaughlin verstummte vielsagend, und es war zu sehen, daß das wichtige Geheimnis aus ihm herausdrängte. Da der Ire sonst immer zurückhaltend war, mußte er in der Tat etwas aus dem Rahmen Fallendes erfahren haben.

»So setzen Sie sich doch für ein Minütchen zu mir«, sagte Warja einschmeichelnd. »Lassen Sie das unglückliche Tier etwas ausruhen. Ich habe hier Kuchen mit Marmelade und eine Kanne Kaffee mit Rum.«

MacLaughlin zog die Uhr am silbernen Kettchen aus der Tasche.

»Half past seven … Another forty minutes to get there … All right, an hour. It'll be half past eight«*, murmelte er in seinem unverständlichen Idiom und seufzte. »Nun gut, ein Minütchen. Ich fahre mit Ihnen bis zur Weggabelung, dort biege ich ab nach Petirnizy.«

Er band die Zügel an die Kutsche und setzte sich neben Warja. Ein Stück Kuchen verschlang er im Ganzen, vom zweiten biß er die Hälfte ab und trank dazu mit Genuß einen Schluck heißen Kaffee.

»Was wollen Sie dort?« fragte Warja lässig. »Treffen Sie wieder Ihren Plewnaer Informanten?«

MacLaughlin sah sie prüfend an und richtete die vom Kaffeedampf beschlagene Brille.

»Geben Sie mir Ihr Wort, daß Sie es niemandem erzählen, zumindest nicht vor zehn«, verlangte er.

»Ehrenwort«, sagte Warja sogleich. »Was ist das für eine Neuigkeit?«

Die Leichtigkeit, mit der das Versprechen gegeben wurde, ließ den Iren zaudern, er schnaufte, aber zum Rückzug war es zu spät, und er wollte sich wohl auch sehr gern mitteilen.

* (engl.) Halb sieben … Noch vierzig Minuten, um dorthin zu kommen … Gut, eine Stunde. Um halb neun.

»Heute, der zehnte Dezember, nach Ihrem Kalender der achtundzwanzigste November 1877, ist ein historischer Tag«, begann er feierlich und wechselte zum Flüstern. »Aber das weiß im ganzen russischen Lager nur ein Mensch – meine Wenigkeit. Oh, MacLaughlin gibt kein Trinkgeld dafür, daß jemand seine Pflicht tut, aber für gute Arbeit bezahlt MacLaughlin gut, das können Sie mir glauben. Schluß, darüber kein Wort mehr!« Mit erhobener Hand wehrte er die Frage ab, die Warja von der Zunge wollte. »Meinen Informanten nenne ich Ihnen nicht. Ich sage nur, daß er mehrmals erprobt wurde und mich nie hereingelegt hat.«

Warja erinnerte sich, daß einer der Journalisten neidisch gesagt hatte, der Korrespondent der »Daily Post« bekomme von einem Bulgaren Informationen über die Vorgänge in Plewna, vielleicht sogar von einem türkischen Offizier. Das hatte kaum jemand geglaubt. Aber vielleicht stimmte es?

»Reden Sie schon, spannen Sie mich nicht auf die Folter.«

»Denken Sie daran, vor zehn zu niemandem ein Wort. Sie haben Ihr Ehrenwort gegeben.«

Warja nickte ungeduldig. Diese Männer mit ihren dämlichen Ritualen! Natürlich würde sie es niemandem sagen.

MacLaughlin beugte sich zu ihrem Ohr.

»Heute abend kapituliert Osman Pascha.«

»Was Sie nicht sagen!« rief Warja.

»Nicht so laut! Punkt zehn werden beim Kommandeur des Grenadierkorps, Generalleutnant Ganezki, dessen Truppen am linken Ufer des Flusses Wid stehen, Parlamentäre erscheinen. Ich werde der einzige Journalist sein, der diesem großen Ereignis beiwohnt. Und ich will, nicht vor halb zehn, den General informieren, damit nicht ein Vorposten das Feuer auf die Parlamentäre eröffnet. Können Sie sich vorstellen, was das für einen Artikel gibt?«

»Und ob.« Warja nickte begeistert. »Und das darf ich keinem erzählen?«

»Wollen Sie mich zugrunderichten?« rief MacLaughlin in Panik. »Sie haben Ihr Wort gegeben!«

»Gut, gut«, beruhigte sie ihn. »Bis zehn werde ich schweigen wie ein Fisch.«

»Da ist die Gabelung. Halt.« Der Ire stieß den Kutscher in den Rücken. »Sie müssen nach rechts, Mademoiselle Warja, und ich nach links. Ich freue mich schon auf den Effekt. Ich sitze beim General, wir trinken Tee, schwatzen über alles mögliche, um halb zehn zücke ich meine Uhr und sage wie beiläufig: ›Übrigens, Iwan Stepanowitsch, in einer halben Stunde kommen Leute von Osman Pascha zu Ihnen.‹ Na?«

MacLaughlin lachte aufgekratzt und schob den Fuß in den Steigbügel.

Gleich darauf konnte Warja ihn nicht mehr sehen, er war hinter dem grauen Schleier des zunehmenden Regens verschwunden.

Das Lager hatte sich in den drei Monaten bis zur Unkenntlichkeit verändert. Die Zelte waren verschwunden, statt dessen standen in gleichmäßigen Reihen Bretterbaracken. Überall gepflasterte Wege, Telegraphenmasten, Hinweisschilder. Es ist gut, wenn ein Ingenieur die Armee befehligt, dachte Warja.

In der Sonderabteilung, die jetzt ganze drei Häuser einnahm, erfuhr Warja, daß Herrn Fandorin ein eigenes Cottage zugewiesen worden sei. Der Diensthabende sprach das neue Wort mit sichtlichem Vergnügen aus und zeigte ihr, wie sie gehen mußte.

Das »Cottage« Nummer 158 war ein Bretterhäuschen mit nur einem Raum und stand ganz am Rande des Stabsstädtchens. Fandorin war zu Hause, öffnete ihr und sah sie in einer Weise an, daß ihr innerlich warm wurde.

»Guten Tag, Erast Petrowitsch, da bin ich wieder.« Sie war entsetzlich aufgeregt.

»Freut mich«, sagte er kurz und ließ sie eintreten. Das Zimmer war schlicht, hatte aber eine Sprossenwand und ein Arsenal von Gymnastikgeräten. An der Wand hing eine Generalstabskarte.

Warja erklärte: »Meine Sachen habe ich bei den Krankenschwestern gelassen. Petja ist im Dienst, darum bin ich gleich zu Ihnen gekommen.«

»Ich sehe, Sie sind gesund.« Fandorin musterte sie von Kopf bis Fuß und nickte. »Neue F-frisur. Ist das jetzt Mode?«

»Ja. Sehr praktisch. Und was tut sich hier?«

»Nichts. Wir sitzen da und belagern die Türken.« Aus seiner Stimme klang Erbitterung. »Einen Monat, zwei Monate, d-drei. Die Offiziere saufen vor Langeweile, die Intendanten stehlen, die Kasse ist leer. Also alles normal. Krieg auf russisch. Europa atmet erleichtert auf und sieht zu, wie Rußlands Lebenssäfte wegsickern. Wenn Osman Pascha sich noch zwei Wochen hält, ist der Krieg v-verloren.«

Fandorin sprach so deprimiert, daß er Warja leid tat.

»Er hält sich nicht«, flüsterte sie.

Fandorin fuhr zusammen und sah sie prüfend an.

»Wissen Sie etwas? Was? Woher?«

Na, und da erzählte sie. Bei Fandorin konnte sie das tun, er würde nicht loslaufen und es jedem erstbesten weiterplaudern.

»Zu Ganezki? W-warum zu Ganezki?« Der Titularrat runzelte die Stirn.

Er trat zur Karte und murmelte:

»Zu G-ganezki ist es weit. Äußerste Flanke. Warum nicht ins Hauptquartier? Halt mal. Halt mal.«

Mit verzerrtem Gesicht riß er den Uniformrock vom Haken und stürmte zur Tür.

»Was ist denn?« schrie Warja und rannte hinterher.

»Eine Provokation«, knurrte Fandorin im Laufen durch die Zähne. »Bei Ganezki ist die Verteidigung am dünnsten. Und dahinter liegt die Chaussee nach Sofia. Das ist keine Kapitulation. Das ist ein Ausbruch. Ganezki soll abgelenkt werden. Damit er nicht schießt.«

»O Gott!« Sie hatte begriffen. »Und da kommen gar keine Parlamentäre? Wo wollen Sie hin, zum Stab?«

Fandorin blieb stehen.

»Zwanzig vor neun. Zum Stab ist es weit. Von einem Vorgesetzten zum anderen. Und die Zeit rinnt. Zu Ganezki schaff ich's nicht. Zu Sobolew! Eine halbe Stunde Galopp. Sobolew fragt nicht erst die Führung. Ja, er riskiert's. Er schlägt als erster zu. Dann kommt es zum Kampf. Wenn er auch Ganezki nicht zu Hilfe kommen kann, so stößt er wenigstens in die Flanke. Trifon, mein Pferd!«

Sieh an, einen Burschen hat er, dachte Warja flüchtig.

Die ganze Nacht grummelte es in der Ferne, und gegen Morgen wurde bekannt, daß der im Kampf verwundete Osman Pascha kapituliert hatte: mit seiner ganzen Armee; zehn Paschas und zweiundvierzigtausend Mann legten die Waffen nieder.

Damit war das Herumsitzen bei Plewna beendet.

Viele waren gefallen, das Korps Ganezki, von der Attacke völlig überrascht, wurde fast völlig aufgerieben. In aller Munde war der Name Sobolew – der Weiße General, der unverwundbare Achilles, der im entscheidenden Moment auf eigenes Risiko in das von den Türken verlassene Plewna vorgestoßen war, hinein in Osman Paschas ungedeckte Flanke.

Fünf Tage später, am 3. Dezember, veranstaltete der Imperator vor seiner Abreise vom Kriegsschauplatz in Paradim eine Abschiedsparade für die Garde. Zu der

Zeremonie wurden Würdenträger und die Helden der letzten Schlacht eingeladen. General Sobolew, dessen Stern im Zenit stand, schickte seine Kutsche, um Warja abzuholen. Der große Achilles hatte also seine alte Bekannte nicht vergessen.

Warja war noch nie in so glanzvoller Gesellschaft gewesen. Vom Funkeln der Orden und Epauletten konnte man geradezu erblinden. Offen gestanden hatte sie nicht geahnt, daß es in der russischen Armee so viele Generäle gab. In der ersten Reihe standen in Erwartung der allerhöchsten Personen die rangältesten Heerführer, unter ihnen der unanständig junge Sobolew in seiner obligaten weißen Montur, ohne Mantel, obwohl der Tag, wenn auch sonnig, so doch frostkalt war. Alle Blicke ruhten auf dem Retter des Vaterlands, der, so kam es Warja vor, größer und breitschultriger geworden war und eine bedeutsame Miene zur Schau trug. Die Franzosen haben wohl recht, wenn sie sagen, die beste Hefe sei der Ruhm.

Neben ihr unterhielten sich halblaut zwei rosige Flügeladjutanten. Der eine schielte mit seinen ölig glänzenden schwarzen Augen dauernd zu Warja herüber, und das war ihr angenehm.

»Und der Imperator sagt zu ihm: ›Als Zeichen der Achtung vor Ihrer Tapferkeit, Muschir, gebe ich Ihnen Ihren Säbel zurück, den Sie auch bei uns in Rußland tragen können, wo Sie, wie ich hoffe, keinen Grund zur Unzufriedenheit haben werden.‹ Schade, daß du nicht dabei warst.«

»Dafür hatte ich am neunundzwanzigsten Dienst beim Rat«, antwortete der andere neidisch. »Ich habe mit eigenen Ohren gehört, wie der Imperator zu Miljutin sagte: ›Dmitri Alexandrowitsch, ich ersuche Sie als den ältesten der hier anwesenden Ritter des Georgskreuzes, mir das Georgs-Portepee an den Säbel zu heften. Ich glaube, ich habe es verdient.‹ ›Ich ersuche Sie‹! Wie findest du das?«

»Ja, das ist schlecht«, pflichtete der Schwarzäugige ihm bei. »Darauf hätten sie auch selber kommen können. Dabei war der Imperator so großzügig! Totleben und Nepokoitschizki haben den Georg zweiter Klasse bekommen, Ganezki den Georg dritter. Und er selber bloß das Portepee.«

»Und was ist mit Sobolew?« fragte Warja lebhaft, obwohl sie mit diesen Herren nicht bekannt war. Macht nichts, es ist Krieg, und dies ist ein besonderer Fall.

»Unser weißer General kriegt bestimmt etwas ganz Besonderes«, antwortete der Schwarzäugige bereitwillig. »Wenn schon sein Stabschef Perepjolkin einen Dienstgrad übersprungen hat! Ist ja auch richtig – ein kleiner Hauptmann kann schließlich nicht solch einen Posten einnehmen. Und vor Sobolew tun sich jetzt solche Horizonte auf, daß einem die Luft knapp wird. Er hat wahrhaftig Glück. Hätte er nicht solch eine Vorliebe fürs Vulgäre und für billige Effekte …«

»Psst!« zischte der andere. »Sie kommen!«

Auf die Vortreppe des unansehnlichen Hauses, das stolz »Feldpalast« genannt wurde, traten vier Uniformierte: der Imperator, der Oberbefehlshaber, der Thronfolger und der Fürst von Rumänien. Zar Alexander trug einen Uniformwintermantel, und an seinem Säbelgriff sah Warja ein helles orangenes Fleckchen, das mußte wohl das bewußte Portepee sein.

Das Orchester schmetterte den feierlichen Marsch der Preobrashenskojer.

Ein Gardeoberst trat stramm vor, salutierte und rief mit schallender, vor Erregung zitternder Baßstimme: »Kaiserliche Majestät! Gestatten Sie, Ihnen namens der Offiziere Ihrer persönlichen Eskorte einen goldenen Säbel mit der Aufschrift ›Für Tapferkeit‹ zu überreichen! Zur Erinnerung an den gemeinsamen Kriegsdienst! Gekauft von den persönlichen Mitteln der Offiziere!«

Einer der Flügeladjutanten flüsterte Warja zu:

»Gut gemacht! Tolle Kerle!«

Der Imperator nahm das Geschenk entgegen und wischte mit dem Handschuh eine Träne weg.

»Danke, meine Herren, danke. Bin gerührt. Jeder bekommt von mir einen Säbel. Ein halbes Jahr haben wir sozusagen aus demselben Kochgeschirr ...«

Er sprach nicht zu Ende, winkte nur.

Rundum schneuzte sich alles, einer schluchzte sogar auf. Warja sah plötzlich in der Menge der Beamten Fandorin. Wie kam der hierher? Er war doch nur ein kleiner Titularrat. Aber da entdeckte sie neben Fandorin den Chef der Gendarmerie, und nun war alles klar. Fandorin war letztlich der wahre Held, dem die Gefangennahme der türkischen Armee zu danken war. Ohne ihn hätte diese Parade nicht stattfinden können. Er würde wohl auch eine Auszeichnung erhalten.

Fandorin fing Warjas Blick auf und schnitt eine hypochondrische Grimasse. Die allgemeine Begeisterung schien er nicht zu teilen.

Nach der Parade erwehrte sie sich fröhlich des schwarzäugigen Flügeladjutanten, der dauernd versuchte, gemeinsame Petersburger Bekannte zu finden, da trat Fandorin herzu, machte eine leichte Verbeugung und sagte:

»Entschuldigen Sie, Herr O-oberst. Warwara Andrejewna, der Imperator möchte Sie und mich sehen.«

ELFTES KAPITEL,
in welchem Warja in die höchsten Sphären der Politik vordringt

»Times« (London)
vom 16. (4.) Dezember 1877
Derby und Carnarvon drohen mit Rücktritt
»Auf der gestrigen Kabinettssitzung schlug Graf Beaconsfield vor, vom Parlament einen außerordentlichen Kredit von 6 Millionen Pfund Sterling zu fordern, mit denen ein Expeditionskorps ausgerüstet werden soll, das binnen kurzer Zeit auf den Balkan geschickt werden kann, um die Interessen des Imperiums gegen die unmäßigen Ansprüche Zar Alexanders zu verteidigen. Der Beschluß wurde angenommen gegen den Widerstand des Ministers für Auswärtige Angelegenheiten Lord Derby und des Staatssekretärs für die Kolonien Lord Carnarvon, die sich gegen eine direkte Konfrontation mit Rußland wandten. Beide Minister waren in der Minderheit und reichten Ihrer Majestät ein Rücktrittsgesuch ein. Die Reaktion der Königin steht noch aus.«

Für die Parade in allerhöchster Anwesenheit hatte Warja sich herausstaffiert, also würde sie vor dem Zaren nicht wegen ihres Aufzugs erröten müssen (auch wenn die Feldzugsbedingungen Abstriche erzwangen) – das ging ihr als erstes durch den Kopf. Blaßlila Hut mit Moiréschleife und Schleier, violettes Reisekleid mit besticktem Mieder und gemäßigter Schleppe, schwarze Schuhe mit Perlmuttknöpfen. Bescheiden, nicht extravagant, aber anständig – dank den Bukarester Läden.

»Wird man uns auszeichnen?« fragte sie unterwegs.

Fandorin hatte sich auch in Gala geworfen: Hose mit Bügelfalte, die Stiefel spiegelblank gewienert, im Knopfloch des gebügelten Gehrocks ein kleiner Orden. Unbestreitbar, der Titularrat sah gar nicht übel aus, nur war er gar zu jung.

»Wohl kaum.«

»Warum nicht?« fragte Warja verwundert.

»Zuviel der Ehre«, antwortete Fandorin nachdenklich. »Noch sind nicht alle G-generäle ausgezeichnet worden, wir kommen erst an sechzehnter Stelle.«

»Aber wenn nicht wir beide … Das heißt, ich will sagen, ohne Sie wäre Osman Pascha doch durchgebrochen! Können Sie sich vorstellen, was dann gewesen wäre?«

»K-kann ich. Aber nach dem Sieg wird an so was gewöhnlich nicht gedacht. Nein, hier riecht es nach Politik, glauben Sie meiner Erfahrung.«

Der »Feldpalast« hatte nur sechs Zimmer, darum mußte die Vortreppe als Empfangssalon herhalten. Hier standen bereits ein Dutzend Generäle und ranghohe

Offiziere, die darauf warteten, vor die allerhöchsten Augen treten zu dürfen. Sie alle sahen dümmlich-freudig aus – es roch nach Orden und Beförderungen. Warja wurde mit begreiflicher Neugier angestarrt. Sie blickte hochmütig über die Köpfe hinweg auf die niedrige Wintersonne. Mochten die alle sich den Kopf zerbrechen, wer die verschleierte junge Dame war und weshalb sie hier zur Audienz erschien.

Das Warten zog sich in die Länge, aber es war überhaupt nicht langweilig.

»Wer ist da so lange drin, General?« fragte sie hoheitsvoll einen großgewachsenen alten Herrn mit zottigem Schnurrbart.

»Sobolew«, sagte der General mit wichtiger Miene. »Schon eine halbe Stunde.« Er nahm Haltung an, berührte einen nagelneuen Orden am schwarz-orangenen Band auf seiner Brust. »Verzeihen Sie, gnädige Frau, ich habe mich nicht vorgestellt. Iwan Stepanowitsch Ganezki, Befehlshaber des Grenadierkorps.« Und verstummte abwartend.

»Warwara Andrejewna Suworowa.« Sie nickte ihm zu. »Freut mich sehr.«

Aber da mischte sich Fandorin gegen seine sonstige Gepflogenheit unhöflich ins Gespräch.

»Sagen Sie, General, war vor dem Sturmangriff der K-korrespondent der ›Daily Post‹ MacLaughlin bei Ihnen?«

Ganezki warf einen mißmutigen Blick auf den zivilen Milchbart, aber er kalkulierte wohl, daß dieser nicht umsonst zum Zaren gebeten wurde, und antwortete höflich: »Ja, war er. Seinetwegen ist ja alles gekommen.«

»Was denn?« fragte Fandorin mit begriffsstutziger Miene.

»Haben Sie es noch nicht gehört?« Der General erklärte es wohl zum wiederholten Mal. »Ich kenne MacLaughlin von Petersburg. Ein ernsthafter Mensch und Freund Rußlands, obwohl Untertan der Königin Victoria. Er sagte mir, daß jeden Moment Osman Paschas Leute bei mir erscheinen würden, um die Kapitulation zu überbringen, und da habe ich sofort Meldegänger nach vorn geschickt, damit Gott behüte nicht geschossen wird. Und ich alter Esel habe in aller Eile den Paraderock angelegt.« Der General lächelte verlegen, und Warja fand ihn schrecklich sympathisch. »Die Türken haben unsere Vorposten ohne einen Schuß gefangengenommen. Zum Glück haben meine Jungs, die Grenadiere, mich nicht im Stich gelassen, sie haben sich gehalten, bis Sobolew in Osman Paschas Rücken zugeschlagen hat.«

»Wo ist MacLaughlin abgeblieben?« fragte der Titularrat und sah Ganezki mit kalten blauen Augen durchdringend an.

»Ich habe ihn nicht mehr gesehen.« Der General zuckte die Achseln. »Ich hatte anderes im Kopf. Was da losging – Gott soll schützen. Die Baschi-Bosuks waren schon fast beim Stab, ich konnte mich gerade noch in Sicherheit bringen mit meinem Paraderock.«

Die Tür wurde aufgerissen, und auf der Vortreppe erschien Sobolew, sein Gesicht war gerötet, und die Augen hatten einen besonderen Glanz.

»Wozu darf ich gratulieren, Michail Dmitrijewitsch?« fragte ein General von kaukasischem Aussehen, er trug einen Tscherkessenrock mit vergoldeten Patronentaschen.

Alle hielten den Atem an, doch Sobolew hatte es nicht eilig mit der Antwort, er machte eine effektvolle Pause, blickte von einem zum anderen, zwinkerte Warja fröhlich zu.

Aber sie erfuhr nicht, womit der Imperator den Helden von Plewna beschenkt hatte, denn hinter dem Olympier zeigte sich die banale Physiognomie von Lawrenti Misinow. Der oberste Gendarm des Imperiums winkte Fandorin und Warja mit dem Finger zu sich. Das Herz pochte wie verrückt.

Als Warja an Sobolew vorbeiging, flüsterte er:

»Warwara Andrejewna, ich warte auf Sie.«

Von der Diele gelangten sie unmittelbar in das Adjutantenzimmer, wo an Schreibtischen der diensthabende General und zwei Offiziere saßen. Rechts lagen die Privaträume des Imperators, links war das Arbeitszimmer.

»Auf Fragen ist laut, deutlich und erschöpfend zu antworten«, instruierte Misinow sie im Gehen. »Ausführlich, aber ohne abzuschweifen.«

In dem schlichten Kabinett, das mit Möbeln aus karelischer Birke eingerichtet war, befanden sich zwei Männer: Der eine saß in einem Sessel, der andere stand mit dem Rücken zum Fenster. Warja warf natürlich den ersten Blick auf den Sitzenden, aber das war nicht Alexander, sondern ein mageres Männlein mit Goldrandbrille, einem klugen dünnlippigen Gesicht und eisigen Augen, die keinen Blick nach innen ließen – der Staatskanzler Fürst Kortschakow in eigener Person, und er sah genauso aus wie auf den Porträts, nur etwas subtiler. Eine in gewisser Hinsicht legendäre Persönlichkeit. Er war Außenminister gewesen, als Warja noch gar nicht auf der Welt war. Doch die Hauptsache – er hatte zusammen mit Puschkin das Lyzeum von Zarskoje Selo besucht. Über ihn stand geschrieben: »Der Mode Zögling, Freund der großen Welt, der Sitten glänzender Beobachter.« Jedoch mit seinen achtzig ließ »der Mode Zögling« eher an ein anderes Gedicht denken, das im Lehrplan der Gymnasien stand:

> Wer von euch muß auf seine alten Tage
> den Tag der Schule feiern ganz allein?
> Der Unglückliche! Unter jungen Leuten
> wird er dann lästig, überflüssig sein,
> gedenkt noch unser und der schönen Zeiten,
> hält vor die Augen zitternd seine Hand …

Die Hand des Kanzlers zitterte wirklich. Er holte ein Batisttüchlein aus der Tasche und schneuzte sich, was ihn jedoch nicht hinderte, aufs zudringlichste zuerst Warja zu mustern und dann Fandorin, auf dem er den Blick besonders lange verharren ließ.

Warja, die vom Anblick des Lyzeumsschülers von Zarskoje Selo ganz verzaubert war, hatte die wichtigste anwesende Person ganz vergessen. Verlegen wandte sie sich nach dem Fenster um, überlegte ein wenig und machte einen Knicks – wie im Gymnasium, wenn die Direktorin die Klasse betrat.

Der Imperator bekundete, anders als Kortschakow, mehr Interesse für sie als für Fandorin. Die berühmten Romanow-Augen – durchdringend, magnetisierend und vorstehend – blickten streng und fordernd. Sie dringen einem bis in die Seele, so nennt man das, dachte Warja und war ein wenig erbost. Sklavenpsychologie und Vorurteile. Er imitiert einfach den »Basiliskenblick«, auf den sein Papa so stolz war, im Grabe soll er sich umdrehen. Und sie musterte nun auch demonstrativ den Mann, nach dessen Willen das ganze Reich mit seinen achtzig Millionen Untertanen lebte.

Erste Beobachtung: ein Greis! Geschwollene Lider, Backenbart und aufgezwirbelter Schnauz stark angegraut, die Finger knotig, podagrisch. Stimmt ja auch – nächstes Jahr wird er sechzig. Fast so alt wie die Großmutter.

Zweite Beobachtung: nicht so gütig, wie die Zeitungen schreiben. Eher gleichgültig, müde. Er hat schon alles auf der Welt gesehen, wundert und freut sich über nichts mehr so richtig.

Dritte Beobachtung, die interessanteste: Trotz seines Alters und seiner kaiserlichen Würde ist er dem weiblichen Geschlecht gegenüber nicht gleichgültig. Warum sonst, Euer Majestät, lassen Sie den Blick über meine Brust und Taille streichen? Wahrscheinlich stimmt es, was über ihn und die halb so alte Fürstin Dolgorukowa geredet wird. Und Warja verlor nun endgültig die Scheu vor dem Befreierzaren.

»Euer Majestät, das ist der besagte Titularrat Fandorin. Und seine Assistentin, Fräulein Suworowa.« So stellte der Chef der Gendarmerie sie vor.

Der Zar sagte nicht »guten Tag«, nickte nicht einmal. In Ruhe beendete er die Besichtigung von Warjas Figur, dann wandte er den Kopf zu Fandorin und sagte halblaut mit Schauspielerstimme: »Ich weiß, Asasel. Sobolew hat ihn soeben auch erwähnt.«

Er setzte sich an den Schreibtisch und nickte Misinow zu.

»Fang an. Michail Alexandrowitsch und ich hören zu.«

Er könnte ja einer Dame einen Stuhl anbieten, auch wenn er Imperator ist, dachte Warja mißbilligend und ließ den Glauben an das monarchistische Prinzip endgültig und unwiederbringlich fahren.

»Wieviel Zeit habe ich?« fragte der General ehrerbietig. »Ich weiß, Majestät, wie sehr Sie heute beschäftigt sind. Und die Helden von Plewna warten.«

»Es ist soviel Zeit, wie gebraucht wird. Das ist ja nicht nur eine strategische, sondern auch eine diplomatische Frage«, dröhnte der Imperator und warf einen freundlichen Blick auf Kortschakow. »Michail Alexandrowitsch ist extra aus Bukarest gekommen, hat die alten Knochen in der Kutsche durchrütteln lassen.«

Der Fürst verzog den Mund zu einem Lächeln ohne das geringste Anzeichen von Heiterkeit, und Warja entsann sich, daß den Kanzler vor Jahresfrist eine persönliche Tragödie getroffen hatte – sein Sohn oder sein Enkel war gestorben.

»Seien Sie mir nicht gram, Lawrenti Arkadjewitsch«, sagte der Kanzler mit trauriger Stimme. »Ich hege Zweifel. Das ist gar zu abenteuerlich, selbst für Herrn Disraeli. Und die Helden können warten. Das Warten auf eine Auszeichnung ist der angenehmste Zeitvertreib. Also reden Sie, wir sind ganz Ohr.«

Misinow reckte schneidig die Schultern und wandte sich überraschend nicht an Fandorin, sondern an Warja: »Frau Suworowa, erzählen Sie ausführlich von Ihren beiden Begegnungen mit dem Korrespondenten der ›Daily Post‹, James MacLaughlin – während des dritten Sturmangriffs auf Plewna und vor dem Ausbruch Osman Paschas.«

Warum nicht – Warja erzählte.

Der Zar und der Kanzler verstanden zuzuhören, wie sich herausstellte. Kortschakow unterbrach sie nur zweimal.

Das erste Mal: »Was für ein Graf Surow? Etwa der Sohn von Alexander Platonowitsch?«

Das zweite Mal: »Also, MacLaughlin und Ganezki waren gut miteinander bekannt, wenn er ihn mit Vor- und Vatersnamen anredete?«

Der Imperator schlug gereizt mit der flachen Hand auf den Tisch, als Warja davon sprach, daß viele Journalisten sich in Plewna Informanten zugelegt hatten.

»Du hast mir noch nicht erklärt, Misinow, wie es kam, daß Osman seine ganze Armee zusammenziehen konnte, ohne daß deine Spione es meldeten.«

Der Chef der Gendarmerie machte aufgeregt Anstalten, sich zu rechtfertigen, aber Alexander winkte ab.

»Später. Sprich weiter, Suworowa.«

»Sprich weiter« – wie finde ich das? Selbst in der ersten Klasse bin ich mit »Sie« angeredet worden. Warja machte eine demonstrative Pause, brachte dann aber doch ihre Erzählung zu Ende.

»Ich glaube, das Bild ist jetzt klar«, sagte der Zar mit einem Blick auf Kortschakow. »Schuwalow soll eine Note vorbereiten.«

»Ich bin nicht sicher«, antwortete der Kanzler. »Hören wir die Schlußfolgerungen des ehrenwerten Lawrenti Arkadjewitsch.«

Warja bemühte sich vergeblich, zu verstehen, weshalb es zwischen dem Imperator und seinem obersten diplomatischen Berater eine Unstimmigkeit gab. Misinow schaffte Klarheit.

Er entnahm dem Ärmelaufschlag ein paar Papierblätter, räusperte sich und sprach wie ein Streber in der Schule:

»Wenn Sie gestatten, komme ich vom Besonderen zum Allgemeinen. Also. Vor allem muß ich mich schuldig bekennen. Während der ganzen Zeit, in der die Armee Plewna belagerte, agierte gegen uns ein listiger, grausamer Feind, den mein Dienst nicht rechtzeitig zu enttarnen vermochte. Durch die Ränke dieses sorgfältig konspirierenden Feindes haben wir viel Zeit und viele Menschen verloren, und am dreißigsten November wären wir beinahe um die Früchte unserer monatelangen Bemühungen gebracht worden.«

Bei diesen Worten bekreuzigte sich der Imperator.

»Gott hat Rußland gerettet.«

»Nach dem dritten Sturmangriff haben wir – genauer, ich, denn es waren meine Überlegungen – einen ernsten Fehler begangen. Wir haben Oberstleutnant Kasansaki für den wichtigsten Agenten der Türken gehalten und damit dem wahren Schuldigen volle Handlungsfreiheit eingeräumt. Heute steht außer Zweifel, daß uns von Anfang an der britische Untertan MacLaughlin geschadet hat. Er ist unstrittig ein Spitzenagent, ein außergewöhnlicher Schauspieler, der sich lange und gründlich auf seine Mission vorbereitet hat.«

»Wie ist dieses Subjekt überhaupt zur kämpfenden Armee gekommen?« fragte der Zar unzufrieden. »Habt ihr den Korrespondenten ohne jede Überprüfung Visa erteilt?«

»Eine Überprüfung hat es selbstverständlich gegeben, eine sehr gründliche sogar.« Der Chef der Gendarmerie breitete die Arme aus. »Von jedem ausländischen Journalisten haben wir bei den Redaktionen eine Publikationsliste angefordert, außerdem haben wir bei unseren Botschaften Erkundigungen eingeholt. Jeder dieser Zeitungsleute ist ein bekannter Mann, hat einen Namen, ist nicht durch Feindschaft gegen Rußland aufgefallen. Das trifft ganz besonders auf MacLaughlin zu. Ein sehr gründlicher Herr. Er hat schon während des Feldzugs in Mittelasien mit vielen russischen Generälen und Offizieren freundschaftliche Beziehungen geknüpft. Seine Reportagen über die türkischen Greuel in Bulgarien im vorigen Jahr haben ihm die Reputation eines Freundes der Slawen und eines aufrichtigen Anhängers Rußlands eingetragen. Doch in der ganzen Zeit hat er sicherlich nach geheimen Instruktionen seiner Regierung gehandelt, die bekanntlich unserer Orientpolitik mit offener Feindseligkeit begegnet.

Anfangs hat sich MacLaughlin auf reine Spionagetätigkeit beschränkt. Er hat natürlich Informationen über unsere Armee nach Plewna übermittelt und dazu die Bewegungsfreiheit genutzt, die wir den ausländischen Journalisten voreilig einräumten. Ja, viele von ihnen besaßen, von uns nicht kontrolliert, Kontakte in der belagerten Stadt, und das hat bei unserer Spionageabwehr keinerlei Verdacht erregt. Für die Zukunft werden wir entsprechende Schlußfolgerungen ziehen. Ich nehme die Schuld auf mich ... MacLaughlin hat sich, solange es ging, fremder Hände bedient. Euer Majestät werden sich an den Vorfall mit dem rumänischen Oberst Lucan erinnern, in dessen Notizbuch ein geheimnisvolles J vorkam. Ich hatte voreilig angenommen, es ginge um den Gendarmen Kasansaki. Nein, ich hatte mich geirrt. Das J stand für ›Journalist‹, also den Briten.

Aber als während des dritten Sturmangriffs das Schicksal Plewnas und des ganzen Krieges am seidenen Faden hing, verlegte sich MacLaughlin auf direkte Diversion. Ich bin überzeugt, daß er nicht auf eigenes Risiko handelte, sondern Instruktionen von seinen Vorgesetzten hatte. Ich bedaure, daß ich nicht von Anfang an die geheime Überwachung des britischen diplomatischen Agenten Oberst Wellesley veranlaßt habe. Ich habe Majestät bereits die antirussischen Manöver dieses Herrn gemeldet, dem die türkischen Interessen eindeutig näher stehen als die unseren.

Jetzt rekonstruiere ich die Ereignisse des dreißigsten August. General Sobolew durchbrach, auf eigene Initiative handelnd, die türkische Verteidigung und gelangte an den südlichen Stadtrand von Plewna. Verständlich – denn der von seinem Agenten über unseren Angriffsplan informierte Osman hatte alle Kräfte im Zentrum zusammengezogen. Sobolews Stoß traf ihn unerwartet. Aber unsere Führung erfuhr nicht rechtzeitig von dem Erfolg, und Sobolew hatte nicht genug Kräfte, um weiter vorzustoßen. MacLaughlin und die übrigen Journalisten und ausländischen Beobachter, unter denen, nebenbei bemerkt, auch Oberst Wellesley war, befanden sich zufällig am Schaltpunkt unserer Front – zwischen dem Zentrum und der linken Flanke. Um sechs durchbrach Graf Surow, Sobolews Adjutant, die türkischen Sperren. Während er an den Journalisten vorüberritt, die er gut kannte, informierte er sie über den Vorstoß seiner Abteilung. Wie ging es weiter?

Die Korrespondenten stürmten alle nach hinten, um schleunigst telegraphisch weiterzumelden, daß die russische Armee vor dem Sieg stehe. Alle, nur MacLaughlin nicht. Frau Suworowa traf ihn eine halbe Stunde später – er kam allein, schlammbespritzt, aus einem Gestrüpp. Zweifellos hatte der Journalist die Zeit und die Möglichkeit gehabt, den Kurier einzuholen und umzubringen, dazu auch noch den Oberstleutnant Kasansaki, der sich zu seinem Unglück an Surows Fersen geheftet hatte. Beide kannten MacLaughlin gut und konnten keine Treubrüchigkeit von ihm erwarten. Nun, und den Selbstmord des Oberstleutnants zu inszenieren war nicht schwer – den Leichnam ins Gebüsch zerren, mit dem Revolver des Gendarmen zweimal in die Luft schießen, und fertig. Auf diesen Angelhaken habe ich ja auch angebissen.«

Misinow senkte betrübt den Blick, doch er wartete den nächsten Vorwurf des Zaren nicht ab und spann seinen Faden weiter:

»Was nun den jüngsten Durchbruch betrifft, so handelte MacLaughlin hier nach Absprache mit der türkischen Führung. Man kann sagen, er war die Trumpfkarte Osmans. Ihr Kalkül war einfach und richtig: Ganezki ist ein verdienter General, aber, ich bitte meine Geradlinigkeit zu verzeihen, das Pulver hat er nicht erfunden. Wir wissen, daß er gar nicht auf die Idee kam, die Information des Journalisten anzuzweifeln. Wir müssen General Sobolew danken für seine Entschlossenheit ...«

»Herrn Fandorin ist zu danken!« rief Warja, die für Fandorin tödlich beleidigt war. Der stand da und sagte nichts. Hatten sie ihn nur als Dekoration geholt? »Es war doch Fandorin, der zu Sobolew geritten ist und ihn überzeugt hat anzugreifen!«

Der Imperator starrte verblüfft die freche Person an, die da gegen die Etikette verstieß, und der greise Kortschakow schüttelte vorwurfsvoll den Kopf. Selbst Fandorin schien indigniert, er trat von einem Fuß auf den anderen. Warja hatte sie alle vor den Kopf gestoßen.

»Sprich weiter, Misinow.« Der Imperator nickte ihm zu.

»Mit Erlaubnis Eurer Majestät.« Der Kanzler hob den runzligen Finger. »Wenn MacLaughlin eine so verantwortungsvolle Diversion vorhatte, warum sollte er diese Jungfer einweihen?« Der Finger knickte zu Warja hin ab.

»Aber das liegt doch auf der Hand!« Misinow rieb sich die schweißfeuchte Stirn. »Er ging davon aus, daß Frau Suworowa die umwerfende Neuigkeit im ganzen Lager herumtratschen würde. Der Stab würde davon erfahren. Jubel, Wirrwarr. Die folgende Kanonade würde für Salutschießen gehalten werden. Es war sogar möglich, daß einer ersten Meldung des angegriffenen Ganezki nicht geglaubt und daß sie erst mal überprüft wurde. Ein kleines Detail, Improvisation eines gewieften Intriganten.«

»Das mag sein«, sagte der Fürst.

»Aber wo ist dieser MacLaughlin geblieben?« fragte der Zar. »Den müßte man verhören und eine Gegenüberstellung mit Wellesley veranlassen. Oh, der Oberst würde sich nicht herauswinden können!«

Kortschakow seufzte träumerisch.

»Ja, eine solche Kompromittierung würde es uns erlauben, die ganze britische Diplomatie zu neutralisieren.«

»MacLaughlin ist weder unter den Gefangenen noch unter den Gefallenen gefunden worden.« Misinow seufzte ebenfalls, doch in anderer Tonlage. »Er ist entkommen. Ich weiß nicht, auf welche Weise. Er ist schlau, der Halunke. Unter den Gefangenen ist auch nicht der Berater Osman Paschas, der berüchtigte Ali Bei, der unseren ersten Sturmangriff scheitern ließ und in dem wir das alter ego von Anwar Effendi vermuten. Über letzteren habe ich Euer Majestät einen schriftlichen Bericht zugestellt.«

Der Zar nickte.

»Was sagen Sie dazu, Michail Alexandrowitsch?«

Der Kanzler kniff ein Auge ein.

»Ich sage, daß es zu einer interessanten Kombination kommen kann, Euer Majestät. Wenn das alles stimmt, sind die Engländer diesmal zu weit gegangen. Wenn wir geschickt vorgehen, können wir vielleicht noch unsern Vorteil daraus ziehen.«

»Na los, na los, was haben Sie sich da ausgedacht?« fragte Zar Alexander neugierig.

»Majestät, mit der Einnahme von Plewna ist der Krieg in seine entscheidende Phase getreten. Der endgültige Sieg über die Türken ist eine Sache weniger Wochen. Ich betone: über die Türken. Es darf nicht so weit kommen wie dreiundfünfzig – da haben wir mit einem Krieg gegen die Türken angefangen und wurden in einen Konflikt mit ganz Europa verwickelt. Unsere Finanzen halten eine solche Konstellation nicht aus. Sie wissen selbst, was uns dieser Feldzug gekostet hat.«

Der Zar verzog das Gesicht wie von Zahnschmerz, und Misinow schüttelte betrübt den Kopf.

»Mich hat das entschlossene und brutale Vorgehen dieses MacLaughlin sehr beunruhigt«, fuhr Kortschakow fort. »Es deutet darauf hin, daß die Briten in ihrem Bestreben, uns nicht an die Meerengen heranzulassen, zu jeder, auch der extremsten, Maßnahme bereit sind. Wir dürfen nicht vergessen, daß ihr Kriegsgeschwader im Bosporus steht. Zugleich zielt das liebe Österreich, das schon einmal Ihrem Herrn Vater das Messer in den Rücken gestoßen hat, auf unser Hinterland. Um die Wahrheit zu sagen, während Sie hier mit Osman Pascha Krieg führten, habe ich immer mehr über einen anderen Krieg nachgedacht, einen diplomatischen. Wir vergießen hier Blut, verpulvern ungeheure Mittel und Ressourcen und stehen am Ende womöglich mit leeren Händen da. Das verdammte Plewna hat wertvolle Zeit gekostet und die Reputation unserer Armee beschädigt. Euer Majestät wollen gütigst einem alten Mann verzeihen, daß er an solch einem Tag wie ein Rabe krächzt.«

»Schon gut, Michail Alexandrowitsch«, sagte der Imperator seufzend, »wir sind nicht auf einer Parade. Als ob ich das nicht verstehe.«

»Vor Misinows Erläuterungen war ich sehr pessimistisch gestimmt. Hätten Sie mich vor einer Stunde gefragt: ›Sag, alter Fuchs, worauf können wir rechnen nach dem Sieg?‹, so hätte ich ehrlich geantwortet: ›Die Autonomie Bulgariens und ein Stückchen vom Kaukasus – das ist das Maximum an Ausbeute, ein kümmerlicher Gegenwert für Zehntausende Gefallene und verausgabte Millionen.‹«

»Und jetzt?« Alexander beugte sich vor.

Der Kanzler blickte ausdrucksvoll zu Warja und Fandorin.

Misinow verstand den Blick und sagte: »Majestät, ich verstehe, worauf Michail Alexandrowitsch hinaus will. Ich bin zu der gleichen Schlußfolgerung gekommen, und ich habe den Titularrat Fandorin nicht zufällig mitgebracht. Frau Suworowa können wir wohl jetzt verabschieden.«

Warja erglühte. Also vertraute man ihr hier nicht. Was für eine Demütigung, vor die Tür gesetzt zu werden, noch dazu im interessantesten Moment!

»Ich bitte um V-vergebung für meine Dreistigkeit.« Fandorin hatte zum erstenmal während der Audienz den Mund aufgetan. »Aber das wäre unvernünftig.«

»Was denn?« Der Imperator zog die rötlichen Brauen zusammen.

»Man sollte einem Mitarbeiter nicht nur halb vertrauen, Euer M-majestät. Das bringt unnötige Kränkungen mit sich und schadet der Sache. Warwara Andrejewna weiß so viel, daß sie den R-rest mühelos erraten kann.«

»Du hast recht«, räumte der Zar ein. »Reden Sie, Fürst.«

»Wir müssen diese Geschichte benutzen, um Britannien vor der ganzen Welt zu blamieren. Diversion, Mordtaten, Komplott mit einer der kriegführenden Seiten unter Verletzung der Neutralität – das ist unerhört. Ehrlich gesagt, ich wundere mich über die Unvorsichtigkeit des Grafen Beaconsfield. Wenn wir nun MacLaughlins habhaft geworden wären, und er hätte ausgesagt? Ein Skandal! Ein Alptraum! Für England, versteht sich. Es hätte sein Geschwader abziehen, sich vor ganz Europa rechtfertigen und noch lange seine Wunden lecken müssen. In jedem Fall wäre das Kabinett von Saint James genötigt gewesen, im Orientkonflikt zu passen. Und ohne London würden unsere österreichisch-ungarischen Freunde sofort friedlich werden. Dann könnten wir die Früchte unseres Sieges in vollem Maße genießen und ...«

»Träumereien!« unterbrach Alexander den Alten ziemlich heftig. »Wir haben MacLaughlin nicht. Also, was tun?«

»Ihn herschaffen«, antwortete Kortschakow ungerührt.

»Aber wie?«

»Weiß ich nicht, Euer Majestät, ich bin nicht der Chef der Dritten Abteilung.« Der Kanzler verstummte und faltete seelenruhig die Händchen über dem mageren Bauch.

»Wir sind von der Schuld der Engländer überzeugt, wir haben auch indirekte Beweise, aber keine direkten«, nahm Misinow die Stafette auf. »Also müssen wir welche beschaffen … oder konstruieren. Hm …«

»Werde deutlicher«, drängte der Zar. »Und rede nicht drumherum, Misinow, komm auf den Punkt. Wir machen hier kein Pfänderspiel.«

»Zu Befehl, Majestät. MacLaughlin ist jetzt entweder in Konstantinopel oder, wahrscheinlicher, unterwegs nach England, seine Mission ist ja beendet. In Konstantinopel haben wir ein Netz von Geheimagenten, und den Halunken zu entführen dürfte nicht allzu schwer sein. In England wäre das schwieriger, aber mit kluger Organisation …«

»Ich wünsche das nicht zu hören!« schrie Alexander. »Was redest du da für Scheußlichkeiten!«

»Majestät haben befohlen, nicht drumherum zu reden.« Der General breitete die Arme aus.

»MacLaughlin im Sack herbeizuschaffen wäre natürlich nicht übel«, sagte der Kanzler nachdenklich, »aber es ist zu aufwendig und unsicher. Da kann man selber in einen Skandal hineintappen. In Konstantinopel von mir aus, doch in London, da würde ich abraten.«

»Gut.« Misinow ruckte heftig mit dem Kopf. »Wenn wir MacLaughlin in London aufspüren, rühren wir ihn nicht an. Aber wir können das verwerfliche Verhalten eines britischen Korrespondenten in die dortige Presse bringen und einen Skandal auslösen. Den Engländern werden die Gaunerstreiche MacLaughlins nicht gefallen, denn sie passen überhaupt nicht zum fair play.«

Kortschakow stimmte zu: »Das ist vernünftig. Um Beaconsfield und Derby die Hände zu binden, genügt ein guter Presseskandal.«

Während dieser ganzen Erörterung war Warja unauffällig, in Viertelschrittchen, näher an Fandorin herangetreten und stand nun unmittelbar neben ihm.

»Wer ist Derby?« fragte sie flüsternd.

»Der Außenminister«, murmelte Fandorin, fast ohne die Lippen zu bewegen.

Misinow drehte sich nach den Flüsternden um und zog drohend die Brauen zusammen.

»Ihr MacLaughlin ist offenbar mit allen Wassern gewaschen, er kennt keine Vorurteile und Sentiments«, setzte der Kanzler seine Betrachtungen fort. »Wenn man ihn in London aufspürt, kann man vor dem Skandal ein vertrauliches Gespräch mit ihm führen. Ihm Beweisstücke zeigen, mit Veröffentlichung drohen. Denn wenn es zum Skandal kommt, ist er erledigt. Ich kenne die britischen Gepflogenheiten – in der Gesellschaft gibt ihm keiner mehr die Hand, auch wenn er von Kopf bis Fuß mit Orden behängt ist. Immerhin zwei Morde, das ist keine Kleinigkeit. Da könnte ein Kriminalprozeß drohen. Er ist ein kluger Mann. Wenn man ihm dann noch gutes Geld anbietet, vielleicht auch ein Gut im Wolga-Gebiet ... Er kann wichtige Informationen liefern, die Schuwalow benutzt, um Druck auf Lord Derby auszuüben. Sowie er mit Entlarvung droht, wird das britische Kabinett sofort weich wie Butter. Was meinen Sie, General, wird MacLaughlin auf die Kombination von Drohung und Bestechung eingehen?«

»Es bleibt ihm nichts anderes übrig«, versprach der General überzeugt. »Ich habe diese Variante ebenfalls erwogen. Darum habe ich ja Herrn Fandorin mitgebracht. Ohne allerhöchste Billigung einen Mann für eine so heikle Operation zu bestimmen, das habe ich nicht gewagt. Da steht schon sehr viel auf dem Spiel. Fandorin ist findig, energisch, hat eine originelle Denkstruktur und, vor allem, er war schon mehrmals mit geheimen, höchst komplizierten Aufträgen in London und ist glänzend damit zurechtgekommen. Er beherrscht die Sprache. Kennt MacLaughlin persönlich. Wenn nötig, entführt er ihn. Wenn das nicht sein muß, kommt er mit ihm überein. Gelingt das nicht, so hilft er Schuwalow, einen tüchtigen Skandal zu organisieren. Er kann gegen MacLaughlin aussagen und selbst als Augenzeuge auftreten. Er besitzt eine außergewöhnliche Überzeugungskraft.«

»Wer ist Schuwalow?« wisperte Warja.

»Unser Botschafter«, antwortete der Titularrat zerstreut, der in Gedanken ganz woanders war und dem General wohl nicht sehr aufmerksam zugehört hatte.

»Na, Fandorin, schaffst du das?« fragte der Imperator. »Fährst du nach London?«

»Natürlich, Euer M-majestät«, sagte Fandorin. »Warum sollte ich nicht?«

Der Monarch sah ihn prüfend an, spürte wohl etwas Unausgesprochenes, doch Fandorin fügte nichts mehr hinzu.

»Also, Misinow, du handelst in zwei Richtungen«, resümierte Alexander. »Du suchst in Konstantinopel und in London. Aber verlier keine Zeit, wir haben nicht mehr viel davon.«

Als sie in das Adjutantenzimmer zurückgingen, fragte Warja den General: »Und wenn MacLaughlin gar nicht gefunden wird?«

»Meine Liebe, glauben Sie meinem Gespür.« Der General holte tief Luft. »Mit diesem Gentleman werden wir uns ganz sicher noch treffen.«

ZWÖLFTES KAPITEL,
in welchem die Ereignisse eine unerwartete Wendung nehmen

»Petersburger Nachrichten«
vom 8. (20.) Januar 1878
DIE TÜRKEN BITTEN UM FRIEDEN!
»Nach der Kapitulation von Wessel Pascha, der Einnahme von Philippopel und der Übergabe des alten Adrianopel, das gestern den Kosaken des Weißen Generals die Tore öffnete, ist der Krieg endgültig entschieden, und heute früh traf der Zug mit den türkischen Parlamentären bei unseren ruhmreichen Truppen ein. Der Zug wurde in Adrianopel gestoppt, und die Paschas wurden in den Stab des Oberbefehlshabers gebracht, der in dem Ort Hermanli Quartier genommen hat. Als der Führer der türkischen Delegation, der 76jährige Namik Pascha, über die voraussichtlichen Friedensbedingungen unterrichtet wurde, rief er verzweifelt aus:

›Votre armée est victorieuse, votre ambition es satisfaite et la Turkie est détruite!‹*

Nun, fügen wir hinzu, schadet der Türkei gar nichts.«

Sie hatten sich nicht mal richtig verabschiedet. Auf der Vortreppe des »Feldpalastes« fing Sobolew Warja ab, verzauberte sie mit der Aura von Ruhm und Erfolg und entführte sie in seinen Stab zur Siegesfeier. Sie konnte Fandorin grade noch zunicken, und am nächsten Morgen war er nicht mehr im Lager. Der Bursche Trifon sagte: »Sind abgereist. Kommen Sie in einem Monat wieder.«

Aber der Monat ging ins Land, und der Titularrat war noch nicht wieder da. Es war wohl nicht so ganz einfach, MacLaughlin in England aufzuspüren.

Nicht daß Warja sich langweilte – im Gegenteil. Nachdem sie das Plewnaer Lager verlassen hatten, wurde das Leben spannend. Jeden Tag neue Städte, phantastische Berglandschaften, und fast täglich gab es Siegesfeiern. Der Stab des Oberbefehlshabers zog zunächst nach Kasanlik jenseits des Balkangebirges, dann noch weiter südlich nach Hermanli. Hier war kein Winter mehr. Die Bäume prangten im Grün, Schnee war nur noch auf den fernen Berggipfeln zu sehen.

Ohne Fandorin hatte Warja nichts zu tun. Sie gehörte nach wie vor zum Stab, bezog ein Gehalt für Dezember und Januar plus Reisespesen plus Weihnachtsgratifika-

* (franz.) Ihre Armee hat gesiegt, Ihr Ehrgeiz ist befriedigt, und die Türkei ist zerstört.

tion. Das Geld sammelte sich an, und sie konnte es nicht ausgeben. Einmal wollte sie in Sofia eine bezaubernde kupferne Öllampe kaufen (fast wie die Lampe des Aladin), aber daraus wurde nichts. D'Hévrais und Gridnew hätten sich fast darum geschlagen, wer Warja das Spielzeug überreichen durfte. Sie mußte verzichten.

Ja, Gridnew. Der achtzehnjährige Fähnrich war Warja von Sobolew zugeteilt worden. Der Weiße General war Tag und Nacht mit kriegerischen Dingen beschäftigt, doch darüber vergaß er Warja nicht. Wenn er sich mal losreißen und in den Stab kommen konnte, schaute er unbedingt bei ihr vorbei, er schickte ihr gigantische Blumensträuße, lud sie zu Festgelagen ein (Neujahr wurde zweimal begangen, nach westlichem und nach russischem Kalender). Aber das war dem hartnäckigen Sobolew nicht genug. Er kommandierte eine seiner Ordonnanzen zu ihrer Verfügung ab – »zur Hilfe auf Reisen und zum Schutz«. Der Fähnrich schmollte zunächst und betrachtete seinen berockten Vorgesetzten mit den Blikken eines Jungwolfs, wurde aber ziemlich schnell zahm und hegte wohl sogar romantische Gefühle. Das war komisch, doch auch schmeichelhaft. Gridnew war häßlich (einen Schönen würde der Stratege Sobolew ihr nicht zugewiesen haben), aber nett und hitzköpfig wie ein junger Hund. Neben ihm fühlte sich die zweiundzwanzigjährige Warja als erwachsene und erfahrene Frau.

Ihre Stellung war ziemlich sonderbar. Im Stab galt sie offenbar als Sobolews Geliebte. Und da alle von dem

Weißen General begeistert waren und ihm alles verziehen, verurteilte sie niemand. Im Gegenteil, auf sie fiel ein Abglanz von Sobolews Ruhm. Viele der Offiziere würden sich sogar entrüstet haben, hätten sie gewußt, daß sie es wagte, den ruhmreichen Achilles abzuweisen und einem jämmerlichen Chiffrierer die Treue zu halten.

Mit Petja lief es, um ehrlich zu sein, nicht besonders gut. Nein, eifersüchtig war er nicht, er machte ihr auch keine Szenen. Aber seit seinem Selbstmordversuch war es mit ihm schwierig geworden. Erstens bekam sie ihn fast nie zu sehen – er »tilgte seine Schuld« durch Arbeit, da es in der Chiffrierabteilung unmöglich war, sie mit Blut zu tilgen. Er arbeitete zwei Schichten hintereinander, schlief an Ort und Stelle auf einem Klappbett, ging nicht in den Presseklub, nahm nicht an den kleinen Gelagen teil. Weihnachten mußte sie ohne ihn feiern. Wenn er sie sah, leuchtete sein Gesicht in stiller, zärtlicher Freude. Er sprach mit ihr wie mit der Ikone der Gottesmutter von Wladimir: Sie sei so licht, sie sei seine einzige Hoffnung, und ohne sie sei er gänzlich verloren.

Er tat ihr unsagbar leid. Zugleich aber stellte sie sich immer öfter die unangenehme Frage: Kann man einen Mann aus Mitleid heiraten? Wohl nicht. Aber noch unvorstellbarer war es, ihm zu sagen: »Weißt du, Petja, ich hab's mir anders überlegt und werde nicht deine Frau.« Das wäre so gewesen, als gäbe man einem angeschossenen Tier den Gnadenschuß. Eine rundherum verfahrene Geschichte.

In dem von Ort zu Ort ziehenden Presseklub traf sich noch immer eine zahlreiche Gesellschaft, aber es ging nicht mehr so hoch her wie in den unvergeßlichen Zeiten mit Surow. Die Kartenspiele liefen mit gemäßigten Einsätzen. Die Schachpartien hatten mit dem Verschwinden MacLaughlins aufgehört. Die Journalisten erwähnten den Iren nicht mehr, jedenfalls nicht in Gegenwart der Russen, aber die beiden übrigen britischen Korrespondenten wurden demonstrativ boykottiert und besuchten den Klub nicht mehr.

Es gab natürlich weiterhin Zechgelage und Skandale. Zweimal kam es beinahe zum Blutvergießen, und beide Male ausgerechnet wegen Warja.

Das erstemal, noch in Kasanlik, machte ein zugereister kleiner Adjutant, der über Warjas Status nicht Bescheid wußte, einen unpassenden Scherz, indem er sie »Herzogin Marlborough« nannte – eine deutliche Anspielung auf den »Herzog Marlborough« Sobolew. D'Hévrais verlangte von dem Frechling eine Entschuldigung, der war betrunken und sträubte sich, und sie gingen hinaus, um sich zu schießen. Warja war nicht im Zelt, sonst würde sie diesen albernen Konflikt natürlich unterbunden haben. Aber es ging glimpflich ab: Der Adjutant schoß fehl, und d'Hévrais' Gegenschuß riß ihm die Mütze vom Kopf, worauf der Beleidiger nüchtern wurde und sein Unrecht eingestand.

Das zweitemal war es der Franzose, der gefordert wurde, wieder wegen eines Scherzes, den Warja diesmal recht komisch fand. Sie wurde inzwischen ständig von dem jungen Gridnew begleitet. D'Hévrais bemerkte laut, »Mademoiselle Barbara« gleiche jetzt der Zarin Anna Ioannowna mit dem kleinen Mohren, worauf der Fähnrich, den der finstere Ruf des Korrespondenten nicht ängstigte, sofortige Satisfaktion verlangte. Da Warja zugegen war, kam es nicht zur Schießerei. Sie befahl Gridnew, den Mund zu halten, und d'Hévrais, seine Worte zurückzunehmen. Der Korrespondent bereute sogleich, gab zu, daß der Vergleich unangebracht sei und daß Monsieur le sous-lieutenant eher Herkules gleiche, nachdem der die cerynitische Hirschkuh gefangen hatte. Damit versöhnte man sich.

Warja gewann manchmal den Eindruck, daß d'Hévrais ihr eindeutige Blicke zuwarf, aber äußerlich benahm sich der Franzose wie ein echter Bayard. Wie die anderen Journalisten war er häufig ein paar Tage an der vordersten Linie, und sie sahen sich jetzt seltener als bei Plewna. Aber einmal kam es zwischen ihnen zu einem Gespräch unter vier Augen, das Warja später Wort für Wort im Gedächtnis rekonstruierte und in ihr Tagebuch schrieb (nach Fandorins Abreise hatte es sie gedrängt, Tagebuch zu führen, wahrscheinlich weil sie nichts zu tun hatte).

Sie saßen in einer Gebirgsschenke, wärmten sich am Feuer, tranken Glühwein, und der Journalist fühlte sich etwas mitgenommen von der Kälte.

»Ach, Mademoiselle Barbara, wenn ich nicht ich wäre«, sagte d'Hévrais mit bitterem Auflachen, ohne zu wissen, daß er fast wörtlich den von Warja vergötterten

Pierre Besuchow aus »Krieg und Frieden« zitierte, »wenn ich in einer anderen Situation wäre, einen anderen Charakter hätte, ein anderes Schicksal ...« Er blickte Warja so an, daß ihr Herz in der Brust zu hüpfen begann wie über ein Springseil. »Ich würde unbedingt in Rivalität zu dem glänzenden Sobolew treten. Wie ist es, hätte ich gegen ihn wenigstens eine Chance?«

»Natürlich, hätten Sie«, antwortete Warja ehrlich und stutzte – das klang ja wie eine Einladung zum Flirt. »Ich will sagen, daß Sie, Charles, nicht weniger und nicht mehr Chancen hätten als Sobolew. Das heißt, keine. Fast keine.«

Das »fast« hatte sie doch hinzugefügt. O verhaßte, unausrottbare Weiblichkeit!

Da d'Hévrais empfindsam wirkte wie noch nie, stellte Warja ihm eine Frage, die sie schon lange interessierte: »Charles, haben Sie eigentlich Familie?«

Der Journalist schmunzelte. »In Wirklichkeit wollen Sie wissen, ob ich verheiratet bin.«

Warja war verlegen. »Na, nicht nur. Eltern, Geschwister.«

Warum eigentlich heucheln, wies sie sich zurecht, das ist eine ganz normale Frage. Und fügte entschlossen hinzu: »Ob Sie verheiratet sind, möchte ich natürlich auch wissen. Sobolew macht kein Hehl daraus, daß er es ist.«

»Nein, Mademoiselle Barbara. Ich habe keine Frau und keine Braut. Auch noch nie gehabt. Das ist eine andere Lebensweise. Ein paar Affären hatte ich natürlich

– das sage ich Ihnen ohne Scheu, denn Sie sind eine moderne Frau ohne Prüderie.« (Warja lächelte geschmeichelt.) »Aber eine Familie … Nur noch meinen Vater, den ich sehr liebe und nach dem ich mich sehr sehne. Er ist jetzt in Frankreich. Irgendwann erzähle ich Ihnen von ihm. Nach dem Krieg, gut? Das ist eine lange Geschichte.«

Sie war ihm also nicht gleichgültig, aber mit Sobolew zu rivalisieren wünschte er nicht. Wohl aus Stolz.

Aber dieser Umstand hinderte den Franzosen nicht, freundschaftliche Beziehungen zu Sobolew zu unterhalten. Wenn er davonritt, dann zur Abteilung des Weißen Generals, denn der befand sich ständig bei der Avantgarde der angreifenden Armee, und da war für Zeitungsleute was zu holen.

Am Mittag des 8. Januar schickte Sobolew eine erbeutete Kutsche mit einer Kosakeneskorte, um Warja in das soeben eingenommene Adrianopel einzuladen. Auf dem weichen Ledersitz lag ein Armvoll Treibhausrosen. Mitja Gridnew ordnete diese Vegetation zu einem Strauß, zerriß sich an den Dornen seine neuen Handschuhe und war sehr verdrossen. Warja tröstete ihn während der Fahrt und versprach ihm aus Übermut die ihrigen (der Fähnrich hatte kleine Hände wie ein Mädchen). Mitja runzelte die weißlichen Brauen, schniefte beleidigt und schmollte eine halbe Stunde lang, wobei er mit den langen dichten Wimpern klapperte. Diese Wimpern sind wohl das einzige, womit der schwächliche Junge Glück gehabt hat, dachte Warja. Sie sind wie die von Fandorin, nur hell. So wanderten ihre Gedanken ganz natürlich zu dem Mann, der sich irgendwo herumtrieb. Wenn er doch bald zurückkäme! Mit ihm war es ... Ruhiger? Interessanter? Das ließ sich nicht so genau sagen, aber besser war es bestimmt.

Als sie ankamen, dämmerte es bereits. Die Stadt war still geworden, in den Straßen zeigte sich keine Menschenseele, nur die Hufe der berittenen Patrouillen klakkerten über das Pflaster, und auf der Chaussee wurde polternd Artillerie herangeführt.

Der Stab war provisorisch im Bahnhofsgebäude untergebracht. Schon von weitem hörte Warja bravouröse Musik – ein Blasorchester spielte »Ruhm dir«. Sämtliche Fenster des neuen, im europäischen Stil erbauten Gebäudes waren erleuchtet, auf dem Bahnhofsvorplatz brannten Lagerfeuer, die Schornsteine der Feldküchen qualmten. Am meisten beeindruckte Warja, daß am Bahnsteig ein ganz gewöhnlicher Personenzug hielt. Die Lokomotive stieß schnaufend Dampf aus, als gäbe es keinen Krieg.

Im Wartesaal wurde natürlich gefeiert. Rund um eine aus verschiedenen Tischen zusammengeschobene Tafel mit einfachen Speisen, aber vielen Flaschen tafelten die Offiziere. Als Warja und Gridnew hereinkamen, schmetterten eben alle mit erhobenen Gläsern ein »Hurra«, dem Tisch zugewandt, an dem der Kommandeur saß. Der berühmte weiße Uniformrock des Generals kontrastierte mit den schwarzen Monturen der Armee und den grauen der Kosaken. Neben Sobolew saßen am Ehrentisch die ranghöchsten Heerführer (Warja kannte lediglich Perepjolkin) und d'Hévrais. Alle hatten fröhliche, gerötete Gesichter, also wurde schon eine Weile gefeiert.

»Warwara Andrejewna!« rief Achilles aufspringend. »Ich bin glücklich, daß Sie es möglich gemacht haben! Ein ›Hurra‹, meine Herren, auf die einzige Dame!«

Alle standen auf und brüllten so ohrenbetäubend, daß Warja erschrak. Noch nie war sie so lautstark begrüßt worden. Hätte sie die Einladung lieber nicht annehmen sollen? Baronesse Wrejskaja, die Chefin des Feldlazaretts, hatte ihre Schäfchen gewarnt: »Mesdames, halten Sie sich von den Männern fern, wenn die erhitzt sind vom Kampf oder, schlimmer, vom Sieg. In ihnen erwacht dann atavistische Wildheit, jeder Mann, sei er selbst Absolvent des Pagenkorps, verwandelt sich zeitweilig in einen Barbaren. Am besten, die Männer bleiben unter sich. Wenn sie etwas abgekühlt sind, nehmen sie wieder zivilisierte Züge an und werden kontrollierbar.«

Aber außer übertriebener Galanterie und ungewöhnlich lauten Stimmen nahm Warja bei ihren Tischnachbarn nichts besonders Wildes wahr. Man hatte ihr den ehrenvollsten Platz zugewiesen, rechts von Sobolew. Auf der anderen Seite saß d'Hévrais.

Nachdem sie Champagner getrunken und sich etwas beruhigt hatte, fragte sie: »Michel, sagen Sie, was ist das da für ein Zug? Ich weiß schon gar nicht mehr, wann ich das letztemal eine Lokomotive auf den Gleisen stehen sah und nicht unterhalb der Böschung liegen.«

»Sie wissen es also noch nicht!« rief ein junger Oberst, der außen am Tisch saß. »Der Krieg ist zu Ende! Heute sind aus Konstantinopel Parlamentäre eingetroffen! Mit der Eisenbahn, wie im Frieden!«

»Und wie viele Parlamentäre sind es?« fragte Warja verwundert. »Ein ganzer Zug voll?«

»Nein, Warja«, erklärte Sobolew. »Nur zwei. Aber die Türken waren so verstört über den Fall von Adrianopel, daß sie, um keine Minute zu verlieren, den Stabswaggon einfach an einen Personenzug angekuppelt haben. Ohne Fahrgäste natürlich.«

»Und wo sind die Parlamentäre?«

»Ich habe sie mit Kutschen zum Großfürsten geschickt. Die Gleise sind ab hier gesprengt.«

»Ach, ich bin schon hundert Jahre nicht mit der Eisenbahn gefahren«, seufzte sie träumerisch. »Sich in die Polster zurücklehnen, ein Buch aufschlagen, heißen Tee trinken. Draußen huschen die Telegraphenmasten vorbei, die Räder rattern ...«

»Ich würde gern eine Fahrt mit Ihnen machen«, sagte Sobolew, »aber leider ist die Strecke begrenzt. Von hier geht es nur nach Konstantinopel.«

»Meine Herren, meine Herren!« rief d'Hévrais. »Das ist eine großartige Idee! La guerre est en fait fini*, die Türken schießen nicht mehr! Die Lokomotive hat übri-

* (franz.) Der Krieg ist zu Ende.

gens eine türkische Flagge! Da könnten wir doch nach San Stefano fahren und wieder zurück! Na, Michel?« Er fiel endgültig ins Französische und geriet immer mehr in Eifer. »Mademoiselle Barbara reist Polsterklasse, ich schreibe eine schicke Reportage, und mit uns fahren ein paar Stabsoffiziere und schauen sich im türkischen Hinterland um. Wirklich, Michel, das ist ein Kinderspiel! Bis San Stefano und zurück! Darauf kommen die nicht! Und wenn – zu schießen trauen sie sich nicht, die Parlamentäre sind ja in Ihrer Hand! Michel, in San Stefano sieht man die Lichter von Konstantinopel ganz aus der Nähe! Dort sind die Stadtrandvillen der türkischen Wesire! Welch eine Chance!«

»Unverantwortlich und abenteuerlich«, fiel ihm Perepjolkin ins Wort. »Ich hoffe, Michail Dmitrijewitsch, Sie haben genug Vernunft, sich nicht verlocken zu lassen.«

Ein unfreundlicher, unangenehmer Mensch ist dieser Perepjolkin, dachte Warja. Sie hatte in den letzten Monaten eine heftige Abneigung ihm gegenüber entwickelt, mochte er als Sobolews Stabschef auch noch so gut sein. Er hatte ja auch allen Grund, sich ins Zeug zu legen – war er doch in weniger als einem halben Jahr vom Hauptmann zum Oberstleutnant aufgestiegen, hatte außerdem ein Georgskreuz eingeheimst und einen Annensäbel für seine Kampfverletzung. Und alles dank Sobolew. Trotzdem guckte er wie ein Wolf, als hätte Warja ihm etwas gestohlen. Er war wohl eifersüchtig, wollte den General für sich allein haben. Wie mochte er es mit Kasansakis abnormer Veranlagung halten? Warja hatte sich einmal im Gespräch mit Sobolew eine giftige Anspielung auf dieses Thema erlaubt, da hatte dieser so lachen müssen, daß er sogar hustete.

Aber diesmal hatte der widerliche Perepjolkin absolut recht. Die »großartige Idee« von d'Hévrais kam ihr aberwitzig vor. Bei der Tafelrunde hingegen fand das übermütige Vorhaben volle Unterstützung, ein Kosakenoberst hieb dem Franzosen sogar auf den Rücken und nannte ihn »verwegenes Köpfchen«. Sobolew schmunzelte, sagte aber einstweilen nichts.

»Lassen Sie mich das machen, Michail Dmitrijewitsch«, bat der wackere General der Kavallerie Strukow. »Ich setze meine Kosaken in die Waggons, und wir fahren nach Herzenslust. Vielleicht nehmen wir noch einen Pascha gefangen. Das Recht haben wir! Der Befehl über die Einstellung der Kampfhandlungen ist noch nicht da.«

Sobolew warf einen Blick auf Warja, und sie bemerkte in seinen Augen einen besonderen Glanz.

»Nein, Strukow. Adrianopel muß Ihnen reichen.« Der General lächelte räuberisch und erhob die Stimme. »Meine Herren, hören Sie meinen Befehl!« Im Saal wurde es sofort still. »Ich verlege meine Befehlsstelle nach San Stefano! Das dritte Jägerbataillon steigt in die Waggons. Und wenn sie sich drängen müssen wie Heringe in der Tonne, daß mir alle bis auf den letzten mitfahren! Im Stabswaggon fahre ich selbst. Dann kehrt der Zug sofort nach Adrianopel zurück, um Verstärkung zu holen, und befährt diese Strecke regelmäßig. Morgen mittag habe ich dann ein ganzes Regiment bei mir. Sie haben die Aufgabe, Strukow, dort spätestens morgen abend mit der Kavallerie einzutreffen. Bis dahin genügt mir ein Bataillon. Laut Agentenmeldungen gibt es auf unserm Weg keine kampffähigen türkischen Truppen – nur die Garde des Sultans in Konstantinopel, und die muß Abd ul Hamid schützen.«

»Nicht die Türken haben wir zu fürchten, Euer Exzellenz«, sagte Perepjolkin mit knarrender Stimme. »Die Türken werden Sie kaum anrühren, dazu haben sie keine Kraft mehr. Aber der Oberbefehlshaber, der wird Ihnen nicht den Kopf tätscheln.«

»Das steht noch nicht fest, Jeremej Ionowitsch.« Der General kniff ein Auge ein. »Alle wissen, daß Sobolew ein Querkopf ist, darauf läßt sich vieles schieben. Außerdem könnte die Nachricht von der Einnahme der Konstantinopeler Vorstadt, wenn sie mitten in den Verhandlungen eintrifft, Seiner Kaiserlichen Hoheit sehr zupaß kommen. Man wird uns laut beschimpfen, im stillen aber danken. Es wäre nicht das erstemal. Und nun lassen Sie uns nicht mehr diskutieren, nachdem der Befehl ergangen ist.«

»Absolument!« D'Hévrais wiegte begeistert den Kopf. »Un tour de genie*, Michel! Meine Idee war also nicht die beste. Die Reportage wird besser, als ich dachte.«

---

* (franz.) Ein Geniestreich.

Sobolew stand auf und bot Warja förmlich den Arm.

»Wie wär's mit einem Blick auf die Lichter von Konstantinopel, Warwara Andrejewna?«

Der Zug brauste durch die Dunkelheit, Warja konnte kaum die Namen der Stationen lesen: Babaeski, Lüleburgaz, Corlu. Die Bahnhofsgebäude sahen so aus wie irgendwo im Tambowschen, nur nicht gelb, sondern weiß. Lichter, die schlanken Silhouetten der Zypressen, einmal blinkte durch das eiserne Gitterwerk einer Brücke der mondlichtbeschienene Streifen eines Flusses.

Der Waggon war bequem, hatte Plüschbänke und einen großen Tisch aus Mahagoni. Die Soldaten der Eskorte und Sobolews Schimmelstute Gulnora waren im Abteil für das Gefolge untergebracht. Von dort tönte immer wieder ein Wiehern – die Stute konnte sich nach der anstrengenden Prozedur des Verladens nicht beruhigen. Im Salon saßen der General, Warja, d'Hévrais und ein paar Offiziere, auch Mitja Gridnew, der friedlich in einer Ecke schlief. Die Offiziere umdrängten rauchend Perepjolkin, der die Fahrt des Zugs auf der Karte verfolgte, der Korrespondent schrieb etwas in sein Notizbuch, Warja und Sobolew standen am Fenster und führten eine nicht ganz einfache Unterhaltung.

»Ich dachte, es wäre Liebe«, beichtete der General halblaut und blickte scheinbar in die Schwärze draußen, doch Warja wußte, daß er in Wirklichkeit ihr Spiegelbild im Fenster betrachtete. »Aber ich will Sie nicht belügen. Ich habe nie über die Liebe nachgedacht. Meine größte

Leidenschaft ist der Ehrgeiz, alles andere kommt danach. So ist das bei mir. Aber Ehrgeiz ist keine Sünde, wenn er auf ein hohes Ziel gerichtet ist. Ich glaube an meinen Stern und mein Schicksal, Warwara Andrejewna. Ich habe einen hellen Stern und ein besonderes Schicksal. Das spüre ich mit dem Herzen. Schon als ich noch Offiziersschüler war ...«

»Sie wollten von Ihrer Frau erzählen«, erinnerte ihn Warja an das, was sie interessierte.

»Ach ja. Ich habe aus Ehrgeiz geheiratet, das gebe ich zu. Es war ein Fehler. Aus Ehrgeiz kann man sich einer Kugel aussetzen, doch auf keinen Fall heiraten. Wie ist es dazu gekommen? Ich war aus Turkestan zurück. Erste Strahlen des Ruhms, trotzdem Emporkömmling, ein Parvenu, nicht von Adel. Mein Großvater hatte sich von den untersten Rängen hochgedient. Und da war die Fürstin Titowa, stammt von Rurik ab. Aus der Garnison direkt in die höchste Gesellschaft. Wie sollte ich der Verlockung widerstehen?«

Sobolew sprach abgerissen, bitter und wohl aufrichtig. Warja schätzte Aufrichtigkeit. Und natürlich konnte sie sich denken, worauf das hinauslief. Sie hätte rechtzeitig bremsen, das Gespräch in andere Bahnen lenken können, aber das brachte sie nicht fertig. Welche Frau hätte das schon fertiggebracht?

»Sehr bald wurde mir klar, daß ich in der höchsten Gesellschaft nichts verloren hatte. Das Klima war nichts für mich. So lebten wir – ich auf Feldzügen, sie in der Hauptstadt. Wenn der Krieg zu Ende ist, lasse ich mich scheiden. Ich kann es mir leisten, ich habe mich verdient gemacht. Niemand wird mich verurteilen, immerhin bin ich ein Held.« Sobolew lächelte verschmitzt. »Was sagen Sie jetzt, Warja?«

»Wozu?« fragte sie mit Unschuldsmiene. Die verfluchte kokette Natur jubilierte nur so. Das Geständnis brachte nichts als Komplikationen, und doch war es ein Fest.

»Soll ich mich scheiden lassen oder nicht?«

»Das müssen Sie selbst wissen.« (Gleich, jetzt gleich sagt er die bewußten Worte!)

Sobolew seufzte schwer – und stürzte sich kopfüber ins Wasser.

»Ich habe längst ein Auge auf Sie geworfen. Sie sind klug, aufrichtig, haben Mut und Charakter. Eine solche Gefährtin brauche ich. Mit Ihnen wäre ich noch stärker. Sie würden es auch nicht bereuen, das schwöre ich. Also, Warwara Andrejewna, Sie können davon ausgehen, daß ich Ihnen einen offiziellen …«

»Euer Exzellenz!« schrie Perepjolkin, in die Erde sollte er versinken. »San Stefano! Steigen wir aus?«

Die Operation verlief reibungslos. Sie entwaffneten die verwirrte Bahnhofswache (lächerlich – sechs verschlafene Soldaten) und verteilten sich in Trupps von Zugstärke im Städtchen.

Solange von der Straße her spärlicher Schußwechsel zu hören war, wartete Sobolew im Bahnhof. Nach einer halben Stunde war alles beendet. Verluste: ein leicht

Verwundeter, und den mochten die Eigenen irrtümlich getroffen haben.

Der General besichtigte flüchtig das von Gaslaternen beleuchtete Zentrum – etwas weiter begann ein dunkles Labyrinth krummer Gassen, und dorthinein zu gehen hatte keinen Sinn. Als Residenz und Verteidigungsbollwerk (für den Fall von Unannehmlichkeiten) wählte Sobolew das massive Gebäude der Osmano-Osmanischen Bank. Eine der Kompanien bezog Posten vor der Bank und im Innern, die zweite blieb auf dem Bahnhof, und die dritte bewachte die umliegenden Straßen. Der Zug fuhr sofort zurück, um Verstärkungen zu holen.

Eine telegraphische Meldung an den Stab des Oberbefehlshabers über die Einnahme von San Stefano kam nicht zustande – die Verbindung war tot. Das mochte den Türken zu danken sein.

»Das zweite Bataillon trifft nicht vor morgen mittag ein«, sagte Sobolew. »Einstweilen ist nichts Interessantes zu erwarten. Betrachten wir die Lichter von Zargrad und verkürzen wir uns die Zeit mit angenehmem Geplauder.«

Der provisorische Stab wurde in der zweiten Etage eingerichtet, im Kabinett des Direktors. Erstens waren von den Fenstern aus tatsächlich die fernen Lichter der türkischen Hauptstadt zu sehen, und zweitens führte vom Kabinett aus eine Stahltür direkt in den Tresorraum der Bank. Dort standen auf Eisengestellen in gleichmäßigen Reihen versiegelte Säcke. D'Hévrais las die arabische Aufschrift und sagte, jeder Sack enthalte hunderttausend Lire.

»Und dabei wird erzählt, daß die Türkei bankrott ist«, sagte Mitja Gridnew verwundert. »Hier sind ja Millionen!«

»Genau darum bleiben wir in dem Kabinett«, entschied Sobolew. »Das ist sicherer. Mir haben sie schon einmal nachgesagt, ich hätte den Schatz des Chans geraubt. Das reicht.«

Die Tür zum Tresorraum blieb angelehnt, und keiner sprach mehr von den Millionen. Von der Bahnstation wurde ein Telegraphenapparat in das Vorzimmer gebracht, die Leitung lief direkt über den Platz. Alle Viertelstunde versuchte Warja, eine Verbindung wenigstens nach Adrianopel zu bekommen, aber der Apparat gab kein Lebenszeichen.

Es erschien eine Abordnung der örtlichen Kaufmannschaft und der Geistlichkeit und bat, die Häuser nicht zu plündern und die Moscheen nicht zu zerstören, sondern lieber eine Kontribution zu verhängen – so um die fünfzigtausend, mehr könnten die armen Städter nicht aufbringen. Als der Führer der Abordnung, ein dicker hakennasiger Türke mit Fes und Gehrock, begriff, daß er den legendären Weißen General vor sich hatte, wurde die Summe der angebotenen Kontribution sogleich verdoppelt.

Sobolew beruhigte die Einheimischen, indem er erklärte, er sei nicht ermächtigt, eine Kontribution zu erheben. Der Hakennasige schielte durch die angelehnte Tür in den Tresorraum und rollte respektvoll die Augen.

»Verstehe, Effendi. Hunderttausend Lire sind für einen so großen Mann eine Bagatelle.«

Neuigkeiten machten hier schnell die Runde. Keine zwei Stunden nach dem Besuch der San Stefanoer Bittsteller traf bei Sobolew bereits eine Abordnung der griechischen Händler aus Konstantinopel ein. Sie boten keine Kontribution an, sondern brachten »den tapferen christlichen Kriegern« Süßigkeiten und Wein. Sie sagten, in der Stadt lebten viele Orthodoxe, und baten, nicht mit Kanonen zu schießen, und wenn das doch notwendig sei, dann nicht auf Pera, denn dort seien die Läden und Warenlager, sondern auf Galata oder, noch besser, auf das armenische und das jüdische Viertel. Sie versuchten, Sobolew einen mit Edelsteinen besetzten goldenen Säbel zu überreichen, wurden jedoch hinauskomplimentiert und schienen sich beruhigt zu entfernen.

»Zargrad!« sagte Sobolew erregt und blickte durchs Fenster auf die lichterflimmernde große Stadt. »Der ewige unerfüllbare Traum der russischen Herrscher. Hier liegt die Wurzel unseres Glaubens und unserer Zivilisation. Es ist der Schlüssel zum Mittelmeer. Wie nahe! Streck die Hand aus und greif zu! Ob wir wirklich wieder mit leeren Händen abziehen?«

»Das darf nicht sein, Euer Exzellenz!« rief Gridnew. »Das läßt der Herrscher nicht zu!«

»Ach, Mitja, ich denke, die Etappenhengste, die Kortschakows und Gnatjews, die schachern schon und wedeln vor den Engländern mit dem Schwanz. Sie haben nicht genug Mumm, sich das zu nehmen, was Rußland nach altem Recht gehört, nein, haben sie nicht! 1829 blieb Diebitsch in Adrianopel stehen. Wir sind jetzt bis San Stefano gekommen. Der Ellbogen ist nahe, aber hineinbeißen können wir nicht. Ich habe eine Vision – ein großes, starkes Rußland, das die slawischen Länder von Archangelsk bis Zargrad und von Triest bis Wladiwostok umfaßt. Erst dann werden die Romanows ihre historische Mission erfüllen und endlich von den ewigen Kriegen zur friedlichen Gestaltung ihres leidgeprüften Reiches übergehen können. Weichen wir aber zurück, so werden unsere Söhne und Enkel wieder ihr Blut und das anderer vergießen müssen, um zu den Mauern von Zargrad vorzudringen. Das ist nun mal der Leidensweg, den Rußland zu gehen hat!«

»Ich male mir aus, was sich jetzt in Konstantinopel tut«, sagte d'Hévrais zerstreut auf französisch und blickte ebenfalls zum Fenster hinaus. »General Sobolew in San Stefano! Der Palast in Panik, der Harem wird evakuiert, die Eunuchen hasten herum, ihre fetten Ärsche zittern. Ob Abd ul Hamid sich schon auf das asiatische Ufer zurückgezogen hat? Und niemand ahnt, daß Sie, Michel, nur mit einem Bataillon hierhergekommen sind. Wenn dies eine Pokerpartie wäre, könnte man das einen fabelhaften Bluff nennen, mit voller Garantie, daß der Gegner die Karten hinwirft und paßt.«

»Von Stunde zu Stunde wird's schwerer!« rief Perepjolkin beunruhigt. »Michail Dmitrijewitsch, Euer Exzellenz, hören Sie nicht auf ihn! Sie richten sich zugrunde!

Auch so schon sind wir dem Wolf in den Rachen gekrochen! Was geht uns Abd ul Hamid an!«

Sobolew und der Korrespondent sahen einander in die Augen.

»Was habe ich eigentlich zu verlieren?« Der General ballte fingerknackend die Faust. »Na, wenn die Garde des Sultans mich tapfer mit Feuer empfängt, gehe ich eben zurück, und fertig. Charles, ist Abd ul Hamids Garde stark?«

»Die Garde ist gut, aber Abd ul Hamid läßt sie um keinen Preis von sich weg.«

»Also wird sie uns nicht verfolgen. Wir ziehen in Marschkolonne in die Stadt ein, mit wehender Fahne und Trommelschlag, und ich vornweg auf Gulnora.« Sobolew ging im Kabinett auf und ab und kam immer mehr in Fahrt. »Vor Tagesanbruch, damit nicht zu sehen ist, wie wenige wir sind. Und gleich zum Palast. Ohne einen einzigen Schuß! Wird man mir die Stadtschlüssel von Konstantinopel übergeben?«

»Ganz bestimmt!« rief d'Hévrais feurig. »Und das ist die vollständige Kapitulation!«

»Die Engländer vor vollendete Tatsachen stellen!« Der General hieb mit der Hand durch die Luft. »Ehe sie sich besinnen, ist die Stadt russisch, und die Türken haben kapituliert. Lassen wir's drauf ankommen! San Stefano einzunehmen hat mir auch niemand erlaubt.«

»Ein beispielloses Finale! Und ich bin unmittelbarer Zeuge!« sagte der Journalist aufgeregt.

»Nicht Zeuge, sondern Teilnehmer!« Sobolew klopfte ihm auf die Schulter.

»Ich lasse es nicht zu!« Perepjolkin baute sich vor der Tür auf. Er sah verzweifelt aus, seine braunen Augen quollen aus den Höhlen, auf der Stirn standen Schweißtropfen. »Als Stabschef lege ich Protest ein! Besinnen Sie sich, Euer Exzellenz! Sie sind doch General der Suite Seiner Majestät und kein Baschi-Bosuk! Ich beschwöre Sie!«

»Weg da, Perepjolkin, ich habe genug von Ihnen!« schnauzte der Olympier den Verstandesmenschen an. »Als Osman Pascha aus Plewna ausbrechen wollte, haben Sie mich auch ›beschworen‹, nicht ohne Befehl vorzugehen. Auf die Knie sind Sie geplumpst! Und wer hatte recht? Na bitte! Sie werden sehen, man übergibt mir die Stadtschlüssel von Zargrad!«

»Toll!« rief Mitja. »Großartig, nicht wahr, Warwara Andrejewna?«

Warja sagte nichts, denn sie wußte nicht, ob das großartig war oder nicht. Von Sobolews Verwegenheit schwindelte ihr der Kopf. Außerdem erhob sich die Frage: Was sollte sie tun? Unter Trommelschlag im Jägerbataillon mitmarschieren und sich am Steigbügel von Gulnora festhalten? Oder mitten in der Nacht in der feindlichen Stadt allein zurückbleiben?

»Gridnew, ich lasse dir meine Eskorte hier, du wirst die Bank bewachen. Sonst wird sie von den Einwohnern ausgeplündert, und Sobolew kriegt die Schuld«, sagte der General.

»Euer Exzellenz, Michail Dmitrijewitsch!« heulte der Fähnrich. »Ich will mit nach Konstantinopel!«

»Und wer beschützt Warwara Andrejewna?« fragte d'Hévrais vorwurfsvoll.

Sobolew zog eine goldene Uhr aus der Tasche und ließ den Deckel aufspringen.

»Halb sechs. In zwei bis zweieinhalb Stunden wird es hell. He, Gukmassow!«

Ein imposanter Kosakenleutnant kam hereingesaust.

»Zu Befehl, Euer Exzellenz!«

»Das Bataillon tritt in Marschordnung an! Fahne und Trommler an die Spitze! Auch die Sänger! Es soll ein schöner Marsch werden! Gulnora satteln! Tempo! Punkt sechs rücken wir ab!«

Der Ordonnanzoffizier rannte hinaus. Sobolew streckte sich wohlig und sagte: »Nun, Warwara Andrejewna, ich werde entweder ein Held, größer als Napoleon, oder es kostet mich meinen dummen Kopf.«

»Es wird ihn nicht kosten«, antwortete sie und sah den General mit aufrichtiger Begeisterung an, so schön war er jetzt, ein wahrer Achilles.

»Toi-toi-toi«, sagte Sobolew abergläubisch.

»Es ist noch nicht zu spät, sich zu besinnen!« rief Perepjolkin. »Wenn Sie erlauben, Michail Dmitrijewitsch, hole ich Gukmassow zurück!«

Er ging einen Schritt zur Tür, doch da …

Aus dem Treppenhaus tönte das Poltern vieler Stiefeltritte, die Tür wurde aufgerissen, und herein kamen Lawrenti Misinow und Erast Fandorin.

»Erast Petrowitsch!« schrie Warja und wäre ihm beinahe um den Hals gefallen, besann sich aber noch rechtzeitig.

»Aha, er ist hier! Ausgezeichnet!« knurrte Misinow.

»Euer Exzellenz?« Sobolew runzelte die Stirn, als er hinter den Eingetretenen blaue Gendarmenmonturen sah. »Wie kommen Sie hierher? Ich habe natürlich eigenmächtig gehandelt, aber mich zu verhaften, das geht doch wohl zu weit.«

»Sie verhaften?« fragte Misinow verwundert. »Wieso denn? Ich bin mit meiner halben Kompanie Gendarmen nur mühsam auf Draisinen zu Ihnen durchgekommen. Der Telegraph funktioniert nicht, die Straße ist abgeschnitten. Ich bin dreimal beschossen worden, habe sieben Mann verloren. Mein Mantel hat eine Kugel abgekriegt.« Er zeigte das Loch im Ärmel.

Fandorin trat vor. Er hatte sich während seiner Abwesenheit überhaupt nicht verändert, nur war er zivil und stutzerhaft gekleidet: Zylinder, Pelerine, gestärkter Kragen.

»Guten Tag, Warwara Andrejewna«, sagte er freundlich. »Ihre H-haare sind ja nachgewachsen. Das sieht wohl doch besser aus.«

Er machte Sobolew eine leichte Verbeugung.

»Gratuliere zum Degen mit B-brillanten, Euer Exzellenz. Eine hohe Ehre.«

Perepjolkin nickte er einfach zu, und zu guter Letzt wandte er sich an den Korrespondenten: »Salam aleikum, Anwar Effendi.«

DREIZEHNTES KAPITEL,
in welchem Fandorin eine lange Rede hält

»Wiener Zeitung« (Wien),
vom 21. (9.) Januar 1878
»Die Kräfteverteilung zwischen den feindlichen Seiten ist in der Schlußetappe des Krieges so beschaffen, daß wir nicht länger die Gefahr einer panslawischen Expansion ignorieren dürfen, welche die Südgrenzen der Doppelmonarchie bedroht. Zar Alexander und seine Satelliten Rumänien, Serbien und Montenegro haben eine siebenhunderttausendköpfige eiserne Streitmacht zusammengezogen, die mit anderthalbtausend Kanonen ausgerüstet ist. Fragt sich, gegen wen? Gegen die demoralisierte türkische Armee, die nach sehr optimistischen Berechnungen derzeit nicht mehr als hundertzwanzigtausend hungrige, verängstigte Soldaten zählt?

Das ist nicht komisch, Herrschaften! Man muß ein Vogel Strauß sein, um nicht die Gefahr zu sehen, die über dem ganzen aufgeklärten Europa schwebt. Zögern wäre gleichbedeutend mit dem Tode. Wenn wir die

Hände in den Schoß legen und zusehen, wie skythische Horden ...«

Fandorin warf den Mantel ab, und in seiner rechten Hand blinkte ein schöner kleiner Revolver aus brüniertem Stahl. Im selben Moment schnippte Misinow mit den Fingern, zwei Gendarmen kamen herein und richteten die Karabiner auf den Korrespondenten.

»Was ist denn das für ein Theater?« blaffte Sobolew. »Was heißt hier ›salam aleikum‹? Was für ein ›Effendi‹?«

Warja drehte sich nach Charles um. Der stand an der Wand, die Arme vor der Brust gekreuzt, und sah den Titularrat mit einem ungläubigen und spöttischen Lächeln an.

»Erast Petrowitsch!« stammelte Warja. »Sie sind doch gereist, um MacLaughlin zu finden!«

»Warwara Andrejewna, ich bin nach England gereist, aber keineswegs, um MacLaughlin zu finden. Mir war k-klar, daß er nicht dort ist und nicht dort sein kann.«

»Aber Sie haben doch mit keinem Wort widersprochen, als Seine Majestät ...« Warja hielt inne, fast hätte sie ein Staatsgeheimnis ausgeplaudert.

»Ich ha-hatte keine Beweise. Und nach Europa mußte ich sowieso fahren.«

»Und was haben Sie dort herausgefunden?«

»Wie zu erwarten, haben die Intrigen des englischen Kabinetts nichts damit zu tun. Das erstens. Ja, in London liebt man uns nicht. Ja, man bereitet sich auf einen großen Krieg vor. Aber Kuriere ermorden und Diversionsakte durchführen, das wäre doch zu viel. Das widerspräche dem sportlichen Geist der Briten. Das hat mir auch Graf Schuwalow gesagt.

Ich war in der R-redaktion der ›Daily Post‹ und konnte mich von der völligen Unschuld MacLaughlins überzeugen. Das zweitens. Die Freunde und Kollegen bezeichnen James als einen geradlinigen und arglosen Mann, der zu der britischen Politik eine ablehnende Einstellung hat und Verbindung zur irischen Nationalbewegung unterhält. Als Agent des tückischen Disraeli kommt er nicht in Betracht.

Auf der Rückreise – es lag ja am Wege – blieb ich ein paar Tage in Paris. Ich schaute auch bei der Redaktion der ›Revue Parisienne‹ vorbei …«

D'Hévrais bewegte sich, und die Gendarmen rissen die Karabiner hoch, bereit zu schießen. Der Journalist schüttelte ausdrucksvoll den Kopf und legte die Hände nach hinten unter die Schöße seines Gehrocks.

»Dort hörte ich«, fuhr Fandorin fort, als wäre nichts weiter, »daß den berühmten Charles d'Hévrais noch nie jemand in seiner Redaktion gesehen hatte. Das drittens. Er pflegte seine glänzenden Artikel, Skizzen und Feuilletons mit der Post oder dem Telegraphen zu schicken.«

»Na und?« sagte Sobolew entrüstet. »Charles ist kein Parkettschleicher, sondern ein Abenteurer.«

»Und d-das sogar in größerem Maße, als Euer Exzellenz vermuten. Ich durchwühlte die Jahrgänge der ›Revue Parisienne‹ und fand hochinteressante Übereinstimmungen. Die ersten Beiträge schickte Herr d'Hévrais vor zehn Jahren aus Bulgarien – damals war Midhat Pascha Gouverneur in der Donauprovinz, und sein Sekretär war der junge Beamte Anwar. 1868 schickte d'Hévrais aus Konstantinopel eine Reihe glänzender Skizzen über die Sitten am Hof des Sultans. Es war die Periode des ersten Aufstiegs von Midhat Pascha, als er in die Hauptstadt gerufen wurde, um den Staatsrat zu leiten. Ein Jahr später wurde der Reformer in eine ehrenvolle Verbannung geschickt, ins ferne Zweistromland, und die flotte Feder des talentierten Journalisten wechselte wie durch einen Zauber von Konstantinopel nach Bagdad. Drei Jahre (so lange wie Midhat Pascha Gouverneur im Irak war) schrieb d'Hévrais über die Ausgrabungen assyrischer Städte, über arabische Scheichs und den Suezkanal.«

»Das stimmt nicht!« unterbrach Sobolew den Titularrat ärgerlich. »Charles hat den ganzen Orient bereist. Er hat auch von anderen Plätzen berichtet, die Sie jetzt nicht erwähnen, weil sie Ihre Hypothese gefährden. 1873 zum Beispiel war er mit mir in Chiwa. Wir waren beide halbtot vor Durst und vor Hitze. Und dort gab es keinen Midhat, Herr Untersuchungsführer!«

»Und von wo war er nach Chiwa, nach Mittelasien gekommen?« fragte Fandorin den General.

»Ich glaube, vom Iran.«

»Ich nehme an, nicht vom Iran, sondern vom Irak. Ende 1873 druckte die Zeitung seine lyrischen Etüden über Hellas. Warum plötzlich über Hellas? Weil der

Gönner unseres Anwar Effendi damals nach Saloniki versetzt wurde. Apropos, Warwara Andrejewna, erinnern Sie sich an die schöne Geschichte von den alten Stiefeln?«

Warja nickte und sah Fandorin wie verzaubert an. Der trug geradezu Unglaubliches vor, aber wie sicher, wie schön, wie souverän! Und er stotterte gar nicht mehr.

»Dort ist ein Schiffbruch erwähnt, der sich im November 1873 im Thermäischen Meerbusen zutrug. Übrigens, an der Küste dieses Meerbusens liegt die Stadt Saloniki. Der Artikel hat mir gezeigt, daß der Autor sich 1867 in Sofia aufhielt und 1871 im Zweistromland, denn ebendort hatten arabische Nomaden die britische archäologische Expedition von Sir Andrew Wayard niedergemetzelt. Nach den ›Alten Stiefeln‹ hatte ich schon einen ernsthaften Verdacht gegen Monsieur d'Hévrais, aber mit seinen geschickten Manövern hat er mich noch ein paarmal in die Irre geführt ... Und jetzt«, Fandorin versorgte den Revolver in die Tasche und wandte sich Misinow zu, »lassen Sie uns ausrechnen, welcher Schaden uns durch die Tätigkeit des Herrn Anwar entstanden ist. Monsieur d'Hévrais hat sich dem Korps der Kriegsberichterstatter Ende Juni vorigen Jahres angeschlossen. Es war die Zeit der siegreichen Angriffe unserer Armee. Die Donau war überschritten, die türkische Armee demoralisiert, der Weg nach Sofia und von dort nach Konstantinopel offen. Die Abteilung des Generals Gurko hatte schon den Schipkapaß, den Schlüssel zum Großen Balkangebirge, erobert. Eigentlich hatten wir den Krieg schon gewonnen. Doch wie ging es weiter? Infolge eines verhängnisvollen Chiffrierfehlers besetzte unsere Armee das ganz unnötige Nikopol, derweil zog Osman Pascha ungehindert in Plewna ein und brachte unsern Angriff zum Stehen. Erinnern wir uns an die Umstände der rätselhaften Geschichte. Der Chiffrierer Jablokow machte den schwerwiegenden Fehler, die Geheimdepesche auf dem Tisch liegenzulassen. Warum tat er das? Weil er erschüttert war von der Nachricht, daß seine Braut, Frau Suworowa, überraschend eingetroffen sei.«

Alle blickten Warja an. Sie kam sich vor wie eine Art Beweisstück.

»Und wer informierte Jablokow über die Ankunft seiner Braut? Der Journalist d'Hévrais. Als der vor Freude durchgedrehte Chiffrierer davonstürmte, genügte es, die Depesche umzuschreiben und ›Plewna‹ durch ›Nikopol‹ zu ersetzen. Unser Armeecode ist, milde gesagt, nicht kompliziert. Von dem bevorstehenden Manöver der russischen Armee wußte d'Hévrais, denn in seiner Gegenwart erzählte ich Ihnen, Michail Dmitrijewisch, von Osman Pascha. Erinnern Sie sich an unsere erste Begegnung?«

Sobolew nickte mürrisch.

»Erinnern wir uns ferner an die Geschichte mit dem mysteriösen Ali Bei, den d'Hévrais angeblich interviewte. Dieses ›Interview‹ hat uns zweitausend Gefallene gekostet, und die russische Armee saß jetzt lange Zeit bei Plewna fest. Ein riskanter Trick, denn Anwar zog unweigerlich den Verdacht auf sich, aber er hatte keine Wahl. Die Russen konnten ja auch eine Sperre gegen Osman zurücklassen und die Hauptkräfte weiter nach Süden führen. Doch die Zerschlagung des ersten Sturmangriffs weckte bei unserer Führung übertriebene Vorstellungen von der Gefährlichkeit der Stadt Plewna, und die Armee entfaltete gegen das bulgarische Städtchen ihre gesamte Macht.«

»Moment mal, Erast Petrowitsch, aber Ali Bei hat doch wirklich existiert!« warf Warja ein. »Unsere Späher haben ihn in Plewna gesehen!«

»Darauf kommen wir noch zurück. Jetzt wollen wir uns an den zweiten Sturmangriff auf Plewna erinnern, dessen Scheitern wir auf den Verrat des rumänischen Obersts Lucan geschoben haben, der den Türken unsere Disposition preisgab. Sie hatten recht, Lawrenti Arkadjewitsch, das J aus dem Notizbuch Lucans stand für ›Journalist‹, aber gemeint war nicht MacLaughlin, sondern d'Hévrais. Er konnte den rumänischen Fant ohne Schwierigkeiten anwerben, denn die Spielschulden und die unmäßigen Ambitionen machten den Oberst zu einer leichten Beute. In Bukarest benutzte d'Hévrais geschickt Madame Suworowa, um sich des Agenten zu entledigen, der seinen Wert verloren hatte und zu einer Gefahr geworden war. Außerdem nehme ich an, daß Anwar das Bedürfnis hatte, sich mit Osman Pascha zu treffen. Die Ausweisung aus Rumänien, die nur zeitweilig war und die von vornherein geplante Rehabilitierung einschloß, bot ihm diese Möglichkeit. Der französische

Korrespondent war einen Monat abwesend. Genau in dieser Zeit berichtete unsere Aufklärung von Ali Bei, dem geheimnisvollen Berater des türkischen Befehlshabers. Dieser Ali Bei zeige sich absichtlich auf belebten Plätzen mit seinem auffälligen Vollbart. Sie müssen sich köstlich amüsiert haben über uns, Herr Spion.«

D'Hévrais gab keine Antwort. Er sah den Titularrat aufmerksam und, wie es schien, erwartungsvoll an.

»Das Erscheinen Ali Beis in Plewna war notwendig geworden, um den Journalisten d'Hévrais nach dem unglückseligen Interview von jedem Verdacht zu befreien. Im übrigen zweifle ich nicht, daß Anwar diesen Monat mit großem Nutzen verbrachte: Gewiß hat er mit Osman Pascha gemeinsame Aktionen für die Zukunft besprochen und sich zuverlässige Verbindungen geschaffen. Unsere Spionageabwehr hat schließlich die Korrespondenten nicht daran gehindert, in der belagerten Stadt eigene Informanten zu haben. Wenn Anwar wollte, konnte er sogar für ein paar Tage nach Konstantinopel fahren, denn Plewna war noch nicht von den Verkehrswegen abgeschnitten.

Der dritte Sturmangriff war für Osman Pascha besonders gefährlich, vor allem durch Ihre unerwartete Attacke, Michail Dmitrijewitsch. Doch Anwar hatte Glück, wir nicht. Ein verhängnisvoller Zufall brachte uns in die Klemme – auf dem Weg ins Hauptquartier sprengte Ihr Adjutant Surow an den Korrespondenten vorbei und schrie ihnen zu, daß Sie in Plewna eingedrungen seien. Anwar begriff natürlich die Bedeutung dieser Information und den Grund, warum Surow zum Befehlshaber entsandt war. Er mußte Zeit gewinnen und Osman Pascha die Möglichkeit verschaffen, sich umzugruppieren und Sie mit Ihrer kleinen Abteilung aus Plewna hinauszuwerfen, ehe Verstärkungen kämen. Anwar ging wieder das Risiko ein, improvisierte, dreist, virtuos, talentiert. Und wie immer gnadenlos.

Als die Journalisten, die nun von der erfolgreichen Attacke auf der Südflanke wußten, um die Wette zu den Telegraphenapparaten eilten, heftete sich Anwar an die Fersen von Surow und Kasansaki. Auf seinem berühmten Pferd Jatagan holte er sie mühelos ein, und an einer menschenleeren Stelle hat er sie beide erschossen. Im Moment des Überfalls ritt er wohl zwischen Surow und Kasansaki, wobei der Rittmeister rechts und der Gendarm links von ihm war. Anwar schoß Surow aus nächster Nähe in die linke Schläfe und jagte im nächsten Moment Kasansaki, der auf den Schuß zu ihm hinblickte, eine Kugel in die Stirn. Das alles dauerte nicht länger als eine Sekunde. Ringsum bewegten sich Truppen, aber die drei Reiter waren in ihrer Senke nicht zu sehen, und die Schüsse dürften während der Kanonade kaum aufgefallen sein. Den Leichnam Surows ließ der Mörder liegen, stieß ihm aber den Dolch des Gendarmen ins Schulterblatt. Das heißt, er hat ihn zuerst erschossen und ihm danach den Dolch in die Schulter gestoßen, nicht umgekehrt, wie wir zunächst dachten. Der Sinn ist klar – der Verdacht sollte auf Kasansaki fallen. Aus der gleichen Erwägung zerrte Anwar den toten

Kasansaki ins nächste Gebüsch und inszenierte den Selbstmord.«

»Und der Brief?« erinnerte Warja. »Von diesem … Wildkatz?«

»Ein vorzüglicher Schachzug«, gestand Fandorin. »Die türkische Aufklärung dürfte noch aus den Tifliser Zeiten von den widernatürlichen Neigungen Kasansakis gewußt haben. Ich nehme an, daß Anwar Effendi den Oberstleutnant längst im Visier hatte, um ihn möglicherweise in Zukunft erpressen zu können. Doch die Ereignisse entwickelten sich anders, und die nützliche Information wurde genutzt, um uns von der Spur abzubringen. Anwar nahm einfach ein sauberes Blatt Papier und verfaßte in Eile die Karikatur eines homosexuellen Briefes. Dabei trug er zu dick auf, der Brief kam mir schon damals verdächtig vor. Erstens ist schwer zu glauben, daß ein georgischer Fürst ein so scheußliches Russisch schreibt – er muß ja wohl das Gymnasium besucht haben. Und zweitens, Sie werden sich erinnern, daß ich Lawrenti Arkadjewitsch nach dem Kuvert fragte und erfuhr, der Brief habe ohne Kuvert in der Tasche des Toten gesteckt. Es war unbegreiflich, wie das Blatt Papier solche Frische bewahren konnte, wenn Kasansaki es ein ganzes Jahr bei sich getragen hatte!«

»Schön und gut«, warf Misinow ein, »Sie legen mir Ihre Erwägungen nun schon das zweitemal in den letzten vierundzwanzig Stunden dar, aber ich frage wieder: Warum haben Sie geschwiegen? Warum haben Sie mir Ihre Zweifel nicht früher mitgeteilt?«

»Wer eine Version verwirft, muß eine andere haben, und ich hatte keine andere«, antwortete Fandorin. »Der Opponent war zu raffiniert. Es ist mir peinlich, aber eine Zeitlang hielt ich Herrn Perepjolkin für den Hauptverdächtigen.«

»Jeremej?« fragte Sobolew verblüfft und breitete die Arme aus. »Meine Herren, das ist ja Paranoia.«

Perepjolkin klapperte mit den Augen und öffnete nervös den straffen Kragen.

»Ja, es war dumm«, stimmte Fandorin zu. »Aber der Herr Perepjolkin ist uns dauernd vor den Füßen herumgelaufen. Alles war ziemlich verdächtig: seine Gefangenschaft und die wundersame Befreiung, dann der Fehlschuß aus nächster Nähe. Die Baschi-Bosuks schießen gewöhnlich besser. Dann die Geschichte mit dem chiffrierten Telegramm – den Befehl an General Krüdener, Nikopol einzunehmen, überbrachte Herr Perepjolkin. Und wer stiftete den vertrauensseligen Journalisten d'Hévrais an, sich zu den Türken nach Plewna durchzuschlagen? Und der geheimnisvolle Buchstabe J? Der leichtsinnige Surow redete ja Perepjolkin mit ›Jerome‹ an. Das ist die eine Seite. Auf der anderen war die Tarnung Anwar Effendis ideal, das müssen Sie zugeben. Ich konnte noch so viele logische Berechnungen anstellen, wenn ich dann Charles d'Hévrais ansah, zerfielen alle Argumente zu Staub. Sehen Sie sich den Mann an.« Fandorin zeigte auf den Journalisten, alle Augen richteten sich auf d'Hévrais, und er verbeugte sich mit übertriebener Bescheidenheit. »Kann man glauben, daß dieser bezaubernde, geistreiche, durch und durch europäische Herr und der tückische, grausame Chef des türkischen Geheimdienstes ein und dieselbe Person sind?«

»Nie und nimmer!« bemerkte Sobolew. »Ich glaube es auch jetzt noch nicht.«

Fandorin nickte zufrieden.

»Nun die Geschichte mit MacLaughlin und dem nicht stattgefundenen Durchbruch. Hier war alles einfach und ohne Risiko. Dem vertrauensseligen James die ›sensationelle‹ Nachricht unterzujubeln war nicht schwierig. Der Informant, den er uns verheimlichte und auf den er so stolz war, arbeitete gewiß für Sie, Effendi.«

Warja zuckte zusammen, so unangenehm berührte sie diese Anrede. Nein, da stimmte was nicht! Wieso denn »Effendi«?

»Sie haben geschickt mit MacLaughlins Vertrauensseligkeit und seiner Eitelkeit gespielt. Er hat den glänzenden Charles d'Hévrais so beneidet und davon geträumt, ihm den Rang abzulaufen! Bislang war es ihm nur beim Schachspiel gelungen, und auch da nicht immer, und nun ein so phantastischer Glücksfall! Exclusive information from most reliable sources*! Und was für eine Information! Für solche Enthüllungen würde jeder Reporter dem Teufel seine Seele verkaufen. Wenn MacLaughlin nicht unterwegs Warwara Andrejewna getroffen und sich nicht mit ihr verplaudert hätte ... Osman würde das

* (engl.) Exklusivinformation aus glaubwürdigen Quellen.

Grenadierkorps überrannt, die Blockade durchbrochen und sich zum Schipka zurückgezogen haben. Dann wäre an der Front eine Pattsituation entstanden.«

»Aber wenn MacLaughlin kein Spion ist, wo ist er dann geblieben?« fragte Warja.

»Erinnern Sie sich an die Erzählung Ganezkis, wie die Baschi-Bosuks ihn und seinen Stab überfielen und der verehrte General kaum entkam? Ich meine, die Diversanten wollten nicht Ganezki, sondern MacLaughlin. Ihn mußten sie beseitigen, und er verschwand. Spurlos. Wahrscheinlich liegt der betrogene und verleumdete Ire jetzt irgendwo am Grunde des Flusses Wid mit einem Stein um den Hals. Oder die Baschi-Bosuks haben ihn ihrer netten Gewohnheit entsprechend in Stücke gehauen.«

Warja erschauerte, als sie daran dachte, wie der rundgesichtige Korrespondent während ihrer letzten Begegnung Kuchen mit Marmelade mampfte. Da hatte er nur noch ein paar Stunden zu leben.

»Hat Ihnen der arme MacLaughlin nicht leid getan?« fragte Fandorin, aber d'Hévrais (oder vielleicht doch Anwar Effendi?) bat ihn mit einer eleganten Geste fortzufahren und legte wieder die Hände auf den Rücken.

Warja entsann sich ihrer psychologischen Ausbildung, wonach auf dem Rücken verschränkte Hände Verschlossenheit signalisieren wie auch Unlust, die Wahrheit zu sagen. War es möglich? Sie trat näher zu dem Journalisten, sah ihm prüfend ins Gesicht und versuchte, in den bekannten Zügen etwas Fremdes, Furchteinflößendes zu entdecken. Das Gesicht war wie immer, allenfalls ein wenig blasser. Er sah Warja nicht an.

»Der Ausbruch scheiterte, doch Sie kamen wieder ungeschoren davon. Ich habe mich sehr beeilt, von Paris an den Kriegsschauplatz zurückzukehren, denn ich wußte schon sicher, wer Sie sind und wie gefährlich Sie sind.«

»Sie hätten ein Telegramm schicken können«, knurrte Misinow.

»Was für eins, Hohe Exzellenz? ›Der Journalist d'Hévrais ist Anwar Effendi?‹ Sie hätten gedacht, ich wäre übergeschnappt. Denken Sie daran, wie ausführlich ich Ihnen die Beweise darlegen mußte, weil Sie die Version von den englischen Umtrieben nicht aufgeben wollten. Und Sie sehen, General Sobolew ist auch nach meinen weitschweifigen Erklärungen noch nicht überzeugt.«

Sobolew schüttelte stur den Kopf.

»Wir hören Sie zu Ende an, Fandorin, und dann lassen wir Charles zu Wort kommen. Eine Untersuchung kann nicht nur aus dem Plädoyer des Staatsanwalts bestehen.«

»Merci, Michel.« D'Hévrais lächelte kurz. »Comme dit l'autre, a friend in need is a friend indeed.* Eine Frage an den Herrn Staatsanwalt. Wie ist Ihnen überhaupt in den Sinn gekommen, mich zu verdächtigen? Von Anfang an? Stillen Sie meine Neugier.«

* (franz. u. engl.) etwa: Freunde in der Not gehn tausend auf ein Lot.

»Wie schon«, sagte Fandorin verwundert. »Sie waren sehr unvorsichtig. Man darf doch nicht so mit der Gefahr spielen und den Gegner derartig unterschätzen! Als ich das erstemal Ihre Unterschrift d'Hévrais in der ›Revue Parisienne‹ sah, ist mir sofort eingefallen, daß unser Hauptwidersacher Anwar Effendi aus dem bosnischen Städtchen Hévrais stammt. D'Hévrais, ›aus Hévrais‹, ist ein gar zu durchsichtiges Pseudonym, das werden Sie zugeben. Gewiß konnte das auch ein Zufall sein, aber es war verdächtig. Wahrscheinlich haben Sie am Beginn Ihrer journalistischen Tätigkeit noch nicht angenommen, daß die Maske des Korrespondenten Ihnen für Aktionen ganz anderer Art zupaß kommen würde. Ich bin sicher, daß Sie aus völlig harmlosen Gründen angefangen haben, für die Pariser Zeitung zu schreiben, nämlich um Ihr überdurchschnittliches literarisches Talent zu nutzen, und zugleich weckten Sie bei den Europäern Interesse an den Problemen des türkischen Imperiums und insbesondere an dem großen Reformer Midhat Pascha. Und Sie haben Ihre Aufgabe nicht schlecht bewältigt. Der Name des weisen Midhat erscheint in Ihren Publikationen mindestens fünfzigmal. Man kann sagen, Sie haben den Pascha zu einer populären und angesehenen Persönlichkeit in ganz Europa und besonders in Frankreich gemacht, wo er sich übrigens derzeit aufhält.«

Warja zuckte zusammen, als sie daran dachte, wie d'Hévrais von seinem heißgeliebten Vater, der in Frankreich lebe, gesprochen hatte. Also hatte Fandorin recht?

Entsetzt warf sie einen Blick auf den Korrespondenten. Der wahrte nach außen hin völlige Kaltblütigkeit, doch sein Lächeln kam Warja etwas gequält vor.

»Übrigens glaube ich nicht, daß Sie Midhat Pascha verraten haben«, fuhr der Titularrat fort. »Das ist ein raffiniertes Spiel. Jetzt, nach der Niederlage der Türkei, wird er mit dem Lorbeer des Märtyrers zurückkehren und wieder die Regierung übernehmen. Für Europa ist er die ideale Figur. In Paris wird er einfach auf Händen getragen.« Fandorin berührte mit der Hand die Schläfe, und Warja bemerkte plötzlich, wie blaß und müde er aussah. »Ich habe mich sehr beeilt zurückzukehren, aber die dreihundert Werst von Sofia bis Hermanli haben mich mehr Zeit gekostet als die anderthalb tausend Werst von Paris nach Sofia. Die Straßen im Hinterland spotten jeder Beschreibung. Gottlob sind Misinow und ich noch rechtzeitig angekommen. Als General Strukow mitteilte, Seine Exzellenz seien in Begleitung des Journalisten d'Hévrais nach San Stefano gefahren, begriff ich: Das ist er, der tödliche Zug von Anwar Effendi. Nicht zufällig wurde auch der Telegraphenverkehr unterbrochen. Ich bekam schreckliche Angst, Michail Dmitrijewitsch, daß dieser Mann mit Ihrer Verwegenheit und Ihrem Ehrgeiz spielen und Sie zum Einmarsch in Konstantinopel überreden könnte.«

»Und warum diese Angst, Herr Staatsanwalt?« fragte Sobolew ironisch. »Russische Truppen wären in die türkische Hauptstadt einmarschiert, na und?«

»Na und?« Misinow griff sich ans Herz. »Sie sind ja verrückt! Das hätte das Ende bedeutet!«

»Das Ende für wen?« Sobolew zuckte die Achseln, aber Warja sah Unruhe in seinen Augen.

»Für unsere Armee, für unsere Eroberungen, für Rußland!« sagte der Chef der Gendarmerie drohend. »Unser Botschafter in England, Graf Schuwalow, hat eine chiffrierte Meldung geschickt. Er hat mit eigenen Augen das geheime Memorandum des Kabinetts von Saint James gesehen. Nach einer vertraulichen Absprache zwischen England und Österreich-Ungarn würde, falls nur ein einziger russischer Soldat in Konstantinopel auftaucht, das Geschwader des Admirals Hornby das Feuer eröffnen, und die österreichisch-ungarische Armee würde die serbische und die russische Grenze überschreiten. So ist das, Michail Dmitrijewitsch. In diesem Falle würden wir eine Niederlage erleiden, um vieles schlimmer als im Krimkrieg. Das Land ist nach Plewna erschöpft, wir haben keine Flotte im Schwarzen Meer, und die Staatskasse ist leer. Es wäre eine vollständige Katastrophe.«

Sobolew schwieg niedergeschlagen.

»Aber Euer Exzellenz waren weise und zurückhaltend genug, nicht weiter als bis San Stefano zu gehen«, fuhr Fandorin ehrerbietig fort. »Also hätten Misinow und ich uns nicht so zu beeilen brauchen.«

Warja sah das Gesicht des Weißen Generals puterrot anlaufen. Er räusperte sich, nickte mit wichtiger Miene und betrachtete mit Interesse den Marmorfußboden.

Es mußte wohl sein, daß sich genau in diesem Moment der Leutnant Gukmassow durch die Tür hereindrängte. Mit einem feindseligen Blick auf die blauen Monturen bellte er: »Erlaube mir zu melden, Euer Exzellenz!«

Warja tat der arme Achilles leid, und sie wandte sich ab, doch der tumbe Leutnant fuhr mit ebenso schallender Stimme fort: »Punkt sechs Uhr! Laut Befehl Bataillon angetreten und Gulnora gesattelt! Wir warten nur noch auf Euer Exzellenz, dann vorwärts zu den Toren von Zargrad!«

»Sei still, du Tölpel«, knurrte der puterrote Held. »Zum Teufel mit Zargrad!«

Gukmassow wich verwirrt zurück. Kaum hatten sich die Türflügel hinter ihm geschlossen, geschah etwas Unerwartetes.

»Et maintenant, mesdames et messieurs, la parole est à la défense!«* erklärte d'Hévrais laut.

Er hielt plötzlich in der rechten Hand einen Revolver, der zweimal Knall und Feuer spie.

Warja sah, daß es den beiden Gendarmen auf der linken Brustseite die Montur zerriß. Die Karabiner fielen scheppernd auf den Fußboden, die Gendarmen sanken fast lautlos nieder.

Die Schüsse hallten in den Ohren nach. Noch ehe Warja schreien oder erschrecken konnte, streckte

* (franz.) Und jetzt, meine Damen und Herren, hat die Verteidigung das Wort.

d'Hévrais die linke Hand aus, umklammerte Warjas Ellbogen, zog sie vor sich, benutzte sie als Schutzschild.

Gogols »Revisor«, die stumme Schlußszene, dachte Warja stumpf, als sie einen hochgewachsenen Gendarm in der Tür erstarren sah. Fandorin und Misinow zielten mit ihren Revolvern. Misinows Gesicht war wütend, das Fandorins unglücklich. Sobolew breitete die Arme aus und verharrte in dieser Haltung. Mitja Gridnew riß den Mund auf und klapperte mit seinen auffälligen Wimpern. Perepjolkin hob die Hand, um den Kragen zu schließen, und vergaß, sie wieder herunterzunehmen.

»Charles, Sie sind verrückt!« schrie Sobolew und trat einen Schritt vor. »Sich hinter einer Dame zu verstekken!«

»Monsieur Fandorin hat bewiesen, daß ich Türke bin«, antwortete d'Hévrais spöttisch. Warja spürte am Hinterkopf seinen heißen Atem. »Und ein Türke macht mit Damen nicht viel Federlesens.«

»Uuuh!« heulte Mitja, senkte den Kopf wie ein Kalb und stürmte vor.

D'Hévrais' Revolver krachte noch einmal, unter Warjas Ellbogen hervor, und der junge Fähnrich stürzte mit einem Wehlaut bäuchlings zu Boden.

Wieder standen alle starr.

D'Hévrais zog Warja nach hinten und zur Seite.

»Wer sich vom Fleck rührt, wird erschossen«, warnte er halblaut.

Warja hatte das Gefühl, daß sich hinter ihr die Wand öffnete – und plötzlich befand sie sich mit d'Hévrais in einem anderen Raum.

Ach ja, der Tresor!

D'Hévrais knallte die Stahltür zu und schob den Riegel vor.

Sie waren allein.

VIERZEHNTES KAPITEL,
in welchem Rußland geschmäht wird und die Sprache Dantes erklingt

»Regierungsbote« (Sankt Petersburg)
vom 9. (21.) Januar 1878
»... bringt einen auf traurige Gedanken. Hier ein paar Daten aus der Rede des Finanzministers, Staatssekretär M. C. Rejtern, die er am letzten Donnerstag auf der Sitzung der Allrussischen Bankvereinigung gehalten hat. 1874 haben wir das erstemal seit vielen Jahren einen Einnahmenüberschuß erzielt, sagte der Minister. Für 1876 errechnete das Staatliche Schatzamt einen disponiblen Überschuß von 40 Millionen Rubel. Aber das knappe Jahr der militärischen Aktionen hat den Staatsschatz 1 Milliarde 20 Millionen Rubel gekostet, und für die weitere Kriegführung sind keine Mittel mehr vorhanden. Da die Ausgaben für zivile Zwecke gekürzt wurden, ist 1877 auf dem Territorium des Reiches keine einzige Werst Eisenbahnstrecke gebaut worden. Die In- und Auslandsverschuldung hat eine nie dagewesene Höhe erreicht und beträgt entsprechend ...«

D'Hévrais ließ Warja los, und sie wich voller Entsetzen zur Seite.

Durch die mächtige Tür drang gedämpftes Stimmengewirr.

»Anwar, nennen Sie Ihre Bedingungen!« Das war Fandorin.

»Keine Bedingungen!« (Misinow.) »Öffnen Sie sofort, oder ich lasse die Tür mit Dynamit sprengen!«

»Sie können Ihrem Gendarmeriekorps Befehle geben!« (Sobolew.) »Wenn gesprengt wird, kommt sie doch um!«

»Meine Herren!« schrie auf französisch d'Hévrais, der nicht d'Hévrais war. »Das ist unhöflich! Sie lassen mich nicht mit der Dame sprechen!«

»Charles oder wie Sie heißen!« brüllte Sobolew mit schallendem Generalsbaß. »Wenn Warwara Andrejewna auch nur ein Haar gekrümmt wird, spieße ich Sie auf den Pfahl ohne Untersuchung und Verhandlung!«

»Noch ein Wort, und ich erschieße zuerst sie und dann mich!« rief d'Hévrais mit dramatisch erhobener Stimme und zwinkerte auf einmal Warja zu, als hätte er einen nicht ganz stubenreinen, aber höchst komischen Witz erzählt.

Vor der Tür wurde es still.

»Sehen Sie mich nicht so an, als hätte ich plötzlich Hörner und Hauer, Mademoiselle Barbara«, sagte d'Hévrais mit seiner gewöhnlichen Stimme und rieb sich müde die Augen. »Selbstverständlich werde ich Sie nicht töten, und ich möchte auf keinen Fall Ihr Leben in Gefahr bringen.«

»Ach ja?« fragte sie giftig. »Wozu dann dieses ganze Theater? Warum haben Sie drei gänzlich unschuldige Menschen ermordet? Worauf hoffen Sie?«

Anwar Effendi (d'Hévrais kann vergessen werden) zog seine Uhr hervor.

»Fünf nach sechs. Ich brauche ›dieses ganze Theater‹, um Zeit zu gewinnen. Übrigens, um den Fähnrich brauchen Sie sich keine Gedanken zu machen. Da ich wußte, daß Sie ihn mögen, habe ich ihm nur den Oberschenkel durchlöchert, das ist nicht schlimm. Später kann er sich mit der Kriegsverwundung brüsten. Was die Gendarmen angeht, so ist das ihr Berufsrisiko.«

»Zeit gewinnen? Wozu?« fragte Warja besorgt.

»Schauen Sie, Mademoiselle Barbara, laut Plan wird in einer Stunde und fünfundzwanzig Minuten, also um halb acht, in San Stefano ein anatolisches Schützenregiment einrücken. Das ist eine der besten Truppen der türkischen Garde. Wir sind davon ausgegangen, daß die Abteilung Sobolew zu diesem Zeitpunkt schon den Stadtrand von Stambul erreicht hat, dort ins Feuer der englischen Flotte gerät und zurückweicht. Die türkischen Gardisten hätten dann den ungeordnet fliehenden Russen einen Schlag von hinten versetzt. Ein schöner Plan, und bis zum letzten Moment lief alles wie am Schnürchen.«

»Und weiter?«

»Für den Anfang sollten Sobolews Gedanken auf den verlockenden Personenzug gelenkt werden. Dabei haben Sie mir sehr geholfen, danke. ›Ein Buch aufschlagen, heißen Tee trinken‹ – das war großartig. Das weitere war einfach – der mächtige Ehrgeiz unseres unvergleichlichen Achilles, sein unstillbares Temperament und sein Glaube an seinen Stern hätten die Sache vollendet. Oh, Sobolew wäre nicht gefallen. Ich hätte es nicht zugelassen. Erstens kann ich ihn gut leiden, und zweitens hätte die Gefangennahme des großen Generals eine zweite Etappe des Balkankriegs einleiten können.« Anwar Pascha holte tief Luft. »Schade, daß es nicht geklappt hat. Ihr jugendlicher Greis Fandorin hat Beifall verdient. Wie die östlichen Weisen sagen, es war Karma.«

»Was sagen sie?« fragte Warja verwundert.

»Sehen Sie, Mademoiselle Barbara, Sie sind ein intelligentes, gebildetes Fräulein, aber Sie wissen elementare Dinge nicht«, sagte ihr sonderbarer Gesprächspartner vorwurfsvoll. »›Karma‹ ist einer der Grundbegriffe der indischen und der buddhistischen Philosophie. Etwas wie das Schicksal im Christentum, aber bedeutend interessanter. Das Elend des Westens besteht darin, daß er sich überheblich zur Weisheit des Ostens verhält. Dabei ist der Osten viel älter, einsichtsvoller und komplizierter. Meine Türkei liegt an der Kreuzung von West und Ost, und das Land könnte eine große Zukunft haben.«

»Lassen Sie das Dozieren«, unterbrach ihn Warja. »Was werden Sie tun?«

»Was ich tun werde?« fragte Anwar verwundert. »Natürlich warten, daß es halb acht wird. Der ursprüngliche Plan ist gescheitert, aber die anatolischen Schützen kommen auf jeden Fall. Der Kampf ist unausweichlich.

Wenn unsere Gardisten gewinnen, und sie haben die zahlenmäßige Überlegenheit, die Ausbildung und das Überraschungsmoment auf ihrer Seite, dann bin ich gerettet. Wenn jedoch Sobolews Leute standhalten … Lassen wir die Mutmaßungen. Übrigens«, er sah Warja ernst in die Augen, »ich kenne Ihre Entschlossenheit, aber kommen Sie nicht auf die Idee, Ihre Freunde vor dem Angriff zu warnen. Wenn Sie auch nur den Mund öffnen, um zu schreien, bin ich genötigt, Sie zu knebeln. Das werde ich tun, trotz der Achtung und Sympathie, die ich für Sie empfinde.«

Er nahm den Schlips ab, machte ein festes Knäuel daraus und steckte es in die Tasche.

»Eine Dame knebeln?« sagte Warja auflachend. »Als Franzose haben Sie mir besser gefallen.«

»Ich versichere Sie, ein französischer Spion würde an meiner Stelle genauso gehandelt haben, wenn von seinen Entscheidungen so viel abhinge. Ich bin es gewohnt, das eigene Leben nicht zu schonen, und habe es viele Male im Interesse der Sache aufs Spiel gesetzt. Das gibt mir das Recht, auch das Leben anderer nicht zu schonen. Es ist ein Spiel von gleich zu gleich, Mademoiselle Barbara. Ein grausames Spiel, aber das Leben ist überhaupt ein grausames Ding. Meinen Sie, mir hätte es nicht leid getan um den tapferen Surow oder den gutmütigen MacLaughlin? Und wie, aber es gibt wichtigere Werte als die Gefühle.«

»Was sollen das für Werte sein?« rief Warja. »Erklären Sie mir, Herr Intrigant, um was für hoher Ideen willen man einen Menschen töten kann, der einem freundschaftlich gesonnen war.«

»Ein ausgezeichnetes Gesprächsthema.« Anwar rückte einen Stuhl näher. »Nehmen Sie Platz, Mademoiselle Barbara, wir müssen uns die Zeit vertreiben. Und sehen Sie mich nicht so böse an. Ich bin kein Ungeheuer, sondern nur ein Feind Ihres Landes. Ich möchte nicht, daß Sie mich als seelenloses Monster betrachten, als das mich der übernatürlich scharfsinnige Monsieur Fandorin dargestellt hat. Ihn hätte ich rechtzeitig unschädlich machen müssen. Ja, ich bin ein Mörder. Aber wir sind hier alle Mörder, auch Ihr Fandorin und der verstorbene Surow und Misinow. Und Sobolew ist ein Obermörder, der badet geradezu in Blut. Bei unseren Männerspielen sind nur zwei Rollen möglich: Mörder oder Ermordeter. Machen Sie sich keine Illusionen, Mademoiselle, wir leben alle im Dschungel. Versuchen Sie, mich unvoreingenommen zu sehen und zu vergessen, daß Sie Russin sind und ich Türke bin. Ich habe mir im Leben einen sehr schweren Weg ausgesucht. Sie sind mir nicht gleichgültig. Ich bin sogar ein bißchen verliebt in Sie.«

Warja, von dem »ein bißchen« unangenehm berührt, runzelte die Stirn.

»Vielen Dank«, sagte sie.

»Na ja, ich habe mich ungeschickt ausgedrückt.« Anwar breitete die Arme aus. »Ich kann mir nicht erlauben, mich ernsthaft zu verlieben, das wäre ein unzulässiger und gefährlicher Luxus. Lassen wir das. Ich möchte lieber Ihre Frage beantworten. Einen Freund betrügen oder töten, das ist eine schwere Prüfung, aber manchmal muß man auch diese Schwelle überschreiten. Ich mußte es tun.« Seine Mundwinkel zuckten nervös. »Wenn man sich ganz einem hohen Ziel verschreibt, muß man persönliche Bindungen opfern können. Um Beispiele zu finden, brauchen wir nicht weit zu gehen. Ich bin überzeugt, daß Sie, ein fortschrittliches Mädchen, revolutionäre Ideen leidenschaftlich bejahen. Ist es nicht so? Bei Ihnen in Rußland haben die Revolutionäre schon angefangen zu schießen. Bald wird ein heimlicher Krieg beginnen, das können Sie einem Profi wie mir glauben. Idealistisch gesonnene Jünglinge und Mädchen werden Paläste, Züge und Kutschen in die Luft sprengen. Darin werden außer dem reaktionären Minister und dem bösen Gouverneur unweigerlich unschuldige Menschen sitzen – Angehörige, Gehilfen, Dienerschaft. Aber um der Idee willen wird das in Kauf genommen. Warten Sie ab. Ihre Idealisten werden sich ins Vertrauen schleichen und spionieren und betrügen und Abtrünnige töten – alles für die Idee.«

»Und worin besteht Ihre Idee?« fragte Warja scharf.

»Wenn Sie gestatten, erzähle ich es Ihnen.« Anwar stützte den Ellbogen auf die Stellage mit den Geldsäkken. »Ich sehe Rettung nicht in der Revolution, sondern in der Evolution. Diese muß man nur in die richtige Richtung lenken, man muß ihr helfen. Unser neunzehntes Jahrhundert entscheidet das Schicksal der Menschheit, davon bin ich zutiefst überzeugt. Man muß den

Kräften der Vernunft und der Toleranz helfen, die Oberhand zu gewinnen, ansonsten werden in nächster Zukunft schwere und überflüssige Erschütterungen die Erde heimsuchen.«

»Und wo wohnen Vernunft und Toleranz? In den Besitzungen Ihres Abd ul Hamid?«

»Natürlich nicht. Ich meine diejenigen Länder, in denen der Mensch nach und nach lernt, sich und andere zu achten, nicht mit dem Knüppel, sondern mit der Überzeugung zu siegen, Schwache zu unterstützen, Andersdenkende zu tolerieren. Ach, welch vielversprechende Prozesse entwickeln sich in Westeuropa und in Nordamerika! Ich bin natürlich weit davon entfernt zu idealisieren. Auch dort gibt es viel Schmutz, viele Verbrechen, viel Dummheit. Aber der Gesamtkurs ist richtig. Die Welt muß diesen Weg gehen, sonst versinkt die Menschheit in Chaos und Tyrannei. Der helle Fleck auf der Karte des Planeten ist noch sehr klein, aber er wird rasch größer. Man muß ihn nur vor dem Druck der Finsternis bewahren. Es läuft eine grandiose Schachpartie, und ich spiele darin für die Weißen.«

»Demnach ist Rußland für die Schwarzen?«

»Ja. Ihr gewaltiges Reich bildet heute die Hauptgefahr für die Zivilisation – mit seinen weiten Räumen, seiner zahlreichen unwissenden Bevölkerung, seiner schwerfälligen und aggressiven Staatsmaschine. Ich beobachte Rußland schon lange, ich habe die Sprache gelernt, bin viel gereist, habe historische Aufsätze gelesen, habe Ihren Staatsmechanismus studiert und Ihre

Führer kennengelernt. Sie brauchen nur Sobolew zuzuhören, diesem Herzchen, der ein neuer Napoleon werden will! Die Mission des russischen Volkes sei die Einnahme von Zargrad und die Vereinigung aller Slawen. Wozu? Damit die Romanows Europa wieder ihren Willen diktieren? Eine Horrorvision! Sie hören das nicht gern, Mademoiselle Barbara, aber Rußland birgt in sich eine schreckliche Bedrohung für die Zivilisation. In Rußland brodeln wilde, zerstörerische Kräfte, die früher oder später nach außen drängen werden, und das wird der Welt nicht gut bekommen. Es ist ein instabiles, absurdes Land, das alles Schlechte vom Westen wie vom Osten in sich aufgesogen hat. Rußland muß in die Schranken gewiesen, muß gebändigt werden. Das ist zu seinem Nutzen und ermöglicht es Europa, sich weiterhin in der notwendigen Richtung zu entwickeln. Wissen Sie, Mademoiselle Barbara«, Anwars Stimme zitterte plötzlich, »ich liebe meine unglückliche Türkei sehr. Sie ist ein Land der versäumten großen Möglichkeiten. Aber ich bin mit vollem Bewußtsein bereit, den osmanischen Staat zu opfern, wenn ich damit die russische Bedrohung von der Menschheit abwenden kann. Da wir schon vom Schach sprechen, wissen Sie, was ein Gambit ist? Nein? Das italienische gambetto, dare il gambetto, bedeutet ›ein Bein stellen‹. Gambit, das ist ein Eröffnungsspiel, bei dem man dem Gegner eine Figur opfert, um strategische Überlegenheit zu gewinnen. Ich selbst habe Rußland ganz am Anfang dieser Schachpartie eine verlockende Figur angeboten – die fette, appetitliche, schwache Türkei. Das Osmanische Reich wird sterben, aber Zar Alexander wird das Spiel nicht gewinnen. Im übrigen hat sich der Krieg so günstig gestaltet, daß vielleicht auch für die Türkei noch nicht alles verloren ist. Sie behält ja Midhat Pascha. Das ist ein vorzüglicher Mann, Mademoiselle Barbara, ich habe ihn absichtlich eine Zeitlang aus dem Spiel genommen, doch jetzt muß ich ihn wieder hereinnehmen. Wenn ich die Möglichkeit habe. Midhat Pascha kehrt unbefleckt nach Stambul zurück und nimmt die Macht in seine Hände. Vielleicht rückt die Türkei dann aus der Dunkelheit ins Licht.«

Vor der Tür die Stimme Misinows: »Herr Anwar, warum alles in die Länge ziehen? Das ist doch kleinmütig! Kommen Sie raus, ich verspreche Ihnen den Status des Kriegsgefangenen.«

»Und den Galgen wegen Kasansaki und Surow?« flüsterte Anwar.

Warja holte tief Luft, aber der Türke war auf der Hut – er holte den Knebel aus der Tasche und schüttelte ausdrucksvoll den Kopf.

»Ich muß nachdenken, Monsieur General!« rief er. »Um halb acht werde ich Ihnen antworten!«

Danach schwieg er lange. Er lief im Tresorraum auf und ab, sah mehrmals nach der Uhr.

»Wenn ich nur raus könnte!« murmelte der seltsame Mann endlich und schlug mit der Faust auf das eiserne Regal. »Ohne mich verschlingt Abd ul Hamid den edlen Midhat!«

Er blickte Warja mit seinen klaren hellblauen Augen schuldbewußt an und erklärte:

»Verzeihen Sie, Mademoiselle Barbara, ich bin nervös. Mein Leben ist in dieser Partie nicht ganz ohne Bedeutung. Mein Leben ist auch eine Figur, aber ich schätze es höher als das Osmanische Reich. Sagen wir so: Das Reich ist ein Läufer, und ich bin die Dame. Doch um des Sieges willen kann man auch die Dame opfern. Jedenfalls habe ich die Partie nicht verloren, ein Remis ist mir sicher!« Er lachte aufgeregt. »Es ist mir gelungen, Ihre Armee bei Plewna bedeutend länger festzuhalten, als ich gehofft hatte. Sie haben Kraft und Zeit verschwendet. England hat sich auf die Konfrontation vorbereitet, Österreich die Feigheit abgeworfen. Selbst wenn es keine zweite Etappe des Krieges gibt, hat Rußland das Nachsehen. Zwanzig Jahre hat es gebraucht, sich vom Krimkrieg zu erholen, und zwanzig Jahre lang wird es seine Wunden aus dem gegenwärtigen Krieg lecken. Und das jetzt, am Ende des neunzehnten Jahrhunderts, wo jedes Jahr so viel bedeutet. In zwanzig Jahren wird Europa gewaltig vorankommen. Rußland ist künftig die Rolle einer zweitrangigen Macht zugewiesen. Es wird zerfressen vom Geschwür der Korruption und des Nihilismus und wird den Fortschritt nicht mehr bedrohen.«

Da riß Warja die Geduld.

»Wer sind Sie denn, daß Sie sich ein Urteil anmaßen, wer der Zivilisation das Heil bringt und wer den Untergang? Den Staatsmechanismus hat er studiert, unsere

Führer kennengelernt! Und den Grafen Tolstoi, Fjodor Dostojewski haben Sie nicht kennengelernt? Haben Sie die russische Literatur gelesen? Was, keine Zeit gehabt? Zweimal zwei ist immer vier und dreimal drei neun, ja? Zwei parallele Geraden schneiden sich niemals, wie? Bei Ihrem Euklid vielleicht nicht, aber bei unserm Lobatschewski schneiden sie sich!«

»Ich verstehe Ihre Metapher nicht«, sagte Anwar achselzuckend. »Und die russische Literatur habe ich natürlich gelesen. Es ist eine gute Literatur, nicht schlechter als die englische oder französische. Aber Literatur ist ein Spielzeug und kann in einem normalen Land keine wichtige Bedeutung haben. Ich selbst bin ja auch eine Art Literat. Man soll sich einer Aufgabe widmen und nicht sentimentale Märchen schreiben. Die Schweiz zum Beispiel hat keine große Literatur, doch das Leben dort ist unvergleichlich würdiger als bei Ihnen in Rußland. Ich habe in der Schweiz meine ganze Kindheit und Jugend verbracht, und Sie können mir glauben ...«

Er sprach nicht zu Ende – aus der Ferne war das Knattern von Schüssen zu hören.

»Es geht los! Vorzeitig!«

Anwar legte das Ohr an die Tür, seine Augen glänzten fiebrig.

»Verdammt! Und der Raum hat kein einziges Fenster!«

Warja versuchte vergeblich, ihr wild pochendes Herz zu beruhigen. Das Krachen der Schüsse kam näher. Sie hörte, wie Sobolew irgendwelche Befehle gab, konnte aber nichts verstehen. Jemand rief »Allah!«, dann dröhnte eine Salve.

Anwar drehte die Trommel seines Revolvers und murmelte: »Ich könnte einen Ausfall machen, aber ich habe nur noch drei Patronen. Ich hasse Untätigkeit!«

Er fuhr zusammen – Schüsse knallten schon im Gebäude.

»Wenn Unsere siegen, schicke ich Sie nach Adrianopel«, sagte Anwar schnell. »Jetzt geht der Krieg wohl zu Ende. Eine zweite Etappe wird es nicht geben. Schade. Nicht alles kommt wie geplant. Vielleicht sehen wir beide uns wieder. Jetzt hassen Sie mich natürlich, aber wenn Zeit vergangen ist, werden Sie sehen, daß ich recht hatte.«

»Ich hege keinen Haß gegen Sie«, sagte Warja. »Es macht mich nur traurig, daß ein so talentierter Mensch wie Sie sich mit solchem Schmutz beschäftigt. Ich erinnere mich, wie Misinow die Geschichte Ihres Lebens vorlas ...«

»Wirklich?« sagte Anwar zerstreut, er horchte auf den Schußwechsel.

»Ja. So viele Intrigen, so viele Tote! Der Tscherkesse, der vor seiner Hinrichtung Arien sang, war doch Ihr Freund? Haben Sie den auch geopfert?«

»Ich denke nicht gern an diese Geschichte«, sagte er ernst. »Wissen Sie, was ich bin? Ein Geburtshelfer, ich helfe einem Säugling ans Licht der Welt, und meine Hände sind bis zum Ellbogen voller Blut und Schleim.«

Eine Salve krachte ganz in der Nähe.

»Ich werde jetzt die Tür öffnen«, sagte Anwar und spannte den Hahn, »und meinen Leuten helfen. Sie bleiben hier und stecken um Gottes willen nicht den Kopf heraus. Es ist bald zu Ende.«

Er griff nach dem Riegel und erstarrte plötzlich – in der Bank wurde nicht mehr geschossen. Es ertönten Stimmen, aber ob russische oder türkische war nicht auszumachen. Warja hielt den Atem an.

»Ich dreh dir die Visage nach hinten! Hier im Winkel sich rumdrücken, du Arsch-Arsch-Arsch!« bellte ein Unteroffiziersbaß, und die heimatliche Stimme ließ Warja erbeben.

Durchgehalten! Abgewehrt!

Das Schießen entfernte sich immer weiter, und sie hörten deutlich ein langgedehntes »Hurraa!«.

Anwar stand mit geschlossenen Augen da. Sein Gesicht war ruhig und traurig. Als die Schießerei ganz aufhörte, zog er den Riegel zurück und öffnete ein wenig die Tür.

»Das war's, Mademoiselle Barbara. Ihre Einkerkerung ist beendet. Gehen Sie.«

»Und Sie?« flüsterte Warja.

»Die Dame wird ohne besonderen Vorteil geopfert. Schade. Ansonsten bleibt alles in Kraft. Gehen Sie. Ich wünsche Ihnen Glück.«

»Nein!« Sie wich seiner Hand aus. »Ich lasse Sie nicht hier. Ergeben Sie sich, ich werde vor Gericht zu Ihren Gunsten aussagen.«

»Damit die mir die Kehle zunähen und mich dann doch hängen?« sagte Anwar auflachend. »Nein, besten

Dank. Ich kann vor allem zwei Dinge auf der Welt nicht ertragen – Demütigung und Kapitulation. Leben Sie wohl, ich muß allein sein.«

Er faßte Warja am Ärmel und schob sie mit einem sachten Stoß hinaus. Die Stahltür schloß sich gleich wieder.

Warja sah vor sich den bleichen Fandorin. Neben dem zerschlagenen Fenster stand General Misinow und schnauzte die Gendarmen an, die die Glasscherben zusammenfegten. Draußen tagte es.

»Wo ist Sobolew?« fragte Warja erschrocken. »Gefallen? Verwundet?«

»Lebendig und gesund«, antwortete Fandorin und musterte sie aufmerksam. »Er ist in seinem Element – verfolgt die Feinde. Der arme Perepjolkin ist wieder verwundet, ein Jatagan hat ihm das halbe Ohr abgeschnitten. Wahrscheinlich bekommt er wieder einen Orden. Und um den Fähnrich Gridnew brauchen Sie sich keine Sorgen zu machen, er ist auch am Leben.«

»Ich weiß«, sagte sie. Fandorin verengte ein wenig die Augen.

Misinow trat zu ihnen.

»Noch ein Loch im Mantel«, klagte er. »Das ist mir ein Tag. Er hat Sie rausgelassen? Ausgezeichnet! Jetzt können wir Dynamit nehmen.«

Er näherte sich vorsichtig der Tür zum Tresorraum und fuhr mit der Hand über den Stahl.

»Zwei Stangen müßten reichen. Oder ist das zuviel? Es wäre gut, den Halunken lebendig zu kriegen.«

Durch die Tür des Tresorraums klang sorgloses und höchst melodisches Pfeifen.

»Er pfeift!« rief Misinow entrüstet. »Wie finden Sie das? Na, du hast mir gleich ausgepfiffen. Nowgorodzew! Schicken Sie jemanden zu den Pionieren, Dynamit holen!«

»D-dynamit wird nicht gebraucht«, sagte Fandorin leise, er horchte auf das Pfeifen.

»Sie stottern ja wieder«, konstatierte Warja. »Heißt das, alles ist vorbei?«

Stiefelkrachend kam Sobolew herein, sein weißer Mantel mit den roten Aufschlägen stand offen.

»Sie sind zurückgewichen!« verkündete er mit heiserer Stimme. »Die Verluste sind entsetzlich hoch, aber macht nichts, bald kommt ein Zug mit Verstärkung. Aber wer pfeift da so schön? Das ist ja ›Lucia di Lammermoor‹ von Donizetti, meine Lieblingsoper!« Der General fiel mit angenehmem, etwas heiserem Bariton ein:

Del ciel clemente un riso,
la vita a noi sara!

Er sang gefühlvoll die letzte Strophe. Drinnen ertönte ein Schuß.

EPILOG

»Moskauer Regierungsnachrichten«
vom 19. Februar (3. März) 1878
FRIEDENSVERTRAG UNTERSCHRIEBEN!

»Heute, am lichten Jahrestag der Allerhöchsten Barmherzigkeit*, die der Bauernschaft vor 17 Jahren erwiesen wurde, ist eine neue lichte Seite in die Chronik der Regierungszeit des Befreierzaren geschrieben worden. Russische und türkische Bevollmächtigte unterzeichneten in San Stefano den Friedensvertrag, der den ruhmreichen Krieg für die Befreiung der christlichen Völker von der türkischen Herrschaft abschloß. Entsprechend den Vertragsbedingungen gewinnen Rumänien und Serbien die volle Unabhängigkeit, ein ausgedehntes Fürstentum Bulgarien wird gebildet, und Rußland erhält als Kompensation seiner Kriegskosten 1 Milliarde 410 Millionen Rubel, wobei der größte Teil dieser Summe in Gebietsabtretungen bestehen wird; dazu gehören Bessarabien und die Dobrudsha, ferner Arhagan, Kars, Batum, Bajasit …«

* Gemeint ist die Aufhebung der Leibeigenschaft in Rußland. D.Ü.

»Also, der Friedensvertrag ist unterschrieben, und er ist sehr günstig. Und Sie haben geunkt, Herr Pessimist«, sagte Warja – wieder nicht das, was sie eigentlich sagen wollte.

Von Petja hatte sich der Titularrat bereits verabschiedet, und der gestrige Untersuchungshäftling und heutige freie Mann Petja Jablokow stieg in den Waggon, um das Abteil zu besetzen und das Gepäck zu verstauen. Aus Anlaß des siegreichen Kriegsendes war er vollständig rehabilitiert worden und hatte sogar eine Medaille für Diensteifer bekommen.

Sie hätten schon vor zwei Wochen abreisen können, und Petja hatte auch gedrängt, aber Warja hatte es hingezogen, hatte gewartet und selber nicht gewußt, worauf.

Schade, der Abschied von Sobolew war nicht gut gewesen und hatte ihn verärgert. Aber wenn schon. Einen solchen Helden würde schon bald jemand trösten.

Doch nun war der Tag gekommen, da sie sich von Erast Fandorin verabschieden mußte. Seit dem frühen Morgen war Warja nervös. Sie machte dem armen Petja eine hysterische Szene wegen einer verlorenen Brosche, dann brach sie in Tränen aus.

Fandorin blieb noch eine Weile in San Stefano – mit der Unterzeichnung des Friedensvertrags war die diplomatische Kleinarbeit noch keineswegs beendet. Auf den Bahnhof kam er von irgendeinem Empfang – mit Frack, Zylinder und weißem Seidenschal. Er schenkte Warja einen Strauß Parmaveilchen, seufzte, trat von einem

Fuß auf den anderen, glänzte aber heute nicht durch Redekunst.

»Der F-frieden ist gar zu günstig«, antwortete er. »Europa wird ihn nicht anerkennen. Anwar hat sein G-gambit sehr gut gespielt, und ich habe verloren. Ich habe einen Orden bekommen, hätte aber vor Gericht gehört.«

»Sie sind ungerecht gegen sich selbst! Schrecklich ungerecht!« sagte Warja heftig, voller Furcht, in Tränen auszubrechen. »Warum quälen Sie sich die ganze Zeit? Wären Sie nicht gewesen – ich weiß nicht, was aus uns allen geworden wäre.«

»Ungefähr dasselbe hat mir Misinow gesagt.« Fandorin lachte auf. »Und er hat mir jede A-auszeichnung versprochen, die in seiner Macht steht.«

Warja freute sich.

»Wirklich? Na Gott sei dank! Was haben Sie sich gewünscht?«

»Daß man mich zum Dienst ans E-ende der Welt schickt, weit weg von alldem hier.« Er machte eine unbestimmte Handbewegung.

»So ein Unsinn! Und Misinow?«

»Er war böse. Aber versprochen ist versprochen. W-wenn die Verhandlungen zu Ende sind, fahre ich von Konstantinopel nach Port Said und von dort mit dem Schiff nach Japan. Ich bin zum zweiten Sekretär der Botschaft in Tokio ernannt worden. Weiter weg geht's nicht.«

»Nach Japan ...« Nun spritzten die Tränen doch noch, und Warja wischte sie wütend mit dem Handschuh weg.

Das Glöckchen klingelte, die Lokomotive tutete. Aus dem Waggonfenster guckte Petja.

»Warenka, es ist Zeit. Wir fahren gleich ab.«

Fandorin druckste, blickte zu Boden.

»Auf W-wiedersehen, Warwara Andrejewna. Es hat mich sehr gefreut …« Er sprach nicht zu Ende.

Warja griff hastig nach seiner Hand und blinzelte gegen die Tränen an.

»Erast …«, entfuhr es ihr plötzlich, aber die weiteren Worte blieben stecken, kamen nicht heraus.

Fandorin ruckte mit dem Kinn, sagte nichts.

Die Räder setzten sich in Bewegung, der Zug fuhr an.

»Warja, du bleibst noch zurück!« rief Petja verzweifelt. »Mach schnell!«

Sie drehte sich um, zögerte kurz und sprang dann auf das am Bahnsteig vorbeischwebende Trittbrett.

»… und als erstes eine heiße Wanne. Dann in die Patisserie Filippow, Aprikosenkonfekt holen, das du so gern magst. Und in der Buchhandlung die Neuerscheinungen anschauen, dann in die Universität. Kannst du dir vorstellen, wie viele Fragen, wie viele …«

Warja stand am Fenster und nickte im Takt zu Petjas glücklichem Geplapper. Sie spähte nach der schwarzen Figur, die auf dem Bahnsteig zurückgeblieben war, aber die Figur benahm sich sonderbar, sie zerfloß. Oder stimmte mit ihren Augen etwas nicht?

»Times« (London)
vom 10. März (26. Februar) 1878
DIE REGIERUNG IHRER MAJESTÄT SAGT »NEIN«
»Heute erklärte Lord Derby, daß die britische Regierung, unterstützt von den Regierungen der meisten europäischen Länder, es kategorisch ablehnt, die räuberischen Friedensbedingungen anzuerkennen, die der Türkei von dem unmäßigen Appetit des Zaren Alexander aufgezwungen wurden. Der Frieden von San Stefano richtet sich gegen die Interessen der europäischen Sicherheit und muß auf einem Sonderkongreß unter Beteiligung der Großmächte revidiert werden.«

Boris Akunin

Mord auf der Leviathan

Die schwarze Mappe des Kommissars Coche

Aus dem Protokoll der Tatortuntersuchung, vorgenommen am Abend des 15. März 1878 in der Villa von Lord Littleby, Rue de Grenelle (7. Pariser Arrondissement):

Aus ungeklärten Gründen befand sich die gesamte Dienerschaft im Anrichteraum im Parterre der Villa, links vom Vestibül (Raum 3 in Schema 1). Die genaue Lage der Leichen ist aus Schema 4 zu ersehen, es sind dies:

Nr. 1 der Haushofmeister Etienne Delarue, 48
Nr. 2 die Haushälterin Laura Bernard, 54
Nr. 3 der Kammerdiener des Hausherrn Marcel Proux, 28
Nr. 4 der Sohn des Haushofmeisters, Luc Delarue, 11
Nr. 5 das Stubenmädchen Arlette Foch, 19
Nr. 6 die Enkelin der Haushälterin, Anne-Marie Bernard, 6

Nr. 7 der Wächter Jean Lesage, 42, der im Spital Saint-Lazare am 16. März verstarb, ohne das Bewußtsein wiedererlangt zu haben
Nr. 8 der Wächter Patrick Trois-Bras, 29
Nr. 9 der Türsteher Jean Carpentier, 40

Die Leichen Nr. 1–6 befanden sich in sitzender Stellung rund um den großen Küchentisch: Nr. 1–3 mit dem Kopf auf den gekreuzten Armen, Nr. 4 mit der Wange auf den flachen Händen, Nr. 5 auf dem Stuhl zurückgelehnt und Nr. 6 auf dem Schoß von Nr. 2 sitzend. Nr. 1–6 hatten ruhige Gesichter ohne die geringsten Anzeichen von Angst oder Leiden. Die Leichen Nr. 7–9 lagen, wie aus dem Schema ersichtlich, in einiger Entfernung vom Tisch. Nr. 7 hielt eine Trillerpfeife in der Hand, doch keiner der Nachbarn hat an dem betreffenden Abend einen Pfiff gehört. In den Gesichtern von Nr. 8 und 9 ist Entsetzen oder zumindest äußerste Verwunderung zu erkennen (die photographischen Aufnahmen werden morgen früh vorgelegt). Es gibt keine Kampfspuren. Körperliche Verletzungen wurden bei einer ersten Untersuchung nicht entdeckt. Die Todesursache zu ermitteln ist ohne Obduktion unmöglich. An Hand der Leichenstarre stellte der Gerichtsmediziner Maître Bernheim fest, daß der Tod zu verschiedenen Zeiten eingetreten ist, zwischen 22 Uhr (Nr. 6) und 6 Uhr, während Nr. 7, wie schon erwähnt, später im Spital verstarb. Ohne den Ergebnissen des medizinischen Gutachtens vorgreifen zu wollen, wage ich zu behaupten, daß alle

Opfer unter der Einwirkung eines starken Giftes mit schnell einschläferndem Effekt standen, und der Zeitpunkt des Herzstillstands war abhängig entweder von der Giftdosis oder von der physischen Stabilität des jeweiligen Vergifteten.

Die Eingangstür der Villa war angelehnt. Ein Fenster der Orangerie (Punkt 8 in Schema 1) zeigte deutliche Einbruchspuren: Die Scheibe war zerschlagen, und auf der lockeren Erde unter dem Fenster fand sich der undeutliche Abdruck eines Männerschuhs mit einer 26 Zentimeter langen Sohle, vorn spitz und der Absatz mit Eisen beschlagen (die photographischen Aufnahmen werden nachgereicht). Wahrscheinlich ist der Täter vom Garten her ins Haus eingedrungen, und zwar nachdem die Dienerschaft vergiftet und eingeschläfert war, sonst hätte sie das Klirren des Glases gehört. Unbegreiflich ist, warum der Täter, als die Bediensteten schon unschädlich gemacht waren, durch den Garten das Haus betrat – er hätte ja seelenruhig die Tür des Anrichteraums benutzen können. Wie dem auch sei, der Täter stieg von der Orangerie hinauf in den ersten Stock, wo die persönlichen Gemächer von Lord Littleby liegen (Schema 2). Wie aus dem Schema ersichtlich, gibt es in der linken Hälfte des ersten Stocks nur zwei Räume: den Saal mit der Sammlung indischer Raritäten und das unmittelbar angrenzende Schlafzimmer des Hausherrn. Die Leiche Lord Littlebys ist in Schema 2 als Nr. 10 eingezeichnet (als Umriß). Der Lord trug eine Hausjacke und eine Tuchhose, der rechte Fuß war dick mit einer Binde umwickelt. Eine erste Untersuchung der Leiche ergab, daß der Tod durch einen ungewöhnlich heftigen Schlag mit einem länglichen schweren Gegenstand auf den Schädel eintrat. Der Schlag wurde von vorn geführt. Der Teppich ist auf mehrere Meter ringsum mit Blut und Gehirnmasse vollgespritzt. Spritzer sind auch auf der zerschlagenen Glasvitrine, in der sich, nach einem Schildchen zu urteilen, eine Statuette des indischen Gottes Schiwa (Schrift auf dem Schildchen: »Bangalore. 2. H. d. 17. Jh., Gold«) befand. Die verschwundene Skulptur hatte vor dem Hintergrund bunter indischer Tücher gestanden, von denen auch eines fehlt.

Aus dem Bericht Doktor Bernheims über die Ergebnisse der pathologisch-anatomischen Untersuchung der Leichen aus der Rue de Grenelle:

Wenn aber die Todesursache Lord Littlebys (Leiche Nr. 10) klar ist und nur die Gewalt des Schlags, der den Schädelknochen in sieben Trümmer spaltete, als ungewöhnlich anzusehen ist, so war das Bild bei den Leichen Nr. 1–9 weniger deutlich und erforderte nicht nur eine Obduktion, sondern auch eine chemische Laboruntersuchung. Die Aufgabe wurde ein wenig dadurch erleichtert, daß J. Lesage (Nr. 7) zunächst noch lebte. Nach einigen charakteristischen Merkmalen (Pupillen wie Stecknadelköpfe, flacher Atem, kalte klebrige Haut, gerötete Lippen und Ohrläppchen) könnte man auf Morphiumvergiftung tippen. Leider waren wir bei der ersten Untersuchung am Tatort von der scheinbar offenkundigen Version der oralen Gifteinnahme ausgegangen und hatten deshalb nur die Mundhöhle und den Rachen der Toten sorgfältig untersucht. Als wir dort nichts Pathologisches fanden, gerieten wir in eine Sackgasse. Erst bei der Untersuchung im Schauhaus wurde bei jeder der neun Leichen ein kaum sichtbarer Injektionseinstich in der linken Ellenbeuge entdeckt. Obwohl das meine Kompetenz übersteigt, erlaube ich mir, mit hinreichender Überzeugung anzunehmen, daß die Injektionen von einer Person gemacht wurden, die mit solchen Prozeduren große Erfahrung hat. Zu dieser Schlußfolgerung führten mich zwei Umstände: 1. Die Injektionen wurden höchst akkurat ausgeführt, und keine der Leichen wies ein Hämatom auf. 2. Die narkotische Bewußtlosigkeit tritt normalerweise nach drei Minuten ein, und das bedeutet, daß alle neun Injektionen innerhalb dieser Zeit erfolgten. Entweder waren mehrere Täter am Werk (wenig wahrscheinlich) oder nur einer mit wahrhaft erstaunlicher Fertigkeit, selbst wenn wir davon ausgehen, daß er zuvor für jeden eine aufgezogene Spritze bereitgelegt hatte. In der Tat ist schwer vorstellbar, daß jemand mit gesundem Menschenverstand den Arm für die Injektion hinhält, wenn vor seinen Augen schon ein anderer das Bewußtsein verloren hat. Mein Assistent Maître Joly ist allerdings der Meinung, alle diese Leute könnten in einem Zustand der hypnotischen Trance gewesen sein, aber in meiner langjährigen Arbeit ist mir noch nichts Derartiges vorgekommen. Ich möchte die

Aufmerksamkeit des Herrn Kommissars auch darauf lenken, daß die Leichen Nr. 7–9 in einer Haltung dalagen, die auf Erschrecken hindeutete. Ich vermute, die drei bekamen die Injektionen als letzte (oder sie hatten größere Widerstandskraft) und begriffen, bevor sie das Bewußtsein verloren, daß mit den anderen Bediensteten etwas Verdächtiges geschah. Die Laboranalyse hat ergeben, daß bereits ein Drittel der verabfolgten Morphiumdosis zum Tode geführt hätte. Nach dem Zustand der Leiche des 6jährigen Mädchens zu urteilen, das als erste sterben mußte, wurden die Injektionen am 15. März zwischen zwischen 21 und 22 Uhr gegeben.

ZEHN LEBEN FÜR EINE GOLDENE GOTTESFIGUR!

Ein entsetzliches Verbrechen in einem vornehmen Wohnviertel

Heute, am 16. März, spricht ganz Paris von dem Verbrechen, welches das Blut in den Adern gefrieren läßt und die wohlgesittete Stille in der aristokratischen Rue de Grenelle zerrissen hat. Der Korrespondent der »Revue Parisienne« eilte an den Ort der Tragödie und ist bereit, die berechtigte Neugier unserer Leser zu befriedigen.

Heute früh läutete der Postbote Jacques Le Chien wie gewöhnlich kurz nach sieben an der Tür der eleganten zweigeschossigen Villa, die dem bekannten britischen Kunstsammler Lord Littleby gehört. Als der Türsteher Carpentier, der die Post für Seine Erlaucht stets persönlich entgegennimmt, nicht öffnete, wunderte sich Herr Le Chien. Er bemerkte, daß die Eingangstür nur angelehnt war, und betrat die Diele. Gleich darauf rannte der 70jährige Postveteran mit wildem Geheul zurück auf die Straße. Die alarmierte Polizei entdeckte im Hause ein wahres Totenreich – sieben Bedienstete und zwei Kinder (den 11jährigen Sohn des Haushofmeisters und die 6jährige Enkelin der Haushälterin) im ewigen Schlaf. Die Polizisten stiegen zum ersten Stock hinauf und fanden den Hausherrn, Lord Littleby, in einer Blutlache. Er war in der Schatzkammer ermordet worden, in der er seine berühmte Sammlung fernöstlicher Raritäten aufbewahrte. Der 55jährige Engländer war in der vornehmen Gesellschaft unserer Hauptstadt kein Unbekannter. Er galt als Exzentriker und Eigenbrödler, doch Archäologen und Orientologen sahen in Lord Littleby einen seriösen Kenner der indischen Geschichte. Mehrmalige Versuche der Direktion des Louvre, dem Lord einzelne Exponate seiner vielfältigen Sammlung abzukaufen, stießen auf entrüstete Ablehnung. Der Verstorbene schätzte insbesondere die einzigartige goldene Statuette des Gottes Schiwa, die von Experten auf mindestens eine halbe Million Francs taxiert wird. Der Lord, der ein ängstlicher und argwöhnischer Mensch war, hatte große Furcht vor Dieben, und in der Schatzkammer standen Tag und Nacht zwei bewaffnete Wächter.

Wir wissen nicht, warum die Wächter ihren Posten verließen und ins Parterre hinuntergingen. Wir wissen nicht, über welche unbekannte Macht der Täter verfügte, um alle Bewohner des Hauses seinem Willen gefügig zu machen, ohne daß sie den geringsten Widerstand leisteten (die Polizei nimmt an, daß ein schnell wirkendes Gift eingesetzt wurde). Klar ist nur, daß der Verbrecher den Hausherrn nicht in der Villa vermutet hatte. Damit ist wohl die bestialische Grausamkeit zu erklären, mit welcher der angesehene Sammler getötet wurde. Der Mörder dürfte den Tatort in Panik verlassen haben. Jedenfalls nahm er nur die Statuette und eines der bunten indischen Tücher mit, die in derselben Vitrine ausgestellt waren. Das Tuch wurde sicherlich benötigt, um den goldenen Schiwa einzuwickeln, da sonst der Glanz der Statuette die Aufmerksamkeit eines späten Passanten hätte erregen können. Die übrigen Kostbarkeiten, an denen die Sammlung reich ist, blieben unberührt. Wie wir ermitteln konnten, war Lord Littleby gestern nur zufällig zu Hause, durch eine verhängnisvolle Verquickung von Umständen. Er wollte eigentlich ins Kurbad fahren, war aber wegen eines plötzlichen Podagraanfalls daheim geblieben – zu seinem Unglück.

Der Zynismus des Massenmords in der Rue de Grenelle ist bestürzend. Welche Mißachtung von Menschenleben! Welch ungeheuerliche Grausamkeit! Und wofür? Für einen goldenen Götzen, der jetzt gar nicht mehr verkauft werden kann! Sollte die Schiwafigur jedoch eingeschmolzen werden, so wird sie sich in einen gewöhnlichen Zweikilogoldbarren verwandeln. Zweihundert Gramm des gelben Metalls – das ist der Wert, den der Verbrecher jedem der zehn vernichteten Menschenleben beimaß. O tempora, o mores! rufen wir mit Cicero.

Es gibt jedoch Grund zu der Annahme, daß die unerhörte Untat nicht ungestraft bleiben wird. Der erfahrenste Ermittler der Pariser Präfektur, Gustave Coche, der mit der Untersuchung betraut ist, teilte uns im Vertrauen mit, daß die Polizei über ein wichtiges Corpus delicti verfügt. Der Kommissar ist sich absolut sicher, daß der Schuldige bald hinter Gittern sitzen wird. Auf unsere Frage, ob das Verbrechen von einem Berufsräuber verübt wurde, lächelte Monsieur Coche verschmitzt in seinen grauen Schnauzbart und antwortete geheimnisvoll: »Nein, der Faden führt in die gute Gesellschaft.« Mehr konnte meine Wenigkeit nicht aus ihm herausholen.

G. du Roy

WELCH EIN FANG!

Der goldene Schiwa ist gefunden! Das »Verbrechen des Jahrhunderts« in der Rue de Grenelle – das Werk eines Irren?

Gestern, am 17. März, gegen achtzehn Uhr angelte der 13jährige Pierre B. bei der Pont des Invalides. Sein Angelhaken verhedderte sich am Grund, so daß der Junge ins kalte Wasser steigen mußte. (»Ich wär ja schön blöd, den englischen Haken unten zu lassen«, sagte der junge Angler zu unserem Reporter.) Pierres Mut wurde belohnt: Der Haken war nicht an einem gewöhnlichen Wurzelknorren hängengeblieben, sondern an einem gewichtigen Gegenstand, der zur Hälfte im Schlamm versunken war. Aus dem Wasser gezogen, erstrahlte der Gegenstand in überirdischem Glanz und blendete den verwunderten Fischer. Pierres Vater, Sergeant im Ruhestand und Veteran von Sedan, erriet sofort, daß es der berühmte goldene Schiwa war, um dessentwillen vorgestern zehn Menschen ermordet worden waren, und brachte die Statuette auf die Präfektur.

Wie ist das zu verstehen? Der Verbrecher, der vor der kaltblütigen und raffinierten Ermordung so vieler Menschen nicht zurückschreckte, will die Beute seiner ungeheuerlichen Untat nicht behalten! Die Untersuchung steckt in einer Sackgasse. Viele neigen wohl zu der Annahme, daß in dem Mörder verspätet das Gewissen erwachte und er voller Entsetzen die goldene Götzenfigur ins Wasser warf. Manche glauben sogar, daß sich der Verbrecher in der Nähe ertränkte. Die Polizei, nicht minder romantisch, findet in der Inkonsequenz der Handlungen des Täters deutliche Anzeichen von Wahnsinn. Ob wir wohl irgendwann die wahren Hintergründe dieser grauenhaften, unfaßbaren Geschichte erfahren?

EIN ALBUM PARISER SCHÖNHEITEN

Eine Serie von 20 Photographien zum Preis von 3 Fr. 99 cent. inclusive Versandkosten. Einmaliges Angebot! Greifen Sie zu, die Auflage ist begrenzt. Paris, Rue Coypel, Druckerei Patou et fils.

ERSTER TEIL

PORT SAID–ADEN

Kommissar Coche

In Port Said kam ein neuer Passagier an Bord der »Leviathan«, er hatte die letzte freie Kabine der ersten Klasse, die Nr. 18, und Gustave Coches Stimmung besserte sich sogleich. Der Neue sah vielversprechend aus: zurückhaltende und gemessene Bewegungen, undurchdringliche Miene, ein schönes Gesicht, das auf den ersten Blick ganz jung wirkte, doch als er die Melone abnahm, kamen überraschend weiße Schläfen zum Vorschein. Interessantes Exemplar, entschied der Kommissar. Man sieht sofort, ein Mann mit Charakter und, wie man so sagt, mit Vergangenheit. Zweifellos ein Kunde für Coche.

Der Passagier kam die Schiffstreppe hoch und schwenkte eine Reisetasche. Schwitzende Träger schleppten sein ansehnliches Gepäck: teure knarrende Koffer, gediegene Taschen aus Schweinsleder, umfangreiche Bücherpakete und sogar ein Klappfahrrad (ein großes und zwei kleine Räder und ein Bündel blanke Metallrohre). Den Zug beschlossen zwei arme Kerle, die sich mit eindrucksvollen Hanteln plagten.

Das Herz des Kommissars Coche, dieses alten Spürhundes (wie er sich gern selbst nannte), erbebte vor Jagdeifer, als er bei dem Neuen nicht das goldene Abzeichen mit dem Wal sah, nicht auf dem seidenen Revers des stutzerhaften Sommerpaletots, nicht am Jackett und auch nicht an der Uhrkette. Warm, ganz warm, dachte Coche, während er den Fant unter buschigen Augenbrauen hervor beobachtete und dabei sein geliebtes Tonpfeifchen paffte. Wieso war er eigentlich davon ausgegangen, daß der Mörder den Dampfer in Southhampton besteigen würde? Das Verbrechen war am 15. März verübt worden, und heute war schon der 1. April. Er konnte nach Port Said gefahren sein, während die »Leviathan« Westeuropa umschiffte. Paßte doch alles zusammen: vom Typ her verdächtig plus Ticket erster Klasse plus das Wichtigste – er hatte keinen goldenen Wal.

Das verfluchte Abzeichen mit der Abbreviatur der Dampfschiffahrtsgesellschaft »Jasper & Arthaud Partnership« erschien Coche seit einiger Zeit schon in seinen nächtlichen Träumen, und die waren ungewöhnlich scheußlich, zum Beispiel der letzte.

Der Kommissar rudert in einem Boot mit Madame Coche im Bois de Boulogne. Die liebe Sonne scheint, die Vögel zwitschern. Plötzlich glotzt über die Baumwipfel hinweg eine gigantische goldschimmernde Visage mit sinnleeren runden Augen, sperrt den Rachen auf, in dem der Arc de Triomphe Platz fände, und fängt an, den Teich leerzusaugen. Coche legt sich schweißüberströmt in die Riemen. Nun stellt sich heraus, daß sich das

Ganze nicht im Bois abspielt, sondern in einem uferlosen Ozean. Die Riemen biegen sich wie Strohhalme, Madame Coche stößt ihm schmerzhaft den Schirm in den Rücken, und das gewaltige funkelnde Ungeheuer verdeckt den Horizont. Schließlich spuckt es eine Fontäne in den Himmel, da erwachte der Kommissar und tastete mit flatternder Hand auf dem Nachttisch nach der Pfeife und den Zündhölzern.

Zum erstenmal hatte Coche den goldenen Wal in der Rue de Grenelle gesehen, als er die Leiche von Lord Littleby untersuchte. Der Engländer lag da, den Mund in einem stummen Schrei aufgerissen, die Zahnprothese war halb herausgerutscht, der Kopf oberhalb der Stirn war ein blutiger Brei. Coche hockte sich hin, denn ihn deuchte, daß zwischen den Fingern des Toten etwas golden blinkte, und als er sah, was es war, brummte er vor Vergnügen. Ganz von selbst war ihm ein höchst seltener Erfolg zugefallen, wie er nur in Kriminalromanen vorkommt. Der Leichnam hatte ihm gescheiterweise ein wichtiges Beweisstück zugespielt. Da, Gustave, nimm. Und wage es nicht, den Mann entkommen zu lassen, der mir die Rübe zertrümmert hat, sonst sollst du platzen vor Scham, du alter Krauter.

Das goldene Abzeichen (Coche hatte zunächst nicht gewußt, daß es ein solches war, er hatte es für eine Berlocke oder eine Anstecknadel mit dem Monogramm des Besitzers gehalten) konnte nur dem Mörder gehören. Für alle Fälle zeigte der Kommissar den Wal Lord Littlebys jüngstem Lakaien (der hatte zu seinem Glück am

15. März frei gehabt, was ihm das Leben rettete), aber der hatte das Dingelchen nie beim Lord gesehen. Gott sei Dank.

Und dann rotierten die Schwungräder, drehten sich die Zahnräder der ungefügen Polizeimaschine – der Minister und der Präfekt setzten für die Aufklärung des »Jahrhundertverbrechens« ihre besten Kräfte ein. Schon am Abend des nächsten Tages wußte Coche, daß die Buchstaben JAP auf dem goldenen Wal nicht die Initialen eines hochverschuldeten Lebemanns waren, sondern die Bezeichnung eines soeben erst gegründeten britisch-französischen Schifffahrtkonsortiums. Der Wal war das Emblem des Wunderschiffs »Leviathan«, das vor kurzem in Bristol vom Stapel gelaufen war und auf seine Jungfernfahrt nach Indien vorbereitet wurde.

Über den gigantischen Dampfer posaunten die Gazetten seit Monaten. Jetzt stellte sich heraus, daß der Londoner Münzhof vor der Jungfernfahrt goldene und silberne Gedenkabzeichen geprägt hatte: goldene für die Passagiere der ersten Klasse und die höheren Schiffsoffiziere, silberne für die Passagiere der zweiten Klasse und die Subalternoffiziere. Eine dritte Klasse war für den Luxusliner, auf dem sich die Errungenschaften moderner Technik mit unerhörtem Komfort paarten, nicht vorgesehen. Die Company garantierte den Reisenden vollständigen Service, so daß niemand Bedienstete aufs Schiff mitzunehmen brauchte. »Aufmerksame Diener und taktvolle Kabinenstewardessen sorgen dafür, daß Sie sich an Bord der ›Leviathan‹ wie zu Hause fühlen!« – so lautete die Reklame in den Zeitungen von ganz Europa. Die Glücklichen, die für die Jungfernfahrt von Southhampton nach Kalkutta eine Kabine gebucht hatten, bekamen mit dem Ticket je nach Klasse den goldenen oder silbernen Wal überreicht. Und ein Ticket buchen konnte man in jedem großen europäischen Hafen von London bis Konstantinopel.

Nun ja, die Initialen des Eigentümers wären besser als das Abzeichen, aber es erschwert mir die Aufgabe nicht allzusehr, dachte der Kommissar. Die goldenen Abzeichen waren gezählt. Er mußte nur den 19. März abwarten, an dem das Schiff feierlich auslaufen sollte, nach Southhampton fahren, an Bord gehen und prüfen, welcher der Erste-Klasse-Passagiere keinen goldenen Wal trug. Oder (was noch wahrscheinlicher war) welcher von denen, die für so irres Geld das Ticket gekauft hatten, nicht an Bord kam. Das würde Coches Mann sein. Das war klar wie Kloßbrühe.

Coche machte sich eigentlich nichts aus Reisen, aber diesmal konnte er es kaum erwarten. Gar zu gern wollte er selbst das »Verbrechen des Jahrhunderts« aufklären. Vielleicht wurde er dann endlich Abteilungsleiter. Bis zu seiner Pensionierung waren es noch drei Jahre. Eine Pension dritter Kategorie war ja ganz schön, doch die zweite Kategorie war ganz was anderes. Der Unterschied betrug anderthalbtausend Francs jährlich, und anderthalbtausend lagen nicht auf der Straße.

Im übrigen hatte er sich selbst um die Reise beworben. Er hatte gedacht, eine Fahrt nach Southhampton, schlimmstenfalls per Schiff nach Le Havre, wo das erstemal angelegt wurde, und da würden schon die Gendarmen auf der Landungsbrücke warten – und die Reporter. Schlagzeile in der »Revue Parisienne«: »Das Verbrechen des Jahrhunderts ist aufgeklärt, unsere Polizei auf der Höhe ihrer Aufgaben.« Oder noch besser: »Der alte Spürhund Coche hat uns nicht enttäuscht.«

Die erste unangenehme Überraschung erwartete den Kommissar im Seefahrtsbüro von Southhampton. Er erfuhr, daß das verdammte Riesenschiff hundert Kabinen erster Klasse und zehn höhere Offiziere hatte. Alle Tickets waren verkauft. Hundertzweiunddreißig Stück. Und jedem war ein goldenes Abzeichen beigegeben worden. Also hundertzweiundvierzig Verdächtige, nicht schlecht, was? Aber nur bei einem würde das Abzeichen fehlen, beruhigte sich Coche.

Am Morgen des 19. März stand der Kommissar, vom nassen Wind geplustert und in einen warmen Schal gewickelt, an der Schiffstreppe. Neben ihm standen der Kapitän, Mister Jesaja Cliff, und der Erste Offizier Charles Regnier. Sie empfingen die Passagiere. Ein Blasorchester spielte abwechselnd englische und französische Märsche, auf der Pier lärmte aufgeregt die Menge. Coche schnaufte immer wütender und kaute auf der unschuldigen Pfeife herum, denn wegen des kalten Wetters trugen die Passagiere Regencapes, Mäntel und Umhänge, da versuche mal, herauszufinden, ob einer das Abzeichen hatte oder nicht. Das war Überraschung Nummer zwei.

Alle, die in Southhampton an Bord kommen sollten, waren erschienen, und das bedeutete, daß der Verbrecher trotz des verlorenen Abzeichens auch schon da war. Er mußte die Polizisten für komplette Idioten halten. Oder hoffte er, in der Menge der Passagiere unterzutauchen? Oder hatte er keinen anderen Ausweg?

Eines war klar: Coche mußte mitschippern bis Le Havre. Man wies ihm eine Reservekabine zu, die eigentlich für Ehrengäste der Dampfschiffahrt vorgesehen war.

Gleich nach dem Ablegen fand im großen Saal der ersten Klasse ein Bankett stand, auf das der Kommissar besondere Hoffnungen setzte, weil in den Einladungen gestanden hatte: »Eintritt bei Vorlage des goldenen Abzeichens oder des Tickets erster Klasse.« Wer würde schon mit dem Ticket in der Hand kommen, wo es doch viel einfacher war, den schönen goldenen Wal anzustecken.

Während des Banketts tastete Coche ungeniert jeden Gast mit dem Blick ab. Bei einigen Damen mußte er die Nase ins Decolleté stecken. Was hing da am Goldkettchen, der Wal oder nur ein Edelstein? Das mußte er doch prüfen!

Alle tranken Champagner, nahmen sich Leckerbissen von den Silbertabletts und tanzten, Coche hingegen arbeitete: Er strich diejenigen aus der Liste, die das Abzeichen trugen. Die meisten Scherereien hatte er mit den Männern. Viele von ihnen hatten den Wal an der Uhrkette befestigt und in die Westentasche gesteckt. Der Kommissar mußte elfmal nach der Uhrzeit fragen.

Überraschung Nummer drei: Alle Offiziere trugen das Abzeichen, doch vier Passagiere hatten keinen Wal, davon zwei Damen! Der Schlag aber, der Lord Littlebys Schädel zertrümmert hatte wie eine Nußschale, war so stark gewesen, daß nur ein Mann ihn geführt haben konnte, und zwar ein sehr kräftiger. Andererseits wußte der in Kriminalfällen überaus erfahrene Kommissar, daß auch ein schwaches Dämchen im Affekt oder in hysterischer Erregung wahre Wunder vollbringen kann. Ein Beispiel war zur Hand. Vor Jahresfrist hatte eine Modistin aus Neuilly, eine zarte Person, ihren ungetreuen Liebhaber aus ihrem Fenster im dritten Stock geworfen, einen wohlgenährten Rentier, doppelt so dick und anderthalbmal so groß wie sie selbst. Darum durfte Coche die Frauen ohne Abzeichen nicht aus der Zahl der Verdächtigen ausschließen. Aber wo hätte man je gesehen, daß eine Dame der Gesellschaft so routiniert Injektionen verabreichen konnte?

Wie dem auch sei, die Untersuchung an Bord der »Leviathan« versprach, sich in die Länge zu ziehen, und der Kommissar ging wie immer gründlich vor. Der Kapitän Jesaja Cliff war als einziger der Schiffsoffiziere in das Geheimnis des Falles eingeweiht und hatte von der Führung der Company die Weisung erhalten, dem französischen Gesetzeshüter jedwede Unterstützung angedeihen zu lassen. Von diesem Privileg machte Coche aufs unverfrorenste Gebrauch: Er verlangte, daß die ihn interessierenden Personen in demselben Salon plaziert würden.

An dieser Stelle sei angemerkt, daß die Reisenden der ersten Klasse aus Gründen der Privatsphäre und des Wohlbehagens (in der Reklame für das Schiff hieß es: »Sie genießen die Atmosphäre eines alten englischen Landsitzes«) nicht in dem riesigen Speisesaal zusammen mit den sechshundert Trägern des volkstümlichen Silberwals ihre Mahlzeiten einzunehmen brauchten, sondern auf komfortable »Salons« verteilt wurden, von denen jeder einen eigenen Namen trug und vornehm ausgestattet war: Kristalleuchter, gebeizte Eiche und Mahagoni, Samtstühle, gleißendes Tafelsilber, gepuderte Kellner und flinke Stewards. Kommissar Coche guckte sich für seine Zwecke den Salon »Windsor« aus, der im Oberdeck am Schiffsbug gelegen war; drei Wände bestanden aus Glasfenstern, das ergab einen trefflichen Rundblick, und selbst an trüben Tagen mußte kein Licht gemacht werden. Der Samt war hier goldbraun, und die Leinenservietten trugen das Windsor-Wappen.

Rund um den ovalen Tisch mit den am Fußboden festgeschraubten Beinen (für den Fall starken Wellengangs) standen zehn Stühle mit hohen geschnitzten Lehnen. Es gefiel dem Kommissar, daß alle an einem Tisch sitzen würden, und er wies den Steward an, die Namensschildchen so aufzustellen, daß die vier Passagiere ohne Abzeichen ihm gegenüber zu sitzen kämen, so daß er sie bestens im Blick hätte. Den Kapitän wollte er an der Stirnseite der Tafel plazieren, aber daraus wurde nichts. Mister Cliff wünschte nicht, wie er sich ausdrückte, »bei diesem Theater mitzuspielen«, und etablierte sich im

Salon »Yorck«, wo der neue Vizekönig von Indien mit seiner Gemahlin und zwei Generäle der indischen Armee speisten. Der Salon »Yorck« lag achtern, in maximaler Entfernung vom »Windsor«, in dem der Erste Offizier Charles Regnier residierte. Er hatte dem Kommissar von Anfang an mißfallen: sonnenverbranntes verwittertes Gesicht, aber eine süßliche Redeweise, die schwarzen Haare pomadisiert, das Schnurrbärtchen zu zwei Haken gezwirbelt. Kein Seemann, ein Hanswurst.

In den zwölf Tagen seit dem Ablegen hatte der Kommissar sich seine Salongefährten gründlich angeschaut und sich mit den Manieren vertraut gemacht (daß man während der Mahlzeiten nicht rauchte und die Sauce nicht mit einer Brotkruste auftunkte), er hatte sich die komplizierte Geographie der schwimmenden Stadt mehr oder weniger angeeignet und sich an den Seegang gewöhnt – doch seinem Ziel war er nicht nähergekommen.

Die Situation war wie folgt.

Anfangs hatte den meisten Verdacht Sir Reginald Milford-Stokes erregt, ein hagerer Mann mit rötlichem Haar und zerrauftem Backenbart, dem Anschein nach achtundzwanzig bis dreißig Jahre alt. Er zeigte ein seltsames Gebaren: Mal glotzte er grünäugig in die Ferne und antwortete nicht auf Fragen, mal wurde er plötzlich lebhaft und quatschte ohne Sinn und Verstand über die Insel Tahiti, über Korallenriffe, smaragdfarbene Lagunen und Hütten mit Dächern aus Palmblättern. Ein Psychopath. Wozu reiste der Baronet, Sproß einer begüterten Familie, nach Ozeanien? Was hatte er dort zu suchen? Die Frage nach dem fehlenden Abzeichen, zweimal gestellt, ignorierte der Aristokrat. Er blickte durch den Kommissar hindurch oder sah ihn an wie eine Fliege. Widerlicher Snob. In Le Havre, wo sie vier Stunden im Hafen gelegen hatten, war Coche zum Telegraphenamt gelaufen und hatte bei Scotland Yard Informationen über Milford-Stokes angefordert: ob er zur Tobsucht neige, ob er zu seinem Vergnügen Medizin studiere. Die Antwort kam kurz vor dem Ablegen. Nichts Interessantes, für die Absonderlichkeiten gab es eine Erklärung. Aber der goldene Wal fehlte, darum konnte der rothaarige Engländer noch nicht aus der Liste der Verdächtigen gestrichen werden.

Der zweite war Monsieur Gintaro Aono, ein »japanischer Adliger«, wie es im Passagierregister hieß. Ein typischer Asiat: klein, mager, unbestimmbaren Alters, dünner Schnurrbart, stechende Schlitzaugen. Bei Tisch schwieg er zumeist. Auf die Frage nach seiner Tätigkeit murmelte er verlegen »Offizier der kaiserlichen Armee«. Auf die Frage nach dem Abzeichen wurde er noch verlegener, versengte den Kommissar mit einem haßerfüllten Blick und sprang mit einer Entschuldigung zur Tür hinaus. Er hatte nicht mal seine Suppe aufgegessen. Verdächtig? Und wie! Überhaupt ein Wilder. Im Salon fächelte er sich mit einem bunten Papierfächer Luft zu wie ein Päderast aus den lustigen Lasterhöhlen der Rue de Rivoli. An Deck promenierte er in Holzpantinen, einem Baumwollkittel und ohne Beinkleid.

Gustave Coche war selbstredend für Freiheit, Gleichheit und Brüderlichkeit, aber solch ein Affe mußte ja nicht unbedingt erster Klasse reisen.

Dann die Frauen.

Madame Renate Kleber. Blutjung, kaum über zwanzig. Die Frau eines Schweizer Bankiers. Sie reiste zu ihrem Mann nach Kalkutta. Als Schönheit konnte man sie nicht bezeichnen – spitznasig, flatterig, geschwätzig. Gleich zu Beginn der Fahrt erzählte sie herum, daß sie schwanger sei. Diesem Umstand waren alle ihre Gedanken und Gefühle untergeordnet. Sie war nett, geradezu, doch unerträglich mit ihrem Gerede von ihrer kostbaren Gesundheit, ihrer Häubchenstickerei und ähnlichem Blödsinn. Sie war ein wandelnder Bauch, obwohl ihre Schwangerschaft noch nicht lange währte und der Bauch sich bislang kaum abzeichnete. Selbstverständlich paßte Coche einen Moment ab und fragte sie nach dem Abzeichen. Die Schweizerin klapperte mit den Augen und jammerte, daß sie ewig alles verliere. Na ja, das konnte ja stimmen. Renate Kleber weckte in dem Kommissar eine Mischung von Gereiztheit und Gönnerhaftigkeit, er hielt sie nicht ernstlich für tatverdächtig.

Die zweite Dame, Miss Clarissa Stomp, nahm der erfahrene Fahnder schon mit größerem Interesse in Augenschein. Da schien etwas faul zu sein. Nach außen hin eine typische Engländerin, nichts Besonderes: farbloses Haar, aus der ersten Jugend heraus, stilles Benehmen, aber in den wässrigen Augen blitzte immer wieder so ein Teufelsfünkchen auf. Solche stillen Wasser kennen wir. Und dazu ein paar kleine Details, unwichtig, ein anderer würde sie gar nicht bemerken, doch der alte Spürhund Coche hatte scharfe Augen. Miss Stomp trug teure Kleider und Kostüme nach der letzten Pariser Mode. Sie besaß ein Täschchen aus Schildpatt (er hatte solch ein Stück in einem Schaufenster auf den Champs Elysées gesehen – dreihundertfünfzig Francs), doch ihr Notizbuch war alt und billig, aus einem Schreibwarenladen. Einmal saß sie bei windigem Wetter an Deck, in einen Schal gewickelt, Madame Coche besaß genau den gleichen, aus Hundewolle, der hielt warm, war aber nichts für eine englische Lady. Interessant: Die neuen Sachen dieser Clarissa Stomp waren sämtlich teuer, die alten aber billig, von niedrigster Qualität. Das paßte nicht zusammen. Einmal beim Five o'Clock Tea hatte Coche sie gefragt: »Warum stecken Sie den goldenen Wal nie an, gnädige Frau? Gefällt er Ihnen nicht? Ich finde ihn schick.« Da war sie – man denke! – rot angelaufen wie der »japanische Edelmann« und hatte gesagt, sie hätte ihn schon getragen, das habe er nur übersehen. Sie log, Coche würde es bemerkt haben. Ihm kam ein raffinierter Gedanke, aber dazu mußte ein psychologisch geeigneter Moment abgepaßt werden. Wollen doch mal sehen, wie sie reagiert, diese Clarissa.

Da es am Tisch zehn Plätze gab, aber nur vier Personen ohne das Abzeichen waren, hatte sich Coche entschlossen, den Kreis der Verdächtigen um Personen zu erweitern, die zwar den Wal trugen, aber auf ihre Weise auffällig waren.

Als erstes verlangte er vom Kapitän, den Schiffsarzt Monsieur Truffo im Salon »Windsor« unterzubringen. Cliff gab knurrend nach. Warum Coche den Arzt wollte, war verständlich: Der war der einzige Mediziner auf der »Leviathan«, er war mit Injektionen vertraut, und das goldene Abzeichen stand ihm bei seinem Status zu. Er erwies sich als ein kleingewachsener, rundlicher Italiener mit olivfarbener Haut und einer Glatze, die von spärlichen, nach hinten gekämmten Haaren umkränzt wurde. Coche hatte nicht genug Phantasie, um sich diese komische Gestalt in der Rolle des gnadenlosen Killers vorzustellen. Auch der Gattin des Doktors mußte ein Platz eingeräumt werden. Das Paar hatte erst vor zwei Wochen geheiratet und wollte das Nützliche mit dem Angenehmen verbinden, das heißt, den Dienst mit der Hochzeitsreise. Die Auserwählte des Schiffsäskulaps, eine fade, niemals lächelnde Engländerin, wirkte doppelt so alt wie ihre fünfundzwanzig. Sie erfüllte Coche mit tödlicher Langeweile, wie übrigens die meisten ihrer Landsmänninnen. Er taufte sie sogleich »das Schaf« wegen ihrer weißen Wimpern und ihrer blökenden Stimme. Im übrigen tat sie den Mund nur selten auf, da sie des Französischen nicht mächtig war, und die Gespräche im Salon wurden gottlob zumeist in dieser edlen Sprache geführt. Das Abzeichen besaß Madame Truffo nicht, aber das war natürlich – sie war weder Offizier noch Fahrgast.

Darüber hinaus hatte der Kommissar in der Passagierliste einen Indologen und Archäologen namens Professor Antony F. Sweetchild gefunden, der konnte ihm zupaß kommen. Der ermordete Littleby war ja in gewissem Sinne sein Kollege gewesen. Mister Sweetchild, ein schlaksiger Lulatsch mit runden Brillengläsern und einem Ziegenbärtchen, kam gleich am ersten Abend auf Indien zu sprechen. Nach dem Essen nahm Coche den Professor beiseite und brachte das Gespräch behutsam auf die Sammlung von Lord Littleby. Der Gelehrte nannte den Verstorbenen herablassend einen Dilettanten und dessen Kollektion ein Raritätenkabinett, das ohne jedwede wissenschaftliche Kompetenz zusammengetragen worden sei. Der einzige Gegenstand von Wert sei der goldene Schiwa gewesen. Gut, daß der sich von selbst wieder angefunden habe, denn die französische Polizei verstehe sich bekanntlich nur aufs Einraffen von Schmiergeld. Bei dieser himmelschreiend ungerechten Bemerkung hustete Coche ärgerlich, worauf Sweetchild ihm lediglich anempfahl, weniger zu rauchen. Weiterhin sagte der Gelehrte nachsichtig, daß Littleby wohl eine passable Sammlung von bemalten Stoffen und Tüchern besessen habe, unter denen hochinteressante Exemplare seien, doch das falle eher in den Bereich einheimischen Handwerks und angewandter Kunst. Ganz ordentlich sei auch eine Sandelholzschatulle aus dem 16. Jahrhundert aus Lahore mit Schnitzwerk nach Motiven des Mahabharata-Epos – und dann verstieg er sich in solches Geschwätz, daß dem Kommissar die Augen zufielen.

Alsbald nahm der Kommissar einen weiteren Tischnachbarn aufs Korn. Er hatte nämlich unlängst einen interessanten Schmöker gelesen, eine Übersetzung aus dem Italienischen. Ein gewisser Cesare Lombroso, Professor der Gerichtsmedizin aus Turin, stellte darin eine kriminologische Theorie auf, wonach »geborene« Verbrecher an ihrem antigesellschaftlichen Verhalten keine Schuld trügen. Nach der Evolutionstheorie des Doktor Darwin durchlaufe die Menschheit in ihrer Entwicklung bestimmte Etappen und nähere sich allmählich der Vollkommenheit. Der Verbrecher indes sei evolutionärer Ausschuß, ein zufälliger Rückfall in die vorhergehende Entwicklungsstufe. Darum sei es höchst einfach, einen potenziellen Mörder und Räuber zu erkennen: Der ähnele einem Affen, unserem Vorfahren. Der Kommissar sann lange über das Gelesene nach. Einerseits hatten in der bunten Reihe der Mörder und Räuber, mit denen er in den fünfunddreißig Jahren seines Polizeidienstes zu tun gehabt hatte, längst nicht alle einem Gorilla geähnelt, es waren auch Engelchen unter ihnen gewesen, deren Anblick zu Tränen rührte. Andererseits hatte es auch genug Affenartige gegeben. Und an Adam und Eva glaubte Coche als überzeugter Antiklerikaler sowieso nicht. Die Darwin-Theorie wirkte da vernünftiger. An Bord war ihm unter den Passagieren der ersten Klasse ein Früchtchen aufgefallen, das direkt einer Abbildung »Charakteristischer Mördertyp« entstiegen schien: niedrige Stirn, vorspringende Augenwülste, kleine Äuglein, plattgedrückte Nase, schiefes Kinn. Darum hatte der Kommissar gebeten, diesen Etienne Boileau, einen Teehändler, in den Salon »Windsor« zu plazieren. Doch der Teehändler erwies sich als netter und lustiger Mensch, war Vater von elf Kindern und überzeugter Philantrop.

Es sah nun ganz so aus, als würde Coches Seereise auch nicht in Port Said, dem nächsten Hafen nach Le Havre, enden. Die Ermittlungen zogen sich in die Länge. Sein in vielen Jahren erprobtes Gespür sagte ihm, daß er Nieten zog und nicht an den richtigen Leuten dran war. Es zeichnete sich die scheußliche Aussicht ab, daß er die ganze verdammte Reise mitmachen mußte – Port Said, Aden, Bombay, Kalkutta –, um sich dort an der ersten Palme aufzuhängen. Er konnte doch nicht wie ein geprügelter Hund nach Paris zurückkehren! Die Kollegen würden ihn auslachen, sein Chef würde ihm die Reise erster Klasse auf Staatskosten unter die Nase reiben. Womöglich wurde er vor der Zeit in Pension geschickt.

In Port Said verausgabte sich Coche notgedrungen, er mußte weitere Hemden kaufen, versah sich mit ägyptischem Tabak und fuhr zum Zeitvertreib für zwei Francs mit einer Droschke durch die berühmte Hafenstadt. Nichts Besonderes. Na schön, ein mächtiger Leuchtturm, zwei endlos lange Molen. Das Kaff machte einen sonderbaren Eindruck – nicht Asien und nicht Europa. Wenn man die Residenz des Generalgouverneurs des Suezkanals betrachtete, war es Europa. In den Hauptstraßen europäische Gesichter, da flanierten Damen mit weißem Sonnenschirm, und reiche Herren mit Panamahut oder Kreissäge trugen ihren Wanst spazieren. Bog die Droschke aber in das Einheimischenviertel ab, so fuhr sie durch Gestank, Fliegengeschwirr und faulende Abfälle, und schmutzige arabische Bengel bettelten um Kleingeld. Warum nur gingen die reichen Nichtstuer auf Reisen? Es war überall das Gleiche: Die einen verfetteten von der Völlerei, die anderen quollen auf vom Hunger.

Der Kommissar, ermüdet von der Hitze und den pessimistischen Beobachtungen, kehrte mißmutig aufs Schiff zurück. Und welch ein Glück – ein neuer Passagier. Obendrein wohl aussichtsreich.

Der Kommissar zog beim Kapitän Erkundigungen ein. Also, der Name: Erast P. Fandorin, Russe. Sein Alter war merkwürdigerweise nicht angegeben. Beruf: Diplomat. Eingetroffen aus Konstantinopel, unterwegs nach Kalkutta, von dort nach Japan, zu seiner Dienststelle. Aus Konstantinopel? Aha, dann hatte er wohl an den Friedensverhandlungen nach dem kürzlich beendeten russisch-türkischen Krieg teilgenommen. Coche schrieb alle Angaben sorgfältig auf ein Blatt Papier und versorgte dieses in der geheiligten Kalikomappe, in der er alles Material zu dem Fall aufbewahrte. Von der Mappe trennte er sich nie – er blätterte darin, überlas Protokolle und Zeitungsausschnitte, und in nachdenklichen Momenten zeichnete er auf die Ränder kleine Fische und Häuser. Da äußerten sich Herzenswünsche. Wenn er erst mal Abteilungsleiter war und später eine anständige Pension bezog, würden er und Madame Coche irgendwo in der Normandie ein Häuschen kaufen. Der

Pariser Flic im Ruhestand würde angeln und eigenen Cidre keltern. War das nichts? Nun ja, ein bißchen Kapital zu der Pension wäre nicht schlecht, so um die zwanzigtausend ...

Er sah sich genötigt, noch einmal in die Stadt zu fahren, bloß gut, daß das Schiff noch auf die Einfahrt in den Suezkanal warten mußte, und schickte ein Telegramm an die Präfektur: Kennt man in Paris den russischen Diplomaten E.P. Fandorin und ist er in letzter Zeit in die französische Republik eingereist?

Die Antwort kam prompt, nach zweieinhalb Stunden. Ja, er war eingereist, der Gute, sogar zweimal. Das erstemal im Sommer 1876 (na schön) und das zweitemal im Dezember 1877, also vor drei Monaten. Er war aus London gekommen und von der Paß- und Zollkontrolle in Pas de Calais registriert worden. Wie lange er sich in Frankreich aufgehalten hatte, war nicht bekannt. Durchaus möglich, daß er am 15. März noch in Paris gewesen war. Womöglich hatte er mit einer Spritze in der Hand in der Rue de Grenelle vorbeigeschaut?

Es mußte somit ein Platz bei Tisch frei gemacht werden. Am besten wäre es natürlich, sich der Arztgattin zu entledigen, aber ein Anschlag auf das geheiligte Institut der Ehe kam nicht in Betracht. Nach einigem Überlegen entschloß sich Coche, den Teehändler in einen anderen Salon umzusetzen, da er den theoretischen Hoffnungen nicht entsprach und kein aussichtsreicher Kandidat war. Das sollte der Steward erledigen: Es gebe da ein Plätzchen in einem anderen Salon mit honorigeren Herrschaften oder hübscheren Dämchen. Dazu war der Steward schließlich da, solche Dinge zu arrangieren.

Das Erscheinen des neuen Passagiers im Salon kam einer kleinen Sensation gleich, denn während der Reise waren alle schon einander recht überdrüssig geworden, und nun zeigte sich ein frischer Herr, noch dazu ein so imposanter. Nach dem armen Monsieur Boileau, Vertreter einer Zwischenstufe der Evolution, fragte niemand. Der Kommissar vermerkte, daß die alte Jungfer Clarissa Stomp am lebhaftesten reagierte – sie kam plötzlich auf Künstler, Theater und Literatur zu sprechen. Coche selbst setzte sich in seiner Freizeit gern mit einem Buch in seinen Sessel, wobei er allen anderen Autoren Victor Hugo vorzog, der war lebensecht und erhaben und anrührend. Und nach der Lektüre schlief man bestens. Aber von den russischen Autoren mit den zischelnden Namen hatte Coche natürlich nie gehört, da konnte er nicht mitreden. Allerdings mühte sich die englische Schrulle vergebens, Monsieur Fandorin war viel zu jung für sie.

Renate Kleber blieb ebenfalls nicht untätig, sie unternahm den Versuch, den Neuling in die Zahl der ihr dienstbaren Männer einzureihen, die sie gnadenlos scheuchte, ihr mal den Schirm, mal den Schal, mal ein Glas Wasser zu holen. Schon fünf Minuten nach Beginn des Abendessens weihte sie den Russen in alle Peripetien ihres delikaten Zustands ein, klagte über Migräne und bat Fandorin, Doktor Truffo zu holen, der sich heute verspätete. Aber der Diplomat schien sogleich erkannt zu haben, mit wem er es zu tun hatte, denn er wandte höflich ein, daß er den Doktor nicht von Angesicht kenne. Den Auftrag auszuführen beeilte sich Leutnant Regnier, die ergebenste Kinderfrau der schwangeren Bankiersgattin.

Der erste Eindruck von Erast Fandorin sah so aus: wortkarg, zurückhaltend, höflich. Für Coches Geschmack war er gar zu geschniegelt. Der gestärkte Kragen stand wie aus Alabaster, in dem seidenen Halstuch steckte eine Perlnadel, und im Knopfloch des Revers prangte (ach du Donner) eine blutrote Nelke. Das Haar war sorgfältig gescheitelt und gekämmt, die Fingernägel waren gepflegt, und der schmale schwarze Schnurrbart sah aus wie mit Kohlestift gezeichnet.

Aus dem Schnurrbart eines Mannes lassen sich viele Schlüsse ziehen. Wenn er so aussieht wie bei Coche – walroßartig, an den Mundwinkeln herabhängend –, ist der Mann gescheit, kennt seinen Wert, ist kein Leichtfuß, mit Talmi nicht zu ködern. Ist er aufwärts gezwirbelt, noch dazu spitz auslaufend, dann ist sein Träger ein Schürzenjäger und Bonvivant. Geht er in den Backenbart über, so ist sein Besitzer ehrgeizig und träumt davon, General, Senator oder Bankier zu werden. Nun, und ein Schnurrbart wie der Fandorins deutet auf eine romantische Vorstellung von der eigenen Person.

Was ließ sich noch sagen über den Russen? Sein Französisch war ganz ordentlich. Ein charakteristisches Detail – er stotterte leicht. Das Abzeichen trug er wieder nicht. Am meisten interessierte er sich für den Japaner, dem er lauter langweilige Fragen über Japan stellte, aber der Samurai antwortete vorsichtig, als argwöhne er eine Falle. Der Neuling hatte nämlich der Gesellschaft nicht erklärt, wohin er reiste und weswegen, er hatte einfach seinen Namen genannt und gesagt, daß er Russe sei. Der Kommissar hatte Verständnis für die Wißbegier Fandorins, der ja auf dem Weg nach Japan war. Coche stellte sich vor, daß dort alle so aussahen wie Monsieur Aono, alle in Puppenhäuschen mit geschwungenen Dächern wohnten und sich aus kleinstem Anlaß den Bauch aufschlitzten. Tja, zu beneiden war der Russe nicht.

Nach dem Abendessen setzte sich Fandorin abseits, um eine Zigarre zu rauchen. Der Kommissar nahm im Nebensessel Platz und paffte seine Pfeife. Er hatte sich zuvor dem Russen als Pariser Rentier vorgestellt, der aus Neugier den Orient bereise (diese Legende hatte er sich zurechtgelegt). Jetzt tastete er sich an die eigentliche Sache heran, aber von weit her, sehr behutsam. Er spielte mit dem goldenen Wal an seinem Revers (den er aus der Rue de Grenelle hatte) und sagte wie beiläufig, um eine Unterhaltung anzuknüpfen: »Hübsches Ding, finden Sie nicht?«

Fandorin warf einen Blick auf das Revers und sagte nichts.

»Reines Gold. Schick!« lobte Coche.

Wieder erwartungsvolles Schweigen, doch durchaus höflich. Der Mann wartete einfach, was folgen würde. Die hellblauen Augen blickten aufmerksam. Der Diplomat hatte eine schöne Pfirsichhaut, rosa überhaucht wie bei einem jungen Mädchen. Aber ein Muttersöhnchen war er nicht, das war gleich zu erkennen.

Der Kommissar wechselte die Taktik.

»Sie sind viel auf Reisen?«

Indifferentes Achselzucken.

»Sie sind doch wohl im diplomatischen Dienst?«

Fandorin neigte höflich das Haupt, zog eine lange Zigarre aus der Tasche und schnitt mit einer kleinen silbernen Schere die Spitze ab.

»Waren Sie schon in Frankreich?«

Wieder ein bejahendes Neigen des Hauptes. Ein spannender Gesprächspartner ist der Russe nicht, dachte Coche, aber er gab nicht auf.

»Ich liebe Paris ganz besonders im Frühjahr, im März«, sagte er träumerisch. »Das ist die schönste Jahreszeit.«

Er sah sein Visavis scharf an – was würde der Mann sagen?

Fandorin nickte zweimal. Es war ungewiß, ob er nur zur Kenntnis nahm oder beipflichtete. Coche spürte Gereiztheit und runzelte feindselig die Stirn.

»Sie mögen das Abzeichen also nicht?«

Die Pfeife zischte und erlosch.

Der Russe holte kurz Luft, griff mit zwei Fingern in die Westentasche, holte den goldenen Wal heraus und geruhte nun endlich den Mund aufzumachen.

»Ich sehe, mein Herr, Sie interessieren sich für mein A-abzeichen. Hier ist es, bittesehr. Ich trage es nicht, weil ich nicht wie ein Hausmeister mit Blechmarke aussehen möchte, auch wenn sie aus Gold ist. Erstens. Wie ein Rentier wirken Sie nicht, Monsieur Coche, Ihr Blick flitzt zu sehr herum. Und warum sollte ein Pariser Rentier ständig eine amtliche Mappe mit sich herumtragen? Zweitens. Wenn Sie über die Art meiner Beschäftigung Bescheid wissen, müssen Sie Z-zugang zu den Reedereiunterlagen haben. Ich vermute, Sie sind ein Detektiv. Drittens. Und jetzt viertens: Wenn Sie etwas von mir wissen wollen, reden Sie nicht um den heißen Brei herum, sondern kommen Sie zur Sache.«

Mit solch einem sollte man nun reden!

Coche mußte sich herauswinden. Vertraulich raunte er dem überaus scharfsinnigen Diplomaten zu, er sei Schiffsdetektiv und habe über die Sicherheit der Passagiere zu wachen – doch diskret und möglichst taktvoll, um die Gefühle des erlesenen Publikums nicht zu verletzen. Ob Fandorin ihm glaubte, stand dahin, doch der fragte nicht weiter.

Jedes Schlechte hat auch sein Gutes. Der Kommissar hatte wenn nicht einen Gleichgesinnten, so doch einen Gesprächspartner gewonnen, der überdies eine erstaunliche Beobachtungsgabe besaß und in der Kriminologie bestens Bescheid wußte.

Fortan saßen sie recht oft selbzweit an Deck, blickten auf das sanft abfallende Kanalufer, rauchten (Coche seine Pfeife, der Russe Zigarre) und plauderten über interessante Themen. Zum Beispiel über moderne Methoden zur Identifizierung und Entlarvung von Verbrechern.

»Die Pariser Polizei arbeitet nach dem letzten Stand der Wissenschaft«, prahlte Coche einmal. »Die Präfektur hat einen speziellen ›service d'identification‹, den ein junges Genie leitet – Alphonse Bertillon. Er hat ein ganzes System der Registrierung verbrecherischer Elemente entwickelt.«

»Ich habe Doktor Bertillon während meines letzten Aufenthalts in P-paris mehrmals getroffen«, sagte Fandorin überraschend. »Er hat mir von seiner anthropometrischen Methode erzählt. Die Bertillonage ist eine sehr scharfsinnige Theorie. Haben Sie sie schon in der Praxis a-angewendet? Mit welchen Resultaten?«

»Einstweilen gibt es keine.« Der Kommissar zuckte die Achseln. »Zunächst müssen sämtliche Rückfalltäter der Bertillonage unterzogen werden, und das dauert Jahre. In Bertillons Abteilung herrscht ein richtiges Chaos: Die Arrestanten werden in Ketten hereingeführt, dann werden sie von allen Seiten gemessen wie Pferde auf dem Jahrmarkt, und ihre Maße werden auf Karteikarten festgehalten. Dafür wird die Polizei bald viel besser arbeiten können. Mal angenommen, man findet am Ort eines Einbruchs einen Abdruck der linken Hand. Man mißt ihn und guckt in die Kartothek. Aha, Mittelfinger 89 Millimeter lang, zu suchen in Gruppe Nr. 3. Dort sind siebzehn Einbrecher mit entsprechender Fingerlänge registriert. Das Weitere ist ein Kinderspiel: überprüfen, wer zur Tatzeit wo war. Wer kein Alibi hat, wird geschnappt.«

»Die Verbrecher sind also nach der Länge des Mittelfingers registriert?« fragte der Russe mit lebhaftem Interesse.

Coche schmunzelte nachsichtig in seinen Schnauzbart.

»Dort haben sie ein ganzes System, mein junger Freund. Bertillon teilt alle Menschen in drei Abteilungen – nach der Länge des Schädels. Jede der drei Abteilungen teilt sich in drei Unterabteilungen – nach der Breite des Schädels. Also gibt es neun Unterabteilungen. Die Unterabteilung teilt sich ihrerseits in drei Gruppen – nach der Länge des linken Mittelfingers. Siebenundzwanzig Gruppen. Aber das ist noch nicht alles. Jede Gruppe hat drei Sektionen – nach der Länge des rechten Ohrs. Wieviel Sektionen? Richtig, einundachtzig. Die weitere Klassifizierung erfaßt die Körpergröße, die Handlänge, die Sitzhöhe, die Fußgröße, die Länge des Ellbogengelenks. Insgesamt 19683 Kategorien! Ein vollständig bertillonierter Verbrecher, der in unsere Kartei geraten ist, kann der Justiz nicht mehr entrinnen. Davor hatten sie's besser, sie gaben bei der Verhaftung einen falschen Namen an und brauchten nicht zu verantworten, was sie früher einmal angerichtet hatten.«

»Hervorragend«, sagte der Diplomat nachdenklich, »aber die Bertillonage wird bei der Aufklärung eines konkreten Verbrechens kaum helfen, vornehmlich wenn der Mann noch nie verhaftet war.«

Coche breitete die Arme aus.

»Nun, das ist ein Problem, das die Wissenschaft nicht lösen kann. Solange es Verbrecher gibt, wird es ohne uns Berufsermittler nicht gehen.«

»Haben Sie von F-fingerabdrücken gehört?« fragte Fandorin und präsentierte dem Kommissar seine schmale, doch sehr kräftige Hand mit polierten Fingernägeln und einem Brillantring.

Mit einem mißgünstigen Blick auf den Ring (mindestens ein Jahresgehalt des Kommissars) sagte Coche auflachend: »Handlesen wie bei den Zigeunern?«

»Keineswegs. Schon in alten Z-zeiten hat man gewußt, daß das Relief der Papillarlinien auf den Fingerkuppen bei jedem Menschen anders ist. In China bestätigt ein Kuli einen Arbeitsvertrag mit dem Abdruck seines in Tusche getauchten Daumens.«

»Nun, wenn jeder Mörder so liebenswürdig wäre, seinen Daumen in Tusche zu tunken und den Abdruck am Tatort zurückzulassen ...« Der Kommissar lachte gutmütig.

Aber der Diplomat war nicht zum Scherzen aufgelegt.

»Herr Schiffsdetektiv, Sie sollten w-wissen, daß die moderne Wissenschaft zuverlässig festgestellt hat: Auf jeder trockenen festen Oberfläche bleibt bei Berührung ein Fingerabdruck zurück. Wenn der Täter auch nur flüchtig eine Tür, ein Tatwerkzeug, eine Fensterscheibe angefaßt hat, hinterläßt er eine Spur, mit deren H-hilfe er überführt werden kann.«

Coche wollte ironisch entgegnen, in Frankreich gebe es zwanzigtausend Verbrecher mit zweihunderttausend

Fingern, und wenn man die alle mit der Lupe untersuchen wolle, werde man erblinden, aber er ließ es. Er mußte an die zertrümmerte Vitrine in der Rue de Grenelle denken. Auf dem zerschlagenen Glas waren viele Fingerabdrücke gewesen. Aber niemandem war eingefallen, sie zu kopieren, und die Scherben waren im Müll gelandet.

Sieh an, wie weit es der Fortschritt gebracht hat! Denn was ergibt sich? Alle Verbrechen werden doch mit den Händen verübt, oder? Nun stellt sich heraus, daß Hände nicht schlechter Informationen liefern können als bezahlte Spitzel! Und wenn man erst bei allen Dieben und Banditen die Fingerchen kopiert hat, werden sie es nicht mehr wagen, mit ihren dreckigen Pfoten ein krummes Ding zu drehen! Dann hat die Kriminalität ein Ende.

Bei solchen Aussichten konnte einem der Kopf schwirren.

Reginald Milford-Stokes

2. April 1878
18 Uhr 34,5 Minuten Greenwicher Zeit

Meine kostbare Emily,

heute sind wir in den Suezkanal eingelaufen. In meinem gestrigen Brief habe ich Ihnen eingehend die Geschichte und Topographie von Port Said geschildert, und jetzt kann ich es mir nicht versagen, Ihnen etliche interessante und erbauliche Auskünfte über den Großen Kanal mitzuteilen, dieses grandiose Bauwerk menschlicher Hände, das im kommenden Jahr sein zehnjähriges Bestehen feiert. Ist Ihnen bekannt, meine liebe und vergötterte Gattin, daß der jetzige Kanal der vierte ist und der erste schon im vierzehnten Jahrhundert vor Christi Geburt unter dem großen Pharao Ramses gegraben wurde? Zur Zeit des Niedergangs des ägyptischen Reiches wehten die Wüstenwinde das Kanalbett mit Sand zu, aber unter dem Perserkönig Darius, 500 vor Christus, schaufelten Sklaven einen neuen Kanal, der 120000 Menschenleben forderte. Herodot schreibt, daß die Fahrt durch den Kanal vier

Tage dauerte und daß zwei entgegenkommende Galeeren aneinander vorbeikamen, ohne daß die Ruderreihen sich berührten. Mehrere Schiffe der zerschlagenen Flotte Kleopatras konnten sich durch den Kanal ins Rote Meer retten und sich dem Zorn des grimmen Octavian entziehen.

Nach dem Zerfall des römischen Imperiums trennte wieder eine hundert Meilen lange Wand aus Treibsand den Atlantik vom Indischen Ozean, doch kaum hatten die Nachfolger des Propheten Mohammed in dieser unfruchtbaren Gegend einen starken Staat geschaffen, griffen die Menschen erneut zu Hacken und Spaten. Ich fahre hier vorbei an toten Salzböden und endlosen Wanderdünen und werde nicht müde, mich an der sturen Tapferkeit und der emsenhaften Mühsal des menschlichen Stammes zu begeistern, der einen unendlichen, unweigerlich zum Scheitern verurteilten Kampf gegen den allmächtigen Chronos führt. Zweihundert Jahre lang befuhren Getreideschiffe den Kanal, dann wischte die Erde die jämmerliche Falte von ihrer Stirn, und die Wüste sank in tausendjährigen Schlaf.

Der Vater des neuen Suezkanals war leider kein Brite, sondern der Franzose Lesseps, liebe Emily, ein Vertreter der Nation, für die ich eine tiefe und vollauf gerechtfertigte Verachtung empfinde. Dieser umtriebige Diplomat überredete den ägyptischen Vizekönig, einen Ferman über die Gründung der Suezkanal-Gesellschaft auszufertigen. Diese erhielt das Recht, die neue Wasserstraße auf 99 Jahre zu pachten, während der ägyptischen Regierung nur 15 % der Einkünfte zugebilligt wurden! Und diese schäbigen Franzosen wagen es noch, uns Briten als Plünderer der rückständigen Völker zu bezeichnen! Zumindest haben wir unsere Privilegien mit dem Degen erkämpft, nicht aber schmutzige Geschäfte mit habgierigen einheimischen Beamtenseelen gemacht.

1600 Kamele brachten jeden Tag Trinkwasser für die Arbeiter, die den Großen Kanal gruben, aber die Ärmsten starben gleichwohl zu Tausenden an Durst, Hitze und ansteckenden Krankheiten. Unsere »Leviathan« schwimmt sozusagen über Leichen, und ich sehe im Sand zähnebleckende Schädel mit leeren Augenhöhlen. Es dauerte zehn Jahre und kostete fünfzehn Millionen Pfund Sterling, dieses grandiose Bauwerk zu vollenden. Dafür legt ein Schiff die Strecke von England nach Indien jetzt in der halben Zeit zurück. Fünfundzwanzig Tage, und man ist in Bombay. Unglaublich! Die Kanaltiefe beträgt mehr als 100 Fuß, so daß selbst unsere Riesenarche nicht befürchten muß, auf eine Sandbank aufzulaufen.

Heute beim Mittagessen mußte ich so lachen, daß ich mich an einer Brotkruste verschluckte, ich hustete und konnte das Lachen dennoch nicht bezwingen. Unser kläglicher Fant Regnier (ich schrieb Ihnen von dem Ersten Offizier der »Leviathan«) fragte mich mit geheuchelter Teilnahme nach dem Grund meiner Heiterkeit, da mußte ich noch mehr lachen. Ich konnte ihm ja nicht gut sagen, welcher Gedanke mich so belustigt hatte. Den Kanal haben die Franzosen gebaut, aber die Früchte ernten wir Engländer. Vor drei Jahren hat die Regierung Ihrer Majestät dem ägyptischen Khedive die Aktienmehrheit abgekauft, und jetzt verwalten wir Briten den Kanal. Die Aktie, die anfangs für 15 Pfund verkauft wurde, ist heute 3000 wert! Ist das nicht toll? Wie sollte ich da ernst bleiben?

Im übrigen langweile ich Sie gewiß mit diesen trockenen Details. Seien Sie mir nicht gram, meine teure Emily, ich habe keinen anderen Zeitvertreib, als lange Briefe zu schreiben. Wenn meine Feder über das Velinpapier kratzt, ist mir, als säßen Sie neben mir, und wir führten eine erquickliche Unterhaltung. Sie müssen wissen, in dem heißen Klima fühle ich mich bedeutend besser. Ich kann mich morgens nicht mehr an die Alpträume erinnern, die mich nächtlicherweile quälen, aber sie sind noch da, denn wenn ich in der Frühe aufwache, ist das Kopfkissen naß von Tränen, manchmal auch von meinen Zähnen zerbissen.

Aber das sind Lappalien. Jeder neue Tag, jede zurückgelegte Meile bringt mich dem neuen Leben näher. Dort, unter der freundlichen Äquatorsonne, wird diese entsetzliche Trennung, die mir die Seele zerrissen hat, endlich vorbei sein. Wenn es nur schneller ginge! Ich fiebere dem Moment entgegen, da Ihr strahlender, zärtlicher Blick wieder auf mir ruht, meine liebe Freundin.

Womit könnte ich Sie noch zerstreuen? Vielleicht mit der Beschreibung unserer »Leviathan«, ein mehr als würdiges Thema. In den vorhergehenden Briefen habe ich zu viel von meinen Gefühlen und Träumen geschrieben und Ihnen nicht diesen Triumph der britischen Ingenieurkunst in den schönsten Farben ausgemalt.

Die »Leviathan« ist das größte Passagierschiff der Weltgeschichte, mit Ausnahme der kolossalen »Great Eastern«, die schon seit zwanzig Jahren die Wasser des Atlantik furcht. Jules Verne, der die »Great Eastern« in dem Buch »Die schwimmende Stadt« beschrieb, hat unsere »Leviathan« nie gesehen, sonst würde er die alte »G.E.« in »Das schwimmende Dorf« umbenannt haben. Sie verlegt ja nur Telegraphenkabel auf dem Grunde des Ozeans. Die »Leviathan« hingegen kann tausend Personen und zusätzlich 10000 Tonnen Fracht transportieren. Die Länge unseres feuerspeienden Monsters übersteigt 600, die Breite erreicht 80 Fuß. Ist Ihnen bekannt, wie ein Schiff gebaut wird, liebe Emily? Zunächst wird der Linienriß des zu bauenden Schiffes auf dem Schnürboden (einem überdachten Raum) in einen besonders geglätteten Holzbelag eingeritzt. Der Linienriß der »Leviathan« war so gewaltig, daß extra ein Gebäude von der Größe des Buckingham-Palastes errichtet werden mußte!

Das Wunderschiff besitzt zwei Dampfmaschinen, zwei mächtige Seitenräder und eine gigantische Schraube am Heck. Sechs Masten ragen bis hinauf in den Himmel, sie sind voll betakelt, und bei achterem Wind und großer Maschinenfahrt entwickelt das Schiff eine Geschwindigkeit von 16 Knoten! Hier haben die neuesten Errungenschaften der Schiffbauindustrie Anwendung gefunden. Dazu gehören: die doppelte metallene Außenhaut, die das Schiff selbst bei einem Aufprall auf einen Felsen rettet, spezielle Seitenkiele, die das Schlingern dämpfen, elektrische Beleuchtung, wasserdichte Räume, gewaltige Kühlanlagen für den produzierten Dampf – alles läßt sich nicht aufzählen. Die gesamte Erfahrung jahrhundertelanger Arbeit des erfinderischen und unermüdlichen menschlichen Verstandes ist in diesem stolzen Schiff gebündelt, das furchtlos die Meereswellen teilt. Gestern habe ich nach alter Gewohnheit die Heilige Schrift an der erstbesten Stelle aufgeschlagen und war erschüttert – ins Auge fielen mir die

Zeilen über Leviathan, das gefährliche Seeungeheuer aus dem Buche Hiob. Ich erbebte, als ich plötzlich begriff, daß dort keineswegs von einer Seeschlange die Rede war, wie die Alten glaubten, und nicht von einem Pottwal, wie die heutigen Rationalisten behaupten – nein, in der Bibel wird eindeutig von der »Leviathan« gesprochen, die mich aus Finsternis und Entsetzen hinführen wird zu Glück und Licht. Urteilen Sie selbst: »Die Tiefe läßt er wie den Kessel sieden und macht das Meer zu einem Salbentopf. Aufleuchtet hinter ihm der Pfad; man hält das Meer für Greisenhaar. Es gibt nicht seinesgleichen auf der Erde, dazu geschaffen, ohne Furcht zu sein. Verächtlich schaut er alles Hohe an, und König ist er aller stolzen Tiere.« Der Salbentopf – das ist das Schmieröl, der aufleuchtende Pfad hinter ihm – das ist die Hecksee. Das ist doch offensichtlich!

Und da überkam mich Angst, liebe Emily. Diese Zeilen bergen eine gefährliche Warnung – für mich persönlich, für die Passagiere der »Leviathan« oder für die ganze Menschheit. Vom Standpunkt der Bibel ist doch Stolz etwas Schlechtes, oder? Und wenn der Mensch verächtlich alles Hohe anschaut, drohen da nicht irgendwelche katastrophalen Folgen? Sind wir nicht gar zu stolz auf unseren flinken Verstand und unsere geschickten Hände? Wohin führt uns der König aller stolzen Tiere? Was steht uns bevor?

Ich schlug das Buch auf, um zu beten, zum erstenmal seit langer Zeit. Und plötzlich las ich: »Das ist ihr Herz, daß ihre Häuser währen immerdar, ihre Wohnungen bleiben für und für; und haben große Ehre auf Erden. Dennoch kann ein Mensch nicht bleiben in solchem Ansehen, sondern muß davon wie das Vieh. Dies ihr Tun ist eitel Torheit; doch loben's ihre Nachkommen mit ihrem Munde.«

Als ich aber, von einem mystischen Gefühl ergriffen, mit zitternder Hand das Buch zum drittenmal aufschlug, fiel mein entzündeter Blick auf die langweilige Stelle aus dem vierten Buch Mose, wo mit buchhalterischer Genauigkeit die Opferdarbringungen der Geschlechter Israels aufgezählt werden. Da beruhigte ich mich, läutete mit dem silbernen Glöckchen und bestellte mir beim Steward eine heiße Schokolade.

Der Komfort in dem Teil des Schiffes, der dem honorigen Publikum vorbehalten ist, übersteigt jede Phantasie. In dieser Beziehung sucht die »Leviathan« in der Tat ihresgleichen. Dahin sind die Zeiten, als Reisende nach Indien oder China in enge dunkle Kämmerchen gezwängt, übereinander gestapelt wurden. Sie wissen, geliebte Gattin, wie sehr ich an Klaustrophobie leide, aber auf der »Leviathan« fühle ich mich wie am weitläufigen Ufer der Themse. Hier gibt es alles Notwendige, um der Langeweile zu entfliehen: einen Tanzsaal, einen Musiksalon für klassische Konzerte und eine ganz passable Bibliothek. Die Erste-Klasse-Kabine steht, was die Ausstattung angeht, dem besten Londoner Hotelzimmer nicht nach. Von solchen Kabinen hat das Schiff hundert. Überdies hat es 250 Kabinen zweiter Klasse mit 600 Betten (ich habe nicht hineingeschaut, denn ich kann Armseligkeit nicht ertragen), außerdem soll es noch umfängliche Frachträume geben. Allein an Bedienungspersonal hat die »Leviathan«, die Matrosen und Offiziere nicht gerechnet, mehr als 200 Leute – Stewards, Köche, Diener, Musiker, Kabinenste-

wardessen. Denken Sie nur, ich bedaure überhaupt nicht, Jeremy nicht mitgenommen zu haben. Der Tagedieb hat dauernd seine Nase in Dinge gesteckt, die ihn nichts angingen, und hier kommt um elf das Mädchen, räumt auf und führt meine Aufträge aus. Das ist bequem und vernünftig. Wenn man will, ruft man mit dem Glöckchen den Diener herbei, damit er beim Ankleiden hilft, aber das halte ich für überflüssig, ich ziehe mich selber an und aus. In meiner Abwesenheit ist es dem Personal strengstens untersagt, die Kabine zu betreten, und wenn ich hinausgehe, klemme ich ein Haar in die Tür. Ich habe Angst vor Spionen. Glauben Sie mir, liebste Emily, dieses Schiff ist eine richtige Stadt, und es gibt alles mögliche Gesindel.

Meine Kenntnisse über den Dampfer habe ich hauptsächlich von Leutnant Regnier, der auf sein Schiff richtig stolz ist. Ansonsten ist er ein unsympathischer Mensch, und ich habe ihn ernsthaft im Verdacht. Er bemüht sich nach Kräften, den Gentleman zu spielen, aber mich führt er nicht hinters Licht, ich kann die minderwertige Rasse riechen. Um sich einzuschmeicheln, hat der Kerl mich in seine Kabine eingeladen. Ich habe hineingeschaut, weniger aus Neugier als aus dem Wunsch, den Grad der Bedrohung abzuschätzen, welche dieser dunkelhäutige Herr darstellen könnte (über sein Äußeres s. meinen Brief vom 20. März). Die Ausstattung seiner Kabine ist kärglich, was noch stärker ins Auge fällt durch geschmacklose Nippes (chinesische Vasen, indische Räuchergefäße, ein minderwertiges Seestück an der Wand usw.). Auf dem Tisch steht inmitten von Karten und Navigationsgeräten ein großes Photo einer Frau in Schwarz mit einer Inschrift auf französisch: »Allezeit sieben Fuß unterm Kiel, mein Liebling! Françoise B.« Ich fragte, ob es seine Frau sei. Nein, seine Mutter. Rührend, aber der Verdacht bleibt. Ich habe auch weiterhin die Absicht, selber alle drei Stunden den Kurs zu überprüfen, obwohl ich dazu zweimal in der Nacht aufstehen muß. Gewiß, einstweilen fahren wir durch den Suezkanal, da ist es vielleicht überflüssig, doch ich will im Umgang mit dem Sextanten nicht aus der Übung kommen.

Zeit haben wir mehr als genug, und ich nutze sie außer zum Briefeschreiben dazu, den Jahrmarkt der Eitelkeiten zu beobachten, der mich von allen Seiten umgibt. In dieser Galerie menschlicher Typen gibt es hochinteressante Gestalten. Von einigen habe ich Ihnen schon geschrieben, doch gestern erschien in unserm Salon ein neues Gesicht. Stellen Sie sich vor – ein Russe. Sein Name ist Erast Fandorin. Emily, Sie wissen, was ich von Rußland halte, diesem häßlichen Auswuchs, der halb Europa und ein Drittel von Asien bedeckt. Rußland trachtet danach, seine das Christentum parodierende Religion und seine barbarischen Sitten auf die ganze Welt auszudehnen, und Albion ist das einzige Hindernis auf dem Weg dieser neuen Hunnen. Ohne die entschlossene Position der Regierung Ihrer Majestät in der gegenwärtigen Orientkrise würde Zar Alexander mit seinen Bärentatzen die Balkanländer eingerafft haben und …

Doch das habe ich Ihnen schon geschrieben, und ich mag mich nicht wiederholen. Im übrigen wirken sich Gedanken über die Politik schlecht auf meine Nerven aus. Jetzt ist es vier Minuten vor acht. Wie ich Ihnen schon mitteilte, gilt auf der »Leviathan« bis Aden die britische Zeit, darum ist um acht hier schon Nacht. Ich gehe jetzt, die Länge und die Breite zu messen, dann werde ich zu Abend speisen und den Brief fortsetzen.

Sechzehn Minuten nach zehn

Ich sehe, ich habe den Bericht über Mister Fandorin noch nicht beendet. Ich glaube, er gefällt mir trotz seiner Nationalität. Er hat gute Manieren, ist schweigsam, kann zuhören. Wahrscheinlich gehört er dem Stand an, der in Rußland mit dem italienischen Wort intelligenzia *bezeichnet wird, das meint wohl die europäische gebildete Klasse. Sie werden zugeben, teure Emily, daß eine Gesellschaft, in der die europäische Klasse als besondere Schicht angesehen und überdies mit einem Fremdwort benannt wird, schwerlich als zivilisiert betrachtet werden kann. Ich stelle mir vor, was für ein Abgrund den menschenähnlichen Mister Fandorin von einem bärtigen Kosaken oder Mushik trennt, welche in diesem tatarisch-byzantinischen Imperium 90% der Bevölkerung ausmachen. Andererseits muß solch eine Distanz einen gebildeten und denkenden Menschen ungewöhnlich erhöhen und veredeln. Darüber wird noch nachzudenken sein.*

Mir hat gefallen, wie elegant Mister Fandorin (er ist übrigens Diplomat, was vieles erklärt) den unerträglichen Coche zurechtgewiesen hat, der behauptet, Rentier zu sein, obwohl mit bloßem Auge zu sehen ist, daß er schmutzige Geschäfte betreibt. Es sollte mich nicht wundern, wenn er in den Orient reist, um Opium und exotische Tänzerinnen für Pariser Kaschemmen einzukaufen. (Der letzte Satz ist durchgestrichen.) Ich weiß, liebe Emily, daß Sie eine Lady sind und nicht versuchen werden, das Durchgestrichene zu lesen. Ich habe mich hinreißen lassen und etwas geschrieben, was Ihrer keuschen Augen unwürdig ist.

Also, zum heutigen Abendessen. Der französische Bourgeois Coche, der sich in letzter Zeit eine große Geschwätzigkeit herausnimmt, hat mit selbstzufriedener Miene über die Vorzüge des Alters gegenüber der Jugend schwadroniert. »Ich bin unter den hier Anwesenden der Älteste«, sagte er herablassend, dieser Sokrates. »Ich habe graue Haare, bin dick und häßlich, aber glauben Sie nicht, daß ich mit Ihnen tauschen würde. Wenn ich die hochmütige Jugend sehe, die sich vor dem Alter mit ihrer Kraft, Schönheit und Gesundheit spreizt, empfinde ich kein bißchen Neid. Na, denke ich dann, das ist nichts weiter, so war ich früher auch. Aber ob du, mein Lieber, überhaupt so alt wirst wie ich mit meinen zweiundsechzig, das ist noch nicht raus. Ich bin schon doppelt so glücklich wie du mit deinen dreißig, denn ich lebe auf dieser Welt doppelt so lange wie du.« Und er trank einen Schluck Wein, stolz auf seinen originellen Gedanken und seine scheinbar unwiderlegliche Logik. Da sagte plötzlich Fandorin, der bislang den Mund nicht aufgekriegt hatte, mit sehr ernster Miene: »Das trifft zweifellos zu, Herr Coche, wenn man das Leben im orientalischen Sinne betrachtet – als das Sich-Befinden an einem Punkt des Daseins und das ewige ›Jetzt‹. Aber es gibt noch eine andere Sichtweise, die das Leben eines Menschen als ein Literaturwerk ansieht, das man erst beurteilen kann, wenn die letzte Seite zu Ende gelesen ist. Dieses Werk kann lang sein wie eine Tetralogie oder kurz wie eine Novelle. Aber wer will zu behaupten wagen, daß ein dicker und banaler Roman wertvoller wäre als ein kurzes, schönes Gedicht?« Und das komischste, unser Rentier, der tatsächlich dick und banal ist, hat gar nicht begriffen, daß er gemeint war. Selbst als Miss Stomp (eine nicht dumme, wenngleich sonderbare Person) kicherte und ich ziemlich laut prustete, bekam der Franzose es nicht mit – er blieb bei seiner Überzeugung, und dafür sei er gepriesen.

Freilich bekundete Monsieur Coche im weiteren Gespräch, schon beim Dessert, einen gesunden Menschenverstand, der mich erstaunte. Auch das Fehlen einer regulären Bildung hat seine Vorzüge: Ein nicht von Autoritäten eingeengter Verstand ist zuweilen fähig, interessante und zutreffende Beobachtungen zu machen.

Urteilen Sie selbst. Die amöbenartige Mrs. Truffo, die Frau unseres vertrottelten Doktors, säuselte wieder mal etwas von dem »Kleinchen« und »Engelchen«, mit dem Madame Kleber in Bälde ihren Bankier beglücken wird. Da Mrs. Truffo nicht französisch spricht, mußte ihr unglücklicher Gatte die süßlichen Sentenzen übersetzen – von Familienglück, das ohne das »Plappern der Kleinen« nicht denkbar sei. Coche paffte und paffte, dann sagte er plötzlich: »Ich kann Ihnen nicht zustimmen, Madame. Ein wahrhaft glückliches Ehepaar hat keineswegs Kinder nötig, denn Mann und Frau sind einander vollauf genug. Mann und Frau sind wie zwei unebene Oberflächen, jede mit Hebungen und Senkungen. Wenn die Oberflächen nicht dicht einander anliegen, bedarf es Leim, ohne den die Konstruktion, also die Familie, nicht halten würde. Dieser Leim sind die Kinder. Wenn aber die Oberflächen ideal zueinander passen und jede Hebung eine Sen-

kung findet, ist Leim überflüssig. Nehmen Sie mich und meine Blanche. Dreiunddreißig Jahre leben wir wie ein Herz und eine Seele. Wozu brauchen wir Kinder? Auch ohne sie ist es wunderbar.« Sie können sich vorstellen, Emily, was für eine Woge gerechter Entrüstung über den Zerstörer ewiger Werte hereinbrach. Am meisten ereiferte sich Madame Kleber, die in ihrem Schoß einen kleinen Schweizer trägt. Beim Anblick ihres zur Schau gestellten Bäuchleins zucke ich jedesmal zusammen. Ich sehe im Geiste einen zusammengekauerten Mini-Bankier mit gezwirbeltem Schnurrbärtchen und aufgeblasenen Bäckchen. Mit der Zeit werden die Klebers zweifellos ein ganzes Bataillon der Schweizer Garde auf die Welt bringen.

Ich muß Ihnen gestehen, meine zärtlich geliebte Emily, daß mir der Anblick schwangerer Frauen Übelkeit verursacht. Sie sind widerlich! Dieses sinnlos animalische Lächeln, diese scheußliche Miene des permanenten Hineinhorchens in den eigenen Leib! Ich halte mich nach Möglichkeit von Madame Kleber fern. Schwören Sie mir, Teuerste, daß wir niemals Kinder haben werden. Der dicke Bourgeois hat tausendmal recht! Wozu Kinder? Wir sind doch auch so unendlich glücklich. Wir müssen nur diese erzwungene Trennung durchstehen.

Aber jetzt ist es zwei Minuten vor elf. Ich muß meine Messung machen.

Verflixt! Ich habe die ganze Kabine durchsucht. Mein Sextant ist weg. Keine Einbildung. Er lag in der kleinen Truhe, zusammen mit dem Chronometer und dem Kompaß, und jetzt ist er weg! Ich habe Angst, Emily! Oh, ich habe es geahnt! Meine schlimmsten Befürchtungen haben sich bewahrheitet!

Warum? Wofür? Die sind zu jeder Schandtat bereit, nur um unsere Begegnung zu verhindern. Wie soll ich jetzt überprüfen, ob der Dampfer den richtigen Kurs fährt? Das war Regnier, ich weiß es. Ich habe gesehen, mit was für Augen er mich anguckte, als er letzte Nacht an Deck mein Hantieren mit dem Sextanten beobachtete. Der Schuft!

Ob ich zum Kapitän gehe, um eine Bestrafung Regniers zu verlangen? Aber wenn sie unter einer Decke stecken? O Gott, erbarme dich meiner!

Ich mußte eine Pause machen. Mich hat das alles so echauffiert, daß ich von den Tropfen nehmen mußte, die Doktor Jenkinson mir verordnet hat. Und entsprechend seiner Weisung habe ich an etwas Erfreuliches gedacht. Daran, wie wir beide auf der weißen Veranda sitzen und in die Ferne schauen, um herauszufinden, wo das Meer aufhört und der Himmel anfängt. Sie lächeln und sagen: »Lieber Regi, nun sind wir beisammen.« Dann setzen wir uns in das Kabriolett und fahren am Ufer entlang …

Mein Gott, was fasele ich da! Was denn für ein Kabriolett? Ich bin ein Ungeheuer, und es gibt für mich keine Vergebung.

Renate Kleber

Sie erwachte in glänzender Laune, lächelte über einen Sonnenfleck, der über ihre vom Kissen zerdrückte rundliche Wange kroch, und horchte auf ihren Bauch. Das Kind verhielt sich still, aber sie hatte schrecklichen Hunger. Bis zum Frühstück waren es noch fünfzig Minuten, doch sie war gewohnt, sich zu gedulden, und Langeweile war ihr fremd. Der Schlaf verließ sie morgens ebenso schnell, wie er sie abends überkam – sie bettete den Kopf auf die zusammengelegten Hände, und schon im nächsten Moment hatte sie einen lieblichen und fröhlichen Traum.

Renate trällerte ein frivoles Liedchen von der armen Georgette, die sich in einen Schornsteinfeger verliebt, dabei verrichtete sie ihre Morgentoilette, rieb das frische Gesicht mit Lavendelwasser ab, frisierte sich flink und geschickt: toupierte über der Stirn einen kleinen Pony, steckte das volle kastanienbraune Haar zu einem glatten Knoten und ließ an den Schläfen zwei gewundene Löckchen herabhängen. Nun sah sie so aus, wie sie es wollte – hübsch und bescheiden. Sie guckte durch das Bullauge.

Immer dasselbe: das gleichmäßige Kanalufer, der gelbe Sand, die weißen Lehmhütten eines ärmlichen Dorfes. Ein heißer Tag stand bevor. Also das weiße Spitzenkleid, der Strohhut mit dem roten Band und, nicht zu vergessen, der Sonnenschirm, denn nach dem Frühstück war ein Spaziergang fällig. Doch fand sie es lästig, sich mit dem Schirm abzuschleppen. Irgendwer würde ihn ihr schon holen.

Renate drehte sich mit sichtlichem Vergnügen vor dem Spiegel, stellte sich seitlich hin, zog das Kleid über dem Bauch straff. Um die Wahrheit zu sagen – noch war nichts zu sehen.

Mit dem Recht der Schwangeren fand sie sich vor der Zeit zum Frühstück ein, die Kellner waren noch beim Eindecken. Renate bestellte sogleich Orangensaft, Tee, Hörnchen mit Butter und alles übrige. Als der erste Tischnachbar erschien, der dicke Monsieur Coche, auch ein Frühaufsteher, hatte die werdende Mutter schon drei Hörnchen verdrückt und machte sich eben über ein Omelett mit Pilzen her. Auf der »Leviathan« gab es kein Kontinentalfrühstück, sondern ein richtiges englisches Breakfast: mit Rostbeef, erlesenen Eierspeisen, Pudding und Porridge. Französisch waren hier nur die Croissants. Dafür dominierte mittags und abends die französische Küche. Konnte man im Salon »Windsor« etwa Nierchen mit Bohnen servieren?

Der Erste Offizier erschien wie stets um punkt zehn. Fürsorglich erkundigte er sich nach Madame Klebers Befinden. Renate schwindelte, sie habe schlecht geschlafen und fühle sich zerschlagen, weil sich das Bullauge schwer öffnen lasse und es in ihrer Kabine stickig sei. Leutnant Regnier war bestürzt und versprach, persönlich vorbeizukommen und den Defekt zu beheben. Eier und Rostbeef aß er nicht, er hielt sich an eine ausgeklügelte Diät und ernährte sich hauptsächlich von Grünzeug. Er tat Renate leid.

Allmählich fanden sich auch die übrigen ein. Das Gespräch am Frühstückstisch kam gewöhnlich nur schleppend in Gang – die Älteren waren zerknittert nach einer schlecht verbrachten Nacht, und die Jüngeren schliefen noch halb. Es war amüsant, zu beobachten, wie die zickige Clarissa Stomp den stotternden Diplomaten umgarnte. Renate schüttelte den Kopf: Wie konnte die sich solche Blöße geben! Meine Liebe, der könnte dein Sohn sein, trotz der imposanten weißen Schläfen. Meinst du, der Beau wäre was für so eine alternde Jungfer wie dich?

Als letzter kam der rothaarige Psychopath (so nannte Renate im stillen den englischen Baronet). Storre Zotteln, rote Augen, zuckende Mundwinkel – ein Graus. Aber Madame Kleber fürchtete ihn kein bißchen und ließ keine Gelegenheit aus, sich über ihn lustig zu machen. So reichte sie ihm jetzt mit unschuldig-freundlichem Lächeln das Milchkännchen. Milford-Stokes (schon der Name!) schob erwartungsgemäß angewidert seine Tasse zurück. Renate wußte aus Erfahrung, daß er das Milchkännchen nicht anrühren, sondern seinen Kaffee lieber schwarz trinken würde.

»Warum wenden Sie sich ab?« lispelte sie mit bebender Stimme. »Keine Bange, Schwangerschaft ist nicht ansteckend.« Und sie schloß schon ohne Beben: »Jedenfalls nicht für Männer.«

Der Psychopath schickte ihr einen sengenden Blick, der jedoch an ihrem strahlenden und friedlichen Gegenblick abprallte. Leutnant Regnier verdeckte mit der Hand ein Schmunzeln, der Rentier ließ ein »hm« hören. Selbst der Japaner lächelte über Renates Ausfall. Allerdings lächelte dieser Monsieur Aono immer, auch ohne jeden Anlaß. Womöglich bedeutete ja das Lächeln bei den Japanern gar nicht Heiterkeit, sondern etwas ganz anderes. Zum Beispiel Langeweile oder Abscheu.

Nachdem Monsieur Aono zur Genüge gelächelt hatte, leistete er sich wieder das gewohnte Stückchen, von dem es seinen Tischnachbarn immer ganz übel wurde: Er schneuzte geräuschvoll in eine Papierserviette, knüllte sie zusammen und legte das nasse Päckchen sorgsam auf seinem schmutzigen Teller ab. Mochten sich die anderen am Anblick dieser Ikebana erbauen. Von Ikebana hatte Renate bei Pierre Loti gelesen, und das wohlklingende Wort war ihr haftengeblieben. Interessante Idee, Blumensträuße nicht einfach so zu binden, sondern mit philosophischem Sinn. Sie müßte es mal probieren.

»Welche Blumen mögen Sie?« fragte sie Doktor Truffo.

Er übersetzte die Frage seiner Schreckschraube, dann antwortete er: »Stiefmütterchen.«

Und er übersetzte auch die Antwort: »Pansies.«

»Ich vergöttere Blumen!« rief Miss Stomp (die sich als jugendliche Naive aufspielte). »Aber nur lebendige. Wie gern gehe ich über eine Blumenwiese! Es zerreißt mir das Herz, wenn ich sehe, wie die armen Schnittblumen welken und ihre Blütenblätter verlieren! Darum lasse ich mir auch von niemandem Blumen schenken.« Schmachteblick auf den schönen Russen.

Welch ein Jammer, sonst würden sie dich bestimmt mit Sträußen zuschütten, dachte Renate, laut aber sagte sie: »Ich finde, Blumen sind die Krönung von Gottes Schöpfung, und eine blühende Wiese zu zertrampeln ist ein Verbrechen.«

»In den Parkanlagen von Paris gilt es auch als Verbrechen«, verlautbarte Monsieur Coche. »Es kostet zehn Francs Strafe. Und wenn die Damen einem alten Flegel gestatten wollen, seine Pfeife zu rauchen, möchte ich Ihnen ein spannendes Geschichtchen zu diesem Thema erzählen.«

»Oh, meine Damen, üben Sie Nachsicht!« rief der bebrillte Indologe Sweetchild und schüttelte sein Disraeli-Bärtchen. »Monsieur Coche ist ein fabelhafter Erzähler.«

Alle wandten sich der schwangeren Renate zu, die das letzte Wort hatte, und sie rieb sich vielsagend die Schläfe. Nein, Kopfschmerzen hatte sie nicht, es machte ihr nur Spaß, den angenehmen Moment zu verlängern. Aber das »Geschichtchen« wollte sie auch gern hören, darum nickte sie mit Leidensmiene.

»Gut, rauchen Sie nur. Aber dann soll mir jemand Luft zufächeln.«

Da die garstige Clarissa, die einen üppigen Fächer aus Straußenfedern besaß, so tat, als ginge es sie nichts an, mußte der Japaner das übernehmen. Gintaro Aono setzte sich neben die Leidende und fuchtelte ihr mit seinem Fächer voller bunter Schmetterlinge so eifrig vor der Nase herum, daß ihr bald schwindlig wurde von dem Farbengeflirre. Der Japaner bezog für seinen Übereifer einen Verweis.

Coche nahm mit Genuß einen Zug, stieß ein Wölkchen duftenden Qualms aus und begann seine Erzählung: »Ob Sie's glauben oder nicht, aber dies ist eine wahre Geschichte. Im Jardin du Luxembourg arbeitete ein Gärtner, der alte Picard. Vierzig Jahre lang goß und pflegte er Blumen, und bis zur Pensionierung hatte er nur noch drei Jahre. Eines Morgens kam er mit seiner Gießkanne in den Park, da sah er auf einem Tulpenbeet einen schicken Herrn mit Frack liegen. Der Mann hatte es sich in der Morgensonne bequem gemacht und lag behaglich da. Er mußte wohl ein Nachtschwärmer sein, der bis in den Morgen gezecht, es nicht bis nach Hause geschafft und hier schlappgemacht hatte.« Coche kniff ein Auge ein und maß die Anwesenden mit verschmitztem Blick. »Picard wurde natürlich böse, seine Tulpen waren zerdrückt, und er sagte: ›Stehen Sie auf, Monsieur, in unserm Park darf man nicht auf den Beeten liegen. Dafür kassieren wir zehn Francs Strafe.‹ Der Nachtschwärmer öffnete ein Auge und holte ein Goldstück hervor. ›Nimm, Alter, und laß mich in Ruhe. Ich habe lange nicht so schön geruht.‹ Na, der Gärtner nahm das Geld, ging aber nicht weg. ›Die Strafe haben Sie bezahlt, aber ich darf Sie trotzdem nicht hier liegen lassen. Stehen Sie bitte auf.‹ Da öffnete der Herr im Frack auch sein zweites Auge, hatte es aber nicht eilig, sich zu erheben. ›Wieviel muß ich berappen, damit du mir aus der Sonne gehst? Ich zahle jeden Preis, wenn du mich hier ein Stündchen schlummern läßt.‹ Picard kratzte sich den Hinterkopf, rechnete, bewegte die Lippen. ›Gut‹, sagte er, ›wenn Sie ein Liegestündchen in einem Beet des Jardin du Luxembourg erwerben wollen, kostet es Sie vierundachtzigtausend Francs und keinen Sou weniger.‹« Der Kommissar lachte vergnügt und schüttelte den Kopf, gleichsam hingerissen von der Frechheit des Gärtners. »Nicht einen Sou weniger, soso. Nun muß ich Ihnen aber sagen, der beschwipste Herr war nicht irgendwer, sondern der Bankier Laffitte, der reichste Mann von Paris. Der redete nicht in den Wind, er hatte gesagt ›jeden Preis‹, und das galt. Er hätte es als schmählich empfunden, zu kneifen und sein Bankierswort zurückzunehmen. Aber einem hergelaufenen Frechling solch eine Summe zu geben hatte er auch keine Lust. Was tun?« Coche zuckte die Achseln, um die knifflige Lage des Bankiers zu illustrieren. »Laffitte sagt also: ›Na schön, du alter Spitzbube, du sollst deine vierundachtzigtausend haben, aber unter einer Bedingung: Beweise mir, daß ein Schlummerstündchen auf deinem schäbigen Beet tatsächlich diesen Betrag wert ist. Wenn du das nicht kannst, stehe ich jetzt auf und verbleue dich mit meinem Stock, dann komme ich wegen geringfügigem Rowdytum mit vierzig Francs Strafe davon.‹« Der bescheuerte Milford-Stokes lachte laut und schüttelte begeistert seine rötliche Mähne, Coche aber hob den gelbgeräucherten Finger: Freu dich nicht zu früh, es ist noch nicht zu Ende. »Und was meinen Sie, meine Damen und Herren? Der alte Picard, kein bißchen verlegen, rechnete vor: ›In einer halben Stunde, punkt acht, kommt der Herr Direktor des Parks, sieht Sie in dem Beet liegen und brüllt mich an, ich soll Sie wegbringen. Das kann ich aber nicht, denn Sie haben nicht für eine halbe, sondern für eine ganze Stunde bezahlt. Ich streite also mit dem Herrn Direktor, da jagt er mich aus dem Dienst, ohne Entschädigung und Pension. Dabei habe ich nur noch drei Jahre bis zur Pensionierung. Die Pension beträgt tausendzweihundert Francs im Jahr. Mein Leben im Ruhestand veranschlage ich auf zwanzig Jahre, macht vierundzwanzigtausend Francs. Aus der Dienstwohnung wird man uns raussetzen, meine Alte und mich. Wo soll ich dann wohnen? Ich muß ein Haus kaufen. Ein bescheidenes Häuschen mit Garten irgendwo an der Loire kostet mindestens zwanzigtausend. Und jetzt, mein Herr, denken Sie auch mal an meine Reputation. Vierzig Jahre habe ich in diesem Park auf Treu und Glauben meine Arbeit getan, und jeder wird sagen, daß Picard ein redlicher Mensch ist. Und nun solche Schande auf mein graues Haupt. Das ist ja Schmiergeld,

Bestechung! Ich finde, für jedes Jahr untadeligen Dienstes sind tausend Francs nicht zuviel als moralischer Ausgleich. Insgesamt ergibt das vierundachtzigtausend.‹ Laffitte lachte, streckte sich behaglich auf dem Beet aus und schloß wieder die Augen. ›Komm in einer Stunde‹, sagte er. ›Da kriegst du dein Geld, alter Affe.‹ Ist das nicht eine hübsche Geschichte, meine Damen und Herren?«

»Also t-tausend Francs für ein untadeliges Jahr?« sagte der russische Diplomat auflachend. »Ein bißchen wenig. Wahrscheinlich Mengenrabatt.«

Die Anwesenden erörterten lebhaft die Geschichte und äußerten durchaus gegensätzliche Meinungen, Renate aber starrte neugierig Monsieur Coche an, der mit zufriedener Miene seine schwarze Mappe aufschlug, an der erkalteten Schokolade nippte und mit Papieren raschelte. Ein Original, dieser Opa. Was mochte er da für Geheimnisse haben? Warum hielt er den Ellbogen drüber?

Diese Frage ließ Renate keine Ruhe. Ein paarmal versuchte sie, Coche über die Schulter zu linsen, aber der boshafte Rentier klappte die Mappe unverfroren vor ihrer Nase zu und drohte ihr sogar mit dem Finger – nicht doch.

Aber heute geschah etwas Bemerkenswertes. Als Monsieur Coche wie üblich vor den anderen aufstand, entglitt seiner geheimnisvollen Mappe ein Blatt und segelte still zu Boden. Der Rentier bemerkte es nicht; in unfrohe Gedanken vertieft, verließ er den Salon. Kaum hatte sich die Tür hinter ihm geschlossen, schnellte Renate vom Stuhl hoch. Aber sie war nicht die einzige mit guter Beobachtungsgabe. Die wohlerzogene Miss Stomp, so eine Fixe, erreichte das Blatt als erste.

»Ach, Monsieur Coche hat wohl was verloren!« rief sie, hob rasch das Papier auf und bohrte die scharfen Augen hinein. »Ich bring's ihm.«

Aber Madame Kleber hatte schon mit zähen Fingern zugeschnappt und dachte nicht daran, loszulassen.

»Was ist es?« fragte sie. »Ein Zeitungsausschnitt? Wie interessant!«

Im nächsten Moment umstanden alle Anwesenden die beiden Damen, nur der stoische Japaner wedelte noch immer mit seinem Fächer, und Mrs. Truffo beäugte indigniert dieses ungehörige Eindringen in die Privatsphäre eines anderen.

Der Zeitungsausschnitt beinhaltete folgendes:

DAS VERBRECHEN DES JAHRHUNDERTS: EINE NEUE WENDE?

Die teuflische Ermordung von zehn Menschen in der Rue de Grenelle bewegt weiterhin die Gemüter der Pariser Bürger. Bislang gab es hauptsächlich zwei Theorien: die von einem manisch besessenen Arzt und die von einer Sekte blutgieriger fanatischer Hindus, Anhängern des Gottes Schiwa. Aber wir vom »Soir« haben unabhängige Recherchen angestellt und konnten einen Umstand ermitteln, der möglicherweise dem Fall eine Wende gibt. Wie wir herausfanden, wurde der verstorbene Lord Littleby in den letzten Wochen mindestens zweimal in Gesellschaft der internationalen Abenteurerin Marie Sansfond gesehen, die der Polizei in vielen Ländern bestens bekannt ist. Der Baron de M., ein enger Freund des Ermordeten, hat mitgeteilt, Milord habe für eine gewisse Dame geschwärmt, und er habe sich am Abend des 15. März nach Spa begeben wollen, zu einem romantischen Stelldichein. Ob es wohl Madame Sansfond war, die ihn zu diesem Treffen bestellt hatte? Es kam nicht zustande, da der arme Kollektionär in einem so unpassenden Moment von einem Podagraanfall heimgesucht wurde. Die Redaktion unterfängt sich nicht, eine eigene Theorie aufzustellen, hält es jedoch für ihre Pflicht, Kommissar Coche auf diesen bemerkenswerten Umstand hinzuweisen. Weitere Mitteilungen zu diesem Thema demnächst.

CHOLERAEPIDEMIE IM ABKLINGEN

Das städtische Gesundheitsamt teilt mit, daß die Herde der Cholera, derer man seit dem Sommer Herr zu werden versucht, endgültig lokalisiert sind. Die energischen prophylaktischen Maßnahmen der Pariser Ärzte haben gegriffen, und man darf hoffen, daß die Epidemie dieser gefährlichen Krankheit, die schon im Juli ausbrach, endlich

»Was soll das?« Renate zog verblüfft die Stirn kraus. »Ein Mord, eine Epidemie.«

»Nun, die Cholera ist in dem Zusammenhang unwichtig«, erklärte Professor Sweetchild. »Die Nachricht ist zufällig mit ausgeschnitten worden. Es geht natürlich um den Mord in der Rue de Grenelle. Haben Sie nicht davon gehört? Von dem Fall haben doch alle Zeitungen berichtet.«

»Ich lese keine Zeitungen«, erklärte Madame Kleber würdevoll. »In meinem Zustand ist das zu enervierend. Ich muß nicht über jede Scheußlichkeit informiert sein.«

»Kommissar Coche?« Leutnant Regnier kniff die Augen ein, nachdem er die Notiz nochmals überflogen hatte. »Das wird doch nicht unser Monsieur Coche sein?«

Miss Stomp ächzte auf.

»Das gibt's doch nicht!«

Die Frau des Doktors trat herzu. Die Sensation war perfekt, und alle redeten durcheinander: »Polizei, hier ist französische Polizei im Spiel!« rief Milford-Stokes aufgeregt.

Regnier murmelte: »Der Kapitän fragt mich dauernd nach dem Salon ›Windsor‹ aus.«

Der Doktor übersetzte wie immer für seine Frau. Der Russe bemächtigte sich des Ausschnitts und studierte ihn aufmerksam.

»Das mit den indischen Fanatikern ist völliger Unsinn«, erklärte Sweetchild. »Ich habe das von Anfang an gesagt. Erstens gibt es keine blutgierige

Sekte von Schiwa-Anhängern. Und zweitens hat sich die Statuette bekanntlich wohlbehalten wieder angefunden. Hätte ein religiöser Fanatiker sie etwa in die Seine geworfen?«

»Ja, das mit dem goldenen Schiwa ist ein Rätsel.« Miss Stomp nickte. »Sie schreiben, er sei die Perle in der Sammlung von Lord Littleby gewesen. Stimmt das, Herr Professor?«

Der Indologe zuckte nachsichtig die Achseln.

»Wie soll ich's Ihnen sagen, gnädige Frau. Die Sammlung von Lord Littleby ist erst kürzlich entstanden, vor zwanzig Jahren. In solcher Frist ist es schwer, Herausragendes zusammenzutragen. Der Tote soll sich während der Niederschlagung des Sepoy-Aufstands 1857 sehr bereichert haben. Den berüchtigten Schiwa zum Beispiel soll ihm ein Maharadscha ›geschenkt‹ haben, dem wegen Verbindung zu den Meuterern ein militärisches Feldgericht drohte. Zweifelsohne enthielt Lord Littlebys Sammlung etliche Kostbarkeiten, aber die Auswahl war ziemlich chaotisch.«

»Nun erzählen Sie mir doch endlich, warum dieser Lord ermordet wurde«, verlangte Renate. »Monsieur Aono weiß es auch nicht, stimmt's?« wandte sie sich an den Japaner, der abseits stand.

Der Japaner lächelte nur mit den Lippen und verbeugte sich. Der Russe tat, als applaudiere er.

»Bravo, Madame Kleber. Sie fragen genau auf den Punkt. Ich habe den Fall in der Presse verfolgt. Das Motiv für das Verbrechen ist meiner Meinung nach hier w-wichtiger als alles andere. Da liegt der Schlüssel für die Lösung. Ja, warum? Zu welchem Zweck wurden zehn Menschen ermordet?«

»Ach, grade das ist einfach!« sagte Miss Stomp. »Der Plan war, die wertvollsten Stücke der Sammlung zu rauben, aber der Verbrecher verlor die Nerven, als er unvermittelt auf den Hausherrn traf. Er hatte ja angenommen, der Lord wäre verreist. Es ist wohl ein Unterschied, ob man jemandem eine Spritze gibt oder ob man ihm den Schädel einschlägt. Aber das weiß ich nicht, ich habe es noch nie versucht.« Sie ruckte mit den Schultern. »Die Nerven des Verbrechers haben nachgegeben, und so hat er die Sache nicht zu Ende geführt. Und was den weggeworfenen Schiwa angeht ...« Miss Stomp überlegte. »Vielleicht ist das der schwere Gegenstand, mit welchem dem armen Littleby der Kopf zerschmettert wurde. Es ist durchaus denkbar, daß dem Verbrecher menschliche Gefühle nicht fremd waren und er sich einfach ekelte, vielleicht auch fürchtete, das blutbespritzte Mordwerkzeug in der Hand zu halten. Darum ging er zum Fluß und warf den Schiwa in die Seine.«

»Das mit dem Mordwerkzeug ist sehr wahrscheinlich«, bemerkte der Diplomat. »Ich bin der gleichen M-meinung.«

Die alte Jungfer erglühte vor Freude, wurde jedoch gleich darauf verlegen, als sie Renates spöttischen Blick auffing.

»You are saying outrageous things«, sagte die Frau des Doktors vorwurfsvoll zu Clarissa Stomp, nachdem sie die Übersetzung angehört hatte. »Shouldn't we find a more suitable subject for table talk?«*

Aber der Appell der farblosen Person verhallte ungehört.

»Ich meine, am rätselhaftesten ist der Tod der Bediensteten!« mischte sich der langschlaksige Indologe in die kriminalistische Diskussion. »Wieso haben die sich die Injektionen geben lassen? Unter ihnen waren immerhin zwei Wächter, und beide hatten einen Revolver umgeschnallt. Da liegt der Hund begraben.«

»Ich habe meine eigene Hypothese«, sagte Regnier mit wichtiger Miene. »Und ich bin bereit, sie wo auch immer zu vertreten. Das Verbrechen in der Rue de Grenelle wurde von einem Menschen verübt, der außergewöhnliche mesmeristische Fähigkeiten besitzt. Die Bediensteten befanden sich in mesmeristischer Trance, das ist die einzig mögliche Erklärung! Der ›tierische Magnetismus‹ ist eine furchtbare Kraft. Ein erfahrener Manipulator kann mit Ihnen machen, was er will. Jaja, Madame«, wandte er sich an die ungläubig guckende Mrs. Truffo. »Wirklich alles.«

»Not if he is dealing with a lady«**, antwortete sie streng.

Der vom Dolmetschen strapazierte Dr. Truffo wischte sich mit dem Taschentuch die schweißnasse Stirn und

* (engl.) Sie sagen schreckliche Dinge. Könnten wir nicht passendere Themen für das Tischgespräch finden?

** (engl.) Nicht wenn er es mit einer Dame zu tun hat.

trat zur Verteidigung der wissenschaftlichen Weltanschauung an.

»Ich erlaube mir, anderer Meinung zu sein«, sagte er auf französisch mit starkem Akzent. »Die Lehre des Herrn Mesmer gilt seit langem als wissenschaftlich unbegründet. Die Kraft des Mesmerismus oder, wie er jetzt genannt wird, der Hypnose, wird stark übertrieben. Der angesehene Mister James Braid hat überzeugend nachgewiesen, daß nur psychologisch beeinflußbare Individuen der hypnotischen Einwirkung erliegen, und auch nur dann, wenn sie dem Hypnotiseur vertrauen und einer hypnotischen Seance zustimmen.«

»Man merkt sofort, daß Sie noch nicht den Orient bereist haben, lieber Doktor!« Regnier lächelte mit weißen Zähnen. »Auf jedem indischen Basar zeigt Ihnen ein Fakir solche Wunder der mesmeristischen Kunst, daß selbst dem ärgsten Skeptiker die Augen übergehen. Aber das sind Tricks! In Kandahar habe ich einmal einer öffentlichen Exekution zugeschaut. Nach muselmanischem Gesetz wird Diebstahl mit dem Abhacken der rechten Hand geahndet. Diese Prozedur ist dermaßen schmerzhaft, daß die Delinquenten häufig am Schmerzschock sterben. Diesmal wurde ein Kind des Diebstahls überführt. Da der Junge zum zweitenmal erwischt worden war, mußte das Gericht ihm die von der Scharia vorgesehene Strafe auferlegen. Aber der Richter war barmherzig, er ließ einen Derwisch holen, der für seine wundertätigen Fähigkeiten berühmt war. Der Derwisch faßte den Verurteilten bei den Schläfen, sah ihm in die

Augen, flüsterte etwas – und der Junge beruhigte sich, hörte auf zu zittern. Auf seinem Gesicht erschien ein sonderbares Lächeln, das nicht einmal in dem Moment verschwand, als der Henker ihm mit der Axt die Hand bis zum Ellbogen abhackte! Das habe ich mit meinen eigenen Augen gesehen, ich schwöre es Ihnen!«

»Pfui, wie scheußlich!« rief Renate aufgebracht. »Sie mit Ihrem Orient, Charles! Mir wird gleich schlecht!«

»Verzeihen Sie, Madame Kleber«, rief der Leutnant erschrocken. »Ich wollte nur zeigen, daß verglichen damit irgendwelche Injektionen reine Lappalien sind.«

»Ich erlaube mir schon wieder, anderer Meinung zu sein als Sie.« Der dickköpfige Doktor wollte seinen Standpunkt vertreten, aber in diesem Moment öffnete sich die Tür des Salons, und herein kam der Rentier oder Polizist, kurzum, Monsieur Coche.

Alle wandten sich ihm zu, mit einer gewissen Verlegenheit, als wären sie bei einer nicht ganz anständigen Beschäftigung ertappt worden.

Coche überflog mit scharfem Blick die Gesichter, sah den Zeitungsausschnitt in der Hand des Diplomaten und verfinsterte sich.

»Da ist er also ... Das hatte ich befürchtet.«

Renate trat zu dem Alten mit dem grauen Schnauzbart, musterte seine massige Gestalt ungläubig von Kopf bis Fuß und schoß heraus: »Monsieur Coche, sind Sie wirklich Polizist?«

»Derselbe Kommissar, der in dem ›V-verbrechen des Jahrhunderts‹ ermittelt?« präzisierte Fandorin (richtig, so heißt der russische Diplomat, erinnerte sich Renate). »Wie erklären Sie dann Ihre Maskerade und überhaupt Ihre A-anwesenheit an Bord?«

Coche schnaufte ein wenig, zog die Augenbrauen hoch, griff nach der Pfeife. Man sah förmlich, wie sein Gehirn arbeitete und nach einem Ausweg suchte.

»Nehmen Sie Platz, meine Damen und Herren«, sagte er in nachdrücklichem Baß und verschloß mit einer Schlüsseldrehung hinter sich die Tür. »Wenn es schon so gekommen ist, lassen Sie uns mit offenen Karten spielen. Bitte Platz zu nehmen, sonst passiert es noch, daß dem einen oder anderen die Beine einknicken.«

»Was sollen die Scherze?« sagte der Leutnant verdrossen. »Mit welchem Recht kommandieren Sie uns herum, noch dazu in Anwesenheit des Ersten Offiziers?«

»Das, junger Mann, wird Ihnen der Kapitän persönlich erklären«, sagte Coche mit einem feindseligen Blick. »Er ist im Bilde.«

Regnier gab klein bei und nahm mit den anderen wieder am Tisch Platz.

Der geschwätzige und einfältige Knurrer, als den Renate den Pariser Rentier angesehen hatte, legte ein ganz neues Verhalten an den Tag. Die Schultern zeigten straffe Haltung, die Gesten wurden herrisch, die Augen bekamen einen harten Glanz. Mit welcher Gelassenheit und Selbstsicherheit er die Pause in die Länge zog, allein das sagte viel aus. Sein durchdringender Blick haftete der Reihe nach auf allen Anwesenden, und Renate sah, daß mehrere sich unter diesem schweren Blick duckten. Ihr selbst, das gestand sie sich ein, war auch ein bißchen unheimlich, doch dann schüttelte sie unbekümmert den Kopf: Ja, er war Polizeikommissar, na und? Trotzdem blieb er ein korpulenter, kurzatmiger alter Zausel, mehr nicht.

»Spannen Sie uns nicht auf die Folter, Monsieur Coche«, sagte sie spöttisch. »Ich darf mich nicht aufregen.«

»Grund zum Aufregen hat hier wohl nur einer der Anwesenden«, antwortete er geheimnisvoll. »Aber davon später. Zunächst erlauben Sie mir, mich noch einmal vorzustellen. Ja, ich heiße Gustave Coche, aber Rentier bin ich leider noch nicht. Ja, meine Damen und Herren, ich bin Kommissar der Pariser Kriminalpolizei und gehöre zu der Abteilung, die sich mit schweren und verworrenen Verbrechen beschäftigt. Ich bin ›Ermittlungsführer in besonders wichtigen Fällen‹.«

Im Salon herrschte Grabesstille, unterbrochen lediglich vom hastigen Flüstern des Arztes.

»What a scandal!« piepste Mrs. Truffo.

»Ich war gezwungen, diese Reise mitzumachen, noch dazu incognito, denn ...« Coche sog heftig an seiner halberloschenen Pfeife, »denn die Pariser Polizei hat triftige Gründe anzunehmen, daß die Person, die das Verbrechen in der Rue de Grenelle verübte, sich an Bord der ›Leviathan‹ befindet.«

Durch den Salon wehte ein allgemeines »Ach!«.

»Ich vermute, Sie haben über diesen in vieler Hinsicht geheimnisvollen Fall bereits gesprochen.« Der Kommissar wies mit seinem Doppelkinn auf den Zeitungsausschnitt, den Fandorin nach wie vor in der Hand hielt. »Aber das ist noch nicht alles, meine Damen und Herren. Ich weiß zuverlässig, daß der Mörder in der ersten Klasse reist.« (Wieder ein kollektiver Seufzer.) »Mehr noch, er befindet sich in diesem Moment hier im Salon«, schloß Coche munter, setzte sich in einen Atlassessel am Fenster und faltete erwartungsvoll die Finger etwas unterhalb der silbernen Uhrkette.

»Unmöglich!« schrie Renate und griff unwillkürlich mit beiden Händen nach ihrem Bauch.

Leutnant Regnier sprang auf.

Der rothaarige Baronet lachte schallend und applaudierte demonstrativ.

Professor Sweetchild schluckte krampfhaft und nahm die Brille ab.

Clarissa Stomp erstarrte, die Finger auf der Achatbrosche ihres Krägelchens.

Im Gesicht des Japaners zuckte kein Muskel, aber das höfliche Lächeln gerann.

Der Doktor faßte seine Ehehälfte am Ellbogen und vergaß, ihr das Wichtigste zu übersetzen, aber Mrs. Truffo hatte, nach ihren hervorquellenden Augen zu urteilen, von selber begriffen.

Der Diplomat fragte halblaut: »Beweise?«

»Meine Anwesenheit«, antwortete der Kommissar ungerührt. »Das genügt. Es gibt auch andere Erwägungen, aber das brauchen Sie nicht zu wissen ... Nun ja.« Die Stimme des Polizisten klang enttäuscht. »Ich sehe, niemand fällt in Ohnmacht, niemand ruft: ›Verhaften Sie mich, ich bin der Mörder!‹ Damit habe ich natürlich auch nicht gerechnet. Also dann.« Er hob drohend den kurzen Zeigefinger. »Sie dürfen mit keinem der anderen Passagiere darüber sprechen. Das läge auch gar nicht in Ihrem Interesse – das Gerücht würde sich im Nu verbreiten, und man würde Sie ansehen, als hätten Sie die Pest. Versuchen Sie nicht, in einen anderen Salon zu wechseln, das würde nur meinen Verdacht verstärken. Es würde auch nicht klappen, denn ich habe eine Absprache mit dem Kapitän.«

Renate lispelte mit zitternder Stimme: »Lieber Monsieur Coche, können Sie nicht wenigstens mich von diesem Alpdruck befreien? Ich habe Angst, mit einem Mörder an einem Tisch zu sitzen. Womöglich tut er mir Gift in den Tee? Ich kriege ja keinen Bissen mehr herunter. Außerdem darf ich mich nicht aufregen. Ich werde mit niemandem darüber sprechen, mein Ehrenwort!«

»Tut mir leid, Madame Kleber«, antwortete der Kommissar mürrisch, »aber ich kann keine Ausnahme machen. Ich habe gute Gründe, jeden der Anwesenden zu verdächtigen, und nicht zuletzt Sie.«

Renate sank mit schwachem Stöhnen gegen die Stuhllehne. Leutnant Regnier stampfte verärgert mit dem Fuß auf.

»Was erlauben Sie sich, Herr Kommissar! Ich werde das sofort Kapitän Cliff melden!«

»Tun Sie das«, sagte Coche gleichmütig. »Aber nicht sofort, erst etwas später. Ich bin mit meiner kleinen Rede noch nicht fertig. Also, noch weiß ich nicht, wer von Ihnen mein Kunde ist, obwohl ich dem Ziel schon sehr nahe bin.«

Renate hatte erwartet, diesen Worten werde ein vielsagender Blick folgen, und saß vorgebeugt, doch nein, der Kommissar guckte nur auf seine dämliche Pfeife. Wahrscheinlich hatte er geflunkert und war einstweilen niemandem auf der Spur.

»Sie verdächtigen eine Frau, das spürt man doch!« rief Miss Stomp nervös. »Weshalb sonst tragen Sie die Notiz über eine Marie Sansfond bei sich? Wer ist diese Marie Sansfond? Doch wer auch immer! Was für eine Dummheit, eine Frau zu verdächtigen! Ist eine Frau zu solcher Bestialität fähig?«

Mrs. Truffo stand hektisch auf, sichtlich bereit, unter das Banner der weiblichen Solidarität zu treten.

»Über Mademoiselle Sansfond reden wir ein anderes Mal«, antwortete der Kommissar und maß Clarissa Stomp mit einem rätselhaften Blick. »Solche Notizen habe ich en masse bei mir, und jede enthält eine eigene Version.« Er schlug seine Mappe auf und raschelte mit Zeitungsausschnitten. Es waren in der Tat mehr als ein Dutzend. »Und nun Schluß, meine Damen und Herren, ich bitte, mich nicht mehr zu unterbrechen!« Seine Stimme klang eisern. »Ja, unter uns ist ein gefährlicher Verbrecher. Möglicherweise ein Psychopath.« (Renate sah Professor Sweetchild mit seinem Stuhl sacht von Milford-Stokes wegrücken.) »Darum bitte ich Sie alle, Vorsicht walten zu lassen. Wenn Sie etwas Ungewöhnliches wahrnehmen, selbst eine Kleinigkeit – gleich zu mir. Am besten wäre natürlich, wenn der Mörder aufrichtig bereute, er kann ja sowieso nicht weg. Das wäre alles.«

Mrs. Truffo hob wie ein Schulkind die Hand.

»In fact, I have seen something extraordinary only yesterday! A charcoal-black face, definitely inhuman, looked at me from the outside while I was in our cabine! I was so scared!« Sie drehte sich zu ihrem Ehegespons um und stieß ihn mit dem Ellbogen an. »I told you, but you paid no attention.«*

»Ach«, sagte Renate auffahrend, »mir ist gestern aus dem Necessaire ein kleiner Spiegel mit echtem Schildpattrahmen weggekommen.«

Der Psychopath wollte offenbar auch etwas sagen, aber der Kommissar klappte ärgerlich die Mappe zu.

»Halten Sie mich gefälligst nicht für einen Idioten! Gustave Coche ist ein alter Spürhund, den bringt man nicht von seiner Spur ab. Wenn nötig, setzen wir die ganze ehrenwerte Gesellschaft an Land und nehmen uns jeden einzeln vor! Zehn Menschen sind getötet worden, das ist kein Spaß! Denken Sie nach, meine Damen und Herren, denken Sie nach!«

Er verließ den Salon und knallte die Tür hinter sich zu.

»Meine Herrschaften, mir ist schlecht«, hauchte Renate. »Ich gehe in meine Kabine.«

---

* (engl.) Ich habe tatsächlich etwas Außergewöhnliches gesehen, erst gestern! Ein kohlschwarzes Gesicht, ganz unmenschlich, guckte mich von draußen an, als ich in unserer Kabine war! Ich war furchtbar erschrocken Ich habe es dir gesagt, aber du hast dem keine Bedeutung beigemessen!

»Ich begleite Sie, Madame Kleber«, sagte Charles Regnier und eilte zu ihr. »Das ist unerhört! Was für eine Frechheit!«

Renate schob ihn weg.

»Nicht nötig, danke. Ich schaff's schon.«

Unsicheren Schritts durchquerte sie den Raum, lehnte sich bei der Tür für einen Moment an die Wand. Im menschenleeren Korridor beschleunigte sie den Schritt. Sie öffnete die Tür ihrer Kabine, holte unter dem Sofa ihre Reisetasche hervor und schob die zitternde Hand unter das Seidenfutter. Ihr Gesicht war bleich, aber entschlossen. Ihre Finger ertasteten eine kleine Metallschachtel.

Darin blinkte Glas und Stahl – eine Spritze.

Clarissa Stomp

Die Unannehmlichkeiten begannen schon früh am Morgen. Im Spiegel entdeckte Clarissa zwei neue Falten, kaum erkennbare feine Strahlen, die sich von den Augenwinkeln zu den Schläfen hinzogen. Das lag an der Sonne, die war in diesen Breiten so grell, daß weder der Schirm noch der Hut Schutz boten. Clarissa betrachtete sich lange in der gnadenlosen glatten Fläche und zog mit den Fingern die Haut straff, in der Hoffnung, die Falten könnten vom Schlaf rühren und würden sich wieder glätten. Dann drehte sie den Hals und erspähte hinterm Ohr ein weißes Haar. Da wurde sie ganz traurig. Ob das auch von der Sonne kam? Ob die das Haar ausbleichte? Nein, Miss Stomp, machen Sie sich nichts vor. Wie sagte doch der Dichter?

> Und des Novembers kalter weißer Hauch
> verströmte Leid, versilberte das Haar.

Sorgfältiger als gewöhnlich machte sie sich zurecht. Das weiße Haar wurde herausgerissen. Das war natürlich dumm. Es war wohl John Donne, der gesagt hatte, das Geheimnis des weiblichen Glücks bestehe in der Fähigkeit, den Übergang aus einem Alter in das andere rechtzeitig zu vollziehen, und die Frau habe drei Alter: Tochter, Gattin und Mutter. Wie aber sollte sie aus dem zweiten Status in den dritten gelangen, wenn sie noch nie verheiratet war?

Das beste Mittel gegen solche Gedanken war ein Spaziergang an der frischen Luft, und Clarissa begab sich an Deck. So gewaltig die »Leviathan« auch war, Clarissa hatte das Schiff längst mit gleichmäßigen bedächtigen Schritten ausgemessen, zumindest das Oberdeck, das für die Passagiere der ersten Klasse reserviert war. Es waren dreihundertfünfundfünfzig Schritte, die dauerten siebeneinhalb Minuten, wenn sie sich nicht in den Anblick der See vertiefte und nicht mit Bekannten schwatzte.

Zu der frühen Stunde waren noch keine Bekannten an Deck, und Clarissa wanderte ungehindert an Steuerbord nach achtern. Der Dampfer durchschnitt ruhig das braune Wasser des Roten Meeres, und von der mächtigen Schraube zog sich eine träge graue Furche bis zum Horizont. Uff, diese Hitze.

Clarissa beobachtete die Matrosen, die ein Deck tiefer das Messingblech der Reling blank putzten. Die hatten es gut in ihren Leinenhosen – kein Mieder, keine lange Unterhose, keine Strümpfe mit straffen Strumpfbändern, kein langes Kleid. Da konnte man neidisch werden auf den exotischen Mr. Aono, der in seinem japanischen

Schlafrock herumspazierte, was niemanden verwunderte – ein Asiat eben.

Sie stellte sich vor, wie sie auf der mit Leinen bezogenen Chaiselongue lag und nichts anhatte. Doch, eine leichte Tunika wie eine Griechin der Antike. Und nichts wäre dabei. In hundert Jahren, wenn die Menschheit sich endgültig ihrer Vorurteile entledigt hätte, würde das völlig normal sein.

Ihr entgegen rollte auf seinem amerikanischen Dreirad mit raschelnden Kautschukreifen Mr. Fandorin. Es hieß, diese Übung eigne sich hervorragend dazu, die Muskeln elastisch zu halten und das Herz zu kräftigen. Der Diplomat trug einen leichten Sportanzug: karierte Hose, Guttaperchaschuhe mit Gamaschen, kurze Jacke, weißes Hemd mit offenem Kragen. Das von der Sonne goldbraune Gesicht erstrahlte in einem freundlichen Lächeln. Mr. Fandorin lüpfte ehrerbietig den Korkhelm und rauschte vorüber, ohne anzuhalten.

Clarissa seufzte. Die Idee mit dem Spaziergang war doch nicht so gut – sie war durchgeschwitzt und mußte in die Kabine zurückkehren und sich umziehen.

Das Frühstück vermieste ihr die quengelige Madame Kleber. Erstaunlich deren Fähigkeit, aus ihrer Schwäche ein Ausbeutungswerkzeug zu machen! Gerade als der Kaffee in Clarissas Tasse bis zur erwünschten Temperatur abgekühlt war, klagte die unleidliche Schweizerin, ihr sei zu heiß, und bat, ihr das Mieder zu lockern Clarissa tat gewöhnlich so, als ob sie das Geningel der Kleber nicht hörte, und es fand sich auch stets ein Freiwilliger, doch für solch eine delikate Sache taugten Männer nicht, und Mrs. Truffo war ausgerechnet nicht da, sie half ihrem Mann, eine erkrankte Dame zu behandeln. Die langweilige Person war wohl früher Krankenschwester gewesen. Was für ein sozialer Aufstieg: Jetzt war sie Chefarztgattin, speiste in der ersten Klasse und gerierte sich als echte britische Lady, nur daß sie zu dick auftrug.

Clarissa mußte sich also mit den Schnürbändern der Madame Kleber abplagen, und derweil kühlte ihr Kaffee hoffnungslos ab. Das war natürlich eine Lappalie, aber eines kam zum anderen.

Nach dem Frühstück ging sie spazieren, drehte zehn Runden und ermüdete. Sie benutzte die Gelegenheit, daß kein Mensch in der Nähe war, und lugte vorsichtig ins Fenster der Kabine 18. Mr. Fandorin saß am Sekretär, angetan mit einem weißen Hemd, darüber rot-blau-weiße Hosenträger, eine Zigarre im Mundwinkel, und hämmerte mit den Fingern entsetzlich laut auf einen fremdartigen Apparat ein – schwarz, aus Eisen, mit einer Walze und zahlreichen Knöpfen. Clarissa war gefesselt und verlor die Wachsamkeit, und so wurde sie am Tatort ertappt. Der Diplomat sprang auf, verbeugte sich, warf das Jackett über und trat zum offenen Fenster.

»Das ist eine Sch-schreibmaschine, eine Remington«, erklärte er. »Das neueste Modell, eben erst in den Handel gekommen. Sehr gut zu handhaben, Miss Stomp, und ganz leicht. Zwei Lastträger können sie mühelos tragen. Unentbehrlich auf R-reisen. Ich übe mich eben im Schnellschreiben, indem ich etwas aus Hobbes exzerpiere.«

Clarissa, puterrot vor Verlegenheit, nickte flüchtig und ging.

Sie setzte sich in den Schatten einer gestreiften Markise. Eine Brise wehte. Clarissa schlug »Die Kartause von Parma« auf und las von der unerwiderten Liebe der schönen, doch alternden Herzogin Sanseverina zu dem jungen Fabrice del Dongo. Die Lektüre stimmte sie sentimental, und sie wischte mit dem Tüchlein eine Träne weg – und ausgerechnet da erschien an Deck Mr. Fandorin: weißer Anzug, breitkrempiger Panamahut, Rohrstock. Er sah außerordentlich gut aus.

Clarissa rief ihn an. Er trat näher, verbeugte sich und nahm neben ihr Platz. Nach einem Blick auf den Buchumschlag sagte er: »Ich w-wette, die Beschreibung der Schlacht bei Waterloo haben Sie ausgelassen. Schade, sie ist die beste Stelle bei Stendhal überhaupt. Eine exaktere Beschreibung des Krieges habe ich noch nirgendwo gelesen.«

Seltsam, Clarissa las »Die Kartause von Parma« zum zweitenmal und hatte tatsächlich die Schlachtszene beide Male überblättert.

»Woher wissen Sie das?« fragte sie neugierig. »Sind Sie Hellseher?«

»Frauen lassen Sch-schlachtszenen immer aus.« Fandorin zuckte die Achseln. »Jedenfalls Frauen Ihrer Art.«

»Was habe ich denn für eine Art?« fragte Clarissa einschmeichelnd und spürte dabei, daß sie zur Koketterie wenig taugte.

»Eine skeptische Einstellung zu sich selbst, eine romantische zur Umwelt.« Er sah sie mit leicht geneigtem Kopf an. »Außerdem läßt sich über Sie sagen, daß es in Ihrem Leben kürzlich eine jähe W-wendung zum Besseren gegeben hat und daß Sie eine Erschütterung überstanden haben.«

Clarissa zuckte zusammen und warf einen verstörten Blick auf ihren Gesprächspartner.

»Erschrecken Sie nicht«, sagte der erstaunliche Diplomat beruhigend. »Ich weiß rein g-gar nichts über Sie. Ich habe lediglich mit Hilfe spezieller Übungen meine Beobachtungsgabe und meine analytischen Fähigkeiten trainiert. Im allgemeinen genügt mir ein unbedeutendes Detail, um das ganze B-bild erstehen zu lassen. Zeigen Sie mir solch ein Scheibchen mit zwei Löchern« (er deutete taktvoll auf einen großen rosa Knopf, der ihre Jacke schmückte), »und ich sage Ihnen, wer es verloren hat.«

Clarissa fragte lächelnd: »Sie durchschauen also jeden?«

»Das nicht, aber vieles sehe ich schon. Was können Sie mir zum Beispiel über den Herrn dort sagen?«

Fandorin wies auf einen korpulenten Mann mit Schnauzbart, der durch ein Fernglas auf die Uferwüste blickte.

»Das ist Mr. Bubble, er ...«

»Sprechen Sie nicht weiter«, fiel Fandorin ihr ins Wort. »Ich will selbst dahinterkommen.«

Er musterte Mr. Bubble kurz und sagte dann: »Er reist zum erstenmal in den Orient. Hat unlängst geheiratet. Ist Fabrikant. Seine G-geschäfte gehen nicht gut, er steht wohl kurz vor dem Bankrott. Hält sich die meiste Zeit im Billardzimmer auf, spielt aber schlecht.«

Clarissa war immer stolz auf ihre Beobachtungsgabe gewesen, und sie sah Mr. Bubble, den Industriellen aus Manchester, genauer an.

Fabrikant? Das ließ sich wohl erraten. Wenn er erster Klasse reiste, mußte er vermögend sein. Daß er kein Aristokrat war, stand ihm im Gesicht geschrieben. Wie ein Geschäftsmann sah er auch nicht aus, der Gehrock saß ihm wie ein Sack, und seine Züge zeigten keine Gewandtheit. Na schön.

Unlängst geheiratet? Nun, das war einfach – der Ring an seinem Finger glänzte nagelneu.

Er spielte oft Billard? Wieso? Aha, der Rock war voller Kreidestaub.

»Woher wissen Sie denn, daß er zum erstenmal in den Orient reist?« fragte sie. »Und wieso steht er kurz vor dem Bankrott? Und wie können Sie behaupten, daß er schlecht Billard spielt? Haben Sie ihn denn spielen sehen?«

»Nein, ich war nicht im B-billardzimmer, weil ich Glücksspiele nicht ausstehen kann, und überhaupt sehe ich den Gentleman jetzt zum erstenmal«, antwortete Fandorin. »Daß er diese Route zum erstenmal befährt, geht daraus hervor, mit welch stumpfsinniger Hartnäkkigkeit er das kahle Ufer betrachtet. Sonst wüßte er, daß er auf dieser Seite bis Bab el Mandeb nichts Interessantes zu sehen bekommt. Erstens. Um die Geschäfte dieses Herrn muß es scheußlich stehen, sonst würde er sich um keinen Preis auf eine so langwierige Reise eingelassen haben, zumal so kurz nach der Hochzeit. Solch ein D-dachs verläßt seine Höhle erst vor dem Ende der Welt, eher nicht. Zweitens.«

»Und wenn er mit seiner Frau auf Hochzeitsreise ist?« fragte Clarissa, die wußte, daß Mr. Bubble allein reiste.

»Und dann drückt er sich einsam an Deck herum und ist dauernd im B-billardzimmer? Dabei spielt er schlecht, sein Jackett ist vorn ganz weiß. Nur miese Spieler fahren so mit dem Bauch an der Billardkante entlang. Drittens.«

»Nun gut, und was sagen Sie zu der Dame dort?«

Clarissa, von dem Spiel gefesselt, zeigte auf Mrs. Blackpool, die Arm in Arm mit einer Begleiterin vorüberschritt.

Fandorin warf einen desinteressierten Blick auf die ehrenwerte Dame.

»Ihr steht alles im Gesicht geschrieben. Sie kehrt aus England zu ihrem Mann zurück. Von einem Besuch bei ihren erwachsenen Kindern. Ihr Mann ist Offizier. Oberst.«

Mr. Blackpool war tatsächlich Oberst und befehligte eine Garnison in einer nordindischen Stadt. Das war zuviel.

»Erklären Sie!« verlangte Clarissa.

»Solche Damen reisen nicht einfach so nach Indien, sondern nur zum Dienstort ihres Gatten. Und sie ist schon aus dem Alter heraus, in dem man erstmals solch eine R-reise unternimmt – also ist sie auf der Rückfahrt. Was wollte sie in England? Ihre Kinder wiedersehen. Ihre Eltern, will ich mal annehmen, sind schon im Jenseits. Ihrer entschlossenen und herrischen Miene ist anzumerken, daß diese Frau gewöhnt ist zu kommandieren. Genauso sehen die ersten Damen einer Garnison oder eines Regiments aus. Sie haben gewöhnlich mehr Autorität als der Kommandeur. Und warum gerade Oberst? Ganz einfach – wäre sie die Frau eines G-generals, so würde sie erster Klasse fahren, aber sie, schauen Sie, trägt das Abzeichen in Silber. Doch verschwenden wir nicht unsere Zeit für Lappalien.« Fandorin beugte sich vor und flüsterte: »Ich erzähle Ihnen lieber etwas über den Orang-Utan dort. Ein interessantes Subjekt.«

Neben Mr. Bubble war der affenartige Monsieur Boileau stehengeblieben, der früher auch in dem unglückseligen Salon »Windsor« gespeist, ihn aber rechtzeitig verlassen hatte und so den Netzen des Kommissars Coche entschlüpft war.

Der Diplomat raunte Clarissa ins Ohr: »Der Mann dort ist ein Verbrecher. Wahrscheinlich handelt er mit O-opium. Lebt in Hongkong. Verheiratet mit einer Chinesin.«

Clarissa lachte schallend.

»Jetzt haben Sie aber danebengeschossen! Das ist Monsieur Boileau aus Lyon, ein Philantrop und Vater von elf ganz und gar französischen Kindern. Und handeln tut er nicht mit Opium, sondern mit Tee.«

»Von wegen«, antwortete Fandorin ungerührt. »Schauen Sie, seine Manschette ist verrutscht, und auf dem Handgelenk ist ein tätowierter blauer Ring zu sehen. Solch einen habe ich in einem Buch über China gesehen. Es ist das Erkennungszeichen einer Hongkonger Triade, einer k-kriminellen Geheimgesellschaft. Wenn ein Europäer Mitglied der Triade werden will, muß er schon ein Verbrecher von erheblicher Größenordnung sein. Und natürlich mit einer Chinesin verheiratet. Sehen Sie sich nur die Physiognomie dieses ›Philantropen‹ an, dann ist Ihnen alles klar.«

Clarissa wußte nicht recht, ob sie das glauben sollte, doch Fandorin sagte mit ernster Miene: »Das ist kinderleicht, Miss Stomp. Ich kann Ihnen sogar mit v-verbundenen Augen vieles über einen Menschen erzählen – nach seinen Geräuschen, nach seinem Geruch. Überzeugen Sie sich.«

Er nahm die weiße Atlaskrawatte ab und reichte sie Clarissa.

Sie befühlte das Gewebe, es war fest und undurchsichtig, und verband damit dem Diplomaten die Augen. Wie zufällig berührte sie dabei seine Wange, die war glatt und heiß.

Gleich darauf kam von achtern her eine ideale Kandidatin, die bekannte Suffragette Lady Campbell, die nach

Indien reiste, um Unterschriften für eine Petition zu sammeln, die für verheiratete Frauen das Wahlrecht verlangte. Maskulin, kompakt, mit kurzgeschnittenem Haar, stampfte sie über das Deck wie ein Lastgaul. Wie sollte man da erraten, ob eine Lady kam oder ein Bootsmann?

»Nun, wer kommt da?« fragte Clarissa und bog sich schon vor Lachen.

Aber sie lachte nicht lange.

Fandorin runzelte die Stirn und sagte abgehackt: »Raschelnder Rock. Eine Frau. Sch-schwerer Gang. Starker Charakter. Nicht mehr jung. Nicht schön. Raucht Tabak. Kurzgeschnittenes Haar.«

»Wieso kurzgeschnitten?« kreischte Clarissa, hielt sich die Augen zu und horchte auf den Elefantengang der Suffragette. Wie konnte er das nur alles wissen?

»Wenn eine Frau raucht, hat sie kurzgeschnittenes Haar und ist fortschrittlich«, sagte Fandorin gelassen. »Diese v-verachtet auch noch die Mode, sie trägt ein sackartiges Gewand von giftgrüner Farbe, aber mit einem grellroten Gürtel.«

Clarissa erstarrte. Unglaublich! In abergläubischem Entsetzen nahm sie die Hände vom Gesicht und sah, daß Fandorin den Schlips schon wieder mit einem eleganten Knoten um den Hals trug. Seine hellblauen Augen funkelten fröhlich.

All das war ja ganz nett, aber das Gespräch nahm ein schlechtes Ende. Als Clarissa genug gelacht hatte, brachte sie die Unterhaltung raffiniert auf den Krimkrieg, der eine Tragödie für Europa und für Rußland gewesen sei. Vorsichtig streifte sie ihre Erinnerungen an jene Zeit und gab vor, damals noch ein Kind gewesen zu sein. Danach erwartete sie von ihm ähnliche Eröffnungen, denen sie zu entnehmen hoffte, wie alt er sei. Ihre schlimmsten Befürchtungen trafen ein.

»Ich w-war damals noch nicht auf der Welt«, gestand er treuherzig und beschnitt ihr damit die Flügel.

Nun lief alles verquer. Clarissa versuchte es mit der Malerei, verhedderte sich aber und konnte nicht erklären, warum die Präraffaeliten sich Präraffaeliten nannten. Er mußte sie für eine komplette Idiotin halten. Aber was machte das jetzt noch aus!

Traurig kehrte sie zu ihrer Kabine zurück, und da passierte etwas Schreckliches.

In einer halbdunklen Ecke des Korridors wogte ein gigantischer schwarzer Schatten. Clarissa quiekte unanständig auf, griff sich ans Herz und stürzte Hals über Kopf zu ihrer Tür. In der Kabine kam ihr rasend hämmerndes Herz lange nicht zur Ruhe. Was war das gewesen? Kein Mensch, kein Tier. Ein Klumpen böser, zerstörerischer Energie. Das schlechte Gewissen. Ein Phantom des Pariser Alpdrucks.

Sogleich rief sie sich selbst zur Ordnung: Schluß jetzt, das ist vorbei! Gar nichts war. Eine Sinnestäuschung. Sie nahm sich fest vor, sich nicht länger Vorwürfe zu machen. Jetzt war das neue Leben da, licht und freudvoll.

Um sich zu beruhigen, zog sie ihr teuerstes Tageskleid an, das sie noch nie getragen hatte (weiße Chinaseide mit einer blaßgrünen Schleife hinten), und legte das Smaragdkollier um. Sie liebäugelte mit dem Glanz der Steine.

Gut, jung war sie nicht mehr, schön war sie auch nicht. Dafür war sie nicht dumm und hatte Geld.

Den Salon »Windsor« betrat Clarissa um punkt zwei, doch alle waren schon beisammen. Merkwürdig, die gestrige umwerfende Bekanntmachung des Kommissars hatte die Gesellschaft nicht entzweit, sondern eher zusammengeschweißt. Ein gemeinsames Geheimnis, das niemandem mitgeteilt werden darf, bindet dauerhafter als eine gemeinsame Aufgabe oder ein gemeinsames Interesse. Clarissa stellte fest, daß ihre Tischgenossen sich jetzt schon vor der festgesetzten Zeit zu den Mahlzeiten einfanden und daß sie danach noch zusammensaßen, was bisher kaum vorgekommen war. Selbst der Erste Offizier, der nur indirekt mit dieser Geschichte zu tun hatte, eilte nicht zu seinen dienstlichen Obliegenheiten, sondern blieb mit den übrigen lange im »Windsor« (wozu er möglicherweise vom Kapitän beauftragt war). Die »Windsors« waren nun gleichsam Mitglieder eines Eliteklubs, der Uneingeweihten verschlossen war. Clarissa fing mehr als einmal verstohlene Blicke auf. Diese konnten nur zweierlei bedeuten: entweder »Sind Sie die Mörderin?« oder »Haben Sie erraten, daß ich der Mörder bin?« Jedesmal, wenn dies geschah, spürte sie tief im Bauch einen wohligen Krampf, ein Gemisch von Angst und Erregung. Vor ihren Augen erschien die Rue de Grenelle, so wie sie abends aussah: schmeichlerisch still und menschenleer, und schwarze Kastanienbäume wiegten ihre kahlen Zweige. Es fehlte bloß noch, daß der Kommissar die Geschichte im »Ambassadeur« ausschnüffelte. Allein bei dem Gedanken gruselte es Clarissa, und sie warf heimliche Blicke auf den Polizisten.

Coche thronte an der Tafel wie der Oberpriester dieser Geheimsekte. Alle waren sich seiner Anwesenheit ständig bewußt, sie beobachteten aus den Augenwinkeln seinen Gesichtsausdruck, doch Coche schien das nicht zu bemerken. Er spielte den gutmütigen Schwadroneur und erzählte bereitwillig seine Geschichten, die mit gespannter Aufmerksamkeit angehört wurden.

Nach stillschweigender Übereinkunft wurde über DAS nur im Salon und nur in Gegenwart des Kommissars gesprochen. Wenn zwei »Windsors« zufällig auf neutralem Boden zusammentrafen – im Musiksalon, an Deck, im Lesesaal –, wurde nie DARÜBER geredet. Auch im Salon kam das verführerische Thema nicht jedesmal zur Sprache. Und wenn, dann geschah es irgendwie von selbst, ausgelöst durch eine ganz abseitige Bemerkung.

Heute früh zum Beispiel war eine allgemeine Unterhaltung nicht zustandegekommen, doch als Clarissa jetzt Platz nahm, war die Erörterung bereits in vollem Gange. Mit gelangweilter Miene studierte sie die Speisekarte, wie um zu memorieren, was sie zum Mittagessen bestellt hatte, doch die wohlbekannte Erregung war schon da.

»Was mir keine Ruhe läßt«, sagte Doktor Truffo, »ist die unerhörte Sinnlosigkeit dieses Verbrechens. So viele Menschen mußten sterben für nichts und wieder nichts. Der goldene Schiwa landete in der Seine, und der Mörder steht mit leeren Händen da.«

Fandorin, der sich nur selten an den Debatten beteiligte, hielt es diesmal für nötig, sich zu äußern.

»Nicht ganz. Ein T-tuch hat er behalten.«

»Was für ein Tuch?« fragte der Doktor verständnislos.

»Ein indisches, bunt bemalt. Darin hatte der Mörder, wenn man den Zeitungen glauben darf, den geraubten Schiwa eingewickelt.«

Der Scherz wurde mit nervösem Gelächter aufgenommen.

Der Arzt breitete theatralisch die Arme aus.

»Ein Tuch, was ist das schon.«

Plötzlich fuhr Professor Sweetchild zusammen und riß die Brille von der Nase, bei ihm ein Zeichen starker Erregung.

»Lachen Sie nicht! Ich habe mich dafür interessiert, welches der Tücher geraubt wurde. Oh, meine Herrschaften, das ist ein ungewöhnliches Stück Stoff, daran hängt eine ganze Geschichte. Haben Sie mal von dem Smaragdenen Radscha gehört?«

»Ist das nicht ein legendärer indischer Nabob?« fragte Clarissa.

»Nicht legendär, sondern ganz real, Madame. So wurde der Radscha Bagdassar genannt, der Herrscher des Fürstentums Brahmapur. Das Fürstentum liegt in einem weiten fruchtbaren Tal und ist ringsum von Bergen umschlossen. Die Radschas führen ihre Herkunft auf den großen Babur zurück und bekennen sich zum Islam, doch das hat sie nicht gehindert, ihr kleines Land dreihundert Jahre lang friedlich zu regieren, obwohl die Mehrheit der Bevölkerung aus Hindus besteht. Trotz der Religionsunterschiede zwischen der herrschenden Kaste und den Untertanen gab es in dem Fürstentum niemals Aufstände oder Zwistigkeiten, die Radschas wurden immer reicher, und in der Regierungszeit Bagdassars galt das Herrscherhaus von Brahmapur als das reichste von ganz Indien nach dem Nizam von Haidarabad, dessen Reichtum, wie Sie natürlich wissen, denjenigen aller Monarchen in den Schatten stellt, eingeschlossen Königin Victoria und den russischen Imperator Alexander.«

»Die Größe unserer Königin mißt sich nicht an ihrer Schatzkammer, sondern an dem Reichtum ihrer Untertanen«, sagte Clarissa streng, ein wenig pikiert über die Bemerkung Sweetchilds.

»Zweifellos«, pflichtete der Professor ihr bei und war nicht mehr zu bremsen. »Aber der Reichtum der Radschas von Brahmapur war von ganz besonderer Art. Sie häuften kein Gold, kein Silber, bauten keine Paläste aus rosa Marmor. O nein, diese Herrscher kannten dreihundert Jahre lang nur eine Leidenschaft – Edelsteine. Wissen Sie, was der ›Brahmapurer Standard‹ ist?«

»Ist das nicht ein Brillantschliff?« fragte Doktor Truffo unsicher.

»Der ›Brahmapurer Standard‹ ist ein Juwelierausdruck. Damit bezeichnet man Diamanten, Saphire, Rubine oder Smaragde, die auf besondere Weise geschliffen sind und die Größe einer Walnuß haben, das entspricht achtzig Karat Gewicht.«

»Aber das ist sehr groß«, sagte Regnier verwundert. »Solche Steine kommen äußerst selten vor. Wenn mich mein Gedächtnis nicht trügt, ist selbst der Diamant ›Regent‹, Juwel des französischen Staatsschatzes, nur wenig größer.«

»Nein, Leutnant, der Diamant ›Pitt‹, auch ›Regent‹ genannt, ist fast doppelt so groß«, korrigierte der Professor den Seeman mit autoritärer Miene, »aber achtzig Karat, namentlich bei Steinen reinen Wassers, das ist sehr viel. Also, meine Herrschaften, stellen Sie sich vor, Bagdassar hatte von solchen Steinen, noch dazu in makelloser Qualität, fünfhundertzwölf Stück!«

»Ausgeschlossen!« rief Milford-Stokes.

Und Fandorin fragte: »Warum gerade f-fünfhundertzwölf?«

»Wegen der heiligen Zahl 8«, erklärte Sweetchild bereitwillig. »512 – das ist 8 x 8 x 8, das heißt, eine Acht in der dritten Potenz, eine Kubikzahl, eine sogenannte Idealzahl. Hier zeigt sich ohne Zweifel der Einfluß des Buddhismus, der die Acht besonders verehrt. Im nordöstlichen Teil von Indien, wo Brahmapur liegt, sind die Religionen aufs wunderlichste miteinander verquickt. Aber am interessantesten ist, wo und wie dieser Schatz aufbewahrt wurde.«

»Nämlich?« fragte Renate Kleber.

»In einer einfachen, schmucklosen irdenen Schatulle. 1852 war ich als junger Archäologe in Brahmapur und hatte mehrere Begegnungen mit dem Radscha Bagdassar. Auf dem Territorium des Fürstentums waren im Dschungel die Ruinen eines alten Tempels entdeckt worden, und Seine Hoheit luden mich ein, den Fund zu begutachten. Ich führte die notwendigen Untersuchungen durch, und was meinen Sie? Ich stellte fest, daß dieser Tempel schon in der Zeit des Herrschers Sandragupta gebaut worden war, als ...«

»Stop-stop-stop!« unterbrach der Kommissar den Gelehrten. »Von der Archäologie können Sie uns ein andermal erzählen. Zurück zu dem Radscha.«

»Na gut.« Der Professor blinzelte. »Das ist wirklich besser. Also, der Radscha war mit mir zufrieden und zeigte mir als Zeichen besonderen Wohlwollens seine legendäre Schatulle. Oh, diesen Anblick werde ich nie vergessen!« Sweetchild kniff die Augen zu. »Stellen Sie sich ein unterirdisches Gewölbe vor. Neben der Tür brennt eine einzige Fackel, die in einem bronzenen Halter steckt. Wir waren zu zweit – der Radscha und ich, seine Vertrauten waren vor der massiven Tür zurückgeblieben, die von einem Dutzend Wächter bewacht wurde. Ich konnte die Einrichtung der Schatzkammer nicht erkennen, meine Augen hatten sich noch nicht an das Halbdunkel gewöhnt. Ich hörte nur, wie Seine Hoheit klirrende Schlösser öffnete. Dann wandte sich Bagdassar mir zu, und ich sah in seinen Händen einen erdfarbenen Kubus, der sehr schwer zu sein schien. Die Größe …« Sweetchild öffnete die Augen und blickte sich um. Alle hörten wie verzaubert zu, Renate Kleber sogar mit kindlich geöffnetem Mund. »Ich weiß nicht recht. Vielleicht so groß wie der Hut von Miss Stomp, wenn man ihn in eine quadratische Schachtel legt.« Alle starrten wie auf Kommando den Tiroler Hut mit der Fasanenfeder an. Clarissa Stomp ertrug die allgemeine Musterung mit einem würdevollen Lächeln, wie man es ihr als Kind beigebracht hatte. »Der Kubus ähnelte einem gewöhnlichen Lehmziegel, wie sie dort zum Bauen verwendet werden. Später erklärte mir der Radscha, daß die derbe, monotone Lehmoberfläche das prachtvolle Licht- und Farbenspiel der Edelsteine bedeutend besser hervorhebt als Gold oder Elfenbein. Davon konnte ich mich überzeugen. Bagdassar legte langsam die mit Ringen übersäte Hand auf den Deckel der Schatulle, hob ihn mit einer schnellen Bewegung, und … Ich war geblendet, meine Herrschaften!« Die Stimme des Professors zitterte. »Das … Das läßt sich nicht mit Worten beschreiben! Ein geheimnisvoller, funkelnder, vielfarbiger Glanz brach aus dem dunklen Kubus und warf bunte Blinklichter auf die düsteren Gewölbe des Kellers. Die runden Steine lagen in acht Schichten, deren jede aus vierundsechzig geschliffenen Quellen des unglaublichen Strahlens bestand. Der Effekt wurde zweifellos verstärkt durch die flackernde Flamme der einzigen Fackel. Noch immer sehe ich vor mir das Gesicht von Radscha Bagdassar, angestrahlt von dem Zauberlicht …«

Der Gelehrte schloß wieder die Augen und verstummte.

»Wieviel sind denn diese bunten Steinchen wert?« fragte der Kommissar mit knarrender Stimme.

»Ja, wirklich, wieviel wohl?« griff Madame Kleber die Frage auf. »Sagen wir, in englischen Pfund.«

Clarissa hörte Mrs. Truffo vernehmlich ihrem Mann zuflüstern: »She's so vulgar!«

»Wissen Sie«, sagte Sweetchild mit gutmütigem Lächeln, »die Frage habe ich mir auch gestellt. Sie zu beantworten ist nicht einfach, denn der Preis von Edelsteinen schwankt je nach den Marktbedingungen, und der heutige Stand …«

»Ja, ja, der heutige, nicht der des Herrschers Sandragupta«, knurrte Coche.

»Hm … Ich weiß nicht genau, wieviel Brillanten, wieviel Saphire und wieviel Rubine der Radscha besaß. Aber mir ist bekannt, daß er am meisten Smaragde schätzte, was ihm auch seinen Beinamen eintrug. In den Jahren seiner Regierung wurden sieben brasilianische und vier Uralsmaragde erworben: für jeden gab Bagdassar einen Brillanten her und zahlte noch drauf. Schauen Sie, jeder seiner Vorfahren hatte seinen Lieblingsstein, den er allen anderen vorzog und vor allen anderen zu erwerben trachtete. Die magische Zahl 512 wurde schon unter Bagdassars Großvater erreicht, und seitdem war es nicht das Ziel des Herrschers, die Zahl der Steine zu vermehren, sondern die Qualität zu verbessern. Steine, die nicht ganz vollkommen waren oder aus anderen Gründen nicht das Wohlwollen des regierenden Fürsten fanden, wurden verkauft – daher der Ruhm des ›Brahmapurer Standards‹, der sich nach und nach in der Welt verbreitet hat. Dafür kamen dann andere, wertvollere Steine in die Schatulle. Diese Besessenheit brachte Bagdassars Vorfahren um den Verstand. Einer von ihnen kaufte dem persischen Schah Abbas dem Großen einen gelben Saphir von hundertfünfzig Karat ab und bezahlte für dieses Wunderding zehn Karawanen Elfenbein, aber der Stein war größer als vorgeschrieben, darum haben die Juweliere des Radschas alles Überflüssige abgeschnitten.«

»Das ist natürlich furchtbar«, sagte der Kommissar, »kehren wir dennoch zu dem Preis zurück.«

Aber diesmal ließ sich der Indologe nicht so einfach in die gewünschte Richtung drängen.

»So warten Sie doch!« wehrte er den Kommissar unhöflich ab. »Geht es denn um den Preis? Wenn von einem Edelstein dieser Größe und Qualität die Rede ist, denkt man nicht an Geld, sondern an die Zauberkräfte, die ihm seit alters zugeschrieben werden. Der Diamant etwa gilt als Symbol der Reinheit. Unsere Vorfahren prüften die Treue ihrer Frauen so: Sie legten der schlafenden Gattin einen Diamanten unters Kissen. War sie treu, so wandte sie sich sogleich, ohne aufzuwachen, ihrem Manne zu und umarmte ihn. Betrog sie ihn aber, so wälzte sie sich hin und her, bis der Stein zu Boden fiel. Außerdem galt der Diamant als Garant der Unbesiegbarkeit. Die alten Araber glaubten, in einer Schlacht werde derjenige Feldherr siegen, der den größeren Diamanten besitze.«

»Die alten Alabel illten sich«, fiel plötzlich Gintaro Aono dem eifrigen Redner ins Wort.

Alle blickten verblüfft den Japaner an, der sich sehr selten an der allgemeinen Unterhaltung beteiligte und noch nie jemanden unterbrochen hatte. Der Asiat aber fuhr hastig mit seinem lustigen Akzent fort: »In del Akademie von Saint-Cyr haben sie uns beigeblacht, daß del bulgundische Helzog Kall del Kühne in die Schlacht gegen die Eidgenossen den liesigen Diamanten ›Flolentinel‹ mitnahm, was ihn jedoch nicht vol del Niedellage bewahlte.«

Der Ärmste tat Clarissa leid, er hatte mit seinen Kenntnissen glänzen wollen und das so unpassend.

Der Einwurf des Japaners wurde mit Grabesschweigen aufgenommen, und Aono errötete qualvoll.

»Ja, gewiß, Karl der Kühne.« Der Professor nickte mißmutig und sprach ohne den bisherigen Schwung weiter: »Der Saphir symbolisiert Treue und Beständigkeit, der Smaragd verleiht Weitsicht, der Rubin schützt vor Krankheiten und dem bösen Blick … Aber Sie fragten nach dem Wert der Schätze Bagdassars?«

»Ich verstehe, daß die Summe märchenhaft hoch ist, aber könnten Sie nicht wenigstens annähernd sagen, wie viele Nullen das sind?« sagte Madame Kleber, als spräche sie zu einem dummen Schüler, ein übriges Mal demonstrierend, daß sie eine Bankiersgattin war.

Clarissa hätte mit Vergnügen mehr über die Zauberkräfte der Edelsteine erfahren. Das Thema Geld interessierte sie nicht, das war ihr zu vulgär.

»Also, dann wollen wir mal schätzen.« Sweetchild zückte einen Bleistift und schrieb auf einer Papierserviette. »Früher galt der Diamant als der teuerste Stein, doch seit der Entdeckung der südafrikanischen Lagerstätten ist der Preis spürbar gesunken. Große Saphire werden öfter gefunden als andere Edelsteine, darum sind sie im Schnitt viermal weniger wert als Diamanten, doch das gilt nicht für gelbe und für Sternsaphire, und gerade die waren in Bagdassars Sammlung überwiegend vertreten. Reine Rubine und Smaragde von Übergröße sind äußerst selten und werden höher bewertet als Brillanten gleichen Gewichts ... Gut, stellen wir uns der Einfachheit halber vor, alle 512 Steine wären Brillanten. Jeder wiegt, wie gesagt, 80 Karat. Nach der Formel von Tavernier, nach der sich die Juweliere der ganzen Welt richten, wird der Wert eines Steins folgendermaßen errechnet: Der Marktpreis eines einkarätigen Diamanten wird multipliziert mit dem Quadrat der Karatzahl des Steins. Das ergibt ... Ein einkarätiger Diamant kostet an der Antwerpener Börse cirka fünfzehn Pfund. Das Quadrat von achtzig ist sechstausendvierhundert. Multipliziert mit fünfzehn ... Hm ... Sechsundneunzigtausend Pfund Sterling – das ist der Wert eines mittleren Steins aus Bagdassars Schatulle ... Multipliziert mit fünfhundertzwölf ... Ungefähr fünfzig Millionen Pfund Sterling. In Wirklichkeit noch mehr, denn wie ich Ihnen erklärte, werden farbige Steine dieser Größenordnung höher als Diamanten bewertet«, schloß Sweetchild feierlich seine Bilanz.

»Fünfzig Millionen? So viel?« fragte Regnier heiser. »Aber das sind ja anderthalb Milliarden Francs!«

Clarissa verschlug es den Atem, sie dachte nicht mehr an die romantischen Eigenschaften der Steine, sondern war erschüttert von der astronomischen Summe.

»Fünfzig Millionen! Das ist ja das halbe Jahresbudget des gesamten britischen Empire!« ächzte sie.

»Dreimal der Suezkanal!« murmelte der rothaarige Milford-Stokes. »Sogar noch mehr!«

Der Kommissar nahm auch eine Serviette und vertiefte sich in Berechnungen.

»Das ist mein Gehalt für dreihunderttausend Jahre«, sagte er verwirrt. »Haben Sie nicht zu dick aufgetragen, Professor? Ein kleiner regionaler Herrscher soll derartige Schätze besitzen?«

Stolz, als gehörten ihm alle Reichtümer Indiens persönlich, antwortete Sweetchild: »Das ist noch gar nichts! Die Kostbarkeiten des Nizam von Haidarabad werden auf dreihundert Millionen geschätzt, nur passen die nicht in eine kleine Schatulle. An Kompaktheit aber war der Schatz Bagdassars wirklich einzigartig.«

Fandorin berührte den Indologen vorsichtig am Ärmel.

»Gleichwohl nehme ich a-an, daß diese Summe einen etwas abstrakten Charakter trägt. Es würde schwerlich jemandem gelingen, eine solche Menge g-gigantischer

Edelsteine mit einem Schlag zu verkaufen. Das würde ja den Marktpreis drücken.«

»Ihre Überlegung ist unzutreffend, Monsieur Diplomat«, erwiderte der Gelehrte lebhaft. »Das Prestige des ›Brahmapurer Standards‹ ist so hoch, daß man sich vor Kaufinteressenten nicht retten könnte. Ich bin überzeugt, daß mindestens die Hälfte der Steine in Indien bliebe – einheimische Fürsten würden sie aufkaufen, in erster Linie der erwähnte Nizam. Um die restlichen Steine würden die Bankhäuser von Europa und Amerika sich prügeln, und auch die europäischen Monarchen würden kaum die Gelegenheit versäumen, ihre Schatzkammern mit den Brahmapurer Meisterwerken zu schmücken. Oh, wenn Bagdassar gewollt hätte, würde er den Inhalt seiner Schatulle in wenigen Wochen losgeschlagen haben.«

»Sie reden über diesen Mann immer nur in der V-vergangenheit«, bemerkte Fandorin. »Ist er tot? Was ist aus der Schatulle geworden?«

»Das weiß leider niemand. Bagdassar nahm ein tragisches Ende. Während des Sepoy-Aufstands beging der Radscha die Unvorsichtigkeit, mit den Empörern Geheimverhandlungen aufzunehmen, und der Vizekönig erklärte Brahmapur zum feindlichen Territorium. Böse Zungen behaupteten, Britannien habe einfach die Schätze Bagdassars an sich bringen wollen, aber das stimmt natürlich nicht, solcher Methoden bedienen wir Engländer uns nicht.«

»O doch.« Regnier nickte mit bösem Lächeln und wechselte einen Blick mit dem Kommissar.

Clarissa sah Fandorin unauffällig an – war der etwa auch vom Bazillus der Anglophobie infiziert? Aber der russische Diplomat saß mit unbewegter Miene da.

»Eine Schwadron Dragoner wurde in den Palast Bagdassars entsandt. Der Radscha versuchte, nach Afghanistan zu fliehen, aber die Kavallerie holte ihn bei einer Furt über den Ganges ein. Sich verhaften zu lassen, das war unter Bagdassars Würde, und er nahm Gift. Die Schatulle hatte er nicht bei sich, nur ein Bündel mit einer Notiz in englischer Sprache. Sie war an die britischen Behörden gerichtet. Darin beschwor der Radscha seine Unschuld und bat, das Bündel seinem einzigen Sohn zukommen zu lassen. Der Junge wurde irgendwo in Europa in einem privaten Internat erzogen. Bei den indischen Würdenträgern neuerer Denkart ist das ganz normal. Ich muß erwähnen, daß Bagdassar sich keineswegs gegen die Einflüsse der Zivilisation sperrte. Er war mehrmals nach London und Paris gereist und hatte sogar eine Französin geehelicht.«

»Ach, wie ungewöhnlich!« rief Clarissa. »Mit einem indischen Radscha verheiratet zu sein! Was ist aus ihr geworden?«

»Zum Teufel mit ihr, erzählen Sie lieber von dem Bündel!« sagte der Kommissar ungeduldig. »Was war darin?«

»Rein gar nichts von Interesse.« Der Professor zuckte bedauernd die Achseln. »Ein Koran-Bändchen. Die Schatulle blieb spurlos verschwunden, obwohl sie überall gesucht wurde.«

»War es ein gewöhnlicher Koran?« fragte Fandorin.

»Ein ganz gewöhnlicher. In einer Bombayer Offizin gedruckt, mit frommen Randbemerkungen des Verblichenen. Der Schwadronskommandeur glaubte den Koran bestimmungsgemäß expedieren zu dürfen und behielt zur Erinnerung das Tuch, in das der Koran gewickelt war. Später wurde das Tuch von Lord Littleby erworben und in seine Sammlung indischer Seidenmalerei aufgenommen.«

Der Kommissar präzisierte: »Das Tuch, in das der Mörder den Schiwa eingewickelt hat?«

»Genau. Es ist in der Tat ein ungewöhnliches Tuch. Aus hauchdünner, federleichter Seide. Die Zeichnung ist recht trivial – ein lieblich singender Paradiesvogel, aber es gibt zwei einzigartige Besonderheiten, die ich noch auf keinem anderen indischen Tuch gesehen habe. Erstens hat der Vogel statt des Auges ein Löchlein, dessen Ränder in feinster Juwelierarbeit mit Brokatfaden umsäumt sind. Zweitens hat das Tuch eine interessante Form – ein unregelmäßiges Dreieck: zwei Seiten gewellt, eine vollkommen gerade.«

»Ist das Tuch sehr w-wertvoll?« fragte Fandorin.

»Na, das Tuch ist ganz uninteressant«, sagte Madame Kleber mit launisch vorgeschobener Unterlippe. »Erzählen Sie lieber von den Juwelen! Man hätte gründlicher suchen sollen.«

Sweetchild lachte.

»Oh, Madame, Sie haben keine Vorstellung, wie sorgfältig der neue Radscha gesucht hat! Er hatte uns während des Sepoy-Kriegs unschätzbare Dienste geleistet und erhielt als Belohnung den Thron von Brahmapur. Dem Ärmsten trübte sich vor Habgier das Urteilsvermögen. Ein Schlaukopf flüsterte ihm ein, Bagdassar habe die Schatulle in die Wand eines der Häuser eingemauert. Da die Schatulle tatsächlich nach Größe und Aussehen einem gewöhnlichen Lehmziegel glich, befahl der neue Radscha, alle Gebäude, die aus diesem Baumaterial errichtet waren, auseinanderzunehmen. Die Häuser wurden eines nach dem anderen abgetragen, und jeder Ziegel wurde unter der persönlichen Aufsicht des Herrschers zerschlagen. Da in Brahmapur neunzig Prozent aller Bauten aus Lehmziegeln bestanden, verwandelte sich die blühende Stadt binnen weniger Monate in einen Trümmerhaufen. Der wahnsinnige Radscha wurde von seinen eigenen Angehörigen vergiftet, da sie einen Aufstand der Bevölkerung befürchteten, ärger als die Empörung der Sepoys.«

»Das hat er verdient, der Judas«, sagte Regnier gefühlvoll. »Es gibt nichts Schlimmeres als Verrat.«

Fandorin wiederholte geduldig seine Frage: »Also, ist das Tuch sehr w-wertvoll, Professor?«

»Ich glaube nicht. Es ist eher eine Rarität, ein Kuriosum.«

»Und warum wurde immer wieder etwas darin eingewickelt, mal der Koran, mal der Schiwa? Hat das Stück Seide vielleicht eine sakrale Bedeutung?«

»Das habe ich nie gehört. Zufall.«

Kommissar Coche stand ächzend auf und reckte die Schultern.

»Tja, interessante Geschichte, aber für unsere Untersuchung gibt sie leider nichts her. Der Mörder wird diesen Lappen kaum als sentimentales Souvenir mit sich herumtragen.« Träumerisch fügte er hinzu: »Das wäre nicht schlecht. Einer von Ihnen, verehrte Verdächtige, holt das Seidentuch mit dem Paradiesvogel aus Zerstreutheit hervor und schneuzt hinein. Dann wüßte der alte Coche, was er zu tun hätte.«

Der Fahnder lachte, er schien seinen Scherz für geistreich zu halten. Clarissa sah den Grobian mißbilligend an. Der fing ihren Blick auf und verengte die Augen.

»Apropos, Mademoiselle Stomp, Ihr hübscher Hut ist der letzte Pariser Schrei. Wann waren Sie das letztemal in Paris?«

Clarissa straffte sich innerlich und antwortete in eisigem Ton: »Den Hut habe ich in London gekauft, Kommissar. Und in Paris war ich noch nie.«

Wo guckte denn Fandorin so gebannt hin? Clarissa folgte seinem Blick und erbleichte.

Der Diplomat hatte ihren Fächer aus Straußenfedern betrachtet, auf dessen Elfenbeingriff mit Goldbuchstaben stand: Meilleurs Souvenirs! Hotel »Ambassadeur«. Rue de Grenelle, Paris.

Welch unverzeihlicher Fehler!

Gintaro Aono

5. Tag des 4. Monats
Angesichts der Küste von Eritrea

Unten ein grüner Streifen Meer,
In der Mitte ein gelber Streifen Sand,
Darüber ein blauer Streifen Himmel.
Das sind die Farben
Der Fahne von Afrika.

Dieser triviale Fünfzeiler ist die Frucht meiner anderthalbstündigen Bemühungen um seelische Harmonie. Die verdammte Harmonie wollte und wollte nicht zurückkehren.

Ich saß allein auf Deck, blickte auf das trostlose Gestade von Afrika und empfand schärfer als je zuvor meine grenzenlose Einsamkeit. Ein Glück, daß ich seit meiner Kindheit die schöne Gewohnheit habe, Tagebuch zu führen. Als ich vor sieben Jahren zum Studium in das ferne Land Furansu reiste, träumte ich insgeheim davon, daß mein Reisetagebuch eines Tages veröffentlicht wird und mir und dem ganzen Geschlecht der Aonos Ruhm einbringt. Doch leider ist mein Geist gar zu unvollkommen, und meine Gefühle sind gar zu gewöhnlich, als daß diese kläglichen Blätter mit der großen Tagebuchliteratur früherer Zeiten wetteifern könnten.

Gleichwohl hätte ich ohne diese täglichen Aufzeichnungen wohl schon längst den Verstand verloren.

Selbst hier auf dem Schiff, das nach Ostasien fährt, sind nur zwei Vertreter der gelben Rasse – ich und ein chinesischer Eunuch, Hofbeamter 11. Ranges, der nach Paris gereist war, um Parfümeriewaren und kosmetische Neuheiten für die Kaiserin Tz'u-Hsi einzukaufen. Aus Sparsamkeit reist er zweiter Klasse und geniert sich deswegen sehr, und unser Gespräch brach in dem Moment ab, als er mitbekam, daß ich in der ersten reise. Welche Schmach für China! Ich an Stelle des Beamten wäre sicherlich vor Demütigung gestorben. Jeder von uns beiden repräsentiert ja auf diesem europäischen Schiff eine asiatische Großmacht. Ich verstehe den Seelenzustand des Beamten, und doch tut es mir sehr leid, daß er aus Scham seine enge Kabine nicht verläßt – wir könnten miteinander reden. Das heißt natürlich, nicht reden, sondern uns mittels Pinsel und Papier verständigen. Zwar sprechen wir verschiedene Sprachen, aber die Hieroglyphen sind ja die gleichen.

Macht nichts, sage ich mir, halte durch. Es dauert ja nicht mehr lange. In knapp einem Monat sehe ich die Lichter von Nagasaki, und von dort ist es nur noch ein Katzensprung bis zu meiner Heimat Kagoshima. Und wenn auch meine Heimkehr mir Schande und Erniedrigung verheißt, und wenn ich auch zum Gespött meiner Freunde werde, Hauptsache, wieder zu Hause! Schließlich wird es niemand wagen, mich offen zu verachten, alle wissen ja, daß ich den Willen meines Vaters erfüllt habe, und über Befehle diskutiert man bekanntlich nicht. Ich tat, was ich tun mußte und wozu ich verpflichtet war. Mein Leben ist zugrunde gerichtet, aber wenn das für das Wohl Japans notwendig ist … Doch Schluß, genug davon!

Wer hätte denken können, daß die Rückkehr in die Heimat, die letzte Etappe siebenjähriger Prüfungen, so schwierig sein würde?

In Frankreich konnte ich wenigstens meine Nahrung in Einsamkeit zu mir nehmen, konnte meine Spaziergänge und die Natur genießen. Hier auf dem Dampfer dagegen komme ich mir vor wie ein Reiskorn, das irrtümlich in eine Schüssel Nudeln geraten ist. Sieben Jahre habe ich unter rothaarigen Barbaren gelebt und mich nicht an einige ihrer scheußlichen Gepflogenheiten gewöhnen können. Wenn ich sehe, wie die überfeinerte Kleber-san mit dem Messer ein blutiges Beefsteak zerschneidet und sich hinterher mit dem rosigen Zünglein die geschminkten Lippen leckt, wird mir schlecht. Und dann diese englischen Waschbecken, deren Abfluß man mit einem Korken verschließt, so daß man sich das Gesicht mit schmutzigem Wasser waschen muß! Und die alptraumhafte, von einem perversen Geist erfundene Kleidung! Darin fühlt man sich wie ein in Ölpapier gewickelter Karpfen, der auf Kohlenglut geröstet wird. Am meisten hasse ich die gestärkten Kragen, von denen man roten Ausschlag am Kinn bekommt, und die Lederschuhe, die Folterwerkzeuge sind. Mit dem Recht des wilden Asiaten erlaube ich mir, in einem leichten Yukata an Deck zu spazieren, doch meine unglücklichen Tischnachbarn schwitzen von früh bis spät in ihrer Kleidung. Meine sensible

Nase leidet sehr unter dem scharfen, fettigen Geruch des europäischen Schweißes. Entsetzlich ist auch die Gepflogenheit der Rundäugigen, sich in Taschentücher zu schneuzen, diese mit dem Rotz wieder in die Tasche zu stecken, sie erneut hervorzuholen und nochmals zu benutzen. Zu Hause wird man mir das nicht glauben, sondern denken, ich hätte mir das ausgedacht. Sieben Jahre sind eine lange Zeit. Vielleicht tragen die Damen bei uns inzwischen auch schon die lächerlichen Turnüren auf dem Hintern und humpeln stolpernd auf hohen Absätzen. Es wäre interessant, Kyoko-san in solchem Aufputz zu sehen. Sie ist ja schon groß, dreizehn Jahre. Ein-zwei Jährchen noch, dann wird man uns verheiraten. Vielleicht auch schon früher. Wenn ich nur bald zu Hause wäre!

Heute ist mir das Erlangen der seelischen Harmonie besonders schwergefallen, weil

1. ich entdeckte, daß aus meiner Reisetasche mein bestes Instrument verschwunden ist, mit dem sich selbst der dickste Muskel leicht durchtrennen läßt. Was mag dieser seltsame Raub bedeuten?

2. ich nach dem Mittagessen erneut in eine demütigende Lage geriet, noch deprimierender als nach meinen Worten über Karl den Kühnen (s. gestrige Aufzeichnung). Fandorin-san, der sich nach wie vor sehr für Japan interessiert, befragte mich nach dem Bushido und den Samuraitraditionen. Das Gespräch kam auf meine Familie und meine Vorfahren. Da ich mich als Offizier vorgestellt hatte, erkundigte sich der Russe nach der Bewaffnung, den Uniformen und dem Reglement der kaiserlichen Armee. Das war entsetzlich! Als sich herausstellte, daß ich noch nie vom Berdangewehr gehört hatte, sah Fandorin-san mich sehr seltsam an. Er ist sicherlich zu dem Schluß gekommen, in der japanischen Armee dienten komplette Ignoranten. Vor Scham vergaß ich die Höflichkeit und lief aus dem Salon, was alles noch ärger machte.

Ich konnte mich lange nicht beruhigen. Zuerst stieg ich hinauf zum Bootsdeck, wo die Sonne am heißesten brennt und es daher menschenleer ist. Ich entkleidete mich bis auf das Lendentuch und übte mich eine halbe Stunde lang in der Schlagtechnik Mawashi-giri. Als ich die nötige Kondition erlangt hatte und die Sonne mich rosa dünkte, nahm ich den Zazen-Sitz ein und versuchte vierzig Minuten zu meditieren. Erst danach zog ich mich wieder an und ging nach achtern, um eine Tanka zu schreiben.

Alle diese Übungen halfen. Ich weiß jetzt, wie ich mein Gesicht wahren kann. Beim Abendessen werde ich Fandorin-san sagen, daß es uns verboten ist, mit Ausländern über die kaiserliche Armee zu sprechen und daß ich aus dem Salon gelaufen bin, weil ich schrecklichen Durchfall habe. Ich meine, das klingt überzeugend, und ich werde in den Augen meiner Tischgenossen nicht mehr aussehen wie ein unerzogener Wilder.

Derselbe Tag, abends

Von wegen Harmonie! Etwas Katastrophales ist geschehen. Mir zittern vor Scham die Hände, aber ich muß jetzt gleich alle Einzelheiten notieren. Das wird mir helfen, mich zu konzentrieren und den richtigen Entschluß zu fassen. Vorerst nur die Fakten, die Schlußfolgerungen später.

Also.

Das Abendessen im Salon »Windsor« begann wie üblich um 20 Uhr. Obwohl ich Rote-Bete-Salat (red beet) bestellt hatte, brachte mir der Kellner halbrohes blutiges Rindfleisch. Er hatte red beef verstanden. Ich schob mit der Gabel das bluttriefende Fleisch hin und her und blickte mit heimlichem Neid zu dem Ersten Offizier, der ein sehr appetitliches Gemüseragout mit magerem Hühnerfleisch verzehrte.

Was war noch?

Nichts Besonderes. Kleber-san klagte wie immer über Migräne, aß aber mit großem Appetit. Sie sieht blühend aus, klassisches Beispiel für eine gut vertragene Schwangerschaft. Ich bin überzeugt: Wenn die Zeit heran ist, wird das Kind aus ihr herausspringen wie der Pfropfen aus einer Flasche französischen Schaumwein.

Gesprochen wurde über die Hitze, über die morgige Ankunft in Aden, über Edelsteine. Fandorin-san und ich verglichen die Vorzüge der japanischen und der englischen Gymnastik. Ich konnte mir erlauben, Nachsicht zu üben, denn auf diesem Gebiet liegt die Überlegenheit Asiens gegenüber dem Westen auf der Hand. Der Unterschied besteht darin, daß ihre physischen Übungen Sport, Spiel sind, die unsrigen dagegen ein Weg zur geistigen Selbstvervollkommnung. Ja, zur geistigen, denn die physische Vollkommenheit ist bedeutungslos und folgt der geistigen wie ein Eisenbahnzug der Lokomotive. Ich muß sagen, daß der Russe sich sehr für Sport interessiert und sogar von den Kampfschulen Japans und Chinas gehört hat. Heute morgen habe ich früher als sonst auf dem Bootsdeck meditiert und sah dort Fandorin-san. Wir wechselten nur eine Verbeugung, kamen aber nicht ins Gespräch, denn wir waren beschäftigt: Ich wusch meine Seele in dem Licht des neuen Tages, und er, mit einem Sporttrikot bekleidet, machte Kniebeugen und stemmte eine Zeitlang Hanteln, die sehr schwer aussahen.

Das gemeinsame Interesse an der Gymnastik machte unser abendliches Gespräch ungezwungen, und ich fühlte mich lokkerer als gewöhnlich. Ich erzählte dem Russen von Jiu-Jitsu. Er hörte aufmerksam zu.

Etwa um halb neun (die genaue Zeit habe ich mir nicht gemerkt) klagte Kleber-san, die schon ihren Tee getrunken und zwei Stück Kuchen gegessen hatte, über Schwindel. Ich sagte ihr, das komme bei Schwangeren vor, wenn sie zu viel äßen. Aus irgendwelchen Gründen war sie darüber gekränkt, und mir ging auf, daß ich das nicht hätte sagen dürfen. Wie oft hatte ich mir geschworen, den Mund zu halten. Weise Erzieher hatten mich schließlich gelehrt: Wenn du in fremder Gesellschaft bist, sitze da, höre zu, lächle freundlich und nicke von Zeit zu Zeit – dann wirst du als wohlerzogener Mensch gelten und auf jeden Fall nichts Dummes sagen. Schöner »Offizier«, der anderen medizinische Ratschläge aufdrängt!

Regnier-san sprang sogleich auf und erbot sich, die Dame zu ihrer Kabine zu begleiten. Dieser Mann ist überhaupt sehr zuvorkommend, besonders zu Kleber-san. Er ist der einzige, der ihrer ewigen Launen noch nicht überdrüssig ist. Er wahrt die Ehre seiner Uniform.

Nachdem sie gegangen waren, wechselten die Männer in die Sessel und rauchten. Der italienische Schiffsarzt und seine englische Frau begaben sich zu einem Patienten, und ich ver-

suchte, dem Kellner klarzumachen, daß ich mein Frühstücksomelett ohne Bacon und ohne Schinken wünsche. Das hätten sie in den vielen Tagen schon lernen können.

Es waren wohl zwei Minuten vergangen, da hörten wir plötzlich einen gellenden Frauenschrei.

Erstens begriff ich nicht gleich, daß es Kleber-san war, die da schrie. Zweitens ging mir nicht auf, daß das verzweifelte »Oskur! Oskur!« nichts anderes bedeutete als »Au secours! Au secours!« Aber das rechtfertigt nicht mein Verhalten. Ich habe mich schmählich benommen, unwürdig eines Samurai!*

Aber der Reihe nach.

Als erster stürzte Fandorin-san zur Tür, gefolgt von dem Polizeikommissar, Milford-Stokes-san und Sweetchild-san, ich aber blieb wie angewurzelt stehen. Sie alle glauben jetzt gewiß, daß in der japanischen Armee klägliche Feiglinge dienen! In Wirklichkeit habe ich nur nicht gleich begriffen, was vorging.

Als ich es endlich begriffen hatte, war es zu spät – ich erreichte den Schauplatz als Letzter, sogar noch nach Stompsan.

Die Kabine von Kleber-san liegt ganz in der Nähe des Salons, sie ist die fünfte rechts im Korridor.

Hinter den mir Zuvorgekommenen stehend, sah ich ein unwahrscheinliches Bild. Die Kabinentür stand sperrangelweit offen. Kleber-san lag stöhnend auf dem Fußboden, über ihr etwas Schwarzes, Blankes, Unbewegliches. Ich erkannte nicht gleich, daß es ein riesiger Neger war. Er trug eine weiße

* (franz.) Zu Hilfe!

Leinenhose. Aus seinem Genick ragte der Griff eines Marinedolchs. An seiner Körperhaltung sah ich sofort, daß er tot war. Ein solcher Stoß gegen die Schädelbasis verlangt große Kraft und Präzision, tötet aber blitzartig.

Kleber-san zappelte, um unter dem schweren Leichnam hervorzukommen, doch vergeblich. Neben ihr bewegte sich hektisch Leutnant Regnier. Sein Gesicht war weißer als der Kragen seines Hemdes. Die Dolchscheide an seiner Hüfte war leer. Der Leutnant war ganz durcheinander – bald versuchte er, die unangenehme Last von der schwangeren Frau wegzuziehen, bald wandte er sich uns zu und erklärte verworren dem Kommissar, was geschehen war.

Fandorin-san bewahrte als einziger seine Kaltblütigkeit. Ohne erkennbare Anstrengung zerrte er den Toten beiseite (ich dachte sofort an seine Gymnastik mit den Hanteln), half Kleber-san in einen Sessel und gab ihr Wasser. Da kam auch ich zu mir und prüfte in aller Eile, ob Kleber-san verletzt sei, sie war es nicht. Ob sie innere Schäden davongetragen hatte, würde sich später zeigen. Alle waren so erregt, daß die von mir vorgenommene Untersuchung niemanden verwunderte. Die Weißen glauben ja, daß alle Asiaten ein bißchen Schamanen sind und sich auf die Heilkunst verstehen. Kleber-sans Puls lag bei 95, und das war vollauf erklärlich.

Sie und Regnier-san erzählten, einander ins Wort fallend, folgendes.

Der Leutnant: Er habe Madame Kleber zur Kabine begleitet, ihr einen angenehmen Abend gewünscht und sich verabschiedet. Doch er habe sich gerade zwei Schritte entfernt, da hörte er ihren verzweifelten Schrei.

Kleber-san: Sie sei eingetreten, habe die elektrische Lampe angeknipst und vor ihrem Toilettentisch einen gigantischen schwarzen Mann stehen sehen, der ihre Korallenkette in der Hand hielt (die sah ich in der Tat nachher auf dem Fußboden liegen). Der Neger habe sich schweigend auf sie gestürzt, sie zu Boden geworfen und mit seinen Riesenpranken nach ihrer Kehle gegriffen. Sie habe losgeschrien.

Der Leutnant: Er sei in die Kabine gestürzt, habe die entsetzliche (er sagte: »phantastische«) Szene gesehen und erst einmal den Kopf verloren. Dann habe er den riesigen Neger bei den Schultern gepackt, ihn jedoch keinen Zoll von der Stelle bewegen können. Darauf habe er ihn mit dem Stiefel gegen den Kopf getreten, wieder ohne Erfolg. Erst jetzt habe er, aus Furcht um das Leben von Madame Kleber und ihr Ungeborenes, den Dolch aus der Scheide gezogen und einen einzigen Stoß geführt.

Ich dachte mir, der Leutnant müsse seine stürmische Jugend in Tavernen und Bordellen verbracht haben, wo es von gekonnter Messerhandhabung abhängt, wer am nächsten Morgen mit einem Brummschädel aufwacht und wer auf dem Friedhof landet.

Kapitän Cliff und Doktor Truffo kamen angelaufen. In der Kabine wurde es eng. Niemand hatte eine Ahnung, wie der Afrikaner auf die »Leviathan« gekommen war. Fandorin-san betrachtete eingehend die Tätowierung auf der Brust des Toten und sagte, eine solche habe er schon gesehen. Während des jüngsten Balkankonflikts sei er in türkischer Gefangenschaft gewesen und habe dort dunkelhäutige Sklaven mit den gleichen Zickzackmarkierungen rund um die Brustwarzen gesehen. Es sei ein ritueller Schmuck des Ndanga-Stammes, den arabische Sklavenhändler erst kürzlich im Herzen von Äquatorialafrika entdeckt hätten. Die Ndanga-Männer genössen auf den Märkten des gesamten Orients große Nachfrage.

Ich hatte den Eindruck, daß Fandorin-san all das mit etwas seltsamer Miene sagte, so als ob ihn irgendwas befremdete. Aber ich kann mich auch irren, denn die Mimik der Europäer ist recht wunderlich und ähnelt nicht im geringsten der unsrigen.

Kommissar Coche hörte dem Diplomaten kaum zu. Er sagte, ihn als Vertreter des Gesetzes interessierten zwei Fragen: wie der Neger aufs Schiff gekommen sei und warum er Madame Kleber angefallen habe.

Nun stellte sich heraus, daß bei einigen der Anwesenden in letzter Zeit auf geheimnisvolle Weise Gegenstände aus den Kabinen verschwunden waren. Ich mußte an meinen Verlust denken, schwieg aber natürlich. Des weiteren kam zur Sprache, daß der eine oder andere sogar einen riesigen schwarzen Schatten gesehen hatte (Miss Stomp) oder ein durchs Fenster hereinlugendes schwarzes Gesicht (Mrs. Truffo). Nun ist klar, daß es keine Halluzinationen oder Auswüchse weiblicher Phantasie gewesen sind.

Alle fielen über den Kapitän her. Über jedem Passagier hatte in den letzten Tagen tödliche Gefahr geschwebt, und die Schiffsführung hatte nichts davon gewußt. Cliff-san war schamrot. Sein Ansehen hatte einen empfindlichen Schlag bekommen. Ich wandte mich taktvoll ab, um ihm die Schmach zu erleichtern.

Dann bat der Kapitän die Zeugen des Vorfalls in den Salon »Windsor« und hielt uns eine Ansprache voller Kraft und Würde. Vor allem entschuldigte er sich für das Vorkommnis. Er bat uns, niemandem von dem »bedauerlichen Vorfall« zu erzählen, denn sonst könne es auf dem Dampfer zu einer Massenpsychose kommen. Er versprach, unverzüglich die Laderäume, den Doppelboden, die Vorratsräume und sogar die Kohlebunker durchsuchen zu lassen. Und er versicherte, daß es auf seinem Schiff keine schwarzhäutigen Einbrecher mehr geben werde.

Der Kapitän ist ein guter Mann. Ein richtiger Seebär. Er spricht unbeholfen, in kurzen Sätzen, doch man sieht, daß er ein festes Herz hat und für seine Sache brennt. Ich hörte, wie Truffo-san einmal dem Kommissar erzählte, Kapitän Cliff sei Witwer und hänge mit großer Liebe an seiner einzigen Tochter, die in einem Schweizer Pensionat erzogen werde. Ich finde das sehr rührend.

Es scheint, daß ich ein wenig zu mir komme. Die Zeilen fließen gleichmäßiger, die Hand zittert nicht mehr. Ich kann zum Unangenehmsten übergehen.

Bei der oberflächlichen Untersuchung von Kleber-san war mir aufgefallen, daß sie keine Hämatome hatte. Ich stellte auch ein paar weitere Überlegungen an, die ich dem Kapitän und dem Kommissar mitteilen wollte. Vor allem aber wollte ich die schwangere Frau beruhigen, die nach der Erschütterung noch immer außer sich war und sich in eine Hysterie hineinsteigerte.

Ich sagte ihr in freundlichstem Ton: »Vielleicht wollte der Schwarze Sie gar nicht töten, Madame. Sie kamen so uner-

wartet herein und machten Licht, da ist er einfach erschrokken. Er ist ja …«

Sie ließ mich nicht ausreden.

»Erschrocken ist er?« zischte sie mit plötzlicher Wut. »Oder sind Sie vielleicht erschrocken, Monsieur Asiat? Meinen Sie, ich habe nicht gesehen, wie Sie sich mit Ihrer gelben Visage hinter dem Rücken anderer Leute versteckt haben?«

So hatte mich noch nie jemand beleidigt. Am schlimmsten war, daß ich nicht so tun konnte, als wären das die zänkischen Worte einer hysterischen dummen Gans, die sich mit einem verächtlichen Lächeln abtun ließen. Kleber-san hatte mich an der empfindlichsten Stelle getroffen!

Eine Antwort fiel mir nicht ein. Ich litt grausam, und sie sah mich mit einer vernichtenden Grimasse an. Wenn ich in diesem Moment in die berüchtigte Hölle der Christen hätte stürzen können, würde ich selbst den Lukenhebel gezogen haben. Am schrecklichsten war, daß sich der rote Schleier der Raserei über meine Augen legte, ein Zustand, den ich besonders fürchte. In diesem Zustand nämlich kann ein Samurai Taten begehen, die für sein Karma schädlich sind. Er muß dann sein Leben lang die Schuld sühnen, weil er für einen Moment die Selbstkontrolle verlor.

Ich verließ den Salon, aus Furcht, ich könnte mich nicht beherrschen und der schwangeren Frau etwas Entsetzliches antun. Ich weiß nicht, ob ich bei einem Mann so die Gewalt über mich behalten hätte.

Ich schloß mich in meiner Kabine ein und holte den Beutel mit den ägyptischen Kürbissen hervor, die ich in Port Said auf dem Basar gekauft hatte. Sie sind klein, kopfgroß und sehr hart. Fünfzig Stück hatte ich erstanden.

Um den roten Schleier vor den Augen wegzukriegen, trainierte ich den geraden Handkantenschlag. Da ich jedoch hocherregt war, mißlangen die Schläge: Die Kürbisse spalteten sich nicht in zwei Hälften, sondern zersprangen in sieben oder acht Stücke.

Es ist schwer.

ZWEITER TEIL

ADEN–BOMBAY

Gintaro Aono

7. Tag des 4. Monats
In Aden

Der russische Diplomat ist ein Mann von tiefem, fast japanischem Verstand. Fandorin-san besitzt die uneuropäische Fähigkeit, eine Erscheinung in ihrer Ganzheit zu sehen, ohne in kleinen Details und technischen Einzelheiten steckenzubleiben. Die Europäer sind unübertroffene Experten in allem, was die Fertigkeiten betrifft, sie kennen bestens das Wie. Wir Asiaten dagegen besitzen Weisheit, denn wir wissen Warum. Für die Behaarten ist der Prozeß der Bewegung wichtiger als das Endziel, wir dagegen lassen kein Auge von dem in der Ferne flimmernden Leitstern, darum finden wir recht häufig nicht die Muße, nach rechts und links zu schauen. Deshalb sind die Weißen fast immer Sieger in kleinen Gefechten, während die gelbe Rasse unerschütterliche Ruhe bewahrt, da sie zuverlässig weiß, daß all das kleinliche Geschäftigkeit ist, die keine Aufmerksamkeit verdient. Im Wesentlichen, einzig Existenziellen wird der Sieg jedenfalls unser sein.

Unser Kaiser hat sich zu einem großen Experiment entschlossen: die Weisheit des Ostens mit dem Verstand des Westens zusammenzubringen. Wir Japaner eignen uns demütig die europäische Wissenschaft der täglichen Errungenschaften an, verlieren aber dabei nicht das Endziel der menschlichen Existenz aus dem Auge – den Tod und die darauf folgende höhere Form des Daseins. Die Rothaarigen sind zu individualistisch, ihr kostbares »Ich« verschließt ihnen die Augen, verzerrt das Bild der sie umgebenden Welt und erlaubt ihnen nicht, ein Problem aus verschiedenen Gesichtswinkeln zu betrachten. Die Seele des Europäers ist mit eisernen Nägeln an seinem Körper befestigt, und es ist ihr nicht gegeben, sich emporzuschwingen.

Wenn Fandorin-san zur Erleuchtung befähigt ist, so verdankt er das dem halbasiatischen Wesen seiner Heimat. Rußland ähnelt in vielem Japan: Osten mit einem Hang zum Westen. Nur vergessen die Russen, im Unterschied zu uns, den Leitstern, auf den das Schiff Kurs hält, und drehen den Hals gar zu sehr nach rechts und links. Sein »Ich« herauskehren oder es in dem mächtigen »Wir« auflösen – darin besteht der Gegensatz zwischen Europa und Asien. Ich glaube, Rußland hat eine gute Chance, vom ersten auf den zweiten Weg umzuschwenken.

Aber ich bin übermäßig ins Philosophieren geraten. Es wird Zeit, daß ich auf Fandorin-san und die Klarheit seines Verstandes komme. Ich beschreibe das Geschehen der Reihe nach.

Es war noch dunkel, als die »Leviathan« in Aden einlief. Über diesen Hafen steht in meinem Reiseführer: »Der Hafen

von Aden, ein Gibraltar des Orients, dient England als Verbindungsglied zu Ost-Indien. Hier bunkern die Schiffe Kohle und ergänzen ihre Trinkwasservorräte. Die Bedeutung Adens ist seit der Eröffnung des Suezkanals unwahrscheinlich gestiegen. Die Stadt selbst ist nicht groß. Es gibt ausgedehnte Hafenspeicher, Werften, ein paar Faktoreien, Kontore, Gasthäuser. Die Stadt ist symmetrisch gebaut. Die Trockenheit des Bodens wird durch 30 uralte Zisternen ausgeglichen, in denen sich das Regenwasser aus den Bergen sammelt. Aden hat 34000 Einwohner, vornehmlich indische Muselmanen.«
Einstweilen muß ich mich mit dieser knappen Beschreibung zufriedengeben, denn die Schiffstreppe wird nicht heruntergelassen, und niemand darf an Land. Als Grund wird eine Sanitäts- und Quarantäne-Inspektion angegeben, aber wir Vasallen des Fürstentums Windsor kennen den wahren Sinn des Durcheinanders: Matrosen und Küstenpolizei durchkämmen das ganze gewaltige Schiff nach Negern.

Nach dem Frühstück blieben wir noch im Salon und warteten auf die Resultate der Durchsuchung. Hier kam es zwischen dem Polizeikommissar und dem russischen Diplomaten zu einem wichtigen Gespräch, dem alle Unsrigen beiwohnten (jetzt sind sie für mich schon die »Unsrigen«).

Es wurde zunächst über den Tod des Negers gesprochen, dann kam die Unterhaltung wie gewöhnlich auf die Pariser Morde. Ich beteiligte mich nicht daran, hörte aber sehr aufmerksam zu, obwohl es anfangs wieder so aussah, als wolle man einen grünen Affen im Bambusdickicht und eine schwarze Katze im dunklen Zimmer fangen.

Stomp-san sagte: »Also, Rätsel über Rätsel. Unbegreiflich, wie der Schwarze an Bord gekommen ist, unbegreiflich, warum er Madame Kleber ermorden wollte. Genau wie in der Rue de Grenelle. Die reinste Mystik.«

Da sagte Fandorin-san plötzlich: »Da gibt es keine Mystik. Mit dem Neger ist in der Tat noch manches unklar, aber was den Vorfall in der Rue de Grenelle betrifft, so ist das Bild, wie ich finde, mehr oder weniger klar.«

Alle starrten ihn verdattert an, und der Kommissar lächelte giftig. »Wirklich? Na, dann lassen Sie mal hören.«

Fandorin-san: »Ich denke, es war so. Am Abend kam jemand zur Villa in der Rue de Grenelle …«

Der Kommissar (mit gespielter Begeisterung): »Bravo! Eine geniale Idee!«

Einige lachten, doch die meisten hörten aufmerksam zu, denn der Diplomat ist keiner, der sinnlos die Luft bewegt.

Fandorin-san (unerschütterlich): »… jemand, dessen Erscheinen bei der Dienerschaft keinerlei Verdacht aufkommen ließ. Es war ein Arzt, möglicherweise im weißen Kittel und gewiß mit einer Arzttasche. Der unerwartete Gast sagte, alle im Hause Anwesenden müßten sich unverzüglich in einem Raum versammeln, denn auf Anordnung der Municipalité hätten sich alle Pariser einer prophylaktischen Impfung zu unterziehen.«

Der Kommissar (mit beginnender Verärgerung): »Was sind das für Phantastereien? Eine Impfung? Warum sollten die Bediensteten dem erstbesten Spitzbuben glauben?«

Fandorin-san (heftig): »Daß Sie nur nicht in nächster Zeit vom ›Ermittlungsführer in besonders wichtigen Fällen‹ degra-

diert werden zum ›Ermittlungsführer in nicht besonders wichtigen Fällen‹, Monsieur Coche. Sie studieren Ihre eigenen Materialien nicht aufmerksam genug, und das ist unverzeihlich. Werfen Sie doch nochmals einen Blick in den Artikel aus dem ›Soir‹, in dem von der Bekanntschaft Lord Littlebys mit der internationalen Abenteurerin Marie Sansfond die Rede ist.«

Der Kommissar kramte in seiner schwarzen Mappe, holte den Zeitungsausschnitt hervor und überflog ihn.

Der Kommissar (achselzuckend): »Na und?«

Fandorin-san (zeigte mit dem Finger): »Da unten. Schauen Sie, der Anfang der folgenden Notiz: CHOLERA-EPIDEMIE IM ABKLINGEN. *Da ist die Rede von ›energischen prophylaktischen Maßnahmen der Pariser Ärzte‹.«*

Truffo-san: »Tatsächlich, meine Herrschaften. Paris hat den ganzen Winter über gegen das wiederholte Aufflackern der Cholera gekämpft. In Dover wurde sogar ein sanitärer Kontrollpunkt für die Kanalfähren aus Calais eingerichtet.«

Fandorin-san: »Darum weckte das Erscheinen eines Arztes bei der Dienerschaft keinerlei Verdacht. Der Besucher trat gewiß sehr sicher auf und sprach überzeugend. Möglicherweise sagte er, es sei schon spät, und er müsse noch mehrere Häuser aufsuchen, oder etwas in der Art. Den Hausherrn mochten die Diener wohl nicht behelligen, da sie von seinem Podagraanfall wußten, doch die Wächter aus dem ersten Stock haben sie natürlich gerufen. Eine Injektion ist schließlich Minutensache.«

Ich war begeistert von dem Scharfsinn des Diplomaten, der die schwierige Aufgabe so leicht gelöst hatte. Auch Kommissar Coche wurde nachdenklich.

»Mal angenommen, es war so«, sagte er mißmutig. »Aber wie wollen Sie den sonderbaren Umstand erklären, daß Ihr Arzt, nachdem er die Diener vergiftet hatte, nicht die Treppe zum ersten Stock hinaufstieg, sondern hinausging, über den Zaun in den Garten kletterte und das Fenster in der Orangerie zerschlug?«

Fandorin-san: »Ich habe darüber nachgedacht. Ist Ihnen noch nicht in den Sinn gekommen, daß es ja auch zwei Verbrecher gewesen sein können? Der eine beseitigte die Diener, und der andere drang derweil durchs Fenster ins Haus ein.«

Der Kommissar (triumphierend): »Doch, es ist mir in den Sinn gekommen, Herr Klugschwätzer. Zu dieser Schlußfolgerung wollte der Mörder uns ja verleiten. Er versuchte die Spur zu verwischen, das liegt auf der Hand! Nachdem er im Anrichteraum die Diener vergiftet hatte, stieg er die Treppe hinauf und stieß auf den Hausherrn. Wahrscheinlich hatte er das Glas der Vitrine mit Getöse zerschmettert, da er annahm, daß niemand weiter im Haus wäre. Der Lord kam auf den Lärm hin aus dem Schlafzimmer und wurde getötet. Nach diesem außerplanmäßigen Vorfall entwich der Täter eiligst, doch nicht durch die Tür, sondern durchs Fenster der Orangerie. Warum? Um uns zu verwirren und die Sache so darzustellen, als wären sie zu zweit gewesen. Und darauf sind Sie hereingefallen. Aber der alte Coche ist so billig nicht zu kaufen.«

Die Worte des Kommissars wurden beifällig aufgenommen. Regnier-san sagte sogar: »Verdammt, Kommissar, mit Ihnen ist nicht gut Kirschen essen.« (Dieser bildhafte Ausdruck kommt in verschiedenen europäischen Sprachen vor. Er ist nicht wörtlich zu nehmen. Der Leutnant will sagen, daß Coche-san ein sehr kluger und erfahrener Fahnder ist.)

Fandorin-san wartete ein wenig und fragte dann: »Sie haben also die Fußabdrücke unterm Fenster genau studiert und befunden, daß der Mann heruntergesprungen und nicht aufs Fensterbrett gestiegen ist?«

Darauf gab der Kommissar keine Antwort, sah aber den Russen verdrossen an.

Da machte Stomp-san eine Äußerung, die dem Gespräch eine neue, noch schärfere Note verlieh.

»Ein Verbrecher, zwei Verbrecher – ich verstehe noch immer nicht das Wichtigste: Wozu das alles?« sagte sie. »Nicht wegen des Schiwa, klar. Also wozu? Doch wohl nicht wegen des Tuchs, so herrlich es auch sein mag.«

Darauf sagte Fandorin-san, als verstünde sich das von selbst: »Doch, Mademoiselle, eben wegen des Tuchs. Der Schiwa wurde nur zur Ablenkung mitgenommen und gleich von der nächsten Brücke in die Seine geworfen, weil er nicht mehr benötigt wurde.«

Der Kommissar bemerkte: »Für russische Bojaren« (ich habe vergessen, was dieses Wort bedeutet, muß nachschlagen) »ist eine halbe Million Francs vielleicht eine Bagatelle, aber die meisten Menschen rechnen anders. Zwei Kilogramm reinen Goldes wurden also nicht mehr benötigt! Sie haben sich ganz ordentlich vergaloppiert, Herr Diplomat!«

Fandorin-san: »Nicht doch, Kommissar, was ist eine halbe Million Francs gegen die Schätze des Bagdassar?«

»Meine Herrschaften, Schluß mit dem Streit!« rief die verhaßte Madame Kleber launisch. »Ich wäre fast ermor-

det worden, und Sie reden schon wieder von dieser Geschichte. Während Sie in dem alten Verbrechen kramen, Kommissar, wäre ums Haar ein neues passiert, ohne daß Sie es merken.«

Diese Frau kann es einfach nicht ertragen, wenn sie nicht im Mittelpunkt der Aufmerksamkeit steht. Nach dem gestrigen Vorfall bemühe ich mich, sie möglichst wenig anzusehen – hätte ich doch größte Lust, ihr den Mittelfinger in das pulsierende blaue Äderchen an ihrem weißen Hals zu stoßen. Ein Stoß würde völlig ausreichen, diese Viper zu töten. Aber das gehört natürlich in den Bereich der bösen Gedanken, die ein willensstarker Mensch unterdrücken muß. Nun sind sie in das Tagebuch eingegangen, und der Haß hat ein wenig nachgelassen.

Der Kommissar wies Madame Kleber zurecht. »Schweigen Sie, gnädige Frau«, sagte er streng. »Wir wollen hören, was sich der Herr Diplomat noch ausgedacht hat.«

Fandorin-san: »Die ganze Geschichte macht nur dann einen Sinn, wenn das geraubte Tuch einen besonderen Wert hat. Erstens. Nach den Worten des Professors ist der Wert nicht so groß, also geht es nicht um das Stück Seide, sondern um etwas anderes. Zweitens. Wie wir wissen, hat das Tuch mit dem letzten Willen von Radscha Bagdassar zu tun, dem Besitzer der Schätze von Brahmapur. Drittens. Sagen Sie, Professor, war der Radscha ein treuer Diener des Propheten?«

Sweetchild-san (nach kurzem Überlegen): »Das kann ich nicht genau sagen. Moscheen hat er nicht gebaut, Allah hat er in meinem Beisein nicht erwähnt. Der Radscha kleidete sich gern europäisch, rauchte Kuba-Zigarren, las französische

Romane. Ach ja, zum Mittagessen trank er Kognak! Mithin hat er die religiösen Verbote nicht allzu ernst genommen.«

Fandorin-san: »Also viertens: Der nicht allzu fromme Bagdassar hinterläßt dem Sohn als letzte Gabe nicht irgendwas, sondern einen Koran, in ein Tuch gewickelt. Ich vermute, gerade das Tuch war der wichtigste Teil der Sendung. Der Koran diente nur als Vorwand. Vielleicht aber enthielten die Randnotizen von der Hand Bagdassars Instruktionen, wie der Schatz mit Hilfe des Tuches zu finden sei.«

Sweetchild-san: »Warum unbedingt mit Hilfe des Tuches? Der Radscha konnte doch sein Geheimnis in den Marginalien verstecken.«

Fandorin-san: »Er konnte, tat es aber nicht. Warum nicht? Ich verweise Sie auf mein Argument Nummer eins: Wenn das Tuch nicht einen ganz außerordentlichen Wert hätte, wären seinetwegen kaum zehn Menschen ermordet worden. Das Tuch ist der Schlüssel zu den 500 Millionen Rubeln oder, wenn Ihnen das lieber ist, zu den 50 Millionen Pfund, was auf dasselbe hinausläuft. Meines Wissens hat es in der Geschichte der Menschheit noch keinen Schatz dieser Größenordnung gegeben. Übrigens muß ich Sie warnen, Kommissar: Wenn Sie recht haben und der Mörder tatsächlich an Bord der ›Leviathan‹ ist, sind weitere Opfer möglich. Was um so wahrscheinlicher wird, je näher Sie Ihrem Ziel kommen. Gar zu hoch ist der Einsatz und gar zu hoch der Preis, der für den Schlüssel zum Geheimnis gezahlt worden ist.«

Nach diesen Worten herrschte Totenstille. Die Logik von Fandorin-san schien unwiderleglich, und ich bin sicher, daß es allen kalt den Rücken hinunterlief. Außer einem Menschen.

Als erster kam der Kommissar wieder zu sich. Er sagte mit nervösem Lachen: »Sie haben eine blühende Phantasie, Monsieur Fandorin. Was jedoch die Gefahr betrifft, so haben Sie recht. Doch Sie, meine Herrschaften, brauchen nicht zu zittern. Wenn einer in Gefahr ist, dann der alte Coche, und das weiß er sehr gut. So ist nun mal mein Beruf. Aber mit bloßen Händen kriegt mich keiner.« Er ließ den Blick drohend über uns alle gleiten, und es war wie eine Forderung zum Duell.

Komischer alter Dickwanst. Er könnte allenfalls gegen die schwangere Madame Kleber antreten. In meinem Gehirn entstand ein verlockendes Bild: Der rot angelaufene Kommissar wirft die junge Hexe zu Boden und würgt sie mit seinen haarigen Wurstfingern, und Madame Kleber verendet mit vorquellenden Augen und herausgestrecker widerlicher Zunge.

»Darling, I am scared!« piepste Mrs. Truffo mit dünnem Stimmchen. Ihr Mann streichelte ihr begütigend die Schulter.*

Eine interessante Frage stellte der rothaarige und häßliche M.-S.-san (der Name ist zu lang zum Ausschreiben): »Professor, beschreiben Sie doch das Tuch ausführlicher. Na gut, ein Vogel mit einem Löchlein statt des Auges, na gut, ein Dreieck. Hat das Tuch sonst noch etwas Bemerkenswertes?«

Ich muß erwähnen, daß dieser sonderbare Herr sich fast ebenso selten an den allgemeinen Gesprächen beteiligt wie ich. Und wenn er mal etwas sagt, schießt er wie der Autor dieser Zeilen daneben. Um so bemerkenswerter die überraschend gute Frage.

---

* (engl.) Liebling, ich habe Angst!

Sweetchild-san: »Soweit ich mich erinnere, ist außer dem leeren Auge und der einmaligen Form nichts Besonderes an dem Tuch. So groß wie ein ansehnlicher Fächer, läßt sich aber in einem Fingerhut verstecken. In Brahmapur ist solch hauchdünnes Gewebe keine Seltenheit.«

»Also liegt der Schlüssel in dem leeren Auge und in der Dreiecksform«, resümierte Fandorin-san mit bewundernswerter Sicherheit.

Er ist wirklich großartig.

Je länger ich über seinen Triumph und über die ganze Geschichte nachdenke, desto stärker wächst in mir der unwürdige Wunsch, ihnen allen zu demonstrieren, daß auch Gintaro Aono etwas wert ist und sie alle verblüffen kann. Ich könnte zum Beispiel Kommissar Coche etwas Interessantes über den gestrigen Vorfall mit dem schwarzen Wilden erzählen. Im übrigen hat der weise Fandorin-san zugegeben, daß ihm in dieser Sache noch nicht alles klar ist. Ihm ist etwas unklar, und plötzlich kommt der »wilde Japaner« und – zack! – löst das Rätsel. Das wäre doch was!

Gestern habe ich, durch die Beleidigung aus dem Gleis geworfen, vorübergehend die Nüchternheit des Denkens eingebüßt. Nachdem ich mich beruhigt hatte, kam die Überlegung wieder, und in meinem Kopf formte sich eine logische Gedankenkette, die ich dem Polizisten stecken will. Die Schlußfolgerungen mag er sich selber zurechtlegen. Folgendes werde ich ihm sagen.

Zuerst erinnere ich ihn an die groben Worte der Madame Kleber mir gegenüber. Es war eine schwere Beleidigung, noch dazu öffentlich. Und sie geschah genau in dem Moment, als ich meine Beobachtungen mitteilen wollte. Ob Madame Kleber die Absicht verfolgte, mir den Mund zu stopfen? Ist das nicht verdächtig, Herr Kommissar?

Weiter. Warum stellt sie sich schwach, wenn sie so gesund ist wie ein Sumo-Ringer? Sie werden sagen, Unsinn, Lappalie. Darauf antworte ich Ihnen, Herr Fahnder, daß ein Mensch, der sich ständig verstellt, ganz sicher etwas zu verbergen hat. Nehmen Sie zum Beispiel mich. (Ha-ha, das werde ich natürlich nicht sagen.)

Dann lenke ich die Aufmerksamkeit des Kommissars darauf, daß europäische Frauen eine sehr zarte weiße Haut haben. Wieso haben die mächtigen Finger des Negers nicht den kleinsten Abdruck auf ihrer Haut hinterlassen? Ist das nicht auffällig?

Und wenn der Kommissar dann meint, ich hätte nichts vorgebracht außer den müßigen Mutmaßungen eines rachsüchtigen asiatischen Verstandes, sage ich ihm das Wichtigste, was den Herrn Fahnder sogleich überzeugen wird.

»Monsieur Coche«, sage ich dann mit höflichem Lächeln, »ich besitze nicht Ihren glänzenden Verstand und versuche nicht, mich in die Untersuchung einzumischen (wie sollte ich Unwissender das tun?), aber ich halte es für meine Pflicht, Ihre Aufmerksamkeit auf einen weiteren Umstand zu lenken. Sie sagen selber, der Mörder aus der Rue de Grenelle befinde sich unter uns. Monsieur Fandorin hat uns eine überzeugende Theorie vorgetragen, auf welche Weise die Dienerschaft von Lord Littleby getötet wurde. Eine Choleraimpfung – das ist eine ausgezeichnete Finte. Also konnte der Mörder mit der Spritze umgehen. Und wenn nun die Villa in der Rue de Gre-

nelle nicht von einem Arzt, sondern von einer Frau, einer Krankenschwester, aufgesucht wurde? Sie würde ja noch weniger Verdacht erregt haben als ein Mann, nicht wahr? Stimmen Sie mir zu? Dann rate ich Ihnen, einmal unauffällig einen Blick auf die Arme von Madame Kleber zu werfen, wenn sie dasitzt, ihr Schlangenköpfchen nachdenklich in die Hand stützt und der weite Ärmel dabei bis zum Ellbogen heruntergleitet. In der Beuge werden Sie kaum erkennbare Pünktchen bemerken. Das sind die Einstiche von Injektionsnadeln, Herr Kommissar. Fragen Sie Doktor Truffo, ob er ihr irgendwelche Spritzen gibt, und der geehrte Arzt wird Ihnen dasselbe antworten wie heute mir: Nein, das tue er nicht, und überhaupt sei er ein prinzipieller Gegner der intravenösen Verabreichung. Dann zählen Sie zwei und zwei zusammen, o weiser Coche-san, und Sie werden etwas haben, worüber Sie sich Ihren grauen Kopf zerbrechen können.« Das werde ich ihm sagen, und dann wird er sich Madame Kleber vornehmen.

Ein europäischer Ritter würde mein Vorgehen wohl häßlich finden, und darin würde sich seine Beschränktheit kundtun. Eben darum gibt es in Europa keine Ritter mehr, doch die Samurai leben. Zwar hat der Kaiser die Standesunterschiede aufgehoben und uns verboten, zwei Schwerter am Gürtel zu tragen, aber das bedeutet nicht die Abschaffung des Samuraititels, sondern im Gegenteil die Erhebung der ganzen japanischen Nation in den Samuraistand, damit wir uns nicht voreinander mit unserm Stammbaum brüsten. Wir halten zusammen, und die übrige Welt steht gegen uns. Oh, edler europäischer Ritter (der gewiß nur in Romanen existiert)!

Wenn du mit Männern kämpfst, so benutze männliche Waffen, und wenn du mit Frauen kämpfst, dann weibliche. Das ist der Ehrenkodex des Samurai, und daran ist nichts Häßliches, denn Frauen verstehen nicht schlechter zu kämpfen als Männer. Gegen die Ehre eines Samurai würde es verstoßen, gegen Frauen männliche Waffen anzuwenden und gegen Männer weibliche. So weit würde ich mich nie erniedrigen.

Ich zögere noch, das geplante Manöver zu unternehmen, aber mein Geisteszustand ist erheblich besser als gestern. So erheblich, daß ich ohne Mühe den ganz passablen Dreizeiler zustande brachte:

Als eisiger Funke
blitzte der Mond
auf stählerner Klinge.

Clarissa Stomp

Clarissa drehte sich mit gelangweilter Miene um, ob nicht jemand guckte, erst danach linste sie um die Ecke des Deckhauses.

Der Japaner saß allein achtern auf dem Bootsdeck, die Beine untergeschlagen. Sein Kopf war hoch erhoben, zwischen den halbgeschlossenen Lidern glitzerte gespenstisch das Weiß der Augäpfel, ein entrücktes und leidenschaftsloses Gesicht.

Brrr! Clarissa schüttelte sich. Dieser Mr. Aono war schon ein seltenes Exemplar. Hier auf dem Bootsdeck, eine Etage über dem Erste-Klasse-Deck, gab es keine Flaneure, nur ein Schwarm kleiner Mädchen vergnügte sich mit dem Springseil, und im Schatten eines schneeweißen Rettungsboots hockten zwei von der Hitze zermürbte Gouvernanten. Wer außer Kindern und dem halbverrückten Asiaten konnte sich in dieser Sonnenglut aufhalten? Über dem Bootsdeck gab es nur noch das Ruderhaus, die Kapitänsbrücke und natürlich Schornsteine, Masten und Segel. Die weißen Leinwände blähten sich unter dem Druck des Windes, die »Leviathan« eilte, Qualmwolken ausstoßend, auf den quecksilbrigen Streifen des Horizonts zu, und ringsum blinkte und schillerte das leicht zerknitterte flaschengrüne Tuch des Indischen Ozeans. Von hier oben war zu erkennen, daß die Erde tatsächlich rund war, denn der Horizont lag deutlich tiefer als die »Leviathan«.

Aber Clarissa setzte sich der schweißtreibenden Hitze keineswegs aus Liebe zu Meereslandschaften aus. Sie wollte sehen, was Mr. Aono dort oben trieb. Wohin entfernte er sich jedesmal nach dem Frühstück mit solch beneidenswerter Beständigkeit?

Und sie interessierte sich zu Recht. Hier zeigte der ewig lächelnde Asiat sein wahres Gesicht. Ein Mensch mit so erstarrten, erbarmungslosen Zügen ist zu allem fähig. Die Vertreter der gelben Rasse sind eben doch anders als wir, und nicht nur wegen des Augenschnitts. Äußerlich sehen sie Menschen sehr ähnlich, aber sie sind eine ganz andere Art. Wölfe sehen ja auch aus wie Hunde, haben jedoch eine völlig andere Natur. Gewiß, die Gelbhäutigen haben ihre eigene sittliche Basis, doch die ist dem Christentum dermaßen fremd, daß ein normaler Mensch sie nicht begreifen kann. Besser wär's, sie trügen keine europäische Kleidung und wären unfähig, mit Messer und Gabel zu essen – damit schaffen sie nur die gefährliche Illusion, sie wären zivilisierte Menschen, dabei verbergen sich unter ihrem geleckten schwarzen Scheitel und ihrer glatten Stirn Dinge, die wir uns nicht vorstellen können.

Der Japaner regte sich, machte die Augen auf, und Clarissa retirierte eilig. Natürlich benahm sie sich wie eine dumme Gans, aber sie mußte doch etwas tun! Dieser Alpdruck konnte ja nicht ewig dauern. Sie mußte den Kommissar in die richtige Richtung schieben, sonst war ganz ungewiß, wie das alles enden würde. Trotz der Hitze bewegte sie fröstelnd die Schultern.

Mr. Aonos Aussehen und Benehmen bargen eindeutig ein Geheimnis. Wie das Verbrechen in der Rue de Grenelle. Sonderbar, daß Coche noch nicht begriffen hatte, daß allen Anzeichen nach der Japaner der Hauptverdächtige war.

Er wollte ein Offizier sein, ein Absolvent von Saint-Cyr, und hatte keine Ahnung von Pferden? Clarissa hatte einmal aus reiner Menschenliebe den schweigsamen Asiaten an der allgemeinen Unterhaltung beteiligen wollen und das Gespräch auf ein Thema gelenkt, das einen Militär interessieren mußte – Reiten, Pferderennen, die Vorzüge und Nachteile der Norfolktraber. Schöner Offizier! Auf die harmlose Frage, ob er schon einmal an einem Steeplechase teilgenommen habe, antwortete er, den Offizieren der kaiserlichen Armee sei es strengstens verboten, sich mit Politik zu befassen. Er weiß nicht, was ein Steeplechase ist! Natürlich ist unbekannt, was Japan für Offiziere hat – vielleicht reiten sie auf Bambusstecken, aber daß ein Absolvent von Saint-Cyr solche Unwissenheit bekundet? Ausgeschlossen.

Das mußte sie Coche verklickern. Oder sollte sie abwarten, bis sie noch etwas Verdächtiges herausfand?

Und der gestrige Vorfall? Clarissa war durch den Korridor gegangen, als aus Mr. Aonos Kabine höchst seltsame Geräusche drangen – ein trockenes Krachen, als ob jemand methodisch Möbelstücke zertrümmerte. Clarissa faßte sich ein Herz und klopfte.

Die Tür wurde aufgerissen. In der Öffnung stand der Japaner – nackt bis auf das Lendentuch! Der dunkle Körper glänzte schweißig, die Augen waren blutunterlaufen.

Als er Clarissa erblickte, stieß er einen Pfeiflaut aus.

Die zurechtgelegte Frage («Monsieur Aono, könnten Sie mir vielleicht ein paar der wundervollen Gravüren zeigen, von denen ich so viel gehört habe?«) war ihr entfallen, und sie stand starr. Gleich würde er sie in die Kabine zerren und sich über sie hermachen! Dann würde er sie in Stücke zerlegen und die ins Meer werfen. Das war ganz einfach. Und dann gäbe es Miss Clarissa Stomp nicht mehr, die wohlerzogene englische Lady, die nicht besonders glücklich war, aber noch so viel vom Leben erwartete.

Clarissa stammelte, sie habe sich in der Tür geirrt. Aono sah sie schweigend an und atmete schwer. Ein saurer Geruch ging von ihm aus.

Sie mußte wohl doch mit dem Kommissar sprechen.

Vor dem Five o'clock tea paßte sie an der Tür des Salons »Windsor« den Kommissar ab und teilte ihm ihre Überlegungen mit, doch der Kerl nahm das irgendwie sonderbar auf – er sah sie spöttisch und stechend an, als erwarte er ein unanständiges Geständnis. Zwischendurch brummte er in den Bart: »Wie sie doch alle erpicht sind, sich gegenseitig anzuschwärzen.«

Als sie fertig war, fragte er aus dem Nichts: »Die Herren Eltern sind hoffentlich wohlauf?«

»Wessen, von Monsieur Aono?«

»Nein, Mademoiselle, die Ihrigen.«

»Ich bin schon als Kind Waise geworden«, antwortete sie mit einem erschrockenen Blick auf den Kommissar.

»Was festzustellen war.« Coche nickte zufrieden und ging, ein Clarissa unbekanntes Liedchen trällernd, als erster in den Salon. Eine Flegelei!

Dieses Gespräch hinterließ einen unguten Bodensatz. Die Franzosen sind ja doch trotz all ihrer gepriesenen Galanterie keine Gentlemen. Natürlich sind sie imstande, einer Frau blauen Dunst vorzumachen und den Kopf zu verdrehen, ihr hundert rote Rosen aufs Hotelzimmer zu schicken (hier verzog Clarissa schmerzlich das Gesicht), aber glauben darf man ihnen nicht. Ein englischer Gentleman ist vielleicht etwas langweilig, dafür weiß er, was Pflicht und Anstand ist. Ein Franzose dagegen schleicht sich ins Vertrauen und übt dann Verrat.

Diese Verallgemeinerungen hatten freilich nicht direkt mit Kommissar Coche zu tun. Überdies lieferte er beim Mittagessen eine Erklärung für sein Benehmen, und das auf beunruhigende Weise.

Beim Dessert warf Coche, der bislang ein ungewohntes enervierendes Schweigen bewahrt hatte, plötzlich einen durchdringenden Blick auf Clarissa und sagte: »Übrigens, Mademoiselle Stomp, Sie fragten neulich nach Marie Sansfond, der Dame, die angeblich mit Lord Littleby kurz vor seinem Tode gesehen wurde.«

Clarissa fuhr vor Überraschung zusammen, alle verstummten und guckten neugierig den Kommissar an; sie kannten schon die besondere Intonation, mit der er seine »Geschichten« zu beginnen pflegte.

»Ich hatte versprochen, Ihnen später von dieser Frau zu erzählen. Jetzt ist die Zeit gekommen.« Coche sah nur Clarissa an, und dieser Blick gefiel ihr immer weniger. »Es wird eine lange Geschichte, aber langweilig ist sie nicht, denn es geht um eine außergewöhnliche Frau. Und wir haben ja Zeit, oder? Wir sitzen bequem, essen Käse, trinken Orangeade. Doch wenn jemand anderes zu tun hat, soll er in Gottes Namen gehen, der alte Coche ist nicht beleidigt.«

Niemand rührte sich vom Fleck.

»Also, soll ich von Marie Sansfond erzählen?« fragte er gespielt treuherzig.

»Ja, unbedingt!« riefen alle.

Nur Clarissa schwieg, sie wußte, daß das Gespräch nicht von ungefähr begonnen worden war und ausschließlich ihr galt. Coche machte auch keinen Hehl daraus.

Er schmatzte genüßlich und holte die Pfeife hervor, ohne die Damen um Erlaubnis zu fragen.

»Ich erzähle der Reihe nach. Es lebte einmal in der belgischen Stadt Brügge ein kleines Mädchen namens Marie. Ihre Eltern waren wohlanständige Bürger der Stadt, gingen regelmäßig in die Kirche und vergötterten ihr goldlockiges Kind. Als Marie fast sechs war, bekam sie ein Brüderchen, den künftigen Erben der Bierbrauerei ›Sansfond & Sansfond‹. Die glückliche Familie war nun noch glücklicher, doch plötzlich geschah ein Unglück. Der Säugling, kaum einen Monat alt, stürzte aus dem Fenster und war tot. Erwachsene waren nicht im Hause, nur die beiden Kinder und ihre Bonne. Aber die hatte sich für eine halbe Stunde entfernt, um sich mit ihrem Liebsten, einem Feuerwehrmann, zu treffen. Während ihrer Abwesenheit drang ein Unbekannter in schwarzem Umhang und mit schwarzem Hut ins Haus ein. Die kleine Marie konnte sich unterm Bett verstekken, doch ihr Brüderchen nahm der schwarze Mann aus der Wiege und warf es aus dem Fenster. Dann verschwand er.«

»Was erzählen Sie da für Scheußlichkeiten!« rief Madame Kleber und griff nach ihrem Bauch.

»Das ist noch gar nichts.« Coche winkte mit der Pfeife ab. »Das Beste kommt erst noch. Die wie durch ein Wunder gerettete Marie erzählte ihren Eltern von dem furchtbaren ›schwarzen Onkel‹. Auf der Suche nach dem Übeltäter wurde die ganze Umgebung auf den Kopf gestellt und im Eifer des Gefechts sogar der örtliche Rabbiner verhaftet, zumal der Ärmste immer in Schwarz herumlief. Aber dem Vater ließ ein merkwürdiges Detail keine Ruhe: Warum hatte der Verbrecher einen Hocke ans Fenster geschoben?«

»O Gott!« stöhnte Clarissa und faßte sich ans Herz. »Sollte etwa ...«

»Sie sind unglaublich scharfsinnig, Mademoiselle Stomp«, sagte der Kommissar auflachend. »Ja, die kleine Marie hatte ihr Brüderchen aus dem Fenster geworfen.«

»How terrible!« rief Mrs. Truffo entsetzt. »But why?«*

»Das Mädchen konnte es nicht ertragen, daß alles sich nur noch um den Kleinen drehte und sie ganz vergessen war. Sie dachte, wenn sie das Brüderchen aus der Welt schafft, ist sie wieder der Liebling von Mama und Papa«, erklärte Coche unbewegt. »Aber es war das erste und letzte Mal, daß Marie Sansfond ein Beweisstück hinterließ und entlarvt wurde. Das liebe Kind hatte noch nicht gelernt, Spuren zu verwischen.«

»Und was geschah mit der minderjährigen Verbrecherin?« fragte Leutnant Regnier sichtlich erschüttert. »Sie konnte doch wohl nicht vor Gericht gestellt werden?«

»Nein, vor Gericht wurde sie nicht gestellt.« Der Kommissar lächelte Clarissa verschmitzt zu. »Aber die Mutter konnte den Schicksalsschlag nicht verwinden, ihr Verstand trübte sich, und sie kam ins Irrenhaus. Monsieur Sansfond mochte sein Töchterchen, das die Familie ins Unglück gestürzt hatte, nicht mehr sehen und gab

* (engl.) Wie schrecklich! Aber warum?

sie ins Kloster der Vinzentinerinnen, der grauen Schwestern, wo sie erzogen wurde. Sie war in allem die Erste – im Lernen, in Gott gefälligen Werken. Am liebsten aber soll sie Bücher gelesen haben. Als die Novizin siebzehn war, ereignete sich im Kloster ein höchst unangenehmer Skandal.« Coche warf einen Blick in seine Mappe und nickte. »Da hab ich's. 17. Juli 1866. Die Barmherzigen Schwestern erhielten Besuch vom Brüsseler Erzbischof, und es geschah, daß aus dem Schlafgemach des angesehenen Prälaten der uralte erzbischöfliche Ring mit dem riesigen Amethysten verschwand, der Ludwig dem Heiligen gehört haben sollte. Am Abend zuvor hatte Monsignore die beiden besten Novizinnen zu einer Unterredung in sein Gemach gebeten, unsere Marie und ein Mädchen aus Arles. Auf die beiden fiel natürlich der Verdacht. Die Äbtissin fand unter der Matratze der Arlesierin das Samtfutteral des Rings. Die Diebin fiel in Erstarrung, antwortete nicht auf Fragen und wurde in den Karzer gebracht. Als eine Stunde später die Polizei eintraf, konnte die Verbrecherin nicht mehr verhört werden, sie hatte sich mit der Gürtelschnur ihrer Kutte erhängt.«

»Das hat diese garstige Marie Sansfond gefingert, ich errate es!« rief Milford-Stokes. »Scheußlich, die Geschichte, scheußlich!«

»Das weiß niemand ganz genau, nur wurde der Ring nie gefunden.« Der Kommissar breitete die Arme aus. »Zwei Tage später kam Marie, in Tränen aufgelöst, zu der Äbtissin, sagte, daß alle sie scheel ansähen, und bat, sie aus dem Kloster zu entlassen. Die Mutter Äbtissin, die seltsamerweise gegen ihre Lieblingsnovizin abgekühlt war, hielt sie nicht.«

»Man hätte das Täubchen am Tor durchsuchen müssen«, sagte Dr. Truffo bedauernd. »Der Amethyst war bestimmt unter ihren Röcken versteckt.«

Als er diese Worte seiner Gattin übersetzt hatte, stieß sie ihm den spitzen Ellbogen in die Seite, denn sie hielt die Bemerkung wohl für anstößig.

»Ob man sie nicht durchsuchte oder doch, aber nichts fand, weiß ich nicht. Marie jedenfalls fuhr vom Kloster nach Antwerpen, das bekanntlich die Welthauptstadt für Edelsteine ist. Dort wurde die Ex-Nonne plötzlich reich und lebte fortan auf großem Fuß. Manchmal saß sie auch mit leeren Händen da, doch nicht lange – ihr scharfer Verstand, ihre glänzenden schauspielerischen Fähigkeiten und das gänzliche Fehlen moralischer Skrupel« (der Kommissar hob belehrend die Stimme und machte sogar eine Pause) »halfen ihr immer wieder, die Mittel für ein elegantes Leben aufzutreiben. Die Polizei von Belgien, Frankreich, England, den Vereinigten Staaten, Brasilien, Italien und einem weiteren Dutzend Länder nahm Marie Sansfond mehr als einmal fest und verdächtigte sie der verschiedensten Verbrechen, aber eine Anklage wurde ihr nie präsentiert: Mal gab es keine Anhaltspunkte, mal reichten die Indizien nicht aus. Wenn Sie wollen, erzähle ich Ihnen ein paar Episoden aus ihrer Dienstliste. Sie langweilen sich doch nicht, Mademoiselle Stomp?«

Clarissa hielt es für unter ihrer Würde, darauf zu antworten. Aber ihr war sorgenvoll zumute.

»Das Jahr 1870«, sagte Coche nach einem weiteren Blick in seine Mappe. »Das kleine, aber reiche Städtchen Fettburg in der deutschsprachigen Schweiz. Schokoladen- und Schinkenproduktion. Auf viertausend Einwohner kommen achteinhalbtausend Schweine. Eine Region der fetten Idioten – Pardon, Madame Kleber, ich wollte Ihre Heimat nicht beleidigen«, besann sich der Kommissar verspätet.

»Macht nichts.« Madame Kleber zuckte lässig die Achseln. »Ich komme aus der französischsprachigen Schweiz. In dem Teil, wo Fettburg liegt, leben tatsächlich nur Dummköpfe. Ich glaube, ich kenne die Geschichte, sie ist lustig. Erzählen Sie nur.«

»Lustig für manch einen vielleicht.« Coche seufzte vorwurfsvoll und zwinkerte plötzlich Clarissa zu, was schon über die Hutschnur ging. »Eines Tages gerieten die ehrlichen Bürger des Städtchens in unbeschreibliche Erregung. Ein Bauer namens Möbius, der in Fettburg als Faulpelz und Tölpel galt, prahlte, er habe am Vorabend sein Land verkauft, einen schmalen Streifen steiniger Brache, und zwar an eine hochgestellte Dame, die sich Gräfin de Sansfond nenne. Für 30 Acre unfruchtbaren Bodens, auf dem nicht mal Disteln wuchsen, habe ihm die dumme Gräfin 3000 Franken bezahlt. Aber in der Stadtverwaltung gab es Leute, die klüger waren als Möbius, und denen kam die Geschichte spanisch vor. Was wollte die Gräfin mit

30 Acre Sand und Steinen? Irgendwas stimmte da nicht. Für alle Fälle wurde ein gewiefter Mitbürger nach Zürich entsandt, und der fand heraus, daß die Gräfin de Sansfond eine bekannte Person sei. Sie führe ein fröhliches Leben in Luxus, und das Interessanteste – sie zeige sich häufig in Begleitung des Herrn Goldsilber, des Direktors der staatlichen Eisenbahngesellschaft. Wie erzählt wurde, hatte der Herr Direktor mit der Gräfin ein Techtelmechtel. Und da reimten die Bürger sich alles zusammen. Ich muß erwähnen, daß das Städtchen Fettburg seit langem von einem Eisenbahnanschluß träumte, um Schokolade und Schinken billiger ausführen zu können. Das Ödland, das die fröhliche Gräfin erworben hatte, zog sich von der nächstgelegenen Bahnstation zu dem Wald, wo das Gemeindeland anfing. Den Stadtvätern dämmerte: Die Gräfin hatte von ihrem Liebhaber erfahren, daß der Streckenbau in Vorbereitung war, und hatte den Schlüsselabschnitt gekauft, um tüchtig zu kassieren. Und da reifte in den Köpfen der Bürger ein dreister Plan. Sie entsandten zu der Gräfin eine Deputation, die Ihre Erlaucht überreden sollte, das Landstück der ruhmreichen Stadt Fettburg abzutreten. Die Schöne sträubte sich zunächst und behauptete, von dem Streckenbau nichts zu wissen, doch als der Bürgermeister andeutete, die Sache rieche nach einer Absprache zwischen Ihrer Erlaucht und Seiner Exzellenz dem Herrn Direktor, und das sei strafbar, schluchzte die schwache Frau und willigte ein. Das Ödland wurde in dreißig gleich große Grundstücke auf-

geteilt und auf einer Auktion versteigert. Die Fettburger schlugen sich beinahe, und einzelne Grundstücke erzielten einen Preis von 15000. Insgesamt verdiente die Gräfin ...« Der Kommissar fuhr mit dem Finger über die Zeile. »... fast 280000 Franken.«

Madame Kleber prustete los und bedeutete Coche mit einer Geste: Ich sage nichts, erzählen Sie weiter.

»Wochen, Monate gingen ins Land, doch der Baubeginn blieb aus. Die Fettburger schickten eine Anfrage an die Regierung und erhielten die Antwort, in den nächsten fünfzehn Jahren sei für ihre Stadt kein Bahnanschluß vorgesehen. Sie liefen zur Polizei: so und so, Raub am hellichten Tag. Die Polizei hörte die Geschädigten voller Mitgefühl an, konnte aber nicht helfen, denn Madame Sansfond hatte ja selbst gesagt, daß sie von einem Bahnbau nichts wisse und ihr Land nicht abtreten wolle. Alles sei rechtmäßig und nicht anfechtbar. Nun, und daß sie sich als Gräfin ausgebe, sei natürlich nicht schön, aber leider auch nicht strafbar.

»Schlau!« lachte Regnier. »Wirklich, nicht anfechtbar.«

»Noch etwas.« Der Kommissar blätterte in seinen Papieren. »Es gibt da eine ganz phantastische Geschichte. Schauplatz ist der amerikanische Wilde Westen im Jahr 1873. In den Goldminen Californiens traf die weltbekannte Nekromantin und Großdrakonesse des Malteserordens Miss Kleopatra Frankenstein ein, laut Paß Marie Sansfond. Sie verkündete den Goldsuchern, die Stimme von Zarathustra habe sie in diese wilde Gegend geführt, und sie habe den Auftrag, in dem Städtchen Golden Nugget ein großes Experiment durchzuführen. Genau an diesem Längen- und Breitengrad konzentriere sich die kosmische Energie auf so einzigartige Weise, daß es möglich sei, in einer sternklaren Nacht mit Hilfe kabbalistischer Formeln Menschen, die bereits die Große Scheide zwischen dem Reich der Lebenden und dem Reich der Toten überschritten hätten, wieder auferstehen zu lassen. Sie, Kleopatra, wolle dieses Wunder in der kommenden Nacht vollbringen, in Anwesenheit von Publikum und gänzlich gratis, denn sie sei keine Zirkuskünstlerin, sondern ein Medium der Höheren Sphären. Und was glauben Sie?« Coche machte eine wirkungsvolle Pause. »Vor den Augen von fünfhundert bärtigen Zuschauern zauberte die Drakonesse über dem Grabhügel von Roter Coyote, einem legendären Indianerhäuptling, der vor hundert Jahren gestorben war, und plötzlich kam die Erde in Bewegung, man kann sagen, sie tat sich auf, und heraus stieg der indianische Krieger mit Federschmuck, Tomahawk und bemalter Physiognomie. Die Zuschauer erbebten, und Kleopatra, ganz im Banne der mystischen Trance, schrie gellend: ›Ich fühle in mir die Kraft des Kosmos! Wo ist euer städtischer Friedhof? Gleich mache ich alle, die dort liegen, wieder lebendig!‹ An dieser Stelle schreibt die Zeitung, daß der Friedhof von Golden Nugget sehr groß war, weil in den Goldminen tagtäglich jemand ins Jenseits befördert wurde. Es gab dort mehr Gräber, als die Stadt Einwohner hatte. Die Goldsucher malten sich aus, was geschehen würde, wenn all die Schlagetots, Trunkenbolde und Galgenvögel ihren Gräbern entstiegen, und verfielen in Panik. Der Friedensrichter rettete die Situation. Er trat vor und fragte die Drakonesse höflich, ob sie nicht bereit sei, dieses große Experiment abzubrechen, wenn die Einwohner der Stadt ihr eine volle Tasche Goldstaub spendeten, als bescheidenes Opfer für die Bedürfnisse der okkulten Wissenschaft.«

»Na und, hat sie eingewilligt?« fragte lachend der Leutnant.

»Ja. Für zwei Taschen.«

»Und der Indianerhäuptling?« fragte Fandorin lächelnd. Er hat ein schönes Lächeln, nur sehr jungenhaft, dachte Clarissa. Nein, Teuerste, schlage ihn dir aus dem Kopf. Wie man in Suffolk sagt: Lecker und rund, aber nicht für deinen Mund.

»Den Indianerhäuptling nahm Kleopatra Frankenstein mit«, antwortete Coche mit ernster Miene. »Für wissenschaftliche Untersuchungen. Er soll später in einem Bordell zu Denver im Suff erstochen worden sein.«

»Tatsächlich, eine interessante P-person, diese Marie Sansfond«, sagte Fandorin nachdenklich. »Erzählen Sie mehr von ihr. Von diesen geschickten Gaunereien bis zum kaltblütigen Massenmord ist es noch ein g-ganzes Ende.«

»Oh, please, it's more than enough«, protestierte Mrs. Truffo und wandte sich an ihren Mann. »My darling, it must be awfully tiresome for you to translate all this nonsense.«*

»Madame, es zwingt Sie ja niemand, hier zu sitzen«, antwortete der Kommissar beleidigt.

Mrs. Truffo klapperte empört mit den Augen, dachte aber nicht daran zu gehen.

»Der Herr Kosak hat recht«, sagte Coche. »Ich will mal ein etwas böseres Beispiel raussuchen.«

Madame Kleber prustete mit einem Blick auf Fandorin, und auch Clarissa konnte sich trotz ihrer Nervosität eines Lächelns nicht enthalten, so wenig ähnelte der Diplomat einem wilden Sohn der russischen Steppe.

»Also, das Negerbaby, hören Sie zu. Hier haben wir auch einen letalen Ausgang. Die Sache liegt noch nicht lange zurück, zwei Jahre.« Der Kommissar sah ein paar zusammengeklammerte Blätter durch, um seine Erinnerung aufzufrischen. Er griente. »In gewisser Hinsicht ein Meisterwerk. Ich habe so allerhand in meiner Mappe, meine Damen und Herren.« Liebevoll klopfte er mit seiner kurzfingrigen Plebejertatze auf den schwarzen Kalikodeckel. »Der alte Coche hat sich gründlich auf die Reise vorbereitet und kein Papierchen vergessen, das ihm zupaß kommen könnte. Die Geschichte, die ich Ihnen jetzt erzähle, ist der Presse noch nicht zur Kenntnis gelangt, doch ich habe hier den Polizeibericht. Also, in einem deutschen Fürstentum (in welchem, sage ich nicht,

* (engl.) Bitte, es ist mehr als genug. Liebling, es muß schrecklich ermüdend für dich sein, all diesen Unsinn zu übersetzen.

denn es ist eine heikle Sache) wartete eine durchlauchte Sippe auf Familienzuwachs. Es wurde eine schwere Geburt. Zugegen war der angesehene Leibarzt Doktor Vogel. Endlich erfüllte ein Quäken das Schlafzimmer. Als die Großherzogin, die vor Schmerzen minutenlang das Bewußtsein verloren hatte, die Augen aufschlug und mit schwacher Stimme bat: ›Ach, Herr Professor, zeigen Sie mir mein Kind‹, reichte Doktor Vogel Ihrer Hoheit mit überaus verlegener Miene einen zauberhaften Schreihals von hellkaffeebrauner Farbe. Die Großherzogin verlor wieder das Bewußtsein. Der Doktor sah zur Tür hinaus und winkte mit dem Finger den Großherzog herbei, eine flagrante Verletzung der Hofetikette.«

Dem Kommissar war anzusehen, daß es ihm ein besonderes Vergnügen bereitete, den prüden »Windsors« diese Geschichte zu erzählen. In dem Polizeibericht dürften kaum solche Einzelheiten gestanden haben – Coche phantasierte also. Er lispelte, wenn er die Großherzogin zitierte, und wählte absichtlich hochtrabende Wörter, damit es komischer wirkte. Clarissa sah sich nicht als Aristokratin, aber sie verzog das Gesicht, denn den Hohn gegen adlige Persönlichkeiten empfand sie als schlechten Ton. Auch Milford-Stokes, Baronet und Sproß eines alten Geschlechts, runzelte die Stirn. Doch diese Reaktion schien den Kommissar noch mehr zu beflügeln.

»Seine Hoheit nahmen es dem Leibarzt nicht übel, denn es war ein erhebender Moment. Von seinen Gefühlen als Vater und Gatte überwältigt, stürmte der

Großherzog ins Schlafzimmer ... Die nun folgende Szene können Sie sich selber ausmalen: ein soldatenmäßig fluchender Landesherr, eine Großherzogin, die bald schluchzte, bald Rechtfertigungen stammelte, bald in Ohnmacht fiel, ein lauthals brüllendes Negerbaby und der in wohligem Entsetzen erstarrte Leibmedikus. Zu guter Letzt faßten sich Seine Hoheit und beschlossen, über das Schicksal der erlauchten Gattin später zu befinden. Einstweilen galt es, die Spuren zu verwischen. Bloß wie? Den Säugling heimlich in den Abtritt werfen?« Coche hielt schelmisch die Hand vor den Mund. »Bitte um Vergebung, meine Damen, das ist mir so herausgerutscht. Sich des Säuglings zu entledigen war unmöglich – das ganze Herzogtum wartete auf die Geburt. Es wäre ja auch eine Sünde gewesen. Die Berater zusammenrufen? Gott behüte, sie würden es ausplaudern. Was tun? Und da unterbreitete Doktor Vogel, ergebenst hüstelnd, einen Vorschlag zur Rettung der Situation. Er habe eine Bekannte, Fräulein von Sansfond, die Wunder vollbringe und nicht nur einen neugeborenen weißhäutigen Säugling beschaffen, sondern sogar einen Phönix vom Himmel holen könne. Sie verstehe zu schweigen, Geld für ihre Gefälligkeit werde sie als adliges Fräulein natürlich nicht nehmen, aber sie liebe altertümliche Kostbarkeiten ... Kurz und gut, ein paar Stunden später ruhte in der Atlaswiege ein prächtiges Jungchen, heller als ein Milchferkel und sogar mit weißblondem Haar, und das arme Negerbaby war in unbekannter Richtung aus dem Palast getragen worden. Im übrigen hatte man der

Großherzogin versichert, das unschuldige Kind werde in südliche Gefilde gebracht und dort von guten Menschen aufgezogen. Also, alles war aufs beste geregelt. Der dankbare Großherzog übergab dem Doktor für Fräulein von Sansfond eine wundervolle brillantbesetzte Tabaksdose mit Monogramm, dazu ein Dankschreiben, und er ließ ihr ausrichten, sie möge das Herzogtum ein für allemal verlassen. Was das taktvolle Fräulein auch ungesäumt tat.« Coche konnte ein Prusten nicht unterdrükken. »Am nächsten Morgen wollte der Großherzog endlich seinen Erben in Augenschein nehmen. Angewidert hob er den Jungen aus der Wiege, drehte ihn hin und her – und sah plötzlich auf dem rosigen Popo ein herzförmiges Muttermal. Genau solch ein Muttermal hatten an der gleichen Stelle Seine Hoheit, der verblichene Vater Seiner Hoheit, der Großvater und so fort bis ins siebte Glied. Der Großherzog, gänzlich irritiert, schickte nach dem Leibarzt, doch nun stellte sich heraus, daß Doktor Vogel letzte Nacht in unbekannter Richtung abgereist war, unter Zurücklassung seiner Frau und seiner acht Kinder.« Coche brach in ein heiseres Lachen aus, hustete, fuchtelte mit den Händen. Einer kicherte verlegen, Madame Kleber hielt sich keusch die Hand vor den Mund.

»Eine sogleich anberaumte Untersuchung ergab, daß sich der Leibarzt in letzter Zeit sonderbar benommen hatte und sogar im Spielcasino des benachbarten Baden-Baden gesehen worden war, noch dazu in Begleitung einer fröhlichen jungen Dame, die der Beschreibung nach Ähnlichleit mit Fräulein von Sansfond hatte.« Der Kommissar wurde ernst. »Der Arzt wurde zwei Tage später in einem Straßburger Hotel aufgefunden. Tot. Er hatte eine tödliche Dosis Laudanum genommen und einen Brief hinterlassen: ›An allem bin ich allein schuld.‹ Eindeutig Selbstmord. Wer in Wirklichkeit schuld war, lag auf der Hand, aber das beweise mal. Die Tabaksdose war ein allerhöchstes Geschenk, und dann war da noch der Brief. Ein Gerichtsprozeß wäre die Hoheiten teuer zu stehen gekommen. Am rätselhaftesten war, auf welche Weise der neugeborene Prinz gegen das Negerbaby vertauscht und wo im Reich der blauäugigen Blondköpfe überhaupt der schokoladenbraune Säugling hergekommen war. Allerdings hatte nach etlichen Informationen Marie Sansfond einige Zeit vor der beschriebenen Geschichte ein Stubenmädchen aus Senegal in ihren Diensten gehabt.«

»Sagen Sie, K-kommissar«, fragte Fandorin, als das Gelächter verstummt war (vier hatten gelacht: Leutnant Regnier, Doktor Truffo, Professor Sweetchild und Madame Kleber), »ist Marie Sansfond denn so schön, daß sie jedem Mann den Kopf verdrehen kann?«

»In allen Berichten steht, daß sie ganz alltäglich aussieht und keine besonderen Kennzeichen hat.« Coche warf einen frechen Blick auf Clarissa. »Die Haarfarbe, das Benehmen, den Akzent, den Kleidungsstil wechselt sie mühelos. Aber es scheint doch etwas an ihr dran zu sein. Ich habe in meinem Dienst alles Erdenkliche gesehen. Die verhängnisvollsten Herzensbrecherinnen sind selten schön. Wenn man ihr Photo betrachtet, gleitet der Blick ab, doch bei persönlicher Begegnung verspürt man ein Kribbeln auf der Haut. Ein Mann fliegt schließlich nicht auf eine gerade Nase und auf lange Wimpern, sondern auf einen besonderen Geruch.«

»Pfui, Kommissar«, wies Clarissa Coche zurecht. »Sie sind in Gesellschaft von Damen.«

»Ich bin in Gesellschaft von Verdächtigen«, parierte er gelassen. »Und Sie sind eine von ihnen. Woher soll ich wissen, ob Mademoiselle Sansfond nicht hier mit am Tisch sitzt?«

Seine Augen saugten sich an Clarissas Gesicht fest. Das erinnerte mehr und mehr an einen bösen Traum. Das Atmen fiel ihr schwer.

»Wenn ich richtig gerechnet h-habe, ist diese Dame jetzt 29 Jahre alt?«

Fandorins ruhige, sogar etwas indolente Stimme half Clarissa, sich wieder in die Gewalt zu bekommen. Für weibliche Eitelkeit war hier nicht der Platz, und sie rief: »Was starren Sie mich so an, Herr Schnüffler? Sie machen mir da ein unverdientes Kompliment. Ich bin älter als Ihre Abenteurerin, fast zehn Jahre! Auch die übrigen Damen taugen kaum für die Rolle der Mademoiselle Sansfond. Madame Kleber ist zu jung, und Madame Truffo spricht, wie Sie wissen, nicht französisch!«

»Für die gewiefte Marie Sansfond ist es eine Kleinigkeit, zehn Jahre mehr oder weniger zu spielen«, antwortete der Kommissar gemächlich, wobei er Clarissa nach wie vor durchdringend ansah. »Besonders wenn so viel Geld auf dem Spiel steht und im Falle des Scheiterns die Guillotine droht. Waren Sie wirklich nicht in Paris, Mademoiselle Stomp? Irgendwo in der Nähe der Rue de Grenelle?«

Clarissa wurde totenbleich.

»Na, hier muß ich mich als Vertreter der Schiffahrtsgesellschaft ›Jasper & Arthaud Partnership‹ einmischen«, unterbrach Regnier gereizt den Polizisten. »Meine Damen und Herren, ich versichere Ihnen, Gauner mit internationaler Reputation hatten keinen Zugang zu unserm Schiff. Unsere Gesellschaft garantiert, daß sich auf der ›Leviathan‹ keine Falschspieler, keine Kokotten und erst recht keine polizeibekannten Abenteurerinnen befinden. Verstehen Sie, wir sind auf Jungfernfahrt und tragen eine besondere Verantwortung. Skandale können wir uns nicht leisten. Kapitän Cliff und ich haben immer wieder die Passagierlisten durchgesehen und in Zweifelsfällen Erkundigungen eingezogen. Auch bei der französischen Polizei, Herr Kommissar. Ich und der Kapitän sind bereit, für jeden der Anwesenden zu bürgen. Wir werden Sie nicht hindern, Ihrer Berufspflicht nachzukommen, Monsieur Coche, aber Sie verschwenden Ihre Zeit. Und das Geld der französischen Steuerzahler.«

»Na-na«, knurrte Coche. »Wir werden ja sehen.«

Worauf Mrs. Truffo zur allgemeinen Erleichterung das Gespräch auf das Wetter brachte.

Reginald Milford-Stokes

10. April 1878
22 Uhr 31
Im Arabischen Meer
17 Grad 06 Minuten 28 Sekunden nördl. Breite
59 Grad 48 Minuten 14 Sekunden östl. Länge

Meine teure und heißgeliebte Emily!

Diese Höllenarche ist in der Gewalt böser Mächte. Ich spüre das mit meiner ganzen leidenden Seele. Wobei noch nicht einmal sicher ist, ob ein Verbrecher wie ich überhaupt eine Seele hat. Ich habe geschrieben und nachgedacht. Ich erinnere mich, daß ich ein Verbrechen verübt habe, ein furchtbares Verbrechen, für das es keine Vergebung gibt noch geben kann, aber seltsamerweise ist mir total entfallen, worin es eigentlich bestand. Und ich möchte es auch gar nicht mehr wissen.

In der Nacht, im Schlaf, erinnere ich mich sehr gut daran, wie wäre sonst der grauenhafte Zustand zu erklären, in dem ich jeden Morgen aufwache? Wenn nur unsere Trennung bald zu Ende wäre. Ich habe das Gefühl, daß nicht mehr viel fehlt, und ich verliere den Verstand. Das käme sehr zur Unzeit.

Die Tage ziehen sich quälend in die Länge. Ich sitze in der Kabine und starre auf den Minutenzeiger des Chronometers. Er bewegt sich nicht. An Deck vor dem Fenster hat jemand gesagt: »Heute ist der zehnte April«, doch ich konnte nicht begreifen, wieso der zehnte April. Ich schließe meine Schatulle auf und sehe, daß mein gestriger Brief an Sie vom 9. April datiert ist und mein vorgestriger vom 8. April. Also hat alles seine Richtigkeit. Der 10. April.

Schon seit Tagen lasse ich kein Auge von Professor Sweetchild (wenn er denn tatsächlich Professor ist). Dieser Mann ist in unserm Salon »Windsor« sehr beliebt. Er ist ein notorischer Phrasendrescher und brüstet sich mit seinen Kenntnissen in Geschichte und Orientalistik. Kein Tag vergeht ohne neue Märchen über Schätze, eines unwahrscheinlicher als das andere. Zu allem übrigen hat er unangenehme huschende Ferkelaugen. Manchmal blitzen darin wahnsinnige Fünkchen. Sie müßten mal hören, mit welch wollüstiger Stimme dieser Mann von Edelsteinen erzählt. Bestimmt ist er über all den Brillanten und Smaragden verrückt geworden.

Heute während des Frühstücks ist Doktor Truffo plötzlich aufgestanden, hat laut in die Hände geklatscht und feierlich verkündet, Mrs. Truffo habe Geburtstag. Alle riefen Ah und Oh, gratulierten dem Geburtstagskind, und der Doktor überreichte seiner unansehnlichen Gattin öffentlich ein Geschenk – ungewöhnlich geschmacklose Topasohrringe. Wie vulgär – aus der Überreichung eines Geschenks an die eigene Ehefrau ein Spektakel zu machen! Aber Mrs. Truffo sah es offenbar nicht so. Sie lebte auf und wirkte ganz glücklich, und ihre fade Physiognomie nahm die Farbe von geriebenen Mohrrüben an. Der Leutnant sagte: »O Madame, wenn wir früher von dem freudigen Ereignis gewußt hätten, würden wir bestimmt eine Überraschung für Sie vorbereitet haben. Geben Sie Ihrer Bescheidenheit die Schuld.« Das hirnlose Geburtstagskind errötete noch mehr und stammelte schüchtern: »Sie möchten mir wirklich etwas Gutes tun?« Die Antwort war ein allgemeines gutmütig träges Brummen. »Dann«, so sagte sie, »lassen Sie uns Lotto spielen. In unserer Familie wurden an Sonn- und kirchlichen Feiertagen immer Karten und der Spielmarkenbeutel hervorgeholt. Oh, das macht solchen Spaß! Meine Herrschaften, Sie würden mir eine große Freude machen!« Ich hörte Mrs. Truffo zum erstenmal eine so umfängliche Rede halten. Im ersten Moment glaubte ich, sie wolle sich über uns lustig machen, doch nein, sie meinte es ernst. Was sollten wir tun? Nur Regnier entschlüpfte, da er angeblich seine Wache antreten mußte. Der tumbe Kommissar versuchte ebenfalls, sich auf dringende Pflichten zu berufen, aber alle sahen ihn so mißbilligend an, daß er schnaufte und blieb.

Mr. Truffo holte das Zubehör für das idiotische Spiel, dann begann die Quälerei. Alle legten trübsinnig ihre Karten aus und blickten wehmütig auf das sonnenbeschienene Deck. Die Fenster standen weit offen, durch den Salon wehte eine frische Brise, doch wir saßen da und spielten eine Szene aus dem Kinderzimmer. »Als Anreiz«, wie das beflügelte Geburtstagskind sagte, wurde eine Bank eingerichtet, in die jeder eine Guinee einzahlte. Die Siegeschancen lagen bei der Bankhalterin selbst, da sie als einzige aufpaßte, welche Nummern ausgerufen wurden. Der Kommissar hatte wohl auch nicht übel Lust, die Bank zu sprengen, aber er verstand nicht die kindlichen Sprüche, mit denen Mrs. Truffo um sich warf – ihr zu Liebe wurde diesmal englisch gesprochen.

Die jämmerlichen Topasohrringe im Wert von zehn Pfund bewogen Sweetchild, sein Steckenpferd zu satteln. »Ein ausgezeichnetes Geschenk, Sir!« sagte er zu dem Arzt. Der strahlte vor Vergnügen, doch Sweetchilds nächster Satz verdarb alles. »Gewiß, Topase sind heutzutage wohlfeil, aber wer weiß, vielleicht geht der Preis so in hundert Jahren wieder in die Höhe. Edelsteine sind ja so unberechenbar! Sie sind ein richtiges Wunder der Natur, nicht so wie die langweiligen Metalle Gold und Silber. Metall ist seelenlos und formlos, man kann es umschmelzen, doch Steine haben ihre unwiederholbare Individualität. Sie geben sich jedoch nicht jedem in die Hände, nur dem, der vor nichts haltmacht und um ihres magischen Strahlens willen bis ans Ende der Welt zu gehen bereit ist, vielleicht noch weiter.« Diese hochtrabenden Sentenzen waren begleitet vom Piepsen der Mrs. Truffo, welche die Nummern der Spielmarken ausrief. Ein Beispiel. Sweetchild sagt: »Ich erzähle Ihnen die Legende von dem großen und mächtigen Eroberer Mahmud von Ghasna, der vom Glanz der Diamanten verzaubert war und auf der Suche nach den Zauberkristallen halb Indien mit Feuer und Schwert durchquerte.« Mrs. Truffo: »Elf, meine Herrschaften. Zwei Einsen, zwei Trommelstöckchen.« Und so die ganze Zeit.

Übrigens, die erwähnte Legende will ich nacherzählen. Sie wird Ihnen helfen, den Charakter des Erzählers besser zu ver-

stehen. Ich werde mich bemühen, seinen eigenartigen Redestil wiederzugeben.

»Im Sommer des Jahres (ist mir entfallen) nach Christi Geburt und nach muselmanischer Zeitrechnung im Jahre (ist mir erst recht entfallen) erfuhr der mächtige Mahmud von Ghasna, daß es auf der Halbinsel Kathiawar einen Tempel gebe, in dem ein gewaltiges Götzenbild aufbewahrt werde, vor dem sich Hunderttausende von Menschen zu verneigen pflegten. Der Götze beschütze die Grenzen jenes Landes vor fremdländischen Überfällen, und jeder, der diese Grenzen mit dem Schwert in der Hand überschreite, sei des Todes. Das Heiligtum gehöre einer mächtigen brahmanischen Gemeinde, der reichsten in ganz Indien. Überdies besäßen die Brahmanen unermeßliche Mengen von Edelsteinen. Der furchtlose Mahmud hatte keine Angst vor der Macht des Götzen, er zog sein Heer zusammen und begab sich auf den Feldzug. Er schlug fünfzigtausend Köpfe ab, zerstörte fünfzig Festungen und brach in das Heiligtum ein. Seine Krieger schändeten den Tempel und kehrten das Unterste zuoberst, konnten aber den Schatz nicht finden. Da trat Mahmud vor den Götzen, holte aus und schlug ihm seine Streitaxt gegen den kupfernen Schädel. Die Brahmanen warfen sich vor dem Sieger zu Boden und boten ihm eine Million Silbermünzen, wenn er ihren Gott verschone. Mahmud lachte und schlug ein zweitesmal zu. Der Götze bekam einen Riß. Die Brahmanen heulten noch lauter und boten dem furchtgebietenden Herrscher zehn Millionen Goldmünzen. Aber die schwere Streitaxt hob sich zum drittenmal, der Götze spaltete sich in zwei Hälften, und nun flossen in einem glitzernden Strom Diamanten und

Edelsteine, die in seinem Innern versteckt gewesen, auf den Boden des Tempels. Der Wert dieses Schatzes war in Zahlen nicht ausdrückbar.«

Da verkündete Mr. Fandorin mit etwas verlegener Miene, er habe alles komplett. Alle außer Mrs. Truffo freuten sich schrecklich und wollten auseinanderlaufen, aber sie bat so nachdrücklich um noch eine Partie, daß man bleiben mußte. Wieder tönte es: »Neununddreißig, und dann beiß ich! Siebenundzwanzig, und dann tanz ich!« und ähnlicher Unsinn.

Aber jetzt nahm Mr. Fandorin das Wort und erzählte in seiner sanften, leicht spöttischen Manier ebenfalls ein Märchen, ein arabisches, das er in einem alten Buch gelesen hatte. Ich zitiere Ihnen dieses Gleichnis aus meiner Erinnerung.

Es waren einmal drei maghrebinische Kaufleute, die machten sich auf ins Innere der Großen Wüste, denn sie hatten Kenntnis erlangt, daß es weit weg, mitten in der Sandwüste, wo die Karawanen nicht hinkamen, einen großen Schatz gäbe, wie Sterbliche ihn nie gesehen hätten. Die Kaufleute zogen vierzig Tage dahin, litten unter Gluthitze und Entkräftung, und sie hatten jeder nur noch ein Kamel, die übrigen waren verendet. Plötzlich sahen sie einen großen Berg. Als sie näher kamen, trauten sie ihren Augen nicht: Der ganze Berg bestand aus Silberbarren. Die Kaufleute priesen Allah. Einer von ihnen füllte seine Säcke mit Silber und machte sich auf den Rückweg, die anderen aber sagten: »Wir ziehen weiter.« Und sie gingen nochmals vierzig Tage, und die Sonne färbte ihre Gesichter schwarz und ihre Augen rot. Und wieder kamen sie zu einem Berg, der war aus Gold.

Der zweite Kaufmann rief: »Unsere Leiden haben sich gelohnt. Der Allmächtige sei gepriesen!« Er füllte seine Säcke mit Gold und fragte seinen Gefährten: »Was stehst du untätig da?« Der dritte Kaufmann antwortete ihm und sprach: »Wieviel Gold kannst du schon auf einem Kamel wegbringen?« Der Zweite: »Genug, um der reichste Mann in unserer Stadt zu sein.« – »Das reicht mir nicht«, sagte der Dritte. »Ich gehe weiter, um den Berg aus Diamanten zu finden. Wenn ich dann heimkomme, werde ich der reichste Mann der ganzen Welt sein.« Und er zog weiter, und sein Weg währte nochmals vierzig Tage. Sein Kamel legte sich hin und stand nicht mehr auf, aber der Kaufmann machte nicht halt, denn er war eigensinnig und glaubte an den Diamantenberg, und eine Handvoll Diamanten ist bekanntlich wertvoller als ein Berg aus Silber oder ein Hügel aus Gold. Und eines Tages sah der dritte Kaufmann vor sich ein absonderliches Bild: Mitten in der Wüste stand ein Mensch, tief gebeugt, denn er trug auf seinen Schultern einen Diamantenthron, und auf dem Thron saß ein Ungeheuer mit schwarzer Visage und glühenden Augen. »Wie freue ich mich, dich zu sehen, verehrter Reisender!« krächzte der Gebeugte. »Darf ich vorstellen, das ist Marduf, der Dämon der Habgier, und den Thron wirst du jetzt auf deinen Schultern tragen, bis dich einer ablösen kommt, der ebenso habgierig ist wie du und ich.«

An dieser Stelle brach die Erzählung ab, denn Mr. Fandorin hatte wieder gewonnen, und auch die zweite Bank fiel nicht an das Geburtstagskind. Gleich darauf saß Mrs. Truffo allein am Tisch, die anderen waren wie vom Wind weggeblasen.

Ich denke dauernd über das Märchen von Mr. Fandorin nach. Es ist nicht so einfach, wie es scheint.

Sweetchild ist der dritte Kaufmann. Als ich das Märchen zu Ende gehört hatte, kam mir die Erleuchtung! Ja, er ist ein gefährlicher Wahnsinniger. In ihm brodelt eine unbezähmbare Leidenschaft – als ob ich nicht wüßte, was das ist. Nicht umsonst folge ich ihm seit Aden wie ein unsichtbarer Schatten.

Ich schrieb Ihnen schon, liebste Emily, daß ich die Liegezeit im Hafen ausgiebig genutzt habe. Sie glauben gewiß, ich meinte damit den Erwerb eines neuen Navigationsgeräts. Ja, ich habe einen neuen Sextanten, und ich kontrolliere wieder regelmäßig den Kurs des Schiffes, aber hier geht es um etwas anderes. Ich hatte einfach Furcht, mein Geheimnis dem Papier anzuvertrauen. Womöglich liest es jemand, ich bin ja rings von Feinden umgeben. Aber mein Verstand ist wendig, und ich habe mir einen feinen Kniff ausgedacht: Ab heute schreibe ich mit Milch. Wenn ein Fremder das Papier zur Hand nimmt, wird er nichts erkennen, doch meine Emily ist schlau und wird die Blätter überm Lampenschirm erwärmen, dann werden die Zeilen sichtbar. Ein vortrefflicher Einfall, was?

Also, Aden. Noch auf dem Schiff, solange wir nicht an Land durften, fiel mir auf, daß Sweetchild nervös war, ja, er hüpfte vor Erregung. Das hatte schon angefangen, als Fandorin erklärt hatte, das gestohlene Tuch von Lord Littleby sei der Schlüssel zu den mythischen Schätzen des Smaragdenen Radschas. Nun fieberte der Professor dem Landgang entgegen, er murmelte immer wieder vor sich hin: »Ach, schnell an Land.« Fragt sich, wozu?

Das wollte ich herausfinden.

Ich zog meinen breitkrempigen schwarzen Hut über die Augen und folgte Sweetchild. Zunächst lief alles gut – er drehte sich kein einziges Mal um, und ich ging ihm ungehindert nach bis zu dem Platz hinter der Zollbude. Aber hier gab es eine unangenehme Überraschung: Sweetchild rief eine Droschke und rollte in unbekannter Richtung davon. Die Droschke fuhr recht langsam, aber ich konnte ihr ja nicht gut hinterherlaufen – wie hätte das ausgesehen? Natürlich warteten auf dem Platz weitere Fahrzeuge, ich hätte eines davon besteigen können, doch Sie kennen meine unüberwindliche Abneigung gegen offene Equipagen, Emily. Sie sind eine Erfindung des Teufels und werden nur von hirnlosen Draufgängern genutzt. Unter denen gibt es sogar solche – ich habe es mehr als einmal mit eigenen Augen gesehen –, die ihre Frau und ihre unschuldigen Kinder mitfahren lassen. Wie leicht geschieht ein Unglück! Besonders gefährlich sind die bei uns in Britannien so populären zweirädrigen Wagen. Jemand hat mir erzählt (habe vergessen, wer), wie ein junger Mann aus angesehener Familie in einem zweirädrigen Wagen mit seiner jungen Frau, die noch dazu im achten Monat schwanger war, eine Spazierfahrt unternahm. Natürlich fand das ein böses Ende: Der Taugenichts kam mit den Pferden nicht zurecht, sie gingen durch, und der Wagen schlug um. Dem jungen Mann passierte nichts, bei seiner Frau aber setzten vorzeitige Wehen ein. Weder sie noch das Kind konnte gerettet werden. Und alles aus Unbedachtheit. Wären sie lieber zu Fuß gegangen. Oder Boot gefahren. Zur Not kann man auch die Eisenbahn nehmen, ein Einzelabteil.

In Venedig benutzen sie Gondeln. Wir beide waren dort, erinnern Sie sich? Wissen Sie noch, wie das Wasser an den Stufen zum Hotel leckte?

Es fällt mir schwer, mich zu konzentrieren, ich schweife immer wieder ab. Also, Sweetchild fuhr mit einer Droschke weg, und ich blieb beim Zoll zurück. Denken Sie, ich hätte aufgegeben? Keineswegs. Während ich auf Sweetchild wartete, betrat ich einen Laden für Marinebedarf und kaufte einen neuen Sextanten, der besser ist als der gestohlene, sowie ein ausgezeichnetes Nachschlagewerk über Seefahrt, mit astronomischen Formeln. Jetzt kann ich die jeweilige Position des Schiffes schneller und genauer bestimmen und bin nicht mehr hinters Licht zu führen.

Ich wartete sechs Stunden und achtunddreißig Minuten. Saß auf einer Bank. Blickte aufs Meer. Dachte an Sie.

Als Sweetchild zurückkehrte, stellte ich mich schlafend. Er huschte vorbei, überzeugt, daß ich ihn nicht gesehen hätte.

Kaum war er hinter der Ecke der Zollbude verschwunden, lief ich zu seinem Kutscher. Für einen Sixpence erzählte mir der Bengale, wohin unser lieber Professor gefahren war. Sie müssen zugeben, liebe Emily, daß ich mich bei dieser Geschichte geschickt angestellt habe.

Diese Information bestärkte mich in meinem anfänglichen Verdacht. Sweetchild hatte sich vom Hafen direkt zum Telegraphenamt bringen lassen. Dort blieb er eine halbe Stunde, später kehrte er noch viermal dorthin zurück. Der Kutscher sagte: »Sahib sehr-sehr aufgeregt. Immer hin und her. Mal befehlen: Bring auf Basar, dann an Rücken klopfen: Bring auf Post, los-los.« Mir wurde klar, daß Sweetchild zuerst eine

Depesche abgeschickt und dann ungeduldig auf Antwort gewartet hatte. Nach den Worten des Bengalen war er das letztemal ganz verändert herausgekommen, hatte ein Papier geschwenkt und sich zum Schiff bringen lassen. Also mußte er die Antwort bekommen haben.

Was darin steht, weiß ich nicht, doch es liegt auf der Hand, daß der Professor, oder was immer er ist, Komplizen hat.

Das war vorvorgestern. Seitdem ist Sweetchild wie ausgewechselt. Wie ich schon schrieb, redet er nur noch von Edelsteinen. Manchmal setzt er sich plötzlich irgendwo an Deck hin und zeichnet etwas, mal auf seine Manschette, mal auf sein Taschentuch.

Am Abend fand im Grand Salon ein Ball statt. Ich habe Ihnen schon den majestätischen Saal geschildert, der aus Versailles oder dem Buckingham Palace hergeholt scheint. Überall Vergoldungen, die Wände bestehen aus Spiegeln, die elektrischen Kristallüster klirren melodisch im Takt des Wellengangs. Das Orchester (übrigens ganz ordentlich) spielte hauptsächlich Wiener Walzer, ein Tanz, den ich, wie Sie wissen, unanständig finde, darum stand ich in einer Ecke und beobachtete Sweetchild. Der amüsierte sich tüchtig, forderte eine Dame nach der anderen auf, galoppierte wie ein Ziegenbock und trat ihnen gnadenlos auf die Füße, was ihn aber nicht im geringsten beirrte. Mich lenkte ein wenig die Erinnerung ab, wie wir beide tanzten und wie graziös Ihre Hand im weißen Handschuh auf meiner Schulter lag. Plötzlich sah ich, wie Sweetchild zusammenzuckte, seine Dame beinahe fallenließ und, ohne sich zu entschuldigen, fast im Laufschritt zu den Tischen mit dem Imbiß eilte. Seine Dame blieb wie ver-

steinert mitten im Saal stehen. Der unbändige Hungeranfall kam auch mir sonderbar vor.

Aber Sweetchild würdigte die Schüsseln mit Kuchen, Käse und Früchten keines Blicks. Er griff sich aus dem silbernen Serviettenhalter eine Papierserviette und begann, darüber gebeugt, eifrig etwas zu krakeln. Er war ganz außer sich, hielt es inmitten der Menge nicht für nötig, Vorsicht walten zu lassen! Vor Neugier brennend, bewegte ich mich lässigen Ganges zu ihm hin. Aber Sweetchild richtete sich auf und faltete die Serviette zweimal, wohl um sie in die Tasche zu stekken. Schade, ich hatte ihm nicht über die Schulter schauen können. Wütend stampfte ich mit dem Fuß auf und wollte eben umkehren, da sah ich Mr. Fandorin mit zwei Gläsern Champagner auf den Tisch zu kommen. Ein Glas reichte er Sweetchild, das andere behielt er. Ich hörte, wie der Russe sagte: »Ach, lieber Professor, was sind Sie doch zerstreut! Eben haben Sie eine schmutzige Serviette in die Tasche gesteckt.« Sweetchild holte verlegen die Serviette hervor, zerknüllte sie und warf sie unter den Tisch. Ich trat zu den beiden und brachte das Gespräch auf die Mode, denn ich wußte, daß der Indologe bald gelangweilt gehen würde. So kam es auch.

Kaum hatte er uns mit einer Entschuldigung verlassen, flüsterte Mr. Fandorin mit Verschwörermiene: »Na, Sir Reginald, wer von uns kriecht unter den Tisch?« Da ging mir auf, daß das Verhalten des Professors nicht nur mir, sondern auch dem Diplomaten verdächtig vorkam. Zwischen uns entstand blitzschnell ein völliges Einvernehmen. »Ja, das ist nicht ganz schicklich«, antwortete ich. Mr. Fandorin blickte nach rechts und links und schlug vor: »Machen wir's so: Einer denkt sich einen anständigen Vorwand aus, und der andere kriecht unter den Tisch.« Ich nickte und dachte nach, doch mir fiel nichts Passendes ein. »Heureka«, flüsterte mein Partner und öffnete mit einer schnellen Bewegung einen meiner goldenen Manschettenknöpfe, der fiel zu Boden, und der Diplomat stieß ihn mit der Schuhspitze unter den Tisch. »Sir Reginald«, sagte er laut, damit die Umstehenden es hörten. »Ich glaube, Sie haben einen Manschettenknopf verloren.«

Abgemacht ist abgemacht. Ich hockte mich hin und blickte unter den Tisch. Die Serviette lag ganz nahe, doch der verdammte Knopf war bis an die Wand gekullert, und der Tisch war ziemlich breit. Stellen Sie sich folgendes Bild vor: Ihr Ehemann kriecht auf allen vieren unter dem Tisch herum und kehrt dem Saal nicht gerade seine imposanteste Seite zu. Auf dem Rückweg gab es einen kleinen Zwischenfall. Als ich unter dem Tisch hervorschaute, sah ich direkt vor mir zwei junge Damen, die sich lebhaft mit Mr. Fandorin unterhielten. Als sie meinen rothaarigen Kopf in Höhe ihrer Knie erblickten, kreischten sie erschrocken auf, doch mein tückischer Partner sprach ungerührt: »Darf ich vorstellen – der Baronet Milford-Stokes.« Die Damen guckten mich von oben herab kühl an und entfernten sich wortlos. Ich sprang auf und rief, vor Wut kochend: »Sir, Sie haben die Damen mit Absicht hier festgehalten, um mich zum Gespött zu machen!« Fandorin antwortete mit unschuldiger Miene: »Ich habe sie in der Tat hier festgehalten, aber nicht, um Sie zum Gespött zu machen, Sir. Mir war nur die Idee gekommen, daß die beiden mit ihren weiten Röcken Ihr riskantes Unternehmen verdecken könnten. Aber wo ist denn nun das Beutestück?«

Ich entfaltete die Serviette mit vor Erregung zitternden Händen, und wir erblickten etwas Seltsames. Ich zeichne es aus der Erinnerung auf:

Was sind das für geometrische Figuren? Was bedeutet die Zickzacklinie? Was hat »Palace« damit zu tun? Und wozu die drei Ausrufungszeichen?

Ich sah Fandorin verstohlen an. Er zupfte mit zwei Fingern an seinem Ohrläppchen und murmelte etwas Unverständliches. Ich vermute, auf russisch.

»Was halten Sie davon?« fragte ich.

»Abwarten«, antwortete der Diplomat mit rätselhafter Miene. »Er ist seinem Ziel nahe.«

Wer ist nahe? Sweetchild? Welchem Ziel? Und ist es gut, daß er ihm nahe ist?

Aber ich kam nicht dazu, alle diese Fragen zu stellen, denn im Saal setzte gewaltiger Applaus ein. Monsieur Drieux, der für die Betreuung der Passagiere zuständig ist, schrie ohrenbetäubend in den Trichter: »Also, Mesdames et Messieurs, der Grand Prix unserer Tombola geht an die Kabine Nummer achtzehn!« Bislang hatte mich die geheimnisvolle Serviette so in Anspruch genommen, daß ich nicht auf das Geschehen im

Saal achtete. Dort hatte das Tanzen längst aufgehört, und es lief die Ziehung der Wohltätigkeitslotterie zugunsten gefallener Mädchen (ich schrieb Ihnen am 3. April von dieser blöden Idee). Meine Einstellung zur Wohltätigkeit und zu gefallenen Mädchen ist Ihnen bekannt, darum enthalte ich mich eines Kommentars.

Die feierliche Verkündung wirkte sonderbar auf meinen Gesprächspartner – er verzerrte leidend das Gesicht und zog den Kopf zwischen die Schultern. Im ersten Moment wunderte ich mich, doch dann fiel mir ein, daß die Kabine Nr. 18 Mr. Fandorin gehörte. Stellen Sie sich vor, das Glückslos war auf ihn gefallen!

»Das ist ja unerträglich«, murmelte der Auserwählte Fortunas und stotterte stärker als sonst. »Ich werde ein wenig spazierengehen.« Er wollte zur Tür retirieren, aber Mrs. Kleber rief schallend: »Das ist Monsieur Fandorin aus unserm Salon! Da ist er, meine Herrschaften! Im weißen Smoking mit roter Nelke! Monsieur Fandorin, wo wollen Sie hin? Sie haben den Grand Prix gewonnen!«

Alle wandten sich dem Diplomaten zu und applaudierten noch heftiger. Vier Stewards trugen den Hauptpreis in den Saal: eine unglaublich häßliche Standuhr, die Big Ben nachbildete. Es war ein wahrhaft angsteinflößendes Gerät aus geschnitztem Eichenholz, anderthalb Mann hoch und mindestens vier Stones schwer. Ich sah in Mr. Fandorins Augen etwas wie Grauen, und ich kann ihn dafür nicht verurteilen.

Ein weiteres Gespräch war unmöglich, und ich kehrte in meine Kabine zurück, um diesen Brief zu schreiben.

Ich fühle gefährliche Ereignisse heranreifen, die Schlinge zieht sich um mich zusammen. Aber machen Sie sich keine Hoffnungen, meine Herren Verfolger, so einfach kriegen Sie mich nicht!

Es ist schon spät, Zeit, die Koordinaten zu messen.

Auf Wiedersehen, liebe, zärtliche, unendlich vergötterte Emily.

In heißer Liebe Ihr

Reginald Milford-Stokes

Renate Kleber

Renate paßte Schnauzer (so nannte sie den alten Coche, seit sie wußte, was für einer er war) vor seiner Kabine ab. Nach der zerknitterten Visage und den zerrauften grauen Haaren des Kommissars zu urteilen, war er eben erst aufgestanden – er hatte sich wohl gleich nach dem Mittagessen hingelegt und bis zum Abend gegrunzt.

Sie packte den Fahnder am Ärmel, stellte sich auf die Zehenspitzen und sprudelte hervor: »Ich muß Ihnen was erzählen!«

Schnauzer warf ihr einen prüfenden Blick zu, kreuzte die Arme vor der Brust und sagte mit unguter Stimme: »Ich höre mit Interesse zu. Wollte ohnehin längst mal mit Ihnen sprechen, Madame.«

Sein Ton ließ Renate aufhorchen, aber sie dachte – Unsinn, Schnauzer hat eine schlechte Verdauung, oder ihm ist im Traum eine krepierte Ratte erschienen.

»Ich habe für Sie die Arbeit gemacht«, prahlte Renate und blickte nach rechts und links, ob auch niemand lauschte. »Gehen wir in Ihre Kabine, dort stört uns niemand.«

Schnauzers Behausung war tipp-topp aufgeräumt: Mitten auf dem Tisch prangte die bekannte schwarze Mappe, daneben lagen ein Stoß Papier und gutgespitzte Bleistifte. Renate sah sich neugierig um, entdeckte eine Schuhbürste und eine Dose Schuhkrem und auf einer Schnur trocknende Hemdkragen. Der Alte ist geizig, dachte sie, er putzt seine Schuhe selbst und wäscht selbst, um dem Personal kein Trinkgeld geben zu müssen.

»Na, reden Sie schon«, knurrte er gereizt, da Renates Neugier ihn verdroß.

»Ich weiß, wer der Täter ist«, meldete sie stolz.

Diese Neuigkeit verfehlte die erhoffte Wirkung auf den Kommissar. Er holte tief Luft und fragte: »Wer?«

»Na sind Sie denn blind? Das ist doch mit bloßem Auge zu sehen!« Renate schlug die Hände zusammen und setzte sich in einen Sessel. »Alle Zeitungen haben geschrieben, daß den Mord ein Psychopath verübt haben muß. Kein normaler Mensch hätte das fertiggebracht, richtig? Und jetzt überlegen Sie mal, wer bei uns am Tisch sitzt. Natürlich ist da eine komische Truppe beisammen, lauter Langweiler und Mißgeburten, aber nur ein Psychopath.«

»Sie meinen den Baronet?« fragte Schnauzer.

»Na endlich.« Renate schüttelte mitleidig den Kopf. »Das liegt doch klar auf der Hand. Haben Sie mal gesehen, mit was für Augen er mich anguckt? Das ist doch ein Tier, ein Monster. Ich fürchte mich, allein durch den

Korridor zu gehen. Gestern traf ich ihn auf der Treppe, und ringsum kein Mensch. Es hat mir einen Stich gegeben!« Sie griff sich an den Bauch. »Ich beobachte ihn schon lange. Nachts brennt in seiner Kabine Licht, und die Vorhänge sind zugezogen. Gestern aber war ein schmaler Spalt offen, und ich habe vom Deck aus hineingeschaut. Er stand mitten in der Kabine, fuchtelte mit den Händen, schnitt ekelhafte Grimassen, drohte jemandem mit dem Finger. Gräßlich! Später in der Nacht bekam ich Migräne und ging hinaus an die frische Luft. Plötzlich seh ich, auf der Back steht unser Verrückter, den Kopf gen Himmel gereckt, und guckt durch ein Metallding zum Mond. Und da fiel bei mir der Groschen!« Renate beugte sich vor und begann zu flüstern. »Wir haben nämlich Vollmond. Und da ist er durchgedreht. Er ist geisteskrank, und bei Vollmond erwacht seine Blutgier. Ich habe darüber gelesen! Was starren Sie mich so an? Haben Sie in den Kalender gesehen?« Renate entnahm ihrem Ridikül einen kleinen Kalender. »Da, schauen Sie, ich habe nachgeblättert. Am 15. März wurden die zehn Menschen in der Rue de Grenelle ermordet, und es war Vollmond. Da steht es schwarz auf weiß: pleine lune!«

Schnauzer sah hin, aber ohne Interesse.

»Was glotzen Sie denn wie ein Uhu!« rief Renate ärgerlich. »Sie werden doch begreifen, daß heute wieder Vollmond ist! Während Sie hier herumsitzen, schnappt er wieder über und bringt noch einen Menschen um. Ich weiß sogar, wen – mich. Er haßt mich.« Ihre Stimme zitterte hysterisch. »Auf diesem schauerlichen Schiff wollen sie mich alle töten! Mal fällt ein Afrikaner über mich her, mal stiert mich der Asiat an und läßt die Kaumuskeln spielen, und nun auch noch der durchgedrehte Baronet!«

Schnauzer sah sie unverwandt an. Renate fuchtelte mit der Hand vor seiner Nase herum und rief: »He, Monsieur Coche! Sind Sie eingeschlafen?«

Der Alte schob ihre Hand beiseite und sagte rauh: »Jetzt hören Sie mal zu, meine Liebe. Stellen Sie sich nicht dumm. Mit dem rothaarigen Baronet werde ich schon fertig. Erzählen Sie mir lieber, was es mit der Spritze auf sich hat. Aber schön die Wahrheit!« bellte er so heftig, daß Renate den Kopf einzog.

Beim Abendbrot saß sie da und starrte auf ihren Teller. Den sautierten Aal rührte sie nicht an, dabei aß sie sonst immer mit gutem Appetit. Ihre Augen waren rot und geschwollen. Die Lippen zuckten ab und zu.

Dafür wirkte Schnauzer gutmütig und sogar wohlgelaunt. Er blickte öfter mal und nicht ohne Strenge zu Renate, aber nicht feindselig, eher väterlich. Dieser Coche war nicht so bedrohlich, wie er gerne gewirkt hätte.

»Solides Ding«, sagte er mit einem neidischen Blick auf die Big-Ben-Uhr in der Ecke des Salons. »Manche haben eben Glück.«

Der monumentale Preis paßte nicht in Fandorins Kabine und war einstweilen im Salon »Windsor« abgestellt worden. Der eichene Turm tickte, klirrte und grunzte ohrenbetäubend und schlug jede volle Stunde derart schallend, daß sich alle ans Herz griffen. Beim Frühstück, als Big Ben mit zehnminütiger Verspätung verkündete, daß es schon neun sei, hätte die Frau des Doktors fast ihren Teelöffel verschluckt. Überdies war das Fundament des Turms offenkundig zu schmal, so daß dieser bei Wellengang gefährlich zu schwanken begann. So auch jetzt – als der Wind auffrischte und die weißen Gardinen vor den offenstehenden Fenstern flatterten wie zur Kapitulation, knarrte Big Ben bedrohlich.

Der Russe schien die ernstgemeinte Begeisterung des Kommissars für Ironie zu nehmen und begann sich zu rechtfertigen: »Ich habe ihnen ges-sagt, sie sollen die Uhr auch den gefallenen Mädchen geben, aber Herr Drieux war unerbittlich. Ich schwöre bei Christus, Allah und Buddha, wenn wir in Kalkutta eintreffen, v-vergesse ich das Monstrum auf dem Schiff. Niemand soll es wagen, mir das Ungetüm aufzuzwingen!«

Er warf einen besorgten Seitenblick auf Leutnant Regnier, doch der schwieg diplomatisch. Da guckte er auf der Suche nach Mitgefühl zu Renate hin, aber sie guckte finster zurück. Erstens hatte sie schlechte Laune, und zweitens war Fandorin bei ihr in Ungnade gefallen.

Das war eine Geschichte für sich.

Es hatte damit begonnen, daß ihr auffiel, wie die kränkliche Mrs. Truffo zusehends auflebte, wenn der reizende Diplomat in der Nähe war. Monsieur Fandorin gehörte allem Anschein nach zu der verbreiteten Art schöner Männer, die in jedem Dummchen etwas Pikantes erkennen konnten und nichts anbrennen ließen. Renate mochte diese Sorte Männer und war ihnen gegenüber nicht gleichgültig. Gar zu gern hätte sie gewußt, was für einen Vorzug der blauäugige brünette Russe an der faden Mrs. Truffo gefunden hatte. Daß ein bestimmtes Interesse an ihr nahm, stand außer Zweifel.

Ein paar Tage zuvor war Renate Zeugin einer spaßigen Szene zwischen den beiden Akteuren geworden: Mrs. Truffo (als Vamp) und Monsieur Fandorin (als tückischer Verführer). Das Publikum bestand aus einer jungen Dame (sehr attraktiv, wenngleich in anderen Umständen), die hinter einer hohen Chaiselonguelehne versteckt war und immer wieder in einen Handspiegel schaute. Schauplatz – das Achterschiff. Zeit der Handlung – der romantische Sonnenuntergang. Die Sprache des Stücks war Englisch.

Mrs. Truffo pirschte sich mit plumper britischer Verführungskunst an den Diplomaten heran (beide handelnde Personen standen an der Reling, der erwähnten Chaiselongue halb zugewandt). Mrs. Truffo begann, wie es sich gehört, mit dem Wetter. »Hier in den südlichen Breiten scheint die Sonne so grell!« blökte sie leidenschaftlich.

»O ja«, antwortete Fandorin. »In Rußland ist zu dieser Jahreszeit der Sch-schnee noch nicht getaut.

Hier dagegen erreicht die Temperatur fünfunddreißig Grad Celsius, im Schatten, in der Sonne ist es noch heißer.«

Nach dem erfolgreichen Abschluß des Vorspiels wähnte sich die zickige Person berechtigt, zu intimeren Themen überzugehen.

»Ich weiß gar nicht, was ich machen soll!« versetzte sie mit der vom Thema vorgegebenen Schüchternheit. »Ich habe eine so empfindliche weiße Haut! Die sengende Sonne verdirbt mir den Teint und beschert mir womöglich noch Sommersprossen.«

»Ich neige auch zu Sommersprossen«, antwortete der Russe mit tiefem Ernst. »Aber ich habe vorgesorgt und eine Lotion aus dem Extrakt der türkischen Kamille mitgenommen. Schauen Sie – die Bräunung ist gleichmäßig, und keine Sommersprossen.«

Und der Verführer, diese Schlange, hielt der wohlanständigen Frau sein hübsches Gesicht hin.

Mrs. Truffos Stimme zitterte verräterisch.

»Tatsächlich, keine einzige Sommersprosse. Nur daß die Brauen und Wimpern ein wenig ausgeblichen sind. Sie haben ein schönes Epithel, Mr. Fandorin, einfach bildschön.«

Gleich küßt er sie, prophezeite Renate, als sie das Epithel des Diplomaten nur noch fünf Zentimeter von der puterroten Physiognomie der Arztfrau entfernt sah.

Sie irrte sich.

Fandorin rückte ab und sagte: »Epithel? Sie kennen sich in Physiologie aus?«

»Ein wenig«, antwortete Mrs. Truffo bescheiden. »Ich hatte vor meiner Heirat mit Medizin zu tun.«

»Wirklich? Wie interessant! Das müssen Sie mir unbedingt e-erzählen!«

Leider konnte Renate das Schauspiel nicht zu Ende genießen, denn eine Bekannte setzte sich zu ihr, und sie mußte die Beobachtung aufgeben.

Aber die plumpe Attacke der dummen Mrs. Truffo hatte Renates Eitelkeit angestachelt. Ob sie auch mal die Wirkung ihrer Reize auf das appetitliche russische Bärchen ausprobierte? Natürlich nur aus rein sportlichem Interesse und um nicht die Fertigkeiten einrosten zu lassen, ohne die keine auf sich haltende Frau auskommt. Für Liebesglut hatte Renate keinen Sinn. Offen gestanden, in ihrem Zustand verursachten die Männer ihr nichts als Übelkeit.

Um sich die Zeit zu vertreiben, legte sie sich einen einfachen Plan zurecht. Leichte Seemanöver unter dem Codenamen »Bärenjagd«. Im übrigen hatten die Männer mehr Ähnlichkeit mit der Gattung der Hunde. Sie waren bekanntlich primitive Wesen und teilten sich in drei Grundtypen: Schakale, Schäferhunde und Rüden. Und jeder Typ verlangte ein anderes Herangehen.

Der Schakal nährte sich von Aas – also bevorzugte er leichte Beute. Männer dieses Typs flogen auf Zugänglichkeit.

Als Renate mit Fandorin zum erstenmal unter vier Augen sprach, klagte sie über ihren Mann, den langweiligen Bankier, der nur Zahlen im Kopf habe und sich nicht um seine junge Frau kümmere. Hier hätte sogar ein Dummkopf mitbekommen, daß die Frau unter Langeweile und Sehnsucht litt.

Es klappte nicht. Sie mußte sich lange zudringlicher Fragen nach der Bank ihres Mannes erwehren.

Na schön, Renate stellte sich um auf Schäferhund. Diese Sorte Männer vergöttert schwache und schutzlose Frauen. Sie wollen nicht gefüttert werden, sie wollen retten und schützen. Eine gute Unterart, nützlich und angenehm im Umgang. Nur darf man mit Kränklichkeit nicht zu dick auftragen – Männer fürchten sich vor kranken Frauen.

Ein paarmal verging Renate fast vor Hitze, und sie lehnte sich graziös an die eiserne Schulter ihres Ritters und Beschützers. Einmal bekam sie ihre Kabinentür nicht auf, der Schlüssel klemmte. Abends auf dem Ball bat sie Fandorin, ihr einen angetrunkenen (doch ganz harmlosen) Dragonermajor vom Leibe zu halten.

Der Russe hielt ihr die Schulter hin, öffnete ihr die Tür, erteilte dem Dragoner eine Abfuhr, ließ aber kein Zeichen von Verliebtheit erkennen.

Sollte er ein Rüde sein? dachte Renate verwundert. Das sieht man ihm nicht an.

Dieser dritte Männertyp war der unkomplizierteste, er ermangelte gänzlich der Phantasie. Auf Männer dieser Art wirkte nur etwas derb Sinnliches wie ein zufällig entblößter Fußknöchel. Andererseits gehörten viele bedeutende Männer und sogar Koryphäen der

Kultur gerade diesem Typ an, und darum war es einen Versuch wert.

Mit den Rüden war ein ganz urtümlicher Umgang angezeigt. Renate bat den Diplomaten, mittags punkt zwölf zu ihr zu kommen, sie wolle ihm ihre Aquarelle zeigen (die in Wirklichkeit gar nicht existierten). Eine Minute vor zwölf stand die Jägerin vor dem Spiegel, nur mit Mieder und Unterhose angetan.

Auf das Klopfen rief sie laut: »Kommen Sie herein, ich warte schon auf Sie!«

Fandorin öffnete und blieb starr in der Tür stehen. Renate, ohne sich umzudrehen, wackelte mit dem Popo und stellte aufreizend den nackten Rücken zur Schau. Schon im achtzehnten Jahrhundert hatten kluge Schöne herausgefunden, daß auf Männer weniger ein nabeltiefes Dekolleté wirkte als vielmehr ein entblößter Rücken. Offenbar weckte der Anblick der schutzlosen Wirbelsäule bei den menschlichen Männchen einen räuberischen Instinkt.

Der Diplomat schien beeindruckt – er stand und guckte, ohne sich abzuwenden. Mit dem Effekt zufrieden, sagte Renate launisch: »Na, was ist, Jenny, helfen Sie mir bitte ins Kleid. Gleich kommt ein sehr wichtiger Gast.«

Wie hätte sich ein normaler Mann in solcher Situation verhalten?

Nun, ein Frechling wäre schweigend hinzugetreten und hätte die zarten Löckchen am Hals geküßt.

Ein gewöhnlicher Mann hätte ihr das Kleid gereicht und schüchtern gekichert.

In dem Moment hätte Renate die Jagd als erfolgreich beendet angesehen. Sie hätte die Verlegene gespielt, den Eindringling vor die Tür gesetzt und jegliches Interesse an ihm verloren. Aber Fandorin fiel aus dem Rahmen.

»Es ist nicht Jenny«, sagte er mit scheußlich gelassener Stimme. »Ich bin's, Erast Fandorin. Ich werde draußen w-warten, bis Sie sich angezogen haben.«

Also gehörte er einer gegen Verführung gefeiten seltenen Art an oder er war ein heimlicher Perversling. Im zweiten Falle wären die Bemühungen kleiner Engländerinnen ohnehin vergeblich. Renates scharfes Auge konnte jedoch keine Anzeichen für perverse Neigungen entdecken. Außer vielleicht das sonderbare Bestreben, sich mit Schnauzer zurückzuziehen.

Aber das waren alles Dummheiten. Es gab schwerer wiegende Gründe für Verdruß.

Als Renate sich eben entschlossen hatte, mit der Gabel in dem erkalteten Aalsauté zu stochern, sprangen die beiden Türflügel polternd auf, und herein stürmte der bebrillte Professor. Er hatte schon immer einen etwas närrischen Eindruck gemacht – mal war das Jackett schief zugeknöpft, mal waren die Schnürsenkel nicht zugeknotet. Jetzt aber sah er vollends derangiert aus: das Bärtchen zerzaust, der Schlips verrutscht, die Augen weit aufgerissen, unterm Rock hervor baumelte der Hosenträger. Etwas Außergewöhnliches mußte ihm widerfahren sein. Renate vergaß im Nu ihre Unannehmlichkeiten und starrte neugierig auf die gelehrte Vogelscheuche.

Professor Sweetchild breitete wie ein Ballettänzer die Arme aus und schrie: »Heureka, meine Herrschaften! Das Geheimnis des Smaragdenen Radschas ist gelöst!«

»O no!« stöhnte Mrs. Truffo. »Not again!«*

»Auf einmal paßt alles zusammen!« erklärte der Professor verworren. »Ich war doch mehr als einmal im Palast, wieso bin ich nicht früher darauf gekommen! Ich habe hin und her überlegt, und es fügte sich nicht zueinander! In Aden bekam ich ein Telegramm von einem Bekannten im französischen Innenministerium, und er bestätigte meine Vermutungen, doch ich kapierte noch immer nicht, was das Auge bedeutet und vor allem, wer das sein mag. Das heißt, wer, das ist schon klar, aber wie? Auf welche Weise? Und plötzlich ging mir ein Licht auf!« Er lief zum Fenster. Die vom Wind geblähte Gardine umhüllte ihn wie ein weißes Gewand – der Professor schob sie ungeduldig weg. »Ich band mir meinen Schlips, stand dabei am Kabinenfenster und blickte auf die Wellen. Kamm auf Kamm, bis zum Horizont. Und da kam mir die Erleuchtung! Und alles paßte zusammen – das mit dem Tuch, dem Sohn! Eine reine Büroarbeit. Die Listen der Ecole Maritime durchsehen, und schon hat man ihn!«

»Ich verstehe kein Wort«, knurrte Schnauzer. »Phantastereien. Maritime ...«

* (engl.) O nein! Nicht schon wieder!

»O doch, das ist sehr sehr interessant!« rief Renate. »Ich liebe Geheimnisse und ihre Enthüllung. Aber, lieber Professor, so geht es nicht. Setzten Sie sich an den Tisch, trinken Sie ein Glas Wein, verpusten Sie und dann erzählen Sie schön der Reihe nach – ruhig, vernünftig. Und vor allem von Anfang an, nicht vom Ende her. Sie sind doch ein wunderbarer Erzähler. Aber zuerst hole mir bitte jemand meinen Schal, sonst erkälte ich mich noch in der Zugluft.«

»Ich werde die Fenster auf der Windseite schließen, dann gibt es keine Zugluft mehr«, bot Sweetchild an. »Sie haben recht, Madame, ich erzähle lieber der Reihe nach.«

»Nein, nicht schließen, dann wird es stickig. Nun, meine Herren.« Renates Stimme vibrierte launisch. »Wer holt mir den Schal aus der Kabine? Hier ist der Schlüssel. Monsieur Baronet!«

Der rothaarige Verrückte rührte sich natürlich nicht vom Fleck. Dafür sprang Regnier auf.

»Professor, ich bitte Sie, fangen Sie nicht ohne mich an«, sagte er. »Ich bin gleich wieder da.«

»And I'll go get my knitting«*, seufzte Mrs. Truffo.

Sie kehrte als erste zurück und klapperte geschickt mit den Stricknadeln. Ihrem Manne bedeutete sie mit der Hand, er brauche nicht zu übersetzen.

Sweetchild bereitete seinen Triumph vor. Er war scheint's entschlossen, Renates Rat zu befolgen und seine Entdeckungen möglichst wirksam darzulegen.

* (engl.) Und ich hole mein Strickzeug.

Am Tisch herrschte völlige Stille, alle sahen den Redner an und beobachteten jede seiner Gesten.

Sweetchild nippte vom Rotwein, ging im Salon auf und ab. Dann blieb er in malerischer Pose stehen, den Zuhörern halb zugewandt, und begann: »Ich habe Ihnen schon von dem unvergeßlichen Tag erzählt, an dem Radscha Bagdassar mich in seinen Palast zu Brahmapur einlud. Das liegt ein Vierteljahrhundert zurück, und doch erinnere ich mich an alles bis auf die letzten Details. Das erste, was mir auffiel, war der Anblick des Palastes. Da ich wußte, daß Bagdassar einer der reichsten Männer der Welt war, hatte ich orientalischen Luxus und Größe erwartet. Nichts dergleichen! Die Gebäude des Palastes waren recht bescheiden, ohne ornamentale Verzierungen. Und ich dachte mir, daß die Leidenschaft für Edelsteine, die in diesem Geschlecht vom Vater auf den Sohn vererbt wurde, alle anderen eitlen Bestrebungen verdrängt habe. Wozu Geld für Marmorwände verschwenden, wenn man dafür noch einen Saphir oder Diamanten erwerben konnte? Der Brahmapurer Palast, geduckt und unscheinbar, war eigentlich auch eine Lehmschatulle, in der die zauberische Sammlung unbeschreiblichen Glanzes aufbewahrt wurde. Marmor und Alabaster konnten ohnehin nicht mit dem blendend hellen Licht der Steine wetteifern.« Der Professor nippte wieder vom Wein, spielte Nachdenklichkeit.

Atemlos stürmte Regnier herein, legte Renate respektvoll den Schal um die Schultern und blieb neben ihr stehen.

»Was für Marmor und Alabaster?« fragte er flüsternd.

»Der Palast von Brahmapur, stören Sie nicht.« Renate ruckte ungeduldig mit dem Kinn.

»Die Innenausstattung des Palastes war auch sehr einfach«, nahm Sweetchild den Faden wieder auf. »Im Lauf der Jahrhunderte waren die Säle und Gemächer mehrmals umgestaltet worden, und vom historischen Gesichtspunkt interessierte mich nur das Obergeschoß, das aus vier Sälen bestand, jeder einer Himmelsrichtung zugewandt. Die Säle waren ehedem offene Galerien gewesen, doch im vergangenen Jahrhundert hatte man sie verglast. In dieser Zeit wurden die Wände mit hochinteressanten Fresken geschmückt – sie bilden die Berge ab, die von allen Seiten das Tal einschließen. Die Landschaft ist erstaunlich realistisch dargestellt – die wirklichen Berge ringsum scheinen sich in einem Spiegel zu reflektieren. Vom philosophischen Standpunkt soll die Spiegelung die Dualität alles Seins symbolisieren und ...«

Irgendwo ganz in der Nähe ertönte das Alarmgeläut der Schiffsglocke, Schreie waren zu hören, eine Frau kreischte verzweifelt.

»O Gott, Feueralarm!« rief der Leutnant und stürzte zur Tür. »Das hat uns noch gefehlt!«

Alle liefen ihm hinterher.

»What's happening?« fragte die verängstigte Mrs. Truffo vergeblich. »Are we boarded by pirates?«*

* (engl.) Was ist passiert? Ein Piratenüberfall?

Renate saß einen Moment offenen Mundes da, dann schrie sie gellend, verkrallte sich in den Rockschoß des Kommissars und hielt ihn fest.

»Monsieur Coche, lassen Sie mich nicht allein!« flehte sie. »Ich weiß, was ein Schiffsbrand bedeutet, ich habe darüber gelesen! Jetzt stürzen alle zu den Booten, schubsen einander beiseite, und eine schwache schwangere Frau wie ich wird ganz sicher weggedrängt. Versprechen Sie mir, daß Sie sich um mich kümmern!«

»Wieso denn Boote?« knurrte der Alte beunruhigt. »Was reden Sie für Unsinn! Man hat mir gesagt, daß die ›Leviathan‹ einen idealen Brandschutz hat und sogar einen eigenen Brandmeister. Sie brauchen nicht so zu zittern, alles wird gut.« Er versuchte, sich zu befreien, aber Renate hielt seinen Rockschoß fest umklammert. Ihre Zähne schnatterten.

»Laß mich los, Mädchen«, sagte Coche freundlich. »Ich gehe nicht weg. Ich will nur durchs Fenster auf das Deck schauen.«

Nein, Renates Finger hielten fest.

Aber der Kommissar sollte recht behalten. Nach ein paar Minuten waren im Korridor ruhige Schritte und Stimmen zu hören, und die »Windsors« kamen einer nach dem anderen wieder herein.

Sie hatten sich noch nicht von dem Schreck erholt, darum lachten sie viel und sprachen lauter als sonst.

Als erste kamen Clarissa Stomp, das Ehepaar Truffo und der puterrote Regnier herein.

»Alles ganz harmlos«, verkündete der Leutnant. »Jemand hat eine noch brennende Zigarre in den Abfalleimer geworfen, und da lag eine alte Zeitung drin. Die Flammen erfaßten eine Portiere, aber die Matrosen haben das Feuer im Nu gelöscht. Doch wie ich sehe, sind Sie hier allseitig auf einen Schiffbruch vorbereitet.« Er lachte und blickte Clarissa genauer an.

Diese hielt eine Geldbörse und eine Flasche Orangeade in den Händen.

»Naja, die Orangeade soll Sie vor dem Verdursten auf See bewahren«, erriet Regnier. »Aber wozu die Geldbörse? Die würde Ihnen im Rettungsboot kaum nützen.«

Renate kicherte hysterisch, und Clarissa, die alte Jungfer, stellte verlegen die Flasche auf den Tisch.

Der Doktor und seine Frau waren auch gerüstet: Mr. Truffo hatte die Arzttasche mit den Instrumenten bei sich, und seine Frau drückte eine Decke an die Brust.

»Das hier ist der Indische Ozean, gnädige Frau, da würden Sie kaum erfrieren«, sagte Regnier mit ernster Miene, aber die Ziege schüttelte nur verständnislos den Kopf.

Nun kam der Japaner mit einem rührenden geblümten Bündelchen in der Hand. Was mochte er darin haben – einen Satz Harakirimesser?

Der Psychopath erschien zerrauft, ein Kästchen in der Hand, wie es für Schreibutensilien verwendet wird.

»Wem wollen Sie denn schreiben, Monsieur Milford-Stokes? Ah, verstehe! Wenn Miss Stomp ihre

Orangeade ausgetrunken hat, stecken wir einen Brief in die leere Flasche und lassen ihn auf den Wellen schwimmen«, scherzte der Leutnant übermütig, wohl vor Erleichterung.

Jetzt waren alle beisammen außer dem Professor und dem Diplomaten.

»Monsieur Sweetchild verpackt bestimmt seine wissenschaftlichen Arbeiten, und der Russe stellt den Samowar auf, um ein letztes Mal Tee zu trinken«, sagte Renate, von dem Frohsinn des Leutnants angesteckt.

Da kam der Russe wie aufs Stichwort. Er blieb an der Tür stehen. Sein schönes Gesicht war finster wie eine Gewitterwolke.

»Was ist, Monsieur Fandorin, wollen Sie Ihren Preis holen und ins Rettungsboot mitnehmen?« fragte Renate schelmisch.

Alle bogen sich vor Lachen, aber der Russe wußte den geistreichen Scherz nicht zu schätzen.

»Kommissar Coche«, sagte er halblaut, »wenn es Ihnen keine Mühe macht, kommen Sie bitte in den Korridor. Und zwar rasch!«

Sonderbar, diese Worte sprach der Diplomat ohne das geringste Stottern. Vielleicht hatte die Nervenerschütterung ihn kuriert? Das kommt ja vor.

»Was soll denn so eilig sein?« fragte Coche mißmutig. »Später, junger Mann, später. Erst will ich den Professor zu Ende hören. Wo steckt er bloß?«

Der Russe sah den Kommissar erwartungsvoll an. Als er erkannte, daß der Alte in seiner Sturheit nicht daran dachte, in den Korridor zu kommen, zuckte er die Achseln und sagte kurz: »Der Professor kommt nicht.«

Coche runzelte die Stirn.

»Wieso denn das?«

Renate fuhr hoch.

»Warum nicht? Er hat doch an der interessantesten Stelle aufgehört! Das ist einfach unanständig!«

»Mr. Sweetchild ist soeben ermordet worden«, teilte der Diplomat bündig mit.

»Waas?« brüllte Coche. »Ermordet? Wie denn?«

»Ich vermute, mit einem chirurgischen Skalpell«, antwortete der Russe erstaunlich kaltblütig. »Ihm wurde mit großer Exaktheit die Kehle durchgeschnitten.«

Kommissar Coche

»Wann läßt man uns endlich an Land?« jammerte Madame Kleber. »Alle Welt geht in Bombay spazieren, nur wir sitzen hier fest.«

Die Gardinen an den Fenstern waren zugezogen, denn die zum Zenit aufgestiegene Sonne heizte das Deck auf und ließ die Luft schmelzen. Heiß und stickig war's im »Windsor«, doch alle blieben geduldig sitzen und warteten auf die Lösung.

Coche zog seine Taschenuhr, ein Auszeichnungsstück mit dem Profil Napoleons III., und antwortete verschwommen: »Bald, Herrschaften. Bald lasse ich Sie gehen. Aber nicht alle.«

Er wußte, worauf er wartete: Inspektor Jackson und seine Männer machten eine Durchsuchung. Das Mordwerkzeug lag zwar gewiß auf dem Grunde des Ozeans, aber vielleicht wurden andere Beweisstücke gefunden. Hoffentlich. Nun konnte Jackson aber kommen.

Die »Leviathan« war bei Morgengrauen in Bombay eingelaufen. Seit gestern abend saßen die »Windsors« in ihren Kabinen unter Hausarrest. Coche hatte mit Vertretern der örtlichen Behörden verhandelt, seine Mutmaßungen geäußert und um Unterstützung gebeten. Daraufhin hatte man ihm Jackson und eine Truppe Konstabler geschickt. Na los, Jackson, bewege dich, trieb Coche den langsamen Inspektor in Gedanken an. Nach der schlaflosen Nacht hatte er einen Kopf wie eine Kesselpauke, und die Leber muckerte. Aber seine Stimmung war nicht schlecht – der Faden entwirrte sich, und schon war das Ende zu erkennen.

Um halb neun ließ Coche, der mit der Bombayer Polizei alles geregelt und das Telegraphenamt aufgesucht hatte, alle Arrestanten im »Windsor« zusammenkommen – das war günstiger für die Durchsuchung. Nicht einmal die schwangere Renate wurde verschont, obwohl sie in der Tatzeit bei den anderen gewesen war und den Professor keineswegs hatte meucheln können. Schon seit fast vier Stunden bewachte der Kommissar seine Gefangenen. Er hatte einen strategischen Punkt besetzt, nämlich einen tiefen Sessel gegenüber dem *Verdächtigen*. Draußen, vom Salon aus nicht zu sehen, standen zwei bewaffnete Polizisten.

Ein Gespräch kam im Salon nicht in Fluß, die Arrestanten schwitzten und waren nervös. Von Zeit zu Zeit blickte Regnier herein, nickte Renate mitfühlend zu und enteilte wieder zu seinen Pflichten. Zweimal erschien der Kapitän, aber er sagte nichts, versengte nur den Kommissar mit einem wütenden Blick. Als ob der alte Coche die Suppe eingebrockt hätte!

Der verwaiste Stuhl von Professor Sweetchild erinnerte an eine Zahnlücke. Der Indologe lag jetzt an Land in einer Kühlkammer des Bombayer Leichenschauhauses. Coche stellte sich das Halbdunkel und die Eisblöcke vor und war fast neidisch auf den Toten. Der lag da, hatte alle Sorgen hinter sich, der durchweichte Kragen schnitt ihm nicht in den Hals.

Der Kommissar blickte Doktor Truffo an, dem offenbar auch nicht wohl in seiner Haut war: Über das brünette Gesicht des Arztes lief der Schweiß in Strömen, und seine englische Furie zischte ihm unentwegt ins Ohr.

»Was schauen Sie mich so an, Monsieur!« explodierte er, als er den Blick des Polizisten auffing. »Immerfort starren Sie mich an! Das ist empörend! Mit welchem Recht? Seit fünfzehn Jahren arbeite ich nach bestem Wissen und Gewissen ...« Er schluchzte beinahe. »Ja, mit einem Skalpell, na und? Das kann sonst wer gewesen sein!«

»Wirklich mit einem Skalpell?« fragte Mademoiselle Stomp ängstlich.

Zum erstenmal in der ganzen Zeit wurde im Salon über das Geschehene gesprochen.

»Ja, einen so sauberen Schnitt macht nur ein sehr gutes Skalpell«, antwortete Truffo ärgerlich. »Ich habe die Leiche untersucht. Offensichtlich hat jemand Sweetchild von hinten gepackt, ihm mit einer Hand den Mund zugehalten und mit der anderen die Kehle durchgeschnitten. Im Korridor ist die Wand mit Blut vollgespritzt – etwas über Mannshöhe. Weil der Kopf nach hinten gerissen wurde.«

»Dafür bedarf es doch keiner besonderen Körperkraft?« fragte der Russe, der sich hier auch als Kriminalist aufspielte. »Genügt nicht das Ü-überraschungsmoment?«

Der Doktor zuckte verzagt die Achseln.

»Ich weiß nicht, Monsieur. Ich habe es noch nicht versucht.«

Aha! Die Tür ging auf, und es zeigte sich die knochige Physiognomie des Inspektors. Er winkte Coche mit dem Finger, und der rappelte sich ächzend aus dem Sessel hoch.

Im Korridor erwartete den Kommissar eine angenehme Überraschung. Ach, wie gut sich das alles fügte! Wirkungsvoll, schön. Am besten gleich ins Schwurgericht – solche Beweisstücke vermochte kein Advokat zu entkräften. Ja, der alte Gustave Coche konnte noch jedem jungen Bengel hundert Punkte vorgeben. Auch Jackson war tüchtig, er hatte sich bemüht.

Zu viert kehrten sie in den Salon zurück: der Kapitän, Regnier, Jackson und als letzter Coche. Er fühlte sich so wohl, daß er sogar ein Liedchen trällerte. Und die Leber gab Ruhe.

»Das wär's, meine Damen und Herren«, erklärte er aufgeräumt und trat in die Mitte des Salons. Er hielt die Hände auf dem Rücken und wippte leicht auf den Absätzen. Es war schon angenehm, sich als bedeutende Person zu fühlen, gewissermaßen sogar als Schicksalslenker. Der Weg war lang und steinig gewesen, aber nun war er bewältigt. Was blieb, war der Erfolg.

»Der alte Coche hat sich den grauen Kopf zerbrechen müssen, doch wie einer die Spur auch verwischt, ein alter Spürhund wittert die Fuchshöhle. Mit der Ermordung Professor Sweetchilds hat der Verbrecher sich endgültig verraten, es war ein Schritt der Verzweiflung. Aber ich denke, der Mörder wird mir beim Verhör von dem indischen Tuch erzählen und manches andere noch. Im übrigen möchte ich dem Herrn russischen Diplomaten danken, der mir, ohne es zu wissen, mit einigen Fragen und Bemerkungen geholfen hat, den richtigen Weg zu finden.«

In diesem Moment des Triumphs konnte Coche sich Großmut erlauben. Er nickte Fandorin herablassend zu. Der neigte schweigend den Kopf. Sie waren ja doch widerlich, die Aristokraten mit ihrem hoffärtigen Getue, ein menschliches Wort bekam man von ihnen nicht zu hören.

»Ich fahre nicht weiter mit Ihnen. Wie man so sagt – danke für die Gesellschaft. Auch der Mörder geht an Land, den ich gleich hier auf dem Schiff Inspektor Jackson übergeben werde.«

Alle blickten hellwach den finsteren mageren Herrn an, der beide Hände in den Taschen hielt.

»Ich freue mich, daß dieser Alptraum vorüber ist«, sagte Kapitän Cliff. »Ich weiß, Sie hatten eine Menge Unannehmlichkeiten, aber das liegt nun hinter uns. Wenn Sie es möchten, wird der Chefsteward Sie auf andere Salons verteilen. Ich hoffe, die weitere Fahrt mit unserer ›Leviathan‹ wird Ihnen helfen, die Geschichte zu vergessen.«

»Wohl kaum«, antwortete Madame Kleber für alle. »Wir haben hier so viel Nervenkraft gelassen! Aber spannen Sie uns nicht auf die Folter, Monsieur Kommissar, und sagen Sie rasch, wer der Mörder ist.«

Der Kapitän wollte noch etwas sagen, doch Coche hob abwehrend die Hand – seine Rede sollte ein Solo sein, das hatte er sich verdient.

»Ich gestehe, anfangs waren Sie mir alle verdächtig. Das Aussieben war langwierig. Jetzt kann ich Ihnen das Wichtigste mitteilen: Bei der Leiche von Lord Littleby fanden wir ein goldenes Abzeichen der ›Leviathan‹, dieses hier.« Er klopfte mit dem Finger auf den Wal an seinem Revers. »Dieses kleine Ding gehörte dem Mörder. Wie Sie wissen, haben solch ein Abzeichen nur die höheren Schiffsoffiziere und die Passagiere der Ersten Klasse. Die Offiziere schieden sofort als Verdächtige aus, denn sie hatten alle das Abzeichen, und keiner hatte sich an die Schiffahrtsgesellschaft mit der Bitte um ein neues gewandt, da das alte verlorengegangen wäre. Dafür hatten vier der Passagiere das Abzeichen nicht: Mademoiselle Stomp, Madame Kleber, Monsieur Milford-Stokes und Monsieur Aono. Auf diese Vier hatte ich ein besonderes Auge. Doktor Truffo ist als Arzt hier, Mrs. Truffo als seine Frau, und der Herr russische Diplomat trug sein Abzeichen aus Snobismus nicht, weil er nicht wie ein Hausmeister aussehen wollte.«

Der Kommissar brannte seine Pfeife an und ging im Salon auf und ab.

»Ich habe gesündigt und bereue. Ganz zu Anfang habe ich den Herrn Baronet verdächtigt, bekam aber rechtzeitig eine Auskunft über seine ... Umstände und nahm eine andere Person aufs Korn. Sie, gnädige Frau.« Coche wandte sich Mademoiselle Stomp zu.

»Ich habe es bemerkt«, sagte sie würdevoll. »Ich bin nur nicht dahintergekommen, was mich so verdächtig machte.«

»Aber nanu?« sagte Coche verwundert. »Erstens ist zu sehen, daß Sie erst vor kurzem zu Reichtum gekommen sind. Das allein ist schon verdächtig. Zweitens haben Sie gelogen, Sie wären noch nie in Paris gewesen. Dabei steht auf Ihrem Fächer mit Goldbuchstaben ›Hotel Ambassadeur‹. Zwar tragen Sie den Fächer nicht mehr bei sich, aber Coche hat scharfe Augen. In teuren Hotels bekommen Gäste solche Sächelchen zur Erinnerung geschenkt. Das ›Ambassadeur‹ liegt ausgerechnet in der Rue de Grenelle, fünf Gehminuten vom Schauplatz des Verbrechens. Es ist ein großes, schickes Hotel, dort steigen viele ab, warum hält Mademoiselle Stomp es geheim? fragte ich mich. Da stimmt etwas nicht. Und dann saß mir noch diese Marie Sansfond im Kopf.« Der Kommissar lächelte Clarissa Stomp entwaffnend zu. »Nun, ich habe meine Kreise gezogen und bin schließlich auf die richtige Spur gestoßen, also tragen Sie es mir nicht nach, Mademoiselle.«

In diesem Moment sah Coche, daß der rothaarige Baronet weiß wie ein Laken war: Der Unterkiefer bebte, die grünen Augen glühten wie bei einem Basilisken.

»Was meinen Sie mit … meinen ›Umständen‹?« fragte er langsam, an den Wörtern würgend. »Worauf spielen Sie an, Herr Spürhund?«

»Aber-aber.« Coche hob beschwichtigend die Hand. »Beruhigen Sie sich erst mal. Sie dürfen sich nicht aufregen. Wen gehen Ihre Umstände was an? Ich habe ja nur sagen wollen, daß Sie mir nicht mehr verdächtig waren. Wo haben Sie übrigens Ihr Abzeichen?«

»Weggeworfen«, antwortete der Baronet heftig, und seine Augen sprühten noch immer Blitze. »Es ist abscheulich! Sieht aus wie ein goldener Blutegel! Außerdem …«

»Außerdem steht es einem Baronet Milford-Stokes nicht an, solch ein Schildchen zu tragen wie irgendwelche Neureichen, stimmt's?« bemerkte der Kommissar scharfsinnig. »Noch ein Snob.«

Mademoiselle Stomp schien auch beleidigt.

»Kommissar, Sie haben sehr plastisch beschrieben, was meine Person verdächtig gemacht hat. Besten Dank«, sagte sie giftig und schob das spitze Kinn vor. »Immerhin haben Sie Gnade für Recht ergehen lassen.«

»In Aden habe ich etliche telegraphische Anfragen an die Pariser Präfektur geschickt. Auf die Antworten konnte ich nicht warten, denn die Ermittlungen brauchten ihre Zeit, aber in Bombay waren die Depeschen schon da. Eine davon betrifft Sie, Mademoiselle. Jetzt weiß ich, daß Sie seit Ihrem vierzehnten Lebensjahr, nach dem Tode Ihrer Eltern, bei einer entfernten Tante auf dem Lande gelebt haben. Sie war reich, aber geizig, behandelte Sie, ihre Gesellschaftsdame, stiefmütterlich und hielt Sie fast nur bei Wasser und Brot.«

Die Engländerin errötete und bereute sichtlich ihre Bemerkung. Macht nichts, mein Herzblatt, dachte Coche, gleich wirst du erst richtig rot werden.

»Vor ein paar Monaten ist die Alte gestorben, und es stellte sich heraus, daß sie ihr Vermögen Ihnen vermacht hat. Es nimmt nicht wunder, daß Sie nach so vielen Jahren des Eingesperrtseins erst mal die Welt anschauen und eine Weltreise unternehmen wollten. Bis dahin hatten Sie wohl nichts als Bücher gesehen, stimmt's?«

»Und warum hat sie verheimlicht, daß sie in Paris war?« fragte Madame Kleber unhöflich. »Weil ihr Hotel in derselben Straße lag, in der so viele Menschen ermordet wurden? Aus Angst, der Verdacht könnte auf sie fallen?«

»Nein«, sagte Coche auflachend. »Der Grund ist ein anderer. Mademoiselle, plötzlich reich geworden, tat, was jede Frau an ihrer Stelle getan hätte – sie fuhr nach Paris, in die Hauptstadt der Welt, um die Pariser Sehenswürdigkeiten zu betrachten, sich nach der letzten Mode zu kleiden und … romantische Abenteuer zu erleben.«

Die Engländerin preßte nervös ihre Finger und blickte flehend, aber Coche war nicht mehr zu bremsen – ich werde Ihnen schon zeigen, verflixte Milady, was es heißt, über einen Kommissar der Pariser Polizei die Nase zu rümpfen.

»Und Madame Stomp bekam reichlich Romantik zu kosten. Im Hotel ›Ambassadeur‹ lernte sie einen unwahrscheinlich gutaussehenden und umgänglichen Kavalier kennen, der in der Verbrecherkartei unter dem Spitznamen ›Vampir‹ geführt wurde. Ein bekannter Schwindler, spezialisiert auf nicht mehr junge reiche Ausländerinnen. Die Leidenschaft flammte im Nu auf wie immer bei ›Vampir‹ und endete ohne Vorwarnung. Eines Morgens, um genau zu sein, am 13. März, erwachten Sie, Madame, in Einsamkeit und erkannten das Hotelzimmer nicht wieder – es war leer. Ihr Herzensfreund hatte alles mitgenommen, bis auf die Möbel. Man schickte mir die Liste der Ihnen geraubten Gegenstände.« Der Kommissar blickte in seine Mappe. »Unter der Nummer 38 steht ›eine Goldbrosche in Form eines Wals‹. Als ich das alles las, verstand ich, warum Madame Stomp sich nicht gern an Paris erinnert.«

Das unglückliche Dummchen konnte einem leid tun – sie hielt die Hände vors Gesicht, ihre Schultern zuckten.

»Madame Kleber habe ich nicht ernsthaft verdächtigt«, ging Coche zum nächsten Punkt der Tagesordnung über. »Obwohl sie für das Fehlen des Abzeichens keine vernünftige Erklärung hatte.«

»Und walum haben Sie meine Mitteilung ignolielt?« fragte der Japaner plötzlich. »Ich habe Ihnen doch etwas sehl Wichtiges elzählt.«

»Ignoriert?« Der Kommissar wandte sich heftig dem Sprecher zu. »Keineswegs. Ich habe mit Madame Kleber gesprochen, und sie hat mir erschöpfende Auskunft gegeben. Das erste Stadium der Schwangerschaft hat ihr so zu schaffen gemacht, daß der Arzt ihr Schmerzmittel verschrieben hat. Die schmerzhaften Zustände hörten danach auf, aber die Ärmste hatte sich schon an das Präparat gewöhnt und nahm es zur Beruhigung und als Schlafmittel. Die Dosis wurde immer größer, und schon hatte sich eine verhängnisvolle Abhängigkeit herausgebildet. Ich habe väterlich mit Madame Kleber gesprochen, und sie hat in meiner Gegenwart das Zeug über Bord geworfen.« Coche blickte Renate gespielt streng an, und sie schob kindlich die Unterlippe vor. »Meine Liebe, Sie haben dem alten Coche Ihr Ehrenwort gegeben.«

Renate senkte den Blick und nickte.

»Ah, welch rührendes Feingefühl für Madame Kleber!« explodierte Clarissa. »Mich braucht man wohl nicht zu schonen, Herr Detektiv? Mich kann man zum Gespött machen, ja?«

Aber Coche hatte jetzt keinen Sinn für sie, er sah den Japaner an, und sein Blick war schwer, haftend. Der kluge Jackson begriff ohne Worte, daß es Zeit war. Seine Hand tauchte aus der Tasche, und sie hielt einen Revolver aus matt blinkendem brüniertem Stahl. Die Mündung zielte genau auf die Stirn des Asiaten.

»Ihr Japaner haltet uns doch für rothaarige Affen, nicht wahr?« fragte Coche. »Ich habe gehört, daß ihr uns Europäer so nennt. Wir sind behaarte Barbaren, stimmt's? Dafür seid ihr schlau, feinfühlig, hochkultiviert, und die Weißen können euch nicht das Wasser reichen!« Der Kommissar blies höhnisch die Wangen auf und stieß eine dicke Rauchwolke zur Seite aus. »Ein Dutzend Affen umzubringen, das ist doch eine Lappalie und gilt bei euch nicht als Sünde.«

Aono straffte sich, sein Gesicht versteinerte.

»Sie beschuldigen mich, ich hätte Lold Littleby und seine Vasallen, das heißt, seine Dienel, umgeblacht?« fragte er mit monotoner, lebloser Stimme. »Walum?«

»Weil die Kriminologie darauf hinweist, mein Bester«, sprach der Kommissar gewichtig und wandte sich von dem Japaner ab, denn die Rede, die er halten wollte, war nicht für diesen gelbbäuchigen Bastard bestimmt, sondern für die Geschichte. Gebt mir nur Zeit, dann wird sie in den Lehrbüchern der Kriminologie gedruckt!

»Zuerst, meine Herrschaften, nenne ich Ihnen die indirekten Umstände, die beweisen, daß dieser Mann die Verbrechen, deren ich ihn anklage, begehen *konnte*. (Ach, diese Rede müßte ich nicht hier vor einem Dutzend Zuhörern halten, sondern im Justizpalast vor vollem Saal!) Sodann präsentiere ich Ihnen die Indizien, die unwiderlegbar beweisen, daß Monsieur Aono die elf Menschen nicht nur ermorden *konnte*, sondern tatsächlich ermordet *hat* – zehn am 15. März in der Rue de Grenelle und einen gestern, am 14. April, an Bord der ›Leviathan‹.«

Rund um Aono bildete sich ein leerer Raum, nur der Russe blieb neben dem Arrestanten sitzen, und der Inspektor stand mit dem schußbereiten Revolver hinter ihm.

»Ich hoffe, niemand bezweifelt, daß der Tod Professor Sweetchilds direkt mit dem Verbrechen in der Rue de Grenelle zusammenhängt. Die Untersuchung hat ergeben, daß die Tat das Ziel hatte, nicht den goldenen Schiwa zu rauben, sondern das Seidentuch.« Coche guckte mürrisch: Ja, die Untersuchung, da brauchen Sie nicht das Gesicht zu verziehen, Herr Diplomat.

»Denn das Tuch ist der Schlüssel zu den verborgenen Schätzen des einstigen Radschas Bagdassar von Brahmapur. Wir wissen bislang nicht, auf welche Weise der Beschuldigte das Geheimnis des Tuchs herausfand. Doch wir wissen alle, daß der Orient viele Geheimnisse hat, deren Wege uns Europäern verschlossen sind. Aber der tote Professor, ein wirklicher Kenner des Orients, vermochte zur Lösung vorzudringen. Er war schon im Begriff, uns seine Entdeckung mitzuteilen, doch da setzte der Feueralarm ein. Der Verbrecher hatte sicherlich den Eindruck, das Schicksal selbst sende ihm die prächtige Gelegenheit, Sweetchild den Mund zu stopfen. Und wieder wären alle Spuren verwischt, wie in der Rue de Grenelle. Aber der Verbrecher ließ einen wichtigen Umstand außer acht: Diesmal war Kommissar Coche in der Nähe, und mit dem funktionieren solche Scherze nicht. Es war ein riskanter Plan, doch nicht ohne Erfolgschancen. Der Täter wußte, daß der Gelehrte als erstes in seine Kabine eilen würde, um seine Papiere zu retten … das heißt, seine Manuskripte. Dort, hinter der Ecke des Korridors, beging der Mörder seine Untat. Also, indirekter Umstand Nummer eins.« Der Kommissar hob den Finger. »Monsieur Aono lief aus dem Salon, er konnte den Mord begehen.«

»Nicht nul ich«, sagte der Japaner. »Aus dem Salon sind noch sechs Pelsonen gelaufen: Monsieur Legnier, Monsieur und Madame Tluffo, Monsieur Fandolin, Monsieur Milfold-Stokes und Mademoiselle Stomp.«

»Richtig«, stimmte Coche zu. »Aber ich wollte den Beisitzern, also den Anwesenden, nur den Zusammenhang der beiden Verbrechen demonstrieren wie auch die *Möglichkeit*, daß Sie den gestrigen Mord begehen konnten. Nun zurück zu dem ›Verbrechen des Jahrhunderts‹. Als es stattfand, war Herr Aono in Paris. Dieses Faktum steht außer Zweifel und wird durch eine Depesche, die ich bekommen habe, bestätigt.«

»In Palis walen zusammen mit mil noch andelthalb Millionen Menschen«, warf der Japaner ein.

»Und doch ist dies der indirekte Umstand Nummer zwei«, sagte der Kommissar gespielt treuherzig.

»Ein bißchen sehr indirekt«, wandte der Russe ein.

»Unbestritten.« Coche stopfte Tabak in die Pfeife und machte den nächsten Zug. »Aber die tödliche Injektion hat den Dienern von Lord Littleby ein Arzt verabfolgt. Ärzte gibt es in Paris nicht anderthalb Millionen, sondern erheblich weniger, nicht wahr?«

Diese Behauptung zog niemand in Zweifel. Kapitän Cliff fragte: »Das stimmt, aber was folgt daraus?«

»Ich sag's Ihnen, Herr Kapitän.« Coches scharfes Auge blitzte. »Unser Freund Aono ist keineswegs Offizier, wie er sich uns vorgestellt hat, sondern diplomierter Chirurg, und er hat vor kurzem die Medizinische Fakultät der Sorbonne absolviert! Das wird in derselben Depesche mitgeteilt.«

Wirkungsvolle Pause. Gedämpftes Stimmengewirr im Saal des Justizpalastes, die Pressezeichner stricheln mit den Bleistiften in den Notizblocks: Kommissar Coche spielt das Trumpfas aus. Wartet nur, meine Lieben, das ist es noch gar nicht, das Trumpfas kommt erst noch.

»Und damit, meine Herrschaften, kommen wir von den indirekten Umständen zu den Beweisen. Monsieur Aono soll uns doch mal erklären, warum er, als Arzt Vertreter eines angesehenen Berufs, sich als Offizier ausgegeben hat. Wozu diese Lüge?«

Über die wachsbleiche Schläfe des Japaners rann ein Schweißtropfen. Er sagte nichts. Sein Pulver hatte nicht lange vorgehalten.

»Es gibt nur eine Antwort: um den Verdacht von sich abzulenken. Der Mörder war Arzt!« resümierte der Kommissar zufrieden. »Und nun der Beweis Nummer zwei. Haben Sie, meine Herrschaften, schon vom japanischen Kampf gehört?«

»Nicht nur gehört, ich habe ihn gesehen«, sagte der Kapitän. »Einmal in Macao war ich dabei, wie ein japanischer Steuermann drei amerikanische Matrosen verprügelte. Ein schmächtiges Männlein, das man scheint's umpusten konnte, aber wie er sprang und mit Armen und Beinen zuschlug – er warf die drei bärenstarken Waljäger zu Boden. Dem einen hieb er die Handkante gegen den Arm, worauf der Ellbogen nach der anderen Seite stand, er hatte ihm den Knochen durchschlagen, können Sie sich das vorstellen? Solch ein Schlag!«

Coche nickte zufrieden.

»Ich habe auch gehört, daß die Japaner das Geheimnis des tödlichen waffenlosen Kampfes beherrschen. Sie können einen Menschen mit nur einem Finger töten. Wir alle haben mehr als einmal gesehen, wie Herr Aono seine Gymnastik machte. In seiner Kabine unterm Bett wurden Stücke eines Kürbis gefunden, der sehr hart gewesen sein muß. Und in einem Sack hatte er noch mehrere heile. Sie dienten dem Beschuldigten wohl dazu, die Kraft und Genauigkeit seines Schlags zu üben. Ich kann mir nicht vorstellen, was für Kraft man haben muß, um einen harten Kürbis mit der bloßen Hand zu zerschlagen, noch dazu in mehrere Stücke.«

Der Kommissar blickte die Anwesenden vielsagend an und spielte den Beweis Nummer zwei aus: »Ich erinnere Sie daran, meine Herrschaften, daß der Schädel des unglücklichen Lord Littleby durch den ungewöhnlich starken Schlag mit einem schweren stumpfen Gegenstand in mehrere Bruchstücke zertrümmert wurde. Betrachten Sie jetzt die schwieligen Handkanten des Beschuldigten.«

Der Japaner nahm seine kleinen sehnigen Hände mit einem Ruck vom Tisch.

»Jackson, lassen Sie den Mann nicht aus den Augen, er ist sehr gefährlich«, warnte Coche. »Wenn was ist, schießen Sie ihn ins Bein oder in die Schulter. Ich möchte Herrn Aono fragen: Wo haben Sie das goldene Abzeichen gelassen? Sie schweigen? Dann antworte ich für Sie: Das hat Ihnen Lord Littleby abgerissen, als Sie ihm den tödlichen Schlag mit der Handkante versetzten.«

Aono öffnete den Mund, als wollte er etwas sagen, aber er biß sich mit den ein wenig schiefen kräftigen Zähnen auf die Lippen und schloß die Augen. Sein Gesicht wirkte sonderbar entrückt.

»Es ergibt sich folgendes Bild des Verbrechens in der Rue de Grenelle«, erklärte Coche. »Am Abend des 15. März erschien Gintaro Aono in der Villa von Lord Littleby mit der vorgefaßten Absicht, alle Bewohner des Hauses zu töten und sich das dreieckige Tuch aus der Sammlung des Hausherrn anzueignen. Zu diesem Zeitpunkt besaß er schon ein Billett für die ›Leviathan‹, die vier Tage später von Southhampton nach Indien auslaufen sollte. Offensichtlich wollte der Beschuldigte in Indien nach dem Schatz von Brahmapur suchen. Wir wissen nicht, wie es ihm gelang, die unglückliche Dienerschaft zu der ›Choleraimpfung‹ zu überreden. Wahrscheinlich hat er ein gefälschtes Papier der Pariser Mairie vorgewiesen. Das dürfte durchaus glaubhaft gewirkt haben, weil, wie ich aus der Depesche weiß, mitunter tatsächlich Medizinstudenten des Absolventensemesters der Sorbonne für prophylaktische Maßnahmen herangezogen werden. Unter den Studierenden und Stationsärzten der Universität sind viele Asiaten, so daß die gelbe Haut des abendlichen Besuchers die zum Tode verurteilten Bediensteten kaum irritiert haben mag. Am ungeheuerlichsten ist die unmenschliche Grausamkeit, mit der zwei unschuldige Kinder getötet wurden. Meine Herrschaften, ich habe nicht wenig Erfahrung im Umgang mit dem Abschaum der Gesellschaft. Im Eifer des Gefechts kann ein Bandit wohl einen Säugling in den Kamin werfen, aber so, mit kalter Berechnung, mit ruhiger Hand … Sie werden zugeben, das ist nicht französisch und nicht europäisch.«

»Vollkommen richtig!« rief Regnier zornig, und Doktor Truffo pflichtete ihm von Herzen bei.

»Das Weitere war einfach«, fuhr Coche fort. »Der Mörder überzeugte sich, daß die von den Injektionen vergifteten Bediensteten in tiefem Schlaf lagen, aus dem sie nicht wieder erwachen sollten, stieg dann seelenruhig hinauf in den ersten Stock, in den Saal, wo die Sammlung aufbewahrt wurde, und ging dort ans Werk. Er war ja überzeugt, daß der Hausherr verreist sei. Aber der unglückliche Lord Littleby war wegen eines Podagraanfalls nicht nach Spa gefahren und hielt sich zu Hause auf. Als er Glas klirren hörte, kam er in den Saal, wo er auf das barbarischste umgebracht wurde. Dieser Mord war nicht geplant, und der Verbrecher verlor seine teuflische Kaltblütigkeit. Wahrscheinlich hatte er möglichst viele Exponate mitnehmen wollen, um die Aufmerksamkeit nicht auf das verhängnisvolle Tuch zu lenken, doch jetzt mußte er sich beeilen. Vielleicht hat der Lord vor seinem Tode ja auch geschrien, und der Mörder befürchtete, man könnte die Schreie auf der Straße hören. Ob so oder anders, er nahm den für ihn unnötigen goldenen Schiwa und suchte das Weite, ohne zu bemerken, daß in der Hand des Toten das goldene Abzeichen der ›Leviathan‹ zurückblieb. Um die Untersuchung in die Irre zu führen, stieg Aono auf seinem Rückweg durch das Fenster der Orangerie ... Doch halt!« Coche griff sich an die Stirn. »Daß ich nicht eher darauf gekommen bin! Er konnte ja gar nicht auf demselben Weg zurück, wenn der Lord geschrien hatte! Vielleicht waren draußen schon Passanten zusammengelaufen? Darum schlug Aono ein Fenster der Orangerie heraus, sprang in den Garten und kletterte über den Zaun. Doch die Vorsicht war überflüssig, die Rue de Grenelle war zu dieser späten Stunde menschenleer. Selbst wenn der Lord geschrien hatte, niemand hatte es gehört.«

Die empfindsame Madame Kleber schluchzte auf. Mrs. Truffo hörte sich die Übersetzung an und schneuzte sich gefühlvoll.

Beweiskräftig, anschaulich, unstrittig, dachte Coche. Die Beweise und die Mutmaßungen der Untersuchung ergänzten sich bestens. Doch das, meine Lieben, ist noch nicht alles, was der alte Coche für euch in Reserve hat.

»Es ist nun an der Zeit, daß wir zur Ermordung Professor Sweetchilds kommen. Der Beschuldigte hat mit Recht gesagt, theoretisch hätten das außer ihm noch sechs Personen tun können. Gemach, gemach, meine Damen und Herren!« Der Kommissar hob beschwichtigend die Hand. »Ich werde jetzt beweisen, daß nicht Sie den Professor getötet haben, sondern daß es niemand anders war als unser schlitzäugiger Freund.«

Der Japaner war wie versteinert. Schlief er vielleicht? Oder betete er zu seinem japanischen Gott? Aber ob du betest oder nicht, du mußt dich doch auf die alte Schlampe, die Guillotine, legen.

Plötzlich kam dem Kommissar ein höchst unangenehmer Gedanke. Und wenn sich nun die Engländer den Japaner wegen der Ermordung Sweetchilds schnappten? Der war doch britischer Untertan gewesen! Dann würde der Verbrecher vor ein englisches Gericht gestellt, und statt auf die französische Guillotine käme er an den britischen Galgen. Nur das nicht! Wem nützte eine Gerichtsverhandlung im Ausland? Das »Verbrechen des Jahrhunderts« mußte im Justizpalast verhandelt werden und sonst nirgends! Was zählte es schon, daß Sweetchild auf einem englischen Schiff ermordet wurde. In Paris hatte es zehn Leichen gegeben und hier nur eine, überdies war das Schiff nicht ausschließlich britisches Eigentum, denn im Konsortium waren beide Länder vertreten!

Coche regte sich so auf, daß seine Gedanken sich verwirrten. Nein, Pustekuchen, sagte er im stillen, meinen Kunden kriegt ihr nicht. Gleich bin ich mit dem Theater hier fertig, dann geh ich zum französischen Konsul. Ich selbst werde den Mörder nach Frankreich bringen. Und er malte sich aus: Das Schiff legt in Le Havre an, Himmel und Menschen, Polizeioffiziere, Journalisten …

Er mußte die Sache zu Ende bringen.

»Inspektor Jackson wird jetzt über die Ergebnisse der Durchsuchung berichten, die er in der Kabine des Beschuldigten vorgenommen hat.«

Der Inspektor wollte trocken und sachlich auf englisch losrattern, doch der Kommissar unterbrach ihn.

»Die Untersuchung wird von der französischen Polizei durchgeführt«, sagte er streng. »Die offizielle Sprache der Ermittlung ist Französisch. Außerdem wird Ihre Sprache hier nicht von allen verstanden, Monsieur. Ich bin nicht sicher, daß der Beschuldigte Englisch versteht. Sie werden zugeben, daß er das Recht hat, die Ergebnisse Ihrer Durchsuchung zu erfahren.«

Dieser Protest war von prinzipieller Bedeutung – die Engländer mußten von Anfang an in ihre Schranken gewiesen werden. Sie sollten wissen, daß sie hier nicht die erste Geige spielten.

Als Dolmetscher erbot sich Regnier. Er stellte sich neben den Inspektor und übersetzte Satz für Satz, doch er schmückte die kurzen abgehackten Äußerungen des Engländers mit dramatischer Intonation und ausdrucksstarken Gesten aus.

»Entsprechend der Instruktion wurde die Kabine Nr. 24 durchsucht. Der Name des Passagiers: Gintaro Aono. Die Kabine ist rechteckig und 200 Quadratfuß groß. Sie wurde in 20 horizontale und 44 vertikale Quadrate aufgeteilt.« Regnier fragte zurück und erklärte dann: »Die Wände werden auch in Quadrate aufgeteilt, denn sie müssen nach Geheimfächern abgeklopft werden. Ob solche freilich in einer Schiffskabine vorstellbar sind … Die Durchsuchung erfolgte zunächst in der Vertikale, dann in der Horizontale. In den Wänden wurde kein Geheimfach gefunden.« Regnier breitete vielsagend die Arme aus – wer hätte das gedacht? »Bei der Untersuchung der horizontalen Ebene wurden folgende Gegenstände gefunden und der Akte beigefügt: erstens Aufzeichnungen in Hieroglyphenschrift, die sollen übersetzt und studiert werden. Zweitens ein langer, sehr scharfer Dolch von orientalischem Aussehen. Drittens ein Sack mit elf ägyptischen Kürbissen. Viertens unterm Bett Stücke eines zerschlagenen Kürbis. Und endlich fünftens eine Arzttasche mit chirurgischen Instrumenten. Ein großes Skalpell fehlt.«

Die Zuhörer ächzten auf. Der Japaner öffnete die Augen und warf einen kurzen Blick auf den Kommissar, sagte aber wieder nichts.

Gleich gesteht er, dachte Coche, doch er irrte. Der Asiat, ohne von seinem Stuhl aufzustehen, drehte sich jäh zu dem hinter ihm stehenden Inspektor um und schlug ihn von unten kraftvoll gegen die Hand, die den Revolver hielt. Während die Waffe in einem malerischen Bogen durch die Luft flog, war der flinke Japaner schon an der Tür, riß sie auf – und lief mit der Brust gegen zwei Colts: Im Korridor standen Polizisten. Im nächsten Moment beendete der Revolver des Inspektors seine Flugbahn, krachte auf den Tisch, und es gab einen ohrenbetäubenden Knall. Geläut, Gekreisch, Pulverqualm.

Coche taxierte schnell die Situation: Der Arrestant wich zurück zum Stuhl, Mrs. Truffo lag in Ohnmacht, andere Opfer waren nicht zu sehen, der Big Ben hatte unterhalb des Zifferblatts ein Loch, und die Zeiger standen still, dennoch läutete er. Die Damen kreischten. Aber die Situation war unter Kontrolle.

Als der Japaner wieder auf seinem Stuhl saß, sicherheitshalber mit Handschellen gefesselt, als die Arztfrau ins Leben zurückgeholt war und alle Platz genommen hatten, lächelte der Kommissar und sagte, mit seiner Kaltblütigkeit kokettierend: »Soeben, meine Herren Geschworenen, haben Sie einem aufrichtigen Geständnis beigewohnt, das freilich in nicht ganz gewöhnlicher Form gemacht wurde.«

Er hatte sich mit den »Geschworenen« wieder versprochen, doch er korrigierte sich nicht, es war eben eine Probe.

»Es war der letzte Beweis, und einen direkteren kann es nicht geben«, schloß Coche zufrieden. »Und Ihnen, Jackson, muß ich einen Tadel aussprechen. Ich hatte Sie gewarnt, daß der Mann gefährlich ist.«

Der Inspektor war krebsrot. Das hatte er verdient.

Aber alles lief vorzüglich. Der Japaner saß vor drei Pistolenmündungen, die gefesselten Hände an die Brust gedrückt. Seine Augen waren wieder geschlossen.

»Das wär's, Inspektor. Sie können ihn mitnehmen. Soll er einstweilen bei Ihnen im Kittchen sitzen. Später, wenn die Formalitäten erledigt sind, nehme ich ihn mit nach Frankreich. Meine Damen und Herren, leben Sie wohl. Der alte Coche geht an Land. Ihnen noch eine glückliche Reise.«

»Ich fürchte, Kommissar, Sie werden mit uns w-weiterfahren müssen«, sagte der Russe in ganz alltäglichem Ton.

Coche glaubte, sich verhört zu haben.

»Hä?«

»Herr Aono ist gänzlich unschuldig, so daß die U-untersuchung weitergehen muß.«

Coche machte ein überaus dummes Gesicht: die Augen quollen hervor, die Wangen liefen rot an.

Der Russe, ohne die Explosion abzuwarten, sagte mit wahrhaft unnachahmlicher Selbstsicherheit: »Herr Kapitän, auf dem Sch-schiff haben Sie die oberste Gewalt. Der Kommissar hat uns soeben die Imitation einer gerichtlichen Untersuchung vorgespielt, wobei er die Rolle des Staatsanwalts übernahm und sie sehr überzeugend vortrug. Aber vor einem zivilisierten Gericht erhält nach dem Ankläger der V-verteidiger das Wort. Wenn Sie gestatten, möchte ich diese Mission übernehmen.«

»Wozu Zeit verlieren?« fragte der Kapitän verwundert. »Ich finde, es ist auch so alles klar. Der Herr Polizist hat alles sehr gut erklärt.«

»Einen Passagier an Land zu setzen ist eine höchst e-ernste Angelegenheit. Letzten Endes fällt die ganze Verantwortung auf den Kapitän. Überlegen Sie, welchen Schaden Sie dem Ruf der Schiffahrt z-zufügen, wenn sich herausstellt, daß es ein Irrtum war. Und ich versichere Ihnen«, Fandorin hob etwas die Stimme, »daß der Kommissar sich irrt.«

»Quatsch!« rief Coche. »Aber ich habe nichts dagegen. Das kann sogar interessant werden. Sprechen Sie, Monsieur, ich höre mit Vergnügen zu.«

Wirklich, es war eine Probe. Dieser Junge war nicht dumm, vielleicht hatte er in der Logik der Anklage irgendwelche Löcher entdeckt, die geflickt werden mußten. Wenn während des Prozesses der Staatsanwalt in Bedrängnis geriet, konnte Coche ihm zu Hilfe kommen.

Fandorin schlug ein Bein übers andere und verschränkte die Finger vor dem Knie.

»Sie haben eine beeindruckende und beweiskräftige R-rede gehalten. Auf den ersten Blick erscheint Ihre Argumentation unumstößlich. Ihre logische Kette wirkt fast makellos, obwohl die sogenannten indirekten Umstände natürlich nichts w-wert sind. Ja, Herr Aono war am 15. März in Paris. Ja, Herr Aono war zu dem Zeitpunkt, als der P-professor ermordet wurde, nicht im Salon. Für sich betrachtet, bedeuten diese beiden Fakten rein gar nichts, darum können wir sie außer acht lassen.«

»Einverstanden«, sagte Coche spöttisch. »Kommen wir gleich zu den Indizien.«

»Bitte sehr. An mehr oder weniger gewichtigen Indizien habe ich fünf gezählt. Monsieur Aono ist Arzt, hat diesen Umstand aber aus irgendwelchen Gründen geheimgehalten. Erstens. Monsieur Aono kann mit einem Schlag einen sehr harten Gegenstand spalten, einen Kürbis, vielleicht auch einen Kopf. Zweitens. Monsieur Aono hat kein ›Leviathan‹-Abzeichen. Drittens. In der Arzttasche des Beschuldigten fehlt das Skalpell, mit dem möglicherweise Professor Sweetchild ermordet wurde. Viertens. Und schließlich fünftens: Eben hat der Beschuldigte vor unseren Augen einen Fluchtversuch unternommen, womit er sich endgültig entlarvte. Habe ich etwas vergessen?«

»Ja, sechstens«, warf der Kommissar ein. »Er kann keinen dieser Punkte erklären.«

»Gut, also sechs«, stimmte der Russe leichthin zu.

Coche lachte auf.

»Mehr als genug, damit jedes Schwurgericht den Braven auf die Guillotine schickt.«

Inspektor Jackson schüttelte plötzlich den Kopf und knurrte: »To the gallows.«

»Nein, an den Galgen«, übersetzte Regnier.

Ach, der Engländer, diese schwarze Seele, dachte Coche. Ich habe eine Schlange am Busen genährt.

»Aber erlauben Sie mal«, fuhr er hoch. »Die Ermittlung ist von französischer Seite durchgeführt worden. Also kommt der Bursche auf die Guillotine!«

»Aber das entscheidende Indiz, das Fehlen des Skalpells, hat die britische Seite entdeckt. Er kommt an den Galgen«, übersetzte der Leutnant.

»Das Hauptverbrechen wurde in Paris verübt! Guillotine!«

»Aber Lord Littleby war britischer Untertan. Professor Sweetchild auch. Galgen.«

Der Japaner schien diese Diskussion nicht zu hören, die in einen internationalen Konflikt auszuarten drohte. Seine Augen waren noch immer geschlossen, das Gesicht war ohne jeden Ausdruck. Diese Gelben sind eben doch anders als wir, dachte Coche. Wozu der ganze Aufwand: Staatsanwalt, Advokat, Geschworene, Richter im Talar. Na schön, alles richtig, Demokratie ist Demokratie, aber im Volksmund heißt das »Perlen vor die Säue werfen«.

Nach einer Pause sagte Fandorin: »Sind die Streitereien beendet? Kann ich f-fortfahren?«

»Los«, sagte Coche finster, im Kopf die bevorstehenden Schlachten mit den Briten.

»Wir wollen auch die gespaltenen Kürbisse nicht d-diskutieren. Sie beweisen gar nichts.«

Die ganze Komödie hing dem Kommissar allmählich zum Halse heraus.

»Gut. Keine Kleinkrämerei.«

»A-ausgezeichnet. Bleiben nur fünf Punkte: verheimlicht, daß er Arzt ist; das fehlende Abzeichen; das fehlende Skalpell; der Fluchtversuch; er gibt keine Erklärungen.«

»Aber jeder Punkt reicht aus, ihn aufs ... Schafott zu schicken.«

»Die Sache ist die, Kommissar, daß Sie europäisch denken. Herr Aono hat eine andere L-logik, eine japanische, und Sie haben sich nicht die Mühe gemacht, in sie einzud-dringen. Ich hingegen hatte mehr als einmal die Ehre, mich mit dem Mann zu unterhalten, und ich habe von seiner seelischen Struktur eine bessere Vorstellung als Sie. Monsieur Aono ist nicht einfach Japaner, er ist ein Samurai, noch dazu aus einem a-alten und einflußreichen Geschlecht. Das ist in diesem Falle wichtig. Über fünf Jahrhunderte waren die Männer des Geschlechts Aono nur Krieger, alle anderen Berufe galten als unwürdig für die Mitglieder einer so vornehmen S-sippe. Der Beschuldigte ist der dritte Sohn in der Familie. Als Japan sich dafür entschied, Europa einen Schritt entgegenzukommen, schickten viele angesehene Familien ihre Söhne zum Studium ins Ausland. Das tat auch der Vater von Herrn Aono. Den ältesten Sohn ließ er in England zum Marineoffizier ausbilden. Das Fürstentum Satsuma, in dem das Geschlecht der Aonos lebt, liefert nämlich die Kader für Japans Kriegsmarine, und der Dienst auf See hat in Satsuma das größte Prestige. Den zweiten Sohn schickte Aono senior nach Deutschland, an die Militärakademie. Nach dem Deutsch-Französischen Krieg 1870 beschlossen die Japaner, das deutsche Armeemodell zu übernehmen; ihre Militärberater sind durchweg Deutsche. Diese Angaben über die Familie Aono habe ich von dem Beschuldigten persönlich.«

»Und was zum Teufel nützen uns die aristokratischen Details?« fragte Coche gereizt.

»Mir ist aufgefallen, daß der Beschuldigte von seinen Vorfahren und seinen älteren B-brüdern mit Stolz redet und über sich selbst am liebsten schweigt. Ich habe längst bemerkt, daß er für einen Saint-Cyr-Absolventen in militärischen Dingen erstaunlich unwissend ist. Und warum hätte man ihn an die französische Militärakademie schicken sollen, wenn die japanische Armee, wie er selber sagt, nach deutschem Muster organisiert wird? Meine Mutmaßung läuft auf folgendes hinaus: Aono senior hatte, den Zeichen der Zeit nachgebend, beschlossen, seinen dritten Sohn einen friedlichen Beruf erlernen zu lassen, den des Arztes. Wie ich aus Büchern weiß, ist es in Japan nicht ü-üblich, einen Beschluß des Familienoberhauptes anzufechten, und der Beschuldigte bezog gehorsam die medizinische Fakultät. Aber dabei fühlte er sich höchst unglücklich und sogar entwürdigt. Er, der Sproß des kriegerischen Geschlechts der Aonos, sollte mit Binden und K-klistierspritzen umgehen! Das ist der Grund, warum er sich als Militär ausgab. Er schämte sich einfach, seinen unkriegerischen Beruf publik zu machen. Vom europäischen Standpunkt mag das absurd sein, aber versuchen Sie, es mit seinen Augen zu s-sehen. Wie hätte sich Ihr Landsmann d'Artagnan gefühlt, wenn man ihn gezwungen hätte, nicht Musketier, sondern Arzt zu werden?«

Coche sah, wie mit dem Japaner eine Veränderung geschah. Er hatte die Augen geöffnet und sah Fandorin mit deutlicher Erregung an; auf seine Wangen traten rote Flecke. Errötete er etwa? Unsinn!

»Ach, was für Feinheiten«, fauchte der Kommissar. »Aber lassen wir das dahingestellt sein. Erzählen Sie mir lieber, Herr Verteidiger, wo Ihr schüchterner Klient das goldene Abzeichen gelassen hat. Hat er sich geschämt, es zu tragen?«

»Genauso ist es.« Der selbsternannte Advokat nickte unerschütterlich. »Ja, er hat sich geschämt. Was steht denn auf dem Abzeichen geschrieben?«

Coche linste hinunter auf sein Revers.

»Gar nichts steht da geschrieben. Nur die drei Anfangsbuchstaben der Schiffahrtsgesellschaft ›Jasper-Arthaud Partnership‹.«

»Eben.« Fandorin zeichnete die drei Großbuchstaben in die Luft. »J-A-P. Also ›Jap‹. Das klingt wie ›Japs‹, der verächtliche Spitzname, mit dem die Ausländer die Japaner bezeichnen. Würden Sie, Kommissar, auf der Brust ein Abzeichen tragen, auf dem ›Froschfresser‹ geschrieben steht?«

Kapitän Cliff warf den Kopf zurück und lachte schallend. Sogar der sauertöpfische Jackson und die affektierte Miss Stomp lächelten. Die roten Flecke im Gesicht des Japaners wurden größer.

Coches Herz verkrampfte sich in einer unguten Vorahnung. Seine Stimme klang heiser: »Hätte er das nicht selbst erklären können?«

»Ausgeschlossen. Schauen Sie, soweit ich es aus den Büchern weiß, liegt der wesentliche Unterschied zwischen Europäern und Japanern in der sittlichen Grundlage des sozialen Verhaltens.«

»Sehr geklügelt«, bemerkte der Kapitän.

Der Diplomat wandte sich ihm zu.

»Keineswegs. Die christliche Kultur beruht auf dem Schuldgefühl. Sündigen ist schlecht, weil man sich hinterher mit Reue plagt. Um Schuldgefühle zu vermeiden, bemüht sich ein normaler Europäer um ein sittliches Verhalten. Genauso trachten die Japaner, nicht gegen ethische Normen zu verstoßen, aber aus einem anderen Grund. In ihrer Gesellschaft spielt die Scham die Rolle des moralischen Wächters. Am schlimmsten ist es für einen Japaner, in eine schmähliche L-lage zu kommen, von der Gesellschaft verurteilt oder, noch übler, verlacht zu werden. Darum haben die Japaner große Angst, etwas Ungehöriges zu tun. Ich versichere Ihnen: Als gesellschaftlicher Zivilisationsfaktor ist die Scham wirksamer als das Gewissen. Vom Standpunkt des Herrn Aono war es gänzlich undenkbar, von etwas ›Beschämendem‹ laut zu sprechen, noch dazu Fremden gegenüber. Arzt zu sein statt Militär ist beschämend. Eine Lüge einzugestehen ist noch beschämender. Und einzuräumen, daß er, ein japanischer Samurai, einem beleidigenden Spitznamen irgendeine Bedeutung beimessen könnte, ist ausgeschlossen.«

»Danke für die Lektion.« Coche machte eine ironische Verbeugung. »Und der Fluchtversuch Ihres Klienten, geschah der auch aus Scham?«

»That's the point«, sagte Jackson beifällig, er wurde wieder vom Feind zum Freund. »The yellow bastard almost broke my wrist.«*

»Sie haben es wieder erraten, K-kommissar. Vom Schiff zu fliehen ist unmöglich, wohin auch? Mein

* (engl.) Das ist der Punkt. Der gelbe Bastard hat mir beinahe das Handgelenk gebrochen.

Klient (wenn Sie ihn schon so nennen wollen) hielt seine Lage für aussichtslos und sah nur weitere Erniedrigungen voraus, darum wollte er sich sicherlich in seiner Kabine einschließen und seinem Leben nach Samuraibrauch ein Ende setzen. Ist es nicht so, Monsieur Aono?« Zum erstenmal sprach Fandorin den Japaner direkt an.

Der gab keine Antwort, senkte aber den Kopf.

»Sie würden eine Enttäuschung erlebt haben«, sagte ihm der Diplomat sanft. »Wahrscheinlich haben Sie es überhört: Ihr ritueller D-dolch ist von der Polizei bei der Durchsuchung beschlagnahmt worden.«

»Ah, Sie sprechen von diesem, wie heißt es gleich, Hirakira, Harikari.« Coche griente in seinen Schnauzbart. »Blödsinn, ich glaube nicht, daß ein Mensch sich selbst den Bauch aufschlitzt. Ammenmärchen. Wenn man schon ins Jenseits will, dann lieber mit dem Kopf gegen die Wand rennen. Aber darüber will ich mich nicht mit Ihnen streiten. Ich habe ein Indiz, gegen das nicht anzukommen ist – das fehlende Skalpell. Was sagen Sie dazu? Daß der eigentliche Verbrecher es beizeiten Ihrem Klienten gestohlen hat, um den Mord vorzubereiten und die Verantwortung auf Aono abzuwälzen? Das geht nicht auf! Woher sollte der Mörder wissen, daß der Professor uns seine Entdeckung beim Mittagessen mitteilen wollte? Sweetchild war ja selber gerade erst dahintergekommen, wie sich das mit dem Tuch verhielt. Erinnern Sie sich, wie zerrauft er in den Salon gelaufen kam?«

»Nun, für das Fehlen des Skalpells kann ich Ihnen eine höchst einfache Erklärung g-geben. Und nicht als Vermutung, sondern als F-faktum. Erinnern Sie sich, wie nach Port Said plötzlich auf rätselhafte Weise Gegenstände aus den Kabinen verschwanden? Die geheimnisvolle Epidemie hörte so plötzlich wieder auf, wie sie begonnen hatte. Und wissen Sie wann? Nach dem Tod unseres dunkelhäutigen blinden P-passagiers. Ich habe lange darüber nachgedacht, wie und warum er auf die ›Leviathan‹ geriet. Hier meine Theorie. Der Neger ist höchstwahrscheinlich von arabischen Sklavenhändlern aus Afrika verschleppt und auf dem Wasserweg nach Port Said gebracht worden. Warum ich das annehme? Weil er, nachdem er seinen Besitzern entflohen war, nicht irgendwohin lief, sondern auf ein Schiff. Er mag geglaubt haben, wenn ihn ein Schiff von zu Hause weggeschafft habe, könne ihn ein Schiff auch wieder zurückbringen.«

»Was hat das mit unserer Angelegenheit zu tun?« fragte Coche aufgebracht. »Ihr Neger starb am 5. April, und Sweetchild ist gestern ermordet worden! Und überhaupt, gehen Sie doch zum Teufel mitsamt Ihren Märchen! Jackson, führen Sie den Verhafteten ab!«

Er wandte sich entschlossen dem Ausgang zu, aber der Diplomat umklammerte auf einmal den Ellbogen des Kommissars und sagte mit widerwärtiger Höflichkeit: »Lieber Monsieur Coche, ich möchte meine Argumentation zu Ende b-bringen. Gedulden Sie sich noch ein wenig, es dauert nicht mehr lange.«

Coche versuchte sich loszureißen, doch die Finger des Milchbarts waren wie aus Stahl. Er zerrte ein paarmal vergeblich, wollte sich aber nicht lächerlich machen und drehte sich zu Fandorin um.

»Gut, noch fünf Minuten«, knurrte er und blickte haßerfüllt in die ungerührten blauen Augen des Frechlings.

»D-danke. Um Ihren letzten Beweis zu widerlegen, sind fünf Minuten vollauf genug. Ich wußte, daß der Flüchtling auf dem Dampfer irgendwo einen Unterschlupf haben mußte. Im Unterschied zu Ihnen, Kapitän, habe ich nicht in den Schiffsräumen und Kohlenbunkern zu suchen begonnen, sondern auf dem O-oberdeck. Den ›schwarzen Mann‹ hatten ja nur Passagiere der ersten Klasse gesehen. Da lag es nahe, anzunehmen, daß er sich hier versteckte. Und richtig, steuerbords im dritten Boot von vorn fand ich, was ich suchte: Speisereste und ein Bündel Sachen: ein paar bunte Tücher, eine Perlenschnur und etliche blanke G-gegenstände – ein kleiner Spiegel, ein Sextant, ein Kneifer und auch ein großes Skalpell.«

»Warum soll ich Ihnen glauben?« brüllte Coche. Sein Fall zerbröselte zusehends zu Staub.

»Weil ich kein persönliches Interesse habe und b-bereit bin, meine Aussagen zu beeiden. Darf ich fortfahren?« Der Russe lächelte widerlich. »Danke. Der arme Neger wollte wohl nicht mit leeren Händen nach Hause zurückkehren.«

»Stop mal!« Regnier runzelte die Stirn. »Monsieur Fandorin, warum haben Sie Ihre Entdeckung nicht dem

Kapitän oder mir gemeldet? Welches Recht hatten Sie, das zu verheimlichen?«

»Ich habe es nicht verheimlicht. Das Bündel habe ich dort l-liegenlassen. Und als ich nach ein paar Stunden wieder in das Boot schaute, das war schon nach der D-durchsuchung des Schiffs, war es verschwunden. Ich dachte mir, Ihre Matrosen hätten es gefunden. Jetzt zeigt sich, daß der Mörder des Professors Ihnen zuvorgekommen ist. Die Beutestücke des Negers, auch das Skalpell von Monsieur Aono, sind in seinem Besitz. Der Verbrecher hat wohl die Möglichkeit ... extremer Maßnahmen vorausgesehen und das Skalpell für alle Fälle bei sich getragen – um die Untersuchung auf eine falsche Spur zu führen. Monsieur Aono, Ihnen ist doch ein Skalpell gestohlen worden?«

Der Japaner zögerte und nickte dann.

»Und Sie haben nicht darüber gesprochen, weil ein Offizier der kaiserlichen Armee ja kein Skalpell haben k-kann, nicht wahr?«

»Der Sextant gehört mir!« erklärte der rothaarige Baronet. »Ich dachte ... Aber unwichtig. Also dieser Wilde hat ihn gestohlen. Meine Herrschaften, wenn einem von Ihnen mit dem Sextanten der Schädel eingeschlagen wird – ich habe nichts damit zu tun.«

Es war eine totale Pleite. Coche schielte verwirrt zu Jackson.

»Tut mir leid, Kommissar, aber Sie müssen die Reise fortsetzen«, sagte der Inspektor auf französisch und verzog mitfühlend die schmalen Lippen. »My apologies,

Mr. Aono. If you just stretch your hands ... Thank you.«*

Die Handschellen klirrten kläglich.

In die eingetretene Stille hinein tönte schallend die erschrockene Stimme von Renate Kleber: »Erlauben Sie, meine Herren, aber wer ist dann der Mörder?«

* (engl.) Entschuldigen Sie, Mr. Aono. Strecken Sie bitte die Hände vor. Danke.

DRITTER TEIL

BOMBAY-PALKSTRASSE

Gintaro Aono

18. Tag des 4. Monats
mit Blick auf die Südspitze
der Indischen Halbinsel

Vor drei Tagen haben wir in Bombay abgelegt, und in dieser Zeit habe ich kein einziges Mal mein Tagebuch aufgeschlagen. Das war noch nie, denn ich habe es mir zur festen Regel gemacht, täglich zu schreiben. Aber die Pause war notwendig. Ich mußte mich in den auf mich einstürmenden Gefühlen und Gedanken zurechtfinden.

Meinen inneren Umbruch gibt am besten ein Dreizeiler wieder, der in dem Moment entstand, als der Polizeiinspektor mir die Eisenketten abnahm.

Einsam ist der Flug
des Glühwurms in der Nacht.
Der Himmel aber ist voller Sterne.

Ich begriff sofort: Das ist ein sehr gutes Gedicht, besser als alle, die ich je geschrieben habe, aber der Sinn ist nicht offenkundig und bedarf der Erläuterung. Drei Tage lang grübelte ich und horchte in mich hinein, dann hatte ich wohl endlich Klarheit.

Mir war das große Wunder widerfahren, von dem jeder Mensch träumt – ich hatte den seligen Zustand Satori erlebt, den die alten Griechen Katharsis nannten. Oft genug hatte mir der Altmeister gesagt, daß Satori, wenn überhaupt, dann ganz von selbst kommt, ohne Ansporn und ohne Vorwarnungen! Der Mensch könne ein Gerechter und ein Weiser sein, könne viele Stunden täglich meditieren, Berge von heiligen Texten lesen und doch ohne Erkenntnis sterben, während irgendeinem Nichtsnutz, der dumm und sinnlos durchs Leben bummele, plötzlich der majestätische Glanz der Satori zuteil werde, wodurch sich seine nutzlose Existenz schlagartig verändere! Ich bin solch ein Nichtsnutz. Ich hatte Glück. Mit 27 wurde ich zum zweitenmal geboren.

Die Erleuchtung und Läuterung erlebte ich nicht in einem Moment der geistigen und physischen Konzentration, sondern in einem Moment der Niedergeschlagenheit, als von mir nur noch die Hülle übrig war wie bei einem geplatzten Luftballon. Aber da klirrte das dumme Eisen, und plötzlich spürte ich mit unglaublicher Schärfe, daß ich nicht ich bin, sondern … Nein, anders. Daß ich nicht nur ich bin, sondern eine Unzahl von anderen Leben. Daß ich nicht irgendein Gintaro Aono bin, dritter Sohn des Chefberaters Seiner Erlaucht Fürst Shimatsu, sondern ein kleines, doch darum nicht minder wertvolles Teilchen eines Ganzen. Ich bin in allem Seienden, und alles Seiende ist in mir. Wie oft hatte ich diese Worte gehört, aber nicht begriffen, erfühlt habe ich sie erst am 15. Tag des 4. Monats im Jahre 11 der Meji-Ära in der Stadt Bombay, an Bord eines riesigen europäischen Dampfers. Der Wille des Allerhöchsten ist wahrlich wunderbar.

Was ist der Sinn des intuitiv in mir entstandenen Dreizeilers? Der Mensch ist ein einsames Glühwürmchen in der unendlichen Finsternis der Nacht. Sein Licht ist so schwach, daß es nur ein winziges Stück des Raums beleuchtet, und ringsum ist Dunkelheit, Kälte und Angst. Wenn man aber den verängstigten Blick emporhebt von der dunklen Erde (es bedarf nur einer Drehung des Kopfes!), so sieht man den Himmel mit Sternen bedeckt. Sie strahlen in gleichmäßigem, hellem und ewigem Licht. Du bist in der Finsternis nicht allein. Die Sterne sind deine Freunde, sie werden dir helfen und dich nicht dem Elend überlassen. Und etwas später verstehst du etwas anderes, nicht minder Wichtiges: Ein Glühwürmchen ist auch ein Stern, genauso wie alle übrigen. Die am Himmel sehen auch dein Licht, das ihnen hilft, die Kälte und Finsternis des Alls zu ertragen.

Mein Leben wird sich sicherlich nicht ändern. Ich werde der sein, der ich war – hektisch, händelsüchtig, Leidenschaften unterworfen. Aber in der Tiefe meines Herzens wird nun stets ein zuverlässiges Wissen leben. Es wird mich in schweren Momenten retten und stützen. Ich bin keine kleine Pfütze mehr, die von einer heftigen Böe über die Welt gepustet werden kann. Ich bin ein Ozean, und kein Sturm, der als alles zerstörender Tsunami über meine Oberfläche fegt, kann die Schätze meiner Tiefen berühren.

Als ich das alles endlich begriffen hatte und mein Geist sich mit Freude füllte, entsann ich mich, daß die größte Tugend die Dankbarkeit ist. Der erste der Sterne, deren Strahlen ich in der tiefen Finsternis erblickt hatte, war Fandorin-san. Ihm verdanke ich das Wissen, daß ich, Gintaro Aono, der Welt nicht gleichgültig bin und daß das Große Außen mich nicht dem Elend überlassen wird.

Aber wie soll ich dem Menschen einer anderen Kultur erklären, daß er für immer mein Onjin ist? Dieses Wort gibt es in den europäischen Sprachen nicht. Heute habe ich mir ein Herz gefaßt und mit ihm darüber gesprochen, aber dabei ist wohl nichts Gescheites herausgekommen.

Ich paßte Fandorin-san auf dem Bootsdeck ab, denn ich wußte, daß er um punkt acht mit seinen Hanteln dorthin kommen würde.

Als er erschien, eingezwängt in sein gestreiftes Trikot (ich werde ihm sagen müssen, daß für körperliche Übungen anliegende Kleidung nicht so gut geeignet ist wie legere), trat ich zu ihm und verbeugte mich tief. »Was haben Sie denn, Monsieur Aono?« fragte er verwundert. »Warum richten Sie sich nicht wieder auf?« In solcher Haltung zu sprechen war unmöglich, darum machte ich den Rücken gerade, obwohl ich in solcher Situation die Verbeugung länger hätte halten müssen. »Ich spreche Ihnen meine unendliche Dankbarkeit aus«, sagte ich und war sehr aufgeregt. – »Schon gut«, sagte er mit einer lässigen Handbewegung. Diese Geste gefiel mir sehr – Fandorin-san wollte damit das Ausmaß der mir erwiesenen Wohltat vermindern und seinen Schuldner von dem übermäßigen Dankbarkeitsgefühl erlösen. An seiner Stelle würde jeder vornehm erzogene Japaner genauso gehandelt haben. Aber er erzielte den gegenteiligen Effekt – mein Geist füllte sich mit noch größerer Dankbarkeit. Ich sagte, fortan stünde ich ihm gegenüber in ewiger Schuld. »Was heißt schon ewige Schuld«, sagte er achselzuckend. »Ich wollte einfach diesem selbstzufriedenen Puter einen Dämpfer verpassen.« (Puter, das ist ein häßlicher amerikanischer Vogel mit komischer Gangart, erfüllt von dem Gefühl der eigenen Wichtigkeit; im übertragenen Sinne ein eitler und dummer Mensch.) Ich wußte das Taktgefühl meines Gesprächspartners zu schätzen, aber ich mußte ihm unbedingt erklären, wie sehr ich ihm verpflichtet war. »Dank dafür, daß Sie mein wertloses Leben gerettet haben«, sagte ich mit einer neuerlichen Verbeugung. »Dreifachen Dank dafür, daß Sie meine Ehre gerettet haben. Und unendlichen Dank dafür, daß Sie mir ein drittes Auge geöffnet haben, mit dem ich Dinge sehe, die ich vorher nicht sehen konnte.« Fandorin-san blickte (wie mir schien, ein bißchen ängstlich) auf meine Stirn, als erwartete er, dort würde sich jetzt ein Auge auftun und ihm zuzwinkern.

Ich sagte ihm, er sei mein Onjin, und mein Leben gehöre fortan ihm, was ihn noch mehr zu erschrecken schien. »Oh, ich träume davon, Sie in Lebensgefahr zu sehen, um Sie retten zu können, so wie Sie mich gerettet haben!« rief ich aus. Er bekreuzigte sich und sagte: »Lieber nicht. Wenn es Sie nicht gar zu sehr anficht, träumen Sie bitte von etwas anderem.«

Das Gespräch stockte. Verzweifelt schrie ich: »Sie sollen wissen, daß ich alles, aber auch alles für Sie tun werde!« Ich präzisierte meinen Schwur, um spätere Mißverständnisse zu vermeiden: »Alles, wofern es Seiner Majestät, meinem Land und der Ehre meiner Familie keinen Schaden bringt.«

Meine Worte lösten bei Fandorin-san eine seltsame Reaktion aus. Er lachte! Nein, ich werde die Rothaarigen wohl nie begreifen. »Na gut«, sagte er und drückte mir die Hand. »Wenn Sie darauf bestehen, dann bitte sehr. Wir werden wohl von Kalkutta zusammen nach Japan fahren. Sie können Ihre Schuld abtragen, indem Sie mir Japanisch-Unterricht geben.«

Dieser Mann nimmt mich nicht ernst. Ich würde gern sein Freund sein, aber Fandorin-san interessiert sich viel mehr für den Steuermann Fox, der ein beschränkter Mensch ist. Mein Wohltäter verbringt recht viel Zeit in der Gesellschaft dieses Schwätzers und lauscht aufmerksam dessen Prahlereien über Erlebnisse auf See und amouröse Abenteuer, er geht sogar mit Fox auf Wache! Ehrlich gesagt, mich kränkt das. Heute war ich Zeuge, wie Fox seine Romanze mit einer »japanischen Aristokratin« aus Nagasaki beschrieb. Er erzählte von den kleinen Brüsten, den purpurroten Lippen und sonstigen Besonderheiten dieser »Miniaturpuppe«. Es wird eine billige Nutte aus dem Matrosenviertel gewesen sein. Ein Mädchen aus anständigem Hause würde mit solch einem Barbaren kein Wort wechseln! Am ärgerlichsten war, daß Fandorin-san diesem Unsinn mit sichtlichem Interesse zuhörte. Ich wollte mich schon einmischen, aber da kam Regnier dazu und schickte Fox in irgendeiner Angelegenheit weg.

Ach ja! Ich habe noch gar nicht über ein wichtiges Ereignis an Bord geschrieben! Kurz bevor das Schiff von Bombay ablegte, geschah eine wirkliche Tragödie, neben der mein Ungemach unbedeutend erscheint.

Um halb neun am Morgen, als schon die Anker gelichtet waren und man eben die Taue lösen wollte, wurde dem Kapitän vom Ufer ein Telegramm überbracht. Ich stand an Deck und blickte auf Bombay, die Stadt, die in meinem Leben eine so wichtige Rolle gespielt hatte. Ich wollte dieses Bild für immer meinem Herzen einprägen. Darum wurde ich Zeuge des Geschehens.

Kapitän Cliff las die Depesche, und sein Gesicht veränderte sich schlagartig. So etwas hatte ich noch nie gesehen! So legt ein Schauspieler des No-Theaters die Maske des Drohenden Kriegers ab und setzt die Maske des Wahnsinnigen Leids auf. Das wettergegerbte, grobe Gesicht des alten Seebärs erzitterte. Der Kapitän gab ein Stöhnen oder Schluchzen von sich. »Oh God!« schrie er heiser. »My poor girl!« Und er stürmte von der Brücke hinunter in seine Kabine, wie sich später herausstellte.*

Die Vorkehrungen zum Ablegen wurden ausgesetzt. Das Frühstück begann wie immer, aber Leutnant Regnier verspätete sich. Alle sprachen nur von dem seltsamen Verhalten des Kapitäns und rätselten, was in dem Telegramm stehen mochte. Regnier-san kam erst, als die Mahlzeit zu Ende ging. Er sah bekümmert aus und teilte mit, daß die einzige Tochter von Cliff-san (ich schrieb schon, daß der Kapitän sie vergötterte) bei einer Feuersbrunst in ihrem Pensionat schwere Verbrennungen erlitten habe. Die Ärzte fürchteten um ihr Leben. Der Leutnant sagte, Mr. Cliff sei wie von Sinnen. Er habe beschlossen, sogleich von Bord der »Leviathan« zu gehen und mit dem ersten Paketboot nach England zurückzukehren, da er jetzt bei seiner Tochter sein müsse. Der Leutnant sagte immer wieder: »Was soll bloß werden? Welch eine Unglücksfahrt!« Wir trösteten ihn nach Kräften.

---

* (engl.) O Gott! Mein armes Mädchen!

Ich muß gestehen, daß ich den Entschluß des Kapitäns nicht gutheißen konnte. Sein Kummer war mir verständlich, aber ein Mann, dem eine Aufgabe anvertraut ist, hat nicht das Recht, sich von persönlichen Gefühlen leiten zu lassen. Besonders wenn er Kapitän ist und ein Schiff führt. Was würde aus einer Gesellschaft werden, deren Kaiser oder Präsident oder Premierminister Persönliches über seine Pflicht stellte? Es käme zum Chaos, während doch Sinn und Pflicht der Macht darin bestehen, das Chaos zu bekämpfen und die Harmonie zu befördern.

Ich ging wieder an Deck, um zu sehen, wie Mr. Cliff das ihm anvertraute Schiff verläßt. Und der Allmächtige erteilte mir eine neue Lehre, die Lehre des Mitleids.

Der Kapitän lief gebeugt die Schiffstreppe hinunter. In der Hand hielt er eine Reisetasche, und ein Matrose trug ihm einen Koffer hinterher. Auf der Landungsbrücke blieb der Kapitän stehen und drehte sich nach der »Leviathan« um, und ich sah sein großflächiges Gesicht naß von Tränen. Im nächsten Moment wankte er und stürzte zu Boden.

Ich eilte zu ihm. Nach seiner unterbrochenen Atmung und dem krampfhaften Zucken seiner Gliedmaßen zu urteilen, hatte er einen schweren hämorrhagischen Schlaganfall erlitten. Der herzueilende Doktor Truffo bestätigte meine Diagnose.

Ja, es kommt nicht selten vor, daß ein menschliches Gehirn den Zwiespalt zwischen der Stimme des Herzens und dem Ruf der Pflicht nicht aushält. Ich habe Kapitän Cliff unrecht getan.

Der Kranke wurde ins Hospital gebracht. Die »Leviathan« blieb an der Landungsbrücke liegen. Regnier-san, dessen Haar von der Erschütterung ergraut war, fuhr zum Telegraphen-

amt, um mit der Londoner Reederei zu verhandeln. Erst in der Dämmerung kam er zurück. Die Neuigkeiten: Cliff-san habe das Bewußtsein nicht wiedererlangt, die Führung des Schiffs werde provisorisch Regnier-san übernehmen, und in Kalkutta werde der neue Kapitän an Bord kommen.

Wir legten mit zehnstündiger Verspätung von Bombay ab.

In all diesen Tagen ist mir, als schwebte ich dahin. Mich freuen der Sonnenschein, die indischen Küstenlandschaften und das gemessene, müßige Leben an Bord des großen Schiffs. Selbst im Salon »Windsor«, in den ich früher nur mit Beklemmung gegangen bin, wie zur Folter, fühle ich mich jetzt beinahe heimisch. Die Tischgenossen verhalten sich anders zu mir – ohne Abscheu und ohne Argwohn. Alle sind nett und liebenswürdig, und ich verhalte mich zu ihnen auch anders als früher. Selbst Kleber-san, die ich eigenhändig hätte erwürgen können (die Ärmste!), ist mir nicht mehr zuwider. Sie ist einfach eine junge Frau, die zum erstenmal Mutter wird und ganz von dem naiven Egoismus dieses für sie neuen Zustands durchdrungen ist. Seit sie weiß, daß ich Arzt bin, stellt sie mir unentwegt medizinische Fragen und klagt über kleine Unpäßlichkeiten. Früher ist Doktor Truffo ihr Opfer gewesen, jetzt tragen wir die Last zu zweit. Und das Erstaunlichste, es wird mir nicht zuviel. Mein Status ist bedeutend höher als in der Zeit, in der ich für einen Offizier gehalten wurde. Verblüffend!

Im »Windsor« genieße ich eine privilegierte Position. Nicht nur als Arzt, sondern, wie Mrs. Truffo sich ausdrückte, als unschuldiges Opfer polizeilicher Willkür. Die Hauptsache, ich bin mit Sicherheit nicht der Mörder. Das ist bewiesen und offiziell bestätigt. Dadurch gehöre ich nun zur höchsten Kaste – zusammen mit dem Polizeikommissar und dem frischgebackenen Kapitän (der sich übrigens kaum noch bei uns sehen läßt, er ist sehr beschäftigt, und der Steward bringt ihm das Essen auf die Brücke). Wir drei sind außer Verdacht, und niemand wirft uns verstohlen furchtsame Blicke zu.

Diese ganze »Windsor«-Gesellschaft tut mir aufrichtig leid. Mit meinem neuerworbenen geistigen Auge sehe ich deutlich, was sie alle nicht sehen, nicht einmal der scharfsinnige Fandorin-san.

Unter meinen Nachbarn ist kein Mörder. Keiner von ihnen eignet sich für die Rolle des Verbrechers. Ich betrachte diese Leute und sehe: Sie haben Fehler und Schwächen, aber ein Mensch mit finsterem Herzen, der imstande wäre, kaltblütig elf unschuldige Menschen zu ermorden, darunter zwei Kinder, ist nicht unter ihnen. Ich würde seinen stinkenden Atem riechen. Ich weiß nicht, von wessen Hand Sweetchild-san gefallen ist, aber ich bin sicher, daß es niemand aus unserem Salon war. Der Kommissar hat sich ein wenig geirrt mit seinen Mutmaßungen: Der Verbrecher befindet sich an Bord des Dampfers, aber nicht im »Windsor«. Vielleicht hat er an der Tür gehorcht, als der Professor uns von seiner Entdeckung erzählte.

Wenn Coche-san nicht so stur wäre und die »Windsors« unvoreingenommen betrachtete, würde er begreifen, daß er seine Zeit verschwendet.

Ich gehe einen nach dem anderen durch.

Fandorin-san. Seine Unschuld liegt auf der Hand. Würde er sonst den Verdacht von mir genommen haben, als meine Schuld von niemandem bezweifelt wurde?

Die Eheleute Truffo. Der Doktor ist ein etwas komischer, doch sehr gutmütiger Mensch. Er könnte keiner Zikade etwas zuleide tun. Seine Frau ist die verkörperte englische Wohlanständigkeit. Sie könnte niemanden töten aus dem einfachen Grund, weil es unanständig wäre.

M.-S.-san. Er ist ein sonderbarer Mensch, der dauernd etwas vor sich hin murmelt und manchmal aufbraust, doch in seinen Augen ist tiefes und aufrichtiges Leid erstarrt. Mit solchen Augen begeht man keinen kaltblütigen Mord.

Kleber-san. Nun, da ist alles klar. Erstens ist es beim Menschengeschlecht nicht üblich, daß eine Frau, die im Begriff ist, neues Leben zur Welt zu bringen, mit solcher Leichtigkeit das Leben anderer zertrampelt. Schwangerschaft ist ein Mysterium, welches uns lehrt, sorgsam mit der menschlichen Existenz umzugehen. Zweitens befand sich Kleber-san zur Tatzeit bei dem Polizisten.

Und schließlich Stomp-san. Sie hat kein Alibi, aber die Vorstellung, daß sie sich von hinten an einen Bekannten heranschleicht, ihm mit ihrer schmalen, schwachen Hand den Mund zuhält und mit der anderen mein unglückseliges Skalpell ansetzt ... Blödsinn. Ausgeschlossen.

Reiben Sie sich die Augen, Kommissar-san. Sie stecken in der Sackgasse.

Das Atmen fällt mir schwer. Ob ein Sturm im Anzug ist?

Kommissar Coche

Die verfluchte Schlaflosigkeit machte ihm schwer zu schaffen. Schon die fünfte Nacht litt er Höllenqualen, und es wurde immer ärger. Und fand er im Morgengrauen doch noch Vergessen, so hatte er Träume, vor denen Allah einen bewahren möge. Dann erwachte er wie zerschlagen, und in den von den nächtlichen Geschichten benommenen Kopf krochen verrückte Gedanken. Ob es wirklich an der Zeit war, in Pension zu gehen? Am liebsten hätte er auf alles gepfiffen, doch das ging nicht. Es gab nichts Schlimmeres als ein bettelarmes Alter. Irgend jemand hat es auf einen Schatz von anderthalb Milliarden Francs abgesehen, und du, Alter, sollst mit jämmerlichen hundertfünfundzwanzig im Monat auskommen.

Am Abend wetterleuchtete es am Himmel, Wind heulte in den Masten, und die »Leviathan« krängte schwerfällig in den kraftvollen schwarzen Wellen. Coche lag lange im Bett und starrte zur Decke. Die war bald dunkel, bald unnatürlich weiß – wenn ein Blitz aufzuckte. Regen peitschte auf das Deck, und auf dem Tisch fuhr löffelklirrend ein vergessenes Glas mit einer Mixtur für die kranke Leber hin und her.

Einen Sturm auf See erlebte Coche zum erstenmal, aber Angst hatte er nicht. Konnte solch ein ungeheures Schiff etwa untergehen? Nun, es schaukelte und dröhnte, doch das würde sich wieder geben. Nur ließen die Donnerschläge ihn nicht schlafen. Kaum begann er einzudrusseln, schon krachte es wieder.

Aber er mußte wohl doch eingeschlafen sein, denn er setzte sich ruckartig auf und wußte nicht, was vorging. Sein Herz schlug so laut, daß es durch die Kabine schallte.

Nein, das war nicht das Herz, sondern die Tür.

»Kommissar!« (Poch-poch-poch.) »Kommissar!« (Poch-poch-poch.) »Machen Sie auf! Schnell!«

Wer war das? Fandorin wohl.

»Wer ist da? Was wollen Sie?« schrie Coche und peßte die Hand gegen die linke Brustseite. »Sind Sie verrückt?«

»Machen Sie auf, verdammt noch mal!«

Oho! Was für ein Ton für einen Diplomaten! Etwas Ernstes mußte geschehen sein.

»Gleich!«

Coche nahm verschämt die Nachtmütze mit der Troddel (von der alten Blanche gestrickt) ab, warf den Hausmantel über, fuhr in die Latschen.

Ein Blick durch den Türspalt – ja, Fandorin. Gehrock, Krawatte, Rohrstock mit beinernem Knauf. Glühende Augen.

»Was ist?« fragte Coche mißtrauisch, denn ihm war schon klar, daß er von dem nächtlichen Besucher etwas Scheußliches zu hören bekommen würde.

Der Diplomat sprach anders als sonst – schnell, abgerissen, ohne zu stottern.

»Ziehen Sie sich an. Nehmen Sie eine Waffe mit. Wir müssen Kapitän Regnier verhaften. Sofort. Er steuert das Schiff in die Klippen.«

Coche schüttelte den Kopf – war diese Ungereimtheit ein Traum?

»Haben Sie zuviel Haschisch geraucht, Monsieur Russe?«

»Ich bin nicht allein hier«, antwortete Fandorin.

Der Kommissar linste in den Korridor und sah neben Fandorin zwei weitere Männer stehen. Der eine war der verrückte Baronet. Und der andere? Der Steuermann, ja. Wie hieß er gleich … Richtig, Fox.

»Beeilen Sie sich«, fuhr der Diplomat abgehackt fort. »Die Zeit ist knapp. Ich habe in der Kabine gelesen. Es klopfte. Sir Reginald. Um ein Uhr nachts hat er die Position des Schiffs bestimmt. Mit dem Sextanten. Der Kurs stimmt nicht. Wir müßten die Insel Manaar links umfahren. Wir fahren aber rechts herum. Ich habe den Steuermann geweckt. Fox, reden Sie.«

Der Steuermann trat vor. Er sah recht erschrocken aus.

»Dort sind Untiefen, Monsieur«, sagte er in gebrochenem Französisch. »Und Klippen. Die ›Leviathan‹ ist sehr schwer. Sechzehntausend Tonnen, Monsieur! Wenn sie aufläuft, sie bricht wie französisches Weißbrot, wie

Baguette, verstehen Sie? Noch eine halbe Stunde dieser Kurs, und es gibt kein Zurück!«

Eine hübsche Neuigkeit. Nun sollte der alte Coche sich auch noch in der Seefahrt zurechtfinden und sich den Kopf über die Insel Manaar zerbrechen!

»Und warum sagen Sie nicht dem Kapitän, daß er … nun, den falschen Kurs steuert?«

Fox sah den Russen an.

»Monsieur Fandorin meint, das geht nicht.«

»Regnier spielt eindeutig va banque«, sagte der Diplomat eindringlich. »Er ist zu allem fähig. Wenn er es anordnet, wird der Steuermann in Arrest gesetzt. Wegen Renitenz. Vielleicht macht er sogar von der Waffe Gebrauch. Er ist der Kapitän. Sein Wort ist an Bord Gesetz. Außer uns dreien weiß niemand, was vorgeht. Wir brauchen einen Vertreter der Macht. Das sind Sie, Kommissar. Gehen wir nach oben!«

»Moment, Moment!« Coche griff sich an die Stirn. »Sie bringen mich ganz durcheinander. Ist dieser Regnier verrückt geworden?«

»Nein. Aber er will das Schiff vernichten. Und alle, die an Bord sind.«

»Warum? Wozu?«

Nein, das konnte nicht wahr sein, das war ein Alptraum.

Fandorin begriff, daß Coche nicht so leicht auf Trab zu bringen war, und wurde nun deutlicher.

»Ich habe nur eine Vermutung. Aber eine ungeheuerliche. Regnier will das Schiff und die Menschen darauf vernichten, um die Spuren eines Verbrechens zu verwischen. Schwer zu glauben, daß jemand so leichten Herzens den Tod Tausender Menschen in Kauf nimmt, nicht wahr? Denken Sie an die Rue de Grenelle, denken Sie an Sweetchild, und Sie werden erkennen, daß auf der Jagd nach dem Schatz von Brahmapur Menschenleben nicht viel wert sind.«

Coche schluckte.

»Auf der Jagd nach dem Schatz?«

»Ja.« Fandorin rang um Zurückhaltung. »Regnier ist der Sohn des Radschas Bagdassar. Ich hatte es mir gedacht, war mir aber nicht sicher. Jetzt gibt es keine Zweifel mehr.«

»Der Sohn? Quatsch! Der Radscha war ein Hindu, und Regnier ist ein waschechter Franzose.«

»Ist Ihnen nicht aufgefallen, daß er weder Rind- noch Schweinefleisch ißt? Und warum nicht? Gewohnheit von Kindesbeinen an. In Indien gilt die Kuh als heiliges Tier, und die Muselmanen essen kein Schweinefleisch. Der Radscha war Inder, aber Anhänger des Islam.«

»Das kann andere Gründe haben«, sagte Coche achselzuckend. »Regnier erklärte, er halte sich an eine Diät.«

»Und sein dunkles Gesicht?«

»Ist auf den südlichen Meeren gebräunt.«

»Regnier hat in den letzten zwei Jahren die Linien London – New York und London – Stockholm befahren. Sie können Monsieur Fox fragen. Nein, Coche, Regnier ist zur Hälfte Inder. Die Frau Bagdassars war Französin, ihr Sohn wurde während des Sepoy-Aufstands in Europa erzogen, höchstwahrscheinlich in Frankreich, der Heimat seiner Mutter. Waren Sie schon mal bei Regnier in der Kabine?«

»Ja, er hatte mich eingeladen, wie auch andere.«

»Haben Sie das Photo auf dem Tisch gesehen? ›Allzeit sieben Fuß unterm Kiel. Françoise B.‹«

»Ja. Seine Mutter.«

»Wenn sie seine Mutter ist, warum ›B‹ und nicht ›R‹? Sohn und Mutter haben doch denselben Nachnamen.«

»Vielleicht hat sie nochmals geheiratet.«

»Möglich. Das konnte ich noch nicht überprüfen. Aber kann ›Françoise B.‹ nicht einfach ›Françoise Bagdassar‹ bedeuten? Wie in Europa üblich? Indische Radschas haben ja keinen Nachnamen.«

»Und woher der Name Regnier?«

»Keine Ahnung. Vielleicht hat er bei seiner Naturalisierung den Mädchennamen seiner Mutter angenommen.«

»Mutmaßungen«, fauchte Coche. »Kein einziges Faktum. Immer nur ›vielleicht‹ oder ›möglich‹.«

»Zugegeben. Aber finden Sie Regniers Benehmen im Zusammenhang mit der Ermordung Sweetchilds nicht verdächtig? Erinnern Sie sich, wie er sich erbot, den Schal für Madame Kleber zu holen? Und dann bat er noch den Professor, nicht ohne ihn anzufangen. Ich vermute, daß Regnier in den wenigen Minuten seiner Abwesenheit den Abfalleimer anzündete und das Skalpell aus seiner Kabine holte.«

»Und wieso meinen Sie, daß er das Skalpell hatte?«

»Ich sagte Ihnen doch, daß das Bündel des Negers nach der Durchsuchung des Schiffs aus dem Boot verschwunden war. Und wer leitete die Durchsuchung? Regnier.«

Coche schüttelte zweifelnd den Kopf. Das Schiff machte eine Schlingerbewegung, und er prallte schmerzhaft mit der Schulter gegen den Türrahmen. Seine Laune wurde davon nicht besser.

»Erinnern Sie sich, wie Sweetchild damals anfing?« fuhr Fandorin fort, riß die Uhr aus der Tasche und sprach immer schneller. »Er sagte, er habe alles geklärt, das mit dem Tuch und das mit dem Sohn. Man müsse nur noch in den Listen der Ecole Maritime nachsehen. Das heißt, er hatte nicht nur das Geheimnis des Tuchs ergründet, sondern auch etwas Wichtiges über den Sohn des Radschas in Erfahrung gebracht. Zum Beispiel daß der an der Marseiller Seefahrtsschule studiert hatte. Die übrigens auch unser Regnier absolviert hat. Der Indologe erwähnte ein Telegramm, das er an einen Bekannten im französischen Innenministerium geschickt habe. Möglicherweise wollte Sweetchild etwas über das Schicksal des Jungen herausfinden. Er muß auch einiges erfahren haben, aber wohl nicht, daß Regnier der Erbe Bagdassars ist, sonst würde er sich vorsichtiger verhalten haben.«

»Und was hat er über das Tuch herausgekriegt?« fragte Coche mit gierigem Interesse.

»Ich glaube, ich kann diese Frage beantworten. Aber nicht jetzt, später. Die Zeit drängt!«

»Sie meinen also, Regnier selbst hat den kleinen Brand inszeniert und die Panik genutzt, um dem Professor den Mund zu verschließen?« fragte Coche nachdenklich.

»Ja, verdammt noch mal, ja! Benutzen Sie doch Ihren Verstand! Wir haben wenig Beweise, ich weiß, aber in zwanzig Minuten läuft die ›Leviathan‹ in die Meerenge ein!«

Doch der Kommissar zögerte noch.

»Die Arretierung eines Kapitäns auf offener See ist Meuterei. Warum schenken Sie der Mitteilung dieses Herrn Glauben?« Er wies mit dem Kinn auf den verrückten Baronet. »Der redet doch immerfort Blödsinn.«

Der rothaarige Engländer lachte verächtlich auf und betrachtete Coche wie eine Laus oder Assel. Einer Antwort würdigte er ihn nicht.

»Weil ich Regnier schon lange im Verdacht habe«, stieß der Russe hervor. »Und weil die Geschichte mit Kapitän Cliff mir sonderbar vorkam. Wieso mußte der Leutnant so lange telegraphische Verhandlungen mit der Reederei führen? Weil man in London nichts von dem Unglück von Cliffs Tochter wußte? Wer hat dann das Telegramm nach Bombay geschickt? Die Direktion des Pensionats? Die dürfte kaum so genau über die Fahrstrecke der ›Leviathan‹ informiert gewesen sein. Hat vielleicht Regnier selbst die Depesche abgeschickt? In meinem Reiseführer steht, daß es in Bombay mindestens ein Dutzend Telegraphenpunkte gibt. Innerhalb der

Stadt von einem Telegraphenpunkt zum nächsten zu telegraphieren ist ein leichtes.«

»Und weshalb zum Teufel war das so wichtig für ihn?«

»Um das Schiff in die Hand zu bekommen. Er wußte, daß Cliff nach der Mitteilung die Fahrt nicht fortsetzen konnte. Fragen Sie lieber, warum Regnier ein solches Risiko einging. Doch wohl nicht aus dummem Ehrgeiz, um eine knappe Woche lang ein Schiff zu kommandieren, und dann komme, was da wolle? Es gibt nur eine Theorie: um die ›Leviathan‹ zu versenken, mitsamt den Passagieren und der Besatzung. Die Ermittlung war schon zu dicht an ihn herangekommen, die Schlinge zog sich zusammen. Er wußte, daß die Polizei allen Verdächtigen auf die Pelle rückte. Eine Schiffskatastrophe würde alles zudecken. Dann könnte er in Ruhe nach der Schatulle mit den Edelsteinen fahnden.«

»Aber er würde doch mit uns untergehen.«

»Nein, er nicht. Wir haben eben nachgesehen – das Kapitänsboot ist bereit zum Fieren. Das ist ein kleines, aber stabiles Schiffchen, dem ein Sturm nichts anhaben kann. Es enthält einen Wasservorrat, einen Korb mit Lebensmitteln und, besonders rührend, eine Reisetasche mit Kleidungsstücken. Regnier will höchstwahrscheinlich das Schiff gleich nach dem Einlaufen in die Meerenge verlassen, aus der es nicht mehr herauskommt. Die ›Leviathan‹ kann nicht wenden und wird selbst bei gestoppter Maschine gegen die Klippen getrieben. Vielleicht können einige sich retten, denn die Küste ist nicht weit, doch alle Verschollenen werden als ertrunken gelten.«

»Wie kann man sein so stupid, Monsieur Polizist!« mischte sich der Steuermann ein. »Wir haben schon viele Zeit verloren. Mir hat Mr. Fandorin geweckt. Er sagt, das Schiff fährt falsche Kurs. Ich will schlafen und wünsche ihm zum Teufel. Da bietet er mir Wette, hundert Pfund gegen eins, daß der Kapitän falsch steuert. Ich denke, der Russe hat Verstand verloren, aber alle wissen, die Russen sind bißchen verruckt, da kann ich leichtes Geld verdienen. Ich rauf auf die Brücke. Alles in Ordnung. Der Kapitän hat Wache, der Rudergänger steht an das Steuer. Wegen die hundert Pfund habe ich trotzdem heimlich den Kurs kontrolliert, und da ist mir Schweiß ausgebrochen! Aber zu Kapitän kein Wort. Mr. Fandorin hatte mir eingeschärft, ich soll nichts sagen. Habe ich auch nicht. Ich wünsche angenehme Wache und gehe. Das war« – der Steuermann sah zur Uhr – »vor fünfundzwanzig Minuten.«

Und er fügte auf englisch etwas für die Franzosen im allgemeinen und die französischen Polizisten im besonderen wenig Schmeichelhaftes hinzu.

Nach kurzem Zögern faßte der Kommissar endlich einen Entschluß. Und er veränderte sich sogleich, seine Bewegungen wurden rasch und zielstrebig. Coche verfiel nicht gern aus dem Stand in Galopp, doch wenn er einmal in Gang gekommen war, brauchte man ihn nicht anzutreiben.

Während er geschwind Jacke und Hose anzog, sagte er zum Steuermann: »Fox, holen Sie zwei Matrosen aufs

Oberdeck. Mit Karabinern. Der Erste Offizier soll auch kommen. Nein, lieber nicht, wir haben keine Zeit, alles noch mal zu erklären.«

Er schob seinen treuen Lefaucheux-Revolver in die Tasche und reichte dem Diplomaten eine vierläufige Mariette.

»Können Sie damit umgehen?«

»Ich habe selber einen Herstal«, antwortete Fandorin und zeigte einen kompakten schönen Revolver vor, wie Coche ihn nie gesehen hatte. »Und dies hier.« Mit einer blitzartigen Bewegung zog er aus dem Rohrstock eine schmale biegsame Klinge.

»Dann los.«

Dem Baronet wollte Coche keine Waffe geben, wer weiß, was der Verrückte damit anstellte.

Zu dritt durchschritten sie rasch den langen menschenleeren Korridor. Die Tür einer Kabine wurde geöffnet, und Renate Kleber blickte heraus. Über dem braunen Kleid hatte sie einen Schal umgelegt.

»Meine Herren, was trampeln Sie hier herum wie eine Herde Elefanten?« rief sie ungehalten. »Das Gewitter läßt mich auch so nicht schlafen.«

»Machen Sie die Tür zu und bleiben Sie in der Kabine!« sagte Coche streng und stieß die Kleber, ohne stehenzubleiben, zurück in die Kabine. Jetzt war nicht die Zeit für Höflichkeiten.

Der Kommissar hatte den Eindruck, daß auch die Tür der Kabine 24, wo Mademoiselle Stomp wohnte, ein wenig zitterte und sich einen Spalt öffnete, aber konnte er sich in einem so verantwortungsvollen Moment um Kleinigkeiten kümmern?

An Deck schlugen ihnen Wind und Regen ins Gesicht. Sie mußten schreien, um einander zu verstehen.

Da war auch schon die Treppe, die zum Steuerhaus und zur Brücke hinaufführte. Bei der untersten Stufe wartete Fox mit zwei wachhabenden Matrosen.

»Ich sagte, mit Karabinern!« schrie Coche.

»Die sind in der Waffenkammer!« brüllte ihm der Steuermann ins Ohr. »Den Schlüssel hat der Kapitän.«

Unwichtig, gehen wir hinauf, zeigte Fandorin mit einer Geste. Sein Gesicht glänzte vor Nässe.

Coche blickte in die Runde und schüttelte sich. Durch die Nacht blinkten die stählernen Fäden des Regens, schimmerten weiß die Gischtkämme, zuckten die Blitze. Gräßlich!

Sie stiegen die eiserne Treppe hinauf, mit den Absätzen polternd und vor dem peitschenden Regen das Gesicht verziehend. Coche ging voran. Er war jetzt der wichtigste Mann auf der riesigen »Leviathan«, die mit ihrem Zweihundert-Meter-Rumpf vertrauensselig dem Untergang entgegenfuhr. Auf der letzten Stufe rutschte der Kommissar aus und bekam gerade noch die Griffstange zu fassen. Er richtete sich auf und holte tief Luft.

Über ihnen waren nur noch die funkenspeienden Schornsteine und die in der Dunkelheit kaum erkennbaren Masten.

Vor der mit Stahlnieten gespickten Tür hob Coche warnend den Finger: still! Diese Vorsicht war wohl überflüssig, denn das Meer toste dermaßen, daß die im Steuerhaus bestimmt nichts hörten.

»Hier ist Eingang zu die Kapitänsbrücke und Steuerhaus!« schrie Fox. »Ohne Erlaubnis von Kapitän darf niemand hinein!«

Coche zog den Revolver aus der Tasche und spannte den Hahn. Fandorin tat das gleiche.

»Sie werden schweigen!« warnte der Kommissar für alle Fälle den so überaus aktiven Diplomaten. »Ich mache das selbst! Oh, ich hätte nicht auf Sie hören sollen!« Und er stieß entschlossen gegen die Tür.

Sie ging nicht auf.

»Er hat sich eingeschlossen«, konstatierte Fandorin. »Sagen Sie was, Fox!«

Der Steuermann hämmerte gegen die Tür.

»Captain, it's me, Jeremy Fox! Please open! We have an emergency!«*

Hinter der Tür tönte dumpf die Stimme Regniers: »What happened, Jeremy?«**

Die Tür blieb geschlossen.

Der Steuermann drehte sich ratlos zu Fandorin um. Der zeigte auf den Kommissar, hielt dann den Finger an die Schläfe und tat, als zöge er durch. Coche verstand die Pantomime nicht, aber Fox nickte und brüllte aus vollem Halse: »The french cop shot himself!«***

---

* (engl.) Kapitän, ich bin's, Jeremy Fox! Machen Sie bitte auf! Wir haben einen Notfall!

** (engl.) Was ist passiert, Jeremy?

*** (engl.) Der französische Bulle hat sich erschossen.

Sofort wurde die Tür aufgerissen, und Coche zeigte dem Kapitän mit Vergnügen sein nasses, doch quicklebendiges Gesicht. Und das schwarze Loch der Lefaucheux-Mündung.

Regnier stieß einen Schrei aus und prallte zurück wie von einem Schlag. Wenn das kein Indiz war: Ein Mensch mit gutem Gewissen weicht nicht so vor der Polizei zurück. Coche packte ohne viel Federlesens den Seemann am Kragen seiner Segeltuchjacke.

»Es freut mich, daß die Nachricht von meinem Tod Sie dermaßen beeindruckt, Herr Radscha«, schnurrte der Kommissar, dann schnauzte er sein in ganz Paris berühmtes: »Hände über den Kopf! Sie sind verhaftet!«

Bei diesen Worten waren schon abgefeimte Pariser Halsabschneider in Ohnmacht gefallen.

Am Steuerrad war, halb umgewandt, der Rudergänger erstarrt. Er hatte gleichfalls die Hände gehoben, und das Steuerrad drehte leicht nach Steuerbord.

»Halt das Rad fest, Idiot!« fuhr Coche ihn an. »Und du« – er stieß einen der Wachhabenden leicht mit dem Finger an – »holst sofort den Ersten Offizier her, er soll das Schiff übernehmen. Einstweilen kommandieren Sie, Fox. Aber ein bißchen plötzlich! Befehlen Sie ›Maschine stop‹ oder, was weiß ich, ›volle Kraft rückwärts‹, aber stehen Sie nicht da wie ein Ölgötze!«

»Mal sehen«, sagte der Steuermann, über die Karte gebeugt. »Vielleicht ist noch nicht zu spät, backbords zu steuern.«

Mit Regnier war alles klar. Er versuchte nicht einmal, den Empörten zu spielen, stand da mit gesenktem Kopf. Die Finger seiner erhobenen Hände bebten.

»So, dann wollen wir uns mal unterhalten«, sagte Coche herzlich zu ihm. »Ach, werden wir uns schön unterhalten!«

Renate Kleber

Zum Frühstück erschien Renate später als die anderen und erfuhr daher als letzte von den Ereignissen der vergangenen Nacht. Alle wetteiferten darin, ihr die unvorstellbaren, ungeheurlichen Neuigkeiten mitzuteilen.

Also, Kapitän Regnier ist nicht mehr Kapitän.

Also, Regnier heißt gar nicht Regnier.

Also, er ist der Sohn jenes Radschas.

Also, er hat sie alle umgebracht.

Also, in der Nacht wäre das Schiff beinahe untergegangen.

»Wir haben friedlich in unseren Kabinen geschlafen«, flüsterte Clarissa Stomp mit vor Entsetzen geweiteten Augen. »Und dieser Mensch hat derweil das Schiff direkt gegen die Klippen gesteuert. Können Sie sich vorstellen, was dann passiert wäre? Nervenzerfetzendes Knirschen, ein Stoß, das Krachen der gerissenen Schiffshaut! Man fällt aus dem Bett und kapiert im ersten Moment überhaupt nichts. Dann Schreie, Füßetrappeln. Der Fußboden neigt sich mehr und mehr auf die Seite.

Und das Schlimmste: Das Schiff steht still! Alle laufen halbnackt an Deck ...«

»Not me!«* warf Madame Truffo entschlossen ein.

»Die Matrosen versuchen, die Boote zu Wasser zu lassen«, fuhr die phantasievolle Clarissa in dem gleichen mystisch gedämpften Flüstern fort, ohne den Einwand der Doktorsfrau zu beachten. »Aber die Passagiere rennen hin und her und stören. Bei jeder neuen Welle legt sich das Schiff mehr auf die Seite. Wir können uns kaum noch auf den Beinen halten und müssen uns irgendwo festklammern. Die Nacht ist schwarz, das Meer brüllt, am Himmel tobt das Gewitter ... Ein Boot wird schließlich zu Wasser gelassen, aber es haben sich so viele Menschen, vor Angst halb wahnsinnig, hineingedrängt, daß es umschlägt. Kleine Kinder ...«

»Nun ist es aber g-genug«, unterbrach Fandorin sanft, doch entschieden die ausschweifende Erzählerin.

»Sie sollten maritime Romane schreiben, Madame«, sagte der Doktor mißbilligend.

Renate saß wie erstarrt, die Hand auf dem Herzen. Ihr Gesicht war ohnehin bleich und unausgeschlafen, und jetzt nahm es einen grünlichen Schimmer an.

»Nein«, sagte sie und wiederholte: »Nein.«

Dann las sie Clarissa streng die Leviten: »Weshalb erzählen Sie mir solche grausigen Dinge? Wissen Sie nicht, daß ich so etwas in meinem Zustand nicht hören darf?«

* (engl.) Ich nicht!

Schnauzer war nicht am Tisch. Es sah ihm nicht ähnlich, das Frühstück zu versäumen.

»Wo ist denn Monsieur Coche?« fragte Renate.

»El velhölt noch immel den Allestanten«, meldete der Japaner. Er hatte in den letzten Tagen seine Menschenscheu abgelegt und sah Renate nicht mehr mit gehetzten Augen an.

»Hat Monsieur Regnier denn wirklich diese unvorstellbaren Dinge gestanden?« fragte sie mit schwacher Stimme. »Er redet sich noch um Kopf und Kragen! Bestimmt hat sich nur sein Verstand getrübt. Wissen Sie, mir ist längst aufgefallen, daß er nicht ganz bei sich ist. Hat er denn selbst gesagt, daß er der Sohn des Radschas ist? Womöglich noch der Sohn von Napoleon Bonaparte. Der Ärmste ist einfach übergeschnappt, das ist doch klar!«

»Nicht ganz, gnädige Frau, nicht ganz«, ertönte hinter ihr die müde Stimme von Kommissar Coche.

Renate hatte ihn nicht hereinkommen hören. Der Sturm hatte zwar aufgehört, aber die See war noch unruhig, das Schiff schaukelte auf den wütenden Wellen, und fortwährend knirschte, klirrte, knarrte etwas. Der von der Kugel durchschlagene Big Ben schaukelte – früher oder später wird das eichene Monstrum hinkrachen, dachte Renate flüchtig und konzentrierte sich wieder auf Schnauzer.

»Nun, was gibt's da, erzählen Sie!« forderte sie.

Der Polizist ging ohne Eile zu seinem Platz und setzte sich. Er winkte dem Steward, ihm Kaffee einzugießen.

»Uff, ich bin ganz erschöpft«, klagte er. »Was ist mit den Passagieren? Wissen alle Bescheid?«

»Das ganze Schiff summt, aber Einzelheiten weiß kaum jemand«, antwortete der Doktor. »Mir hat Mr. Fox alles erzählt, und ich habe es für meine Pflicht gehalten, die Anwesenden zu informieren.«

Coche blickte auf Fandorin und den rothaarigen Verrückten und schüttelte verwundert den Kopf.

»Meine Herren, Sie gehören ja nicht zu den Geschwätzigen.«

Den Sinn dieser Bemerkung begriff Renate wohl, doch das gehörte jetzt nicht zur Sache.

»Was ist mit Regnier?« fragte sie. »Hat er etwa all die Untaten gestanden?«

Schnauzer nippte mit Genuß an seinem Kaffee. Er war heute irgendwie verändert, hatte keine Ähnlichkeit mehr mit einem zahnlosen Kläffer. Er konnte durchaus zuschnappen, und wenn man nicht aufpaßte, riß er einem ein Stück Fleisch ab. Renate beschloß, den Kommissar in Bulldogge umzutaufen.

»Feines Käffchen«, lobte Coche. »Natürlich hat er gestanden. Es blieb ihm nichts anderes übrig. Ich hatte freilich meine Plage mit ihm, aber der alte Coche hat ja große Erfahrung. Jetzt sitzt er da, Ihr Freund Regnier, und bringt seine Aussagen zu Papier, ist richtig in Fahrt gekommen. Ich bin gegangen, um ihn nicht zu stören.«

»Wieso ›mein Freund‹?« protestierte Renate. »Lassen Sie das. Er ist einfach ein höflicher Mensch, der einer schwangeren Frau kleine Gefälligkeiten erweist. Ich glaube nicht, daß er solch ein Monster ist.«

»Wenn er sein Geständnis fertig hat, geb ich's Ihnen zu lesen«, versprach Bulldogge. »Aus alter Freundschaft. Wir haben ja viele Stunden zusammen an diesem Tisch gesessen. Das wär's dann, die Untersuchung ist abgeschlossen. Ich hoffe, Monsieur Fandorin, Sie werden sich nicht zum Advokaten meines Kunden machen? Der kommt um die Guillotine nicht herum.«

»Eher ums Irrenhaus«, sagte Renate.

Der Russe wollte wohl auch etwas sagen, verzichtete aber. Renate sah ihn mit besonderem Interesse an. Er war so frisch und hübsch, als hätte er die ganze Nacht in seinem Bett geschlafen. Und wie immer piekfein angezogen: weißes Jackett, seidene Weste voller Sternchen. Ein sehr interessanter Typ, solchen war Renate noch nicht begegnet.

Da wurde die Tür so heftig aufgerissen, daß sie beinahe aus den Angeln flog. Auf der Schwelle stand ein Matrose, der wild mit den Augen rollte. Als er Coche sah, lief er zu ihm und flüsterte ihm etwas zu, dabei fuchtelte er verzweifelt mit den Armen.

Renate horchte, fing aber nur »Bastard« und »by my mothers grave«* auf.

Was mochte da passiert sein?

»Doktor, kommen Sie in den Korridor.« Bulldogge schob mißmutig den Teller mit dem Rührei von sich weg. »Übersetzen Sie mir, was der junge Mann da murmelt.«

* (engl.) Beim Grabe meiner Mutter.

Zu dritt gingen sie hinaus.

»Waaas?« donnerte draußen der Kommissar. »Wo hattest du deine Augen, du Hund?«

Sich entfernendes Füßetrappeln. Stille.

»Ich rühre mich nicht von der Stelle, bis Monsieur Coche zurückkommt«, erklärte Renate entschlossen.

Die übrigen schienen der gleichen Meinung zu sein.

Im Salon »Windsor« herrschte gespanntes Schweigen.

Der Kommissar und Truffo kehrten nach einer halben Stunde mit finsterer Miene zurück.

»Es ist geschehen, was zu erwarten war«, verkündete feierlich der zu kurz geratene Doktor, ohne Fragen abzuwarten. »Unter die tragische Geschichte ist ein Punkt gesetzt. Das hat der Verbrecher selbst besorgt.«

»Ist er tot?« schrie Renate und stand mit einem Ruck auf.

»Selbstmord?« fragte Fandorin. »Aber wie? Hatten Sie keine V-vorsichtsmaßnahmen getroffen?«

»Doch, hatte ich.« Coche breitete verdrossen die Arme aus. »Im Karzer, wo ich ihn verhörte, gab es nur einen Tisch, zwei Stühle und eine Pritsche, alles am Fußboden festgeschraubt. Aber wenn ein Mensch unbedingt sterben will, ist er nicht zu bremsen. Regnier hat sich die Stirn an einem Wandvorsprung eingeschlagen. Und das hat er so geschickt gemacht, daß draußen kein Laut zu hören war. Der Posten wollte ihm das Frühstück bringen und sah ihn in einer Blutlache am Boden liegen.

Ich habe angeordnet, ihn nicht zu berühren, soll er erst mal liegenbleiben.«

»Darf ich einen Blick auf ihn werfen?« fragte Fandorin.

»Von mir aus. Genießen Sie den Anblick, solange Sie wollen, ich frühstücke erst mal.« Und Bulldogge zog seelenruhig das erkaltete Rührei zu sich heran.

Zu viert gingen sie, um einen Blick auf den Selbstmörder zu werfen: Fandorin, Renate, der Japaner und, sonderbar, die Frau des Doktors. Wer hätte der etepeteten Ziege solche Neugier zugetraut?

Renate blickte zähneklappernd über Fandorins Schulter hinweg in den Karzer. Sie sah die wohlbekannte breitschultrige Gestalt, schräg hingestreckt, den schwarzhaarigen Kopf an der Wand. Regnier lag mit dem Gesicht nach unten, der rechte Arm war unnatürlich verdreht.

Renate ging nicht hinein, sie sah auch so genug. Die anderen hockten sich bei dem Toten hin.

Der Japaner hob den Kopf des Selbstmörders an und berührte mit dem Finger die blutige Stirn. Richtig, er war ja Arzt.

»Oh Lord, have mercy upon this sinful creature«*, sprach Madame Truffo fromm.

»Amen«, sagte Renate und wandte sich von dem schrecklichen Anblick ab.

Schweigend kehrten sie in den Salon zurück.

---

* (engl.) O Gott, erbarme dich dieses sündigen Geschöpfs.

Zur rechten Zeit – Bulldogge hatte seine Mahlzeit beendet, wischte die fettigen Lippen mit einer Serviette ab und nahm die schwarze Mappe zur Hand.

»Ich habe versprochen, Ihnen die Aussagen unseres ehemaligen Tischgenossen zu zeigen«, sagte er unbewegt und legte drei dicht beschriebene Papierblätter vor sich hin, zwei ganze und ein halbes. »Es ist nicht nur ein Geständnis, sondern ein richtiger Abschiedsbrief. Aber das ändert nichts an der Sache. Möchten Sie hören?«

Das mußte er nicht zweimal sagen, alle setzten sich rund um den Kommissar und hielten den Atem an. Bulldogge nahm das erste Blatt, hielt es ein Stück von den Augen weg und las vor.

An den Vertreter der französischen Polizei
Herrn Kommissar Gustave Coche

19. April 1878, 6.15 Uhr
an Bord der »Leviathan«

Ich, Charles Regnier, mache das folgende Geständnis freiwillig und ohne jedweden Zwang, einzig aus dem Wunsch, mein Gewissen zu erleichtern und die Beweggründe zu erklären, die mich zu den schweren Verbrechen trieben.

Das Schicksal ist immer grausam mit mir umgegangen …

»Nun, dieses Lied habe ich schon tausendmal gehört«, kommentierte der Kommissar. »Noch kein Mörder, Räuber oder Kinderschänder hat vor Gericht gesagt, das

Schicksal habe ihn mit guten Gaben überschüttet und er, der Lump, sei ihrer nicht würdig gewesen. Na schön, hören wir weiter.

Das Schicksal ist immer grausam mit mir umgegangen, und wenn es mir in der Morgenröte des Lebens freundlich gesonnen war, dann nur, um mich später um so schmerzlicher zu treffen. Meine frühen Jahre verliefen in unbeschreiblichem Luxus. Ich war der einzige Sohn und Erbe eines märchenhaft reichen Radschas, eines sehr gütigen Mannes, der die Weisheit des Ostens wie des Westens in sich aufgenommen hatte. Bis zu meinem neunten Lebensjahr wußte ich nicht, was Bosheit, Angst, Kränkung, ein nicht erfüllter Wunsch ist. Meine Mutter litt an Heimweh in dem fremden Land und verbrachte ihre ganze Zeit mit mir, sie erzählte mir von dem schönen Frankreich und dem fröhlichen Paris, wo sie aufgewachsen war. Mein Vater hatte sie zum erstenmal im Klub »Bagatelle« gesehen, wo sie die erste Tänzerin war, und sich besinnungslos in sie verliebt. Françoise Regnier (so der Mädchenname meiner Mutter – ich habe ihn angenommen, als ich die französische Staatsbürgerschaft bekam) erlag den Verlockungen, welche ihr die Ehe mit dem orientalischen Herrscher verhieß, und wurde seine Frau. Aber die Heirat brachte ihr kein Glück, obwohl sie meinen Vater aufrichtig schätzte und ihm bis auf den heutigen Tag die Treue bewahrte.

Als die Welle der blutigen Empörung über Indien hinwegging, spürte mein Vater die Gefahr und schickte seine Frau und seinen Sohn nach Frankreich. Der Radscha wußte, daß die Engländer seit langem auf die Schatulle erpicht waren und gewiß eine Niedertracht aushecken würden, um die Schätze von Brahmapur in ihren Besitz zu bringen.

In der ersten Zeit lebten meine Mutter und ich in Paris sehr luxuriös – in einer eigenen Villa, umgeben von einer zahlreichen Dienerschaft. Ich besuchte eine privilegierte Schule, zusammen mit den Söhnen von gekrönten Häuptern und Millionären. Aber dann änderte sich alles, und ich mußte den Kelch der Not und der Demütigung bis zur Neige leeren.

Niemals vergesse ich den furchtbaren Tag, an dem meine Mutter mir unter Tränen eröffnete, ich hätte keinen Vater, keinen Titel und keine Heimat mehr. Ein Jahr später wurde mir über die britische Botschaft in Paris das einzige Erbstück meines Vaters ausgehändigt – ein Koran. Zu der Zeit hatte meine Mutter mich schon taufen lassen, und ich ging zur Messe, aber ich schwor mir, arabisch zu lernen und unbedingt Vaters Randnotizen in dem Heiligen Buch zu lesen. Viele Jahre später habe ich diese Absicht verwirklicht, darauf komme ich noch zurück.

»Geduld, Geduld«, sagte Coche und lächelte verschmitzt. »Wir kommen noch dahin. Einstweilen haben wir Lyrik.«

Aus der Villa zogen wir aus, gleich nachdem wir die traurige Nachricht bekommen hatten, zunächst in ein teures Hotel, dann in ein einfacheres und schließlich in ein möbliertes Zimmer. Die Dienerschaft wurde immer kleiner, und zuletzt waren wir nur noch zu zweit. Meine Mutter war noch nie praktisch gewesen, weder in ihrer stürmischen Jugend noch später. Die Juwelen, die sie nach Europa mitgenommen hatte, reichten zwei bis drei Jahre, danach gerieten wir richtig in Not. Ich besuchte eine gewöhnliche Schule, wo sie mich verprügelten und »Neger« nannten. Dieses Leben lehrte mich, verschlossen und nachtragend zu sein. Ich führte ein heimliches Tagebuch, in dem ich die Namen meiner Beleidiger festhielt, um mich an jedem einzelnen zu rächen, wenn sich die Gelegenheit bot. Und früher oder später kam eine solche Gelegenheit. Einen der Feinde aus meiner unglücklichen Jugend traf ich viele Jahre später in New York. Er erkannte mich nicht – ich trug einen anderen Namen und hatte keine Ähnlichkeit mehr mit dem gehetzten mageren »Truthahn«, wie sie mich in der Schule hänselten. Eines Abends lauerte ich dem alten Bekannten auf, als er betrunken aus der Kneipe kam. Ich nannte ihm meinen früheren Namen und unterbrach seinen erstaunten Ruf, indem ich ihm das Klappmesser ins rechte Auge stieß, eine Methode, die ich in den Spelunken von Alexandria gelernt hatte. Ich gestehe diesen Mord, weil er mein Los kaum noch erschweren dürfte.

»Das stimmt«, bestätigte der Kommissar. »Auf eine Leiche mehr oder weniger kommt es nicht an.«

Als ich dreizehn war, zogen wir von Paris nach Marseille, weil das Leben dort billiger war und weil meine Mutter dort Verwandte hatte. Mit sechzehn tat ich einen Schritt, an den ich gar nicht denken mag, ich lief von zu Hause weg und heuerte als Schiffsjunge auf einem Schoner an. Zwei Jahre lang befuhr ich das Mittelmeer. Es war eine schwere, doch nützli-

che Erfahrung. Ich wurde stark, gelenkig und mitleidlos. Das half mir später, in der Marseiller Ecole Maritime der beste Schüler zu werden. Ich beendete die Schule mit einer Medaille und bin seither auf den besten Schiffen der französischen Handelsflotte gefahren. Als Ende letzten Jahres der Posten des Ersten Offiziers auf dem Superschiff »Leviathan« ausgeschrieben wurde, sicherten mir mein Seefahrtsbuch und ausgezeichnete Empfehlungen den Sieg. Aber zu der Zeit hatte ich bereits ein großes Ziel.

Coche nahm das zweite Blatt und kündigte an: »Und jetzt kommt das Interessanteste.«

Als Kind hatte ich Unterricht im Arabischen gehabt, aber die Lehrer waren dem Erbprinzen gegenüber zu nachsichtig, und so hatte ich nur wenig gelernt. Später, als Mutter und ich in Frankreich waren, hörte der Unterricht gänzlich auf, und ich vergaß bald das wenige, was ich wußte. Viele Jahre lang dünkte mich der Koran mit den Anmerkungen meines Vaters ein verwunschenes Buch, in dessen magischen Schriftzeichen sich ein gewöhnlicher Sterblicher niemals zurechtfinden kann. Wie dankbar war ich später dem Schicksal, daß ich nicht einen Kenner des Arabischen gebeten hatte, mir die Randbemerkungen zu übersetzen! Nein, ich mußte, koste es, was es wolle, selber in dieses Geheimnis eindringen. Wieder beschäftigte ich mich mit dem Arabischen, während ich den Maghreb und die Levante bereiste. Nach und nach begann der Koran mit der Stimme meines Vaters zu mir zu sprechen. Aber es dauerte lange Jahre, bis die handschriftlichen Notizen – blu-

mige Aussprüche von Weisen, Bruchstücke von Gedichten und Lebensratschläge des liebenden Vaters für den Sohn – mir andeuteten, daß sie eine Chiffre in sich bargen. Wenn ich die Notizen in einer bestimmten Reihenfolge las, gewannen sie den Sinn einer genauen und eingehenden Instruktion, aber das konnte nur jemand erkennen, der die Notizen auswendig gelernt, viel darüber nachgedacht und sie im Gedächtnis seines Herzens fixiert hatte. Am längsten grübelte ich über eine Zeile aus einem mir unbekannten Gedicht:

> *Das Tuch, von Vaters Blut gerötet,*
> *wird dir der Todesbote bringen.*

Als ich vor einem Jahr die Memoiren eines englischen Generals las, der sich mit seinen »Heldentaten« während der Großen Empörung brüstete (mein Interesse an diesem Thema dürfte verständlich sein), erfuhr ich von dem Geschenk, das der Radscha von Brahmapur vor seinem Tod seinem Sohn gemacht hatte. Also war der Koran in ein Tuch eingewickelt gewesen! Mir fiel es wie Schuppen von den Augen! Ein paar Monate später stellte Lord Littleby im Louvre seine Sammlung aus. Ich wurde der eifrigste Besucher. Als ich endlich das Tuch meines Vater sah, ging mir die Bedeutung dieser Zeilen auf:

> *Mit seiner zugespitzten Form*
> *ähnelt's dem Berge und der Zeichnung.*

Und auch dieser:

Des Vogels bodenloses Auge
blickt ins Geheimnis tief hinein.

Muß ich erklären, daß ich in all den Jahren der Austreibung immer über die irdene Schatulle nachsann, in welcher aller Reichtum der Welt verborgen war? Oft genug habe ich im Traum erlebt, wie der Deckel aufgeht und ich wieder, wie in der fernen Kindheit, den überirdischen Glanz sehe.

Der Schatz gehört mir, ich bin der gesetzliche Erbe! Die Engländer haben mich bestohlen, konnten aber die Früchte ihres Treubruchs nicht genießen. Der schäbige Aasgeier Littleby, der sich mit seinen gestohlenen »Raritäten« brüstete, war in Wirklichkeit ein gewöhnlicher Hehler. Ich hatte nicht die geringsten Zweifel daran, im Recht zu sein, und fürchtete nur eines – daß ich die gestellte Aufgabe nicht bewältige.

Ich habe in der Tat eine Reihe unverzeihlicher, schrecklicher Fehler gemacht. Der erste war der Tod der Diener und besonders der armen Kinder. Natürlich wollte ich diese gänzlich unschuldigen Menschen nicht töten. Wie Sie richtig erraten haben, war ich als Arzt verkleidet, und ich habe ihnen eine Opiumlösung injiziert. Ich wollte sie nur in Schlaf versetzen, aber aus Unerfahrenheit und aus Furcht, das Schlafmittel könnte nicht wirken, habe ich die Dosis falsch berechnet.

Die zweite Erschütterung erwartete mich oben. Als ich das Glas der Vitrine zerschlagen hatte und mit vor Andacht zitternden Händen das Tuch meines Vaters ans Gesicht drückte, wurde plötzlich eine der Türen aufgerissen, und der Hausherr kam humpelnd heraus. Nach meinen Informationen sollte der Lord verreist sein, doch nun stand er plötzlich vor mir, noch dazu mit einer Pistole in der Hand! Ich hatte keine Wahl. Ich nahm die Schiwa-Statuette und schlug sie mit aller Kraft dem Lord über den Kopf. Er stürzte nicht rückwärts, sondern nach vorn, umfaßte mich mit den Armen und beschmierte meine Kleider mit Blut. Unter dem offenstehenden weißen Kittel trug ich die Paradeuniform, deren dunkelblaue Hose mit roten Streifen den Hosen des Sanitätsdienstes sehr ähnelte. Ich war stolz auf meine Schlauheit, aber sie wurde mir letzten Endes zum Verhängnis. Im Todeskrampf riß mir der Unglückliche das Abzeichen der »Leviathan« vom Uniformrock. Ich bemerkte den Verlust erst, als ich wieder auf dem Schiff war. Zwar konnte ich mir ein Ersatzstück besorgen, aber die verhängnisvolle Spur war hinterlassen.

Ich weiß nicht, wie ich aus dem Haus gekommen bin. Durch die Tür traute ich mich nicht, ich kletterte über den Gartenzaun. Am Ufer der Seine kam ich zu mir. In der einen Hand hatte ich die blutige Statuette, in der anderen die Pistole – ich weiß nicht, wozu ich die mitgenommen hatte. Schaudernd vor Abscheu, warf ich beides in die Seine. Das Tuch hatte ich in der Tasche des Uniformrocks unter dem weißen Kittel, es wärmte mir das Herz.

Am nächsten Tag erfuhr ich aus der Zeitung, daß ich zum Mörder nicht nur von Lord Littleby, sondern auch von neun weiteren Menschen geworden war. Meine Empfindungen hierzu lasse ich weg.

»Gut so.« Der Kommissar nickte. »Es ist schon sentimental genug. Er redet wie vor Geschworenen. So als wie, urteilen Sie selbst, meine Herren, hätte ich denn anders handeln können? Sie an meiner Stelle hätten das gleiche gemacht. Pfui!« Und er las weiter vor.

Das Tuch brachte mich um den Verstand. Der Zaubervogel mit dem leeren Auge hatte eine seltsame Macht über mich. Ich handelte gleichsam nicht aus eigenem Antrieb, sondern einer leisen Stimme gehorchend, die mich führte und leitete.

»Na, da wirft er wohl eine Angel aus in Richtung psychischer Unzurechnungsfähigkeit.« Bulldogge lachte verstehend. »Das kennen wir, das haben wir oft gehört.«

Als wir durch den Suezkanal fuhren, verschwand das Tuch aus meinem Sekretär. Ich fühlte mich der Willkür des Schicksals ausgeliefert. Mir kam überhaupt nicht in den Sinn, das Tuch könnte gestohlen sein. Zu dem Zeitpunkt war ich schon dermaßen in der Gewalt eines mystischen Gefühls, daß mir das Tuch wie ein lebendiges beseeltes Wesen vorkam. Es hatte mich für unwürdig befunden und mich verlassen. Ich war untröstlich, und wenn ich nicht Hand an mich legte, so nur in der Hoffnung, das Tuch werde sich meiner erbarmen und zu mir zurückkehren. Es kostete mich gewaltige Mühe, Ihnen und meinen Kollegen meine Verzweiflung zu verbergen.

Und dann, am Tag vor der Ankunft in Aden, geschah das Wunder! Ich lief in die Kabine von Madame Kleber, nachdem ich ihren Schreckensschrei gehört hatte, und sah den plötzlich aufgetauchten Neger, der mein verschwundenes Tuch um den Hals trug. Jetzt ist mir klar, daß der Wilde ein paar Tage zuvor in meiner Kabine gewesen war und das bunte Tuch ein-

fach mitgenommen hatte, aber damals spürte ich ein mit nichts zu vergleichendes heiliges Entsetzen. Der schwarze Engel der Finsternis schien aus der Hölle gekommen, um mir meinen Schatz zurückzugeben!

In dem sich entspinnenden Kampf tötete ich den Dunkelhäutigen, dann nutzte ich den halb ohnmächtigen Zustand von Madame Kleber, um dem Toten das Tuch unbemerkt abzunehmen. Seither habe ich es stets auf der Brust getragen und mich keinen Moment davon getrennt.

Den Mord an Professor Sweetchild habe ich kaltblütig verübt, mit einer Berechnung, die mich selbst begeisterte. Meine übernatürliche Voraussicht und Reaktionsschnelligkeit führe ich auf den magischen Einfluß des Tuchs zurück. Aus den ersten verworrenen Worten Sweetchilds ersah ich, daß er sich zum Geheimnis des Tuchs vorgearbeitet hatte und auf die Spur des Radscha-Sohnes gestoßen war – auf meine Spur. Ich mußte den Professor zum Schweigen bringen, und ich tat es. Das Tuch war mit mir zufrieden, das spürte ich daran, daß das Seidengewebe sich erwärmte und mein geschundenes Herz liebkoste.

Aber die Beseitigung Sweetchilds gab mir nur einen Aufschub. Sie, Kommissar, hatten mich schon von allen Seiten umstellt. Bis zur Ankunft in Kalkutta würden Sie und insbesondere Ihr scharfsinniger Assistent Fandorin …

Coche brummte unzufrieden und warf einen Seitenblick auf den Russen.

»Gratuliere, Monsieur. Ein Mörder würdigt Sie eines Kompliments. Immerhin danke, daß er Sie zu meinem Assistenten ernannt hat und nicht mich zu dem Ihren.«

Es läßt sich denken, mit welchem Vergnügen der Kommissar diese Zeile gestrichen hätte, um sie seinen Pariser Vorgesetzten vorzuenthalten. Aber aus einem Lied läßt sich kein Wort hinauswerfen. Renate sah den Russen an. Der zupfte an einer Schnurrbartspitze und bat den Kommissar fortzufahren.

... Ihr scharfsinniger Assistent Fandorin ganz sicher einen Verdächtigen nach dem anderen ausgeschlossen haben, und dann wäre nur noch ich übriggeblieben. Ein einziges Telegramm an die Einwanderungsbehörde des Innenministeriums hätte genügt, um herauszufinden, welchen Namen der Sohn des Radschas Bagdassar jetzt trägt. Und aus den Registern der Ecole Maritime geht hervor, daß ich unter dem einen Namen dort eingetreten und unter einem anderen ausgeschieden bin.

Und da begriff ich, daß das leere Auge des Paradiesvogels nicht der Weg zu irdischer Glückseligkeit ist, sondern der Weg ins ewige NICHTS. Ich faßte den Entschluß, in den Abgrund zu gehen, aber nicht als jämmerlicher Verlierer, sondern als großer Radscha. Meine edlen Vorfahren sind niemals allein gestorben. Ihre Diener, Ehefrauen und Beischläferinnen folgten ihnen auf den Scheiterhaufen. Ich habe nicht als Herrscher gelebt, aber dafür werde ich sterben, wie es sich für einen wahren Herrscher ziemt – so mein Entschluß. Und auf meine letzte Reise nehme ich nicht Sklaven und Dienerinnen mit, sondern die Blüte der europäischen Gesellschaft. Mein Leichenwagen wird ein riesiges Schiff sein, ein Wunderwerk des europäischen technischen Fortschritts! Die Größe dieses Plans überwältigte mich. Das ist ja noch grandioser als der Besitz eines unermeßlichen Reichtums!

»Da lügt er«, sagte Coche heftig. »Uns wollte er ersäufen, aber für sich hatte er ein Boot bereitgehalten.«

Er nahm das letzte Blatt, das halbe.

Der Trick, den ich gegen Kapitän Cliff anwandte, war infam, das gebe ich zu. Zu meiner teilweisen Rechtfertigung kann ich sagen, daß ich einen so betrüblichen Ausgang nicht erwartet habe. Ich empfinde für Cliff aufrichtige Hochachtung. Ich wollte das Schiff in meine Gewalt bringen, und ich wollte dem großartigen Alten das Leben retten. Ich dachte: Er wird sich eine Zeitlang um seine Tochter sorgen, und dann zeigt sich, daß sie gesund und munter ist. Doch leider, das böse Verhängnis verfolgt mich in allem. Konnte ich vorhersehen, daß den Kapitän der Schlag trifft? Das verfluchte Tuch, es ist an allem schuld!

An dem Tag, an dem die »Leviathan« aus dem Hafen von Bombay auslief, habe ich das bunte Seidendreieck verbrannt. Ich habe die Brücken hinter mir abgebrochen.

»Verbrannt?« rief Clarissa Stomp. »Das Tuch existiert nicht mehr?«

Renate saugte sich mit dem Blick an Bulldogge fest. Der zuckte gleichmütig die Achseln und sagte: »Gott sei Dank existiert es nicht mehr. Zum Teufel mit den Schätzen, das sage ich Ihnen, meine Damen und Herren.«

Was für ein Seneca hatte sich da gefunden! Renate rieb sich konzentriert das Kinn.

Es fällt Ihnen schwer, das zu glauben? Nun, als Beweis meiner Aufrichtigkeit gebe ich das Geheimnis des Tuchs preis. Dieses zu wahren ist nicht mehr notwendig.

Der Kommissar unterbrach sich und sah den Russen pfiffig an.

»Wenn ich mich recht entsinne, Monsieur, haben Sie in der letzten Nacht geprahlt, Sie hätten dieses Rätsel gelöst. Sagen Sie uns Ihre Lösung, dann werden wir prüfen, ob Sie so scharfsinnig sind, wie der Tote glaubte.«

Fandorin war kein bißchen verlegen.

»Es ist z-ziemlich einfach«, sagte er lässig.

Wie er sich aufspielt, dachte Renate, aber er ist gut. Ob er es wirklich herausgefunden hat?

»Also, was wissen wir über das Tuch? Es ist d-dreieckig, wobei die eine Seite glatt ist und die anderen beiden etwas gewellt sind. Erstens. Abgebildet ist ein Vogel, der statt des Auges ein L-loch hat. Zweitens. Sie werden sich an die Beschreibung des Brahmapurer Palastes erinnern, insbesondere des Obergeschosses: die Berge am Horizont, die sich in den Fresken zu spiegeln scheinen. D-drittens.«

»Ja, wir erinnern uns, na und?« fragte der Psychopath.

»Aber Sir Reginald«, sagte der Russe mit gespielter Verwunderung. »Wir beide haben doch die Z-zeichnung von Sweetchild gesehen! Darin war alles, was zur Enträtselung gebraucht wird: das dreieckige Tuch, die Zickzacklinie, das Wort ›Palast‹.«

Er zog ein Taschentuch heraus und faltete es in der Diagonale, so daß ein Dreieck entstand.

»Das Tuch ist der Sch-schlüssel, mit dessen Hilfe man das Versteck des Schatzes findet. Die Form des Tuches entspricht den Konturen eines der Berge, die auf den Fresken dargestellt sind. Man muß nur die obere Ecke des T-tuches an den Gipfel dieses Berges anlegen. So.« Er legte das Dreieck auf den Tisch und umfuhr es mit dem Finger. »Dann bezeichnet das Auge des Paradiesvogels die Stelle, wo man suchen muß. Natürlich nicht auf dem gemalten, sondern auf dem wirklichen Berg. Dort wird es eine Höhle oder etwas Ähnliches geben. Kommissar, habe ich recht oder irre ich mich?«

Alle wandten sich Coche zu. Der blies seine Hängebakken auf, zog die buschigen Augenbrauen zusammen und sah nun wirklich wie eine mürrische alte Bulldogge aus.

»Ich weiß nicht, wie Sie das fertigbringen«, knurrte er. »Ich habe diesen Text schon dort im Karzer gelesen und ihn keine Sekunde aus der Hand gegeben … Na schön, hören Sie.«

Im Palast meines Vaters sind vier Säle, in denen früher die offiziellen Veranstaltungen stattfanden: im nördlichen Saal die des Winters, im südlichen die des Sommers, im östlichen die des Frühlings und im westlichen die des Herbstes. Sie werden sich erinnern, daß der verstorbene Sweetchild davon erzählte. An den Wänden sind tatsächlich Fresken, welche die Gebirgslandschaft darstellen, auf die man durch die hohen, vom Fußboden bis zur Decke reichenden Fenster blickt. Es sind viele Jahre vergangen, aber ich brauche nur die Augen zu schließen, um diese Landschaft vor mir zu haben. Ich habe viele Reisen gemacht und vieles gesehen, aber einen schöneren Anblick gibt es auf der ganzen Welt nicht! Mein Vater hat die Schatulle unter einem braunen Felsblock auf einem der Berge versteckt. Welcher der vielen Berge das ist, findet man heraus, indem man das Tuch nacheinander an die Berge auf den Fresken hält. Der Berg, dessen Silhouette sich mit der auf dem Tuch deckt, bewahrt den Schatz. Die Stelle, wo man den Felsblock zu suchen hat, wird durch das leere Vogelauge markiert. Natürlich wird selbst ein Mensch, der weiß, in welchem Sektor er suchen muß, viele Stunden oder gar Tage brauchen, um den Stein zu finden, denn die Suchzone umfaßt Hunderte Meter. Aber ein Irrtum ist ausgeschlossen. In den Bergen gibt es viele braune Felsblöcke, aber auf dem betreffenden Berghang nur einen. ›Das Staubkorn im Auge ist ein brauner Stein, einer unter lauter grauen‹, lautet eine Eintragung im Koran. Viele Male habe ich mir vorgestellt, wie ich auf dem heiligen Berg mein Zelt aufschlage und ohne Hast, mit stokkendem Herzschlag den Hang absuche, um dieses ›Staubkorn‹ zu finden. Aber das Schicksal hat es anders gewollt.

Nun denn, den Smaragden, Saphiren, Rubinen und Diamanten scheint es beschieden, dort so lange zu liegen, bis ein Erdbeben den Felsblock hinunterwirft. Doch selbst wenn das erst in hunderttausend Jahren geschieht, werden die Edelsteine keinen Schaden nehmen – sie sind ewig.

Ich aber bin am Ende. Das verfluchte Tuch hat meine Kräfte aufgezehrt. Das Leben hat seinen Sinn verloren. Ich bin erledigt, ich habe den Verstand verloren.

»Damit hat er recht«, sagte der Kommissar abschließend und legte das halbe Blatt weg. »Damit endet der Brief.«

»Nun, Legnier-san hat lichtig gehandelt«, sagte der Japaner. »El hat unwüldig gelebt, ist abel wüldig gestolben. Dafül wild ihm vieles velgeben, und im nächsten Leben bekommt el eine neue Chance, seine Velblechen wiedel gutzumachen.«

»Ich weiß nicht, wie das mit dem nächsten Leben ist.« Bulldogge legte die Blätter sorgfältig zusammen und verwahrte sie in der schwarzen Mappe. »Meine Untersuchung ist gottlob beendet. In Kalkutta ruhe ich mich ein wenig aus, dann geht es zurück nach Paris. Der Fall ist abgeschlossen.«

Da bereitete der russische Diplomat Renate Kleber eine Überraschung.

»A-abgeschlossen?« fragte er laut. »Sie haben es wieder zu eilig, Kommissar.« Er wandte sich Renate zu und richtete die stählernen Mündungen seiner kalten blauen Augen auf sie. »Will Madame Kleber uns denn nichts erzählen?«

Clarissa Stomp

Diese Frage kam für alle unerwartet. Doch nein, nicht für alle – Clarissa sah verwundert, daß die werdende Mutter nicht im geringsten die Fassung verlor. Zwar wurde sie eine Spur blasser und biß sich kurz auf die volle Unterlippe, aber sie antwortete prompt und selbstsicher: »Sie haben recht, Monsieur, ich habe etwas zu erzählen. Aber nicht Ihnen, sondern dem Vertreter des Gesetzes.«

Sie warf dem Kommissar einen hilflosen Blick zu und sagte flehend: »Um Gottes willen, mein Herr, ich möchte mein Geständnis unter vier Augen machen.«

Die Ereignisse schienen für Coche eine gänzlich unerwartete Wendung zu nehmen. Er blinzelte verwirrt, sah Fandorin argwöhnisch an, schob gewichtig das Doppelkinn vor und dröhnte: »Gut, gehen wir in meine Kabine, wenn Sie solchen Wert darauf legen.«

Clarissa gewann den Eindruck, daß der Polizist keine Ahnung hatte, was Madame Kleber ihm gestehen würde.

Nun, das war dem Kommissar kaum vorzuwerfen – Clarissa kam ja mit dem Tempo der Ereignisse auch nicht mit.

Kaum hatte sich die Tür hinter Coche und seiner Begleiterin geschlossen, warf Clarissa einen fragenden Blick auf Fandorin, der als einziger zu wissen schien, was vorging. Zum erstenmal wagte sie ihn wieder direkt anzusehen, nicht von der Seite und unter gesenkten Wimpern hervor.

Noch nie hatte sie Erast (ja, im stillen konnte sie ihn beim Vornamen nennen) so entmutigt gesehen. Seine Stirn war gefurcht, in den Augen stand Unruhe, die Finger trommelten nervös auf dem Tisch. Sollte auch dieser selbstsichere, blitzartig reagierende Mann die Kontrolle über den Lauf der Ereignisse verloren haben? In der vergangenen Nacht hatte sie ihn schon verlegen gesehen, doch nur für einen Moment. Da hatte er rasch seine Fassung wiedergefunden.

Das war so gewesen.

Nach der Katastrophe von Bombay hatte sie sich drei Tage in ihrer Kabine verkrochen. Sie hatte der Stewardeß gesagt, sie wäre krank, und hatte sich das Essen bringen lassen. Nur im Schutz der Nacht war sie spazierengegangen, wie eine Diebin.

An ihrer Gesundheit war nichts auszusetzen, aber wie sollte sie den Zeugen ihrer Schmach vor die Augen treten, besonders *ihm*? Der Schurke Coche hatte sie zum Gespött gemacht, sie gedemütigt, mit Schmutz beworfen. Und das Schlimmste, sie konnte ihn nicht mal der Lüge zeihen – es stimmte alles, vom ersten bis zum letzten Wort. Ja, gleich nachdem sie ihr Erbe angetreten hatte, war sie nach Paris geeilt, in die Stadt, von der sie so viel gehört und gelesen hatte. Wie eine Motte zum Licht. Und hatte sich die Flügel versengt. Die schmachvolle Geschichte hatte ihr ohnehin den letzten Krümel Selbstachtung geraubt, und jetzt wußten auch noch alle: Miss Stomp ist ein Flittchen, eine vertrauensselige Idiotin, verächtliches Opfer eines professionellen Gigolo!

Mrs. Truffo schaute zweimal herein, um nach ihrer Gesundheit zu fragen. Natürlich wollte sie sich nur an Clarissas Demütigung weiden. Sie seufzte gekünstelt und jammerte über die Hitze, aber ihre farblosen Äuglein glitzerten triumphierend – na, meine Liebe, wer von uns ist nun eine richtige Lady?

Der Japaner kam und sagte, bei ihnen sei es üblich, einen »Klankenbesuch« zu machen. Er bot seine ärztlichen Dienste an und blickte teilnahmsvoll.

Endlich klopfte auch Fandorin. Clarissa wies ihn ab und öffnete nicht, berief sich auf ihre Migräne.

Macht nichts, sagte sie sich, während sie ihr Beefsteak in völliger Einsamkeit verzehrte. Die neun Tage bis Kalkutta werden auch vergehen. Neun Tage eingeschlossen zu sein, was war das schon, nachdem sie fast ein Vierteljahrhundert eingesperrt gewesen war. Hier hatte sie es ja viel besser als im Hause ihrer Tante. Sie war allein in einer komfortablen Kabine, hatte gute Bücher. In Kalkutta würde sie sich still und leise ans

Ufer verdrücken, um dann wirklich eine neue unbeschriebene Seite anzufangen.

Aber am dritten Tag gegen Abend setzten ihr ganz andere Gedanken zu. Oh, wie recht hatte der Barde, von dem die Zeilen stammten:

> Wie süß ist's doch, die Freiheit zu gewinnen,
> wenn alles weg ist, was man schätzte einst!

Wie es aussah, hatte sie tatsächlich nichts mehr zu verlieren. Spät nachts, Mitternacht war schon vorüber, ordnete Clarissa entschlossen ihre Frisur, puderte ein wenig das Gesicht, legte das elfenbeinfarbene Kleid aus Paris an, das ihr so gut stand, und ging in den Korridor. Das Schiff schlingerte, und sie wurde von Wand zu Wand geworfen.

Bemüht, an nichts zu denken, blieb sie vor der Tür der Kabine 18 stehen, die erhobene Hand zögerte für einen Moment, nur für einen Moment, und klopfte.

Erast öffnete fast sofort. Er trug einen dunkelblauen ungarischen Hausrock mit Schnüren, aus dem breiten Ausschnitt schimmerte ein weißes Hemd.

»Ich muß mit Ihnen sprechen«, sagte Clarissa kategorisch, sie hatte nicht einmal gegrüßt.

»Guten A-abend, Miss Stomp«, sagte er rasch. »Ist etwas passiert?«

Ohne ihre Antwort abzuwarten, bat er: »Einen Moment Geduld. Ich z-ziehe mich rasch um.«

Als er sie einließ, war er im Gehrock mit tadellos gebundenem Halstuch. Mit einer Geste bat er sie, Platz zu nehmen.

Clarissa setzte sich, sah ihm in die Augen und äußerte sich wie folgt: »Unterbrechen Sie mich nicht. Wenn ich den Faden verliere, wird es noch fataler ... Ich weiß, ich bin viel älter als Sie. Wie alt sind Sie? Fünfundzwanzig? Noch jünger? Macht nichts. Ich will Sie ja nicht ersuchen, mich zu heiraten. Aber Sie gefallen mir. Ich bin in Sie verliebt. Meine ganze Erziehung war darauf gerichtet, niemals und unter gar keinen Umständen so etwas zu einem Mann zu sagen, aber das ist mir jetzt gleich. Ich möchte keine Zeit mehr verlieren. Ich habe ohnehin schon die besten Jahre meines Lebens vertan. Ich verwelke, ohne erblüht zu sein. Wenn ich Ihnen auch nur ein bißchen gefalle, sagen Sie es mir. Wenn nicht, sagen Sie es auch. Nach der Schmach, die ich habe durchmachen müssen, kann es nicht mehr viel schlimmer werden. Und Sie sollen wissen: Mein Pariser ... Abenteuer war ein Alptraum, aber es tut mir nicht leid. Lieber ein Alptraum als die schläfrige Benommenheit, in der ich mein bisheriges Leben verbracht habe. Und nun antworten Sie mir, schweigen Sie nicht!«

Du lieber Gott, hatte sie das wirklich laut sagen können? Darauf konnte sie wohl stolz sein.

Fandorin war im ersten Moment perplex, klapperte sogar ganz unromantisch mit den langen Wimpern. Dann sagte er – langsam und mehr als sonst stotternd: »Miss Stomp … C-clarissa … Sie gefallen mir. Sehr sogar. Ich bin von Ihnen h-hingerissen. Und ich b-beneide Sie.«

»Sie beneiden mich? Um was?« fragte sie verdutzt.

»Um Ihren Mut. Darum, daß Sie keine A-angst haben, eine Absage zu bekommen und sich lächerlich zu machen. W-wissen Sie, ich bin eigentlich ein sehr schüchterner Mensch mit wenig Selbstvertrauen.«

»Sie?« Clarissa staunte noch mehr.

»Ja. Ich habe F-furcht vor zwei Dingen: in eine lächerliche oder peinliche S-situation zu geraten und … meine Verteidigung zu schwächen.«

Nein, sie verstand ihn überhaupt nicht.

»Welche Verteidigung?«

»Schauen Sie, ich habe früh erfahren müssen, was ein V-verlust ist, es war eine tiefe Erschütterung – sicherlich fürs ganze Leben. Solange ich allein bin, ist meine V-verteidigung gegen das Schicksal stark, und ich fürchte nichts und niemanden. Für einen Menschen meiner Art ist es am besten, allein zu sein.«

»Mr. Fandorin, ich sagte Ihnen schon, daß ich keineswegs einen Platz in Ihrem Leben beanspruche«, antwortete Clarissa streng, »nicht einmal einen Platz in Ihrem Herzen. Und schon gar nicht plane ich einen Anschlag auf Ihre ›Verteidigung‹.«

Sie verstummte, denn es war alles gesagt.

Doch ausgerechnet in diesem Moment wurde gegen die Tür gehämmert. Im Korridor schallte die aufgeregte Stimme von Milford-Stokes: »Mr. Fandorin,

Sir! Schlafen Sie? Machen Sie auf! Schnell! Eine Verschwörung!«

»Bleiben Sie hier«, flüsterte Fandorin. »Ich bin gleich wieder da.«

Er ging in den Korridor. Clarissa hörte gedämpfte Stimmen, konnte aber nichts verstehen.

Nach fünf Minuten war Fandorin wieder da. Er entnahm der Schreibtischschublade einen kleinen, aber schweren Gegenstand und steckte ihn in die Tasche, dann ergriff er noch seinen eleganten Rohrstock und sagte besorgt: »Bleiben Sie noch ein Weilchen hier und gehen Sie dann in Ihre Kabine. Der Fall scheint sich dem Finale zu nähern.«

Was für ein Finale mochte er meinen? Später, schon in ihrer Kabine, hörte Clarissa Schritte durch den Korridor poltern und Stimmen aufgeregt reden, aber sie wäre nie auf den Gedanken gekommen, daß über den Masten der stolzen »Leviathan« der Tod schwebte.

»Was will Madame Kleber denn gestehen?« fragte Doktor Truffo vervös. »Monsieur Fandorin, erklären Sie uns, was vorgeht. Was hat sie damit zu tun?«

Aber Fandorin schwieg und guckte noch griesgrämiger.

Die »Leviathan«, unter den regelmäßigen Stößen der seitlich anrollenden Wellen schlingernd, zerschnitt mit Volldampf das nach dem Sturm trübe Wasser der Palkstraße. In der Ferne war, ein grüner Streifen, die Küste von Ceylon zu erkennen. Es war ein diesiger, doch schwüler Morgen. Durch die offenen Fenster der Windseite drang von Zeit zu Zeit ein faulig heißer Luftstrom in den Salon, fand aber keinen Ausweg und sank kraftlos in sich zusammen, wobei er die Stores ein wenig bewegte.

»Ich glaube, ich habe einen F-fehler gemacht«, murmelte Fandorin. »Die ganze Zeit bin ich einen Schritt, einen halben Schritt zurück hinter …«

Als der erste Schuß krachte, begriff Clarissa nicht, was das war. Es konnte ja vieles krachen auf einem Schiff, das durch eine unruhige See lief. Aber da krachte es schon wieder.

»Revolverschüsse!« rief Milford-Stokes. »Aber wo?«

»In der Kabine des Kommissars!« sagte Fandorin rasch und stürzte zur Tür.

Alle liefen hinter ihm her.

Es krachte zum dritten und, als es nur noch zwanzig Schritte bis zu Coches Kabine waren, zum vierten Mal.

»Bleiben Sie hier stehen!« schrie Fandorin, ohne sich umzudrehen, und zog einen kleinen Revolver aus der Gesäßtasche.

Die anderen verlangsamten den Schritt, nur Clarissa hatte keine Angst und wollte nicht hinter Erast zurückbleiben.

Er stieß die Kabinentür auf und hob die Hand mit dem Revolver. Clarissa stellte sich auf die Zehenspitzen und schaute ihm über die Schulter.

Ein umgestürzter Stuhl war das erste, was sie sah. Dann erblickte sie Kommissar Coche. Er lag hinter dem polierten runden Tisch in der Mitte des Raums. Clarissa bog den Hals, um den Liegenden besser zu sehen, und fuhr zusammen: Coches Gesicht war ungeheuerlich verzerrt, und mitten aus der Stirn quoll blasig dunkles Blut, das in zwei Rinnsalen zu Boden lief.

In der gegenüberliegenden Ecke drückte sich Renate Kleber an die Wand. Sie war totenbleich, schluchzte hysterisch, und ihre Zähne klapperten. In ihrer Hand zuckte ein großer schwarzer Revolver mit qualmender Mündung.

»Aah! Huuh!« heulte sie und zeigte mit zitterndem Finger auf den Toten. »Ich … ich habe ihn getötet!«

»Ich dachte es mir«, sagte Fandorin bündig.

Ohne seinen Revolver zu senken, ging er schnell auf die Schweizerin zu und riß ihr mit einer geschickten Bewegung die Waffe aus der Hand. Sie dachte nicht an Widerstand.

»Doktor Truffo!« rief er, wobei er jede Bewegung Renates beobachtete. »Kommen Sie her!«

Der Arzt äugte mit furchtsamer Neugier in die von Pulverqualm erfüllte Kabine.

»Untersuchen Sie die Leiche«, sagte Fandorin.

Truffo, halblaut auf italienisch wehklagend, kniete neben dem toten Coche nieder.

»Letale Kopfverletzung«, meldete er. »Der Tod ist sofort eingetreten. Aber das ist nicht alles … Der rechte Ellbogen ist durchschossen. Und hier, das linke Handgelenk. Drei Wunden.«

»Suchen Sie weiter. Es waren vier Sch-schüsse.«

»Mehr ist nicht. Eine der Kugeln hat ihn wohl verfehlt. Doch nein, Moment mal! Da, im rechten Knie!«

»Ich sage alles«, stammelte Renate, von Schluchzen gebeutelt, »nur bringen Sie mich weg aus diesem entsetzlichen Zimmer!«

Fandorin steckte den kleinen Revolver in die Tasche, den großen legte er auf den Tisch.

»Also, gehen wir. Doktor, berichten Sie dem Chef der Wache, was passiert ist, er soll einen Posten vor die Tür stellen. Und kommen Sie dann zu uns in den Salon. Außer uns kann niemand die Untersuchung durchführen.«

»Was für eine schreckliche Reise!« jammerte Truffo, während er den Korridor entlangtrippelte. »Arme ›Leviathan‹!«

Im Salon »Windsor« nahmen sie folgendermaßen Platz: Madame Kleber am Tisch mit dem Gesicht zur Tür, die übrigen, ohne sich abgesprochen zu haben, ihr gegenüber. Nur Fandorin saß auf dem Stuhl neben der Mörderin.

»Meine Herren, sehen Sie mich nicht so an«, rief Madame Kleber kläglich. »Ich habe ihn getötet, aber ich bin nicht schuldig. Ich erzähle Ihnen alles, und Sie werden mir zustimmen. Aber geben Sie mir um Gottes willen ein Glas Wasser.«

Der mitleidige Japaner goß ihr Limonade ein – der Tisch war nach dem Frühstück noch nicht abgeräumt worden.

»Also, was ist passiert?« fragte Clarissa.

»Translate everything she says«, befahl Mrs. Truffo streng ihrem rechtzeitig zurückgekehrten Mann. »Everything, word for word.«*

Der Doktor nickte und wischte sich mit dem Taschentuch die schweißbedeckte Glatze.

»Fürchten Sie nichts, gnädige Frau. Sagen Sie die ganze Wahrheit«, ermunterte Milford-Stokes Madame Kleber. »Dieser Herr ist kein Gentleman, er versteht sich nicht auf den Umgang mit einer Dame, aber ich garantiere Ihnen eine achtungsvolle Haltung.«

Diese Worte waren von einem Blick auf Fandorin begleitet, einem so haßerfüllten Blick, daß Clarissa erstarrte. Was mochte seit gestern zwischen Erast und Milford-Stokes vorgefallen sein? Woher diese Feindschaft?

»Danke, lieber Reginald«, schluchzte Renate.

Sie trank ausgiebig Limonade, zog die Nase hoch und schniefte. Dann warf sie einen flehenden Blick auf ihre Gegenüber und begann: »Coche ist kein Gesetzeshüter! Er ist ein Verbrecher, ein Verrückter! Hier haben alle den Verstand verloren wegen des gräßlichen Tuchs! Sogar der Polizeikommissar!«

»Sie haben gesagt, Sie wollen ihm ein Geständnis ablegen«, erinnerte Clarissa sie feindselig. »Welches?«

»Ja, ich habe einen Umstand verschwiegen ... Einen wesentlichen Umstand. Ich hätte bestimmt alles zu-

* (engl.) Übersetze alles, was sie sagt, Wort für Wort.

gegeben, aber ich wollte zuerst den Kommissar überführen.«

»Überführen? Wessen?« fragte Milford-Stokes teilnahmsvoll.

Madame Klebers Tränen versiegten, und sie verkündete triumphierend: »Regnier hat nicht Selbstmord begangen. Kommissar Coche hat ihn umgebracht!« Und als sie die Erschütterung der Zuhörer sah, sprach sie schnell weiter. »Das ist doch offensichtlich! Versuchen Sie mal, sich in einem Zimmerchen von sechs Quadratmetern mit einem Anlauf den Kopf an der Wand zu zerschlagen! Das ist einfach unmöglich. Wenn Charles sich das Leben hätte nehmen wollen, hätte er den Schlips an das Gitter der Ventilation gebunden und wäre vom Stuhl gesprungen. Nein, Coche hat ihn ermordet! Er hat ihm etwas Schweres auf den Kopf gehauen und dann den Selbstmord vorgetäuscht – hat den bereits Toten mit dem Kopf gegen den Wandvorsprung geschleudert.«

»Aber wozu brauchte der Kommissar den Tod Regniers?« Clarissa schüttelte skeptisch den Kopf. Madame Kleber redete eindeutig Unsinn.

»Ich sage doch, er war übergeschnappt vor Habgier! An allem ist das Tuch schuld! Ob Coche wütend auf Charles war, weil der das Tuch verbrannt hatte, oder ob er ihm nicht glaubte, weiß ich nicht. Aber Coche hat ihn getötet, das steht fest. Und als ich ihm das ins Gesicht sagte, hat er es nicht mal bestritten. Er zog seinen Revolver, fuchtelte damit, drohte mir. Wenn ich nicht den Mund hielte, sagte er, werde er mich Regnier hinterherschicken.« Renate zog wieder schniefend die Nase hoch, und – Wunder über Wunder! – der Baronet reichte ihr sein Taschentuch.

Was bedeutete diese geheimnisvolle Wandlung? Er war ihr doch stets aus dem Weg gegangen!

»Ja, und dann legte er den Revolver auf den Tisch, packte mich an den Schultern und schüttelte mich. Ich hatte solche Angst, solche Angst! Ich weiß selber nicht mehr, wie ich ihn zurückstieß und die Waffe vom Tisch nahm. Entsetzlich! Ich lief vor ihm weg, um den Tisch herum, er hinter mir her. Ich drehte mich um und drückte ab, ich weiß nicht mehr, wie oft. Endlich fiel er hin. Und dann kam Herr Fandorin.«

Renate schluchzte laut. Milford-Stokes streichelte ihr behutsam die Schulter – als berührte er eine Klapperschlange.

In die Stille hinein tönte Händeklatschen. Vor Überraschung zuckte Clarissa zusammen.

»Bravo!« Fandorin war es, der klatschte. Er lächelte spöttisch. »B-bravo, Madame Kleber. Sie sind eine große Schauspielerin.«

»Was erlauben Sie sich!« Milford-Stokes verschluckte sich vor Entrüstung, doch Fandorin brachte ihn mit einer Geste zum Schweigen.

»Setzen Sie sich hin und hören Sie zu. Ich erzähle Ihnen, wie es wirklich war.« Fandorin war ganz ruhig und schien nicht im geringsten zu bezweifeln, daß er die Wahrheit kannte. »Madame Kleber ist nicht nur eine hervorragende Schauspielerin, sondern überhaupt eine außergewöhnliche und talentierte Person – in jeder Beziehung. Voller Schwung und Phantasie. Leider liegt ihre wichtigste Begabung im kriminellen Bereich. Madame, Sie sind an einer ganzen Reihe von Morden beteiligt. Genauer, Sie sind nicht beteiligt, Sie sind die Anstifterin. Und Regnier war Ihr Komplize.«

»Na bitte«, sagte Renate kläglich zu Milford-Stokes. »Nun ist der auch noch übergeschnappt. Und war immer so still und ruhig.«

»Das Erstaunlichste an Ihnen ist die unglaubliche Reaktionsschnelligkeit«, fuhr Fandorin ungerührt fort. »Sie verteidigen sich nie, Sie sch-schlagen stets als erste zu, Frau Sansfond. Ich darf Sie doch mit Ihrem richtigen Namen anreden?«

»Sansfond? Marie Sansfond? Die?« rief Doktor Truffo.

Clarissa ertappte sich dabei, daß sie mit offenem Munde dasaß. Milford-Stokes zog hastig die Hand von Renates Schulter weg. Renate sah Fandorin mitleidig an.

»Ja, vor Ihnen sitzt die internationale A-abenteurerin Marie Sansfond. Legendär, genial und gnadenlos. Ihr Stil – große Maßstäbe, Erfindungsreichtum, F-frechheit. Und außerdem – keine Beweise und keine Zeugen. Sowie, last but not least, die völlige Geringschätzung von Menschenleben. Die Aussagen von Charles Regnier, auf die wir noch zurückkommen, sind zur Hälfte Wahrheit und zur Hälfte L-lüge. Ich weiß nicht, Madame, wann und unter welchen Umständen Sie diesen Mann kennenlernten, aber zweierlei steht außer Zweifel. Regnier hat Sie aufrichtig geliebt und hat versucht, den Verdacht von Ihnen abzulenken, bis zum letzten Moment seines Lebens. Und das zweite: Sie haben den Sohn des Smaragdenen Radschas angestiftet, nach seinem Erbe zu suchen, sonst würde er damit kaum so viele J-jahre gewartet haben. Sie machten sich mit Lord Littleby bekannt, verschafften sich alle notwendigen Informationen und erstellten dann einen P-plan. Offensichtlich rechneten Sie anfangs darauf, ihm das Tuch durch List abspenstig zu machen, durch V-verführung, der Lord hatte ja keine Ahnung von der Bedeutung des Stoffs. Aber Sie mußten bald erkennen, daß die Aufgabe unlösbar war, denn Littleby hing wie närrisch an seiner Sammlung und würde um nichts auf der Welt auch nur ein einziges Exponat hergegeben haben. Das Tuch zu stehlen war auch nicht möglich, denn bei den Vitrinen standen immer bewaffnete Wächter. Und da beschlossen Sie, auf Nummer Sicher zu gehen – mit minimalem Risiko und, wie es Ihr Markenzeichen ist, ohne Spuren zu hinterlassen. Haben Sie eigentlich gewußt, daß der Lord an jenem verhängnisvollen Abend nicht verreist, sondern zu Hause geblieben war? Ich bin sicher, daß Sie es wußten. Sie wollten Regnier durch vergossenes Blut noch fester an sich binden. Denn die Diener hatte ja nicht er getötet, das waren Sie.«

»Ausgeschlossen!« Doktor Truffo hob die Hand. »Eine Frau ohne medizinische Ausbildung und große Erfahrung soll in drei Minuten neun Spritzen setzen? Unmöglich!«

»Erstens kann man ja neun aufgezogene Spritzen bereithalten. Und zweitens ...« Fandorin nahm mit einer eleganten Bewegung einen Apfel aus der Schale und schnitt ein Stückchen ab. »Herr Regnier hatte keine Erfahrung im Umgang mit Spritzen, im Gegensatz zu Marie Sansfond. Vergessen Sie nicht, daß sie im Kloster der Vinzentinerinnen erzogen wurde. Dieser Orden hat es sich bekanntlich zur Aufgabe gemacht, armen Menschen medizinische Hilfe zu leisten, und die Vinzentinerinnen bilden ihre Zöglinge von klein auf dazu aus, in Hospitälern, Leprastationen und Armenhäusern Dienst zu tun. Alle diese Nonnen sind hochqualifizierte Krankenschwestern, und die junge Marie war, soviel ich weiß, eine der besten.«

»Richtig, das hatte ich vergessen!« Der Doktor neigte reuevoll den Kopf. »Aber fahren Sie fort. Ich werde Sie nicht mehr unterbrechen.«

»Also, Paris, Rue de Grenelle, Abend des 15. März. In der Villa von Lord Littleby erscheinen zwei Personen: ein junger dunkelhäutiger Arzt und eine Krankenschwester mit einer bis in die Augen herabgezogenen grauen Nonnenkapuze. Der Arzt weist ein P-papier mit dem Stempel der Pariser Mairie vor und verlangt, daß alle im Haus Anwesenden zusammengeholt werden. Die Nonne macht die Injektionen – schnell, geschickt, schmerzlos. Später findet der Pathologe bei keinem der Toten an der Einstichstelle ein Hämatom. Marie Sansfond hatte die Ausbildung in ihrer gottgefälligen Jugend nicht vergessen. Das weitere ist bekannt, darum lasse ich die Ei-einzelheiten weg: Die Diener schlafen ein, die Verbrecher steigen hinauf in den ersten Stock, Regniers kurzer Kampf mit dem Hausherrn. Beiden Tätern entging, daß das goldene Abzeichen der ›Leviathan‹ in der Hand des Lords blieb. Später mußten Sie, Madame, Ihrem Komplizen Ihr Abzeichen geben, denn für Sie war es leichter, einen Verdacht von sich abzulenken, als für den Ersten Offizier. Außerdem hatten Sie vermutlich mehr S-selbstvertrauen als er.«

Clarissa, die bislang Fandorin wie verzaubert angesehen hatte, warf einen raschen Blick auf Renate. Die hörte aufmerksam zu, auf ihrem Gesicht war ein verwunderter, gekränkter Ausdruck erstarrt. Wenn sie Marie Sansfond war, verriet sie sich jedenfalls nicht im geringsten.

»Mein Verdacht gegen Sie beide wurde wach an dem Tag, an dem der arme Afrikaner angeblich über Sie herfiel«, sagte der Erzähler vertraulich zu Renate und biß mit seinen regelmäßigen weißen Zähnen ein Stück von dem Apfel ab. »Das geht natürlich auf Regniers Konto – er war in Panik geraten. Sie hätten sich etwas Schlaueres einfallen lassen. Ich rekonstruiere die Kette der Ereignisse, und Sie v-verbessern mich, wenn ich mich im Detail irre. Einverstanden?«

Renate schüttelte betrübt den Kopf und stützte die runde Wange in die Hand.

»Regnier begleitete Sie zu Ihrer Kabine – Sie hatten etwas zu bereden, denn wie Ihr Komplize in seinem Geständnis schreibt, war kurz vorher das Tuch auf geheimnisvolle Weise verschwunden. Als Sie Ihre Kabine betraten, sahen Sie den riesigen Neger in Ihren Sachen wühlen, und im ersten Moment erschraken Sie, wenn Sie das Gefühl der Angst überhaupt kennen. Aber im nächsten Moment erzitterten Sie vor Freude, denn der Wilde trug das berühmte Tuch um den H-hals. Nun war alles klar: Der flüchtige Sklave hatte beim Stöbern in Regniers Kabine Gefallen an dem bunten Stück Stoff gefunden und beschlossen, seinen mächtigen Hals damit zu schmücken. Auf Ihren Schrei kam Regnier hereingelaufen, sah das Tuch, verlor die Beherrschung und zog seinen Marinedolch. Sie mußten die Geschichte mit dem angeblichen Überfall erfinden – sich auf den Fußboden legen und den sch-schweren, noch warmen Körper des Toten über sich ziehen. Das war doch bestimmt nicht sehr angenehm, oder?«

»Erlauben Sie, das sind doch alles reine Vermutungen!« widersprach Milford-Stokes hitzig. »Natürlich hat der Neger Madame Kleber überfallen, das ist doch offenkundig! Sie phantasieren schon wieder, Herr russischer Diplomat!«

»Nicht im geringsten«, entgegnete Fandorin freundlich und sah den Baronet traurig oder mitleidig an. »Ich habe doch ges-sagt, daß ich schon früher Sklaven vom Volk der Ndanga gesehen habe, in türkischer Gefangenschaft. Wissen Sie, warum die im Orient so geschätzt werden? Weil sie große Kraft und Ausdauer besitzen, sich durch ein sanftes, gutartiges Wesen auszeichnen und absolut nicht zur Aggression neigen. Sie sind ein

Stamm von Ackerbauern, nicht von Jägern, und sie haben noch nie Krieg geführt. Ein Ndanga konnte sich nicht auf Madame Kleber stürzen, nicht mal im Schreck. Selbst Monsieur Aono hat sich g-gewundert, daß die Finger des Wilden keine blauen Flecke auf Ihrem Hals hinterließen. Ist das nicht seltsam?«

Renate senkte nachdenklich den Kopf, als wunderte sie sich auch darüber.

»Nun zu dem Mord an Professor Sweetchild. Kaum stand fest, daß der Indologe kurz vor der Enträtselung war, da haben Sie, Madame, ihn gebeten, sich Zeit zu nehmen und alles von Anfang an und ausführlich zu erzählen, und derweil schickten Sie Ihren Komplizen weg, angeblich nach dem Schal, in Wirklichkeit aber, um den Mord vorzubereiten. Er verstand Sie ohne Worte.«

»Falsch!« rief Renate laut. »Meine Herren, Sie alle sind Zeugen! Regnier hat sich selbst erboten! Erinnern Sie sich? Nun, Monsieur Milford-Stokes, ich hatte Sie zuerst gebeten, wissen Sie noch?«

»Stimmt«, bestätigte der Baronet. »So war es.«

»Ein T-trick für Dumme.« Fandorin winkte mit dem Obstmesser ab. »Sie wußten genau, Madame, daß der Brite Sie nicht leiden konnte und nie Ihren Launen nachkam. Sie haben die Operation wie immer geschickt ins Werk gesetzt, aber diesmal leider nicht sauber genug durchgeführt. Die Schuld auf Monsieur Aono abzuwälzen ist Ihnen nicht gelungen, obwohl Sie Ihrem Z-ziel recht nahe waren.« Hier senkte Fandorin bescheiden

den Blick, damit die Zuhörer sich erinnern konnten, wer es gewesen war, der die Beweiskette gegen den Japaner zerrissen hatte.

Er ist nicht frei von Eitelkeit, dachte Clarissa, aber sie fand diesen Zug ganz liebenswert, ja, er erhöhte sogar noch die Attraktivität des jungen Mannes. Das Paradox aufzulösen half wie gewöhnlich die Poesie:

> Selbst Schwächen unseres geliebten Wesens
> erscheinen würdig in der Liebe Augen.

Ach, Mr. Diplomat, Sie kennen die Engländerinnen schlecht. Ich vermute, Sie werden in Kalkutta einen längeren Aufenthalt einlegen.

Fandorin machte eine Pause – er ahnte nicht, daß er ein »geliebtes Wesen« sei und später als angenommen in seinem Dienstort eintreffen würde – und fuhr dann fort: »Ihre Situation wurde jetzt wirklich kritisch. Regnier hat es recht p-plastisch in seinem Brief ausgemalt. Daraufhin faßten Sie den furchtbaren, aber auf seine Art genialen Entschluß: das Schiff mitsamt dem wissensdurstigen Polizeikommissar, den Zeugen und noch tausend Menschen als Zugabe zu versenken. Was bedeutete Ihnen das Leben von tausend Menschen, wenn die Sie hinderten, die reichste Frau der Welt zu werden? Schlimmer noch – wenn die Ihr Leben und Ihre Freiheit bedrohten.«

Clarissa sah Renate mit abergläubischem Entsetzen an. Sollte diese junge Frau, die ein bißchen gemein, aber insgesamt durchschnittlich war, zu solch ungeheuerlichem Verbrechen fähig sein? Undenkbar! Aber Fandorin nicht zu glauben war auch unmöglich. Er war so überzeugend und so schön!

Über Renates Wange rann eine bohnengroße Zähre. In ihren Augen stand stummes Flehen: Wofür quält ihr mich so? Was habe ich euch getan? Die Hand der Märtyrerin glitt zum Bauch, das Gesicht verzerrte sich leidend.

»Aber nicht in Ohnmacht fallen«, riet Fandorin ihr kaltblütig. »Das beste M-mittel zur Wiedererweckung ist eine Gesichtsmassage durch Backpfeifen. Und tun Sie nicht, als wären Sie schwach und hilflos. Doktor Truffo und Doktor Aono sind überzeugt, daß Sie gesünder sind als ein B-büffel. Setzen Sie sich, Sir Reginald!« Fandorins Stimme klang wie Stahl. »Sie können später für Ihre Dame eintreten, wenn ich fertig bin. Übrigens, meine Damen und Herren, unserem Sir Reginald haben wir alle für die Rettung unseres Lebens zu danken. Ohne seine ungewöhnliche Gepflogenheit, alle drei Stunden die Koordinaten des Schiffs zu überprüfen, würde das heutige Frühstück nicht hier stattfinden, sondern auf dem M-meeresgrund. Und gefrühstückt würden wir.«

»›Wo ist Polonius?‹« sagte der Baronet und lachte schallend. »›Beim Nachtmahl. Nicht wo er speist, sondern wo er gespeist wird.‹ Lustig.«

Clarissa krümmte sich fröstelnd. Gegen die Bordwand des Schiffs schlug eine besonders schwere Welle, auf dem Tisch klirrte das Geschirr, und der ungefüge Big Ben schwankte wieder hin und her.

»Die Menschen sind für Sie Statisten, Madame, und Statisten haben Ihnen noch nie l-leid getan. Besonders wenn es um fünfzig Millionen Pfund geht. Da ist schwer zu widerstehen. Der arme Coche, zum Beispiel, hat gezaudert. Wie plump er den Mord ausgeführt hat, unser Meister der Fahndung! Sie haben natürlich r-recht – der unglückliche Regnier hat nicht Selbstmord begangen. Ich wäre auch selbst darauf gekommen, aber Ihre offensive Taktik hat mich eine Zeitlang irregeführt. Allein schon der ›A-abschiedsbrief‹! Der klingt überhaupt nicht nach Abschied – Regnier hoffte noch Zeit zu gewinnen, als Verrückter durchzugehen. Hauptsächlich aber hat er auf Sie gebaut, Madame Sansfond, er hat Ihnen ganz und gar v-vertraut. Coche hat seelenruhig von der dritten Seite die Hälfte abgeschnitten, genau an der Stelle, die nach seiner Meinung am meisten nach einem Abschluß klang. Wie plump! Unser Kommissar war ganz vernarrt in den Schatz von B-brahmapur. Was Wunder – sein Gehalt für dreihunderttausend Jahre!« Fandorin lachte traurig auf. »Erinnern Sie sich, mit welchem Neid Coche von dem Gärtner erzählte, der einem Bankier so vorteilhaft seine makellose Reputation verkaufte?«

»Abel wozu mußte el Helln Legnier elmolden?« fragte der Japaner. »Das Tuch ist doch velblannt.«

»Regnier versuchte dies dem Kommissar weiszumachen und gab, um ihn zu überzeugen, sogar das

Geheimnis des Tuches preis. Aber Coche glaubte es nicht.« Fandorin machte eine Pause und fügte hinzu: »Und er hatte recht.«

Im Salon herrschte Totenstille. Clarissa, die gerade eingeatmet hatte, vergaß auszuatmen. Sie begriff nicht gleich, warum sie plötzlich solch eine Last in der Brust hatte, besann sich – und atmete aus.

»Das Tuch ist also heil?« fragte der Doktor behutsam, als fürchte er, einen seltenen Vogel aufzuscheuchen. »Aber wo ist es?«

»Dieser Fetzen dünne Seide hat heute morgen dreimal den Besitzer gewechselt. Zuerst war es bei dem verhafteten Regnier. Der Kommissar glaubte dem Brief nicht, durchsuchte den Gefangenen und fand das T-tuch. Und da, diesen plötzlichen Reichtum in seiner Hand haltend, drehte er durch und verübte den Mord. Er konnte der Versuchung nicht widerstehen. Wie günstig alles gekommen war: Im Brief stand, das Tuch wäre verbrannt, der Mörder hatte alles zugegeben, das Schiff fuhr nach Kalkutta, und von dort war es ein Katzensprung nach Brahmapur! Da spielte Coche va banque. Er schlug dem nichtsahnenden Häftling etwas Schweres auf den Kopf, machte in Eile einen Selbstmord daraus und kam hierher in den Salon, um zu warten, bis der Posten die Leiche entdeckte. Aber nun trat Madame Sansfond in das Spiel ein, und sie trickste den Polizisten aus und auch mich. Sie sind eine beeindruckende Frau, Madame!« sagte Fandorin zu ihr. »Ich hatte erwartet, Sie würden sich zu rechtfertigen versuchen und alles

Ihrem Komplizen in die Schuhe schieben, zumal er tot ist. Das wäre so ei-einfach gewesen! Doch nein, Sie gingen anders vor. An dem Benehmen des Kommissars konnten Sie ablesen, daß er das Tuch hatte, und Sie dachten nicht an Verteidigung, nein! Sie wollten den Schlüssel zu dem Schatz zurück, und Sie bekamen ihn zurück!«

»Warum muß ich mir eigentlich diesen ganzen Unfug anhören?« rief Renate mit tränenerstickter Stimme. »Sie, Monsieur, sind ein Nobody, ein Ausländer! Ich verlange, daß ein ranghoher Schiffsoffizier sich mit meinem Fall beschäftigt.«

Da nahm der kleine Doktor Haltung an, strich mit der Hand über das dünne Haar auf der olivfarbenen Glatze und erklärte mit Nachdruck: »Ein ranghoher Schiffsoffizier ist zur Stelle, Madame. Sie können davon ausgehen, daß dieses Verhör von der Schiffsführung sanktioniert ist. Fahren Sie fort, Monsieur Fandorin. Sie sagten, daß diese Frau dem Kommissar das Tuch abgenommen hat?«

»Ich bin davon überzeugt. Wie sie es fertigbrachte, sich seines Revolvers zu bemächtigen, weiß ich nicht. Wahrscheinlich hat der Ärmste sie unterschätzt. Wie dem auch sei, sie zielte auf den Kommissar und forderte, ihr auf der Stelle das Tuch auszuhändigen. Als der Alte sich sperrte, durchschoß sie ihm zuerst den einen Arm, dann den anderen, dann das Knie. Sie folterte ihn! Wo haben Sie so schießen gelernt, Madame? Vier Kugeln, und jede genau ins Ziel. Entschuldigen Sie, aber es ist schwer zu g-glauben, daß Coche Sie um den Tisch herum verfolgte, wenn er ein durchschossenes Knie und zwei verstümmelte Arme hatte. Nach dem dritten Schuß ertrug er die Schmerzen nicht mehr und rückte das Tuch heraus. Daraufhin gaben Sie dem Unglücklichen den Rest, indem Sie ihm eine Kugel mitten in die Stirn feuerten.«

»Oh my God!« kommentierte Mrs. Truffo.

Clarissa interessierte etwas anderes: »Also hat sie das Tuch?«

Fandorin nickte. »Ja.«

»Quatsch! Unsinn! Sie sind ja alle verrückt!« Renate (oder Marie Sansfond?) lachte hysterisch. »O Gott, wie absurd!«

»Das ist leicht zu klälen«, sagte der Japaner. »Madame Klebel muß dulchsucht welden. Wenn sie das Tuch hat, ist alles wahl. Wenn nicht, hat Monsieur Fandolin sich geillt. In solchen Fällen schneidet man sich bei uns in Japan den Bauch auf.«

»Niemals werden in meiner Gegenwart Männerhände eine Dame durchsuchen!« erklärte Milford-Stokes und stand mit drohender Miene auf.

»Und Frauenhände?« fragte Clarissa. »Madame Truffo und ich werden die Person durchsuchen.«

»Oh yes, it would take no time at all!«* stimmte die Frau des Doktors bereitwillig zu.

* (engl.) O ja, das dauert gar nicht lange.

»Machen Sie mit mir, was Sie wollen.« Renate faltete schicksalsergeben die Hände. »Aber hinterher werden Sie sich schämen.«

Die Männer gingen hinaus, und Mrs. Truffo tastete Renate unglaublich geschickt ab. Dann blickte sie Clarissa an und schüttelte den Kopf.

Clarissa bekam Angst – um den armen Fandorin. Sollte er sich geirrt haben?

»Das Tuch ist sehr dünn«, sagte sie. »Lassen Sie mich suchen.«

Den Körper einer anderen Frau zu befühlen war sonderbar und beschämend, aber Clarissa biß die Zähne zusammen und untersuchte sorgfältig jede Naht, jede Falte, jede Rüsche an der Unterwäsche. Das Tuch war nicht da.

»Sie müssen sich ausziehen!« sagte sie entschlossen. Das war schrecklich, aber noch schrecklicher war die Vorstellung, das Tuch nicht zu finden. Das wäre ein Schlag für Erast! Er würde es nicht ertragen!

Renate hob gehorsam die Arme, damit sich das Kleid leichter ausziehen ließ, und bat schüchtern: »Bei allem, was Ihnen heilig ist, Mademoiselle Stomp, tun Sie meinem Kind keinen Schaden!«

Mit zusammengebissenen Zähnen begann Clarissa ihr das Kleid aufzuknöpfen. Beim dritten Knopf klopfte es an der Tür, und Fandorin rief fröhlich: »Mesdames, beenden Sie die Visitation! Können wir hereinkommen?«

»Ja, kommen Sie«, rief Clarissa und schloß rasch die Knöpfe.

Die Männer guckten rätselhaft. Schweigend standen sie um den Tisch. Wie ein Zauberkünstler breitete Fandorin ein dreieckiges Stück Stoff auf dem Tisch aus, es schillerte in allen Regenbogenfarben.

»Das Tuch!« schrie Renate.

»Wo haben Sie es gefunden?« fragte Clarissa vollends verwirrt.

»Während Sie Madame Sansfond d-durchsuchten, haben wir auch keine Zeit verloren«, erklärte Fandorin mit zufriedener Miene. »Ich kam auf die Idee, daß diese vorausschauende Person das entlarvende Beweisstück in der Kabine des Kommissars versteckt haben könnte. Sie hatte nur wenige Sekunden Zeit und konnte nicht nach einem sicheren Versteck suchen. Und richtig, das Tuch war schnell gefunden. Sie hatte es zusammengeknüllt und unter den Teppichrand geschoben. Jetzt können Sie also den berühmten Paradiesvogel betrachten.«

Clarissa und die anderen starrten wie verzaubert auf das Tuch, das so viele Menschenleben gekostet hatte.

Es hatte die Form eines gleichschenkligen Dreiecks, jede Seite war nicht mehr als 46 Zentimeter lang. Die Zeichnung beeindruckte durch barbarische Buntheit. Vor dem Hintergrund farbenprächtiger Bäume und Früchte breitete ein Wesen, halb Frau, halb Vogel, mit spitzen Brüsten, ähnlich einer antiken Sirene, die Flügel aus. Das Gesicht war im Profil, lange gebogene Wimpern umrahmten ein kleines Augenloch, das mit feinstem Goldfaden gesäumt war. Clarissa glaubte, noch nie etwas Schöneres gesehen zu haben.

»Ja, das ist es, ohne Zweifel«, sagte Milford-Stokes. »Aber beweist Ihr Fund die Schuld von Madame Kleber?«

»Und die Reisetasche?« sagte Fandorin sanft. »Sie erinnern sich doch an die Tasche, die wir b-beide gestern im Kapitänskutter entdeckten? Unter anderem habe ich dort den Umhang gefunden, in dem wir Madame Kleber mehr als einmal gesehen haben. Die Tasche kommt zu den anderen Beweisstücken. Sicherlich finden wir darin weitere Gegenstände, die unserer guten B-bekannten gehören.«

»Was sagen Sie nun, Madame?« fragte der Doktor Renate.

»Die Wahrheit«, antwortete sie, und ihr Gesicht veränderte sich bis zur Unkenntlichkeit.

Reginald Milford-Stokes

… und in ihrem Gesicht geschah eine Veränderung, die mich bestürzte. Das schutzlose, schwache, vom Schicksalsschlag niedergedrückte Lämmlein verwandelte sich wie durch die Berührung eines Zauberstabs in eine Wölfin. Die Schultern reckten sich, das Kinn ging nach oben, die Augen bekamen ein gefährliches Feuer, und die Nasenflügel bebten. Es war, als hätten wir ein Raubtier vor uns – nein, keine Wölfin, sondern eines aus der Katzenfamilie, eine Pantherin oder Löwin, die frisches Blut wittert. Ich prallte unwillkürlich zurück. Oh, mein Schutz wurde hier nicht mehr gebraucht!

Die veränderte Mrs. Kleber warf Fandorin einen so haßlodernden Blick zu, daß selbst dieser undurchdringliche Herr zusammenzuckte.

Ich verstehe die Gefühle dieser seltsamen Frau sehr gut. Ich habe ja meine Einstellung zu dem infamen Russen auch völlig geändert. Er ist ein furchtbarer Mensch, ein bösartiger Verrückter mit einer perversen Phantasie. Wie konnte ich ihm nur Vertrauen und Achtung entgegenbringen? Unglaublich.

Ich weiß einfach nicht, wie ich Ihnen dies schreiben soll, liebste Emily. Die Feder in meiner Hand zittert vor Empörung … Eigentlich wollte ich es Ihnen verschweigen, aber nun schreibe ich es doch, sonst wird für Sie nicht verständlich, warum meine Einstellung zu Fandorin eine solche Metamorphose durchgemacht hat.

Gestern nacht, nach all den Aufregungen und Erschütterungen, die ich Ihnen schon geschildert habe, gab es zwischen Fandorin und mir ein überaus sonderbares Gespräch, das mich in Wut und traurige Verständnislosigkeit versetzte. Er kam zu mir, dankte mir für die Rettung des Schiffs, und dann redete er mit falscher Anteilnahme, bei jedem Wort stotternd, unvorstellbaren, ungeheuerlichen Blödsinn. Er sagte folgendes, ich habe es Wort für Wort behalten: »Ich weiß von Ihrem Kummer, Sir Reginald. Kommissar Coche hat mir schon vor längerem alles erzählt. Es geht mich natürlich nichts an, und ich konnte mich lange nicht entschließen, das Gespräch darauf zu bringen, aber ich sehe, wie Sie leiden, und kann nicht gleichgültig bleiben. Ich erlaube mir, davon zu sprechen, weil ich selbst einen ebensolchen Kummer überstanden habe. Wie Ihnen jetzt, drohte mir der Verlust der Urteilskraft. Ich bewahrte meinen Verstand und schärfte ihn sogar, bezahlte jedoch mit einem großen Stück meines Herzens. Glauben Sie mir, in Ihrer Situation gibt es keinen anderen Weg. Weichen Sie nicht der Wahrheit aus, so furchtbar sie auch sein mag, und verstecken Sie sich nicht hinter einer Illusion. Und vor allem, machen Sie sich keine Vorwürfe. Es war nicht Ihre Schuld, daß die Pferde durchgingen und daß Ihre schwangere Frau aus der Kutsche fiel und zu Tode kam. Es ist eine schwere Prüfung, die Ihnen auferlegt wurde. Ich weiß nicht, welche Absicht das Schicksal mit dieser Grausamkeit verfolgt, aber ich weiß eines: Die Prüfung muß bestanden werden. Sonst ist alles zu Ende, und die Seele zerfällt.«

Ich habe gar nicht gleich begriffen, was dieser Schuft meinte. Dann ging es mir auf! Er bildete sich ein, daß Sie, meine kostbare Emily, gestorben wären! Sie wären in schwangerem Zustand aus der Kutsche gefallen und zu Tode gekommen! Wäre ich nicht so entrüstet gewesen, so würde ich dem übergeschnappten Diplomaten ins Gesicht gelacht haben! So etwas zu sagen, während ich doch weiß, daß Sie unterm lasurblauen Himmel auf der paradiesischen Insel ungeduldig auf mich warten! Mit jeder Stunde komme ich Ihnen näher, meine zärtliche Emily. Jetzt kann nichts und niemand mehr mich aufhalten.

Nur – sonderbar – ich kann und kann mich nicht erinnern, wie und warum Sie nach Tahiti gefahren sind, noch dazu allein, ohne mich. Sie werden schwerwiegende Gründe dafür gehabt haben. Unwichtig. Wir werden uns sehen, und Sie, liebe Freundin, werden mir alles erklären.

Aber zurück zu meiner Erzählung.

Mrs. Kleber hatte sich zu ihrer vollen Größe aufgerichtet, war gar nicht mehr so klein (erstaunlich, wieviel von der Körper- und der Kopfhaltung abhängt), und sagte, hauptsächlich an Fandorin gewandt: »Alles, was Sie hier dahergeredet haben, ist kompletter Blödsinn. Kein einziger Beweis. Nichts als Vermutungen und unbegründete Folgerungen. Ja, mein richtiger Name ist Marie Sansfond, aber noch kein

Gericht der Welt hat mir eine Anklage präsentieren können. Ja, ich bin oft verleumdet worden, zahlreiche Feinde haben Ränke gegen mich geschmiedet, und das Schicksal hat mir mehr als einmal übel mitgespielt, doch ich habe starke Nerven, und Marie Sansfond zu brechen ist nicht einfach. Ich habe mir nur eines vorzuwerfen – daß ich mich besinnungslos in einen Verbrecher und Wahnsinnigen verliebt habe. Wir haben uns heimlich trauen lassen, und ich trage sein Kind unter dem Herzen. Charles hat darauf bestanden, daß wir unsere Ehe geheimhalten. Wenn das ein Verbrechen ist – nun, ich bin bereit, mich einem Geschworenengericht zu stellen, aber Sie können sicher sein, Herr selbsternannter Kriminalist, ein gewiegter Advokat wird Ihre Chimären zerstreuen wie Rauch. Was können Sie mir eigentlich vorhalten? Daß ich in meiner Jugend im Kloster der grauen Schwestern lebte und armen Menschen ihre Leiden zu lindern versuchte? Ja, ich mußte gelegentlich Spritzen geben, und weiter? Da die mir aufgezwungene Konspiration mich sehr belastete und die Schwangerschaft kompliziert verlief, habe ich mich an Morphium gewöhnt, aber jetzt habe ich in mir die Kraft gefunden, die verderbliche Sucht aufzugeben. Mein heimlicher, aber, wohlgemerkt, rechtmäßiger Ehemann bestand darauf, daß ich diese Fahrt unter einem falschen Namen antrat. So kam es zu dem mysteriösen Schweizer Bankier Kleber. Dieser Betrug hat mich sehr gequält, doch hätte ich es dem geliebten Mann verweigern können? Ich ahnte ja nichts von seinem zweiten Leben, von seiner tödlichen Leidenschaft und schließlich von seinen aberwitzigen Plänen!

Charles sagte, er als Erster Offizier habe nicht das Recht, seine Ehefrau auf die Fahrt mitzunehmen, aber eine Trennung könne er auch nicht ertragen, und er sorge sich um unser Kind, darum solle ich unter falschem Namen mitfahren. Ich frage Sie: Ist das ein Verbrechen?

Ich habe gesehen, daß Charles nicht ganz bei sich war und daß irgendwelche dunklen Leidenschaften ihm zusetzten, aber natürlich wäre ich selbst in meinen schlimmsten Angstträumen nicht darauf gekommen, daß er das entsetzliche Verbrechen in der Rue de Grenelle begangen haben könnte. Ich hatte keine Ahnung, daß er der Sohn eines indischen Radschas war. Es war ein Schock für mich, daß mein Kind zu einem Viertel Inder sein würde. Das arme Kind, Sohn eines Wahnsinnigen. Für mich steht außer Zweifel, daß Charles in den letzten Tagen nicht zurechnungsfähig war. Kann denn ein psychisch gesunder Mensch auf die Idee verfallen, ein Schiff zu versenken? Es ist die Handlungsweise eines kranken Menschen. Natürlich habe ich von dem irrsinnigen Plan nichts gewußt.«

Da fiel ihr Fandorin ins Wort und fragte ekelhaft höhnisch: »Und Ihr vorsoglich eingepackter Umhang?«

Mrs. Kleber, nein, Miss Sansfond, das heißt, Madame Regnier … Oder Madame Bagdassar? Ich weiß nicht, wie ich sie korrekt nennen soll. Gut, mag sie Madame Kleber bleiben, daran bin ich gewöhnt. Also, sie antwortete dem Inquisitor mit großer Würde: »Wahrscheinlich hat mein Mann alles für die Flucht vorbereitet und wollte mich erst im letzten Moment wecken.«

Fandorin konterte: »Aber Sie haben nicht geschlafen«, sagte er mit hochmütiger Miene. »Wir kamen den Korridor entlang und haben Sie gesehen. Sie waren vollständig bekleidet und trugen sogar den Schal um die Schultern.«

»Ja, eine unerklärliche Unruhe hat mir den Schlaf geraubt«, antwortete Mrs. Kleber. »Das Herz hat wohl Böses geahnt ... Mich fröstelte, darum trug ich den Schal. Ist das ein Verbrechen?«

Ich sah zu meiner Freude den freiwilligen Staatsanwalt verwirrt. Die Beschuldigte aber fuhr ruhig und selbstsicher fort: »Daß ich einen anderen Wahnsinnigen, Monsieur Coche, gefoltert haben soll, übersteigt alles Denkbare. Ich habe Ihnen die Wahrheit gesagt. Der alte Schwätzer ist vor Habgier übergeschnappt und hat mich mit dem Tode bedroht. Ich weiß selber nicht, wie ich es fertigbrachte, ihn mit allen vier Schüssen zu treffen. Aber es ist reiner Zufall. Vielleicht hat die Vorsehung selbst meine Hand geführt. Nein, mein Herr, auch hier gehen Sie in die Irre.«

Von Fandorins Selbstzufriedenheit war nichts mehr übrig. »Erlauben Sie mal«, sagte er aufgeregt, »wir haben doch das Tuch gefunden! Sie hatten es unterm Teppich versteckt.«

»Noch eine unbewiesene Behauptung«, fuhr Mrs. Kleber ihn an. »Das Tuch hat natürlich Coche versteckt, nachdem er es meinem armen Mann abgenommen hatte. Und trotz Ihrer schäbigen Insinuationen danke ich Ihnen, mein Herr, daß Sie mir mein Eigentum zurückgegeben haben.«

Mit diesen Worten stand sie ruhig auf, trat an den Tisch und nahm das Tuch!

»Ich bin die rechtmäßige Gattin des rechtmäßigen Erben des Smaragdenen Radschas«, verkündete die erstaunliche Frau. »Ich besitze die Heiratsurkunde. Ich trage den Enkel

von Bagdassar. Ja, mein verstorbener Mann hat eine Reihe schwerer Verbrechen begangen, aber was hat das mit mir und meinem Erbe zu tun?«

Da sprang Miss Stomp auf und versuchte, Mrs. Kleber das Tuch zu entreißen.

»Die Besitzungen und das Eigentum des Radschas von Brahmapur sind von der britischen Regierung konfisziert!« erklärte meine Landsmännin entschlossen, und damit hatte sie recht. »Das bedeutet, daß der Schatz Ihrer Majestät Queen Victoria gehört!«

»Moment mal!« Unser guter Doktor Truffo war auch aufgesprungen. »Ich bin zwar geborener Italiener, besitze aber die französische Staatsbürgerschaft und vertrete hier Frankreichs Interessen! Die Schätze des Radschas waren persönlicher Besitz der Familie, nicht des Fürstentums Brahmapur, darum war die Konfiszierung ungesetzlich! Charles Regnier war auf eigenen freien Wunsch französischer Staatsbürger geworden. Er beging auf dem Territorium seines Landes ein schweres Verbrechen. Eine solche Untat, noch dazu aus eigensüchtigen Beweggründen, wird nach den Gesetzen der französischen Republik mit dem Einzug des persönlichen Vermögens zugunsten des Staates geahndet. Geben Sie das Tuch her, Mesdames! Es gehört Frankreich.« Und er griff auch kriegerisch nach einem Rand des Tuchs.

Es entstand eine Pattsituation, und das machte sich der tückische Fandorin zunutze. Mit der byzantinischen Schlauheit seiner Nation verkündete er: »Das ist eine ernste Frage, die geklärt werden muß. Erlauben Sie mir als Vertreter einer neutralen Macht, das Tuch vorübergehend an mich zu neh-

men, damit es nicht zerrissen wird. Ich lege es hierher, in einiger Entfernung von den Konfliktparteien.«

Mit diesen Worten nahm er das Tuch und trug es zu einem kleinen Tisch an der Leeseite, deren Fenster geschlossen waren. Später werden Sie verstehen, liebe Emily, warum ich Ihnen alle diese Einzelheiten schreibe.

Also, das Tuch, dieser Zankapfel, lag auf dem kleinen Tisch und versprühte goldene Fünkchen. Fandorin stand davor – Ehrenposten oder Schutzwache. Wir übrigen drängten uns um den Mittagstisch. Stellen Sie sich vor: die raschelnden Vorhänge auf der Luvseite, das düstere Licht des trüben Tages und das ungleichmäßige Schaukeln des Fußbodens. Das ist die Exposition der Schlußszene.

»Niemand darf es wagen, dem Enkel des Radschas Bagdassar wegzunehmen, was ihm rechtmäßig gehört!« erklärte Mrs. Kleber, die Hände in die Hüften gestemmt. »Ich bin belgische Staatsbürgerin, und die gerichtliche Untersuchung wird in Brüssel stattfinden. Wenn ich verspreche, ein Viertel des Erbes für wohltätige Zwecke in Belgien zu stiften, werden die Geschworenen zu meinen Gunsten entscheiden. Ein Viertel des Erbes, das sind elf Milliarden belgische Francs – fünf Jahreseinkünfte des belgischen Königreichs.«

Miss Stomp lachte ihr ins Gesicht. »Sie unterschätzen Britannien, meine Liebe. Meinen Sie wirklich, daß man Ihrem jämmerlichen Belgien erlauben wird, über fünfzig Millionen Pfund zu befinden? Von diesem Geld bauen wir hundert mächtige Panzerschiffe und verdreifachen die Macht unserer Flotte, die auch so schon die erste in der Welt ist! Wir werden auf dem ganzen Planeten Ordnung schaffen!«

Miss Stomp ist eine kluge Frau. In der Tat, die Zivilisation würde nur gewinnen, wenn eine so phantastische Summe unseren Staatsschatz bereicherte. Schließlich ist Britannien das fortgeschrittenste und freieste Land auf dem Erdball. Alle Völker würden nur gewinnen, wenn sie die britische Lebensart übernähmen.

Aber Mr. Truffo vertrat eine andere Meinung. »Diese anderthalb Milliarden französische Francs werden es Frankreich ermöglichen, sich nicht nur von den tragischen Folgen des Krieges mit Deutschland zu erholen, sondern auch die modernste, bestausgerüstete Armee Europas zu schaffen. Ihr Engländer wart niemals Europäer, ihr seid Insulaner! Die Interessen Europas sind euch fremd und unbegreiflich. Monsieur de Perrier, bis vor kurzem Zweiter Offizier und derzeit provisorischer Chef der ›Leviathan‹, wird nicht zulassen, daß das Tuch den Engländern in die Hände fällt. Ich werde ihn sofort holen, und er wird es im Safe der Kapitänskabine verwahren.«

Dann sprachen alle durcheinander, versuchten einander zu überschreien; der wild gewordene Doktor wagte sogar, mich gegen die Brust zu stoßen, und Mrs. Kleber trat Miss Stomp gegen den Knöchel.

Da nahm Fandorin einen Teller vom Tisch und schmetterte ihn krachend zu Boden. Alle starrten ihn entgeistert an, und der schlaue Russe sagte: »So werden wir unsere Probleme nicht lösen, meine Damen und Herren. Sie haben sich zu sehr ereifert. Ich schlage vor, den Salon zu lüften, es ist sehr stickig hier.«

Er trat zu den Fenstern der Leeseite und öffnete eines nach dem anderen. Als er das Fenster über dem kleinen Tisch auf-

riß, auf dem das Tuch lag, geschah etwas Unerwartetes: Vom Zugwind erfaßt, begann das leichte Gewebe zu wogen und flatterte plötzlich zum Fenster hinaus. Unter allgemeinem Geheul schwebte das seidene Dreieck über das Deck, wiegte sich zweimal über der Reling, als winkte es uns zum Abschied, dann sank es weich in die Tiefe und in die Ferne. Alle verfolgten wie verzaubert den gemächlichen Flug, der irgendwo zwischen trägen schaumgekrönten Wellen endete.

»Was bin ich doch ungeschickt«, sagte Fandorin in die eingetretene Grabesstille hinein. »Soviel Geld versunken! Jetzt können weder Britannien noch Frankreich der Welt ihren Willen diktieren. Welch ein Unglück für die Zivilisation! Dabei ist das eine halbe Milliarde Rubel. Das hätte R-rußland genügt, alle seine Auslandsschulden zu bezahlen.«

Des weiteren geschah folgendes.

Mrs. Kleber stieß einen irrsinnigen Zischlaut aus, von dem es mir kalt den Rücken hinunterlief, griff ein Obstmesser vom Tisch und warf sich unglaublich flink auf den Russen. Die überraschende Attacke traf ihn unvorbereitet. Die stumpfe Silberklinge zerschnitt die Luft und bohrte sich unterhalb des Schlüsselbeins in Fandorins Brust, aber wohl nicht tief. Das weiße Hemd des Diplomaten färbte sich blutig. Mein erster Gedanke war: Es gibt ja doch einen Gott, und er straft die Übeltäter. Der infame Russe kam zur Besinnung und sprang zur Seite, doch die entfesselte Furie gab sich mit dem ersten Stich nicht zufrieden, sie faßte das Heft fester und holte zu einem neuen Stoß aus.

Und da verblüffte uns alle der Japaner, der sich an der Diskussion nicht beteiligt und sich überhaupt bislang unauffällig verhalten hatte. Er sprang hoch, fast bis zur Decke, stieß einen kehligen Adlerschrei aus und trat, noch bevor er wieder den Fußboden berührte, Mrs. Kleber mit der Fußspitze gegen das Handgelenk. Diesen Trick hatte ich noch nicht einmal in einem italienischen Zirkus gesehen!

Das Obstmesser flog zur Seite, der Japaner landete in Hockstellung, Mrs. Kleber wich mit verzerrtem Gesicht zurück und hielt mit der Linken das schmerzende Handgelenk.

Aber sie dachte gar nicht daran, ihr blutdürstiges Vorhaben aufzugeben! Nachdem sie mit dem Rücken gegen die Standuhr geprallt war (ich schrieb Ihnen von dem Monstrum), bückte sie sich und raffte den Kleidersaum hoch. Mich machte der schnelle Wechsel der Ereignisse ohnehin schon ganz benommen, aber das war zuviel! Ich sah (verzeihen Sie, liebste Emily, daß ich darüber schreibe) einen Knöchel im schwarzen Seidenstrumpf und eine rosa Unterhosenrüsche, und im nächsten Moment richtete sich Mrs. Kleber wieder auf und hatte eine Pistole in der linken Hand, sehr klein, doppelläufig, mit Griffschalen aus Perlmutt.

Ich wage nicht, Ihnen Wort für Wort wiederzugeben, was diese Person zu Fandorin sagte, Sie dürften solche Ausdrücke auch gar nicht kennen. Der Sinn ihrer sehr energischen und expressiven Rede lief darauf hinaus, daß der »verdammte Perversling« (ich benutze einen Euphemismus, denn Mrs. Kleber drückte sich gröber aus) seinen gemeinen Trick mit dem Leben bezahlen werde. »Aber zuerst mache ich die gelbe Giftnatter unschädlich!« schrie die werdende Mutter, machte einen Schritt vorwärts und schoß auf Aono. Er stürzte zu Boden und stöhnte dumpf.

Mrs. Kleber machte noch einen Schritt und zielte mit ihrem Pistölchen Fandorin direkt ins Gesicht. »Ich schieße tatsächlich nie daneben«, zischte sie. »Und jetzt kriegst du das Blei genau zwischen deine hübschen Äuglein.«

Der Russe stand da, die Hand auf dem sich ausbreitenden roten Fleck. Ich kann nicht sagen, daß er vor Angst gezittert hätte, aber er war blaß.

Das Schiff schwankte heftiger als sonst – eine schwere Welle schlug gegen die Bordwand, und ich sah, wie das häßliche Ungetüm Big Ben kippte, kippte ... und auf Mrs. Kleber niederstürzte! Das Hartholz knallte dumpf gegen ihren Hinterkopf, und das ungestüme Weib fiel bäuchlings zu Boden, niedergedrückt vom Gewicht des Eichenturms.

Alle eilten zu Mr. Aono, der mit durchschossener Brust dalag. Er war bei Bewußtsein und versuchte aufzustehen, doch neben ihm hockte Doktor Truffo und hielt den Verletzten bei den Schultern fest. Dann schnitt er ihm die Kleider auf, untersuchte den Einschuß und runzelte die Stirn.

»Macht nichts«, sagte der Japaner leise durch die zusammengebissenen Zähne. »Die Lunge ist nul ganz wenig velletzt.«

»Und die Kugel?« fragte Truffo besorgt. »Fühlen Sie sie, Collega? Wo steckt sie?«

»Ich glaube, sie steckt im lechten Schultelblatt«, antwortete Mr. Aono und fügte mit einer Kaltblütigkeit, die mich begeisterte, hinzu: »Linkel Untellappen. Sie welden den Knochen vom Lücken hel aufmeißeln müssen. Das ist sehl schwielig. Ich bitte um Entschuldigung fül die Umstände.«

Da sprach Fandorin einen rätselhaften Satz. Über den Verletzten gebeugt, sagte er leise: »Na bitte, Aono-san, Ihr

Traum hat sich erfüllt – jetzt sind Sie mein Onjin. Der kostenlose Japanisch-Unterricht muß leider ausfallen.«

Aber Mr. Aono schien das Kauderwelsch zu verstehen, er verzog die blassen Lippen zu einem schwachen Lächeln.

Als Matrosen den verbundenen japanischen Gentleman auf einer Trage hinaustrugen, wandte sich der Doktor Mrs. Kleber zu.

Zu unserer nicht geringen Verwunderung zeigte sich, daß das hölzerne Ungetüm ihr nicht den Schädel zertrümmert, sondern ihr nur eine Beule beigebracht hatte. Wir zogen die betäubte Verbrecherin, so gut es ging, unter der Londoner Sehenswürdigkeit hervor und trugen sie zu einem Sessel.

»Ich fürchte, die Leibesfrucht wird den Schock nicht überstehen«, sagte Mrs. Truffo seufzend. »Und das arme Kind kann ja nichts für die Sünden seiner Mutter.«

»Dem Kind ist nichts passiert«, versicherte ihr Mann. »Diese … Person ist so zählebig, daß sie gewiß ein gesundes Kind zur Welt bringt, noch dazu leicht und pünktlich.«

Fandorin fügte mit einem Zynismus, der mich unangenehm berührte, hinzu: »Wir wollen hoffen, daß die Geburt im Gefängnishospital stattfindet.«

»Eine schreckliche Vorstellung, was aus diesem Schoß geboren wird«, sagte Miss Stomp schaudernd.

»Jedenfalls wird die Schwangerschaft sie vor der Guillotine bewahren«, bemerkte der Doktor.

»Oder vor dem Galgen«, sagte auflachend Miss Stomp. Das erinnerte uns an die erbitterte Diskussion, die sich unlängst der Kommissar und Inspektor Jackson geliefert hatten.

»Das Äußerste, was ihr droht, ist eine kurze Gefängnishaft wegen versuchten Mordes an Herrn Aono«, sagte Fandorin verdrossen. »Es werden sich mildernde Umstände finden: Affekt, Erschütterung, auch die Schwangerschaft. Mehr zu beweisen wird nicht gelingen, das hat sie uns glänzend demonstriert. Ich versichere Ihnen, Marie Sansfond wird sehr bald wieder auf freiem Fuß sein.«

Seltsam, keiner von uns sprach von dem Tuch, als hätte es das nie gegeben, als hätte der Wind mitsamt dem bunten Stoff nicht nur die hundert britischen Panzerschiffe und die französische Revanche ins Nichtsein geweht, sondern auch den krankhaften Dunst, der den Menschen den Verstand und die Seele getrübt hatte.

Fandorin blieb bei dem beschädigten Big Ben stehen, der jetzt in den Müll gehörte: das Glas zerschlagen, der Mechanismus verdorben, das Gehäuse aus Eichenholz von oben bis unten gerissen.

»Tolle Uhr«, sagte der Russe und bestätigte ein übriges Mal das Faktum, daß Slawen nicht den geringsten Kunstgeschmack besitzen. »Ich werde sie reparieren lassen und mitnehmen.«

Die »Leviathan« brüllte mächtig auf, wohl um ein entgegenkommendes Schiff zu begrüßen, und ich dachte daran, daß ich schon bald, sehr bald, in zwei bis drei Wochen, in Tahiti eintreffe und wir uns wiedersehen, meine angebetete Frau. Das ist das einzige, was zählt. Alles übrige ist Dunst, Nebel, Chimäre.

Wir werden zusammen sein, werden glücklich sein – dort, auf der paradiesischen Insel, wo immer die Sonne scheint.

In Erwartung dieses Freudentags
bleibe ich Ihr zärtlich Sie liebender
Reginald Milford-Stokes.